O PROTOCOLO CAOS

JOSÉ RODRIGUES DOS SANTOS

O PROTOCOLO CAOS

ROMANCE

Planeta

Revisão da edição portuguesa: Carlos Jesus e Marta Jacinto
Projeto gráfico e diagramação: Segundo Capítulo
Capa: Rafael Brum
Imagem de capa: Vchal / iStock

Dados Internacionais de Catalogação na Publicação (CIP)
Angélica Ilacqua CRB-8/7057

Santos, José Rodrigues dos
O protocolo caos / José Rodrigues dos Santos. – São Paulo : Planeta do Brasil, 2025.
624 p.

ISBN 978-85-422-3856-3

1. Ficção portuguesa I. Título

25-3933 CDD P869.3

Índice para catálogo sistemático:
1. Ficção portuguesa

MISTO
Papel | Apoiando o manejo florestal responsável
FSC® C112738

Ao escolher este livro, você está apoiando o manejo responsável das florestas do mundo

2025

Editora Planeta do Brasil ltda.
Rua Bela Cintra, 986, 4º andar – Consolação
São Paulo – SP – cep 01415-002
www.planetadelivros.com.br
faleconosco@editoraplaneta.com.br

Às minhas quatro meninas.

O caos é uma ordem por decifrar.

José Saramago

Este romance é uma obra de ficção inspirada em fatos.

Prólogo

A imagem formou-se na tela, mostrando um homem de capuz, óculos escuros a taparem-lhe os olhos e um lenço a cobrir-lhe as feições do rosto. A referência do *link* no topo da imagem indicava o sinal do aplicativo Facebook Live, confirmando que se tratava de um *livestream*. O encapuzado abriu a porta de um automóvel estacionado na calçada e instalou-se no lugar do condutor; transmitia-se a si próprio ao vivo a partir do que parecia ser um *smartphone*.

O desconhecido encarou a câmara e respirou fundo, fitando os espectadores que assistiam a tudo através do Facebook Live. Nos bancos traseiros amontoavam-se armas semiautomáticas e caixas de munições.

"A festa vai começar."

A imagem tornou-se turbulenta, sacudindo-se de um lado para o outro; ora mostrava o assento, ora o teto, ora o tabliê. Por fim estabilizou ao alto, deixando ver o volante, o painel de bordo e a paisagem revelada pelo vidro dianteiro, incluindo a rua, as casas e as árvores nas calçadas. Claramente o *smartphone* acabara de ser fixado no topo do capuz do homem.

O carro arrancou, começando a movimentar-se pela rua. Uma canção numa língua eslava irrompeu no interior, sem dúvida proveniente do sistema de som do veículo.

Od Bihaća do Petrovca sela, do Petrovca sela
Srpska zemlja napadnuta cela, napadnuta cela

Karadžiću vodi Srbe svoje, vodi Srbe svoje
Nek se vidi, nikog se ne boje, nikog se ne boje

O percurso durou apenas alguns minutos, sempre ao ritmo da mesma canção.

Joj da vide hrvatske Ustaše, hrvatske Ustaše
Ne dirajte vi ognjište naše, vi ognjište naše

A certa altura apareceu na calçada um longo muro branco, escurecido pela umidade e rasgado a meio por um portão que dava acesso a um enorme edifício. A cúpula dourada e o minarete, juntamente com os grupos de pessoas de aspecto paquistanês, afegão, malaio ou de outras regiões da Ásia que para o edifício convergiam, tornavam claro que se tratava de uma mesquita.

O automóvel estacionou no acostamento, a canção calou-se e o motor também. O relógio digital no tabliê assinalava as 13h40. A imagem rodou, viu-se a rua e a seguir os bancos traseiros com as armas e as munições, os braços estendidos do homem a remexerem o material bélico; o condutor tinha-se apeado e pelo visto selecionava as armas. Escolheu uma caçadeira de canos serrados, a expressão *kebab remover* esculpida na coronha, e carregou-a com balas. A seguir pegou numa espingarda semiautomática *AR-15* e pendurou-a a tiracolo. Depois armou a caçadeira. Tudo com muita calma.

Já devidamente equipado, fechou a porta do carro e começou a caminhar. Junto ao portão estavam quatro jovens asiáticos à conversa, três de *jeans* e um de *kaftan* branco. Os jovens olharam-no com uma certa surpresa; não era evidentemente normal um desconhecido de capuz e *smartphone* fixado sobre a cabeça entrar no recinto da mesquita com uma caçadeira de canos serrados nas mãos e uma *AR-15* pendurada ao ombro.

Um dos jovens, o de *kaftan*, ergueu a mão hesitante.

"Olá, irmão."

O recém-chegado apontou-lhe a caçadeira e disparou. Ato contínuo, e quase como se estivesse num videogame, virou a arma para os restantes, todos paralisados de surpresa, e disparou sucessivamente até ficarem os quatro estendidos no chão, a terra molhada de sangue. Eclodiram gritos e a imagem mostrou alguns homens, mulheres e crianças a correrem desvairados em várias direções, em busca de abrigo. Apontou ao acaso para eles, sem discriminar mulheres e crianças, e voltou a abrir fogo. Derrubou assim várias pessoas até as balas se esgotarem.

Atuando sempre de forma calma e metódica, o intruso encaminhou-se então para a mesquita, ao mesmo tempo que ia recarregando a caçadeira com munições. Múltiplos sapatos amontoavam-se à porta. Entrou no edifício e deparou-se com dezenas e dezenas de fiéis, provavelmente até centenas de pessoas, a maior parte sentada no grande tapete azul-turquesa a meio das suas orações, os mais próximos da porta com uma expressão inquisitiva nos olhares; pelo visto não tinham ainda percebido o que se estava realmente a passar.

Não perdeu tempo. Apontou para o homem mais próximo e disparou. Voltou a caçadeira para um segundo homem e disparou. Depois para um terceiro e disparou. Desencadeou-se um verdadeiro pandemônio no interior da mesquita. A multidão abriu alas, tentando escapulir-se por qualquer passagem ou abrigo por onde se pudesse esgueirar como água a deslizar pelas escapatórias, mas o intruso não parava de disparar e os crentes que não conseguiam fugir tombavam em sucessão. Dir-se-ia mesmo um videogame.

A dado momento, a caçadeira disparou em seco. As munições haviam-se esgotado. O atacante largou a arma e pegou na *AR-15* que trazia a tiracolo, esta com o número 14 esculpido na coronha, e apontou-a genericamente à multidão, uma luz estroboscópica a piscar no cano. Voltou a abrir fogo, mais pessoas tombaram no chão, os gritos recrudesceram, a confusão tornou-se generalizada e o pânico total. As detonações soavam diferentes das da caçadeira de canos serrados e a sequência de tiros também; a caçadeira disparava tiro a tiro, a semiautomática largava rajadas curtas. Mas a letalidade era a mesma e os corpos iam-se amontoando no interior da mesquita.

Depois de abater mais de uma dezena de homens, alguns atingidos por oito ou nove balas das rajadas, o cartucho das munições saltou da arma e caiu sobre o tapete azul-turquesa, forçando o atacante a interromper a matança. Encaixou outro cartucho na semiautomática, mas o salão principal das orações tinha-se entretanto esvaziado. Avançou por isso para o salão contíguo, a ala das mulheres e crianças, e recomeçou a disparar. Elas caíam em sucessão, aqui uma idosa, ali uma moça, a seguir um bebê, depois uma adolescente. A certa altura o atirador já nem apontava, disparava para a massa de corpos comprimidos uns nos outros, os das pessoas que não tinham conseguido fugir, até estarem todas estendidas no chão no meio de poças de sangue.

Recarregou mais uma vez a *AR-15* e voltou ao principal salão das orações. Só havia aí homens caídos, uns mortos e outros feridos; os restantes já tinham escapado. Ao passar pelos corpos, ia disparando um tiro na cabeça de cada um; na dúvida, o *coup de grâce* era a única maneira de garantir que morriam mesmo. Por fim, regressou à porta de entrada, sempre a desferir o tiro de misericórdia na testa de todos os corpos estendidos ao longo do caminho.

Chegou à saída do edifício religioso e consultou o relógio. Os ponteiros indicavam as 13h47. Tinham-se passado sete minutos desde que estacionara o automóvel e apenas cinco desde que abrira fogo pela primeira vez. Já não havia ninguém de pé. Era hora de se retirar. Encaminhou-se para o portão. Ao aproximar-se dos corpos dos quatro rapazes que abatera no início do ataque, cruzou-se com uma mulher deitada no chão; estava encharcada de sangue, mas permanecia viva e mostrava-se consciente. O encapuzado parou e inclinou-se, como se quisesse ouvir o que ela tinha para dizer.

"Não!", implorou a mulher, o rosto contraindo-se num esgar de horror. "Por favor, não!"

Apontou-lhe a arma semiautomática.

"Tenho filhos, tenho..."

Meteu-lhe uma bala na testa e ela ficou imediatamente imóvel, os pés a tremerem no estertor final. O atacante retomou a marcha, passou o portão, entrou no automóvel e arrancou a grande velocidade.

O som da canção eslava voltou a encher o interior do veículo.

Iz Krajine krenuli su vuci, krenuli su vuci
Čuvajte se Ustaše i Turci, Ustaše i Turci

Karadžiću vodi Srbe svoje, vodi Srbe svoje
Nek se vidi, nikog se ne boje, nikog se ne boje

O condutor respirou fundo.

"As armas funcionaram bem", observou em voz alta, como se apresentasse um relatório, claramente a falar para os espectadores que tudo acompanhavam ao vivo pela emissão do Facebook Live. "Pena aquele cartucho que caiu no chão a meio do combate, hem? Quanto ao resto, rapazes, nem tive mesmo tempo para apontar. Caramba, havia tantos alvos..."

A viagem para o destino seguinte foi rápida. O relógio no tabliê assinalava as 13h52 quando estacionou o automóvel na calçada ao lado de um edifício branco, pequeno e de aspecto rudimentar, uma espécie de pavilhão prefabricado. Vários asiáticos encaminhavam-se para o edifício, uns em trajes ocidentais e outros nas vestes tradicionais muçulmanas. Mais alvos.

Sempre a transmitir tudo ao vivo pelo Facebook Live, o homem repetiu o ritual que já havia cumprido na ação anterior. Saiu do carro, voltou-se para os bancos traseiros, pegou na mesma espingarda semiautomática *AR-15* que tinha acabado de utilizar e numa nova caçadeira de canos serrados, encheu-as de munições e, enfim preparado, enfrentou as pessoas que se dirigiam para o pequeno pavilhão branco e abriu fogo com a caçadeira, derrubando os alvos mais próximos.

A caçadeira de repente deixou de disparar, talvez por ter encravado ou, se calhar, porque as munições se haviam esgotado, e o atacante atirou-a ao chão. Quando preparava a *AR-15* para retomar o ataque, contudo, um dos muçulmanos, um homem de *kaftan*, lançou um objeto grande na direção do agressor, obrigando-o a desviar-se. O muçulmano apanhou a caçadeira largada no chão e apontou-a ao atacante.

Assustado, o encapuzado meteu-se de imediato no carro, pois não sabia se a arma se desencravaria e se poderia ser alvejado, e arrancou prontamente dali. Ainda ouviu o vidro traseiro do automóvel partir-se, atingido pelo muçulmano que reagira, mas logo a seguir o veículo fez uma curva e depressa ficou fora da linha de tiro.

Ao fim de alguns segundos, o sinal do Facebook Live foi interrompido. Acabara-se a transmissão ao vivo por *streaming*. Mas a gravação continuava. O carro prosseguiu para fora da malha urbana, penetrou numa zona de floresta e meteu inesperadamente por um caminho de cabras, abandonando a estrada principal e pondo-se assim ao abrigo de uma rápida detecção pelas autoridades.

Numa zona protegida por árvores e rochas gigantes, o veículo imobilizou-se. A imagem, até aí estável, voltou a balançar caoticamente de um lado para o outro, mostrando uma sucessão rápida de objetos, o volante, o teto, os assentos, o tabliê, até por fim se imobilizar no rosto do atacante; este pelo visto desmontara o *smartphone* do capuz e encarava agora a microcâmara do aparelho.

Com a imagem fixa nele, o homem retirou o capuz, a seguir soltou o lenço que lhe cobria o rosto e tirou os óculos escuros que lhe ocultavam os olhos verdes. Enfim com as feições descobertas e o rosto revelado ao mundo, o assassino em massa esboçou o mais maravilhoso dos sorrisos.

Era Tomás Noronha.

I

O verão acabara apenas dois dias antes e as folhas já haviam começado a tombar das árvores, estendendo um suave tapete avermelhado pelas calçadas de Ryazan; dir-se-ia relva em brasa. Os primeiros sinais do outono não pareciam, no entanto, interessar a Dimitri Chernyshev. Sentado no seu gabinete da esquadra do bairro de Dashkovo-Pesochnya, o tenente da polícia russa alheara-se da paisagem para lá da janela e mantinha os olhos azuis presos à tela do computador.

Desde a sua juventude, quando frequentara o liceu número 1535 de Moscou, que Dimitri se sentia fascinado com as promessas do universo digital. Fora na época da União Soviética. A verdade é que a ditadura comunista, centralizada e obcecada com a vigilância da população ao ponto de se tornar paranoica, se atrasara em relação ao Ocidente no desenvolvimento destas tecnologias. Sim, claro, no Instituto de Eletrotecnologia de Kiev havia sido desenvolvida na década de 1950 uma máquina de cálculo eletrônico designada *MESM*. Depois disso, foram concebidos os computadores *Strela*, *Mir*, *Minsk*, *BESM*, *Argon*, e ainda o *Micro-80* e o *Radio-86RK*, entre outros.

O fato, todavia, é que o país se revelara incapaz de competir com o ritmo de desenvolvimento, e sobretudo a qualidade, dos computadores produzidos pela indústria ocidental. Para esconder retoricamente as suas insuficiências, resolvera demonizar esta tecnologia. No seu afã de a desvalorizar, chegara mesmo a descrever os computadores como um produto pequeno-burguês do capitalismo decadente.

Balelas, como era evidente. Aquela propaganda para camponeses jamais iludira Dimitri ou quem quer que se interessasse pelas tecnologias do futuro. Nessa época, aliás como agora, o rapaz não manifestava o menor interesse em ideologia, nem no que dizia o regime. Papagueava a doutrina porque a isso era obrigado, todos naquele tempo tinham de cantarolar a mesma canção, mas o que os lábios falavam a cabeça não pensava nem o coração sentia. O que lhe interessava mesmo eram os computadores e as possibilidades infinitas que eles abriam ao futuro. O sonho de Dimitri sempre fora o de entrar na Academia Soviética das Ciências e lidar com máquinas que pensassem e até que fossem capazes de falar, como às vezes via nos filmes de ficção científica.

A fantasia desses filmes começara a tornar-se realidade quando, nos seus tempos de estudante, foi instalado o *Elektronika BK-0010* no liceu número 1535. O primeiro computador que viu ao vivo! Ah, que emoção! Teve, porém, de esperar pela queda do comunismo para deitar as mãos a um precioso *Agat*, na verdade uma simples imitação do *Apple II* americano, com a diferença de que se estava sempre a avariar. Mas essas avarias nem o incomodavam; constituíam excelentes pretextos para abrir a máquina e estudá-la por dentro como se lhe buscasse a alma.

"Chá?"

Levantou os olhos. Ekaterina, a nova secretária da esquadra, sorria-lhe com uma chaleira na mão, uma coluna de vapor a fumegar pelo cano. Havia já um ano que Dimitri não tinha namorada e a presença da nova contratação feminina da esquadra não o deixava indiferente. A moça era agradável, com o seu cabelo aloirado nas pontas e os grandes olhos castanhos a brilharem de vida. Além do mais, aproximava-se com frequência dele, o que não lhe parecia acidental e abria mil possibilidades; era só uma questão de lhe dar conversa e ver onde a cantilena o levaria.

O tenente pegou na xícara que tinha pousada ao canto da mesa e estendeu-lha.

"Só um bocadinho, por favor."

A secretária verteu o chá para a xícara dele.

"Há mais descobertas sobre Volgodonsk?"

Tratava-se de uma referência ao último de uma sequência de atentados que nos dez dias anteriores atingiram várias cidades e fizeram um total de trezentos mortos e mais de seiscentos feridos, lançando o medo pela Rússia. Em todo o país não se falava de outra coisa.

"Pelo visto foram os chechenos", devolveu o policial. "E o governo sem nada fazer. Uma vergonha! Apesar de ser chequista, este novo primeiro-ministro é igual aos outros. Todos uns bananas."

O primeiro-ministro em causa chamava-se Vladimir Putin, indigitado para essa função apenas no mês anterior.

"Desculpe, senhor tenente, o novo primeiro-ministro é chequista?"

"Claro, era do KGB, não sabia? Além do mais, antes de assumir as funções de chefe do governo, dirigiu o FSB", lembrou, referindo-se aos serviços de segurança do Estado, conhecidos no tempo comunista sucessivamente com a designação de Cheka, NKVD e KGB, nomes diferentes para a mesma temível organização. "Mas agora está tudo diferente. O tipo só subiu ao poleiro por ajudar o Ieltsin a livrar-se do procurador que o andava a investigar, mais nada. Quanto ao resto, só quer tacho. Como todos, aliás. Ouça o que lhe digo, minha linda, a nossa Rússia está perdida."

Ela terminou de lhe encher a xícara e abanou a cabeça.

"Só sei que estes atentados foram horríveis", observou. "Tenho primos em Volgodonsk e eles contaram-me que por lá ainda está tudo em choque. Já viu isto? Os bandidos destruíram à bomba prédios inteiros cheios de gente. Primeiro Buynaksk, depois Moscou, agora Volgodonsk. Uma tragédia! Até mataram crianças, esses selvagens. Como é possível haver gente tão cruel?"

Encolhendo os ombros, Dimitri sorveu um trago do chá.

"Neste mundo há pessoas dispostas a tudo", disse no tom de quem expunha uma evidência. "Para travar os criminosos só estamos cá nós, a polícia."

A moça desviou o olhar para a pistola que ele trazia à cintura.

"Se visse um desses chechenos pela frente, o que faria o senhor tenente?"

O policial endereçou-lhe um riso traquina.

"O que acha que faria um homem armado com um pistolão como o meu?"

Ela reprimiu uma risadinha.

"Oh, vá lá. O que lhe faria?"

"O meu dever, claro. Um tiro entre os olhos. Pimba."

"Ai, que durão…"

"Oh, nem imagina."

A conversa carregava-se de subentendidos, mas talvez aquele não fosse o melhor momento para flertar. Os atentados nos prédios estavam a deixar toda a gente nervosa, e Ekaterina parecia particularmente afetada.

"Agora a sério, o que acha o senhor tenente que o nosso presidente vai fazer para parar isto?"

"O Ieltsin? Nada. Talvez enfrascar-se com vodca, como de costume."

"E o novo primeiro-ministro?"

"Nada, também. Já lhe disse, esta galera só quer uma fatia do bolo. Basta olhar para os oligarcas. Eles governam-se e o povo é que se lixa. É sempre a mesma coisa."

As palavras do agente deixaram a secretária momentaneamente chocada. Os atentados haviam de fato sido horríveis, tinham morrido centenas de pessoas nas explosões dos prédios das três cidades e… não seria feito nada? Como era possível?

Vendo a atenção do seu interlocutor regressar ao computador, virou-se para voltar ao bule e preparar mais chá para oferecer a outros agentes da esquadra, mas suspendeu o movimento a meio e voltou a encarar Dimitri.

"O senhor tenente não achou estranho o que disse o presidente da Duma?"

O agente, já imerso no mundo digital, pestanejou ao regressar ao mundo real.

"Hã?"

"A declaração do Seleznev", insistiu. "Ele interrompeu a sessão na Duma para anunciar que tinha recebido a notícia do atentado em Volgodonsk."

"E então?"

"O Seleznev disse isso três dias antes do atentado."

Dimitri voltou a pestanejar.

"Perdão?"

"Não sabia? Foi a minha prima que me contou. Três dias antes da destruição do prédio em Volgodonsk, o presidente da Duma anunciou que o atentado tinha acabado de ocorrer em Volgodonsk. Na altura ninguém prestou grande atenção, uma vez que não tinha havido ainda qualquer atentado na cidade, mas em Volgodonsk uma coisa dessas não passou despercebida, como deve calcular. Toda a gente achou bizarro o Seleznev falar de um atentado na cidade três dias antes de ele ocorrer. Estranho, não é?"

A informação deixou o agente surpreendido. Nunca ouvira falar em tal coisa.

"O presidente da Duma falou no atentado de Volgodonsk três dias antes de ele ocorrer?" Abanou a cabeça. "Não pode ser, menina. Deve haver engano."

"Eu fui confirmar no jornal, senhor tenente. O Seleznev anunciou mesmo o atentado de Volgodonsk três dias antes. Logo depois da explosão, houve até um deputado que o questionou sobre isso na Duma. Está escrito no jornal."

Dimitri considerou por momentos a questão antes de o rosto se abrir num sorriso.

"Ouça, o que de certeza se passou é que o FSB tinha suspeitas de que poderia ser lançado um ataque em Volgodonsk e o presidente da Duma percebeu mal a informação e julgou que o ataque já tinha ocorrido. Mal-entendidos desses acontecem por vezes, sobretudo em situações confusas como estas."

Ekaterina considerou a explicação.

"Sim, tem razão", acabou por reconhecer. "Foi sem dúvida isso o que sucedeu." Acenou com a chaleira. "Quer mais chá, senhor tenente?"

"Não me chame senhor tenente, até parece que estamos na tropa. Por que não me trata por Dimitri? Ou, melhor ainda, por Dima?"

Ela sorriu.

"Só se me chamar Katja. Ekaterina soa demasiado formal, parece que está a falar com a minha avó."

"Hmm… então fica combinado. Mas, claro, quando as pessoas se tratam pelo nome próprio é porque se tornaram amigas, não é? Posso considerá-la minha amiga?"

"Claro."

"Os amigos às vezes saem juntos. Para ir ao cinema, para tomar um café, para jantar…"

Ekaterina riu-se.

"Já vi que tenho de ter cuidado consigo. É muito esperto."

"Sou, não sou? E então quando é que vamos tomar um café juntos?"

A moça deu meia-volta e regressou para junto do bule, de onde lhe atirou um olhar carregado de promessas.

"Vou pensar nisso."

Com jeito seria bem capaz de levar a água ao seu moinho, pensou ele, voltando-se de novo para a tela do computador. Dimitri era de longe o melhor agente da esquadra a lidar com as novas tecnologias e o chefe havia-lhe encomendado um trabalho de cruzamento de dados que só ele seria capaz de executar. Mergulhou por isso em todo aquele mar de informação e recomeçou a estabelecer correlações. Os dados envolviam transações financeiras e a sua função era verificar os fluxos de dinheiro e procurar ligações que não eram óbvias. A Rússia pós-Império Soviético tornara-se um faroeste de *gangsters* e oligarcas, e travar as negociatas criminosas entre gente poderosa estava a revelar-se um quebra-cabeças para a polícia.

Ao fim do que pareceram algumas dezenas de minutos, uma voz quebrou-lhe a concentração.

"Dima, temos aqui uma chamada de um cidadão com uma informação bizarra."

Tinha necessidade de se concentrar na tarefa sem ser perturbado, mas ocultou a impaciência quando constatou que fora Ekaterina quem o interrompera.

"Passe ao chefe de turno, se faz favor."

"Você é agora o chefe de turno, Dima."

A informação deixou-o momentaneamente espantado. Olhou pela janela e constatou com surpresa que a noite já caíra. Consultou o relógio; eram 21h15. O tempo voara e ele, embrenhado no trabalho ao computador, nem dera pela passagem das horas. Com exceção de Ekaterina, todo o pessoal do secretariado já tinha ido para casa.

Respirou fundo, resignado.

"Passe lá a chamada."

A moça desapareceu e, momentos depois, o telefone que ele tinha sobre a mesa tocou.

"Tenente Dimitri Chernyshev", apresentou-se logo que pegou no auscultador. "Quem fala?"

"*Boa noite, senhor policial*", respondeu uma voz rouca do outro lado da linha. "*Chamo-me Tankov. Alexei Tankov. Sou motorista e vivo num prédio da Rua Novoselov, não sei se sabe onde é.*"

"Sim, sei. Diga."

"*É para reportar um incidente suspeito, senhor policial.*"

Desde os tempos da União Soviética que "reportar incidentes suspeitos" se tornara um esporte nacional.

"Diga."

"*Há coisa de dez minutos vi um automóvel de cor branca, marca* Zhiguli-5 *ou* Zhiguli-7, *não sei bem. O carro parou diante do meu prédio e saíram do interior duas pessoas, um homem e uma mulher. Entraram no edifício pela porta da cave e, poucos minutos depois, voltaram para o veículo. Aproximaram-no da porta da cave. A seguir, saíram três pessoas do carro, incluindo o mesmo casal, e vi-os carregarem sacos do bagageiro para a cave. Passado um pouco, regressaram todos ao carro e foram-se embora.*"

"Se calhar eram moradores do prédio..."

"*De modo nenhum, senhor policial. Isso posso garantir-lhe, ou não me chame eu Alexei Ivanovitch Tankov. Conheço toda a gente que aqui vive e posso assegurar-lhe que nunca vi esta gente nas redondezas. Além do mais, a placa do automóvel era de Moscou.*"

"Viu a placa?"

"*Até tomei nota, senhor policial. Era... deixe cá ver... ah, aqui está. T 534 BT 77 RUS.*"

O agente registrou a sequência de algarismos e letras.

"E que mais?"

"*A questão é esta, senhor policial: que sacos são estes que desconhecidos oriundos de Moscou vieram aqui meter na nossa cave? Eu cá não quero confusões, mas com estes atentados todos a gente anda nervosa, não é? Os chechenos são tramados. Sabe, o meu filho combateu no Afeganistão e disse-me que é preciso desconfiar deste tipo de gente. Uns fanáticos capazes de tudo.*"

A referência a chechenos despertou a atenção do tenente.

"Esses tipos que o senhor viu a transportar os sacos tinham ar de chechenos?"

"*Bem... não exatamente, senhor policial. A bem dizer, pareceram-me... enfim, dos nossos.*"

"Quais nossos?"

"*Russos, senhor policial. Mas olhe que lá na Chechênia há muitos dos nossos que se juntaram a eles, como sabe.*"

Tudo aquilo soava a uma história da treta.

"Ouça, senhor Tambov..."

"*Tankov.*"

"... tenha calma, não se preocupe e durma descansado. Isso não é nada."

"*Quer dizer, está bem, não digo que sejam terroristas chechenos, mas... e se forem traficantes? Isto agora anda cheio de máfias, senhor policial, e aquilo que eu vi era gente finória, ouviu? Não tinha nada a ver com o povo que aqui vive. Eu pergunto-me: o que está nestes sacos? Será droga? Não é melhor verificar? Ou... ou prefere o senhor que eu ligue para outra esquadra?*"

Os elementos do público que passavam a vida a ligar para a esquadra a "reportar" todo o tipo de incidentes ganhariam de certeza a medalha de ouro dos Jogos Olímpicos dos Chatos se estes jogos existissem. A vontade de Dimitri era dizer ao homem para ser menos abelhudo, meter-se na sua vida e ir mas é dormir, mas... e se fossem mesmo traficantes? Parecia claro que o tipo, paranoico como pelo visto era, iria telefonar para outra esquadra e se algo fosse realmente descoberto ele seria acusado de falta de zelo nas suas funções e punido. Em obediência aos regulamentos que orientavam a polícia desde os tempos soviéticos, tinha consciência de que não podia ignorar a denúncia.

Resignou-se.

"Qual é o endereço?"

"*O prédio onde vivo? É no 14/16 da Rua Novoselov, senhor policial. É fácil de encontrar, há uma loja de conveniência no rés do chão.*"

Dimitri tomou nota da morada.

"Já aí vamos."

Desligou o telefone e levantou-se. Pegou no casaco, vestiu-o e dirigiu-se ao gabinete vizinho, onde um outro agente dormitava com os pés estendidos sobre a mesa.

"Andrei, anda daí."

O agente estremeceu e encarou-o, estremunhado.

"Hã? Hã?", agitou-se. "O que… o que se passa?"

"Temos um serviço."

Andrei pôs-se de pé e, ainda meio atarantado, verificou a arma.

"Aconteceu alguma coisa?"

O tenente pôs o boné na cabeça e saiu para a rua, enfrentando o ar fresco da noite de Ryazan.

"Nada de especial", retorquiu. "Já voltamos."

O que o esperava, porém, iria mudar a sua vida.

E a do mundo.

II

Com as botas enlameadas assentes na balaustrada da varanda e as águas revoltas do Mississípi a agitarem-se uns cem metros à sua frente, Leroy Roderick sentia dificuldades em se concentrar. Apesar de ser cristão praticante, interessava-se pelos mistérios do profano, pelos segredos do antigo Egito e pela cabala e respectivos códigos. Por essa altura andava a aprender um novo sistema de codificação e queria fazer exercícios mentais nesse sistema, mas não conseguia. O problema, por prosaico que pudesse parecer para quem se interessava pelos temas das esferas místicas, era a qualidade do ar.

Ajeitou o chapéu à *cowboy*, um velho *Longford Western* de couro castanho-escuro, de modo a espreitar as correntes gorgulhentas. Fulminou-as com o olhar, como se isso as pudesse intimidar. As águas ignoraram-no. É certo que já estava habituado aos maus cheiros com frequência exalados do rio junto a Burnside, a povoação onde residia, mas nesse princípio de tarde de domingo o fedor estava a revelar-se realmente insuportável. Assim, não conseguiria de fato concentrar-se o suficiente.

"Leroy?"

A mulher chamava-o do interior da casa de madeira onde ambos viviam com os filhos, mesmo à beira de uma curva do rio.

"O que é?"

"Sai daí", disse ela. "O cheiro hoje está mau."

"Está mau aqui, está mau aí."

"Não. Fechei todas as janelas logo que o senti. Aqui está-se bem melhor. Anda, vem para dentro."

Leroy ainda pensou em deixar-se ficar. Se da varanda tinha uma vista daquelas, e a brisa quente era agradável, por que não desfrutar? Ainda se lembrava de, na juventude, beber água fresca daquele rio e ali pescar com o pai. Belos peixes dava então o Mississípi nesse trecho; esturjões, peixes-gato, peixes-remo, robalos, carpas, salmonetes. Até saltitavam. Era só atirar a isca à água e vê-los trepar pela vara a saracotear as caudas. Bons tempos, esses.

Mas agora, na mesma curva do rio onde se situava a casa dos pais que agora era sua, tudo isso tinha já desaparecido; os peixes mortos pelos mil venenos que as fábricas e os produtores lançavam para as águas, os pássaros por deles se alimentarem. Nunca mais os pelicanos, as gaivotas, as garças e as andorinhas-do-mar voltaram àquele braço pestilento do rio. Nem ele voltou a ouvir por ali o coaxar morno das rãs. No seu lugar, apenas pairava agora, como uma neblina ameaçadora ou um augúrio de morte, um eterno cheiro nauseabundo.

Nesse momento o fedor estava de fato a tornar-se insuportável. Apesar da sua inicial determinação em não se deixar vencer pela podridão que os anos trouxeram ao Mississípi, ao fim de um minuto acabou por se render à evidência e pôr-se em pé.

"*Fuck, man.*"

Contrariado e mal-humorado, arrastou-se para casa. A mulher tinha razão, constatou uma vez lá dentro. No interior estava-se realmente muito melhor. Viu-a sentada sobre o tapete da sala na posição de lótus, já perto do final dos seus exercícios. Ambos gostavam de ioga, sentiam que os equilibrava naquele mundo de loucos, mas ela, talvez por causa da sua doença, fazia os exercícios com mais frequência. Leroy preferia focar-se nos mistérios das pirâmides e dos códigos antigos.

"O que achas que é desta vez?", perguntou a mulher, abrindo os olhos para o encarar. "Mercúrio?"

"O mercúrio não cheira assim, Betty", foi a resposta. "Talvez seja nitrogênio ou nitratos ou fertilizantes de fósforo. Ou um qualquer tipo de bactéria, sei lá. Cheira mal, é o que é."

Fez-se silêncio entre eles. Elizabeth, que todos conheciam por Betty, tossia ocasionalmente enquanto se exercitava; era uma tosse cavernosa que por vezes se tornava assustadora. No ano anterior, o médico diagnosticara-lhe um câncer nos pulmões e tivera de ser operada. A cirurgia custara uma fortuna e os tratamentos não eram totalmente comparticipados pela Medicare. Além de que a filha deles, Sally, aparecera com um enfisema pulmonar, e o filho, Charlie, tinha ocasionais problemas de pele. Um pesadelo para a família Roderick.

Esse pesadelo fazia parte de um pesadelo maior, cristalizado nas várias casas abandonadas nas redondezas e nas histórias por detrás desses abandonos; os proprietários tinham todos morrido ou fugido. Os Lavigne foram vitimados por todo o tipo de câncer, os Broussard também, o mesmo aconteceu aos Fontenot. Os Chalnot assustaram-se, fizeram as malas e partiram para Baton Rouge. Os Roderick só não saíram porque não tinham dinheiro. A única maneira de o obter em quantidade suficiente para poderem partir seria venderem a casa, mas quem a quereria comprar num lugar daqueles?

Não era por acaso que aquela parte do Mississípi se tornara conhecida como a Alameda do Câncer. Naquela faixa de cem quilômetros de comprimento concentravam-se muitas das principais indústrias petroquímicas e de hidrocarbonetos do país; eram mais de uma centena, muitas delas altamente poluentes, comprimidas numa zona do país transformada num imenso esgoto. As águas tornaram-se inconsumíveis, o ar por vezes irrespirável, a natureza morta ou moribunda. E as doenças, sobretudo o câncer, generalizaram-se.

A Alameda do Câncer.

Betty voltou a tossir. Terminou o exercício sobre o tapete e foi para o sofá, onde se pôs a tricotar com afinco. Havia algum tempo que se dedicara às malhas, num esforço para faturar dinheiro extra livre de impostos. Produzia peças para crianças e vendia-as depois pela Internet; aderira ao Facebook e, para além de fazer dessa rede social o uso normal, usava-a para angariar clientes para as suas peças. Isso ajudava a equilibrar as contas da casa, o que não era nada mau considerando os difíceis tempos que viviam.

Sem nada para fazer nesse domingo de modorra, Leroy foi arrumar a garagem. Nessa manhã tinham ido à missa na vizinha Gonzales, na verdade a povoação onde ele próprio nascera e cuja igreja frequentavam, e havia coisas que ficaram por fazer. Quando terminou o trabalho na garagem, foi sentar-se na sua poltrona e dali se entreteve a apreciar o galo de porcelana que herdara dos pais e que mantinha na estante como uma velha relíquia de família; naquela peça vítrea encerrava-se toda a história dos seus antepassados. O galo tornara-se de tal modo importante como símbolo da sua identidade que Betty o bordara na lapela de várias das suas peças de roupa.

O gongo do velho relógio de parede, outra herança dos pais, soou. Olhou para os ponteiros e admirou-se com o adiantado da hora.

"*Gee*, as notícias estão quase a começar."

Pegou no controle e ligou a televisão. Sentia por vezes dores nas costas, mas evitava os médicos o mais que podia; nunca se sabia que mais desgraças aqueles abutres anunciariam. A televisão estava sintonizada na Fox News, como habitualmente, e a notícia de abertura nesse dia incidia sobre os planos para se construir o que era descrito como "a mesquita dos terroristas no Ground Zero de Nova York", um santuário islâmico junto ao local onde os islamitas da Al-Qaeda tinham destruído as torres gêmeas do World Trade Center nos atentados de 2001 em Nova York.

Leroy deu um salto na poltrona.

"Como é possível?", urrou, revoltado. "Já viste isto, Betty? Enlouqueceram! Depois do que nos fizeram, os muçulmanos ainda brincam conosco! E o nosso governo deixa! Agh! Este país está perdido!"

A reportagem da Fox News noticiava manifestações que se organizavam contra esse projeto e em protesto contra "a transformação de Nova York na Nova Meca".

"Uma vergonha!"

A reportagem seguinte do noticiário da Fox News girava em torno do vídeo de um latino-americano que explicava em espanhol a potenciais imigrantes ilegais como poderiam usar a lei americana para ocuparem à força casas nos Estados Unidos. O autor do vídeo gabava-se, segundo a Fox News, de que ele, a mulher e a filha recebiam do Estado americano subsídios de trezentos e cinquenta dólares por semana, o que dava mil e quatrocentos dólares por mês, desde que haviam entrado ilegalmente no país.

"Isto é revoltante!", berrou Leroy, fora de si. "Esta gente entra como quer, ocupa as nossas casas, recebe o dinheiro dos nossos impostos... e ainda por cima ensina aos outros como usar as nossas leis para nos esbulharem ainda mais!" Ergueu as mãos para cima. "Meu Deus, não haverá ninguém que ponha termo a esta pouca vergonha? Como é possível que o governo colabore com os esquemas destes bandidos?"

"É o Hussein", observou Betty, remoendo os lábios para conter a irritação que aquelas notícias também a ela provocavam. "Desde que as elites o meteram no poleiro em Washington que esta gente faz o que quer. E nós a pagar..."

Hussein era como muitos americanos, em particular os do Sul, chamavam ao presidente. No nome Barack Hussein Obama, o que se lhes destacava, como uma nódoa em pano branco, era o do meio.

"Não é só o Hussein, são todos", resmungou o marido. "Democratas, republicanos... todos falam da mesma maneira, todos dizem os mesmos disparates. Apregoam que temos de ser tolerantes e receber esta gente toda, incluindo os que metem bombas cá dentro, e até usam o dinheiro dos nossos impostos para os ajudarem a instalarem-se. Entram e entram e entram. Mas quem depois os atura e paga tudo, quem? Eles?"

"Nós."

"Nós, claro. Quem mais? Nós, os que pagamos impostos, mas não temos voto na matéria. Eles, as elites de Washington, enquanto pregam a virtude, andam todos catitas nos seus *Cadillacs* e metem os filhos em Harvard e Yale. Se eles andassem de ônibus e os filhos deles frequentassem as escolas que estes imigrantes todos frequentam, como nos acontece a nós, aí é que os queria ver a pregarem virtudes. *Jesus Christ!* As elites estão a dar cabo deste país!"

A mulher fez um gesto de assentimento.

"É por isso que, no dia das eleições, nem sequer ponho os pés nas seções de voto."

"Nem eu, nem eu."

Por esta altura, o noticiário já ia na notícia seguinte, uma reportagem dedicada ao plano do presidente Obama para regularizar a situação de onze milhões de imigrantes que entraram ilegalmente nos Estados Unidos. O casal, que saltitava de explosões de indignação em explosões de indignação a cada notícia dada pela Fox News, não teve no entanto tempo de comentar o plano de legalização massiva de ilegais porque, sem aviso, a porta da rua abriu-se com estrondo e uma moça despenteada entrou em casa e irrompeu-lhes pela sala aos berros.

Era a filha e vinha num pranto.

III

Quando se aproximava já da Biblioteca Nacional, onde contava concluir nesse dia a pesquisa sobre as estelas sumérias que o havia ocupado ao longo da última semana, Tomás Noronha deu de repente uma palmada na testa; lembrou-se de que deixara em casa um instrumento indispensável para o seu trabalho.

"Porra!", urrou. "Os apontamentos!"

Como pudera ter-se esquecido deles? Andava com a cabeça no ar, é o que era. Em vez de se concentrar no trabalho de historiador, como era sua obrigação, tinha a mente totalmente preenchida por Maria Flor. A mulher separara-se dele e o pensamento atormentava-o dia e noite, tornara-se mesmo o principal problema da sua vida, uma verdadeira obsessão; impedia-o até de funcionar normalmente enquanto profissional. Em vez de se focar no trabalho, como era seu dever, pensava a toda a hora nela e depois cometia erros estúpidos como este.

Ainda considerou a possibilidade de prosseguir com a sua rotina dos últimos dias e ir na mesma à Biblioteca Nacional fazer a pesquisa, ainda que sem o caderno que reservara para os apontamentos sobre as estelas sumérias, mas percebeu que precisava efetivamente das anotações dos dias anteriores para se orientar no trabalho. Frustrado e resignado, deu meia-volta e retomou o caminho de casa. Considerando o trânsito, calculou, levaria uns vinte minutos a chegar. Ora, vinte minutos para cá e vinte minutos para lá, mais cinco minutos para entrar no apartamento e pegar no caderno de apontamentos, raciocinou, significava que perderia ao todo uns quarenta e cinco minutos. Era irritante, sem dúvida. Mas gerível.

Ao chegar ao quarteirão onde vivia, lembrou-se de que já não deveria haver lugares disponíveis para estacionar na rua onde vivia, pois os lugares eram muito concorridos, pelo que guardou o carro numa praceta discreta situada atrás do seu prédio. Apeou-se e meteu por um caminho estreito que o conduziu às traseiras do edifício. Entrou por uma porta de serviço e subiu as escadas apressadamente, saltando de dois em dois degraus para ser ainda mais rápido. Sempre com presteza, meteu a chave na fechadura e abriu a porta. Cruzou-a e, ao dar dois passos, deteve-se, estupefato.

Dentro de casa estava um homem que nunca vira.

"Quem é o senhor?", perguntou. "O que está aqui a fazer?"

As perguntas eram absurdas, como logo percebeu. O desconhecido reagiu de imediato e correu para a porta, saindo apressadamente do apartamento. Era pelo visto um assaltante e fora apanhado em flagrante.

"Ei! Venha cá!"

Tomás foi atrás do fugitivo. Ouvira os passos dele para os lados da escadaria e dirigiu-se a correr para aí, determinado a apanhá-lo, mas ao dobrar a esquina para descer deparou-se com o assaltante a meio do lance de escadas a apontar-lhe uma pistola à cabeça.

Estacou.

Estava totalmente à mercê do desconhecido e sentiu que este ia disparar. Mas o ladrão limitou-se a fazer um gesto a indicar-lhe que tivesse juízo e regressasse imediatamente ao apartamento. Não se discutia com um homem armado de pistola apontada e o dedo nervoso no gatilho, sabia Tomás, pelo que obedeceu e recuou. Tinha noção de que as únicas coisas de algum valor que deixara em casa e que caberiam nos bolsos do assaltante eram dois relógios e cem ou duzentos euros em espécie. Seria muito estúpido da sua parte deixar-se morrer por tão pouco.

Da janela do apartamento viu o homem entrar num *Mercedes* preto de alta cilindrada, onde se encontrava um outro capanga, e o veículo arrancar a toda a velocidade. Ainda tentou destrinçar a placa, mas àquela distância não foi possível. Pelo visto, o assaltante deixara um cúmplice de vigia. Coisa de profissionais, sem dúvida. O ladrão só fora surpreendido porque Tomás regressara inesperadamente a casa e entrara no prédio pela porta das traseiras.

Ainda considerou a possibilidade de telefonar à polícia a reportar o assalto, mas diria o quê? Que apanhou um assaltante em casa e que este fugiu num carro cuja placa não conseguiu anotar? De que serviria isso? Iria perder tempo, como era evidente. Haveria declarações a prestar, depoimentos a redigir, esclarecimentos a dar, deslocações a fazer. No fim ficaria de mãos a abanar. Para quê tanto esforço para tão pobres resultados?

Em vez de se meter em trabalhos, trancou a porta à chave. Sentindo-se mais seguro, iniciou uma vistoria à casa. Foi ver a sua caixa dos relógios e percebeu que nada tinha sido levado daí. O dinheiro em espécie que guardara numa cômoda do quarto também permanecia lá. Percorreu todas as divisões, abriu todas as gavetas, espreitou todos os cantos e nada detectou de anormal. Tudo permanecia no seu lugar, nada faltava. Isso significava que havia chegado a casa no início do assalto e que o meliante não tivera tempo suficiente para inspecionar detalhadamente o apartamento e escolher o que queria ou poderia levar. Antes assim.

Mais descansado, embora ainda perturbado, sentou-se ao computador e ligou-o. Na caixa de correio eletrônico tinha uma mensagem do curador da Fundação Gulbenkian com quem trabalhava a marcar-lhe uma reunião para as cinco da tarde do dia seguinte. O tema, claro, eram as estelas em sumério que a fundação planejava adquirir e cuja autenticidade Tomás teria de garantir. Era aliás exatamente para estudar o assunto que passara a última semana a visitar a Biblioteca Nacional. A fundação queria avançar com a compra e precisava do parecer técnico que ele estava a preparar.

Como fazia habitualmente, Tomás visitou a seguir o *site* da Anistia Internacional. Chocada com a guerra na Ucrânia, Maria Flor havia aderido à organização de defesa dos direitos humanos. Tendo meses antes a mulher saído da sua vida e ido viver para Coimbra, visitar o *site* tornara-se por isso uma forma de manter contato com ela. Navegou pelas páginas do *site* da Anistia Internacional e viu de repente premiada a sua esperança.

"Ah-ha!"

Não podia esperar melhor. O *site* indicava que Maria Flor tinha vindo na véspera a Lisboa para tratar de um caso relacionado com direitos humanos. Viu ali a sua oportunidade. Se havia coisa de que tinha a certeza era de que a ruptura com a mulher não era definitiva. Ou, pelo menos, que não o podia ser. Não podia. Aceitava que ela tinha motivos para estar descontente, como era evidente. Não só ele passava a vida a meter-se nas mais perigosas e complicadas alhadas, o que não era aceitável para uma pessoa que a única coisa que queria era levar uma vida normal e recatada, como era o caso de Maria Flor, como ainda por cima havia algo nele que a travava, como se a impedisse de lhe tocar na alma mais profunda.

Fosse por que razão fosse, a aventura precedente não acabara bem para a relação entre ambos. Tomás acreditava, contudo, que nada do que sucedera no episódio de *A Mulher do Dragão Vermelho* justificava uma ruptura completa e irreversível entre eles. Aliás, nem via verdadeiras razões para a separação. Recusava-se a aceitar isso. Queixas, sim. Aceitava que Maria Flor quisesse ter filhos. Era normal. Também aceitava que a mulher não gostasse de todas as confusões em que ele se metia amiúde e que procurasse uma outra vida, mais pacífica e recatada. Isso era legítimo e perfeitamente compreensível. Mas... separação? Para Tomás, a decisão da mulher afigurava-se radical e inexplicável. Além de que aprendera que na vida só a morte era irremediável; todo o resto tinha, melhor ou pior, uma solução. Era uma questão de tentar, de insistir, de acreditar.

Até conseguir.

Precisava por isso de um pretexto. Conhecendo-a bem, e sendo um homem de muitos recursos e raciocínio ágil, não teve dificuldades em improvisar um. Pegou no celular, identificou o número dela e ligou.

Maria Flor atendeu ao terceiro toque.

"*Olá, Tomás*", cumprimentou ela com voz agastada, ou talvez apenas cansada. "*Algum problema?*"

"Tenho uma coisa para ti", disse o marido, fingindo que não sabia da presença dela na cidade. "Quando vens a Lisboa?"

"*Bem... por acaso cheguei cá ontem e...*"

"Estás cá?"

"*Sim, mas por quê? O que tens para me dar?*"

"É uma coisa. Diz-me onde estás, vou ter contigo."

"*Que coisa?*"

"Surpresa."

"*Vá lá, diz*", impacientou-se Maria Flor. "*Vim cá tratar de um caso relacionado com a Anistia Internacional e não tenho tempo a perder. O que tens para me dar?*"

"Surpresa, já te disse."

"*Ouve, sabes bem que a nossa relação acabou. Eu estou a seguir a minha vida, tu segues a tua e...*"

"É só para te dar uma coisa."

Ela hesitou; sentia-se tentada.

"*Hmm, espero bem que não me estejas a vender a banha da cobra só com o intuito de te aproximares...*"

"Achas? Diz-me mas é onde estás para eu ir ter contigo. Serão dez minutinhos, não mais."

Se havia coisa que Tomás sabia sobre a mulher é que ela adorava surpresas. Bastava acenar-lhe com uma e, mesmo que tentasse resistir, Maria Flor acabaria por cair no conto do vigário. Fatal como os impostos. Ela lá acabou por lhe dar a morada e combinaram para as três da tarde do dia seguinte.

Quando desligou, Tomás esboçou o seu primeiro sorriso em muito tempo. Se falar com a mulher fora um raio de luz que se rasgara na treva em que se tornara a sua vida, ter um encontro marcado com ela era o sol a brilhar em todo o seu esplendor.

Endireitou o corpo, expandiu o peito e inspirou o ar fresco da manhã, revigorado. As agruras desse dia tinham-se esfumado por magia. Na sua mente já não havia estelas sumérias nem assaltantes em sua casa nem qualquer outro problema. Apenas Maria Flor. Sentia-se como Afonso Henriques, o primeiro rei de Portugal, diante dos mouros que lhe resistiam entrincheirados no castelo.

Ia começar a reconquista.

IV

A noite russa era fria, apesar de ainda ser setembro, e o tenente Dimitri Chernyshev lamentou não ter trazido um sobretudo mais quente, talvez um daqueles *shubas* peludos que se usavam lá na Sibéria. Além do mais, estava com fome, pois ao longo da tarde ficara de tal modo absorvido no trabalho ao computador que se esquecera de comer; uns *blinis* quentinhos cair-lhe-iam bem. Dadas as circunstâncias, a última coisa que nesse momento lhe apetecia era andar a perder tempo com uma história da carochinha nascida da mente paranoica de um excitado sobre supostos "incidentes suspeitos".

Mordeu o lábio inferior, reprimindo a impaciência. Não podia ter aquela atitude, disse para si mesmo. Esta era a sua profissão e volta e meia tinha de aturar palhaçadas como aquela. Fazia parte do trabalho. Conformando-se, o agente da esquadra de Dashkovo-Pesochnya avaliou o prédio diante dele, igual a tantos outros espalhados por Ryazan e, na verdade, por toda a Rússia.

Tinha doze andares e o aspecto de uma caixa de fósforos gigante; feio como todos os prédios da época soviética eram feios. Desengraçados e, acrescente-se, mal fabricados. Como era hábito naquelas construções, as paredes apresentavam-se dilaceradas por rachaduras que se rasgavam por toda a parte, os materiais visivelmente de má qualidade. A nota dissonante era a loja de conveniência instalada no rés do chão, daquelas que estavam abertas vinte e quatro horas por dia, enormes néones a resplandecerem ao longo da fachada.

Tratava-se do único elemento colorido, e capitalista, naquele edifício soviético.

Esforçando-se por ocultar o enfado de andar ali a perder o seu tempo com um pretenso caso que evidentemente não conduziria a lado nenhum, Dimitri virou o olhar para o homem ao lado dele. O denunciante. Tratava-se de um sexagenário, a barriga protuberante e o cabelo a rarear-lhe no topo, as roupas gastas e de material rasca a denunciarem as eternas dificuldades que desde tempos imemoriais faziam o quotidiano da vida na Rússia.

"Então, senhor Tankov?", interpelou-o. "Diga-me lá onde é essa famosa cave."

O homem apontou para uma zona escura ao lado da porta de entrada no prédio.

"Acolá, senhor policial", indicou. "Foi por ali que eles entraram com os sacos. Vi tudo da janela do meu quarto."

Dimitri fez um sinal ao seu subordinado, Andrei, e os dois policiais encaminharam-se com o denunciante para essa sombra. Depararam-se com dois degraus meio partidos que baixavam para uma porta lateral. Comportando-se sempre como anfitrião, Tankov abriu a porta e acendeu a luz, uma lâmpada amarelada que revelou uma escada descendente. Desceram-na e entraram num espaço escuro e úmido, empapado de um indisfarçável cheiro a mofo. O denunciante carregou noutro interruptor e uma nova lâmpada amarelada, na ponta de um fio elétrico que tombava do teto escuro de bolor, acendeu-se.

Os dois policiais varreram com o olhar o espaço agora iluminado. Havia caixas por toda a parte, um pequeno gerador, três bidões de gasolina e alguns instrumentos agrícolas, como pás, picaretas e ancinhos. Também material de limpeza, sobretudo duas vassouras gastas e algumas embalagens de detergente e cândida. Uma bicicleta ferrugenta estava deitada no chão. A meio, encostados a um pilar estrutural do prédio, encontravam-se três sacos com um logotipo impresso no tecido: *Refinaria de Açúcar Circassia*.

"São estes sacos?"

"Sim, senhor policial. Os três do carro carregaram-nos para aqui e foram-se embora."

Dimitri encolheu os ombros.

"São simples sacos de açúcar."

"Se assim é, senhor policial, por que motivo três pessoas que nada têm a ver com este prédio vieram de Moscou a meio da noite para os depositar aqui e irem-se logo embora?", questionou Tankov. "Acha que faz algum sentido?"

O homem não deixava de ter razão. Haveria decerto uma boa explicação, mas, já que ali estava, teria de clarificar aquilo. Os dois agentes abeiraram-se dos sacos e, acendendo a sua lanterna, Dimitri acocorou--se para os analisar.

"Provavelmente estes sacos, sendo de açúcar, têm açúcar lá dentro. Mas não há nada como certificar-nos, não é verdade?"

O problema é que os três sacos estavam fechados. Para lhes sentir o peso, Andrei pegou num deles e levantou-o.

"Pesa uns cinquenta quilos, meu tenente."

Dimitri esfregou o queixo, pensativo. Se queria confirmar o conteúdo dos sacos, teria mesmo de os abrir. Antes de o fazer, contudo, examinou cuidadosamente o primeiro; estava totalmente selado. Depois o segundo, também selado. Por fim, o terceiro. Neste último detectou uma abertura lateral. Virou para aí a lanterna. O produto no interior, constatou, era um pó branco, como o talco. Ora, o açúcar, embora branco, habitualmente não era tão fino como pó de talco.

"Oh-oh."

Queriam lá ver que era mesmo droga? Inseriu os dedos pelo rasgão e extraiu um bocado. O pó branco era formado por grãos minúsculos, mais pequenos do que os de açúcar. Cheirou-os.

"É haxixe, meu tenente?"

O tenente abanou a cabeça. Na verdade, o pó tinha um cheiro diferente. Não era açúcar, mas também não era haxixe nem qualquer outra droga que alguma vez tivesse cheirado.

"Temos de ver isto melhor."

Depois de analisar com mais cuidado a abertura do saco à luz da lanterna, Dimitri apercebeu-se de que havia um objeto inserido no pó branco. Metendo a mão por essa frincha, furou pelo pó até sentir as pontas dos dedos tocarem no objeto. Agarrou-o e, com cuidado, retirou-o; tinha um fio preto a ligá-lo ainda ao interior do saco. Ficou a mirar o objeto, tentando perceber o significado da descoberta.

"O que é isso, meu tenente?"

Dimitri examinou com pormenor o que extraíra do saco; não se queria enganar. O que via, porém, deixou-o inquieto.

"Uma bateria."

Fez-se um súbito silêncio na cave.

"Mau, mau", murmurou Tankov, remexendo-se nervosamente. "Isto cheira a esturro. Para que meteram eles uma bateria no interior de um saco de açúcar? Para fazer caramelos não foi certamente. E por que este fio preto? O fio liga a bateria a quê?"

Boas perguntas. O que estava ali uma bateria a fazer e o fio ligava-a a quê exatamente? O caso começava a tornar-se realmente alarmante. Muito concentrado, o tenente voltou a inserir a mão pela abertura e, seguindo o percurso do fio preto, extraiu devagar mais duas baterias semelhantes, todas ainda com fios a ligá-las entre si e ao interior do saco. Ficou a olhar longamente para os objetos que encontrara. Três baterias dentro de um saco com pó.

Queria aquilo dizer mesmo o que ele pensava?

Dimitri meteu mais uma vez a mão pela abertura e, seguindo de novo o fio preto, explorou o interior do saco de açúcar até sentir as pontas dos dedos tocarem num novo objeto sólido. Mais uma bateria? Agarrou o novo objeto com firmeza e retirou-o, sempre devagar. Não era nenhuma bateria. Tratava-se antes de uma caixa com um visor a exibir números digitalizados.

Em contagem decrescente.

07:19:12

07:19:11

07:19:10

Os três homens entreolharam-se, assustados.

"Um relógio?"

O tenente olhou para o seu relógio de pulso e fez as contas de cabeça. Se eram dez horas e onze minutos da noite e se o relógio que acabara de retirar do saco fazia uma contagem decrescente que se encontrava nas sete horas e dezenove minutos, isso significava que a contagem chegaria a zero às... às...

"Cinco e meia da manhã", murmurou Dimitri. "A contagem decrescente termina às cinco e meia da manhã."

Já com as mãos a tremer, desejando ardentemente que aquilo não fosse o que com toda a evidência parecia ser, voltou a meter a mão pela abertura do saco e, sempre a seguir o fio preto, explorou mais uma vez o interior para perceber onde o fio o conduziria dessa feita. Não foi preciso vasculhar por muito tempo para sentir um novo objeto sólido. Extraiu-o com cuidados infinitos e contemplou-o com os olhos horrorizados.

"O que é isso, meu tenente?"

"Chama a unidade de minas e armadilhas."

"Sim, mas o que..."

"Já!", rugiu. "Chama-os já!"

O subordinado levantou-se e saiu a correr da cave para fazer o telefonema. Dimitri, por seu turno, pousou o objeto com muita cautela no piso e ergueu-se lentamente, como se tivesse medo que qualquer movimento súbito desencadeasse a catástrofe.

Tankov transpirava profusamente e tinha os olhos arregalados de medo.

"Vi muito material deste quando andava na tropa", disse, indicando o último objeto retirado do interior do saco. "Onde há detonadores, há merda."

Sem perder mais tempo, o tenente da esquadra de Dashkovo--Pesochnya puxou o denunciante pelo braço e encaminharam-se os dois para as escadas. Tinham de sair dali, e depressa.

Uma vez no exterior, Dimitri apontou para o prédio.

"Quantos apartamentos existem aqui?"

"Mais de setenta, seguramente."

Um formigueiro de gente. Todos em casa às cinco e meia da manhã a dormir. O policial abeirou-se do painel metálico anexo à porta de entrada no edifício, onde se encontravam as campainhas de cada apartamento, e contemplou as dezenas de botões ali alinhados.

"Temos de evacuar o prédio."

Começou então a carregar nos botões para mandar os moradores abandonarem imediatamente o edifício.

V

Não foi fácil ao casal Roderick acalmar a filha adolescente. Nesse domingo, Sally saíra com as amigas, mas acabara de regressar a casa num farrapo. Chorava desalmadamente e, depois de uma breve passagem pela sala onde os pais viam o noticiário da Fox News, correu para o quarto e fechou-se à chave.

Preocupados e sem saberem o que se passava, mas temendo o pior, Leroy e Betty foram imediatamente bater-lhe à porta.

"Sally", chamou o pai. "O que aconteceu?"

Do outro lado apenas se ouvia o som abafado do choro; presumivelmente a filha gemia com a cara mergulhada na almofada.

"Sally, querida, fala conosco", pediu a mãe. "O que se passa? Fizeram-te alguma coisa?"

A única resposta era o choro.

"Abre a porta!"

"Sally?"

Como a filha não obedecia, Leroy pôs-se a considerar medidas mais radicais.

"Se calhar é melhor arrombarmos a porta, não vá ela..."

"Deixa estar", opôs-se a mulher. "Ela que chore o que tiver de chorar. Quando se sentir melhor, sairá."

"Mas... e se fizer algum disparate?"

"Não fará nada. Sairá quando estiver pronta para sair."

"Como sabes isso?"

"Sou mãe e sei."

Voltaram os dois para a sala e retomaram aos seus lugares habituais. O televisor continuava sintonizado na Fox News e nesse momento eram transmitidas declarações do senador republicano Jim Inhofe a sustentar que no debate sobre as mudanças climáticas não estava verdadeiramente em causa o clima, mas o controle das populações através do medo.

Em circunstâncias normais, o casal Roderick reagiria com aplausos entusiásticos a estas palavras, todos na Luisiana sabiam que a conversa das alterações climáticas não passava de uma invenção das elites liberais para lhes tirarem o negócio do petróleo, lançarem-nos no desemprego e aumentarem a pobreza na região de modo a que o Norte melhor controlasse o Sul, mas o estado em que a filha chegara a casa ocupava-lhes nesse momento a mente.

Ao fim de alguns minutos, ouviram a porta do quarto abrir-se. A filha apareceu na sala e sentou-se, cabisbaixa, no canto do sofá. Sally estava imensamente magra, quase cadavérica, tinha olheiras a ensombrar-lhe os olhos. O que nela nesse momento mais saltava à vista, contudo, era a imensa melancolia que lhe pesava no olhar.

"Então, querida?", questionou-a a mãe com suavidade. "O que se passa?"

Sally recomeçou a chorar, desta feita em silêncio, a cabeça baixa e as lágrimas a ziguezaguearem-lhe pelo rosto pálido.

"Conta, filha. Diz à mamã o que aconteceu..."

Ela levantou os olhos azuis e encarou a mãe com uma expressão de desespero.

"Estou... estou horrível."

Recomeçou a chorar.

"Por que dizes isso, filha? Tu és linda."

Sally abanou a cabeça, sempre em lágrimas.

"Estou gorda."

Os pais arregalaram os olhos. Havia já algum tempo que comentavam entre eles a extrema magreza da filha e o fato de ela quase não comer; tendia a fugir da mesa durante as refeições, invocando um qualquer trabalho urgente para a escola, e havia mesmo dias em que só a viam a trincar uma bolacha de água e sal. E ela aparecia-lhes agora em casa a chorar baba e ranho por estar… gorda?

"Que disparate! És magríssima."

"Estou gorda!"

"Desculpa, já te viste ao espelho? Estás até escanzelada! Isso não é saudável, ouviste?"

"Estou gorda!"

"Quem te disse isso?"

A moça ergueu a mão e exibiu o *smartphone*.

"Olhem para aqui."

A atenção dos pais fixou-se na tela do celular; mostrava uma modelo esguia e ao mesmo tempo curvilínea, a cintura estreitíssima e cabelos loiros vaporosos, a rebolar-se pela areia dourada de uma praia de águas azul-turquesa.

"Foi essa tipa que te disse isso?"

"Não!", gritou Sally, irritada. "Olhem para ela e… e comparem comigo. Vejam a cintura dela! Eu… eu estou horrível! Gorda, balofa! Estou horrível! Horrível!"

A mãe abraçou-a como sempre fizera à sua pequena desde que ela nascera.

"Que disparate, minha querida."

Os pais sabiam que Sally era uma adolescente mais preocupada com a sua imagem do que com o enfisema pulmonar que lhe fora diagnosticado, mas aquilo parecia-lhes um exagero absoluto. Se no entanto a mãe ainda se mostrava compreensiva, pois as mulheres pareciam ser mais sensíveis aos mistérios dos sentimentos, já o pai sentia imensa dificuldade em aceitar uma cena daquelas por motivos tão pueris.

"Ouve, Sally, nós somos cajun", lembrou-lhe em tom de prédica. "Os cajuns são fortes, os cajuns aguentam. Não choram por coisas ridículas, ouviste?"

Os cajuns eram americanos de origem francesa. Os seus antepassados eram os acádias, como eram conhecidos os imigrantes provenientes de França que no século XVII se haviam instalado no Canadá e depois foram para a Luisiana, uma colônia que devia o seu nome a Luís XIV. Bastava aliás ver os nomes das cidades da Luisiana, como a capital Baton Rouge e ainda Lafayette, Ville Platte, Chalmette e Nova Orleães, com o seu famoso festival do Mardi Gras, para perceber as profundas raízes francófonas daquele estado.

"Ridículo és tu!", atirou-lhe a filha, numa erupção de fúria em plena crise de choro. "Andas armado em francês, mas nem sequer temos nome francês!"

Era verdade, e Leroy nunca o escondera. Tal como a sua mulher e muita gente na Luisiana, a sua origem estava sobretudo nos cajuns, mas o nome de família não era de fato francês. Roderick não passava de uma anglicização de Rodrigues, o nome de família do avô paterno, um português cujos antepassados dos Açores emigraram inicialmente para o Massachusetts e que viera depois para a Luisiana, onde se casara com uma moça cajun, uma LeBlanc de têmpera, e com ela tivera seis filhos, um dos quais o pai de Leroy.

"O que tem o nome de mal?"

"Não é cajun!"

"É americano. Não é suficientemente bom para ti?"

"Não é normal eu chamar-me Sally Roderick", protestou a filha. "Fica mal no Instagram. Todos brincam com o meu nome e… com as minhas fotografias."

Regressou o choro da adolescente.

"Eu quero que o Instagram vá mas é para o raio que o parta!", vociferou o pai, com vontade de pegar no *smartphone* e atirá-lo pela janela fora. "Desde quando é que o Instagram dita leis nesta casa?"

Os dois engalfinharam-se, mas calaram-se no momento em que Betty sofreu um violento ataque de tosse, cavernosa, profunda e consecutiva como eram os piores desses ataques. Tossiu tanto que caiu no chão a tossir e gotas vermelhas de tosse se espalharam pelo soalho.

Sangue.

Só então os dois se calaram. Betty tossira sangue. Que importância tinha aquela discussão quando Sally tinha a mãe e Leroy a mulher a morrer de câncer?

VI

À dona Ermelinda faltava-lhe um dente no sorriso, mas o ar jovial e as cores que a rodeavam no seu trabalho conferiam-lhe a alegria de quem personificava a primavera. Foi por isso também com um sorriso que Tomás Noronha se plantou diante da bancada que ela tinha instalado na rua onde ele morava em Lisboa e contemplou as flores que a vendedora oferecia ao mundo a troco de um punhado de moedas.

"Bom dia, dona Ermelinda", cumprimentou-a. "Precisava de levar uma coisa especial."

A mulher, uma nortenha vigorosa que anos antes se instalara na capital, devolveu-lhe o sorriso desdentado.

"Atão qual é a ocasion, menino?"

"As flores são consoante as ocasiões?"

"Atão não son? Canudo, há flores para todas as ocasions. Qual é a sua? Casório, namorico… ou quer apenas um pretexto para lh'ir ao pito?"

Tomás corou.

"Nada disso, dona Ermelinda. É… é coisa séria. Um caso de reconciliação."

"Ah, carago, já podia ter dito! Vós, os mouros, andais com os vossos salamaleques, os vossos ai-credos e sei lá mais o quê. Dizei logo o que tendes a dizer, canudo! Não tenhais medo!"

O olhar dele passeava pelas flores, considerando as opções entre o vasto leque diante dele.

"Já lhe disse, é para uma reconciliação. O que me recomenda? Um cravo amarelo?"

"Ai, non! Virgem santíssima, isso non! O cravo amarelo significa rejeiçon e desdenho. O menino não quer reconciliaçon com desdenho, pois non?"

"Claro que não, dona Ermelinda. O que sugere então?"

Enquanto historiador, Tomás sabia que, desde tempos imemoriais, havia uma linguagem das flores. Da Ásia a África, passando pela Europa, múltiplas culturas atribuíam significados às diferentes espécies e era assim possível comunicar mensagens através delas. Os chineses faziam-no, os egípcios faziam-no, os ingleses faziam-no. Por que não haveria ele de o fazer também?

O olhar da florista voltou-se para um lado da sua bancada e focou a atenção num grupo específico de flores.

"Uma camélia."

"Camélia? Mas isso não era a flor das cortesãs?"

Tomás sabia isso evidentemente por causa do romance *A Dama das Camélias*, de Alexandre Dumas.

"Isso das cortesãs é muito fino, menino", observou ela. "Na minha terra, o povão chama-lhes putas. As camélias das putas são as vermelhas, c'um catano. Quanto às cortesãs, o meu home diz que gosta delas porque lhe dão um grande cortesão!"

"Adiante, adiante."

Dona Ermelinda inclinou-se sobre a sua bancada e pegou numa flor cor-de-rosa.

"Olhe, menino, se for esta camélia é diferente. Leve-a à confiança, vai dar um resultadon. Olaré se vai!"

O cliente mirou a flor, surpreendido.

"A cor-de-rosa?"

"Significa saudade", esclareceu a vendedora. "Num sabia? Esta camélia quer dizer que o menino pensa na sua senhora e quer reconciliar-se com ela. Acabam-se assim as arreliaçons e ficam todos contentes."

O negócio foi fechado e Tomás saiu dali com um *bouquet* de camélias cor-de-rosa. Não sabia se as flores fariam a sua magia em Maria Flor, mas valia a pena tentar.

Ao chegar ao endereço que na véspera a mulher lhe enviara por mensagem, Tomás compôs o cabelo, ajeitou as camélias e tocou à campainha. Alguns segundos depois, a porta abriu-se e apareceu-lhe Maria Flor à frente.

"Ah, és tu", disse ela, quase como se o aparecimento do marido fosse um incômodo. "Que chatice, tinha-me esquecido que vinhas cá..."

Que chatice? Tinha-se esquecido? Aquela reação não augurava nada de bom. Desde que haviam marcado o encontro que ele não pensava noutra coisa; ficara ansioso e tivera até dificuldade em dormir. Ensaiara mil vezes na cabeça tudo o que faria e lhe diria quando estivessem juntos. E afinal percebia agora que a mulher nem se dera ao trabalho de lhe dedicar dois segundos do seu tempo.

"É má altura?", perguntou, esforçando-se por ocultar o seu desapontamento. "Se quiseres venho noutra ocas..."

"Entra, entra."

Disse-o quase com resignação, dando um passo ao lado para lhe abrir passagem. Definitivamente, os sinais não eram bons. Mas Tomás não era homem para baixar os braços.

"Trouxe-te isto", disse com jovialidade, entrando no átrio do apartamento e estendendo-lhe o *bouquet* que comprara na bancada de dona Ermelinda. "Camélias cor-de-rosa."

Esperou que ela estranhasse e que o questionasse sobre se era mesmo aquela a tal surpresa que ele lhe prometera ao telefone, mas Maria Flor pegou nas camélias com uma expressão ausente, sem grande entusiasmo, na verdade mal olhando para elas.

"Obrigada."

"Devias espreitar o significado das camélias cor-de-rosa", sugeriu ele, esforçando-se por lhe despertar o interesse. "Não as escolhi por acaso. Espero que gostes."

"Claro, claro."

Uma voz masculina com sotaque brasileiro fez-se ouvir nesse momento, oriunda de algures do interior do apartamento, e Tomás congelou ao escutar o que o homem dizia com invulgar e inaudita agressividade.

"*Grande puta, te vou matar e cortar aos pedaços como...*"

VII

A unidade de minas e armadilhas da polícia de Ryazan foi muito célere a aparecer. O prédio da Rua Novoselov já tinha sido inteiramente evacuado pelos dois policiais que detectaram a bomba na cave, e os moradores, alguns de pijama, tiveram de aguardar no exterior, ao frio e amedrontados, que a unidade terminasse o seu trabalho. Todo o prédio fora isolado por baias e cordões de segurança e uma unidade de bombeiros estava a postos para o caso de os procedimentos técnicos na cave correrem mal e o pior acontecer.

Ao fim de vinte minutos, o capitão Iuri Sokolov, chefe da unidade de minas e armadilhas, emergiu da cave e, com as costas da mão a secar a transpiração na testa apesar do frio, dirigiu-se à multidão que o encarava com ansiedade.

"Já podem voltar a vossas casas", anunciou. "O engenho foi desativado."

"Era mesmo uma bomba, senhor capitão?", questionou um morador. "É verdade o que dizem? Havia perigo de explosão?"

"Podem recolher aos vossos apartamentos", repetiu o capitão Sokolov. "Está tudo bem. A cave, no entanto, irá permanecer isolada porque as investigações prosseguem. É terminantemente proibido ir para lá, ouviram? Quanto ao resto, a polícia emitirá um comunicado em tempo oportuno."

Em bom rigor, o chefe da unidade de minas e armadilhas não respondera à pergunta, mas o que ele dissera de alguma forma tranquilizou os moradores. As baias e os cordões de segurança foram retirados, exceto diante da porta da cave, e os residentes apressaram-se a regressar aos seus apartamentos. Ninguém fazia tenções de se demorar ali ao frio; alguns queriam retomar o jantar, outros ver televisão, uns casalinhos planejavam regressar às camas para retomar o sono ou qualquer outra atividade tão bruscamente interrompida.

O tenente Dimitri Chernyshev abeirou-se do capitão Sokolov e fez continência.

"Confirmou-se tudo, meu capitão?"

"Sim, tenente", anuiu o chefe da unidade de minas e armadilhas com gravidade. "Não há a menor dúvida. Aquilo era de fato um relógio e um detonador. A sua intervenção foi muito oportuna."

"Mas onde estava o explosivo?"

"Testamos o pó dos sacos e os resultados foram conclusivos. Trata-se de uma mistura homogênea de nitrocelulose. Ou seja, o próprio pó dos sacos era o explosivo."

"Uma bomba, portanto."

"Do gênero artesanal", especificou o capitão Sokolov. "Colocada junto ao pilar estrutural, onde poderia causar maior dano. Se o pilar fosse destruído, e esta quantidade de explosivos tinha realmente força suficiente para o destruir, o prédio desmoronar-se-ia como um baralho de cartas."

Dimitri estremeceu.

"Com toda a gente a dormir lá dentro..."

"Exatamente como em Buynaksk, em Moscou e em Volgodonsk", rugiu o oficial entredentes. "Ah, cabrões dos chechenos!"

Não havia tempo a perder. Dimitri pegou imediatamente no telefone e ligou para o seu chefe. O capitão Volkov levou algum tempo a atender e, pelo tom ao aparecer ao telefone, percebia-se que estava desagradado por ser incomodado àquela hora. Quando no entanto ouviu as explicações, o tom mudou.

"*Já aí vou ter*", disse. "*A primeira coisa a fazer é informar o governador e notificar Moscou. Temos de meter toda a polícia na rua e erguer bloqueios nas estradas. Há alguns pormenores que nos possam ajudar a identificar os suspeitos?*"

"Vou chamar agentes para irem de porta em porta questionar os moradores, pode ser que haja mais gente que tenha visto os terroristas", respondeu Dimitri. "Vou pedir aos nossos desenhadores que contatem as testemunhas para que façam os respectivos retratos-robô. Mas estamos com sorte, o homem que deu o alerta é desconfiado e registrou a placa do veículo em questão."

"*A sério?*"

"Vou passar essa informação para que se identifique o registro do proprietário."

"*Comunique também a placa ao pessoal que vai operar os bloqueios das estradas. Temos de apanhar esses malditos chechenos antes que nos escapem!*"

Depois de desligar, Dimitri procedeu às diligências de que acabara de ser incumbido. Entrou tudo de repente em ebulição. Mais de mil agentes de Ryazan encheram as artérias da cidade e as principais vias para o exterior foram bloqueadas por postos de controle com policiais fortemente armados. Alertado o governador da região, este de imediato declarou o estado de emergência e, depois de receber autorização do Ministério da Defesa, mandou o exército patrulhar as ruas e montar um dispositivo de segurança em todas as zonas residenciais. O próprio diretorado regional do FSB foi informado da ameaça chechena que pesava sobre Ryazan e envolveu-se nos esforços para capturar os suspeitos.

Até os habitantes da cidade se viram convocados, tendo formado à pressa milícias armadas com espingardas de caça e instituído turnos na vigilância dos bairros e dos prédios. Na ânsia de se encontrarem os perigosos terroristas, o governador ordenou que se efetuassem buscas a cada apartamento de Ryazan. Custasse o que custasse, os violentos chechenos seriam apanhados; não havia na cidade buraco algum onde esses animais se pudessem esconder.

A armadilha fechava-se.

VIII

Os tubos que Leroy Roderick tinha nesse momento em mãos junto ao tanque principal eram perigosos e requeriam um manuseamento conhecedor e, sobretudo, cuidadoso. Ao cabo de vários anos a trabalhar naquela unidade petroquímica, contudo, nada daquilo tinha já segredos para ele. Orgulhava-se da sua ética profissional; era dedicado, minucioso e zeloso. Encontrava no trabalho a sua função nesta vida; era aí que se sentia importante porque desempenhava um papel útil para a sociedade. O trabalho conferia-lhe dignidade, propósito e orgulho. Era um homem porque erguia, fazia e contribuía. Para a família, para a comunidade, para a nação.

Não compreendia por isso as pessoas que viviam de mão estendida, a choramingar e exigir subsídios do Estado como quem fazia da pedinchice um direito e da generosidade alheia um dever, e muito menos compreendia o Estado por este pôr e dispor do dinheiro dos seus impostos, e de todos os que tal como ele trabalhavam árdua e honestamente, para o distribuir sem critério pelos pedinchões que não queriam contribuir. Não estava a pensar nos que, por deficiência ou doença, não podiam trabalhar, claro; era cristão e compadecia-se com os enfermos. Estava antes a pensar nos outros, os que se encontravam de saúde e tinham duas pernas e dois braços. Não deviam esses procurarem também ser úteis para a sociedade e contribuírem com o seu trabalho para o bem comum em vez de viverem à custa do esforço dos outros?

Sacudiu aqueles pensamentos e concentrou-se na tarefa que estava a executar. Sabia o que fazer com os tubos que manuseava e quando o fazer. Trabalhava nesse momento com os canos que transportavam dicloreto de etileno para o tanque principal. Tratava-se de um hidrocarboneto líquido que cheirava a clorofórmio e que, além de ser altamente inflamável, era tóxico e possivelmente carcinogênico. Nada disso, porém, o assustava. Fazia o seu trabalho como sempre fizera, com dedicação e atento aos detalhes. Se tudo fosse bem feito, não haveria problema.

O que o assustava mesmo era a sua Betty. A crise de tosse que sofrera dias antes levara-a para o hospital, onde pernoitara uma noite para exames. O médico dera-lhe alta na tarde seguinte, mas explicara que o câncer alastrara e recomendara-lhe que repousasse. Leroy não sabia quanto tempo mais teria a sua Betty consigo. Tinha plena consciência de que em breve a perderia, como já perdera os pais e a vizinhança, todos levados pela doença que dava o nome àquele troço amaldiçoado do Mississípi. A Alameda do Câncer. Cerrou os dentes, determinado a não dar parte de fraco. Ele era um cajun e os cajuns, não se cansava de o lembrar, eram gente rija. Os cajuns aguentavam.

A sirene de alarme soou na unidade e todos pararam de fazer o que faziam, tentando perceber o que se passava; estavam habituados a ouvir aquele som durante os exercícios de segurança, mas normalmente estes eram precedidos de um anúncio. Não se lembrava de ter ouvido um aviso de exercício.

Leroy voltou-se para um companheiro que também trabalhava no tanque principal.

"Isto é um *drill*?"

"Provavelmente."

"Mas foi anunciado?"

"Ninguém me disse nada."

Era estranho, um exercício de segurança que não fora objeto de alerta prévio. Ouviram movimento fora do setor do tanque principal e foram à porta espreitar. Havia homens a correr de um lado para o outro, uns com propósito, outros claramente desorientados. Alguma coisa estava a acontecer.

"Saiam!", gritou uma voz. "Imediatamente!"

O homem que acabara de dar a ordem apareceu, esbaforido, na seção do tanque; tratava-se de *mister* Dean, o gerente da unidade petroquímica.

"O que aconteceu?"

"Houve uma fuga e o cloro está a ser exposto a temperaturas de mil graus", explicou o gerente. "Há gás por toda a parte. É melhor saírem todos os que não têm equipamento de proteção."

"Mas eu posso ajudar", ofereceu-se Leroy. "Arranje-me o equipamento e eu selarei os tubos para parar a fuga."

O responsável apontou com insistência para a saída.

"Não há mais equipamento de proteção", explicou *mister* Dean. "Sai imediatamente! Tu e todos os que não estão devidamente equipados! Temos já pessoal a reparar a fuga."

A unidade petroquímica devia ter trajes de proteção para todos os trabalhadores, mas isso era a teoria. A verdade é que a maior parte dos técnicos que ali laboravam não os traziam vestidos e não havia mais trajes desses nas instalações.

Com o alarme a soar e a unidade a ser evacuada, Leroy não insistiu. Fechou a torneira de segurança do cano por onde passava o dicloreto de etileno, seguindo os procedimentos de segurança para impedir que também ali ocorresse um acidente, e apressou-se a abandonar as instalações da unidade.

Já perto da saída cruzou-se com um colega do setor de armazenamento do cloro.

"Também sais?"

"Não tenho equipamento de proteção."

"Então quem ficou a trabalhar na fuga?"

"Só temos quinze homens devidamente equipados. São eles que estão a fazer as reparações."

"E achas que…"

Uma violenta explosão reverberou atrás deles. Ensurdecidos pelo fragor, sentiram imediatamente nas costas um bafo muito quente a atingi-los e atirá-los pelo ar como folhas de outono; era a onda de choque. Estatelado no chão, Leroy olhou para trás e viu uma bola de fogo formar-se no setor do cloro.

"Foge!"

Os dois homens levantaram-se e correram o mais que puderam, tentando escapar às chamas e aos gases venenosos que corriam atrás deles em perseguição. Na verdade, todos corriam na unidade petroquímica em direção ao portão, enquanto novas e sucessivas detonações se multiplicavam pelo setor do cloro e pareciam contagiar outros setores, como uma reação em cadeia.

Uma vez a uma distância segura, Leroy parou junto a outros trabalhadores e, ofegante, voltou-se para contemplar a parte das instalações que era pasto das chamas.

"Os… os nossos homens?"

"Estão lá dentro."

"Temos de os ir buscar!"

"Estás louco?"

"Não os podemos abandonar!"

Leroy começou a encaminhar-se para a zona das deflagrações, mas um colega agarrou-o pelas costas e travou-o.

"Não há nada que possamos fazer por eles."

"Mas vão arder…"

"Ninguém entra ali!", disse o colega, segurando-o com firmeza. "Mesmo que estejam vivos, não é possível retirá-los em segurança."

"Mas…"

"Não é só o fogo, Leroy. São os gases. Não tens equipamento, não tens máscara, não tens nada. Só irias atrapalhar. Além do mais, se fores para ali, irás inalar os gases e morrerás. Queres que a tua mulher fique viúva e os teus filhos órfãos? Fica aqui!"

Leroy sabia que o colega tinha razão e não insistiu. No estado em que Betty se encontrava, não se podia dar ao luxo de correr riscos. Quem cuidaria dos filhos quando ela se fosse? Ficou plantado por baixo do portão, junto aos trabalhadores que também haviam saído a tempo, a contemplar o desastre.

"Quantos homens ficaram lá dentro?"

"Quinze", disse alguém. "São os que têm equipamento de proteção e ficaram a reparar a fuga."

À sirene de alarme juntaram-se, minutos mais tarde, os sons de mais sirenes, estas em aproximação, e depressa apareceram com grande aparato os bombeiros, a polícia e as ambulâncias. Até helicópteros de dois canais de televisão. Os bombeiros apontaram as mangueiras para o setor em chamas e regaram-no profusamente com jatos poderosos.

Ao fim de alguns instantes, viram vultos a cambalear para fora da zona do acidente.

"Estão vivos!", gritou alguém. "Eles estão vivos!"

Os vultos ganharam formas e revelaram-se figuras em farda e máscaras; eram de fato os homens que tinham ficado a travar a fuga de cloro e que, aos tropeções, abandonavam enfim o setor em chamas. Alguns tinham o equipamento parcialmente em farrapos, mas estavam vivos e apenas isso nesse momento interessava. Foram acolhidos pelos médicos, submetidos aos procedimentos de primeiros socorros e enfiados em ambulâncias que arrancaram a grande velocidade em direção aos hospitais de Baton Rouge, os mais bem equipados para lidar com aquele tipo de acidentados.

"Quantos saíram?"

"Contei oito."

"Foram dez."

Indagaram junto dos médicos e confirmaram que dez tinham de fato saído. O que significava que faltavam cinco homens. Aguardaram que os bombeiros apagassem as chamas e esperaram que os desaparecidos também emergissem da zona da explosão, mas isso não aconteceu.

"Leroy!", chamou *mister* Dean, abeirando-se dele com o equipamento de proteção retirado de um dos sobreviventes. "Veste isto. Precisamos que nos ajudes nas buscas."

A Leroy nem ocorreu discutir a ordem do gerente. Pôs o equipamento e, com a máscara devidamente encaixada na cara com o respirador na boca, esperou pela luz verde dos bombeiros. Quando esta foi dada, encaminhou-se com mais três companheiros para a zona do acidente. Fazia muito calor e a cada passo a temperatura subia ainda mais. Quarenta Celsius, cinquenta Celsius? Impossível saber. Era muito quente. Quase a escaldar. Ao entrarem no perímetro da explosão, constataram sem surpresa que a devastação era geral. Os gases pairavam pelo ar e apenas se ouvia o som de chamas a lavrarem no equipamento e nos destroços.

Comunicando por gestos, um dos elementos da equipe apontou para um canto. Estava ali um corpo. Leroy constatou que lhe faltava a parte de baixo; tinha sido cortado pela cintura, as tripas ensanguentadas espalhadas pelo chão. Reprimiu a repulsa e, coordenando-se com um colega, pegou no que restava do cadáver e retirou-o da zona do acidente, entregando-o aos bombeiros. Viu os companheiros retirarem um outro corpo, mas nada mais foi encontrado.

Ao fim de uma hora de buscas, a equipe abandonou o local da explosão e regressou para a zona onde tinham sido montadas tendas de campanha para dar os primeiros socorros às vítimas.

"Não vamos encontrar nada", opinou um dos elementos da equipe, enxugando o suor. "O ácido decompôs-lhes os corpos."

Apesar do aparato, a verdade é que as explosões apenas haviam danificado uma parte da unidade petroquímica. A zona onde se encontrava o tanque com dicloreto de etileno pelo visto escapara intacta. Como Leroy estivera ali a trabalhar e permanecia equipado, o chefe abeirou-se dele.

"Preciso que alguém esvazie o tanque, não quero mais chatices", disse *mister* Dean. "Temos de retirar o dicloreto de etileno, não se vá dar o caso de também ali haver combustão. Podes ir lá?"

Leroy nem hesitou. Voltou a pôr a máscara e encaminhou-se para a zona onde estivera a trabalhar antes da explosão e de onde se retirara quando o alarme soara. O tanque permanecia como o deixara e nem sequer havia gases por ali. Rodou as válvulas de segurança e ativou a extração do hidrocarboneto líquido. Quando o tanque ficou vazio, voltou a rodar as válvulas de segurança e selou o tanque.

Precisava no entanto de verificar os monitores, para ter a certeza de que nem nos tubos haviam ficado restos de dicloreto de etileno. O problema é que a máscara estava embaciada e não conseguia ver os ponteiros dos mostradores anexos aos canos. O que fazer? Olhou em redor e confirmou que não havia sinais de gases a contaminar o ar. Pelo menos não os via. A medo, retirou a máscara e, a cara ao ar livre, inspirou um pequeno pedaço de ar. Não cheirava a gás. Mesmo assim, manteve o tubo de respiração na boca. Mais confiante, acocorou-se junto ao cano de dicloreto de etileno e verificou-o. Não havia gás lá dentro.

Perfeito.

Quis ainda inspecionar um outro cano, este com hidrocarbonetos clorados. Ao abeirar-se do cano, uma súbita nuvem de vapor quente, a cheirar a amêndoas, foi projetada das máquinas e atingiu-o em pleno no corpo.

"Agh!"

Ficara totalmente encharcado. Alarmado, o coração a bater descontroladamente, meteu a máscara à pressa e saiu dali a correr. Chegou ao pé dos bombeiros e tirou a máscara, os olhos arregalados de terror apesar do seu esforço para se impedir de entrar em pânico.

"Fui contaminado!"

Vendo o seu estado, o gerente da unidade petroquímica, *mister* Dean, apontou para uma tenda de campanha.

"Banho de segurança!"

Levaram-no de imediato para a tenda onde tinham sido instalados chuveiros. A pele ardia-lhe como se estivesse queimada, decerto por ação de um qualquer ácido, mas respirava bem, sinal de que os pulmões não haviam sido afetados. Graças a Deus que mantivera o respirador na boca. Talvez se safasse, pensou.

Ou se calhar não.

A água do chuveiro atingiu-o com a força de oitenta litros por minuto, uma verdadeira violência, porém necessária para o livrar dos químicos que o haviam encharcado.

"Tira o equipamento", ordenou-lhe alguém. "Tira tudo o mais depressa possível."

Obedeceu. Na verdade, o equipamento de proteção já havia sido em grande parte consumido pelo ácido, e o mesmo sucedera à roupa que tinha por baixo, pelo que só retirou farrapos; das cuecas apenas restava o elástico. Mais nada. Constatou, com surpresa, que as próprias botas haviam sido parcialmente destruídas e que os pés estavam expostos ao exterior, as meias comidas por ação do ácido. Descalçou também as botas despedaçadas e lançou-as para fora do chuveiro.

"Esfrega bem a pele!"

Mesmo sob a ação do chuveiro, a pele ardia-lhe. Analisou-a e viu-a vermelha, mas isso não o impediu de a esfregar. Esfregou, esfregou, esfregou, num esforço frenético e desesperado de se livrar do terrível ácido que ameaçava devorá-lo vivo.

"Agora os olhos. Mete água nos olhos!"

Não sabia quem lhe fazia as recomendações, tratava-se apenas de uma voz que escutava sob a pressão intensa do chuveiro, mas quem quer que o estivesse a guiar parecia saber o que fazer. Foi sempre obedecendo e, até ao momento, as coisas pareciam correr bem. Meteu profusamente água nos olhos; embora no momento do acidente tivesse mantido o respirador na boca, a verdade é que retirara a máscara e expusera os olhos.

Ao fim de quinze minutos, saiu do chuveiro. Tremia de frio e de nervos. A pele ardia-lhe por toda a parte, mas sobretudo no rego das nádegas, nas virilhas e por baixo dos braços. Mas estava vivo.

Ainda.

IX

"*… se você fosse picanha, depois de te matar te vou cozinhar e obrigar tua família a comer você em rodízio, cê entendeu? O que você fez com minha filha…*"

Com Tomás Noronha boquiaberto a escutar estas palavras carregadas de enorme brutalidade, Maria Flor reagiu de imediato e correu para a sala de onde vinha a voz.

"Desligue isso!"

"*… não tem perdão, a criança nasc…*"

A voz foi subitamente interrompida. Tomás percebeu que se tratava de um telefonema e que a chamada acabara de ser desligada. Entrou na sala e viu uma mulher sentada no sofá a chorar, as camélias cor-de-rosa largadas pelo chão, Maria Flor a pousar o celular na mesa e a abraçá-la para a reconfortar.

"Pronto, Maitê, não se preocupe, aqui está em segurança", murmurou-lhe num tom tranquilizador. "Já lhe disse várias vezes: quando receber estas chamadas, desligue logo. Não deixe que a incomodem."

A mulher fez que sim com a cabeça, mas ainda chorava.

"Minha nossa, quando isso acaba?", gemeu a desconhecida. "Quando me deixam em paz?"

Pelo sotaque, Tomás percebeu que também ela era brasileira. Sem dúvida um caso de violência doméstica. Marido violento, mulher abusada, filhos maltratados, fuga, perseguição, ameaças. O costume. Todo um pesadelo que era infelizmente mais comum do que perpassava pelo espaço público.

"Aqui encontra-se em segurança", repetiu Maria Flor, sempre no mesmo tom. "Estamos em Lisboa, não lhe acontecerá nada, fique descansada."

Perante esta cena, Tomás percebeu melhor a reação da mulher quando lhe abrira a porta. Ela não o recebera de forma pouco entusiástica necessariamente por não querer saber dele, embora essa possibilidade permanecesse, mas porque tinha nesse momento em mãos uma situação complicada. E, considerando as circunstâncias, compreendeu que ele próprio estava ali a mais.

Atirou um olhar a Maria Flor e fez um gesto a sinalizar a porta de saída.

"Se calhar era melhor eu vir noutra altura e..."

"Não, fica."

A brasileira, a tal Maitê, fungou e enxugou as lágrimas; ainda soluçava, mas estava mais calma e já não chorava. A portuguesa continuava a abraçá-la, num esforço para a reconfortar e tranquilizar, e isso parecia estar a resultar.

"Mamãe! Mamãe!"

Uma menina de uns dez anos irrompeu pela sala, muito excitada, na mão um *smartphone*. Com o rosto ainda rubro de comoção, Maitê encarou-a e forçou um sorriso.

"Que é, minha querida?"

A menina mostrou-lhe na tela do celular.

"Olha aqui! Meu vídeo está aqui! Que barato!"

A imagem mostrava essa criança e uma amiga a brincarem de roupa de banho numa piscina de quintal, lançando-se as duas à água, ambas a chapinharem e a rirem-se.

"É, legal! Você está no YouTube, meu amor. Mamãe pôs lá suas imagens com Tatiana. Gostou?"

A menina mostrava-se muito entusiasmada; soltava guinchos de alegria e dava saltinhos, e foi aos saltinhos de excitação que, sempre agarrada ao *smartphone*, saiu da sala e regressou para onde viera, presumivelmente o seu quarto.

Constatando que Tomás dava mostras de se sentir um intruso sem jeito para lidar com aquela situação, Maria Flor interveio para fazer as apresentações e tentar pô-lo à vontade.

"A Maitê vivia no Rio de Janeiro, mas teve de fugir para cá", explicou, depois de apresentar o marido à amiga. "A Anistia Internacional pediu-me para lhe dar apoio. O trabalho dela como médica estava a dar-lhe imensos problemas, nem imaginas."

Este último pedaço de informação surpreendeu-o; presumira que se tratava de um caso de violência doméstica e apoio à vítima, mas a referência à profissão da brasileira como fonte dos seus problemas mostrava que a situação tinha um perfil diferente.

"Peço desculpa, não quero meter o nariz onde não sou chamado", disse ele. "Mas que problemas levam uma médica a fugir do seu país?"

Maitê suspirou.

"A Zika."

"Ah, o vírus! Está a fugir da epidemia de Zika no Brasil?"

A expressão *epidemia* talvez não fosse a mais indicada, claro. O vírus Zika era transmitido por um mosquito das zonas tropicais e causava graves problemas de saúde, sobretudo neuropatia e mielite. Tomás já lera notícias sobre o impacto devastador da Zika no Brasil, mas a verdade é que não prestara muita atenção.

"Não estou fugindo da epidemia", respondeu a brasileira. "Estou fugindo dos que combatem o combate à epidemia."

"Como assim? Não estou a perceber..."

Maitê trocou um olhar com Maria Flor, como se lhe perguntasse se deveria explicar o que se passava. A sua protetora fez sinal que sim.

"Não sei se você está sabendo, mas estavam aparecendo no Brasil, sobretudo em Maceió, muitas mulheres dando à luz crianças com microcefalia, um problema que diminui o formato dos crânios e cria graves deficiências neurológicas nos recém-nascidos", explicou. "Como minha especialidade é infectologia, me chamaram a Maceió para lidar com a situação. Percebemos então que se tratava de Zika. Como já existe vacina para esse vírus, fui falar com as mulheres da região e lhes recomendei a vacinação. Aí ficou meio estranho porque a primeira mulher me disse que estava com dúvidas, que as vacinas tinham expirado e mais não sei quê. Expliquei p'ra ela que isso era bobagem, as vacinas estavam dentro do prazo de validade, não tinha que se preocupar. Depois..."

O celular dela tocou e ela, num gesto quase automático, carregou no botão verde para atender.

"*Sua cabra!*", vociferou uma voz de mulher com sotaque brasileiro, já não o homem que Tomás tinha escutado minutos antes. "*Foi o George Soros que mandou você fazer isso ao meu neném? Você vai me pagar! Vamos te matar, sua bruxa velhaca, vamos te...*"

Com um movimento rápido, Maria Flor inclinou-se sobre o aparelho e desligou-o.

"Maitê, por favor, o que lhe disse eu tantas vezes?", repreendeu-a. "Não pode atender!"

A médica tremia, os olhos de novo umedecidos.

"Eu... eu... é mais forte do que eu."

"Pronto, tenha calma", disse Maria Flor, adocicando a voz. "Eles aqui não lhe podem fazer nada. Está em Lisboa, encontra-se a salvo. Mas não atenda o telefone, por favor. Só a irá perturbar."

"Vou tentar me controlar."

Maria Flor levantou-se e pegou no seu próprio celular.

"Por falar nisso, vou ligar para a América por causa dos vídeos. Quando conseguir ligação virei aqui para que acompanhe a conversa. Vamos ver se desta vez irá resultar."

"Tá legal."

Aquelas chamadas hostis, percebeu Tomás, eram frequentes e feitas por pessoas diferentes. Ficou intrigado. Enquanto Maria Flor se afastava com o *smartphone* para contatar alguém nos Estados Unidos que ele não percebera quem era para falar sobre uns vídeos de que ele nunca ouvira falar, foi buscar um copo de água para Maitê. Ela engoliu tudo num trago.

Tomás acomodou-se no sofá.

"Contava a doutora o que aconteceu em Maceió", relembrou quando a sentiu preparada para regressar à narrativa. "Era a história daquela mulher que tinha medo que o prazo de validade das vacinas contra a Zika já tivesse expirado."

"Pois, eu na altura não prestei atenção a essa objeção dela", retomou Maitê. "Mas logo a seguir, numa reunião com mulheres de outro bairro, quando comecei a falar em vacinas, elas me interromperam de imediato. Disseram que essa história das vacinas era tudo uma tramoia do Bill Gates, da Oxitec e do Movimento Eugênico, que estavam usando as vacinas para provocar malformações nos fetos e impedir a reprodução das latino-americanas de modo a eliminarem as raças inferiores e assegurarem o domínio dos brancos. Disseram que, como eu sou branca e estava propondo as vacinas, isso queria dizer que fazia parte dessa conspiração nazi. Disseram que, se elas fizessem o que eu lhes dizia para fazerem, iriam também ter os filhos com microcefalia e que era um desaforo eu sugerir que elas se vacinassem."

"Bill Gates e o Movimento Eugênico?", admirou-se Tomás. "Mas este último telefonema falava em George Soros..."

"Pois é, a cada reunião eu ia encontrando objeções diferentes para as vacinas. Umas falavam que tudo não passava de um complô do Soros e dos judeus para enfraquecerem os cristãos, trazerem estrangeiros brancos e dominarem o mundo. Outras que era a Fundação Rockefeller e os capitalistas, as grandes farmacêuticas, que estavam por detrás de tudo. Queriam provocar malformações para depois bancarem de salvadores e fazerem uma fortuna à custa do sofrimento dos brasileiros. Outras que era a Monsanto, também com o objetivo do lucro. Outras que era a Organização Mundial da Saúde, que estava infiltrada por interesses financeiros. Cada uma com sua besteira, você nem imagina as maluqueiras que ouvi."

"Essa gente tem imaginação fértil, hem?"

"Não é imaginação, não", corrigiu-o a médica. "Essas mulheres estavam simplesmente reproduzindo o que lhes diziam."

Aquilo era novidade.

"Mas quem lhes dizia coisas dessas?"

"Foi o que eu comecei perguntando. Aí percebi. Sabe onde elas iam buscar essas bobagens todas?"

"Às amigas?"

Maitê apontou para o seu *smartphone*, que misturava as funções de telefone portátil e computador.

"Ao celular."

X

Foi só às cinco da manhã que o tenente Dimitri Chernyshev e os homens da unidade de minas e armadilhas regressaram à esquadra de Dashkovo-Pesochnya, no centro de Ryazan. Enquanto o capitão Sokolov e os seus subordinados guardavam no depósito das provas os sacos, o detonador, as baterias e o relógio apreendidos na cave do prédio, Dimitri dirigiu-se à *kitchenette* da esquadra. Vinha cansado e cheio de fome. Fez dois sanduíches de queijo e presunto e devorou-os sofregamente.

Os elementos da unidade de minas e armadilhas reapareceram entretanto e, da porta de saída, acenaram-lhe em despedida.

"Já deixamos as provas no depósito", disse o capitão Sokolov. "Vamos andando."

Os elementos da unidade abalaram para suas casas. Sozinho na esquadra, Dimitri foi ao bule aquecer água e preparar um chá preto. Antes de também ele ir para casa, tinha ainda trabalho a fazer, designadamente o relatório dos acontecimentos dessa noite. Mas queria igualmente verificar outra coisa.

Com a xícara fumegante na mão, encaminhou-se para o seu gabinete, sentou-se diante do computador e conectou-se ao registro central de propriedade de veículos. De certeza que alguém a essa hora já tinha feito esse trabalho, mas desejava ele próprio conhecer a resposta.

Teclou a placa que a testemunha lhe havia dado.

T 534 BT 77 RUS

A identidade do proprietário do veículo apareceu numa fração de segundo.

Elena Alexandrova Vitalina

Seria a mulher que fora vista a transportar um dos sacos? Se assim fosse, seria um incrível golpe de sorte. E uma prova de amadorismo por parte dos perpetradores. Sem perder tempo, verificou no sistema a identidade da suspeita. Tratava-se de uma arquiteta que morava na Ulitsa Shabolovka, em Moscou. Muito importante, estava aposentada. Tinha setenta e três anos.

"Porra!"

Não era ela. A testemunha fora muito clara a indicar que se tratava de uma mulher jovem. Com toda a probabilidade, os terroristas tinham usado uma placa falsa. A arquiteta Vitalina estava sem dúvida nesse momento a ser questionada pela polícia de Moscou, mas Dimitri não alimentava quaisquer ilusões. Os chechenos não teriam cometido um erro tão estúpido como o de usarem a sua própria placa, o que significava que aquela pista conduzia a um beco sem saída.

Ligou-se ao sistema da esquadra e começou a escrever o relatório dos acontecimentos dessa noite. Levou uma hora a redigir o documento. No momento em que o concluiu, tocou um telefone no gabinete ao lado. O toque surpreendeu Dimitri. Quem ligava às seis da manhã para a esquadra? Haveria novidades? Ou será que ocorrera mais algum incidente? Pegou no seu aparelho e captou a chamada.

"Tenente Dimitri Chernyshev", apresentou-se como de costume. "Quem fala?"

Do outro lado ouviu uma voz feminina.

"*Boa noite, senhor tenente*", cumprimentou-o a mulher. "*Peço imensa desculpa por estar a incomodar, eu sei que não são horas de ligar. Chamo-me Natalia Sakharova e sou operadora da Elektrosvyaz.*"

Tratava-se da empresa russa de telecomunicações.

"Passa-se alguma coisa, senhora Sakharova?"

"*É por causa desta história da bomba aqui em Ryazan*", disse ela, meio a medo. "*O senhor tenente acha que posso falar com alguém da polícia ligado a essa investigação?*"

Dimitri pegou de imediato numa caneta e num papel e preparou-se para tomar notas.

"Eu estou ligado à investigação, minha senhora. Tem alguma coisa a reportar?"

"*Pois, como lhe disse, sou operadora de telefones aqui na Elektrosvyaz*", repetiu ela, como se se abalançasse para o que realmente interessava. "*Acontece que... enfim, às vezes escutamos as chamadas, não é? Bem vê, temos ordens para nos assegurarmos de que os nossos concidadãos respeitam a lei e há que prevenir qualquer anomalia que possa surgir, de modo a...*"

"Adiante, minha senhora, adiante", impacientou-se o tenente, perfeitamente ciente de que na Rússia era normal as autoridades interceptarem chamadas privadas, uma prática herdada das políticas de vigilância dos tempos da União Soviética. "Acaso apanhou alguma coisa suspeita?"

"*Por acaso, apanhei.*"

Ah.

"E...?"

"*Foi uma chamada estranha de Moscou para um número de celular*", indicou ela. "*A pessoa em Moscou disse à que estava no celular, e cito de memória: 'venham todos sozinhos, há postos de controle por toda a parte'.*"

"De certeza que ouviu isso?"

"*Foi mais ou menos isto o que o homem em Moscou disse, sim. Desligaram a seguir.*"

"Tem os respectivos números de telefone?"

A voz do outro lado da linha hesitou.

"*Tenho o número do celular que recebeu a chamada*", confirmou. "*Mas não o número de Moscou.*"

"Ora essa, por que não?"

"*É... é um pouco estranho, mas... tenho de investigar melhor. Preciso de me certificar de umas coisas antes de dar a informação.*"

"Que coisas?"

"*Deixe-me verificar um detalhe. Num caso destes não pode haver erros, como decerto compreenderá.*"

Tantas cautelas eram estranhas, pensou Dimitri. Mas era o trabalho dela e tinha de o respeitar.

"Está bem, faça isso. E ponha a gravar todas as chamadas do celular, ouviu?"

"*Imediatamente, senhor tenente.*"

"Permaneça especialmente atenta a qualquer outra comunicação suspeita. A senhora e as suas colegas. Ligue para aqui se e quando houver novidades."

A chamada terminou e o policial desviou o olhar para a janela, não para apreciar a paisagem daquele animado início de outono, até porque estava tudo ainda escuro e apenas se viam as luzes tristes de alguns postes de iluminação, mas para começar a saborear a vitória. A rede apertava-se e em breve os perigosos terroristas chechenos seriam apanhados.

XI

O empregado, um rapaz com o cabelo pintado de cor de laranja, um brinco na orelha esquerda e trejeitos vagamente femininos que o tornavam suspeito, abeirou-se do cliente sentado na esplanada, situada junto ao rio Schuylkill e cercada por arranha-céus reluzentes, e estendeu-lhe uma enorme cartolina preta.

"Volto daqui a pouco para receber o pedido", disse o rapaz com um sorriso. "Esteja à vontade."

Desconfiado e quase a medo, Leroy Roderick pegou na cartolina e inspecionou-a. A palavra *Menu* impressa na capa revelava a sua função. Têm a mania que são chiques, pensou. Estava mais habituado às ementas em papel plastificado dos *diners* da sua Luisiana natal do que a *menus* com um *design* tão cuidado. Para quê tanta sofisticação para expor uma simples lista de pratos?

Abriu o *menu* e inspecionou a lista.

Massa de batata-doce com couve estaladiça
Almôndegas de ervilhas e quinoa com salada de beterraba
Tofu de coco picante com abóbora e brócolis
Seitan frito com molho de amendoim à indonésia
Tartelettes de abóbora assada, salva e funcho com nozes e pesto de rúcula

"Que porra é esta?"

Estava tudo escrito em inglês, mas era como se estivesse em chinês. Pura e simplesmente não percebia o que estava a ler. Entendia a maior parte das palavras, claro, mas era o conjunto que não fazia sentido nenhum, como se aquelas palavras tivessem sido amalgamadas para simples efeito estilístico. O que raio iria escolher se nada entendia? Leu e releu cada linha, mas não havia modo de compreender o que lhe era proposto.

"Está pronto a pedir?"

Era o tipo do brinco e cabelo pintado de cor de laranja que voltara.

"Ouça… uh… não tem bife?"

O empregado forçou um sorriso.

"Este restaurante é *vegan*, meu querido."

Já tinha ouvido a expressão *vegan* na televisão e, embora não tivesse a certeza absoluta, julgava saber o que ela queria dizer.

"Só tem comida vegetariana?"

"*Vegan*. Olhe, recomendo o *seitan* frito com molho de amendoim à indonésia. É uma espécie de *satay*. Está di-vi-nal."

Aquelas modernices não o convenciam.

"E galinha frita com batatas fritas? Ou então um bife ensanguentado? Tem?"

O rosto do rapaz que o atendia fechou-se, como se tentasse ocultar os pensamentos perante alguém daquele nível, pois presumivelmente só um caipira sem polimento podia mostrar gostos culinários tão rudimentares.

"Aqui não há pratos que causem sofrimento aos animais, meu querido. Só temos comida *vegan*. É saborosa, é saudável e protege a causa animal e o meio ambiente. Por que não experimenta?"

Picado pela condescendência daquelas palavras, Leroy sentiu-se desconfortável e remexeu-se no seu lugar.

"Só queria mesmo um bifezinho", devolveu com acidez. "E, desculpe, mas não me chame querido que eu não sou nenhum maricas…"

Ao ouvir esta última palavra, o empregado esboçou uma expressão de choque.

"Como disse?", escandalizou-se. "Isso… isso é homofóbico!"

"Não aceito ser chamado de querido por um puto efeminado com o cabelo pintado de cor de laranja."

"Oh! Está a ofender-me!"

A reação do rapaz surpreendeu Leroy, pois este acreditava ter apenas dito a verdade.

"Mas você *está* com o cabelo pintado de cor de laranja. Não é uma ofensa, é uma constatação."

"Além de homofóbico, faz discriminação capilar!"

"Discriminação cap...?!"

Um coro de protestos ergueu-se das mesas em redor. Leroy olhou em volta, presumindo que os outros fregueses o apoiavam, pois, que ele soubesse, não tinha dito nada de mal e, na sua perspectiva, o empregado estava evidentemente a teatralizar uma vitimização. Para sua nova surpresa, a fúria de todos os clientes da esplanada, os rostos irados e as palavras agressivas, era dirigida *a si*.

"Devia ter vergonha!"

"Tem de aprender a respeitar as pessoas!"

"Estes brutos supremacistas e reacionários do Sul julgam que ainda estão no tempo dos escravizados e que podem dizer e fazer o que querem! Era o que mais faltava!"

"*Redneck* de merda, volta para as berças!"

"Já viram estes provincianos desdentados? Para além de ignorantes, são sexistas e homofóbicos! Gentinha..."

Não havia condições para permanecer naquela esplanada. Aturdido, Leroy levantou-se e, a cambalear, pois as queimaduras do ácido ainda lhe afetavam as pernas e impediam-no de as dobrar normalmente pelo joelho, afastou-se no passo mais rápido de que era capaz. À medida que caminhava, os insultos e as risadas iam ficando para trás, mas, quanto à humilhação, essa transportava-a consigo. Sentia-se sujo, rebaixado e inferiorizado. Quem era aquela gente para lhe falar assim? Como era possível ser tão maltratado por dizer coisas que lhe pareciam perfeitamente normais? Lá porque ganhavam mais e viviam com grande conforto, isso não lhes dava o direito de se portarem daquela maneira com ele.

Dobrou a esquina e encostou-se a uma parede, ofegante. Ele era um cajun e os cajuns aguentavam tudo, disse para si mesmo, buscando coragem na sua velha alma acádia. Olhou em redor e contemplou os arranha-céus que faziam dele um anão. Se havia cidade nos Estados Unidos carregada de história era aquela. Filadélfia fora fundada no século XVII e tinha sido palco da assinatura da Declaração de Independência. A grande urbe da Pensilvânia representava por isso os valores mais sagrados da América, e se havia coisa que Leroy venerava, para além da Bíblia, eram esses valores. E, contudo, não se sentia ali à vontade. Pior, nem se sentia no mesmo país. Estava na América, mas era como se tivesse emigrado para outras paragens, um lugar onde também se falava inglês, mas totalmente diferente da sua querida Luisiana.

Bastava olhar para as coisas mais banais e as diferenças saltavam logo à vista. Onde aqui se viam asiáticos de terno e gravata e negros de mãos dadas com brancas, lá todos se vestiam à sua maneira específica e sabiam muito bem qual o seu lugar; onde aqui se escutavam diversas línguas estrangeiras a cruzarem-se na rua, lá todos falavam inglês; onde aqui muitos andavam a pé ou de bicicleta, lá as calçadas estavam quase desertas e as ruas pejadas de grandes carros e jipes potentes; onde aqui se viam painéis solares por todos os telhados, lá a paisagem era decorada por refinarias; onde aqui as mercearias exibiam produtos referenciados como "orgânicos" e "biológicos", lá as prateleiras enchiam-se de *bacon*, panquecas e frangos decapitados; onde aqui os restaurantes ofereciam comida "*vegan*" e "livre de glúten", lá as ementas propunham suculentos pratos de *jambalaya*, costeletas fritas e bifes *ribeye* ensanguentados.

Para cúmulo, não vira ninguém no restaurante da esplanada a rezar uma oração de graças antes da refeição e as igrejas de Filadélfia que visitara logo que chegara ao centro da cidade pareciam reduzidas a simples atrações turísticas, a sua verdadeira função arquivada na gaveta do esquecimento. Estaria o Norte a transformar-se numa nova Sodoma e Gomorra?

Ah, a América estava perdida!

Até os canais de televisão eram diferentes em Filadélfia e, presumia, por todo o Norte liberal. Espreitara os televisores no interior de vários restaurantes e cafés e apenas os vira sintonizados na CNN ou na MSNBC. Então e a Fox News? Ninguém via o canal que expunha os verdadeiros problemas do país? Como poderiam os americanos superar os enormes desafios que se erguiam à sua grande nação se ninguém era sequer informado da existência desses desafios?

O que não conseguia compreender era como o Norte, sendo tão rico, se tornara tão cego perante a realidade. Mais, se o Norte era assim tão rico, ao Sul o devia. O que era a Alameda do Câncer senão a terra de sacrifício, a fábrica onde a indústria petroquímica gerava toda a riqueza que beneficiava o Norte mas que os liberais nortenhos tão absurdamente desprezavam? Os do Norte cuspiam na mão que os alimentava e isso, mais do que incompreensível, parecia-lhe imperdoável.

Abanou a cabeça. Gostaria de abrir aquelas cabeças liberais e incutir--lhes um pouco do bom e velho *common sense* americano. Aquela gente estava demasiado contaminada por ideias radicais e absurdas. Por coincidência passou nesse momento por um quiosque de jornais e na primeira página do *The Philadelphia Tribune* surpreendeu uma notícia, ilustrada por uma fotografia, sobre estudantes universitários que lançaram tinta contra um monumento numa ação de protesto a reclamar a defesa do meio ambiente.

Achou aquilo simplesmente estúpido. Em que é que o lançamento de tinta, um químico altamente poluente, contribuía para defender o meio ambiente? Era contraproducente e não fazia sentido! Sempre pensara que os estudantes universitários eram jovens inteligentes, mas ali pareciam-lhe supinamente burros. Só podia ser da droga. Não havia outra explicação. Não se dizia no Sul que as universidades do Norte eram frequentadas por *hippies* que andavam nus pelos *campus*, faziam manifestações nas salas de aula e consumiam beques pelos corredores?

Parou junto a um homem que fritava cachorros-quentes na calçada e, com um certo alívio, comprou dois *hot dogs*, devidamente condimentados com mostarda e *ketchup* e acompanhados por um refrigerante gaseificado. Um alívio. Pelo visto ainda havia no Norte quem vendesse comida americana normal. Felizmente. Sentou-se num banco público, fechou os olhos e murmurou uma oração.

"Senhor, agradeço-Te esta refeição que me deste. Eu sou o filho e Tu és o Pai. Protege-me da tentação e salva-me do pecado. Ámen."

A breve oração de graças concluída, deu a primeira dentada no cachorro-quente. Não era tão saboroso como os da sua Luisiana, mas servia. Enquanto mastigava, viu duas mulheres passarem de mão dada e trocarem um beijo nos lábios. Abismado, parou de mastigar e seguiu-as com o olhar.

Que mundo aquele!

Quando acabou de comer, tirou o papel do bolso e consultou a morada. A seguir procurou-a no mapa. Não era longe dali, percebeu. Fez-se ao caminho. O gerente da sua unidade petroquímica, *mister* Dean, oferecera-lhe o bilhete de avião para Filadélfia e recomendara-lhe que fosse àquele endereço falar com um tal Alexis Rubinstein sobre um emprego que poderia ser interessante. Fora por isso que nessa manhã viera a Filadélfia. Seguiu na direção indicada.

Quando chegou ao destino, percebeu que se tratava de um arranha-céus com uns quarenta andares; o topo quase tocava nas nuvens baixas. Consultou de novo o papel que *mister* Dean lhe dera e constatou que tinha de subir ao vigésimo sétimo andar. Ao chegar à porta do edifício, deparou-se com uma mulher com vestido de executiva a também querer entrar. Quase instintivamente, parou e fez-lhe sinal de que cedia a passagem. A mulher atirou-lhe um olhar irritado.

"Por que está a ser condescendente comigo?", questionou com inesperada agressividade. "Por eu ser mulher? Isto do patriarcado tem de acabar, ouviu? Passe o senhor, chegou primeiro."

Leroy ficou embasbacado. Como ela se recusava a passar e ainda por cima fazia uma cena, avançou ele e entrou no edifício. A mulher veio atrás. Uma vez no átrio, parou para a observar a dirigir-se aos elevadores. Nunca tinha visto uma coisa assim. A cortesia para com as senhoras tinha sido algo que os pais lhe haviam inculcado desde a infância, mas pelo visto no Norte liberal as coisas não funcionavam da mesma maneira.

"Feminazis", murmurou para os seus botões, usando a expressão muitas vezes utilizada no Sul para as feministas. "*Jesus!* Estas agora querem ser homens..."

Esperou que ela desaparecesse, pois não sentia vontade nenhuma de partilhar o elevador com uma feminazi, e só depois apanhou também ele o ascensor. Saiu no vigésimo sétimo andar e entrou por fim no escritório. Dirigiu-se à recepção.

"Boa tarde, tenho uma reunião com o senhor Alexis Rubinstein."

"Não é senhor."

"Ah, desculpe. É uma mulher?"

Alexis era um daqueles nomes ingleses que podiam ser indiferentemente usados por ambos os sexos.

"Lamento, essa é uma maneira incorreta de se referir a Alexis", corrigiu a rececionista. "Ela é uma pessoa que menstrua."

Leroy pestanejou.

"Perdão?"

"Dizer *mulher* é discriminatório, como tem obrigação de saber. A expressão inclusiva é *pessoa que menstrua*."

Ele ficou de boca aberta.

"Já não se pode dizer mulher?"

"Essa palavra não é inclusiva", insistiu a rececionista com secura. "E não, Alexis Rubinstein ainda não chegou. Só chega daqui a meia hora… se chegar."

Ainda sob o efeito da surpresa pelo que acabara de escutar a respeito da forma correta de no Norte se designarem as mulheres, esta última resposta lançou-lhe uma nova dúvida. Ter-se-ia equivocado na hora? Verificou a folha que lhe tinha sido dada por *mister* Dean e constatou que não se havia enganado.

"Mas eu tinha a reunião marcada para agora com a senhora… uh… com… com essa pessoa."

"Pois, mas isso não funciona assim. As horas são meramente indicativas."

"Indicativas? O que quer dizer com isso?"

"Quer dizer que se pode cumprir ou não cumprir. Queira aguardar na salinha, por favor."

O recém-chegado ficou a olhar para a rececionista sem compreender o que acabara de escutar.

"As horas marcadas são para cumprir ou não cumprir?", questionou, visivelmente baralhado. "Não há pontualidade nesta empresa?"

"A pontualidade é um conceito racista."

"Racista?!"

Por esta não esperava ele.

"Sim, é racismo escondido. A pontualidade é um valor da cultura branca que está a ser imposto a toda a gente. Há outros valores tão bons ou melhores do que os da cultura branca."

"Mas… mas… a pontualidade não tem nada a ver com racismo, minha senhora. Deixe-me esclarecer isto: ser-se pontual é ser-se profissional."

"O profissionalismo é também um conceito racista. Outras culturas têm valores diferentes dos da cultura branca que estão a querer impor a toda a gente. E, já agora, é inaceitável essa outra palavra que usou, *esclarecer*. *Esclarecer* vem de *claro*, a qual vem de *branco*. Essa é uma palavra de origem racista."

Leroy não sabia o que dizer. Cada expressão que usava desencadeava um problema; era como se percorresse um campo minado e cada pisadela provocasse uma explosão. Não havia dúvida, aquele era um mundo totalmente novo. Como podia uma sociedade funcionar com eficiência se as pessoas não cumprissem os compromissos que assumiam nem fossem profissionais no seu trabalho? E já não se podia chamar *mulheres* às mulheres nem usar a palavra *esclarecer*? Incapaz de argumentar ou de entender aquele tipo de raciocínio, encaminhou-se para a salinha, sentou-se obedientemente numa cadeira e aguardou, ficando a matutar em tudo aquilo.

Ao fim de quarenta minutos, a rececionista chamou-o e encaminhou-o para um gabinete. Entrou quase a medo, mas Alexis Rubinstein mostrou-se simpática e não teceu o mesmo tipo de comentários desagradáveis que escutara hora e meia antes na esplanada nem disse coisas semelhantes às que ouvira da boca da rececionista. Pelo contrário, mostrou-se respeitosa e apresentou-lhe uma proposta de emprego assaz interessante, a de técnico de manutenção na Valero Texas City Refinery. Muito importante, o salário era vinte por cento superior ao que auferia nessa altura na Luisiana, algo que nos tempos que corriam era raro.

"E... qual é o plano de saúde?"

A pergunta era importante, considerando a situação de Betty e as limitações de que ele próprio padecia, decorrentes do recente acidente de contaminação no seu posto de trabalho. Rubinstein retirou um caderno da gaveta e entregou-lho.

"Veja."

Leroy leu o plano; não era muito diferente do que possuía nesse momento na sua empresa. Gostaria que fosse melhor, é evidente, mas a verdade é que a melhoria do salário mais do que compensaria a estagnação nos apoios de saúde.

Faltava resolver uma última questão.

"Como será o alojamento?", quis saber. "Oferecem casa?"

"Não."

Isso era um problema.

"E alugam?"

"Apenas quartos. Naquela zona não há apartamentos para alugar, receio bem."

Assim não dava.

"Pois, estava na expectativa de que a empresa acomodasse a minha família enquanto eu estivesse a trabalhar na refinaria..."

A solução parecia óbvia a Rubinstein.

"Por que não compra uma casa? Ponha a sua atual à venda e, com o dinheiro, adquira uma no Texas. Temos nas redondezas da refinaria bairros com excelentes moradias."

Só quem não conhecia o local onde Leroy tinha a sua casa no Mississípi podia pensar que uma solução daquelas seria viável. Estava fora de questão vender a casa de Burnside, não porque não a quisesse pôr no mercado, mas porque a forte poluição no local afugentava qualquer potencial comprador. Só um louco poderia considerar a possibilidade de comprar uma casa na Alameda do Câncer.

"Eu... eu vou pensar."

Despediu-se de Rubinstein com desânimo. A perspectiva de um bom aumento salarial, tão raro nesses tempos, havia-o entusiasmado. Mas sem casa disponibilizada para a família, nada feito. O aumento de vinte por cento no ordenado não compensava esse problema. Pelo contrário, ficaria pior, uma vez que nesse momento a sua casa em Burnside estava paga, enquanto se fosse para o Texas teria de assumir ainda a despesa de alojamento.

Ao sair do elevador, o celular tocou. O visor indicava tratar-se do filho.

"Alô, Charlie?"

"*Pai, tens de vir imediatamente para cá.*"

O tom do filho não augurava nada de bom.

"Por quê? O que aconteceu?"

Pela sua voz embargada, percebia-se que Charlie estava comovido, embora fizesse um esforço para conter as lágrimas e dominar a emoção.

"*A mamã morreu...*"

XII

O olhar intrigado de Tomás Noronha demorou-se no *smartphone* para o qual Maitê tinha apontado. A fonte dos mais diversos rumores sobre as origens da Zika e os perigos das campanhas de vacinação, segundo ela acabara de revelar, concentravam-se naquele aparelho. Ou melhor, na rede a que se acedia por ele.

"Está tudo no celular?"

"Foi o que descobri", confirmou a médica brasileira. "O Twitter se encontrava cheio de mensagens sobre o assunto. O Facebook tinha 'grupos' que só discutiam a manipulação da Zika para fins malévolos. O Reddit estava repleto de discussões intermináveis sobre os perigos das vacinas. *Blogs*, *podcasts*... em toda a parte se falava nas mais diversas bobagens. Fui ver o YouTube e descobri que estava mostrando vídeos e documentários a expor as ações sinistras dos mais diferentes agentes malévolos por detrás da Zika."

"Por exemplo?"

"Olha, um documentário de um tal VM Granmisterio, promovido pelo YouTube, falava que a Fundação Bill Gates, que está efetivamente desenvolvendo campanhas de vacinação muito meritórias por todo o mundo, financiou a Oxitec, uma empresa que efetivamente trabalha na modificação genética de mosquitos, para que criasse um mosquito geneticamente modificado com o objetivo de atacar e exterminar as raças que não são brancas. Tudo faria parte de um plano do Movimento Eugênico para garantir o domínio mundial dos brancos."

Tomás mal conseguia acreditar.

"Isso estava mesmo no YouTube?"

"Isso... e muito mais! Havia vídeos que falavam que o problema afinal era do mercúrio existente nas agulhas das seringas. Outros que o problema era da Monsanto, efetivamente o maior produtor mundial de pesticidas, que estava envenenando as colheitas e era isso que causava a Zika. Um vídeo no YouTube explicava que a Zika foi criada em laboratório pela Fundação Rockefeller por instigação dos Illuminati. Outros que era o Soros e a agenda da globalização, para enfraquecer os brasileiros e trazer estrangeiros a fim de conquistar o Brasil. Outros que a Zika fazia parte de uma agenda anticristã de grupos feministas para legitimar os abortos e assim legalizar a interrupção voluntária da gravidez. Havia até um vídeo de um padre implorando às mães brasileiras para que não dessem ouvidos aos médicos, falando que os médicos eram uns cafajestes que apenas protegiam os interesses financeiros das grandes farmacêuticas e que a Zika não passava de um negócio para sacar grana das pessoas. Ouça, não dá para descrever toda a besteira que encontrei nas redes sociais, cê entendeu? Uma loucura."

"Mas não havia no YouTube vídeos que dissessem a verdade e que mostrassem a evidência científica?"

"Haver, havia. Mas poucos."

"O que quer dizer com isso, poucos?"

"Quando se fazia uma busca no YouTube ou no Facebook, por exemplo, a maior parte das coisas que apareciam eram bobagens completas. Não sei como é possível isso, mas havia mais vídeos e discussões malucas do que coisas sérias."

"E as pessoas acreditam?"

"Como não acreditar? As pessoas acham que o YouTube é tão credível como a TV Globo e que o Facebook dá notícias tão verdadeiras quanto *A Folha de São Paulo* ou a revista *Veja*. Pior, acham que o YouTube e o Facebook e o Twitter falam coisas ainda mais verdadeiras do que a mídia normal. Na Internet estão informações que não aparecem na televisão nem nos jornais... e estamos falando de muitas informações, cara. Aí, concluem que a televisão e os jornais lhes estão escondendo a verdade, né?"

Tomás coçou o couro cabeludo.

"Bem, isso assim é complicado."

"Criou um problema muito sério, cê nem imagina", prosseguiu Maitê. "Os vídeos e as informações nas redes sociais falavam que as vacinas colocavam a saúde e a vida das crianças e das mães em risco. Isso gerou um pânico. As mulheres começaram recusando as campanhas de vacinação contra a Zika. Comunidades inteiras revoltaram-se contra as vacinas. Eu tentei explicar que não havia problema, que as vacinas eram seguras... mas quem era eu para contradizer o que falava o YouTube e o Facebook e o Twitter e todas as redes de fama mundial? Ninguém estava acreditando em mim. Pior, os vídeos estavam falando que nós, os médicos, éramos cúmplices nesses complôs contra o povo brasileiro. E aí..."

Não terminou a frase, fazendo um gesto na direção do celular como se a imagem deste completasse o que queria dizer.

"Começaram as ameaças."

"Um idiota me nomeou pelo nome nos seus vídeos do YouTube, falando p'ra todo o mundo que eu estava pessoalmente por detrás de um projeto secreto p'ra forçar abortos nas mulheres brasileiras. Aí, começaram os telefonemas. Eu estava a mando do Soros, do Rockefeller, das grandes farmacêuticas, dos nazis, das feministas... ouça, nem dá p'ra contar. Me iam matar, iam matar minha filha, iam acabar com a minha família toda... um inferno. Imagina. Fiquei com medo, né? Tive de fugir. Aí, tinha um amigo na Anistia Internacional, ele falou que o melhor lugar era Portugal... e vim p'ra aqui. Peguei na minha fi..."

"*... you're the person in charge of complaints?*", interrompeu-a Maria Flor, aproximando-se a falar ao celular com o aparelho em alta-voz. "É você a pessoa encarregada de receber as queixas? Muito bem, estou há dias a tentar falar consigo. Lamento que só agora tenha tido tempo para me atender."

"*Receio que tenha andado muito ocupado*", devolveu a voz. "*Em que a posso ajudar?*"

"Como já expliquei ontem várias vezes aos seus colegas, não sei se lhe passaram a mensagem, esta é uma situação de emergência", indicou Maria Flor à pessoa que estava do outro lado da linha. "Estamos a ajudar uma médica brasileira que teve de fugir do Rio de Janeiro por causa do YouTube."

"*Por causa de nós? Pode provar essa acusação?*"

"Há um vídeo que vocês têm na vossa plataforma que a nomeia como responsável pela epidemia de Zika no Brasil. Isso é totalmente falso. Ela é uma médica infectologista cujo único crime foi ter tentado convencer as mulheres no Brasil a vacinarem-se contra a Zika, um vírus que está a provocar uma vaga de nascimentos de crianças com microcefalias e outros problemas graves. Esses vídeos estão, aliás, a gerar um grave problema de saúde pública no Brasil, pois há cada vez mais mulheres que se recusam a ser vacinadas porque acreditam nas teorias falsas que esses vídeos no YouTube estão a espalhar e essas recusas estão a agravar a epidemia."

"*A YouTube leva as questões de segurança e do bem-estar muito a sério, minha senhora. Conduzimos a nossa própria pesquisa interna e concluímos que a plataforma promove essencialmente conteúdos rigorosos e positivos. Em alguns casos excepcionais pode haver problemas, não o negamos, mas...*"

"Casos excepcionais?! A maior parte dos vídeos que aparecem no YouTube sobre a Zika estão a promover teorias absurdas!"

"*Não é o que mostra a nossa pesquisa, minha senhora. É verdade que em certas situações aparecem vídeos problemáticos, não é infelizmente possível eliminar tudo, mas não temos a menor dúvida de que se tratam de casos raros.*"

"Isso é falso no caso da Zika!"

"*A nossa pesquisa interna é perentória a esse respeito, minha senhora. Tais casos são excepcionais. Quando encontramos vídeos inquestionavelmente perigosos, removêmo-los. Para todos os efeitos, convém ter presente que a YouTube não é responsável pelo conteúdo dos vídeos que estão na sua plataforma. Isso está explícito nas cláusulas de aceitação dos utilizadores do YouTube.*"

"Quais cláusulas de aceitação? Aquele texto denso e longo, escrito em letra minúscula, que vocês metem quando uma pessoa adere pela primeira vez ao YouTube e que todos aceitam sem sequer ler?"

"*Não temos culpa que as pessoas não leiam, minha senhora.*"

"Não têm culpa? Então se o *The New York Times* puser uma notícia falsa nas suas páginas, não é responsável pelo que publicou?"

"*O* The New York Times *é autor dos conteúdos que publica, minha senhora. Nós não somos. A YouTube é apenas uma plataforma. Não produz conteúdos. Os responsáveis pelos conteúdos são os seus autores.*"

"Mas vocês divulgam-nos!"

"*Pois, mas não somos os autores. Isto está explícito nas cláusulas de aceitação, minha senhora.*"

Maria Flor revirou os olhos. Andavam às voltas e não chegavam a lado nenhum.

"Bem, está bem", disse, procurando simplificar. "E o vídeo em que o nome da médica em questão é mencionado? Podem ao menos retirar esse vídeo da plataforma?"

"*Receio bem que não.*"

"Não? Mas por quê?"

"*Estivemos a verificar e não consideramos provado que haja uma relação de causa-efeito entre o referido vídeo e as ameaças que a médica terá alegadamente recebido. De qualquer modo, relembro-lhe que o conteúdo dos vídeos é da exclusiva responsabilidade dos seus autores, minha senhora. Está nas cláusulas de aceitação.*"

"Mas o vídeo coloca em perigo a médica! Ela teve de fugir do Brasil por causa das ameaças que está a receber! Não podem ao menos tirar esse vídeo?"

"*Receio bem que não, minha senhora. Lamento não a poder ajudar, mas não damos isso como provado para além de uma dúvida razoável. E, insisto, a YouTube é apenas uma plataforma, não é responsável pelo conteúdo dos vídeos. Os únicos responsáveis são os seus autores.*"

Ela tentava manter-se calma, mas estava a ser difícil.

"Desculpe lá, os senhores têm vídeos que estão a pôr em perigo a vida de milhares e milhares de pessoas, pois elas recusam vacinar-se por acreditarem nas teorias estapafúrdias que vocês disponibilizam na vossa plataforma… e vocês não fazem nada? Há um vídeo a culpabilizar erradamente uma médica, cujo nome é referido explicitamente e que, por causa disso, recebe ameaças de morte e corre risco de vida, e vocês não fazem nada? É isso?"

"*As cláusulas de aceitação do serviço do YouTube tornam claro que a nossa plataforma não tem qualquer responsabilidade pelos conteúdos veiculados nos vídeos. A responsabilidade é exclusivamente dos respectivos autores. Lamento, minha senhora. É a lei.*"

Conversar com aquele sujeito era o mesmo que argumentar com uma parede. A conversa terminou sem acordo e, ao desligar, Maria Flor estava tão irritada que parecia preparada para despedaçar o celular contra a parede.

"Ouviram isto?", exaltou-se. "Irra! Esta gente não assume a responsabilidade de nada! Incrível! Metem vídeos que põem em perigo as pessoas, umas a receberem ameaças e outras a recusarem vacinas devido a campanhas de desinformação, e os tipos… os tipos é isto!"

Nesse momento, a menina de dez anos que tinha aparecido antes, filha de Maitê, regressou à sala.

"Mamãe! Mamãe! Já viu quantas pessoas viram meu vídeo a brincar na piscina?"

A médica voltou a forçar um sorriso, para que a pequena não percebesse a angústia que a assolava.

"Quantas, minha querida?"

"Milhares e milhares."

A mãe manteve o sorriso, agora maternal.

"Não pode ser, meu anjo. É apenas um videozinho de você brincando com sua amiguinha. Quem se interessaria por isso? Só os vovôs e o resto da família, né?"

A menina estendeu-lhe o celular.

"Eu juro, mamãe. São milhares de visualizações. Todo o mundo me está seguindo. Veja, veja."

Maitê lançou um olhar fingidamente interessado para a tela do *smartphone*, mas de repente arregalou os olhos, chocada.

"Quatrocentos mil?!"

Os três adultos trocaram olhares incrédulos; quatrocentos mil visualizações era um número já próximo do meio milhão. Não era normal para um vídeo caseiro sem nada de especial, apenas duas meninas a brincarem numa piscina.

"Não pode ser", disse Tomás. "Mostre-me lá isso."

Depois de dar uma nova olhadela à tela para se certificar de que não se tinha enganado, a médica passou-lhe o celular.

"Veja só."

O historiador confirmou o número de visualizações do vídeo das duas meninas. Lá estavam os algarismos. Quatrocentos mil. Como era possível uma coisa daquelas? Intrigado, decidiu tirar aquilo a limpo e pôs-se a verificar os outros vídeos que o YouTube propunha juntamente com aquele.

Ficou boquiaberto.

"Caramba!"

"Que foi?", perguntou Maitê, preocupada. "Tem algo errado?"

Tomás abeirou-se dela e mostrou-lhe a sequência de imagens que faziam parte da seleção de recomendações associadas ao vídeo da filha na piscina.

"Veja isto."

Eram dezenas e dezenas de vídeos caseiros a mostrar crianças pré-adolescentes, todas elas parcialmente despidas. Na praia, na piscina, na cama, a rolarem no chão, a saírem do banho. Umas atrás das outras. Envolviam crianças dos seis aos doze anos, todas sempre semidespidas, a generalidade em traje de banho ou cuecas. Os vídeos eram inocentes; era a sequência, e o que ela sugeria, que chocava.

Maitê estava atônita.

"Meu Deus!"

Tomás seguiu as recomendações do YouTube após essas imagens e começou a ver vídeos de mulheres a falarem de sexo, mulheres em roupa interior a dar a mama aos bebês, mulheres a falarem como bebê, mulheres a posarem eroticamente em roupa de bebê, mulheres a dizerem que tinham vídeos privados a posarem nuas a troco de dinheiro, crianças apanhadas em momentos de nudez não intencional, meninas de seis anos a mudarem de roupa ou a contorcerem-se em exercícios de ginástica; todas as imagens com milhares e milhares de visualizações. O padrão de recomendações revelava-se muito perturbador.

"Vocês estão a perceber o que se está aqui a passar?", questionou ele. "O YouTube anda a juntar todos os vídeos de crianças suscetíveis de interessar um segmento muito específico de público. Um segmento doentio."

Os três estavam abismados com o que viam, pois o padrão era de fato claro e extremamente inquietante. Ficaram por momentos em silêncio, tão chocados todos se sentiam e tão incrível era a descoberta, mas a evidência diante dos olhos deles tornara-se inegável e impunha-se com a força de uma epifania.

"O YouTube está a promover a pedofilia?"

XIII

Quando acordou ao final da manhã, a primeira impressão que o tenente Dimitri Chernyshev teve foi a de que tivera um sonho mirabolante. Um denunciante chamara-o a um prédio por causa de três estranhos que ali haviam aparecido e a inspeção à cave do edifício levara à detecção de uma bomba artesanal tão poderosa que, se explodisse, desencadearia o colapso de toda a estrutura habitacional. A descoberta desencadeara um verdadeiro pandemônio, com milhares de policiais nas ruas a montarem caça aos três suspeitos.

Ao fim de alguns instantes, contudo, tomou consciência de que nada daquilo tinha sido um sonho. Por mais incrível que parecesse, havia mesmo acontecido na noite anterior. Já totalmente desperto, deu um salto da cama e foi à sala ligar a televisão. O principal canal do país, o Rossiya 1, tinha repórteres ao vivo de Ryazan com pormenores sobre o que fora descoberto e o que estava a acontecer, falando profusamente da terrível ameaça chechena que pairava sobre a Rússia e entrevistando o herói da noite, o bravo Alexei Tankov, cidadão destemido e consciencioso que, com coragem indomável e alto sentido cívico, se apercebera das atividades nefárias dos sinistros terroristas chechenos e de imediato alertara as autoridades, as quais atuaram com a sua proverbial prontidão.

"*Limitei-me a cumprir o meu dever patriótico*", proclamou Tankov de peito cheio, entrevistado pelo repórter do Rossiya 1. "*Qualquer russo decente teria feito o mesmo. Temos de proteger a nossa pátria amada.*"

O repórter informava a seguir que o exemplar cidadão Tankov iria ser premiado com um magnífico aparelho de televisão a cores, um imponente *Rubin*, marca nacional, claro, para que pudesse ver ainda melhor as deslumbrantes emissões do Rossiya 1. A reportagem incluía detalhes sobre o pó explosivo encontrado no tal prédio e os retratos-robô dos três chechenos suspeitos de terem plantado a bomba.

Não havia grandes novidades em relação à noite anterior, percebeu Dimitri, a não ser que o incidente no edifício da Rua Novoselov havia posto o país de novo em polvorosa. Estavam a ser dez dias infernais na Rússia. Primeiro as explosões no prédio de Buynaksk, depois nos prédios de Moscou, a seguir no prédio de Volgodonsk, e agora a tentativa, felizmente gorada, de destruir o prédio de Ryazan com os moradores todos lá dentro. Será que aquele horror não acabaria nunca mais? Quantos mais atentados teriam de ocorrer e quanto mais gente teria de morrer para que as mais altas autoridades do país agissem para pôr cobro à situação e mandassem os chechenos para o inferno?

O tenente sabia que precisava de se apresentar ao serviço o mais depressa possível, pois tempos extraordinários requeriam horas extraordinárias de trabalho, pelo que foi de imediato tomar banho. Depois de se lavar e barbear, vestiu uma farda lavada e encaminhou-se para a cozinha para meter qualquer coisa no estômago antes de sair.

Ao passar pela sala, onde a televisão permanecia ligada no Rossiya 1, deparou-se com uma notícia de última hora dada pela apresentadora.

"*... de Grozny*", dizia ela. "*O presidente Ieltsin tornou claro que o raide aéreo constitui uma retaliação contra os recentes atentados na Rússia, cuja autoria é atribuída pelo governo liderado pelo primeiro-ministro, Vladimir Putin, a militantes islamistas chechenos. Ainda ontem à noite foi detectada uma bomba na cave de um prédio em...*"

Finalmente!, exultou Dimitri. As sucessivas destruições de prédios à lei da bomba, com a sua litania de horrores feitos de mortos e feridos, haviam levado o país a entrar novamente em guerra na Chechênia. A primeira invasão fora decretada pelo presidente Ieltsin em 1994 e agora, cinco anos mais tarde, as forças russas estavam de volta às terras chechenas.

A imagem do primeiro-ministro Putin apareceu em antena.

"*Vamos despachá-los a todos, mesmo nas retretes.*"

"*Blin!*", praguejou o policial, impressionado com a declaração. "Caramba!"

Aquele homem não brincava. Putin, originalmente um oficial do KGB, notabilizara-se na chefia do FSB quando neutralizara um procurador que, nas investigações sobre corrupção, se revelara demasiado incômodo para Boris Ieltsin. O chequista tinha-se mostrado tão eficiente à frente dos serviços de segurança do Estado que, como prêmio, o presidente o escolhera para chefiar o governo. Pelo visto, escolhera bem. Afinal, este Putin era, ao contrário de todas as suas expectativas, o homem certo no lugar certo e no momento certo. Não falava como um político, com a sua típica linguagem rebuscada e cheia de cautelas, mas como um homem de ação. Os acontecimentos mostravam que agia como tal.

Animado, saiu à rua e apanhou o trólei que se dirigia ao bairro de Dashkovo-Pesochnya, onde se situava a sua esquadra. Normalmente, os passageiros iam calados durante a viagem, cada um metido na sua vida, mas as notícias do dia eram tão extraordinárias que os comentários se multiplicavam entre pessoas que não se conheciam. Alguns falavam sobre o incidente da véspera no prédio da Rua Novoselov e outros vilipendiavam os chechenos, esses fanáticos sanguinários, mas o tema principal era a determinação do poder político. Não de Ieltsin, um bêbado incorrigível, mas especificamente do seu surpreendente colaborador, o novo primeiro-ministro.

"Este Putin é cá dos meus", dizia um, mais idoso. "Vai pôr esses cabrões todos na ordem."

"Já devíamos ter arrumado com os chechenos há cinco anos", observava outro, um homem de meia-idade. "Na altura, o Ieltsin e os que o rodeavam acagaçaram-se. Mas o novo primeiro-ministro é de outra estirpe, hem? Tem-nos no lugar!"

"Nunca se metam com um chequista, já dizia o meu pai", comentava uma mulher de faces rosadas. "Os chechenos é que vão agora provar das boas. Bem feita!"

Pelo visto, a popularidade do novo chefe do governo estava nos píncaros, percebeu Dimitri. A resposta enérgica aos atentados caíra bem entre os russos. Um homem à maneira antiga, daqueles que não hesitavam e que punham os interesses do país acima de tudo. Quem diria?

O trólei chegou à paragem e o agente desceu. Entrou na esquadra e encaminhou-se para o seu gabinete. O ambiente no interior do edifício era anormalmente tumultuoso; policiais e pessoal administrativo corriam de um lado para o outro e vários gabinetes estavam de porta fechada com vários agentes reunidos à conversa.

O recém-chegado cruzou-se com Ekaterina e sorriu-lhe.

"Hoje anda tudo muito excitado", observou. "O circo de ontem à noite animou isto, hem?"

"É mais do que isso, Dima", disse ela. "Acabamos de saber que os apanharam."

"Apanharam quem?"

"Os três que puseram a bomba na cave."

Ao ouvir isto, Dimitri imobilizou-se.

"Está a falar a sério?"

"Estão neste momento a ser interrogados pela polícia em Moscou". Sorriu. "Não gostaria de estar no lugar deles…"

A detenção dos suspeitos fora ainda mais rápida do que Dimitri havia previsto. Mudou de direção e, em vez de se recolher ao seu gabinete, dirigiu-se ao gabinete do chefe da esquadra. Quis entrar, mas a secretária travou-o.

"O senhor capitão não pode ser incomodado."

"Mas fui eu quem iniciou a investigação ao incidente no prédio da Rua Novoselov", argumentou o policial. "Tenho de falar com o senhor capitão para lhe apresentar o relatório."

"O senhor capitão encontra-se neste momento numa chamada com o Ministério da Segurança do Estado, em Moscou. Quando muito, no final do telefonema poderei informá-lo de que o senhor tenente veio cá."

Considerando o ritmo e a intensidade das novidades, não era de admirar que o capitão Volkov andasse muito ocupado. Também não tinha nada de urgente para falar com ele; queria apenas arranjar um pretexto para obter pormenores sobre as detenções. Talvez Ekaterina soubesse mais alguma coisa. Voltou para junto da mulher.

"Quando é que chegou a informação da captura dos suspeitos?"

"Foi mesmo há bocadinho", disse ela. "Estava eu aqui a datilografar um depoimento quando ligaram de Moscou com a novidade."

"E quem são os tipos?"

"Ah, isso não sei."

"Mas são mesmo chechenos?"

"Uh… parece que… enfim, são russos."

"Russos?"

A informação, aliás em linha com o que na véspera dissera Alexei Tankov, a testemunha cuja denúncia desencadeara todo aquele caso, não deixava de ser desconcertante. Como explicar aquilo? Seriam russos a soldo dos chechenos? Ou, o mais provável, russos que viviam há tanto tempo na Chechênia que se tinham tornado assimilados e se viraram contra o seu próprio povo de origem?

"Quer um chá?"

A pergunta de Ekaterina interrompeu-lhe os pensamentos. O momento não era talvez o adequado, mas a mulher começava mesmo a interessar Dimitri. Olhou para ela e esboçou um sorriso.

"Por que não o café que me prometeu?"

A moça devolveu-lhe o sorriso.

"Não lhe prometi nada…"

Deu meia-volta em direção ao bule. Estava a fazer-se difícil, mas era como se já lhe tivesse caído na sopa, considerou ele, contemplando a melhor maneira de lhe dar o golpe de misericórdia. Convidá-la-ia para jantar, regá-la-ia a vinho da Crimeia e depois, com a moça já no ponto, trá-la-ia para…

"O senhor capitão já terminou a reunião."

Ao ouvir estas palavras atrás de si, rodou sobre os calcanhares e deparou-se com a secretária do chefe da esquadra.

"Posso falar com ele?"

"Sim, o senhor capitão quer vê-lo. Venha."

O tenente foi buscar o relatório que preparara essa madrugada e seguiu a secretária até ao gabinete do capitão Volkov. Quando Dimitri entrou, pôs-se em sentido diante do chefe, o documento na mão esquerda, a direita em continência.

"Meu capitão", saudou, estendendo-lhe ato contínuo os papéis. "Está aqui o meu relatório sobre os graves acontecimentos de ontem na nossa cidade."

O chefe da esquadra olhou para o documento, mas não se mexeu. O capitão Volkov era um homem de cabelo cortado à escovinha, à militar; pertencera às Spetsnaz, as forças especiais russas do GRU, os serviços de informações militares, durante a guerra no Afeganistão, no tempo soviético. Fora ferido perto de Cabul e enviado de regresso a casa, tendo acabado por ser nomeado chefe da esquadra da polícia de Ryazan, a sua terra natal e um posto supostamente tranquilo.

Ao fim de alguns instantes, o capitão Volkov fez ao subordinado um sinal para que se sentasse.

"Preciso que refaça o relatório."

"Refazer o…?" Hesitou. "Mas… mas…"

"Há novas informações a chegar e pode ser que elas tenham impacto no que vai colocar no seu texto."

"Novas informações, meu capitão?"

"Acabei agora de receber um contato de alto nível em Moscou", indicou o capitão Volkov, referindo-se obviamente ao telefonema que tivera momentos antes com o Ministério da Segurança do Estado. "O interrogatório aos três suspeitos já terminou."

"Tão depressa?"

O chefe da esquadra remexeu-se no seu lugar, desconfortável.

"Os tipos não queriam falar, mas os nossos rapazes começaram a apertar com eles. Foi então que os gajos… enfim, disseram que pertenciam ao… ao FSB."

Pronunciou esta sigla quase num sussurro, como se partilhasse um segredo de Estado.

Dimitri pensou ter ouvido mal.

"Perdão?"

"Eles são do FSB."

O subordinado ficou de boca aberta, fitando o capitão Volkov com absoluta incredulidade, a tentar tirar sentido de algo que para ele não fazia nenhum sentido.

"Os terroristas são… são chequistas?!"

Foi só quando o disse que, como por artes mágicas, todas as peças daquele insólito *puzzle* se encaixaram.

XIV

O féretro estava pousado diante do altar, a tampa aberta para que o rosto pálido e sereno de Betty fosse visível e todos a pudessem assim ver pela última vez e dela se despedirem. Em boa verdade, Leroy Roderick preferia que o caixão estivesse fechado; ver a sua Betty sem vida, o corpo vazio de alma, era-lhe insuportável. Mas tradições eram tradições e tentou suportar esta com o estoicismo de um verdadeiro cajun.

"Pai, estás bem?"

Virou-se para o lado e viu Sally e Charlie olharem-no com preocupação. Só então percebeu que as lágrimas lhe escorriam pelas faces. Enxugou-as com as costas da mão e forçou um sorriso para os tranquilizar; a última coisa de que os filhos precisavam na hora de enterrar a mãe era ver o pai desorientado e a mostrar sinais de fraqueza. Tinha de ser forte. Por si, por Betty, mas sobretudo por eles.

"Está tudo bem, meninos", murmurou. "Sou apenas eu que tenho saudades da vossa mãe."

Estas palavras umedeceram os olhos dos filhos, sobretudo da franzina Sally. Não era fácil para ninguém. Aquele era um momento de luto, mas o luto fazia-se também de memórias. Leroy lembrou-se do momento em que conhecera Betty. Fora durante uma churrascada oferecida pela Texaco no Jambalaya Park, vinte anos antes. Sentaram-se à mesma mesa, começaram a conversar, gostaram um do outro, ele convidou-a para ver uma fita de Clint Eastwood no Sonic Drive-In, o cinema a céu aberto da cidade, ela levou pipocas que fizera em casa, passaram o filme entretidos um com o outro... e quatro meses depois casaram-se. Naquela mesma igreja. Na altura, o futuro abria-se-lhes com a promessa de horizontes infinitos. Tiveram duas crianças, Charlie provavelmente produzido naquele *drive-in* inesquecível. Ambos acreditavam firmemente no *American way of life* e na promessa de um futuro glorioso.

Pelo caminho, porém, algo correra terrivelmente mal. Na vida deles, com o câncer a multiplicar-se nas famílias dos dois, mas também na vida do país. Por mais que se esforçassem, por mais que tentassem subir na vida à custa do seu labor, por algum motivo permaneciam presos no mesmo lugar. Buscavam melhores salários, mas o que viam era o Estado, esse tirano impiedoso que lhes confiscava parte do que ganhavam, divinizar as minorias e distribuir por elas os impostos cobrados a quem tão arduamente trabalhava. Que futuro podia ter um país que premiava a preguiça e punia o esforço?

Chorara quando o filho lhe ligara para Filadélfia e lhe comunicara a morte da sua Betty. Chorara por Betty, chorara pela filha e pelo filho, mas também chorara por si próprio. Que vida era aquela em que um homem tanto se sacrificava para acabar punido daquela maneira? Os liberais do Norte riram-se dele na esplanada ao lado do rio, mas na verdade era o destino inteiro que se ria dele e dos seus. Ele e Betty esforçaram-se tanto, eles e os pais deles, mas para onde os conduzira todo esse esforço? Continuavam pobres, presos a uma terra doente. No fim, o prêmio era a morte por um câncer que o ar venenoso lhes plantara nos corpos. Maldita vida!

Sentado na igreja diante do caixão com Betty, lutou para reprimir as lágrimas. Ele era um cajun, repetiu para si mesmo, e os cajuns aguentavam. Orgulhosos e determinados. A maneira que naquele momento encontrou para lidar com a dor foi não olhar para o féretro. Os seus olhos deambulavam pelo altar, pelos vitrais e pelos símbolos, por tudo desde que não olhasse para a mulher, a sua querida Betty que o caixão para sempre levaria até às entranhas da terra. Era por isso que evitava olhar para ela e se tentava distrair com os detalhes do edifício consagrado a Deus.

Não que aquela igreja tivesse muito para ver, note-se. Embora cajuns, o que significava que as suas origens eram católicas, Leroy e Betty frequentavam todos os domingos aquele santuário da Primeira Igreja Batista da povoação onde ele nascera, mesmo ao lado de Burnside, onde ele e os filhos viviam e ela morrera. A igreja tinha um traço moderno e a sua congregação juntava brancos e negros no que Leroy considerava ser uma boa harmonia, cada um no seu lugar, com as suas gentes e costumes próprios, mas todos cristãos unidos na fé. Não deveria ser assim por toda a parte?

O sermão do pastor Chopin foi bonito. Depois de ler um trecho do Antigo Testamento, dirigiu palavras ternas a Betty.

"Conheci a nossa irmã Elizabeth quando ela era nova", recordou. "Não havia cristã mais pura do que ela. Elizabeth contribuía para a Igreja todos os meses com um décimo do seu salário. Não me esquecerei nunca das suas palavras na hora de dar. Dizia ela que, no momento de cobrar impostos, o Estado chamava solidariedade à coerção, mas que a verdadeira solidariedade é a que se dá de livre vontade, o coração cheio e a alma generosa." Um clamor de aprovação percorreu a congregação. "À Igreja, ela dava de livre vontade. À comunidade, ela dava de livre vontade. Às nossas tropas no Afeganistão e no Iraque, ela dava de livre vontade. Não tinha muito, mas Elizabeth dava o que tinha e não existe alma mais pura e generosa do que aquela que partilha com Deus e com a comunidade o pouco que tem. Descansa, por isso, em paz, Elizabeth Roderick, a menina que um dia conheci nesta igreja e cujo corpo desce hoje à terra, mas cuja alma se senta neste momento à direita do Senhor."

Quando o pastor Chopin acabou, o coro da Primeira Igreja Batista cantou os salmos. Leroy olhou para trás e sentiu-se de algum modo confortado com o que viu. Estavam no santuário umas seiscentas pessoas; muitas eram amigos da família e colegas de trabalho, incluindo pessoal da unidade petroquímica onde Leroy trabalhava. A maior parte, no entanto, eram anônimos. A igreja constituía o ponto de confluência da comunidade, a instituição que dava sentido às coisas e fazia compreender o propósito da vida e aceitar as suas múltiplas contrariedades. Os do Norte podiam gabar-se do que quisessem, mas solidariedade como a que existia no Sul de certeza que não tinham.

O coro silenciou-se e o pastor Chopin abençoou o caixão, dando a cerimônia religiosa por terminada. Os homens da agência funerária, todos vestidos de preto, alinharam-se em posição e pegaram no caixão, saindo com ele aos ombros em procissão pela nave central até o depositarem na carga do carro funerário, ajeitando as coroas de flores em redor. Os amigos abraçavam Leroy e os filhos, davam-lhes uma palavra de conforto, até *mister* Dean os tentou animar, mas como consolar alguém em circunstâncias daquelas?

No meio da comoção, Leroy destrinçou duas caixas de esmolas à porta da igreja, uma para ajudar as famílias das vítimas de câncer no Mississípi, outra para contribuir para as famílias das cinco vítimas do recente acidente na unidade petroquímica onde ele trabalhava. Não ficou indiferente e, sabendo que era o que Betty faria, depositou uma nota de cinco dólares numa caixa e outra noutra. Tal como a sua mulher e a grande maioria das pessoas da comunidade, acreditava na solidariedade que era exercida com o coração.

O carro funerário arrancou e uma pequena caravana de automóveis seguiu-o pelas ruas da povoação até chegarem ao cemitério Cornerview. A cova estava já aberta na terra úmida e o caixão de Betty desceu devagar até às entranhas. Cajun ou não, Leroy não resistiu à emoção e a tudo assistiu de lágrimas nos olhos e abraçado aos filhos, enquanto o pastor Chopin deixava as últimas palavras destinadas à congregante, mais uma das vítimas da terrível doença que amaldiçoava aquele recanto esquecido do Mississípi.

"Comerás o pão com o suor do teu rosto, até que voltes à terra de onde foste tirado; porque tu és pó e em pó te hás de tornar..."

Pedaços de terra foram lançados simbolicamente pelos presentes sobre o caixão depositado no buraco. Primeiro Sally, depois Charlie, a seguir Leroy e, um por um, todos os amigos que em torno da campa se juntaram. O pai e os filhos enlutados deram então meia-volta e caminharam de mãos dadas. Atrás deles, os coveiros lançavam pazadas de terra sobre o buraco que agora se chamava Betty, a mais recente vítima da Alameda do Câncer.

XV

Depois de ter eliminado do YouTube o vídeo da filha de Maitê e de ter ajudado a acalmar a mãe da menina, Tomás Noronha aproveitou a primeira pausa para consultar o relógio. Demorara-se na visita a Maria Flor muito mais do que previra e tinha a seguir um compromisso a que não podia faltar.

"É uma reunião na Gulbenkian por causa de uns achados arqueológicos no Sul do Iraque", explicou à mulher como quem pedia desculpa por ter de sair. "São estelas encontradas em Ur com inscrições em sumério e, bem vês, a fundação precisa que eu ateste a sua autenticidade antes de avançar com a compra e restauração. Não querem pagar uma fortuna para descobrir que afinal são antiguidades feitas anteontem, como é evidente."

"Compreendo perfeitamente", respondeu ela. "Não te preocupes. Já ajudaste imenso e agradeço-te por isso. Vai lá à tua vida."

Maria Flor acompanhou-o à porta e mostrava-se menos distante do que quando ele chegara. Antes de sair, o marido atirou-lhe por isso um olhar carregado de esperança.

"Se precisares de alguma coisa, liga-me."

"Fá-lo-ei, fica descansado", murmurou a mulher. "Mais uma vez, obrigada. Foste um querido."

"E se não precisares de nada... liga-me também. Continuarei a ser um querido."

Pela primeira vez desde a aventura de *A Mulher do Dragão Vermelho*, viu-a rir-se.

"Vá lá, não abuses."

A verdade é que Maria Flor se despediu com dois beijos; não nos lábios, como ele muito gostaria, mas nas faces. Porém, sempre foram dois beijos. Os primeiros desde que se haviam separado. E, sobretudo, o tom com que lhe falava e o modo como o olhava haviam mudado. Para melhor. Ainda não como sempre sucedera entre eles antes de tudo ter começado a correr mal, mas menos mal.

Ao fazer-se à rua, Tomás sentia-se leve e muito encorajado; cantarolou até uma canção da moda e quase fez um passo de dança em plena calçada. Claramente o pior entre ambos já tinha ficado para trás e aquela visita, e sobretudo as dificuldades que ele acabara de ajudar a ultrapassar, haviam-nos reaproximado alguma coisa. Ou, melhor dito, ajudaram-na a reaproximar-se dele, uma vez que, em bom rigor, nunca ele se tinha afastado emocionalmente dela.

Meteu-se no metro, a mente a revisitar a despedida de Maria Flor e a perspectivar a reconciliação que desejava ardentemente. A decisão de se separarem fora da mulher e apenas dela, pelo que a reaproximação teria forçosamente também de partir dela. Por Tomás, nunca nenhuma separação teria ocorrido, nem via verdadeiros motivos para ela ter sucedido. Sem dúvida que Maria Flor ficara traumatizada pelo que na altura acontecera, considerou; só isso explicava a ruptura que ela lhe impusera. Mas o que lá ia, lá ia. O que importava nesse momento é que as coisas estavam a reencaminhar-se e tornava-se-lhe claro que, no fim, tudo acabaria bem. A reconciliação era inevitável, a mulher regressaria aos seus braços e voltariam a ser muito felizes. Como num clássico *happy end* de um filme romântico de Hollywood.

Saiu na estação mais próxima da Gulbenkian e, ainda a cantarolar a mesma canção e com a luz irradiante da esperança a iluminar-lhe o rosto, encaminhou-se para a fundação. A vida era bela e ele voltaria a ser feliz. Ao abeirar-se da entrada do edifício, deparou-se com um rosto familiar à sua espera.

"Coronel Glebov?", estacou, surpreendido. "O que está o senhor aqui a fazer?"

Com a cara aberta num sorriso, o russo veio ter com ele de braços abertos.

"*Privet, moj druk!*", saudou-o. "Olá, meu amigo! Que prazer revê-lo!"

Os dois homens abraçaram-se. Um sentimento contraditório invadiu Tomás nesse momento. Por um lado, estava eternamente reconhecido ao comandante da Missão Lyubov pelo que este fizera por ele na aventura do *Sinal de Vida*; era por isso um gosto reencontrá-lo e sentia a obrigação de o acolher muito bem. Mas, por outro, havia o problema da guerra na Ucrânia e o fato de o coronel Vitaly Glebov pertencer à força aérea russa. Com toda a probabilidade, estava envolvido em operações militares para destruir aquele país só porque a sua população se recusava a obedecer a Moscou, como se a Rússia fosse o suserano e a Ucrânia um simples vassalo.

Como reconciliar esses dois sentimentos?

"Confesso que não estava nada à espera de o ver por aqui", admitiu Tomás. "Conte-me, o que o traz a Lisboa?"

Perguntar a um russo o que o trazia à capital portuguesa, para mais tratando-se de um militar, parecia piada de mau gosto, mas o historiador não tinha modo de contornar o problema; devia a vida àquele homem e não o podia destratar.

"Oh, tanta coisa", foi a resposta do coronel Glebov. "Mas como vai o meu amigo? Está tudo bem consigo?"

"Excelente, excelente."

"Ouça, que tal tomarmos um cafezinho?"

Tomás consultou o relógio e esboçou uma careta embaraçada.

"É que… uh… tenho agora uma reunião e… enfim, pode ser mais tarde? Podíamos almoçar, por exemplo."

Foi a vez de ser o russo a fazer uma careta.

"São só cinco minutos."

Nova espreitadela ao relógio. Ia atrasar-se para a reunião sobre as tais estelas sumérias, mas… não podia dizer-lhe que não, pois não? Devia-lhe demasiado para lhe recusar um pedido tão simples. Os curadores da fundação que esperassem mais uns minutinhos.

"Claro, claro", acedeu. "Venha daí."

Entraram os dois no edifício da Gulbenkian e seguiram para a cafeteria. Iam trocando palavras de circunstância, "como vai a família?", "a sua mulher está bem?", "o tempo em Lisboa é uma maravilha", "há turistas por toda a parte" e outras mundanidades do gênero. Instalaram-se numa mesa com vista para o jardim da fundação, duas xícaras de café nas mãos, e só então o coronel Glebov falou sobre o que ali o trouxera.

"Ouça, professor Noronha, tenho um favor a pedir-lhe."

"Se estiver ao meu alcance, coronel, pode contar comigo."

O russo afinou a voz.

"Sabe, há um amigo meu que está numa situação complicada e que me veio pedir ajuda. Não sei bem como lhe dizer isto, assim apresentado até parece ridículo, mas ele... enfim, perdeu um celular muito importante e precisa absolutamente de o encontrar. É uma questão de vida ou de morte, digamos assim. Já fez vários esforços para o localizar, mas isso tem-se revelado de todo impossível. Como ele sabia que eu o conhecia, pediu-me para lhe perguntar se poderia dar uma ajuda."

Tomás ficou imobilizado por um momento, tentando processar o que acabara de escutar.

"Desculpe, não sei se estou a entender", acabou por dizer. "Quer a minha ajuda para encontrar... um celular?!"

O coronel Glebov soltou uma risada nervosa.

"Pois, eu sei que soa estranho, mas agradecia imenso que me ajudasse. Este amigo é uma pessoa que... enfim, é alguém muito importante e significaria muito para mim que o senhor concordasse em dar-lhe uma mãozinha. Faz-me esse favorzinho?"

O português não sabia bem o que dizer.

"Senhor coronel, eu teria muito gosto em ajudar, não esqueço o quanto o senhor fez por mim, mas... eu não sei procurar celulares. Não passo de um historiador perito em línguas antigas e em criptanálise. Isso parece-me ser um assunto de... sei lá, de polícia ou coisa que o valha. O seu amigo já apresentou queixa?"

Nova risada nervosa.

"Digamos que não é um caso que possa envolver a polícia, não sei se me faço entender."

Aquilo cheirava mal, percebeu Tomás.

“Ouça, senhor coronel, tenho muito prazer em ajudá-lo e, como sabe, farei tudo o que possa por si. Mas a legalidade é um limite da minha ação. Se estamos a falar em algo ilegal, receio que o meu envolvimento esteja fora de questão.”

“Procurar um celular perdido não é ilegal, professor.”

“Sem dúvida, coronel. Porém, quando me diz que o caso não pode envolver a polícia, o que está subentendido, e com isto não o quero ofender, é que há algo de menos regular nesse assunto. Se tudo fosse normal, qual era o problema de apresentar queixa na polícia?”

O coronel Glebov remexeu-se no seu lugar, claramente desconfortável com o seu próprio pedido.

“Digamos que estamos a falar de um assunto de Estado.”

“O desaparecimento de um celular é um assunto de Estado?”

“Neste caso, é.”

“De que Estado estamos a falar? Do russo?”

“Sim.”

Foi a vez de ser Tomás a remexer-se, igualmente desconfortável, mas decidido a não fazer tábua rasa de certos princípios.

“Ouça, coronel, em consciência eu não posso envolver-me em atividades a favor do Estado russo. Não depois do que fizeram à Ucrânia. Por mais boa vontade que tenha para consigo, e tenho muita, acredite, uma coisa dessas não é possível. Espero que compreenda.”

“Era um favor pessoal que me fazia...”

“A si pessoalmente faço-lhe todos os favores”, disse o português. “Mas não ao Estado russo e não a atos irregulares. Isso não é possível. Além do mais, mesmo que quisesse, nem sei como poderia ajudar. Como lhe disse, procurar celulares desaparecidos não é propriamente a minha especialidade, como deve compreender. Aliás, se o Estado russo tem necessidade de encontrar um celular perdido, contará decerto com muito mais meios à sua disposição e com gente mais bem qualificada para o conseguir.”

“No caso em apreço, receio que só o senhor nos possa valer.”

"Lamento muito, nas circunstâncias que descreve não é possível o meu envolvimento."

O coronel Glebov baixou a cabeça, numa postura de desânimo.

"Fico muito dececionado."

Aquela reação foi difícil para Tomás; sentia-se um ingrato por não aceitar ajudar quem tanto o ajudara.

"Pois, não sei o que lhe diga. Também a mim me custa muito dizer-lhe que não, sobretudo depois de tudo o que se passou entre nós, mas... atuar a favor do Estado russo parece-me muito complicado, para mais em matérias cujo perfil não me parece inteiramente claro."

O militar russo pegou na xícara e engoliu todo o café de uma assentada. Depois pousou a xícara na mesa e encarou o seu interlocutor.

"Vou então pedir-lhe outro favor", disse. "Compreendo que, dadas as circunstâncias, não possa ajudar. Aceito isso. Na verdade, até já tinha previsto essa possibilidade, considerando a situação envolvendo os nossos países. Mas pedia-lhe ao menos que aceitasse falar pessoalmente com o meu amigo encrencado, ouvisse os argumentos dele e, caso mantenha a sua decisão, lhe explicasse os motivos da sua recusa. Era um favor pessoal que me fazia e, a bem dizer, livrava-me de um aperto. Seria para mim muito importante. Posso contar consigo?"

"Sim, claro. Fá-lo-ei com todo o gosto, não há problema nenhum. Conversar com uma pessoa é uma coisa simples, não custa nada. Acha que ele pode dar um salto aqui à Gulbenkian?"

O coronel Glebov levantou-se e tirou um envelope do bolso interior do casaco. O sobrescrito tinha no canto superior esquerdo uma barra azul com um emblema branco a mostrar uma foice e um martelo com asas, em cima uma palavra impressa em caracteres cirílicos.

Аэрофлóт.

"Ele está em Moscou."

Аэрофлóт queria dizer Aeroflot, a companhia aérea da Rússia, e o envelope continha um bilhete de avião em nome de Tomás Noronha com destino à capital russa. Muito importante, constatou, era a data impressa no bilhete.

O voo estava marcado para o dia seguinte.

XVI

Ainda abalado com a revelação de que os três suspeitos que depositaram a bomba na cave do prédio da Rua Novoselov eram agentes do FSB, o tenente Dimitri Chernyshev regressou ao seu gabinete e, como um *zombie*, ficou longamente sentado no seu lugar especado a mirar a tela vazia do computador. Como era possível uma coisa daquelas? Os serviços de segurança do Estado andavam a plantar bombas contra a sua própria população?! A informação era de tal modo incrível que ele precisava de algum tempo para a digerir.

O telefone na sua mesa tocou.

"Tenente Dimitri Chernyshev", identificou-se. "Quem fala?"

"*Senhor tenente, daqui Natalia Sakharova, operadora da Elektrosvyaz. Falamos esta madrugada.*"

"Ah, sim. Alguma novidade?"

"*É por causa da interceptação telefônica de que lhe falei. Acabei de completar a verificação do telefone que fez a chamada suspeita e já confirmei a sua origem.*"

"E…?"

"*É… é o FSB.*"

"Perdão?"

"*A pessoa que fez o telefonema a avisar que havia postos de controle por toda a parte e a dizer para os do celular saírem um por um usou um número associado à central telefônica do FSB.*"

Fez-se um breve silêncio para interiorizar as implicações desta informação.

"Tem a certeza?"

"*Absoluta, senhor tenente. Quando de madrugada identifiquei a origem do telefonema, não quis acreditar e fiz uma série de verificações. Agora não há dúvidas, senhor tenente. A origem da chamada é mesmo a central telefônica do FSB. Confirmei tudo.*"

Dimitri suspirou.

"Obrigado, senhora Sakharova. A sua informação é valiosa."

Depois de desligar, ativou imediatamente o computador e foi buscar os relatórios das recentes explosões nos prédios em Buynaksk, em Moscou e em Volgodonsk. Leu demoradamente os documentos um a um, desta feita atento aos detalhes.

"Depressa, Dima", disse alguém, interrompendo-lhe a concentração. "Ligue a televisão!"

Era Ekaterina que lhe aparecera afogueada no gabinete. Vendo-o meio atordoado, ela própria se abeirou do televisor instalado no gabinete dele e ligou-o.

"O que aconteceu?"

"O diretor do FSB vai agora fazer uma declaração. Parece que é importante."

A imagem formou-se na tela do televisor e mostrava um repórter a falar ao vivo de uma sala repleta de jornalistas, todos os elementos da imprensa virados para um pódio vazio com um microfone protuberante. Ao fim de alguns segundos apareceu diante do pódio a figura engravatada de Nikolai Patrushev, diretor do FSB.

"*Minhas senhoras e meus senhores, boa tarde*", cumprimentou. "*Como é sabido, desencadeou-se um grande alarme por causa da detecção ontem à noite de uma suposta bomba na cave de um prédio em Ryazan. Não foi uma explosão que alguém impediu. Foi um exercício de treino de segurança. Os sacos apenas continham açúcar. Não havia explosivos no interior.*" O anúncio desencadeou um burburinho espantado na sala. "*Não existe, nem nunca existiu, bomba nenhuma. O detonador era falso. Os testes levados a cabo pela polícia de Ryazan ao conteúdo dos sacos foram feitos com um instrumento defeituoso, o que explica a conclusão errada, e precipitada, a que se chegou. Tratou-se de um exercício de segurança inter-regional do FSB. Ryazan não foi a única cidade onde o exercício decorreu. Lamentamos o trauma psicológico que este exercí...*"

Pregado ao seu assento, Dimitri assistia, estarrecido, à conferência de imprensa do diretor do FSB. Quando ela terminou, levantou-se de rompante e quase correu até ao gabinete do chefe da esquadra.

O capitão Volkov encontrava-se à mesa ainda a ver televisão, pois evidentemente todos na esquadra haviam acompanhado ao vivo as extraordinárias declarações de Nikolai Patrushev. Ao ver o subordinado à porta, o capitão fez-lhe sinal de que entrasse.

"Meu capitão, o FSB está a mentir com todos os dentes", foi a primeira coisa que Dimitri disse quando cruzou a porta. "Não podemos deixar isto ficar assim. O que nós impedimos ontem foi um atentado a sério, como os que ocorreram em Buynaksk, Moscou e Volgodonsk."

Também o responsável da esquadra parecia desconcertado com o que acabara de escutar da boca do diretor do FSB pela televisão, mas manteve a compostura.

"Não ouviu o Patrushev? Os sacos não continham qualquer matéria explosiva. Era simples açúcar."

Dimitri soltou uma gargalhada sem humor.

"Açúcar?" Bateu no peito. "Eu próprio meti os dedos dentro de um dos sacos e tive aquela matéria nas mãos, meu capitão. Posso garantir-lhe que não era açúcar nenhum. Tratava-se de um pó que nunca vi. Além do mais, o detonador era verdadeiro. Aliás, o capitão Sokolov, da unidade de minas e armadilhas, confirmou-mo pessoalmente depois de ter desativado a bomba. O meu capitão acha mesmo que os homens da unidade de minas e armadilhas da nossa polícia não sabem distinguir um detonador verdadeiro de uma reles imitação e nem sequer são capazes de perceber a diferença entre açúcar e uma mistura explosiva de nitro-não-sei-quê?"

"O Patrushev disse que era açúcar..."

"O FSB não passa do KGB com outro nome e a mentira compulsiva é para os chequistas, como toda a gente tem a obrigação de saber, um modo de vida. Sempre foi, sempre será."

"Não é bem assim", corrigiu-o o capitão Volkov. "Os homens do FSB são honrados, toda a gente sabe isso."

Aquela era de fato a visão dominante da Rússia sobre os operacionais do KGB, imagem que o FSB, formado essencialmente por chequistas do KGB, procurava capitalizar. Muitos russos consideravam os chequistas homens inteligentes, honrados, profissionais e fortes. Mas Dimitri, devido a experiências de família, não partilhava essa perspectiva.

"Isto que eles estão agora a dizer é mentira, meu capitão", insistiu. "Aliás, se há dúvidas, basta analisarmos o pó dos sacos e o detonador." Apontou para a porta do gabinete, indicando o interior da esquadra. "Todo esse material está aqui guardado. É uma questão de irmos ali ao depósito e verificarmos se o pó é mesmo açúcar e se o detonador é mesmo de brincar."

O rosto do capitão Volkov contraiu-se num esgar vagamente dolorido.

"Isso não é possível, receio bem."

"Por que não, meu capitão? É só irmos ao..."

"Não temos as provas."

"Desculpe, meu capitão, mas esse material está cá. Eu vim esta madrugada para a esquadra com a unidade de minas e armadilhas e eles guardaram no depósito os sacos, o detonador, as..."

"Está tudo neste momento a caminho de Moscou", interrompeu-o o superior hierárquico numa voz neutra, quase monocórdica. "No telefonema de há pouco, o Ministério da Segurança do Estado mandou-me selar imediatamente as provas e enviá-las sem perda de tempo para o FSB. Metemo-las na van blindada e vão agora na estrada com destino à Lubyanka. Foram classificadas segredo de Estado."

Esta evolução deixou Dimitri atônito.

"Não pode ser."

"As ordens vieram de cima."

Nada daquilo fazia sentido.

"Repare, meu capitão, se as provas não estão nas mãos do FSB, mas ainda a caminho da Lubyanka, como sabe o diretor do FSB que o pó é açúcar e o detonador é falso? Além do mais, acabei de receber a confirmação da operadora da Elektrosvyaz e ela informou-me que o telefonema suspeito desta madrugada foi feito do FSB."

"Tem a certeza?"

"Foi o que ela apurou. O que o Patrushev acabou de dizer ao país é uma mentira descarada."

O responsável da esquadra abanou a cabeça.

"Não nos cabe a nós fazer esse tipo de juízo, tenente. Deram-nos uma ordem e temos de obedecer. Esse material é agora classificado. Segredo de Estado."

O olhar do subordinado incendiou-se de revolta incontida.

"A coisa não pode ficar assim, meu capitão. Temos de denunciar isto tudo."

"Denunciar o quê?"

"O que se passa, claro."

"E o que se passa exatamente, tenente Chernyshev?"

O subordinado pestanejou. O capitão Volkov era burro ou estaria a brincar com ele?

"Os exercícios inter-regionais, meu capitão, não se realizam sem informar as regiões", lembrou Dimitri. "Nós aqui na esquadra não sabíamos de nenhum exercício, o senhor capitão também não sabia, o senhor governador pelo visto estava igualmente na ignorância. Aliás, nem sequer o diretorado regional do próprio FSB sabia, pois esteve esta madrugada igualmente envolvido nas buscas pelos suspeitos. Como pode o FSB organizar exercícios inter-regionais sem informar as autoridades regionais? Não faz sentido."

"Pois, não digo que não, mas o que vamos realmente denunciar? Que o FSB nada nos disse sobre os exercícios? Todos se rirão de nós. Os chequistas são homens íntegros. As pessoas defendê-los-ão, dirão que não se informa os camponeses, que Moscou é que sabe e que a província é paisagem… enfim, essa conversa."

"O que estou a tentar explicar é que as justificações dadas pelo diretor do FSB nem uma criança conseguem enganar, se ela estiver a par dos fatos que nós conhecemos", insistiu Dimitri. "A sugestão de que se tratou tudo de um exercício inter-regional é falsa, como nós bem sabemos, tal como é falso que o conteúdo dos sacos fosse açúcar e que o detonador era uma espécie de brinquedo. Francamente, qualquer pessoa, mesmo um leigo, sabe muito bem o que é açúcar, meu capitão. Ninguém comete um erro desses. Trata-se de um produto de consumo quotidiano."

"Sim, é verdade."

"Mas há mais, meu capitão. Estive a ler os relatórios dos atentados de Buynaksk, Moscou e Volgodonsk e todos envolveram explosões a meio da madrugada, a hora mais letal porque os moradores estavam todos nos seus apartamentos a dormir. Ou seja, a ideia era a de provocar o maior número de vítimas possível. Ora, o que aconteceu nesses atentados é consistente com o que descobrimos na cave do prédio da Rua Novoselov. Se a técnica foi a mesma, isso só pode significar que os autores são os mesmos."

O capitão pigarreou.

"Pois, mas tal não impede que o que aconteceu ontem à noite aqui em Ryazan se tratasse mesmo de um exercício."

"Exercício de quê, se nem avisaram ninguém e usaram uma bomba artesanal verdadeira? Para testar a prontidão do nosso pessoal não precisavam de uma bomba verdadeira, meu capitão. Nem aliás precisavam de açúcar, que está caríssimo e anda a ser racionado por todo o país. Bastava encher o saco com areia, por exemplo. Para quê usar açúcar?"

O capitão Volkov considerou estes argumentos.

"Talvez não se tratasse de um exercício de detecção de bomba, mas da sua desativação", alvitrou. "Se calhar queriam testar as capacidades técnicas e emocionais da unidade de minas e armadilhas."

"Não digo que não, mas... por que fazê-lo às cinco da manhã num prédio cheio de gente? Poderiam levar a cabo esse exercício a meio da tarde numa garagem das redondezas e sem áreas residenciais em redor, para não pôr ninguém em perigo. E para quê três sacos? Bastava um, o teste era o mesmo. De qualquer forma, tal hipótese está eliminada a partir do momento em que o diretor do FSB disse textualmente que a bomba não era verdadeira. Como poderiam eles estar a testar as capacidades de desativação de uma bomba verdadeira pela unidade de minas e armadilhas se a bomba, segundo eles, não era verdadeira?"

O chefe da esquadra coçou a cabeça. De fato, as explicações dadas pelas forças de segurança do Estado tinham mais buracos do que as meias que ele próprio usava nesse momento.

"Muito bem, partamos do princípio de que tem razão e que o FSB mentiu. Mas por que razão iria mentir?"

Essa era a grande questão, sabia Dimitri. Que o diretor do FSB tinha mentido ao país parecia-lhe uma evidência que praticamente não requeria demonstração. O problema era perceber o porquê. Por que razão o FSB plantara uma bomba verdadeira na cave de um prédio da Rua Novoselov? A ação dos serviços de segurança do Estado era absolutamente incompreensível à luz de um raciocínio lógico normal. E, no entanto, tal ato com toda a certeza obedecera a um determinado raciocínio. Mas qual?

"Ontem chamaram-me a atenção para um detalhe do atentado de Volgodonsk que na altura me tinha escapado", indicou o tenente. "Disseram-me que o presidente da Duma tinha anunciado esse ataque três dias antes de ter ocorrido. O que suscita uma nova questão: como sabia o presidente da Duma que iria haver um atentado em Volgodonsk?"

Pelo rosto do capitão Volkov, tornava-se claro que a direção da conversa o estava a deixar desconfortável.

"Onde quer chegar com isso, tenente Chernyshev?"

Dimitri hesitou. Sendo policial, sabia que a junção das peças do *puzzle* de uma investigação revelava sempre o essencial do mistério que as peças, quando isoladas, não permitiam ver. O seu superior hierárquico, sendo também policial, não podia deixar de ver a mesma imagem que se formara diante deles. O problema é que essa imagem era perturbadora. Muito, mesmo. Atrever-se-ia ele a dar resposta a tão pertinente pergunta?

Atreveu-se.

"O meu capitão já ouviu falar em operações de falsas bandeiras, presumo eu."

O chefe da esquadra endireitou-se ao ouvir a referência. Quando falou, a sua voz era gelada.

"Está a insinuar, tenente Chernyshev, que o FSB queria mesmo destruir o prédio da Rua Novoselov, com todos os moradores lá dentro?"

O subordinado tinha perfeita noção da extrema sensibilidade da questão e levou dois longos segundos a ganhar coragem para responder.

"Não encontro outra maneira de explicar os fatos apurados. E repare que não foi só a bomba da Rua Novoselov, meu capitão. A destruição dos prédios de Buynaksk, Moscou e Volgodonsk seguiu exatamente o mesmo padrão, o que deixa supor que a origem é a mesma. Quem ontem à noite pôs a bomba na Rua Novoselov são as mesmas pessoas, ou entidades, que puseram as outras bombas."

"Mas por que faria o FSB uma coisa dessas? Isso não faz sentido nenhum..."

Com efeito, não fazia sentido. Essa era a parte realmente difícil de entender. E, no entanto, se utilizasse o método dedutivo e levasse a sequência lógica dos acontecimentos até às suas últimas consequências, na verdade a resposta era até embaraçosamente simples.

"Há pouco, quando vim para a esquadra, apanhei o trólei", contou. "Normalmente está toda a gente calada durante a viagem, pois ninguém se conhece e cada um anda metido na sua vida. Hoje, contudo, foi diferente. Todos falavam uns com os outros. E diziam o quê? Comentavam estes acontecimentos: os atentados, a descoberta da bomba ontem à noite aqui na cidade, a guerra de retaliação hoje lançada contra a Chechênia... isso tudo. As observações dos passageiros eram variadas, como é natural, mas num ponto todos se mostravam de acordo: o nosso novo primeiro-ministro, ao atacar a Chechênia em retaliação pelos atentados, é um homem com H grande, tem os tomates no lugar, é um tipo corajoso e decidido, à maneira antiga. O homem providencial, o salvador, o predestinado. O messias. Eu próprio, confesso, também me convenci de que o nosso novo primeiro-ministro é um herói. Só ao perceber agora que a bomba foi plantada pelo FSB é que me ponho a repensar isto tudo."

O capitão Volkov estreitou as pálpebras.

"O tenente acha que o FSB organizou uma operação de falsas bandeiras, provocando a morte de trezentos dos nossos concidadãos... para dar popularidade ao novo primeiro-ministro?"

"Putin é um chequista, meu capitão. Operações de falsas bandeiras são o pão nosso de cada dia para os chequistas."

O superior hierárquico sabia-o, como era evidente. Mas também sabia mais coisas. Passou devagar a mão pelo seu cabelo cortado à militar, como se ganhasse tempo para dizer o que precisava de dizer. Fitou o subordinado com intensidade para salientar a importância do que tinha para lhe comunicar.

"Ouça, tenente Chernyshev. As mais altas autoridades do nosso país decretaram que toda a informação recolhida sobre este caso constitui segredo de Estado. Consequentemente, a divulgação de qualquer elemento da nossa investigação arrisca-se a ser considerada um ato de traição e..."

"Traição, meu capitão?", interrompeu-o Dimitri, perplexo. "Quem é o traidor? Aquele que mata trezentas pessoas do seu próprio povo e inicia uma guerra com o intuito mesquinho de ganhar popularidade e consolidar-se assim no poder ou aqueles que enfrentam esta infâmia e a denunciam?"

O capitão Volkov apontou-lhe o dedo.

"Você o disse, tenente Chernyshev: estamos a lidar com chequistas. Se você tiver razão, e repare que não estou a dizer que tenha, isso significa que eles provocaram a morte de trezentos compatriotas nossos, incluindo idosos, mulheres e crianças, e iniciaram uma guerra simplesmente para obterem ganhos políticos. Isto é uma coisa muito grave. Eu pergunto-lhe agora: se os chequistas foram capazes de fazer uma coisa tão terrível, tão desumana, não acha que são capazes de lhe provocarem um acidente mortal a si... ou a mim? Ou, Deus o proíba, às nossas famílias? Não acha que eles nem pestanejarão no momento de eliminarem quem se atreva a atravessar-se-lhes no caminho? Não acha que farão tudo o que considerarem necessário, mesmo as coisas mais ignóbeis, para protegerem um segredo destes?"

As perguntas atingiram Dimitri com a força de um murro no estômago. O que o seu chefe lhe estava a dizer não era disparate nenhum. Ninguém na Rússia ignorava que os chequistas eram homens tremendamente perigosos e que quem se lhes opusesse arriscava-se a pagar caro. Não ouvira ele os pais contarem histórias tenebrosas do KGB e os avós falarem nos horrores da Cheka/NKVD, incluindo o que faziam nos campos de concentração? E quem estava agora no poder? Um chequista! Quereria mesmo meter-se com gente daquele calibre, ele que não passava de um vulgar policial da província cujo *hobby* era explorar pacificamente o fascinante mundo dos computadores? Se mijasse fora do penico seria esmagado como uma formiga! Que utilidade teria uma coisa dessas para si ou mesmo para o país?

Engoliu em seco.

"O que… o que sugere o meu capitão?"

O semblante do chefe da esquadra pareceu descontrair; tornava-se claro que se sentia aliviado por o subordinado ver a razão.

"Toda esta matéria foi declarada segredo de Estado", repetiu. "Portanto, o assunto saiu das nossas mãos. Se as altas autoridades em Moscou dizem que os atentados de Buynaksk, Moscou e Volgodonsk foram efetuados pelos chechenos… é porque foram. Se as mesmas autoridades dizem que a bomba encontrada ontem na Rua Novoselov não era uma verdadeira bomba, mas um mero exercício inter-regional de segurança… é porque assim o era. Não nos cabe a nós discutir as decisões das altas esferas nem contrariar as suas declarações. Entendeu?"

"Sim, meu capitão."

"Isto tem uma implicação para o seu trabalho. O relatório que vai apresentar terá de estar alinhado com estas novas informações. Não pode haver contradições. A sua carreira, e segurança, depende disso. Compreendeu?"

"Sim, meu capitão."

O capitão Volkov levantou-se do seu lugar e abeirou-se do subordinado, pousando-lhe paternalmente a mão sobre o ombro esquerdo. A sua voz tornou-se suave, quase doce.

"Eu próprio redigirei depois um louvor em seu nome e confirmarei que, tendo investigado o caso em profundidade, o tenente Chernyshev considera que as revelações hoje feitas pelo diretor do FSB sobre as origens do incidente de ontem à noite estão em perfeita consonância com o que constatou durante a investigação no terreno. Parece-lhe bem?"

Dimitri baixou a cabeça.

"Se o meu capitão o diz…"

"Está dispensado."

O subordinado levantou-se e saiu do gabinete, cabisbaixo e humilhado, o relatório rejeitado debaixo do braço, enquanto o capitão Volkov voltava à sua mesa para iniciar os trâmites de conclusão da investigação. O caso estava encerrado.

As consequências iriam mudar o mundo.

XVII

Não era difícil perceber que Charlie se sentia nervoso. Bastava vê-lo atar e desatar sucessivamente o nó da gravata diante do espelho do átrio e andar de um lado para o outro. Não era caso para tanto, mas o pai compreendia o nervosismo. A função de Leroy Roderick, porém, era a de acalmar o filho, pelo que se abeirou dele e deu-lhe uma palmadinha nas costas.

"Vai correr tudo bem, não te preocupes."

"Mas… e se não correr?", questionou Charlie, sempre inquieto. "Precisamos do dinheiro, pai. Desde que a mamã morreu que perdemos uma fonte de rendimento."

Ambos sabiam disso muito bem. As peças de malha que Betty tricotava com tanto afinco vendiam-se muito bem na Internet e durante alguns anos constituíram uma importante fonte de receita para a família, ajudando não apenas a financiar o tratamento do câncer que acabara por matá-la como os tratamentos ao enfisema pulmonar de Sally e os periódicos problemas de pele do próprio Charlie.

O salário de Leroy servia para cobrir as despesas básicas da família, como a alimentação, a roupa, a água, a eletricidade e o carro, mas era necessária uma segunda fonte de rendimento que pagasse todo o resto, incluindo os tratamentos. Desaparecida a mãe, teria de ser o filho mais velho a substituí-la, mais a mais porque o emprego a que ele se estava a candidatar incluía um salário mais elevado do que a média. Se conseguisse aquele trabalho, seria um *jackpot* para a família.

Daí a importância da entrevista marcada para daí a pouco mais de meia hora.

"Quantas vagas foram abertas?"

"Dez", respondeu Charlie, sempre tenso. "Mas disseram-me que há dezoito candidatos."

"Tem calma. Vais conseguir."

Leroy não quis alimentar mais aquela conversa, pois sentia que só serviria para enervar ainda mais o filho, pelo que foi à cozinha preparar um sanduíche. Enquanto barrava o pão com compota, ia espreitando Charlie, que não parava de ajeitar a gravata diante do espelho no átrio de entrada.

O celular tocou. O visor indicava *Dean*.

Atendeu.

"Olá, *mister* Dean. Algum problema?"

"*Olá, Leroy. Como vai isso?*"

"Vou registrando melhorias de semana para semana. Espero em breve estar em condições de convencer o médico a deixar-me voltar ao trabalho. C'os diachos, por mim voltava já hoje."

"*Ah, não duvido, Leroy. Você é dos tesos. Um verdadeiro sobrevivente.*"

"A herança cajun não me trai", sorriu. "Está tudo bem consigo, *mister* Dean?"

"*Sim, claro.*" O gerente da sua unidade petroquímica respirou fundo. "*Ouça, Leroy, acha que pode dar uma saltada aqui ao escritório, em Duplessis?*"

"Hoje?"

"*Sim, daqui a pouco. Pode ser?*"

Leroy olhou para o velho relógio de parede e percebeu que já não faltava muito para ter de levar o filho à entrevista de emprego. Era simplesmente uma questão de sair um pouco mais cedo.

"Não há problema, *mister* Dean. Já vou a caminho."

Fez sinal ao filho e ambos saíram de casa e encaminharam-se para o carro. Um fedor a ácido e químicos pairava no ar, mas não era mais intenso do que o habitual e, por isso, quase nem repararam nele. Embora ainda tivesse alguma dificuldade em caminhar, pois o acidente na unidade petroquímica continuava a produzir ardor na sua pele, Leroy fazia questão de ser ele a conduzir.

Apesar de ainda lhe custar a dobrar as pernas, conseguiu instalar-se no lugar do condutor e pôr o veículo em marcha. A unidade mais próxima da empresa para a qual o filho se candidatava situava-se em Napoleonville, mas a entrevista iria decorrer em Prairieville, não muito longe dali. A viagem foi, por isso, relativamente curta.

Parou o carro à porta do escritório onde seria a entrevista e olhou para o filho.

"Queres que vá contigo?"

"É melhor não. Além do mais, não se esqueça de que tem a reunião com *mister* Dean..."

"Ele pode esperar."

Com um gesto decidido, Charlie abriu a porta e saltou para fora do carro.

"Não se preocupe comigo, pai. Até logo."

Quis desejar-lhe boa sorte, mas o filho escapou-se-lhe como água entre os dedos e desapareceu no interior do edifício. Ficou um momento a olhar para a porta por onde ele entrara, desejando ardentemente que tudo corresse bem. Bem precisavam, ele e o seu rapaz. E Sally também. Mas não era uma questão de sorte, disse para si mesmo. Era mérito. E mérito, acreditava piamente, o filho tinha para dar e vender. No fim de contas, Charlie era um cajun e vivia na América, terra das oportunidades e dos homens livres, o lugar onde os sonhos se podiam tornar realidade.

Foi com essa autoinjeção de confiança que arrancou com destino aos escritórios da sua empresa. A reunião não seria na unidade petroquímica onde habitualmente trabalhava, uma vez que aí decorriam ainda os trabalhos de reparação dos danos provocados pelas explosões ocorridas meses antes, mas nos escritórios em Duplessis. Situavam-se mesmo ali perto, pelo que não levou muito tempo a lá chegar.

Informou à entrada que tinha uma reunião marcada com *mister* Dean, mas ficou surpreendido quando o encaminharam para uma sala onde por detrás de uma longa mesa estavam três homens engravatados e duas mulheres com ar de executivas. Uma delas fez-lhe sinal para que se sentasse na cadeira diante da mesa. Acreditando estar no local errado, permaneceu em pé.

"Deve haver engano", disse. "Vim para uma reunião com *mister* Dean."

"*Mister* Dean não se encontra aqui", respondeu ela. "A reunião é conosco. Sente-se, por favor."

Tudo aquilo cheirava a esturro, mas Leroy obedeceu. Instalou-se na cadeira e ouviu a mulher fazer as apresentações. Chamava-se Susan Dillon, pelo visto era administradora e estava encarregada de conduzir a reunião. Depois de nomear os restantes elementos sentados à mesa, uns nomes que Leroy não decorou, foi direta ao assunto.

"Senhor Roderick, o senhor não apareceu no trabalho nos últimos três meses..."

"Sim, desde o desastre na nossa unidade de produção", confirmou ele. "Levei acidentalmente com uma descarga de químicos e o médico da companhia mandou-me para casa. Por quê?"

"O acidente foi um infortúnio e lamentamos profundamente o que aconteceu", disse a administradora. "O problema é que, por causa das explosões, a unidade ainda não retomou a laboração e os prejuízos acumulam-se. Nestas condições, não vejo outra alternativa que não seja deixá-lo partir."

Estas palavras eram absolutamente inesperadas e atingiram Leroy com brutalidade.

"Desculpe, está a... a despedir-me?"

Ela trocou um breve olhar embaraçado com os companheiros de mesa antes de pegar numas folhas e entregá-las a um dos homens engravatados e este as levar ao funcionário.

"Estes são os papéis do acordo que põe termo ao seu contrato", informou ela num registro neutro. "Verá que lhe oferecemos uma compensação pelos seus anos de trabalho e dedicação à companhia, que muito agradecemos. Não é o desfecho de que gostaríamos, devo acrescentar, mas infelizmente é o que as circunstâncias impõem."

Leroy olhou aparvalhado para a resma de papéis. Folheou-as quase ao acaso e a sua atenção pousou no montante que lhe era oferecido de indenização. Era muito e era pouco. Na verdade, não era nada para quem, como ele, a única coisa que queria era trabalhar e sentir-se útil para a comunidade.

Encarou-a com uma expressão de incompreensão.

"Mas... não precisam de mim?"

A administradora levantou-se do seu lugar e encaminhou-se para a porta de saída, e os companheiros imitaram-na prontamente, sinalizando assim que a breve reunião estava concluída. Já na porta, a administradora voltou-se para o funcionário que na prática já não o era.

"Tem vinte e quatro horas para assinar esse documento, após o que ele será retirado e a indenização, a existir, acabará decidida em tribunal ao fim de anos e anos de litigação. Lamento muito, senhor Roderick, mas, como disse, a unidade está neste momento sem laborar e sem trabalho não há salários. Desejo-lhe boa sorte."

O grupo abandonou a sala, deixando Leroy a sós com a sua estupefação. Sentia-se atônito perante o surreal da situação. A sequência de desastres parecia não ter fim na sua vida. Primeiro o acidente petroquímico, depois a morte da sua Betty, agora a demissão. O que mais faltava acontecer-lhe?

Com as mãos a tremer, tão nervoso se sentia, pegou no celular e ligou para o gerente da sua unidade.

A voz de *mister* Dean soou no outro lado da linha.

"*Já foi a reunião?*"

"Despediram-me."

"*Venha aqui ao meu gabinete. Primeiro andar, segunda porta à esquerda.*"

Movimentando-se com os gestos mecânicos de um autômato, Leroy desligou, saiu da sala de reuniões e subiu ao primeiro andar. Sentia-se atordoado e ainda lhe custava acreditar no que estava a acontecer.

Mister Dean aguardava-o no gabinete onde dissera que estaria.

"Lamento muito", murmurou o gerente quando o viu entrar. "Tentei travá-los, mas não foi possível. Quando percebi que eles iriam levar a sua avante, pedi-lhes algum tempo para encontrar uma solução. Foi por isso que lhe arranjei aquela reunião em Filadélfia com a proposta no Texas, mas pelo visto não lhe agradou e… enfim, aqui estamos nós."

"Mas… quanto tempo vai a nossa unidade permanecer sem laborar? Um ano? Dois anos?"

"Uns meses. Dois, no máximo."

"Dois *meses*?!"

"Sim."

"E despedem-me sem esperar dois meses?", questionou Leroy, siderado. No meio da treva onde se encontrava, viu acender-se uma luz de esperança. "Se é uma questão disso, *mister* Dean, posso perfeitamente prescindir do salário durante esses dois meses. Não tem problema nenhum. Quando a unidade recomeçar a laborar, voltarei ao trabalho e o salário será então novam…"

"É mais complicado do que isso, receio bem."

"Complicado, como? Parece-me até muito simples. Não me pagam enquanto a unidade estiver parada, pagam-me quando a atividade recomeçar. Não tem nada de complicado."

"Há também o problema dos danos de saúde que você sofreu durante o acidente."

"Mas estou a melhorar de dia para dia, *mister* Dean. Além do mais, o médico garantiu-me que daqui a uns meses estarei como novo. Isso não é problema nenhum."

Era verdade e o gerente sabia-o.

"Pois está bem, mas…"

"Mas o quê?"

"Bem vê, é complicado. Tentei convencer a administração, mas eles também estão sob pressão…"

Algo ali não batia certo, percebeu Leroy. Os argumentos para a sua demissão pura e simplesmente não lhe pareciam convincentes. Não lhe estava a ser dito tudo.

"Pressão de quem?"

"Do… do Estado."

Aquela novidade era surpreendente.

"Do estado? O que tem Baton Rouge a ver com isto?"

"Não é o estado da Luisiana, Leroy. É Washington, DC."

Ainda mais surpreendente. O Estado federal estava a pressionar a administração para o despedir? Aquilo não fazia nenhum sentido, pois ele não era ninguém. Por que haveria o Estado federal de interferir com a sua vida?

"Desculpe, *mister* Dean, não estou a perceber patavina. O senhor tem de ser honesto comigo, acho que no mínimo mereço isso. O que se está a passar?"

O gerente mostrava-se manifestamente pouco à vontade, na verdade embaraçado, mas estas últimas palavras convenceram-no a abrir o jogo. Sim, aquele homem merecia realmente que fosse honesto com ele.

"Sabe, Leroy, é... é o problema da discriminação positiva."

"Perdão?"

"A empresa está com problemas porque não cumpre as quotas de discriminação positiva", explicou. "Bem vê, o Estado federal tem uma política social inclusiva que obriga as empresas a contratarem um determinado número de pessoas que pertencem a grupos minoritários e que estão em desvantagem social ou de gênero. Por uma questão de..."

"Despedem-me para contratar feminazis e pretos e mexicanos e paneleiros?"

"... equidade social, essas pessoas têm prioridade na contratação até se atingir uma determinada quota. Ora, como a empresa não tem respeitado essa quota, arrisca-se a ser penalizada. Além de que é também uma questão de imagem pública. Temos de ser inclusivos. Foi por isso decidido deixar partir um determinado número de trabalhadores e substituí-los por outros oriundos das minorias. Você, tendo tido aquele acidente e estando inativo, tornou-se infelizmente um alvo fácil nesta reestruturação. Lamento muito, isto é algo que está para além dos meus poderes... ou até da empresa. Algumas dezenas de pessoas têm de sair para deixar entrar outras desses grupos minoritários. Se não fosse você, seria outro colega qualquer. Os homens brancos têm de sair. É tão simples quanto isso."

"Mas... mas eu agora sou despedido por ser homem branco?"

"Receio bem que sim."

"Então e o mérito? Não deveria uma pessoa ser premiada pelo mérito e punida pelo demérito?"

Mister Dean mostrava-se embaraçado e nem o olhou quando respondeu.

"Eles dizem que... enfim, que a meritocracia é um conceito racista."

"Racista?!"

"É o que dizem."

Leroy ficou um longo momento especado a olhar para o gerente, estupefato com o que acabara de ouvir. Já os noticiários da Fox News tinham mencionado várias vezes a dita lei da discriminação positiva, mas nunca pensou que ela um dia lhe tocasse. Mas tocara. Agora. E da maneira mais brutal possível.

Não havia mais nada a dizer. Sempre a agir como um autômato, pegou na caneta, assinou o papel que a administradora lhe dera, entregou-o a *mister* Dean e saiu porta fora sem pronunciar nem mais uma palavra, a alma a fervilhar-lhe de humilhação e raiva.

Muita raiva.

XVIII

O olhar de Tomás Noronha desviou-se para o pulso para verificar as horas. Faltavam dez minutos. Tinha de se despachar. A reunião, conforme lhe indicara o coronel Vitaly Glebov nas indicações inseridas no envelope da Aeroflot, seria ali no Hotel Ukraina. Nome fatídico, como era bom de ver. Sendo ele ocidental, teriam os russos escolhido aquele hotel para o provocar? Chegara a Moscou na véspera à noite e tinha o bilhete de regresso a Lisboa com a data ainda em aberto. Claramente aquela gente acreditava que o poderia convencer a fazer algo que ele na realidade não iria fazer porque estava determinado a não fazer.

A verdade é que vezes sem conta desde que aterrara em Moscou se interrogara sobre a sua presença naquela cidade. A sua viagem não fazia qualquer sentido. Considerando as circunstâncias geopolíticas que resultavam da invasão da Ucrânia, não tinha nenhuma vontade de vir à Rússia. Nenhuma. Vira-se mesmo forçado a ocultar de Maria Flor que iria fazer a viagem, pois sabia bem da revolta que ela sentia quanto à guerra provocada pelo Kremlin e quanto à repressão existente dentro da própria Rússia; fora de resto por isso mesmo que ela aderira à Anistia Internacional.

Assim sendo, a mesma pergunta aflorava-lhe sem cessar à mente. *O que estou eu aqui a fazer?* Sabia a resposta, claro. Estava ali a pedido do homem a quem devia a vida, o coronel Glebov, devido ao que acontecera na aventura do *Sinal de Vida*. Pura e simplesmente não pudera dizer que não ao comandante da Missão Lyubov. Só isso explicava que tivesse aceitado meter-se no avião para vir a Moscou explicar a uma pessoa que não conhecia que não aceitaria andar à procura de um qualquer celular ao serviço de um regime tirânico e obscurantista.

Nada daquilo fazia sentido, era verdade, mas ali estava ele em Moscou. Para pagar uma dívida de gratidão. Voltou a consultar o relógio.

Dois minutos.

Mirou-se ao espelho e ajeitou o colarinho da camisa. Estava pronto. Saiu do quarto e, enquanto caminhava pelo corredor em direção aos ascensores, retirou do bolso o envelope da Aeroflot e consultou o papel que o coronel Glebov lhe deixara por entre os bilhetes de avião. Tratava-se das instruções relativas à reunião dessa manhã, indicando-lhe a hora e o número do quarto para onde se deveria dirigir. O 34001. Ou seja, o primeiro quarto do trigésimo quarto andar. Como estava alojado no décimo quarto, teria de subir vinte andares.

Ao entrar no elevador, carregou no número trinta e quatro e começou a subir. Tinha lido numa brochura deixada no seu quarto que o Hotel Ukraina, situado numa curva do rio Moscova, era o mais alto hotel da Europa. Construído ao estilo imperial estalinista, uma espécie de neogótico comunista, era um dos sete edifícios da cidade, designados as Sete Irmãs, que seguiam essa linha arquitetônica megalômano. O Ukraina somava um total de meio milhar de quartos e só em 1976 fora destronado do título de maior hotel do mundo.

Um *tlim* característico assinalou a chegada ao destino. Trigésimo quarto andar. As portas do ascensor abriram-se e deparou-se com dois homens altos e muito corpulentos, uma espécie de halterofilistas de terno e gravata, óculos escuros a esconderem-lhes os olhos e auriculares nos ouvidos. Seguranças, claro. Tinham, aliás, ar de poucos amigos.

"Professor Tomás Noronha?"

"Sou eu."

"Acompanhe-nos."

O português obedeceu. Em que raio de esquema se viera meter?, interrogou-se. A velha pergunta voltou a assomar-lhe ao espírito, mais forte do que nunca, enquanto caminhava enquadrado pelos dois gorilas russos. *O que estou eu aqui a fazer?* A questão, em bom rigor, já não importava. Estava ali e era tudo. Ponto final. Em breve perceberia melhor o que lhe queria aquela gente e teria de encontrar a maneira mais airosa de se desembrulhar e, com o tato possível, explicar que não iria fazer o que quer que quisessem que ele fizesse. Como procurar celulares a mando do Estado russo. Ou qualquer outra coisa.

Chegaram ao quarto 34001 e um dos seguranças premiu um código. A porta abriu-se e Tomás, sempre acompanhado pelos dois homens, entrou. Era uma suíte. Diante da janela, que dava para uma vista esplendorosa sobre Moscou, encontrava-se um homem loiro de cabelo cortado curto, ao estilo militar. O desconhecido estava em pé e de costas, ocupado diante do bar.

"Vodca, professor Noronha?"

A pergunta fora feita ainda de costas.

"Não, obrigado."

O homem voltou-se para ele com dois copos na mão, um com vodca e o outro vazio, e fitou-o com uma expressão descontraída.

"Não me diga que prefere vinho do Porto…"

"Água, se não se importar."

O anfitrião encheu o copo vazio com água e entregou-o a Tomás, convidando-o a acomodar-se no sofá junto à janela gigante com vista para a cidade.

"Moscou é magnífica, hem?"

"Dizem que Kiev é mais."

O russo soltou uma gargalhada ruidosa.

"Já me tinham avisado de que o senhor é um provocador", observou, bebericando a sua vodca. "O dossiê sobre si é muito claro a esse propósito."

"Tem um dossiê sobre mim?"

"Claro, professor Noronha. O senhor é uma pessoa de interesse para nós."

"Nós, quem?"

O homem fez um gesto a indicar a paisagem urbana que se estendia para lá da janela, como se estivesse aí a resposta.

"A Rússia, quem haveria de ser?"

Tudo muito vago. Demasiado, para o gosto de Tomás.

"O senhor tem pelo visto um dossiê sobre mim, mas o curioso é que eu nem o seu nome sei."

Nova gargalhada do russo.

"Chamo-me Sasha."

"Sasha é diminutivo de Alexandre. Presumo que também tenha nome de família, não?"

"Khristorozhdestvensky. É difícil para os ocidentais decorarem. Contente-se com Sasha."

"E o senhor Sasha representa quem exatamente?"

"Poderia estar aqui a dar-lhe uma grande tanga e dizer-lhe isto e aquilo, mas não o vou fazer. O senhor é demasiado inteligente para isso. Contente-se em saber que está a falar comigo."

Portanto, o homem não ia dizer verdadeiramente quem representava. Tudo muito secreto.

E suspeito.

"Estou a ver", assentiu Tomás. "Então diga-me, senhor Sasha: o que deseja de mim?"

O russo cruzou a perna, pondo-se confortável, e voltou a bebericar a sua vodca. Sentia-se claramente no controle da situação. Sabia tudo sobre o seu interlocutor e este não sabia nada sobre ele; estava na sua cidade e Tomás num lugar que lhe era estranho; tinha dois capangas a fazerem-lhe a segurança e o português à total mercê deles. Como poderia Sasha não se sentir no pleno controle dos acontecimentos?

"O coronel Glebov, a quem aliás o senhor deve a vida, foi a Lisboa pedir-lhe um pequeno favor e o senhor teve o descaramento de lho recusar", disse Sasha com acidez. "É desse modo que no seu país as pessoas agradecem a quem lhes salva a vida?"

Começava então assim a verdadeira conversa.

"O coronel Glebov pediu a minha colaboração para uma ação que me pareceu muito pouco transparente, para não lhe chamar outra coisa. Isso não é um pequeno favor. Por maior que seja a minha dívida de gratidão para com ele, há coisas que não aceito fazer. Cometer ilegalidades é uma delas. Ajudar o Estado russo é outra."

"Ouça, professor Noronha. Preciso mesmo dos seus talentos. Nós pagar-lhe-emos bem."

"Nós, quem?"

"A Rússia, claro."

Tomás abanou a cabeça.

"Não estou interessado."

"Cem mil dólares."

"Acha-me assim tão barato?"

Sasha sorriu. A resposta indiciava-lhe o início de uma negociação; era tudo uma questão de valores.

"Está bem. Duzentos mil."

"Não."

"Trezentos mil dólares. É o máximo que damos."

"Nem que sejam trezentos milhões", foi a resposta firme do português. "Não estou interessado. Não trabalho para o Estado russo."

Afinal não era nenhuma negociação.

"Ora essa. Tem alguma coisa contra a Rússia?"

"Ainda pergunta?"

"É por causa da operação especial?"

"Por exemplo."

"Mas nós só queremos desnazificar a Ucrânia..."

Tomás inclinou-se para a frente e fitou o seu interlocutor com intensidade.

"Se estão tão preocupados com o nazismo, que tal começarem por desnazificar o Kremlin?"

Sasha quase se engasgou com a vodca.

"*Blin*, você não é meigo com as palavras!"

"Não é o seu famoso dossiê que me descreve como um provocador? Pois aí tem."

O russo pousou o copo sobre a mesa, como quem punha um ponto final à conversa naqueles termos.

"Professor Noronha, provocador ou não, o senhor vai mesmo colaborar conosco."

"Diz quem?"

"Digo-lhe eu."

"Pois eu digo-lhe que não vou."

O olhar de Sasha endureceu e desviou-se para um dos seus capangas, como se requeresse a sua intervenção, e deu-lhe uma ordem. Em inglês, para que o visitante a entendesse.

"Oleg, faz o que tens a fazer."

O energúmeno avançou.

XIX

O *smartphone* soou, estridente, irrompendo com violência pelo sonho erótico. Tinha de mudar o toque para um som mais suave, pensou Dimitri Chernyshev, estremunhado. Talvez passarinhos a chilrearem. Espreitou o visor do relógio de cabeceira e constatou que os ponteiros digitais assinalavam as cinco e meia da manhã. Quem seria o estafermo que lhe ligava àquela hora? Era certamente da esquadra com uma emergência.

Estendeu a mão e pegou no celular. Tentou ver o número, mas o visor marcava *Desconhecido*.

"Está lá?"

Uma voz rouca soou do outro lado.

"*Capitão Chernyshev?*"

"Sou eu. Quem fala?"

"*Daqui o coronel Ivan Gusak, do FSB. Está convocado para uma reunião esta manhã em Moscou.*"

"Perdão?"

"*Esteja no meu gabinete, na Lubyanka, às nove horas em ponto.*"

Tudo aquilo era tão inesperado e surreal que Dimitri se interrogou se não estaria ainda a dormir e a conversa a ser sonhada.

"Isto é alguma brincadeira?"

"*Foi-lhe já enviado um* e-mail *com todos os detalhes. Seja pontual.*"

Um clique emudeceu a linha, sinal de que a pessoa desligara. Dimitri ficou um momento a olhar para o celular, aparvalhado e confuso. Que raio de conversa vinha a ser aquela? Tinha de se apresentar essa manhã na Lubyanka? Mas quem era o idiota que ligava a uma hora daquelas para convocar reuniões absurdas? Sem dúvida uma partida de um colega da esquadra. Quando descobrisse quem era o brincalhão dir-lhe-ia das boas.

"Quem era?"

Olhou para o lado e viu a mulher, ainda ensonada, a fitá-lo com os olhos semiabertos.

"Nada, nada. Uma brincadeira."

"Que brincadeira?"

"Nada. Dorme."

Ela voltou a cair sobre a almofada, adormecendo de novo. Ekaterina continuava a ser bonita, embora naturalmente sem a frescura de quando a conhecera na esquadra de Ryazan, dezessete anos antes, por ocasião dos atentados de 1999 que conduziram à segunda invasão da Chechênia. Começaram na altura a namorar, depois casaram e tiveram dois filhos. Ele fora promovido a capitão e colocado na esquadra de Podolsk, uma cidade industrial nos arredores de Moscou. Não era o que sonhara, mas sempre estava mais perto da capital. E era capitão.

Também ele voltou a encolher-se na cama e cobriu-se melhor com o cobertor. Estava muito cansado porque dias antes havia recebido ordens para se submeter a uma série de testes psicológicos incrivelmente exigentes. O ministério informara-o de que esses testes eram necessários para assegurar que os chefes de esquadra estavam com saúde psicológica para desempenharem adequadamente as suas funções. A verdade é que ficara esgotado com tantos testes e precisava de dormir. Aquela chamada a meio da noite fora uma brincadeira de mau gosto que lhe estragara o sono, mas estava determinado a aproveitar a hora e meia que lhe restava. Aninhou-se no corpo da mulher, buscando-lhe o calor, e tentou adormecer. Realmente, havia com cada parvo! Agora faziam-se passar pelo FSB e convocavam reuniões para a Lubyanka. Que disparate! O que mais iriam inventar?

O telefonema incomodara-o e esforçou-se por esvaziar a mente para conseguir adormecer. Concentrou-se no nada, como se tal fosse possível. No meio do esvaziamento, uma palavra ecoou-lhe na cabeça.

E-mail.

O homem falara num *e-mail.* Sacudiu a cabeça, como se tentasse expulsar o pensamento. Dorme, Dima. Pensa no nada. Mas a referência ao *e-mail* perturbou-o. A voz ao celular mencionara que lhe fora enviado um *e-mail.* Dima, vai mas é dormir. Repetiu a ordem para si mesmo, tentando disciplinar a mente. Daqui a pouco vais ter de acordar e sabes muito bem que, se estiveres com sono, não conseguirás funcionar a cem por cento. Portanto... vá, oó.

Ao fim de um minuto, ergueu-se e sentou-se na cama, quase irritado. A história do *e-mail* estava mesmo a mexer consigo. Tinha de tirar aquilo a limpo. Voltou a pegar no *smartphone.* Tratara-se evidentemente de uma brincadeira de mau gosto, mas conhecia-se a si mesmo e sabia que não descansaria enquanto não esclarecesse a dúvida que se lhe instalara no espírito.

Conectou-se à sua conta de *e-mails* e constatou que uma mensagem lhe fora de fato enviada. O coração deu-lhe um salto. O remetente era o Federalnaya Sluzhba Bezopasnosti. Ou seja, o FSB. O assunto dizia *reunião*. Subitamente enervado, tocou sobre o ícone da mensagem e esta abriu-se, revelando o conteúdo.

> Ex.mo capitão Dimitri Chernyshev,
>
> Está convocado para uma reunião com o coronel Ivan Gusak, Divisão de Contraespionagem, hoje às 9h00, no número 2 da Ulitsa Bolshaya Lubyanka, Moscou. Apresente-se na recepção para obter as credenciais.
>
> Com os melhores cumprimentos,
>
> Tenente Evgueni Balakin
> Secretariado, FSB

Dimitri esfregou o couro cabeludo, sem saber o que pensar. A ser brincadeira, parecia bem elaborada. Ainda no *smartphone*, entrou no sistema da polícia, ligado ao Ministério da Administração Interna, e fez uma busca relacionada com o FSB. De fato, os registros oficiais confirmavam que a agência de segurança do Estado contava nos seus quadros com um coronel Gusak e com um tenente Balakin.

"C'os diabos..."

Tudo aquilo era bem verdadeiro. Fora mesmo convocado para uma reunião no FSB. O nervosismo instalou-se definitivamente no seu espírito. O que lhe quereriam os chequistas? Coisa boa não seria, de certeza. Será que haviam apanhado alguma irregularidade sua? Era verdade que tinha aceitado uns subornos para deixar em paz dois gangues de Podolsk envolvidos em negócios pouco ortodoxos. Seria por isso? Abanou a cabeça. Não, não podia ser. Uma coisa dessas não interessaria ao FSB. Aliás, se fosse grave, considerou para os seus botões, os chequistas não lhe telefonariam; invadir-lhe-iam a casa e far-lhe-iam sabe-se lá o quê.

Releu a mensagem recebida por *e-mail* e só então o lado mais prático da questão lhe saltou à vista: tinha de estar na Lubyanka às nove da manhã. Consultou o relógio; eram quase seis da manhã. Tinha três horas. Não estava atrasado, mas não se podia demorar. Podolsk ficava perto de Moscou, embora ainda houvesse uns quarenta quilômetros para percorrer. Em condições normais far-se-ia em menos de hora e meia, mas tinha de levar em conta os engarrafamentos do início da manhã. O que dava mais de duas horas no trânsito.

Levantou-se e meteu-se no duche. Depois vestiu a sua melhor farda e foi tomar o pequeno-almoço. Antes de sair de casa, e assaltado pelo receio de as coisas correrem mal na Lubyanka, deu um salto ao quarto dos filhos e beijou-os na testa como se deles se despedisse. Depois foi ter com a mulher. Ekaterina dormia ainda, mas acordou ao sentir a presença dele.

"Dima, onde vais?"

O marido ainda esteve tentado a contar-lhe tudo, aquela convocatória dos chequistas pesava sobre ele como uma sombra ameaçadora, mas percebeu que não havia qualquer vantagem em deixá-la ralada.

"Chamaram-me da esquadra", mentiu. "Um homicídio qualquer. Tenho de ir."

Beijou-a nos lábios e saiu com destino a Moscou, esforçando-se por repelir o medo de nesse dia não poder voltar para casa e ficar retido nas temíveis masmorras da Lubyanka.

O que raio lhe quereria o FSB?

XX

Um sentimento de absoluta desorientação apossara-se de Leroy Roderick desde que ouvira a explicação de *mister* Dean sobre a sua demissão. Quando se sentou no carro, fechou os olhos e, fazendo um esforço para controlar a respiração, tentou recuperar a presença de espírito. O que raio se estava a passar? Em que se estava a América a transformar? Seria mesmo ainda a terra das oportunidades e dos homens livres?

O país tinha mudado e não sabia como lidar com essa mudança. É certo que os noticiários da Fox News o haviam prevenido para certas alterações que estavam a ocorrer, mas até ali tudo se passava no mundo das notícias e essas loucuras pareciam coisas que apenas aconteciam aos outros. A recente viagem a Filadélfia, no entanto, acordara-o para uma América na qual não se reconhecia. Ainda alimentara a ilusão de que essa América se restringia ao Norte liberal, com o seu Estado ditador, as suas feminazis viperinas e a permanente vigilância, policiamento e censura da linguagem por parte das elites.

Nessa manhã, porém, percebera que esse mundo estava também a chegar ao Sul e a contaminar a sua querida Luisiana. Tudo se desmoronava em redor. Fora despedido, é certo, mas isso nada tinha de extraordinário. Na América era normal as pessoas estarem sempre a saltar de emprego, a vida das comunidades acompanhava a dinâmica da economia, nos momentos maus ocorriam demissões e nos bons surgiam grandes oportunidades. Ganhava-se e perdia-se, faziam-se e desfaziam-se fortunas, mas o país avançava sempre, confiando no talento, na capacidade de inovação e no empreendedorismo dos seus cidadãos. Essa sempre fora a história da América. A sua arreigada crença na liberdade e no engenho do espírito humano fora plantada na fundação do país e estava na origem do seu fenomenal sucesso.

O que não achava normal era o *motivo* pelo qual fora despedido. Não o mandaram embora por incompetência, nem por absentismo, nem por ter ficado inválido para as funções que desempenhava na sua unidade petroquímica, nem sequer devido a excesso de pessoal para a capacidade financeira da empresa. Nada disso. Fora despedido porque era preciso dar lugar às minorias, eufemismo para as feminazis e os mexicanos e os mariconços. O mérito pelo visto já não interessava na América, o que interessava era quem se era. Mas não tinham sido os nazis e os comunistas que discriminavam as pessoas, não pelo que elas faziam, mas pelo que eram? Em que diferia isso do que acabara de lhe acontecer?

Esmurrou o volante.

"*Fuck, fuck, fuck!*"

Esmurrou, esmurrou e esmurrou, até os punhos ficarem em sangue. De um estranho modo, isso fê-lo sentir-se melhor, embora talvez não das mãos. O volante não tinha culpa, mas a fúria que nele despejara permitira-lhe libertar parte da tensão que se lhe acumulara na alma. A revolta, no entanto, permanecera lá. E a raiva também.

Consultou o relógio e percebeu que o filho já deveria ter terminado a sua entrevista de emprego. Pegou no celular e ligou para ele. Ninguém atendeu. Estaria ainda na entrevista? Quando considerava o que fazer a seguir, o *smartphone* tocou. Era sem dúvida o filho a devolver-lhe a chamada.

"Então, Charlie?", atendeu. "Como correram as coisas?"

A voz do outro lado hesitou.

"*Uh… senhor Roderick?*"

Afinal não era Charlie.

"Quem fala?"

"*Daqui Fred Garnier, diretor da Ascension Christian High School. É por causa da sua filha.*"

Leroy ficou de imediato em alerta.

"O que aconteceu?"

"*A sua menina teve um episódio de saúde. Receio que tenha perdido os sentidos durante uma aula.*"

"A Sally desmaiou?!"

"*Sim, mas já foi vista pelo médico, fique descansado. Ele medicou-a e a sua filha está agora a repousar. Acha que a pode vir buscar? Considerando as circunstâncias, e por medida de precaução, o médico acha que a Sally deveria ir para casa.*"

"Mas o que tem ela?"

"*Estamos à sua espera, senhor Roderick.*"

A chamada terminou e Leroy ficou uns segundos a olhar para o *smartphone*, perplexo. O que mais lhe iria acontecer? Desta feita era Sally. O que se passaria com a sua menina? Teria sido uma crise provocada pelo enfisema pulmonar? Ou… ou uma daquelas terríveis doenças, cujo nome nem se atrevia a pronunciar, que tantas pessoas levaram da sua família e da vizinhança, incluindo a sua querida Betty?

Com o coração apertado de angústia, ligou o carro e dirigiu-se de imediato ao liceu. O percurso levou apenas alguns minutos. Entrou na Ascension Christian High School no passo acelerado dos pais mortalmente preocupados e foi direito à enfermaria. Encontrou Sally sentada numa marquesa à conversa com um homem calvo, de bata branca e estetoscópio ao peito.

Ao vê-lo entrar na enfermaria, a adolescente sorriu-lhe.

"Pai!"

Leroy abraçou-a com força, inquieto, mas ao mesmo tempo aliviado por vê-la aparentemente bem.

"Sally, como estás?"

"Tive umas tonturas e desmaiei, mas agora sinto-me bem."

"De certeza?"

"Sim." Apontou para o careca da bata branca. "O doutor Charbit acha que é melhor eu ir para casa descansar."

Os dois homens cumprimentaram-se com um aperto de mão e o médico indicou uma porta ao lado.

"Senhor Roderick, posso dar-lhe uma palavra em privado?"

A porta dava para um pequeno gabinete. Uma vez a sós, o doutor Charbit foi direito ao assunto.

"Presumo que esteja a par do problema da sua filha..."

"O enfisema agravou-se, doutor?"

O médico abanou a cabeça.

"O problema dela não são os pulmões, senhor Roderick. Não reparou como está magra?"

"Oh, isso!", exclamou Leroy, revirando os olhos. "Anda com a mania das dietas, tornou-se uma obsessão, o doutor nem imagina. Quer ficar parecida com as modelos que vê no Instagram e o que mais ambiciona na vida é partilhar fotografias que obtenham muitos *likes*. Está naquela idade parva da adolescência, não sei se o doutor está a ver."

"Estou a ver muito bem, senhor Roderick. Estou sobretudo a ver que a sua filha está doente."

"Doente?"

"Anorexia, senhor Roderick. Trata-se de um distúrbio associado a dietas desequilibradas e a uma busca ilimitada e descontrolada de emagrecer que leva as pessoas a passarem fome. Uma das características é a pessoa estar excessivamente magra mas achar que continua gorda. Há mesmo quem perca totalmente o apetite, o que é muito perigoso. O distúrbio alimentar de que a sua filha padece cria desequilíbrios hormonais, atrofia o desenvolvimento do corpo e afeta o sistema reprodutivo. Ela pode ficar estéril. Se continuar indefinidamente a nada comer, a sua própria vida correrá risco."

Só faltava mais aquela.

"Oh, não! E agora?"

"Tem de a tratar."

"Mas como se cura isso, doutor?"

O médico rabiscou algumas linhas num papel e entregou-o a Leroy.

"Este é um problema comum nas adolescentes e já tive de lidar com vários casos aqui na escola", revelou. "Tem aqui o contato de um especialista em Baton Rouge que ajudou muitas garotas a sair da anorexia. Ele pode curar a sua filha."

"Obrigado, doutor."

"Mas, se quiser dar já o primeiro passo, tenho uma sugestão", acrescentou. "Tire-lhe o celular."

"Tirar-lhe o…? Ela não vai aceitar isso, doutor."

"É o Instagram que está por detrás da anorexia, senhor Roderick. Corte-lhe o acesso ao Instagram e estará a ajudá-la."

"O Instagram?!"

"Tire-lhe o celular."

Depois de se despedir do médico, Leroy guardou no bolso o contato do especialista e regressou para junto de Sally. Ajudou-a a preparar as suas coisas e levou-a para o carro. Antes de arrancarem, voltou a ligar para o número de Charlie. Mais uma vez, o filho não atendeu.

"*Damn!*"

"O que foi, pai?"

"É o teu irmão que não atende. Teve hoje a entrevista para um bom emprego e ainda não sei como correu."

Cada problema a seu tempo, considerou Leroy. Pôs o veículo em marcha. A prioridade nesse momento era tratar de Sally. E, claro, arranjar dinheiro para os tratamentos deste novo problema, pois o tal especialista recomendado pelo doutor Charbit não seria gratuito. A indenização que iria receber ajudaria num primeiro momento a lidar com todas estas despesas, mas essa solução não se afigurava sustentável e era fundamental que encontrasse um novo emprego. A proposta que recebera em Filadélfia seria a saída perfeita, não fosse a questão de o alojamento não estar incluído. Teria de encontrar outra solução ali na Luisiana. E rezar para que o filho fosse aceite no emprego a que se candidatara, pois o salário que lhe ofereciam era bem acima da média e daria um jeitão naquelas circunstâncias.

Chegaram a casa e Leroy, sempre preocupado com Sally, transportou-lhe a mala da escola. Ela aproveitou estar com as mãos livres e espreitou o *smartphone*, mas o pai retirou-lho com um gesto rápido.

"A partir de agora, acabou-se o Instagram."

"Mas, pai..."

A filha protestou ruidosamente, mas Leroy ignorou-a. Meteu a chave na porta de casa e abriu-a. Olhou para o bengaleiro e viu o casaco de Charlie pendurado.

"Charlie!", chamou. "Já chegaste?"

Ninguém respondeu. E, porém, ali estava o casaco. A sala encontrava-se deserta, pelo que se dirigiu ao quarto do filho e bateu à porta.

"Charlie?"

Tentou abrir a porta, mas constatou que estava trancada. Definitivamente, o rapaz encontrava-se lá dentro. A porta trancada e o silêncio, porém, não auguravam nada de bom.

"Charlie, abre a porta."

A voz do filho fez-se enfim ouvir do interior.

"Deixe-me sozinho."

"Abre a porta já!"

O som metálico da chave a rodar na fechadura mostrou que o rapaz obedecia à ordem. A porta abriu-se e revelou um Charlie cabisbaixo.

"Olá, pai."

Leroy forçou um sorriso; não era preciso ser-se particularmente perspicaz para perceber o desfecho da entrevista de emprego.

"Não deixes que isso te deite abaixo", disse-lhe, tentando animá-lo. "Umas vezes ganha-se, outras vezes perde-se. É assim a vida. O que nos derrota não é cairmos, é recusarmo-nos a levantar-nos. Estes não te contrataram? Azar o deles. Outros te contratarão. Tu és um cajun e os cajuns resistem."

Estas palavras não pareceram animar Charlie.

"Não houve entrevista, pai", revelou. "Eles nem sequer me quiseram ouvir. Entrei, olharam para mim e mandaram-me logo embora."

"Mandaram-te embora?", estranhou o pai. "Sem te entrevistar? Por quê?"

O rapaz encolheu os ombros com abandono, como se nada daquilo importasse já.

"Disseram-me que não preenchia a quota."

"Qual quota?"

"A das minorias", explicou. "Queriam apenas contratar pessoas das minorias por causa da política da discriminação positiva. Como sou homem branco, mandaram-me embora."

A boca de Leroy abriu e fechou três vezes sem emitir qualquer som. Ouvira e só acreditara porque nesse mesmo dia, uma hora antes, ele próprio tinha sido despedido pela mesma razão. O que estava a acontecer? Aquilo era mesmo o seu país? No que se estava a América a transformar?

Não tinha resposta. Sem nada para dizer, pois os acontecimentos desse dia falavam por si mesmos, saiu dali e refugiou-se na sala. Sentou-se na sua poltrona e ligou a televisão para ver o noticiário da Fox News e tentar encontrar o caminho que travasse o desmoronar do seu mundo.

XXI

Ao ouvir Sasha dirigir-se ao seu guarda-costas e dizer-lhe que fizesse o que tinha a fazer, Tomás Noronha reagiu de imediato. Quase instintivamente, deu um salto do sofá e pôs-se em pé, preparando-se para se defender. Mas Oleg não se dirigiu a ele. Em vez disso, encaminhou-se para o televisor pregado à parede daquela suíte do luxuoso Hotel Ukraina, em Moscou.

Sentado no seu lugar de perna cruzada, Sasha parecia divertido com a reação do convidado.

"Vejo que está nervoso, professor Noronha. Tenha calma e não perca o *blockbuster* que o Oleg tem para lhe mostrar."

Enquanto Tomás regressava ao seu lugar no sofá, sentindo-se ridículo por ter achado que o iam agredir, o segurança agachava-se diante do televisor e carregava num botão. A tela acendeu-se e a primeira coisa que mostrou, com letras brancas sobre um fundo preto, foi a referência a um lugar.

Christchurch, Nova Zelândia

O fundo preto e as referências geográficas desfizeram-se e a tela iluminou-se com imagens reais, mostrando um homem de capuz, óculos escuros a taparem-lhe os olhos e um lenço a cobrir-lhe as feições do rosto. A referência do *link* no topo da imagem indicava o sinal do aplicativo Facebook Live.

Um *livestream*.

Tratava-se de uma gravação de imagens que na altura foram transmitidas ao vivo. O encapuzado abriu a porta de um automóvel estacionado na calçada e instalou-se no lugar do condutor; transmitia-se a si próprio, presumivelmente a partir de um *smartphone*. O homem trazia um verdadeiro arsenal no carro, com armas semiautomáticas e caixas de munições.

"A festa vai começar."

Disse-o com toda a tranquilidade. Logo que o veículo arrancou, ao som de uma canção eslava, foi tudo muito rápido. O automóvel parou num local cheio de gente, pelas roupas e postura eram crentes muçulmanos, o homem saiu com as armas nas mãos e pôs-se simplesmente a disparar sobre tudo o que mexia, abatendo homens, mulheres e crianças como se estivesse num *videogame*. Morreram assim dezenas e dezenas de pessoas.

Depois voltou a meter-se no carro e retomou a marcha, de novo ao som da mesma canção eslava, até parar num segundo local e repetir o procedimento. Terminado este segundo massacre, regressou ao veículo, este arrancou, embrenhou-se pelas ruas e saiu da cidade, acabando por virar numa zona florestal e internar-se por um caminho secundário. Por fim, parou o automóvel e, perante a microcâmara do *smartphone*, retirou o capuz, desfez o lenço que lhe tapava a cara e tirou os óculos escuros que lhe ocultavam os olhos verdes, revelando o rosto.

Sentado no sofá, Tomás seguira toda a sequência de imagens no televisor com uma expressão chocada; não era todos os dias que se via o registro de vídeo de um massacre a decorrer. Mas foi quando se deparou com o rosto destapado do autor da chacina a mirar a câmara com um sorriso de orgulho pela matança que acabara de levar a cabo que sentiu o sangue gelar e o coração parar-lhe. Reconhecera o assassino e, de boca aberta, não queria acreditar.

Era ele próprio.

XXII

Não era fácil entrar num edifício como a Lubyanka, com a sua longa e sinistra história. Fora naquele vasto edifício em tijolo amarelado que os bolcheviques instalaram a Cheka, a polícia política comunista encarregada da vigilância e repressão de opositores e sindicalistas, e depois, já com o nome NKVD, igualmente com a responsabilidade de gerir os campos de concentração do Gulag e o seu sistema de escravatura e mortes em massa. Por entre as paredes da Lubyanka haviam passado milhares e milhares de prisioneiros sujeitos a encarceramentos arbitrários, tortura e fuzilamentos, um desfile de indignidades sem fim. Diziam os russos que se tratava do mais alto edifício de Moscou, uma vez que até da sua cave se conseguia ver a Sibéria, sinônimo dos campos de concentração. Uma graçola, claro, mas naquelas circunstâncias o que era o humor se não uma forma de exorcizar o medo?

O medo era literalmente o que fazia as pernas do capitão Dimitri Chernyshev tremerem no momento em que se dirigiu ao balcão de atendimento. O relógio na grande parede assinalava oito e quarenta e sete. Chegara pouco antes da hora e sentia o coração ribombar e a garganta seca. O pavor chegava-lhe à boca.

"Bom dia", cumprimentou, tentando imprimir tranquilidade à sua voz. "Tenho uma reunião com o coronel Gusak."

Mostrou no *smartphone* o *e-mail* que recebera com a convocatória. A funcionária verificou no computador, a seguir fez um telefonema e pareceu satisfeita.

"*Propiska?*"

Tratava-se da velha expressão feudal usada para descrever o selo nos passaportes internos soviéticos, os documentos de identificação então em vigor. A *propiska* propriamente dita deixara de existir depois da queda da ditadura comunista, mas a expressão sobreviveu porque os passaportes internos russos continuaram a ter de ser validados por um selo.

Dimitri entregou à rececionista o seu passaporte interno e ela passou-lhe duas credenciais ao mesmo tempo que lhe apontava para uma passagem guardada por seguranças.

"Siga por ali", indicou. "A primeira credencial é para entrar, a segunda credencial dá-lhe exclusivamente acesso ao terceiro andar e ao gabinete do coronel Gusak. Não está autorizado a passar ou entrar em mais nenhum lugar, sob pena de sofrer graves consequências."

As regras de segurança para circular dentro da Lubyanka eram muito apertadas; nem mesmo os oficiais superiores escapavam a elas. Com a primeira credencial, Dimitri entrou no perímetro interno do edifício e foi seguindo as indicações que constavam da segunda credencial para se meter no elevador, onde um guarda verificou que ele estava autorizado a entrar ali. Subiu ao terceiro andar, onde voltou a ser controlado por mais guardas até chegar ao gabinete do coronel Gusak.

Uma secretária mandou-o aguardar numa velha cadeira de madeira. O visitante obedeceu e esperou. Tentando pôr rédeas ao nervosismo, entreteve-se a apreciar o espaço que servia de antecâmara ao gabinete do coronel. As paredes apresentavam-se envelhecidas, mas o computador sobre a mesa era moderno. Um *Apple*, identificou Dimitri, bem familiarizado com tudo o que tinha a ver com tecnologias.

Num lugar proeminente da parede estava um retrato emoldurado do presidente. Vladimir Putin. O visitante contemplou pensativamente a imagem. Parecia que fora ontem, mas tinham-se passado dezessete anos desde que os atentados contra os prédios de três cidades, alegadamente da responsabilidade dos chechenos, conduziram à segunda invasão da Chechênia e atiraram o então primeiro-ministro para os cumes da popularidade. De tal modo que, quando chegou a hora de substituir Ieltsin na presidência, foi Putin o escolhido.

A Rússia mudara com o novo senhor do Kremlin e o mundo também. A cooperação com o Ocidente transformara-se mais uma vez em confrontação, devido às operações militares ocidentais nos Balcãs e no Iraque e às operações militares russas na Geórgia e sobretudo dois anos antes na Ucrânia, com a invasão da Crimeia e do Donbass.

No meio de tudo isso, Putin solidificara-se no poder. Fizera-o pondo uma clique de chequistas no comando do país e transformando assim o Estado russo num Estado FSB. Ou, para ser mais exato, um Estado chequista. Ainda alguns anos antes, em Podolsk, tivera de fechar uma investigação relacionada com seis homens abatidos na cidade. Na altura descobrira que os desgraçados haviam sido classificados como terroristas por terem emprestado dinheiro a um antigo chefe do KGB e depois exigido a devolução desse dinheiro. *Bang, bang, bang.* Problema resolvido. "Não há homem, não há problema", já dizia Stálin.

Os chequistas protegiam-se uns aos outros e mandavam em tudo. Se no tempo soviético eles eram, ainda assim, controlados pelo Partido Comunista, agora estavam sem controle. O seu único controle era Putin. Ele próprio um chequista, chefe de uma clique de chequistas que assumiram o poder e que se intitulavam os *siloviki*. Os cavaleiros. Vladimir Putin, ex-agente do KGB e ex-diretor do FSB; Igor Sechin, ex-agente do KGB em Angola e Moçambique; Viktor Ivanov, ex-agente do KGB e do FSB; Nikolai Patrushev, ex-agente do KGB e diretor do FSB. Os quatro cavaleiros. Os *siloviki*. Patrushev descrevera o FSB como "a nossa nova nobreza". Ou seja, ninguém na verdade os controlava. Os chequistas tornaram-se um estado dentro do Estado. Eles eram a Rússia. Haviam transformado o país num Estado chequista. A máfia das máfias.

Sentiu uma presença ao seu lado.

"Senhor capitão, pode entrar."

Chegara a hora de saber o que lhe queriam os donos do país.

XXIII

Havia já algum tempo que o problema da imigração para os Estados Unidos estava a preocupar Leroy Roderick, até porque a Fox News abordava constantemente o assunto nos seus noticiários e *talk shows*, mas foi a política da discriminação positiva e o respectivo impacto na sua vida pessoal e profissional que o impeliram a ir ao computador em busca de respostas. Sentia-se desesperado, até angustiado, e precisava absolutamente de encontrar uma solução para a sua vida.

Conectou-se ao YouTube e, querendo saber mais sobre o assunto, digitou duas palavras.

Imigração EUA

A rede social de vídeos apresentou-lhe automaticamente uma vasta lista de documentários e reportagens televisivas. No topo dessa lista estava uma reportagem intitulada "O Que Destruiu o Sistema de Imigração dos EUA?", da CNBC, seguida de outra, da Vox, intitulada "A Lei Que Destruiu a Imigração para os EUA", e de uma terceira, da CNBC, com o título "Irá a Crise da Imigração Destruir as Cidades dos EUA?".

Raramente via a CNBC, tratava-se de um canal típico do Norte liberal, mas só os títulos deixaram-no apreensivo. Clicou na primeira reportagem e viu imagens de milhares e milhares de imigrantes latino-americanos a fazerem fila no México para saltarem as barreiras de arame farpado e entrarem clandestinamente nos Estados Unidos.

A reportagem chamava-lhes "imigrantes indocumentados" e ouvia responsáveis do próprio governo americano a dizerem que o número de pessoas que entravam "sem documentos" no país havia disparado e que o sistema estava à beira do colapso. Os próprios liberais o diziam!

Aos utilizadores que viam essa reportagem, como era o caso dele, o YouTube recomendou uma lista de outros vídeos sobre o mesmo tema. Leroy clicou num dos mais bem posicionados, uma reportagem da Fox News intitulada "Imigrantes em Nova York Criam Caos". O conteúdo era assustador. No final da visualização, as sugestões associadas a essa reportagem levaram-no a uma outra, intitulada "Manifestantes em Nova York Bloqueiam Ônibus com Migrantes", a qual, após a devida visualização, sugeriu uma outra, "Imigrantes Obtêm Apartamentos de Luxo".

Ao ver este título, Leroy não se conteve e deu um salto na cadeira.

"O quê?!"

Não só o número de imigrantes estava a disparar e eles andavam a espalhar o caos pelas cidades americanas, o que era muito grave, como ainda por cima as elites lhes ofereciam apartamentos *de luxo*? E ele, Leroy, um homem honesto, patriótico, respeitoso e trabalhador, estava condenado a viver numa casa velha cercada de químicos cancerígenos que lhe levaram os pais e a mulher e que provavelmente o levariam a ele e aos filhos?

Ainda por cima, percebia agora que as elites haviam decretado políticas de discriminação positiva que se traduziam na demissão dos americanos brancos, muitos deles gente laboriosa que erguera o país, pelo simples fato de serem homens e serem brancos, substituindo-os por toda aquela multidão, imigrantes que nada contribuíram para a América. Pois essa gente estava a passar-lhes à frente *com a ajuda das elites liberais do Norte*. Essas elites agiam ativamente, através do sistema das quotas e da discriminação positiva, para prejudicar e tirar empregos ao americano comum.

Estaria o país a enlouquecer?

Muito perturbado, e fazendo sempre fé absoluta em tudo o que via, continuou a seguir avidamente as incessantes sugestões do

YouTube. O vídeo seguinte intitulava-se "Lojas Abandonam Nova York por Causa dos Roubos". Gradualmente, os imigrantes deixavam de ser descritos nos vídeos como "indocumentados", a expressão politicamente correta das elites para não estigmatizar, e passavam a ser designados abertamente como "ilegais". Após a visualização desta nova reportagem, o YouTube remeteu-o para o vídeo seguinte, "Com Barricadas, Soldados e Novas Leis, o Texas Tenta Travar a Entrada Ilegal de Imigrantes", e, no final deste, o YouTube recomendou-lhe o vídeo "Não Mais Cidade Santuário: Nova York Começa a Deportar Imigrantes".

"Tem de ser, tem de ser!", murmurou entredentes, aprovando ardentemente o título desta última reportagem. "Não basta impedi-los de entrar, temos de os deportar!"

Leroy estava sozinho no seu quarto diante do computador, mas falava como se junto a ele estivesse ainda a sua Betty, e reagia assim porque a realidade descrita por aqueles vídeos aterrorizava-o e, sobretudo, enfurecia-o. A América estava a ser literalmente invadida, eram milhões e milhões de imigrantes a entrarem ilegalmente no país, a ocuparem as cidades, a roubarem as lojas, a semearem o caos. E o que faziam as elites do país? Acolhiam-nos em apartamentos de luxo! Ouviram bem? Em apartamentos de luxo! Que loucura era aquela? As elites liberais estavam a lançar a América no abismo! Felizmente que alguns patriotas em Nova York já tinham percebido a gravidade do problema e começaram a deportá-los, mas, ao visualizar a reportagem com esse título, percebeu que as deportações em causa apenas envolviam imigrantes condenados por crimes.

"Então e os outros?"

Tudo aquilo estava a deixar Leroy fora de si. Como era possível tanta cegueira? Aquelas políticas das elites liberais eram simplesmente criminosas para o cidadão comum! Incapaz de se conter, pôs-se de pé e berrou com todas as suas forças para a tela.

"Acorda, América!", exortou. "Acorda! Paremos com esta loucura! Defendamos os americanos! Ergam um muro e impeçam-nos de entrar! Acabemos com os ilegais! Não deixemos que o país caia no abismo!

Temos de limpar o pântano de Washington! Temos de fazer a América grande outra vez!"

Gritava para a tela do computador como se esta o pudesse ouvir, como se a América inteira o pudesse ouvir, e, ao ouvi-lo, acordasse, mas a verdade é que estava sozinho e ninguém o ouvia; gritava literalmente para as paredes. Embora, vendo bem, algo o ouvia de fato, pois os comentários do público por baixo da reportagem sobre as deportações eram eloquentes e reproduziam quase palavra a palavra o que ele nesse exato momento estava a pensar. "Deportem, deportem, deportem! Americanos e América primeiro!", clamava o comentário no topo, seguido de outras mensagens na mesma linha, como "Cuidem dos americanos em vez de deixarem os imigrantes entrarem nos EUA", "Quem os deixou entrar devia ser preso" e "Votar nos democratas tem consequências horríveis".

O YouTube continuava a sugerir-lhe mais reportagens sobre o mesmo assunto, cada uma com um título mais preocupante do que o anterior, como "Imigrante Ataca Cidadãos", "O Presidente Enlouqueceu", "A Verdade sobre a Crise da Imigração Ilegal", "Exército Patrulha Nova York", "A Classe Média Está Acabada", "O Fim do Império Americano" e "A Ilusão de Democracia: Quem realmente Controla as Nossas Vidas".

Sim, quem realmente controla as nossas vidas?, questionou-se Leroy ao contemplar o título desta última reportagem. Elas, as elites do Norte! Os liberais dizem-se democratas e paladinos da liberdade de expressão, mas quando nós, os cidadãos comuns, fazemos ou dizemos alguma coisa de que não gostam ou com a qual não concordam, caem-nos em cima, humilham-nos, riem-se de nós, isolam-nos. Islamofóbico!, racista!, homofóbico!, gritam como quem atira insultos. Mas o que é isto? Já não se pode chamar maricas a um maricas ou preto a um preto ou cabelo cor de laranja a cabelo cor de laranja? Já não se pode ser pontual nem ter uma postura profissional nem promover o mérito? Quem deu a esta gente o direito de me censurar e achincalhar como se eu não fosse um ser humano com direito às suas opiniões? É isto uma democracia ou uma paródia?

Abanou a cabeça. Não, não é de fato uma democracia. É uma ilusão de democracia. Uma fantochada. Quem realmente controla as nossas vidas não somos nós, não é o povo americano, não é o cidadão comum. São elas, as elites de Washington, a legião do politicamente correto, a polícia do pensamento, aqueles que humilham os verdadeiros americanos e os planejam substituir por outra gente.

Atrás de um vídeo, o YouTube sugeria outro e depois outro e depois outro, o seguinte sempre mais assustador do que o anterior, as políticas catastróficas das elites denunciadas a cada vídeo sempre a alimentarem a fúria surda que Leroy sentia crescer-lhe dentro do peito, uma ira desgovernada que lhe revolvia as entranhas e quase o fazia enlouquecer numa explosão de raiva descontrolada.

Ah, as elites, as malditas elites aliadas às grandes empresas! Vivem em boas casas e levam os filhos em bons carros para as boas escolas. O que faz essa gente nascida em berços de ouro? Para provarem a suposta superioridade dos seus valores, impingem o inferno aos outros, aos seus concidadãos, àqueles que nada têm a não ser a honra, o amor ao país, o espírito de sacrifício. As elites adoram os imigrantes, sim, mas adoram-nos nos carros dos outros, nos empregos dos outros, nas escolas dos outros!

Amaldiçoados sejam, que estão a destruir o meu país e nos estão a destruir a nós, a nós os que estamos cá em baixo! Criminosos, que me tiram o emprego para o dar aos que nada contribuíram para fazer do país o que ele é hoje! A América está a ser saqueada! Dizem que querem defender as minorias? Mas as minorias somos nós! Nós, a quem chamam *rednecks* e de quem tanto se riem! Nós, os preteridos nos empregos! Nós, os brancos do Sul! A minoria somos nós! Quem terá a coragem de erguer um muro e travar esta loucura? Quem limpará o pântano da política suja que se pratica em Washington?

Quem tornará a América grande outra vez?

O celular tocou.

"*Pai! Então?*"

Era Sally que lhe ligava.

"Então, o quê?"

"Quando me vens buscar?"

"Às três da tarde, conforme combinamos."

"Já são quatro, pai!"

Olhou para o relógio e constatou, para sua surpresa, que assim era de fato.

"Ah!"

Como o tempo tinha voado! Havia começado pela manhã a ver aqueles vídeos e já estava a meio da tarde. O problema é que não conseguia largar o computador, tão assustado, e sobretudo revoltado, se sentia.

"Então? Vens ou não buscar-me?"

O pai respirou fundo.

"Já vou."

Desligou o celular e desligou o computador, este com alguma relutância pois acedia aí a informação que não estava disponível em nenhum outro lado a não ser no YouTube.

Pegou nas chaves do carro e saiu de casa para ir buscar a filha à escola. Saiu à pressa porque queria voltar depressa, porque tinha pressa de saber mais. Logo que regressasse, a primeira coisa que faria seria voltar ao computador para tentar perceber as coisas terríveis de que ninguém falava, sobre as quais as televisões e os jornais liberais lançavam um tenebroso manto de silêncio, mas que estavam a acontecer ao seu país, que estavam a acontecer ao seu filho, que lhe estavam a acontecer a si.

XXIV

Uma vez concluído o vídeo do massacre em Christchurch, na Nova Zelândia, com a imagem do assassino a tirar o capuz, o lenço e os óculos que lhe tapavam a cara e a revelar a sua identidade, Tomás Noronha ficou momentaneamente boquiaberto, a tentar processar o que acabara de ver. O autor da matança… era ele próprio?!

Apontou acusatoriamente para o televisor já desligado.

"Isto é falso!"

Sasha seguira com atenção a reação dele ao momento em que a identidade do autor da chacina fora desvendada e, neste ponto, não ocultou um leve sorriso.

"É o senhor que ali está. Não viu? As imagens são claras."

"As imagens são falsas!"

"Este vídeo é verdadeiro", corrigiu-o o anfitrião. "Foi transmitido ao vivo no Facebook Live e milhares de pessoas acompanharam tudo à medida que a matança decorria. Além do mais, o vídeo do massacre de Christchurch está guardado nos servidores da Facebook. Não há como dar a volta ao assunto."

O historiador abanou vigorosamente a cabeça.

"Não pode ser! Se o vídeo é verdadeiro, aquele não sou eu. É… é uma pessoa muito parecida comigo. Eu nem sequer alguma vez fui à Nova Zelândia…"

"Estou a dizer-lhe que o vídeo é verdadeiro e que aquela pessoa é o senhor. A própria polícia neozelandesa tem este vídeo na sua posse. Constitui prova do crime."

"Pois eu estou a dizer-lhe que nunca sequer fui à Nova Zelândia. Ou o vídeo é falso ou então a pessoa que matou aquela gente é muito parecida comigo, mas não sou eu! Não fiz nada daquilo! É impossível! Nem sequer sei mexer naquelas armas."

Andavam às voltas e a conversa assim não ia a lado nenhum. Ciente disso, foi a vez de o russo se endireitar no sofá e encarar o seu interlocutor, o semblante duro de quem se aprestava a desferir o *coup de grâce*.

"O vídeo é verdadeiro", repetiu devagar, para enfatizar cada palavra. "Quanto ao rosto do assassino... o senhor lembra-se de ter tido recentemente uma visita a sua casa?"

Tomás ficou confuso, sem perceber onde o seu interlocutor queria chegar.

"Uma visita?"

"Sim, uma visita. Não se recorda de chegar a casa e dar de caras com uma pessoa que... enfim, nunca antes tinha visto?"

A imagem do assaltante na sala quando dias antes regressara inopinadamente ao apartamento para ir buscar o caderno de apontamentos veio-lhe nesse momento à mente.

"Foram vocês?"

"Digamos, professor Noronha, que pus uns técnicos especializados neste tipo de operações a instalar uma multiplicidade de câmaras de vídeo em sua casa."

"O quê?!"

"Oh, foi lindo! Durante dois dias registramos imagens suas a olhar para o espelho, sentado na sanita, a tomar banho, a vestir-se, a ler, a percorrer o corredor, instalado no sofá, a conversar ao telefone, a escrever ao computador, a ver televisão, a comer, a dormir, a peidar-se... enfim, tudo o que faz parte da gloriosa rotina de um homem no tranquilo recato do seu doce lar."

Tomás nem sabia se devia estar indignado pela intrusão na sua vida privada ou admirado com a desfaçatez com que tudo aquilo era dito de maneira tão despudorada.

"Como se atreveram?"

"Nós atrevemo-nos a muita coisa, professor Noronha. Oh, se atrevemos! O senhor nem imagina até onde vai o nosso atrevimento. Para todos os efeitos, calculo que se esteja a interrogar quanto aos motivos que nos levaram a proceder desse modo."

"Pode ter a certeza!"

"A resposta é muito simples, professor Noronha: precisávamos de muitas imagens suas. Muitas, muitas, muitas."

"Imagens minhas? Para quê?"

Sasha apontou para o televisor desligado.

"Para colocarmos a sua cara naquele vídeo, professor Noronha. Bem vê, o seu rosto, que agora é o rosto do assassino de Christchurch, é o que no jargão da inteligência artificial se chama *deep fake*."

"Ah."

Estava explicado, percebeu o português. *Deep fake* era um produto mediático sintético, feito de imagem e/ou som, parcialmente manipulado ou totalmente criado pela inteligência artificial, mas com um realismo tal que parecia verdadeiro. Vira já o vídeo de uma figura sintética com a cara e a voz de Barack Obama a dizer coisas que Barack Obama nunca dissera, como chamar "completo merdas" a Donald Trump. Era isso o *deep fake*. Tal como fizeram com Obama na brincadeira, fizeram com ele. Só que a sério. Puseram a cara dele, Tomás, no lugar do rosto do autor do massacre de Christchurch.

É verdade que, quando fora assaltado, estranhara o fato de os ladrões nada lhe terem roubado. Percebia agora o porquê.

"A polícia neozelandesa está na posse das verdadeiras imagens, as que vão até ao final do massacre na segunda mesquita de Christchurch", clarificou o russo. "No entanto, as imagens seguintes, quando vemos o assassino a tirar o capuz e a revelar a sua identidade, trabalhadas em *deep fake* com o seu rosto, foram acrescentadas por nós. O problema, professor Noronha, é que todas estas imagens, incluindo o *deep fake* do seu rosto, não estão apenas aqui na nossa posse. Estão também guardadas no servidor da Facebook, na América."

"Como assim?"

"É como lhe estou a dizer. Os nossos *hackers* entraram nos servidores da Facebook e eliminaram o vídeo original, substituindo-o por este com o *deep fake* do seu rosto no final."

Tomás pestanejou, surpreendido.

"Mas… por quê? Por quê? Com que objetivo se deram a todo esse trabalho?"

"*Kompromat.*"

A palavra russa de origem latina era suficientemente conhecida desde os tempos do KGB para que as intenções do russo se tornassem finalmente claras.

"Para me comprometer?"

"É isso o que *kompromat* quer dizer em russo, não é?"

"Desculpe, está a fazer chantagem comigo?"

Sasha soltou uma risada.

"Ah, as grandes palavras! Vá lá, professor Noronha, a expressão *chantagem* é um pouco forte, não acha? Digamos que estamos apenas a acenar-lhe com um pequeno… uh… incentivo. Encare-o como uma forma original de o motivar a dar-nos uma ajudinha."

Tudo aquilo começava a enfurecer Tomás.

"Pois se é essa a ideia, posso já assegurar-lhe que não vai resultar. Não cedo a chantagens."

"Prefere que comece a circular nas redes sociais e por toda a Internet este vídeo com o *grand finale* em que se revela o seu magnífico rosto, o Pierce Brosnan de Portugal, como sendo o do verdadeiro autor do massacre de Christchurch?"

"Se vocês fizerem isso, denunciarei o vídeo como um *deep fake*!"

Nova risada.

"Ó professor Noronha, sejamos sérios, acha mesmo que uma desculpa dessas iria funcionar?"

"Não é desculpa, é a verdade. No meu país costuma dizer-se que a mentira se lava com a verdade. Aliás, nem é muito difícil fazer a prova de que eu não podia estar em Christchurch no dia do massacre. Haverá decerto registros feitos por mim nesse dia, desde levantamentos de dinheiro a pagamentos de compras, de portagens, de restaurantes, de estacionamentos e de outras coisas, que provarão que, quando o massacre ocorreu, eu não estava na Nova Zelândia, mas em Lisboa ou em qualquer outro ponto do planeta."

O semblante do russo fechou-se e adquiriu uma tonalidade sombria e sinistra.

"O senhor julga mesmo que não pensamos já nisso e que não tratamos de todos esses pormenores?"

A forma como o disse deixou Tomás imensamente inquieto; no fim de contas, não tinha dúvidas de que estava perante um profissional da desinformação.

"O que quer dizer com isso?"

"Desde que o escolhemos para nos ajudar na nossa operação que começamos a trabalhá-lo em todos os aspectos", revelou Sasha. "Não só recolhemos informações e imagens sobre si e fizemos este *deep fake* para *kompromat*, como usamos o registro do seu Google Maps para fazer um levantamento de todos os locais onde esteve no dia do massacre de Christchurch, incluindo nos dias anteriores e posteriores. Apagamos tudo o que dizia respeito à sua presença nesses dias em Lisboa, mesmo as suas compras e comunicações. Registro de cartões de débito e de crédito, registro de Google Maps, registro de portagens, videocâmaras das ruas por onde circulou... limpamos tudo, tudo, tudo. Foi como se o senhor nunca tivesse estado na cidade nesses dias."

Tomás sentia-se estupefato.

"Vocês fizeram mesmo isso?"

"Isso... e muito mais!", foi a resposta pronta. "Depois de limparmos todos os vestígios da sua presença em Lisboa nesses dias, semeamos vestígios da sua passagem por Christchurch nesses mesmos dias. Os nossos *hackers* trabalharam os seus cartões e puseram-no a comprar um bilhete de avião para a Nova Zelândia e inventaram registros informáticos de compras em Christchurch, de refeições em Christchurch e de pagamento de três noites num hotel de Christchurch. Até plantamos registros de compras na véspera da matança numa loja junto à Masjid an-Nur, onde o massacre começou. Há também registro de compras de munições numa loja de armas da cidade. Está a perceber as implicações do que lhe estou a revelar? O policial que for investigar o assunto irá descobrir imensos traços da sua 'passagem' por Christchurch."

Só então a enormidade da operação russa em torno da sua pessoa se tornou clara a Tomás.

"Meu Deus!"

O efeito que procurava na sua vítima acabara de se produzir, percebeu Sasha. Cabia-lhe agora desferir a estocada final.

"O professor Noronha está a um passo do abismo", sentenciou. "Plantamos mais provas da sua passagem por Christchurch do que as semeadas por Agatha Christie em dez romances. Qualquer Poirot de pacotilha não terá a menor dificuldade em o enjaular por muitos e bons anos pela autoria desta matança." Abanou a cabeça, como se estivesse compungido. "Morreram cinquenta e uma pessoas nesse dia. Coisa triste, hem? Só lhe digo, espero que goste de sexo anal, pois vai passar muito tempo atrás das grades."

O português fitou o homem diante dele. Como era possível haver pessoas capazes de uma coisa daquelas?

"O senhor enoja-me."

"O que é isso, professor Noronha? Mantenhamo-nos profissionais. Nada disto é pessoal, como deve calcular. Apenas trabalho."

Tomás sentia-se prestes a explodir.

"Vá-se lixar!"

Ignorando aquela reação, que de resto já tinha previsto, o russo manteve uma postura impessoal.

"Agora o senhor tem uma decisão muito importante a tomar", disse em jeito de conclusão. "Ou me ajuda a encontrar o celular que perdi com os notáveis talentos que fazem de si um dos melhores profissionais do mundo nesta área, e todo este pesadelo desaparecerá como que por magia, ou mantém a sua postura intransigente e russófoba, e nesse caso, e para muita pena minha, ver-nos-emos forçados a usar certos meios discretos para chamar a atenção das autoridades competentes para a existência do vídeo que o senhor já viu, com todas as consequências que isso inevitavelmente acarretará para si. Portanto, diga-me, professor Noronha: como vai ser?"

Formulou a pergunta como se rematasse a conversa, cruzando por fim os braços e aguardando pela resposta. O instinto de Tomás levava-o a rejeitar liminarmente a proposta. Não só lhe desagradava trabalhar para o Estado russo como se sentia revoltado com os métodos utilizados. Não podia compactuar com aquela gente. Mas, passados os primeiros impulsos da fúria, forçou-se a contemplar o outro lado da questão.

Se a cara dele aparecia em *deep fake* num vídeo daqueles e se o seu interlocutor havia efetivamente plantado falsas provas da sua passagem por Christchurch no dia do massacre, então tinha realmente um grande problema em mãos. O ser humano está concebido para acreditar no que vê, como sabia muito bem. Vendo o seu rosto estampado na cara do assassino que acabara de cometer aquela terrível matança, quem o inocentaria? Uma imagem valia mais do que mil palavras, lá dizia o provérbio chinês. Mais ainda quando credibilizada com as provas plantadas. Ignorar essa realidade seria no mínimo imprudente. Mesmo sendo falso, o vídeo constituía uma condenação.

Ponderou cuidadosamente a situação, procurando manter a cabeça fria e o raciocínio lúcido, testando mentalmente saídas para aquele aperto como um jogador de xadrez testava movimentos futuros e avaliava as suas opções e respectivas consequências. Por fim, soltou um suspiro e voltou a encarar Sasha.

"Diga lá o que preciso de fazer."

Era uma rendição.

XXV

A voz da secretária a mandá-lo entrar no gabinete do coronel Gusak, em plena Lubyanka, fez o capitão Dimitri Chernyshev pôr-se de pé num salto, como se tivesse sido impulsionado por uma mola. Chegara o momento. Encheu o peito como se o ar fosse coragem e cruzou a porta. Sentado a uma mesa estava um homem de farda com um olhar azul límpido e o cabelo grisalho puxado para trás.

"Sente-se, capitão", convidou-o o homem na voz rouca que escutara horas antes ao celular. "Espero que o meu telefonema desta madrugada não o tenha perturbado..."

Um vago sorriso irônico desenhou-se nos lábios do oficial do FSB no momento em que falou.

Dimitri engoliu em seco.

"De modo nenhum, meu coronel."

O coronel Gusak pegou numa resma de folhas pousada sobre a sua mesa e pôs-se a folheá-la distraidamente.

"Estive aqui a ler o relatório sobre o exercício que há dezessete anos levamos a cabo na cave daquele prédio em Ryazan, não sei se está lembrado. Foi assinado por si..."

"Sim, fui eu que conduzi a investigação inicial da polícia, meu coronel. Algum problema?"

O homem do FSB prendeu a sua atenção a um extrato do documento.

"O capitão escreveu aqui que os sacos onde foram encontrados o relógio, o detonador e as baterias continham açúcar." Levantou os olhos e fitou-o interrogativamente. "Confirma?"

A pergunta deixou Dimitri sem saber o que fazer. O que quereria o chequista que ele dissesse?

"Confirmo que… que escrevi isso no relatório, sim."

"E é verdade? Os sacos continham mesmo açúcar?"

Onde pretendia o seu interlocutor chegar? Dimitri sentiu uma gota de suor formar-se-lhe nas têmporas. O anfitrião queria saber a verdade ou estava apenas a testá-lo? Movia-se em águas muito perigosas e traiçoeiras; precisava de ser prudente. Muito prudente. Tentou interpretar-lhe o olhar, mas era como se estivesse a encarar uma parede. Teria de se desembaraçar sozinho.

"Os sacos continham o que o meu coronel quiser que contivessem."

O coronel Gusak soltou uma gargalhada inesperada.

"*Blin!*", exclamou, dando uma palmada na mesa. "Falou como um verdadeiro chequista!"

Pelo visto, a resposta agradara.

"Procuro cumprir o meu dever para com a pátria, meu coronel."

O rosto do anfitrião tornou-se de repente sério, quase como se tivesse desligado a gargalhada. Inclinou-se para a frente e fitou o visitante nos olhos.

"Ainda bem que diz isso porque a pátria precisa de si."

O que ele queria dizer, como muito bem Dimitri entendia, era que o FSB precisava dele.

"Estou… estou ao seu dispor, meu coronel."

A atenção do coronel Gusak regressou à pasta sobre a sua mesa, embora se centrasse desta feita numa diferente resma de folhas.

"Estive a ler o seu dossiê e diz aqui que a sua especialidade são os computadores. Confirma?"

Os olhos de Dimitri acenderam-se.

"Desde a minha adolescência, meu coronel, que me interesso por computadores. Sabia que eles iriam mudar o mundo… e é justamente o que está a acontecer. Ainda não vimos nada. Tenho grandes esperanças de que…"

"Calma, calma!", travou-o o oficial da agência de segurança do Estado. "Desse assunto não percebo patavina. A única coisa que me interessa é confirmar o seu interesse por computadores. E, pelo que vejo, ele é grande."

"Sim, meu coronel."

"É justamente de especialistas nesta área que precisamos com urgência. Consideraria a hipótese de integrar os órgãos de segurança?"

O convite era absolutamente inesperado e deixou Dimitri momentaneamente congelado de surpresa.

"Eu? No… no FSB?"

"O seu salário será duplicado e terá de ir viver para São Petersburgo. Além do mais, como sabe, estar na agência conferir-lhe-á um estatuto especial." Esboçou um sorriso malicioso. "No fim de contas, somos nós a nova nobreza da Rússia, não é verdade?"

O visitante ficou sem saber o que responder. Todos os instintos o aconselhavam a recusar. O FSB era de fato poderoso, mas entrar naquela organização seria um caminho sem retorno. Não fora Putin quem dissera que não existiam antigos chequistas? Uma vez chequista, sempre chequista. E não podia esquecer que aquela era gente capaz de tudo, como bem percebera em 1999, em Ryazan. Com os chequistas, todo o cuidado era pouco. Tinha por isso de ter cautela. Muita cautela.

Mas havia o outro lado a considerar. No fim de contas, ter um salário duplicado e viver em São Petersburgo não era coisa que se deitasse pela janela fora. Ekaterina ficaria sem dúvida encantada, ela que se queixava de "viver na parvônia", os meninos também. Sairiam de um subúrbio industrial e iriam para o centro da melhor cidade do país. É verdade que nunca contemplara São Petersburgo como local de residência, pois a sua mira sempre estivera apontada para Moscou, mas talvez São Petersburgo fosse mesmo melhor. Melhor casa, melhores condições, melhores escolas. A cidade mais europeia da Rússia. Além do mais, pelo visto iria abandonar as tarefas tradicionais de um policial e dedicar-se à área que constituía a sua verdadeira paixão. Os computadores. Como recusar uma oportunidade daquelas?

"Para se ser chequista, segundo julgo saber, é primeiro preciso fazer uma avaliação psicológica aprofundada."

O vestígio de um sorriso perpassou momentaneamente pelo semblante do seu interlocutor.

"O que foi que o senhor andou a fazer na última semana na sua esquadra?"

Foi nesse instante que Dimitri se lembrou da bateria de testes psicológicos a que se submetera dias antes para que a hierarquia se assegurasse da sua saúde psicológica.

"Foi… foi para vocês?"

"E lembra-se de, também na semana passada, se ter cruzado no trem com um passageiro que lhe contou piadas sobre o nosso presidente?"

O visitante lembrava-se, claro. O outro passageiro zombara abertamente da pequena estatura de Putin. Normalmente, Dimitri ter-se-ia rido, mas nesse dia sentia-se tão cansado que ignorara as piadas. Felizmente que não reagira, percebeu agora.

"Isso foram vocês também?"

O tal passageiro era afinal um agente provocador enviado pelo FSB para o testar.

"Precisávamos de ter a certeza de que estávamos perante uma pessoa de confiança, alguém que era leal ao presidente e capaz de guardar segredos de Estado", foi a resposta do oficial do FSB. "Parabéns, o senhor passou. É por isso que se encontra aqui. Está pronto a servir a sua pátria e a defendê-la dos seus inimigos?"

Não é que a ideia o deixasse confortável. Mas assim colocada a questão, e considerando todas as vantagens que a entrada nos quadros das secretas traria à sua vida e sobretudo à da sua família, como dizer que não?

"Meu coronel, conte comigo."

Não que o coronel Gusak alguma vez tivesse duvidado. Pegou em dois papéis previamente preenchidos e entregou-os ao seu visitante. Dimitri pousou os olhos neles e percebeu que o primeiro era um compromisso de confidencialidade e o segundo a sua ficha de inscrição. Pormenor significativo, esta última encontrava-se já devidamente preenchida. Depois de ler e ver as condições que o esperavam, incluindo o salário, pegou na caneta e assinou os dois documentos.

Tornara-se chequista.

XXVI

Aquela era a derradeira visita de Leroy Roderick à empresa onde havia trabalhado nos últimos anos. O antigo funcionário foi finalizar a documentação para levantar o dinheiro da sua indenização por demissão. Depois de assinar os papéis e de recolher o cheque, e quando se encaminhava já para a saída, deu de caras com *mister* Dean. Apesar da demissão, a relação entre ambos permanecia boa. Trocaram por isso algumas palavras de circunstância, "olá, por aqui?", "pois é, vim tratar das coisas", mundanidades que terminaram com Leroy a mostrar-lhe o cheque que acabara de levantar e o gerente a lamentar o desfecho de toda aquela história.

"Estou agora a reorganizar gradualmente a minha vida", explicou o já ex-funcionário. "Mas isto não está fácil…"

"Por que não tenta a Sasol? Eles anunciaram um enorme investimento no Bayou d'Inde. Ouvi dizer que planejam contratar mais de cinco mil trabalhadores, entre temporários e permanentes. De certeza que, com a sua experiência nesta área, haverá lugar para si."

A Sasol era um gigante petroquímico da África do Sul que ia erguer na Luisiana um projeto popularmente designado "Qatar no Bayou". Os jornais noticiaram que seria construído um imenso complexo com fábricas de fertilizantes, de polímeros e de amônia, instalações de produção de boro, terminais de metanol e edifícios para a indústria da celulose. Ou seja, vinha aí dinheiro a rodos e emprego para muita gente.

Contudo, Leroy não se mostrava animado.

"Pensa que não tentei já?", retorquiu. "Logo que soubemos disso, eu e o meu rapaz fomos a correr candidatar-nos, claro. Mas os tipos responderam imediatamente que não. Pelo visto, os trabalhadores vão ser todos contratados na Irlanda e nas Filipinas. Dizem que são mais baratos."

Mister Dean fez um gesto de desagrado.

"Oh, não!"

"É a porra da globalização."

Realmente, não estava fácil. Perante aquela resposta, o gerente da empresa ficou momentaneamente silencioso. Quando voltou a falar foi para lhe fazer uma pergunta inesperada.

"Costuma ver o *The Apprentice*?"

A questão era surpreendente, pois não se via qualquer relação com o tema anterior. De uma conversa sobre o novo investimento da Sasol na Luisiana, o gerente passara subitamente para o *reality show* na NBC em torno das capacidades empresariais dos concorrentes. O mais provável era *mister* Dean ter ficado embaraçado com a situação do ex-funcionário da empresa e preferir desviar a conversa para assuntos menos desagradáveis.

"Sim, eu e a Betty víamos às vezes", assentiu Leroy. Calou-se, passando em memória os serões com a mulher em casa, ambos a verem televisão e a rirem-se com as peripécias que ocorriam nesse programa. Bons tempos. "Ela gostava muito de ver o *The Apprentice*. Sabe quem era o personagem favorito dela? O Trump. Esse gajo é impagável, hem? Um verdadeiro cromo."

Tratava-se de uma referência a Donald Trump, o mais extravagante dos membros do júri do *The Apprentice*, um divertido empresário da área do imobiliário que fazia algumas coisas estranhas e outras que requeriam um grande descaramento, como usar o programa de televisão para promover os seus produtos e até a sua própria família, desde a mulher Melania aos filhos Ivanka e Donald Trump Junior. Os Trump haviam-se tornado uma espécie de família Kardashian. Ou Simpsons. A vida deles era quase um *reality show*.

"Viste que ele anunciou que é candidato?"

"Candidato a quê? A cômico do ano?"

"À Casa Branca."

Leroy soltou uma gargalhada.

"Eh, pá, o tipo inventa cada uma..."

"Não é uma candidatura a zombar", esclareceu *mister* Dean ao perceber que o seu antigo funcionário achava que se tratava de mais um número de circo para alimentar as audiências do programa televisivo. "Ele anunciou *mesmo* a sua candidatura a presidente dos Estados Unidos. Ele quer ir para a Casa Branca."

A forma convicta como o gerente falou desfez o sorriso de Leroy.

"Está a falar a sério?"

"O Trump anunciou em pleno programa que é candidato. E a NBC despediu-o a seguir. Os jornais dizem que a campanha dele já está preparada e vai agora arrancar."

Aquilo era novidade.

"O Trump? Candidato? Isso é possível?"

"Nada o impede", respondeu o gerente com um encolher de ombros. "O tipo está cheio de dinheiro e obedece aos critérios legais. Qualquer pessoa pode ser candidato, não é? Até a Kim Kardashian pode. No caso do Trump, vai tentar a nomeação pelo Partido Republicano."

Tudo aquilo era, no entanto, demasiado inverossímil.

"Oh, vá lá, pare lá com a tanga..."

"É mesmo a sério", insistiu *mister* Dean. "Estou a falar nisto por causa da declaração que ele fez no último episódio do *The Apprentice*. Vou-lhe mostrar."

O gerente pegou no *smartphone* e começou a digitar as palavras-chave. Quando localizou o que procurava, voltou a tela para Leroy. A imagem mostrava Donald Trump no cenário do *reality show* da NBC a anunciar a sua candidatura a presidente dos Estados Unidos. A declaração deu a Leroy uma enorme vontade de rir, continuava a achar que se tratava de mais uma piada de comediante. Não era Trump conhecido pelas suas extravagâncias como membro do júri do programa? Ele e Borat eram do mais cômico que já vira. A certa altura, porém, o empresário disse algo que lhe chamou a atenção.

"*Quando o México envia a sua gente, eles não enviam os melhores*", afirmou. "*Enviam pessoas que têm muitos problemas e que nos trazem esses problemas. Trazem drogas, trazem criminalidade. São violadores e alguns, presumo, até são boas pessoas, mas quando falo com os guardas fronteiriços eles contam-me o que está a entrar no nosso país.*"

Quando o vídeo terminou, *mister* Dean procurou um outro *link* no seu *smartphone.*

"A NBC despediu-o por ter descrito os ilegais mexicanos como violadores. Por causa disso, o Trump acabou de emitir uma declaração. Ora leia."

O texto que enchia a tela do celular, assinado por Donald Trump, dizia que "a NBC é fraca, e como toda a gente está a tentar ser politicamente correta – e é por isso que o nosso país está com problemas sérios". O parágrafo seguinte detalhava o seu pensamento sobre o assunto: "Temos de ter fronteiras fortes e não podemos deixar que imigrantes ilegais entrem nos Estados Unidos. Como a imprensa tem continuamente noticiado, as pessoas estão a atravessar as nossas fronteiras sem cessar. Notícias públicas dão rotineiramente conta de muitos crimes cometidos por imigrantes ilegais. Isto tem de parar e parar agora."

Estas palavras deixaram Leroy silencioso. Despediu-se de *mister* Dean sem tecer quaisquer comentários sobre o que acabara de ver, meteu-se no carro e dirigiu-se para casa. Na mente levava o que tinha ouvido e lido no celular do gerente. Sempre achara graça a Donald Trump, era realmente um personagem divertido, mas para ele nunca passara de um cômico, uma figura de ficção, um palhaço cuja função era simplesmente distrair e fazer rir o público. Não era ninguém que se levasse a sério. Trump, presidente? A ideia parecia-lhe absolutamente bizarra. Ridícula. Só faltava Borat e as Kardashian anunciarem também as suas candidaturas para que se compusesse o ramalhete do absurdo.

E, porém, Trump dissera coisas que faziam sentido. É um fato que os palhaços exprimiam amiúde verdades sob a capa do humor, mas as declarações que acabara de ver não tinham sido proferidas em tom de palhaçada. Soavam reais.

Poderia um palhaço tornar-se presidente?

XXVII

A conversa com Tomás Noronha chegara ao ponto onde Sasha sabia desde o início que chegaria. Bem podia o português espernear e protestar. Confrontado com a dura realidade de que o *deep fake* o colocava como o verdadeiro autor do massacre de Christchurch, e ao perceber que todas as provas plantadas corroborariam essa conclusão, o seu interlocutor ficara encurralado e tivera de se render à evidência de que não tinha outra alternativa a não ser colaborar.

O russo pousou o copo de vodca na mesa e encarou o historiador que, refém do *kompromat*, se tornara seu agente. Tinha-o finalmente na mão e chegara o momento de lhe fazer o *briefing* de missão.

"Como o coronel Glebov lhe explicou em Lisboa, precisamos de si para recuperar um *smartphone*", disse o russo. "O aparelho desapareceu com certa informação que... digamos, não pode cair nas mãos erradas. Tem de ser recuperado depressa e de forma muito discreta. Acreditamos que o senhor é a pessoa certa para o fazer."

Tomás sentia-se imensamente frustrado por estar a ser forçado a fazer o que manifestamente não queria fazer. Mas percebia que não tinha escapatória para aquela armadilha que lhe haviam montado.

"Ainda não entendi por que razão me escolheram a mim para esse trabalho. Por que eu?"

"Por causa dos seus talentos na resolução de casos muito complicados", foi a resposta. "Não vale a pena estar aqui a detalhar as situações que ajudou a solucionar no passado, o senhor conhece-as bem e nós também. Mas escolhi-o igualmente por outra razão. O celular em questão foi perdido em território inimigo e os nossos homens estão com muita dificuldade em localizá-lo, sobretudo por se encontrarem sob vigilância apertada devido às circunstâncias geopolíticas internacionais, o que lhes cerceia os movimentos, mas também porque as pistas que temos estado a seguir conduziram-nos invariavelmente a becos sem saída. O tempo esgota-se e precisamos de ideias frescas. Foi por isso que pensei em si. Para lidar com este caso, quero o melhor profissional. Ora o melhor… é o senhor."

O diabo naquela história estava nos pormenores, como Tomás muito bem sabia.

"Quando fala em *território inimigo*, está a referir-se a que país exatamente?"

"Aos Estados Unidos, claro."

Não se podia dizer que a resposta fosse surpreendente. O que era surpreendente era a sua formulação tão aberta.

"Para si o território americano é *território inimigo*? A Rússia está em guerra com os Estados Unidos?"

"Digamos que é o contrário", devolveu Sasha. "São os Estados Unidos que estão em guerra conosco. Nós limitamo-nos a defender-nos."

O português riu-se sem gosto.

"Então vocês invadem a Geórgia e a Ucrânia, dizem que todos os países da antiga União Soviética pertencem à Rússia, lançam ataques cibernéticos contra todo o Ocidente e ameaçam meio mundo com armas nucleares… e os outros é que vos estão a atacar?"

"Tudo o que se está a passar é o resultado dos permanentes ataques dos Estados Unidos à Rússia e do seu plano maquiavélico para destruir o nosso país."

"Qual plano?"

"O Plano Dulles, claro. Nunca ouviu falar?"

Allen Dulles, agente secreto americano durante a Segunda Guerra Mundial e diretor da CIA no tempo de Dwight Eisenhower, fora uma figura muito demonizada no interior do antigo KGB.

"Mas… mas isso é ficção!"

"Ficção? De modo nenhum! Para sua informação, o Plano Dulles foi proposto num discurso em 1945, pelo diretor da CIA. Previa a destruição da União Soviética por dentro, usando para isso ações americanas de desinformação destinadas a plantar o caos no nosso país, substituindo os valores russos por falsidades e convencendo a população russa de que essas falsidades eram verdadeiras."

"Estou a dizer-lhe que isso é ficção", insistiu o português. "Sou historiador e sei muito bem o que estou a dizer. Essa patranha nasceu de um romance publicado na década de 1970, por um romancista soviético, que ficcionou um plano maquiavélico dos nazis para manipular as mentes dos russos. O romance ganhou popularidade, até porque foi transformado numa série televisiva na União Soviética, a imprensa russa pegou nisso na década de 1990 e de repente o plano nazi metamorfoseou-se num plano americano. Dulles nunca fez esse discurso, isso é puro delírio paranoico."

O seu interlocutor hesitou.

"Tem a certeza?"

"Claro que tenho. Sou historiador, investigo o passado."

"Não é o que me disseram. Repare que todas as ações americanas contra a Rússia se assemelham ao que é dito sobre o Plano Dulles. Portanto, esse plano existe realmente. Aliás, se for a ver bem, as reformas de Gorbachev que conduziram ao fim da União Soviética seguiram as linhas do plano da CIA para envenenar a cabeça dos russos."

"É assim que vocês explicam o colapso da União Soviética? Foi tudo uma conspiração da CIA?"

"Não é evidente?"

Tomás quase revirou os olhos.

"Ouça, o que vocês estão a fazer é a usar teorias da conspiração para explicar algo que não estão dispostos a aceitar, designadamente que o colapso do vosso país ocorreu devido a profundas disfuncionalidades internas. Já só falta dizerem que o desastre de Chernobyl foi uma conspiração da CIA e que..."

"Pronto, pronto", cortou o russo, impacientando-se. "Essa conversa não nos leva a nada. Não nos desviemos do assunto que aqui nos trouxe.

Há um *smartphone* que está desaparecido em território inimigo com matéria muito sensível e temos de o recuperar com urgência. Portanto, concentremo-nos nessa missão. O resto é conversa da treta."

Não era tão conversa da treta quanto isso, sabia o visitante, pois a crença dos russos no Plano Dulles e noutras conspirações do gênero parecia-lhe bem reveladora do tipo de mentalidade neles dominante. Achavam que o mundo inteiro passava os dias a pensar na Rússia e conspirava constantemente para a sua destruição, como se as pessoas no Ocidente não tivessem mais nada que fazer. Mas tinha noção de que de fato nunca os convenceria do contrário e que tentá-lo seria pura perda de tempo. Os russos acreditavam naquilo porque lhes convinha acreditar, porque lhes dava uma explicação fácil para problemas complexos.

Voltou-se antes para a tarefa que tinha pela frente. Se era para a executar, ao menos que o fizesse rápido. Quanto mais depressa se visse livre daquele bando de paranoicos complexados, melhor.

"Se quer que eu o ajude a encontrar o tal celular que tanto o preocupa, preciso que me dê informações muito específicas", indicou Tomás. "O que contém ele exatamente? Os detalhes da construção da bomba de hidrogênio? Os pormenores técnicos dos vossos mísseis hipersônicos?"

"Como deve calcular, o conteúdo do *smartphone* é matéria sensível e permanecerá secreto. Posso apenas assegurar-lhe que se trata de uma coisa que poderá ajudar a garantir a paz internacional."

Esta resposta deixou Tomás desconfiado. O russo precisava do celular para garantir a paz no mundo? Tratava-se evidentemente de conversa fiada para o motivar.

"Preciso de conhecer as circunstâncias em que perdeu o aparelho. Já percebi que foi nos Estados Unidos, mas onde exatamente? E como aconteceu isso?"

"Também não lhe posso revelar o local", foi a resposta. "Mas posso dar-lhe elementos específicos sobre a pessoa que o levou. Chamava-se Gonzalez. Rodhes Gonzalez, para ser mais exato. Integrava as milícias trumpistas e usava um casaco com símbolos muito distintivos, designadamente um galo e uma série de iniciais."

"Lembra-se dessas iniciais?"

O russo pegou num lápis e escreveu num papel.

"Eram estas."

WWG1WGA

Tomás analisou a sequência de letras.

"O que é isto?"

"Descubra."

O português pegou no papel e, depois de o estudar por alguns momentos, guardou-o no bolso interior do casaco.

"Mais alguma coisa?"

Em resposta, Sasha pousou outro papel sobre a mesa.

"O mais importante é isto."

Tomás pousou os olhos no novo papel e ficou a fitar longamente o seu conteúdo.

"Que raio de charada é esta?", questionou. "Um alfabeto de extraterrestres?"

"Foi o que o tal Gonzalez me deu quando lhe pedi o contato dele. Disse que isto eram migalhas e que eu não teria dificuldade em cozinhá-las. E afirmou: tudo está ligado. A seguir desapareceu com o *smartphone*."

"Roubou-o?"

"Não propriamente. Levou-o com o meu consentimento, pois encontrava-me numa situação complexa e, por motivos que não posso especificar, precisava que alguém o levasse. Este quebra-cabeças supostamente ajudava-me a chegar ao homem, mas..."

"Não chegou."

"Tentei, mas de fato não cheguei a ele. Usando os nossos computadores, eu e os meus homens de confiança percorremos primeiro as listas de pessoas na América chamadas Rodhes Gonzalez. Não encontrei nada. Procuramos depois os Gonzalez todos, e olhe que são imensos.

Também sem sucesso." Indicou a charada. "Andamos igualmente à volta disto, e… outra vez nada. Investigamos a pista dos símbolos que ele tinha bordados no casaco, designadamente o galo e aquela estranha sequência de letras. O resultado foi…"

"Nada."

"Pura e simplesmente não estamos a conseguir chegar ao homem que me levou o *smartphone*."

"Com toda a probabilidade, deu-lhe uma informação falsa."

O russo abanou a cabeça.

"Somos treinados para avaliar as pessoas. Ele estava um pouco receoso, é verdade. Isso pode tê-lo levado a ser prudente. Porém, a minha avaliação é que o tipo disse a verdade. Bem vê, acompanhava as milícias trumpistas. Tratava-se de um simplório."

Tomás esfregou o queixo, registrando tudo o que ouvia.

"Um simplório, hem? E que mais?"

"É tudo. A partir do que lhe disse e lhe dei… encontre-o. Tem aí material mais do que suficiente. Acredito que uma pessoa com os seus talentos é capaz de o fazer."

O visitante avaliou as pistas colocadas à sua disposição; pareciam-lhe ridiculamente exíguas.

"Ouça, montar esta caça custa dinheiro. Vou ter de fazer viagens, comprar bilhetes de avião, marcar hotéis… não tenho dinheiro para isto. Vai ter de me ajudar."

Sasha levantou-se e dirigiu-se a um móvel ao lado do bar. Abriu uma gaveta e tirou um envelope do interior. Voltou para o sofá e atirou o sobrescrito para cima da mesa.

"Tem aqui vinte mil dólares, mais o bilhete para se ir embora e ainda as coordenadas que lhe permitirão contatar-me quando concluir a pesquisa e encontrar o *smartphone*. Tem voo para Lisboa esta tarde a partir do aeroporto de Vnukovo, via Istambul. Quero resultados num mês, ouviu? Se ao fim desse tempo o aparelho não estiver nas minhas mãos, o vídeo do massacre de Christchurch com a sua cara estará nas mãos da Interpol. Portanto, mexa-se. Como o senhor fará para se desenrascar é problema seu."

Tomás indicou o papel com a charada.

"Posso também ficar com isto?"

"É uma cópia, pode levar."

O português pegou na folha e meteu-a no mesmo bolso onde já guardara o anterior papel. Depois abriu o envelope e verificou o conteúdo; lá estavam de fato o dinheiro na quantia indicada, o bilhete da Turkish Airlines e as coordenadas do seu interlocutor. Guardou igualmente o envelope.

Por fim levantou-se e, sem se despedir do russo nem pronunciar nem mais uma palavra, passou pelos energúmenos que faziam de seguranças e foi-se embora.

XXVIII

O mapa pregado à parede mostrava todo o continente euroasiático na sua imensa extensão, assinalando as cidades de Vladivostoque a Lisboa, de Murmansk a Hong Kong, de Irkutsk a Oslo. Dimitri Chernyshev, que mantivera o título de capitão apesar de não passar agora de um mero instruendo do FSB, acomodou-se no seu lugar e aguardou que o instrutor dessa sessão aparecesse na sala. Não devia tardar, pois as ações de formação que até ali frequentara haviam todas sido pontuais.

Fora apenas na semana anterior que, no gabinete do coronel Gusak, na Lubyanka, Dimitri assinara o compromisso de confidencialidade e a ficha de inscrição na agência de segurança do Estado herdeira da Cheka, do NKVD e do KGB. Tornara-se, imagine-se, um chequista. Só tivera tempo de ir a Podolsk informar a mulher da transferência para o novo emprego e regressara imediatamente a Moscou. Ao que parecia, o FSB precisava de si com a máxima urgência para uma qualquer operação que não lhe foi explicada e que, pelo que lhe fora dado a entender, seria executada em São Petersburgo.

Mas antes teria de passar por um treino que incluía formação em missões de recolha de informação e de vigilância de elementos inimigos. Era por isso que se encontrava ali na Vychka, como era conhecida a Escola Superior do FSB em Moscou, o mais antigo e prestigiado centro de formação de oficiais das secretas russas. Estavam também previstas sessões de formação sobre táticas de informação, contrainformação e desinformação, mas explicaram-lhe que a urgência do seu contributo era tal que essa parte da formação teria de ser ministrada em São Petersburgo durante a operação.

A sessão dessa manhã intitulava-se Pensamento Ideológico. O que isso queria dizer não sabia ao certo. Se fosse no tempo soviético seria sem dúvida uma aula de marxismo-leninismo destinada a explicar que o capitalismo gerava cada vez mais pobreza, que o imperialismo era a última fase do capitalismo, que o aumento da pobreza levaria o proletariado a revoltar-se e a desencadear a revolução, que a União Soviética era o paraíso à face da Terra e outras balelas do gênero que a realidade se encarregara de desmentir com brutal crueza. Mas o Império Soviético colapsara em 1991 e, com ele, o comunismo e toda a sua construção teórica. Aquela religião estava morta e enterrada no país.

Os russos ainda tinham a nostalgia da União Soviética, é certo, e ela era mais forte do que nunca, mas enganavam-se aqueles que pensavam que se tratava da nostalgia do comunismo. Não. Era a nostalgia do império, a memória do tempo em que a União Soviética mandava em meio mundo, a lembrança suspirada dos dias gloriosos em que um russo aparecia e todos tremiam e se curvavam para lhe prestarem a devida vassalagem. Essa era a nostalgia que alimentava a Rússia desde que Vladimir Putin assumira o poder e que perpassava a toda a hora pelas notícias e pelos comentários nos jornais, na rádio, na televisão. A saudade do império.

Um homem pequeno e magro, careca e vastas barbas brancas a caírem-lhe no peito, apareceu na sala e depositou as suas anotações sobre uma mesinha. Dir-se-ia um eremita. Ou um pequeno Rasputin. O homenzinho plantou-se diante do pequeno grupo de instruendos do FSB e encarou-os.

"Bom dia, rapazes", cumprimentou o recém-chegado. "Havia uma aldeia que tinha o melhor e mais belo céu do mundo. Um dia, várias coligações envolveram-se numa grande guerra, todas contra todas, e para a batalha final escolheram esse céu, pois era calmo e não havia aí nuvens. O problema é que a batalha fechou o céu da aldeia. Os aldeões ficaram assim sem firmamento. Para poderem ver o Sol, as nuvens, os pássaros, a Lua e as estrelas, os habitantes da aldeia tiveram doravante de ir à cidade vizinha. As pessoas da cidade não gostavam dos aldeões, achavam-nos uns caipiras, brutos, rudes e rústicos, mas não os impediam de ir lá observar o céu. Os aldeões, claro, sentiam-se incomodados porque constataram que a cidade vivia na opulência e eles na miséria, a cidade tinha tudo e eles não tinham nada. Mas descobriram igualmente que os da cidade haviam caído na libertinagem mais reles, os homens sodomizavam-se mutuamente, a evidente distinção entre homens e mulheres era desmentida pelos ideólogos fanatizados da cidade, Deus fora declarado inexistente, a moralidade evaporara-se, a mentira imperava, o dinheiro tornara-se rei. Os da aldeia perceberam que aquela cidade era afinal o antro do pecado, o reino da perdição, a casa de Satanás. Foi então que os aldeões decidiram criar uma organização secreta, A Sociedade, com o objetivo de destruírem essa cidade. Começaram a fazer-lhe guerra às escondidas, sem que ela se apercebesse, e uniram-se num juramento: avançaremos amanhã, conquistaremos ou pereceremos, não há terceira opção."

Fez-se silêncio na sala, com o instrutor a observar os instruendos como se deles esperasse que comentassem o que haviam acabado de ouvir. Um deles levantou a mão.

"Desculpe, isso não é o conto 'Sem Céu', de Dubovitsky?"

"Foi publicado na revista *Pioneiro Russo* em 2014, na altura em que libertamos a Crimeia e o Donbass", precisou o instrutor. "Mas o que eu quero saber é o que este conto significa."

O mesmo instruendo, claramente familiarizado com o conto, voltou a levantar a mão.

"A aldeia é a Rússia e a cidade é o Ocidente", esclareceu. "A história de 'Sem Céu' significa que entramos em guerra com o Ocidente, mas trata-se de uma guerra invisível, sem limites precisos. Isso é assim para os enganar, para os manter adormecidos, para lhes alimentar a dúvida quanto às nossas verdadeiras intenções. Para podermos ganhar."

O instrutor balançou a cabeça afirmativamente, em aprovação.

"Nathan Dubovitsky, o autor do conto, é na verdade Vladislav Surkov", revelou. "A história de 'Sem Céu' relata metaforicamente o início da nossa revolta contra a decadência, a nossa cruzada contra o colapso da moralidade, a nossa guerra contra o Ocidente."

"Foi Surkov quem escreveu esse conto?", admirou-se o instruendo, perplexo. "Estamos a falar de Vladislav Surkov, o antigo vice-primeiro--ministro e depois conselheiro do nosso presidente?"

O instrutor balançou de novo a cabeça em sinal de aprovação.

"Vladimir Putin rodeia-se dos melhores", disse. "Para aqueles de vós que são jovens, e por isso não podem saber o que aconteceu quando eram pequenos ou nem sequer tinham ainda nascido, deixem-me lembrar-vos de que esta história começou em 1991, com o colapso da União Soviética. Os ocidentais, esses cães manhosos, provocaram o colapso do nosso grande império. Quando ele caiu, aproveitaram-se da nossa fraqueza para o desintegrar em vários países fictícios e vir aqui, a nossa casa, mandar em nós. Conseguiram-no no tempo de Boris Ieltsin, o bêbado enfeudado aos ocidentais e à sua decadente ideologia liberal. Mas graças a Vladimir Putin, nosso chefe e salvador, a Santa Rússia voltou a pôr-se de pé. Para o fazer, o país assentou a sua ação no plano de um homem. Porventura sabem quem ele é?"

A sala respondeu num coro desafinado.

"Putin."

"Putin é o chefe, sem dúvida, mas o pensamento filosófico que nos guia tem a sua origem em Aleksandr Dugin", esclareceu o instrutor. "Toda a gente já ouviu falar nele, presumo..."

Reconhecendo o nome e associando-lhe o rosto, pois aquele homem aparecia por vezes na televisão, todos ergueram as mãos ao mesmo tempo.

"O Império Euroasiático!"

Quem não conhecia Aleksandr Dugin, a quem no Ocidente chamavam o Rasputin de Putin? Depois do colapso da União Soviética, Dugin criara o Partido Nacional Bolchevique, cuja bandeira era igual à bandeira nazi, mas com a foice e o martelo no lugar da suástica, e cujos militantes eram designados *nazibols*, os nazi-bolcheviques. As ideias de Dugin influenciaram profundamente os *siloviki*, a clique de chequistas que governava a Rússia. Um dos seus livros, *Fundações da Geopolítica*, havia mesmo sido decretado texto oficial da Academia das Forças Armadas Russas.

O instrutor indicou com um gesto largo o grande mapa da Euroásia pregado na parede atrás dele.

"O Império Euroasiático é a ideia central de Dugin", confirmou. "O mundo está neste momento dividido entre dois polos: Roma e Cartago. Roma é a terra, a tradição, o povo, a pátria. Cartago é o mar, a subversão da tradição, a elite, a globalização. Roma é continental, Cartago é atlântica." Apontou para o instruendo que reconhecera o conto "Sem Céu". "Tu aí! Quem é hoje Roma e quem é hoje Cartago?"

"Roma é a Rússia", respondeu o jovem de imediato. "Cartago é o Ocidente."

"Cartago é a ordem decadente, Roma a ordem emergente", proclamou o instrutor, erguendo os dois braços como se difundisse pela Rússia inteira a mensagem da salvação. "Essa é a ideia de Aleksandr Dugin que está na base do nosso pensamento estratégico. A Rússia é impensável sem um império, com o grande povo russo já desperto, pleno de autoconsciência étnica. Pertencer à nação russa é um privilégio, um incrível luxo da existência, a mais alta dignidade antropológica, pois os russos são o eixo étnico do império. Até as crianças são primeiro russas e só depois crianças! Mas este grande povo está esmagado pela bota de Cartago, pela ditadura do atlantismo e do mercantilismo, pela tirania do liberalismo e do unilateralismo. Numa palavra, pelo Ocidente. Pergunto-vos eu agora: como nos poderemos libertar desta camisa de forças liberal que nos tolhe os movimentos e nos impede de sermos quem somos e assumirmos a nossa grandeza imperial?"

A pergunta deixou os instruendos um pouco perdidos. Um deles levantou timidamente a mão.

"Seguindo o nosso próprio caminho?"

"Isso começa a fazer-se com o enaltecimento da nossa nação sagrada", esclareceu o instrutor. "As tendências nacionalistas têm de ser atiçadas até ao limite, desencadeando um dramático e rápido despertar de um grande e poderoso grupo étnico, o russo. O nacionalismo russo tem de ser uma ideologia única e total até que a nação se torne tudo e o indivíduo nada. Só assim poderemos derrotar o mercantilismo, o capitalismo, o individualismo, o atlantismo, o globalismo. Numa palavra, o Ocidente."

Um dos instruendos, até aí em silêncio, levantou a mão.

"Mas para enfrentar o Ocidente, mestre, não basta enaltecer a nação russa..."

"O patriotismo é um passo necessário, mas de fato é apenas o primeiro", concordou o instrutor. "O passo seguinte necessário para erguer este Novo Império é instituir um modelo multipolar que substitua a atual ordem unipolar liberal dos atlantistas. Cartago tem de ser destruída e só Roma o poderá fazer."

Estas palavras ecoaram pela sala e os instruendos do FSB quase suspenderam a respiração perante o seu significado profundo.

"Desculpe, mestre, mas está a insinuar que... que a Rússia tem de destruir o Ocidente?"

"Ainda não perceberam, rapazes?", questionou o instrutor, quase escandalizado. "Qual a mensagem do conto de Surkov? A aldeia tem de atacar a cidade! O que nos disse Dugin? A nova ordem tem de desfazer a velha ordem, a terra tem de se impor sobre o mar, Roma tem de arrasar Cartago!"

"Mas... mas isso é uma missão impossível, mestre. O Ocidente é imensamente poderoso. Tem uma economia fortíssima e umas forças armadas com tecnologias sofisticadas. Como se destrói o Ocidente?"

"A doutrina militar russa, inspirada no Plano Dugin e instituída pelo nosso chefe, o presidente Vladimir Putin, estabelece o Ocidente como *glavny protivnik*, o inimigo número um da Rússia. Quem é o chefe do Ocidente? É a América. É nela que assenta o poder do Ocidente. Caindo a América, todo o Ocidente cairá como um baralho de cartas. Isso implica que o poder americano terá de ser sistemática e inapelavelmente sabotado até à completa destruição da sua estrutura geopolítica. Ao mesmo tempo, é preciso trabalhar o sentimento patriótico dos russos enquanto etnia e desencadear uma expansão do Novo Império, formado pelo poder imperial russo, de modo a recuperar todos os territórios que já nos pertenceram. Estabeleceremos assim novas fronteiras e reformularemos as áreas imediatamente adjacentes à Rússia. Temos de assumir o total e absoluto controle de toda a costa que vai dos territórios da Ucrânia até à Abcásia. O que foi nosso, a nós voltará."

"Desculpe, mestre, isso quer dizer que vamos reconstituir a União Soviética?"

"A União Soviética... sem os sovietes, claro", anuiu o instrutor. "Reparem, o Plano Dugin começou a ser posto em prática quando entramos na Geórgia, em 2008. E, depois, com a libertação da Crimeia e do Donbass, na Ucrânia, demos um novo passo, sempre usando as táticas híbridas desenvolvidas pelo general Valery Gerasimov. A Doutrina Gerasimov, estabelecida imediatamente antes da libertação da Crimeia e do Donbass, parte do princípio de que a natureza da guerra mudou, dado o enorme poderio econômico do Ocidente em geral e o músculo militar dos Estados Unidos em particular, pelo que é preciso usar meios não militares, ou militares disfarçados, para alcançar objetivos políticos e estratégicos. Deve-se recorrer a meios assimétricos para reduzir a capacidade de combate do inimigo."

"Mas como, mestre?"

O instrutor sorriu sem humor.

"Destruir o Ocidente com um ataque direto é impensável", estabeleceu. "Seria uma catástrofe. A América tem um exército imenso e gasta em armas dez vezes mais do que nós. Além disso, há o problema das armas nucleares." Abanou a cabeça. "Não, não é assim que devemos proceder. A subtileza é uma arte e, se vocês querem trabalhar no FSB, precisam de a dominar. Em vez de ataques à bruta, temos de usar as táticas híbridas e assimétricas propostas pelo general Gerasimov. Para derrotar o inimigo, há que o minar por dentro. Isso faz-se com *aktivnyye meropriyatiya*, medidas ativas. Por exemplo, atacá-lo no espaço da informação e obter dele dados que nos permitam atuar na propaganda para subverter as respectivas populações e levá-las a tomarem decisões contrárias aos seus próprios interesses."

A ideia ficou por momentos a pairar na sala enquanto todos refletiam nela.

"Está a falar, mestre, em inserir cavalos de Troia por detrás das fileiras inimigas?"

O rosto do instrutor iluminou-se.

"Já vi que compreenderam", disse. "Usando a Doutrina Gerasimov, avançaremos para o passo mais importante do Plano Dugin: neutralizar os Estados Unidos. De resto, o Plano Dugin e a Doutrina Gerasimov foram buscar inspiração às propostas de um antigo camarada nosso do KGB, Igor Panarin, que em 1998 propôs a manipulação dos problemas internos da América, e em particular o medo popular da imigração em massa, para dividir os americanos e fragmentar o país, se possível fomentando mesmo uma guerra civil que frature toda a nação americana. Essa é a peça-chave que permitirá a destruição de Cartago e levará à queda do Ocidente."

"Sempre com táticas híbridas e assimétricas?"

"Sempre", confirmou. "O Plano Dugin prevê que levemos o caos geopolítico à realidade doméstica americana através do encorajamento de todo o tipo de separatismo, fomentando os vários conflitos étnicos, sociais e raciais existentes no país, e dando apoio ativo a todos os movimentos dissidentes e grupos extremistas, racistas e sectários que desestabilizem os processos políticos internos na América. Para conseguirmos isto, teremos de apoiar as tendências isolacionistas na política americana e as teses daqueles círculos, normalmente republicanos conservadores, que acreditam que os Estados Unidos se deveriam confinar aos seus problemas domésticos. O objetivo é sempre o mesmo: enfraquecer, desmoralizar, ludibriar e, por fim, derrotar o inimigo."

O Plano Dugin era arrojado, perceberam os instruendos do FSB. Muito, mesmo. Mas não impossível de executar. Foi nesse momento que Dimitri, até aí sempre em silêncio, levantou a mão.

"Suponhamos que conseguimos neutralizar os Estados Unidos e cortar os seus laços com a Europa, assim dividindo o Ocidente", disse. "O que faremos a seguir?"

"A peça-chave de todo o plano é neutralizar a América", repetiu o instrutor. "O resto é relativamente simples. Como já disse, caindo os Estados Unidos, o baralho de cartas do Ocidente desmoronar-se-á a seguir. Cartago está nas mãos dos anglo-saxões, pelo que, afastados os americanos, teremos de afastar também os britânicos. Isso faz-se através de uma estratégia que os convença a saírem da União Europeia."

Estas palavras foram instantaneamente entendidas por Dimitri e por todos os que estavam na sala, uma vez que estava prevista para daí a uma semana a realização de um referendo no Reino Unido sobre a manutenção ou saída do país da União Europeia.

"Está a insinuar que vamos interferir no referendo britânico?"

O instrutor atirou-lhe um olhar entendedor, mas optou por não responder diretamente à pergunta.

"Tudo o que posso dizer é que a saída do Reino Unido da União Europeia seria de toda a vantagem para a nossa estratégia", indicou. "Não só enfraqueceria a Europa e o Ocidente como enfraqueceria o próprio Reino Unido. Estão a ver a confusão que se instalaria no país? Perderia força e, a cereja no topo do bolo, teria de enfrentar os problemas que uma tal situação geraria na Escócia e na Irlanda do Norte, regiões que querem manter-se na Europa. Quem sabe se essas regiões não declarariam independência, assim fragmentando o próprio Reino Unido?"

Um burburinho de excitação percorreu a sala. Uma vitória do Brexit no referendo britânico seria uma verdadeira golpaça para a Rússia.

"Isso é mesmo possível, mestre?", questionou Dimitri. "Olhe que as sondagens dão a vitória aos que defendem a continuação do Reino Unido na União Europeia..."

O instrutor do FSB parecia estranhamente seguro de si mesmo.

"O que conta são os votos na urna, não as sondagens", lembrou. "Mas a neutralização do Reino Unido é também apenas mais um passo no caminho da nossa vitória na Europa. Quem sabe se, encorajada pela saída do Reino Unido, a França não sairá também da União Europeia? Estamos a trabalhar para isso, rapazes. Se o Frexit acontecer, toda a União se desintegrará." Soprou sobre a palma da mão, como se expulsasse pó. "Puf!" Encarou a turma. "Antes de isso suceder, no entanto, teríamos de eliminar os Estados fictícios, como a Ucrânia e os bálticos."

"Está a referir-se à Crimeia e ao Donbass?"

"Estou a referir-me a toda a Ucrânia. A sua hora chegará, acreditem. E a seguir virão os bálticos. Por fim, atuaremos sobre os países na orla da Rússia, desde a Polônia até à Bulgária, passando pela Romênia, pela Hungria, pela Chéquia e pela Eslováquia. Tudo reconfigurado à nossa maneira. Os vassalos voltarão aos domínios do seu senhor para lhe beijarem os pés."

"Mas, mesmo que a União Europeia se desintegre, mestre, convém termos presente que esses países pertencem todos à NATO..."

O instrutor riu-se.

"NATO?", questionou em tom irônico. "Qual NATO? Se separarmos a América da Europa, se retirarmos o Reino Unido da Europa e se provocarmos o colapso da União Europeia, a NATO não passará de uma entidade com existência apenas no papel. Acabar-se-á também a NATO." Inclinou-se para a frente, como se quisesse partilhar uma confidência com os instruendos. "Ouçam, rapazes, os europeus não passam de uns paneleiros aburguesados e decadentes." Todos se riram. "Não veem as coisas que por lá estão a acontecer? Esses senhores bem instalados na vida só se preocupam com as férias, o salário mínimo, as pensões de aposentadoria, os restaurantes, os homossexuais, o politicamente correto, as minorias, os direitos dos muçulmanos, a segurança social, essas tretas burguesas que os enfraquecem. Andam constantemente a implorar por paz e recusam-se a gastar um tostão que seja em armamento. Até reduziram os seus exércitos a um punhado de homens mal armados, imaginem só! Uns fracos e uns ingénuos. Pobres coitados! Sem a América não serão nada, ouviram? Nada. Se os americanos deixarem de os proteger, e acreditem que estamos a trabalhar nisso, os maricas dos europeus fugirão a sete pés quando nos virem pela frente a avançar com os nossos bravos soldados, os nossos poderosos tanques, os nossos sofisticados aviões e os nossos mísseis hipersônicos. Só vos digo, rapazes, se conseguirmos dividir a NATO e tirar os americanos da equação, os europeus cair-nos-ão na mão como um fruto maduro. A aldeia há de conquistar a cidade!"

Fez-se silêncio na sala, com os instruendos a contemplarem o cenário que lhes era traçado. Dimitri imaginava já os soldados do exército russo a saquearem as lojas da Unter den Linden e a apalparem as francesas nos Champs-Élysées. Que outras coisas maravilhosas não fariam na De Brouckere, na Váci utca, na Gran Vía, na Vitosha, na Via del Corso ou na Avenida da Liberdade? Seria mesmo possível uma conquista dessas?

"Mas como embrulharíamos a coisa?", quis saber Dimitri, intrigado com a perspectiva. "Anexaríamos esses países todos? É que, bem vistas as coisas, eles nunca pertenceram à Rússia..."

"A Rússia é o que nós quisermos, rapazes. As nossas fronteiras foram-se movendo ao longo do tempo e nada impede que se movam de novo, pois que eu saiba a História não acabou nem acabará tão cedo. O plano é substituir a atual ordem liberal ocidental por uma ordem multipolar, dividindo o mundo em três grandes zonas de influência. As Américas e o mundo anglo-saxônico ficarão para os americanos, a Europa e a nossa parte asiática ficarão para nós, o resto será controlado pelos chineses."

"A Europa ficará para nós, como?", insistiu Dimitri. "Integrada nas nossas fronteiras?"

O instrutor voltou-se para o mapa atrás dele e, com um movimento dos braços a abarcá-lo todo, apontou para a cidade no extremo oriental da Rússia e depois para a cidade no extremo ocidental da Europa, unindo-as num gesto largo.

"A ideia de Dugin é chamar-lhe Império Euroasiático", revelou. "Será na verdade um império russo, claro. Irá de Vladivostoque a Lisboa. Mesmo que não os integremos formalmente no nosso país, pois isso suscitaria resistências indesejáveis, todos os povos aí existentes tornar-se-ão nossos vassalos."

A sala onde decorria a instrução do FSB quase entrou em erupção. Caramba, uma Rússia de Vladivostoque a Lisboa! O sonho imperial por excelência! Se a Rússia conseguisse isso, seria o maior império da História. Maior do que o Império Romano, maior do que o império de Genghis Khan, maior do que o Império Britânico. Quem podia permanecer insensível a tão grandioso projeto?

O instrutor voltou-se para a mesinha onde pousara as suas anotações e pegou nelas, sinalizando que a sessão de formação em Pensamento Ideológico estava concluída. Os instruendos levantaram-se, todos a conversarem animadamente entre eles sobre o grande projeto que a sua Rússia tinha em curso, mas antes de saírem da sala ainda ouviram as últimas palavras do instrutor.

"Avançaremos amanhã, conquistaremos ou pereceremos", declarou o homenzinho careca e de grandes barbas brancas que os guiara na última hora, o punho erguido no ar como um tribuno a dirigir-se à multidão. "Não há terceira opção."

A guerra estava em curso e todos eram nela combatentes.

XXIX

Ao chegar a casa com o cheque da indenização no bolso, Leroy Roderick abriu a porta e deparou-se com Charlie.

"Consegui um emprego", anunciou-lhe o filho. "Começo amanhã."

Disse-o como quem dizia que amanhã iria chover, sem grande entusiasmo.

"Vais trabalhar onde?"

"Na loja do Family Dollar, em Brittany. Irei para o balcão atender o público."

Estava explicada a falta de entusiasmo do rapaz. Um trabalho daqueles nunca era bem pago. Mas pai e filho sabiam que não havia escolha. Os bons empregos na indústria petroquímica estavam a escassear, uma vez que estas empresas muitas vezes usavam a globalização para optarem por trabalhadores importados, nuns casos devido às quotas de discriminação positiva das minorias, noutros porque toda essa gente aceitava trabalhar por salários mais baixos. Restavam empregos como as lojas do Family Dollar e outras do gênero. Teriam de aceitar o que havia disponível, pois só assim conseguiriam pagar sustentadamente todas as despesas, incluindo os novos tratamentos de Sally.

Esforçando-se por manter sob controle a raiva que o consumia, Leroy dirigiu-se ao congelador e abriu-o, contemplando os pratos congelados que comprara no supermercado.

"O que queres para o almoço? Almôndegas com purê de batata ou *jambalaya*?"

"Almôndegas."

Retirou os respectivos pratos congelados e colocou-os no micro-ondas. O fato de o filho ter encontrado emprego, mesmo sendo mal pago, era apesar de tudo melhor do que nada, considerou. Ele próprio começara a aceitar biscates ocasionais, usando o seu jeito de mãos para ganhar uns dólares aqui e ali. O dinheiro da indenização por demissão que fora levantar à empresa seria, na medida do possível, colocado de parte para servir de recurso em caso de necessidade.

Quando o micro-ondas apitou a assinalar que as refeições estavam já quentes, colocou-as sobre a mesa. Ligou a televisão e sentaram-se ambos a comer. Como sempre, o aparelho encontrava-se sintonizado na Fox News. À luz da sua experiência em Filadélfia, todavia, Leroy teve curiosidade de ver o tipo de informação que os liberais do Norte andavam a engolir. Pegou no controle e mudou para a CNN. O canal de Atlanta mostrava nessa altura uma reportagem sobre a crise migratória no Mediterrâneo, com refugiados sírios a convergirem para a Europa; viam-se multidões desses refugiados, sobretudo na Grécia, na Hungria e na Áustria, muitos deles a gritarem em coro que queriam ir para a Alemanha.

"*Jeez!*", exclamou Charlie enquanto mastigava uma almôndega. "Querem vir todos."

"Se são muçulmanos, por que não vão para a Arábia Saudita, que está a abarrotar de dinheiro?", questionou o pai. "Os muçulmanos não se entreajudam? Por que razão só nós, os cristãos, temos de ajudar?"

A repórter da CNN entrou a seguir ao vivo a explicar o drama de toda aquela gente que fugia da guerra, muitas com crianças atrás, e a sublinhar que essas pessoas precisavam de ajuda, e depressa. A jornalista disse ter falado com uma síria grávida e com um filho ao colo que, em lágrimas, lhe declarou não compreender por que não a deixavam passar. Leroy era cristão e não pôde deixar de sentir pena daquela gente, mas não estava convencido.

"Isto é tudo uma choradeira para nos amolecer e os deixarmos entrar a todos", murmurou. "Já viste como a jornalista nos tenta manipular pelas emoções? Diz-nos para termos pena deles, para abrirmos as portas e recebermos estes milhões e milhões de muçulmanos. Aposto que ela se acha a maior por dizer isto, considera-se muito boazinha e muito caridosa, mas... será que assumirá responsabilidades se depois algumas destas pessoas se puserem a fazer atentados e a matar gente? Assumirá ela responsabilidades pelos americanos que vão perder os empregos porque será depois preciso dar trabalho a todos estes migrantes e alguém terá de sair para que eles entrem nas nossas empresas?"

"Isto é na Europa, pai. Acha que estes muçulmanos também virão para cá?"

Leroy indicou o televisor.

"Esta jornalista é americana e está a falar para a América, Charlie. O que achas que ela pretende? O que a flausina está a fazer é dizer-nos a nós, americanos, que tenhamos pena destes coitados, que há no mundo coisas erradas e cabe-nos a nós resolvê-las, que a América tem a obrigação de os acolher a todos. Pior, está a insinuar que nós é que causamos este sofrimento e que, por isso, somos nós que temos de solucionar tudo isto. Se não o fizermos é porque somos más pessoas. Mas isso é falso, Charlie. Eu e tu não somos maus por não resolvermos o problema desta gente, da mesma maneira que esta gente não é má por não resolver os nossos problemas. Cada um tem de lidar com os seus problemas. Não fomos nós quem pôs estas crianças a sofrer, não somos nós quem tem responsabilidade pelo que elas estão a passar. Esta gente vive em países independentes e soberanos. Cabe-lhes a eles resolverem os seus problemas. Foi para isso que se tornaram independentes, não foi? Quando nós nos tornamos independentes e houve guerra civil aqui na América, quem resolveu os nossos problemas? Os outros?"

"Nós."

"Então, se eles têm problemas, eles que os resolvam também. Não venham é atirar tudo para cima de nós. Mas não, a CNN faz esta choradeira toda para nos forçar a assumir responsabilidades por coisas de que não somos responsáveis. Não nos cabe a nós resolver todos os problemas do mundo. Cabe aos países de onde esta gente é originária. Os seus líderes são maus? Substituam-nos. Isso é responsabilidade desses países e das suas populações, não nossa. E não preciso que a CNN dite quem são as pessoas de quem eu tenho de ter pena e não tenho de ter pena. Vê lá se a CNN veio aqui à Luisiana mostrar como na nossa própria terra nos estão a discriminar por sermos brancos? Por que hão de estes jornalistas liberais estarem preocupados com os sírios, que são vítimas de problemas criados pela sua própria gente no seu próprio país, mas não conosco, que somos americanos e também estamos a sofrer e somos gente como os outros?"

"Lá isso é verdade", concordou o filho. "Ninguém veio aqui fazer uma reportagem quando o pai foi despedido para meterem um mexicano qualquer no seu lugar."

"Mas sabes o que vai acontecer com toda esta pressão para que tenhamos pena dos imigrantes? As elites vão ficar todas cheias de peninha dos sírios e vão-lhes abrir as portas. 'Venham, estejam à vontade, façam como se estivessem em vossa casa!' E quem irá pagar a fatura? As elites? Achas que os imigrantes vão ficar com os empregos dos liberais bem-pensantes e ocupar as casas deles? Isso é que era bom! Esta jornalista fala assim porque sabe que o seu emprego não está ameaçado, não a vão tirar para pôr um sírio no lugar dela. Quem irá pagar a fatura são os do costume, nós, os americanos comuns, os que estão cá em baixo. As elites impõem discriminação positiva, mas elas mantêm os seus empregos e os seus salários. Quem se lixa somos nós, porque é a nós que nos tiram os empregos, é a nós que nos baixam os salários quando essa gente aceita trabalhar por metade do que nos pagam."

Com um gesto irritado, pegou bruscamente no controle e desligou a televisão. Ver os noticiários era coisa que definitivamente o enervava. Se via a Fox News, apoquentava-se com o retrato catastrófico que era apresentado sobre as políticas liberais das elites; se via a CNN ou a MSNBC, irritava-se com o discurso politicamente correto dessas mesmas elites a tentarem convencê-lo de coisas que ele achava que iriam provocar graves problemas ao país, a ele próprio e à sua família.

Sentindo a tensão e o crescente enervamento do pai, Charlie intuiu que seria melhor mudar o ângulo da conversa.

"Então, pai, como foi o seu dia?"

Leroy percebeu a intenção, pois o desvio do assunto não fora subtil, mas na verdade sentiu-se aliviado. Tudo aquilo o irritava e lhe causava raiva. Nem era bom pensar nessas questões. Meteu a mão ao bolso e tirou o envelope com o cheque, exibindo-o ao filho.

"Fui à empresa buscar o dinheiro da indenização", disse. "Vou agora depositá-lo no banco."

"Ainda bem que já o tem. Com essa gente, todo o cuidado é pouco. Nunca se sabe se mudam de ideias e arranjam um qualquer esquema jurídico para roerem a corda e ficarem com o dinheiro. Não seria a primeira vez..."

Acabaram de comer e, enquanto Charlie depositava os pratos sujos no lava-louça, Leroy foi buscar panquecas para a sobremesa. Pousou-as sobre a mesa e regou-as com *syrup*.

"Sabes quem encontrei quando fui buscar o cheque?", perguntou. "*Mister* Dean."

"Ai sim? Como está ele?"

"Pareceu-me bem. Ficamos um bocado à conversa. Não vais acreditar no que ele me contou. Sabes o Trump, o palhaço hilariante do júri do *The Apprentice*? Candidatou-se à Casa Branca, vê lá tu."

"Já sabia. Vi ontem no Facebook."

"No Facebook? Há notícias no Facebook?"

"Claro que há."

"Mas isso não é um *site* de engates?"

O rapaz riu-se.

"Também se fazem lá uns engates, não digo que não, mas é muito mais do que isso, pai. Para começar, o Facebook não é um *site*, é uma rede social. Comunicamos aí com toda a gente e toda a gente comunica conosco. Não se esqueça de que a mamã usava o Facebook para angariar clientes a quem vender as suas malhas. E, em segundo lugar, o Facebook tem uma seção de notícias chamada News Feed. Publicam-se aí notícias que muitas vezes não se veem em parte nenhuma. É muito útil, nem imagina. Foi no News Feed que soube tudo isso do Trump. O pai devia aderir."

A sugestão intrigou Leroy. A bem dizer, quase toda a gente que conhecia estava no Facebook, de amigos de infância a antigos colegas de trabalho. Até Betty usara de fato o Facebook. Ele, contudo, era um homem à moda antiga, um verdadeiro cajun, e sempre resistira às novidades. Incluindo esta. Mas se a rede social tinha notícias que não apareciam noutros lugares, o caso mudava de figura.

"Ajudas-me a entrar no Facebook?"

Antes de começar a comer a sua panqueca, Charlie pegou no *smartphone* do pai e descarregou-lhe o aplicativo. Inseriu os dados relevantes e ilustrou-lhe a página com uma bela fotografia de Leroy a passear de canoa pelos pântanos de Atchafalaya. Quando terminou, deu-lhe as instruções básicas sobre como usar a rede social, desde a elaboração de texto até à descarga de imagens, passando pela consulta do News Feed e pelo sistema de convite para fazer "amigos", sem esquecer o sistema de *likes* e o método para se integrar em "grupos".

Quando terminou, devolveu-lhe o celular com um sorriso.

"Vai mudar a sua vida."

XXX

A chave para a localização do *smartphone* perdido pelos russos, sabia Tomás Noronha, estava na charada que Sasha lhe havia entregado em Moscou. O russo dissera-lhe que o tal Gonzalez, o desconhecido que ficara com o aparelho, lhe dera aquele papel como uma espécie de pista que, uma vez decifrada, conduziria ao seu paradeiro. Se esse Gonzalez era um trumpista, havia uma boa hipótese de pertencer a uma das muitas seitas conspiracionistas existentes na América.

Teria de começar por aí.

Um dia depois de regressar a Lisboa, o historiador passou toda a jornada fechado em casa a estudar as seitas americanas e as suas ideias bizarras. Preocupou-se sobretudo em compreender a cultura desses grupos, a maior parte deles com ideologias apocalíticas, isto é, projetos escatológicos de salvação resultantes de um grande cataclismo final. Ao fim de algum tempo, percebeu que *migalhas* era uma espécie de jargão para *pistas* e que *cozinhar* era *compreender*. Ou seja, *migalhas para cozinhar* significava *pistas para decifrar*.

O seu olhar pousou no papel que Sasha recebera do americano com a sucessão de símbolos intrigantes.

Se a charada era uma migalha para cozinhar, isso queria dizer que se tratava de uma pista e podia ser decifrada. Aquele tipo de jogo, percebeu, estava em consonância com a mentalidade dos discípulos das seitas. Usavam códigos herméticos para comunicar, códigos que só eram partilhados por pessoas que pertenciam à mesma seita, o que, por isso mesmo, fazia dos respectivos membros uma espécie de confraria de iniciados, unidos pelos seus segredos e os únicos que conseguiam aceder às respectivas mensagens.

Para todos os efeitos, percebeu que aqueles curiosos símbolos, que ele por graça designara alfabeto de extraterrestres, na verdade lhe eram estranhamente familiares. Onde os havia visto antes? Havia neles algumas semelhanças surpreendentes com os caracteres quadrados do alfabeto hebraico e, vendo bem, com o código da cabala das nove câmaras da via temúrica, um sistema de permutação de letras de uma mesma palavra para construir palavras distintas, embora relacionadas.

E se se tratasse mesmo disso? A possibilidade tentou-o. Mais do que isso, excitou-o. Se bem se lembrava, o código da cabala das nove câmaras estava relacionado com a tradição hermética da cabala judaica, a doutrina esotérica oral que Deus havia revelado a Moisés no monte Sinai.

Seria possível que...?

A hipótese era tentadora, sobretudo para um historiador especializado na área das línguas antigas, mas refreou o entusiasmo. A charada parecia realmente estar relacionada com a cabala, mas parecer não era ser. Havia que manter a prudência. Analisou melhor os caracteres. A sua forma simples e regular, quase como se de um código Morse se tratasse, dava a sensação de ter a mão de geómetras. Decidiu explorar esse caminho.

Como muito bem sabia, os maiores geómetras são os matemáticos. E, apressou-se a acrescentar mentalmente, os arquitetos. Estaria perante um código específico de matemáticos ou de arquitetos? A hipótese pareceu-lhe de fato promissora, mas durante algum tempo, e enquanto a aprofundava, teve a sensação de caminhar cego e às apalpadelas num beco escuro.

Até que a luz se acendeu.

"Caramba!", murmurou, mordendo o lábio inferior como se se punisse a si próprio. "Como é possível que não tenha visto isto?"

Os autores daqueles símbolos eram de fato matemáticos e arquitetos, sem dúvida, mas de uma geração mais arcana. Os antepassados dos arquitetos, todos eles necessariamente mestres de matemática, eram os construtores de casas. Os pedreiros. E, já agora, os canteiros medievais também.

Esses pedreiros e canteiros costumavam naquele tempo juntar-se em corporações, entidades que aglomeravam artesãos do mesmo ofício. Falavam aí do seu trabalho de construção, claro. Mas também de um outro tipo de construção. O de uma nova sociedade, concebida segundo novas linhas. Linhas mais arrojadas, baseadas em ideias novas. A bem dizer, ideias revolucionárias.

Essas ideias eram perigosas, como era evidente, porque punham em causa a ordem do seu tempo. Consequentemente, a única maneira de as comunicar era em segredo. Para o fazerem, desenvolveram sistemas alfabéticos de escrita codificada. Esses pedreiros e canteiros tinham, na Idade Média, um nome.

Maçons.

Seria possível que estivesse perante um alfabeto maçônico?

XXXI

Apesar de o verão ter começado dois dias antes, ainda fazia frio em São Petersburgo. Ao atravessar a rua, o capitão Dimitri Chernyshev ajeitou a gola do casaco para se proteger do vento agreste que nesse dia soprava da direção do lago Ladoga e retirou o papel do bolso. Impresso no papel estava o endereço no qual se deveria apresentar nessa manhã. O número 55 da Rua Savushkina.

Procurou a placa da rua e depressa a encontrou plantada numa esquina.

Улица Савушкина

Ulitsa Savushkina.

Chegara.

Precisava a seguir de localizar o número 55. A Rua Savushkina era longa e larga, o asfalto cortado pelos carris dos elétricos, pelo que sem demora se fez ao caminho.

Aquela seria a sua primeira operação pelo FSB e, devido à alta confidencialidade que a envolvia, uma missão aparentemente muito sensível. Ainda não sabia com precisão o que o esperava. Fora colocado numa unidade ultrassecreta do FSB, a Unidade Especial 71330, também chamada Centro 16. As unidades secretas russas identificavam-se frequentemente por números para não atrair atenções, como era o caso desta, resultante de uma fusão entre duas partes do FSB, as Operações

Eletrônicas e o Serviço de Informações Estrangeiras. A única coisa que lhe tinha sido dito sobre o seu trabalho fora que os seus conhecimentos sobre computadores seriam imprescindíveis, na verdade a razão pela qual havia sido recrutado à pressa para o FSB, e que iria perceber tudo quando entrasse em funções. Ficou intrigado, claro, mas não se sentia preocupado. Quando o momento chegasse, não duvidava de que estaria preparado.

O que nesse instante o preocupava mesmo era a família. Apesar de as crianças estarem à beira de terminar o ano letivo e já poderem mudar de escola, Ekaterina ainda não efetivara a transferência para São Petersburgo. Tudo por causa de uma cirurgia a que a mãe dela teria de ser submetida e que retivera a família em Ryazan. Tratava-se de um atraso de apenas algumas semanas, é certo, mas durante esse tempo teria de viver sozinho no apartamento provisório que o FSB lhe arranjara. Talvez fosse melhor assim. A vida solitária permitir-lhe-ia concentrar-se melhor nas suas novas funções.

Ao fim de quinze minutos a caminhar em passo rápido, e sempre mergulhado nos seus pensamentos, deparou-se com um edifício moderno de quatro pisos. Procurou a porta e viu pregado o número 55.

Era ali.

Ao penetrar no átrio, tirou o cartão do bolso e mostrou-o a uma das rececionistas.

"O coronel Mikhail Arsenyev está à minha espera."

A entrada não foi complicada, o que sem dúvida se explicava por ter acabado de exibir o cartão do FSB. Um chequista inspirava sempre temor, não era verdade?

A rececionista conduziu-o, solícita, ao interior do prédio. Apanharam um elevador e saíram ambos numa vasta sala que enchia todo o piso com dezenas e dezenas de pessoas agarradas aos computadores, todas atarefadas a teclar freneticamente. Uma placa na porta anunciava em cirílico o nome daquela unidade.

Американский Отдел

Americanskiy Otdel. O departamento americano.

Um homem de meia-idade, vestido de terno e gravata, atravessou a sala para vir ter com eles.

"Capitão Chernyshev!", exclamou com jovialidade. "Sou o coronel Arsenyev, encarregado desta operação."

"Meu coronel!"

Os dois homens fizeram a saudação militar enquanto a rececionista regressava ao seu posto.

"Nem sabe como estou contente por o ver aqui", disse o anfitrião. "Há já algum tempo que desesperava por reforços de Moscou." Fez um gesto a indicar as pessoas que trabalhavam na sala. "Temos a trabalhar conosco o que chamamos 'especialistas'. São sobretudo adolescentes, a maior parte *hackers* do Shaltai-Boltai, veja lá. Não sei se conhece, mas esta gente… enfim."

"Este pessoal é do Shaltai-Boltai?", admirou-se o recém-chegado, atirando olhares preocupados em direção aos jovens que trabalhavam naquela grande sala. "Mas… mas isso é um grupo da oposição!"

Sendo um apaixonado por tudo o que tinha a ver com computadores, Dimitri não podia desconhecer o nome daquele grupo de piratas informáticos russos que ao longo dos anos penetrara nos sistemas de mais alto nível do Estado russo para obter informação sobre pessoas importantes e chantageá-las a troco de dinheiro. Contava-se que o Shaltai-Boltai dispunha de um arquivo incrível com informação altamente sensível, incluindo até registros de todas as refeições de Vladimir Putin, além de milhares de *e-mails* enviados pelos elementos do círculo mais próximo do presidente no Kremlin. Aqueles *hackers* tinham chegado a divulgar *e-mails* das autoridades russas, incluindo do então primeiro-ministro Dimitri Medvedev, que revelavam os esforços da Rússia para fazer crescer grupos etnonacionalistas por todo o mundo, desde a França, Alemanha, Grécia, Romênia, Polônia, Hungria, Croácia e Turquia até ao Chile, Argentina, Malásia e Líbano, para só citar alguns países.

O coronel Arsenyev encolheu os ombros e esboçou uma expressão resignada.

"Então não sei? Deitamos a mão a estes rapazes e só os deixamos vivos porque precisamos deles. Esta turma sabe fazer coisas que o FSB, sendo constituído por pessoal da velha escola, não sabe. O acordo que lhes impusemos é simples: os meninos podem continuar nas suas atividades, mas o FSB tem poder de veto sobre tudo o que fazem. Não queremos mais *hackings* ao Kremlin, por exemplo. Em compensação, eles usam os seus conhecimentos de pirataria informática para nos ajudarem nas nossas operações contra o Ocidente."

"É uma boa ideia."

"Pois, mas não confio neles, como deve imaginar. Não se esqueça de que estamos a falar de piratas informáticos. É por isso que preciso da ajuda de um camarada do FSB que perceba de computadores. Eles têm de ser controlados e dirigidos. Fartei-me de pedir a Moscou mais pessoal, sobretudo considerando as grandes operações que nos confiaram, mas pelo visto nos nossos quadros há falta de gente especializada nesta área."

"Agora percebo a urgência de Moscou em me contratar", observou Dimitri. Tirou do bolso umas folhas dobradas e entregou-as ao seu novo chefe. "Já agora, estão aqui os papéis da minha transferência. Devo adverti-lo, meu coronel, de que a minha formação ficou incompleta e nem sequer me foram dados pormenores sobre o que está aqui a ser feito. Portanto, não sei como o possa ajudar."

"A sua formação ficou incompleta porque eu precisava de reforços com muita urgência e pedi que viesse antes ainda de concluir a formação", indicou o coronel Arsenyev. "Não se preocupe, irá aprender aqui o que lhe falta aprender." Começou a conduzi-lo pelo vasto espaço onde a sua equipe trabalhava. "É neste edifício que lançamos a operação de *aktivnyye meropriyatiya*, medidas ativas, contra o Ocidente." Foi apontando para os vários lados. "Aqui funciona o Departamento de Análise de Dados, ali é o Design Gráfico, acolá está o Departamento Financeiro, do outro lado encontra-se o Departamento de Informação Tecnológica."

"Será que o meu coronel me pode apresentar toda a gente?"

O coronel Arsenyev abanou a cabeça.

"Ouça, temos aqui centenas de pessoas", disse. "Além do mais, este não é um bom dia para lhe mostrar os cantos à casa. Como sabe, decorre hoje o referendo no Reino Unido sobre a manutenção do país na União Europeia. É o Dia D. Estamos todos imensamente atarefados, como deve calcular."

"Atarefados a fazer o quê exatamente?"

"A sabotar o Ocidente para o dividir e enfraquecer, claro", foi a resposta. Fez um gesto largo para abarcar a sala onde se encontravam. "Esta é uma operação muito vasta e ambiciosa. De um ponto de vista meramente formal, trata-se de um projeto privado. Chama-se Internet Research Agency e o dono é Yevgeny Prigozhin."

"O cozinheiro do chefe?"

"E dono do Grupo Wagner", acrescentou o coronel Arsenyev. "Tudo fachada, claro. Esta operação faz parte das táticas híbridas integradas na Doutrina Gerasimov. Usamos agentes privados para poder negar que o Estado russo esteja por detrás do que aqui se passa, mas não tenha dúvidas, capitão: esta é uma operação do FSB e quem aqui verdadeiramente manda somos nós."

"Como é evidente", assentiu o recém-chegado. "A operação neste momento em curso é evidentemente o Brexit. Mas quais os detalhes?"

"Ao longo dos anos, e por ordens do Kremlin, os nossos oligarcas têm andado a investir milhares de milhões de libras no Reino Unido. Partidos políticos, universidades, instituições culturais, instituições de caridade, empresas de relações públicas, imobiliário, clubes de futebol… metemos dinheiro em tudo."

Dimitri soergueu o sobrolho.

"Estamos a comprar o Reino Unido?"

"Comprar é a palavra exata", anuiu o chefe da operação. "Com todo este dinheiro, metemos às nossas ordens uma série de políticos britânicos, advogados, empresários, agentes desportivos, artistas… eu sei lá! Até controlamos membros da Câmara dos Lordes, veja só! Tornaram-se na prática nossos agentes, uma espécie de colaboracionistas da guerra silenciosa que estamos a mover contra o país deles e o Ocidente em geral. Quando o governo britânico tenta proteger o seu país dos nossos ataques, por exemplo, todo esse pessoal vem logo a correr em nosso socorro, faz imensa pressão e o governo acaba por recuar. O que nos permite continuar a atacá-los à vontade."

"Genial."

"Temos operações semelhantes a decorrer noutros países europeus, claro. França, Áustria, Itália... a lista é imensa. Ainda há dois anos levamos a cabo uma campanha para encorajar o voto separatista no referendo sobre a independência da Escócia, por exemplo, de modo a fragmentar e enfraquecer o Reino Unido. Ou, outro exemplo, na mesma altura interessámo-nos pela campanha pró-independência da Catalunha, também com o objetivo de fragmentar e enfraquecer, neste caso a Espanha. Eu sei que nenhuma dessas regiões acabou por ficar independente, nem a Escócia nem a Catalunha, mas os conflitos internos que as nossas manobras invisíveis geraram desestabilizaram e fragilizaram esses países do Ocidente. Isso, caro capitão, já é uma vitória para a Rússia. Tudo o que os divida é bom para nós."

Graças ao que aprendera durante o encurtado curso de formação do FSB em Moscou, Dimitri estava já familiarizado com as linhas gerais da estratégia do seu país, designadamente através do Plano Dugin e da Doutrina Gerasimov. O que lhe faltava eram os detalhes operacionais. Precisava de os conhecer para desempenhar adequadamente as suas funções. Indicou por isso as pessoas que trabalhavam na sala.

"Mas como é que este pessoal do Shaltai-Boltai está a pôr esse plano em prática? Presumo que não estejam propriamente a usar os computadores para enviar dinheiro aos políticos, aos empresários e aos artistas britânicos..."

Como em resposta, o anfitrião encaminhou-se para uma mesa junto à janela, onde um rapaz de longos cabelos castanhos estava sentado a digitar texto no computador.

"Como sabe, hoje em dia as pessoas no Ocidente estão a aceder à informação, não pelos meios de comunicação tradicionais, como a televisão, a rádio e os jornais, mas pela Internet, sobretudo através das redes sociais. O nosso trabalho é colocar os *hackers* do Shaltai-Boltai a funcionarem como *trolls* e usar os sistemas automáticos, os chamados *bots*, para encher as redes sociais, designadamente o Facebook, o Twitter, o YouTube e sei lá mais o quê, com milhares de mensagens destinadas a convencer os bifes a votarem a favor do Brexit."

"Mas, meu coronel, se fosse a si não alimentava muitas esperanças. No fim de contas, as sucessivas sondagens mostram que eles vão votar para permanecer na União Europeia..."

"Talvez, capitão, mas não dou isso como certo", contrapôs o coronel Arsenyev. "Sabe, as mensagens de última hora são as mais importantes numa eleição porque são elas que estão mais frescas na mente dos eleitores no momento em que colocam o boletim na urna. As pessoas podem deste modo mudar o sentido de voto no último instante. E nem precisamos de persuadir muita gente. Basta-nos convencer três ou quatro por cento dos vulneráveis às nossas mensagens e... zumba, ganhamos. O que estamos aqui a fazer é justamente tentar persuadir essas pessoas a votarem no Brexit. Usando a verdade, usando a mentira, usando o que for preciso. Há vários meses que andamos a abrir milhares de contas falsas no Twitter, fingindo ser cidadãos britânicos normais ou então amigos americanos 'preocupados' com o Reino Unido. Usando *bots* automáticos, essas contas falsas estão constantemente a digitar mensagens destinadas aos eleitores britânicos com o objetivo de provocar um extremar de posições entre eles e assim os dividir. Os bifes recebem um *tweet*, acham que se trata de uma mensagem de um compatriota qualquer de Huddersfield, por exemplo, mas na verdade somos nós que estamos a manipulá-los a partir de São Petersburgo."

"De que tipo de mensagens está a falar?"

O coronel Arsenyev virou-se para o rapaz que, junto a eles, trabalhava incessantemente ao computador.

"Alexei, o que estás a fazer neste preciso momento?"

O operador, um adolescente civil que escrevia a partir de uma conta no Twitter intitulada @SouthLoneStar, indicou uma imagem que lhe enchia a tela. Mostrava uma pessoa deitada numa calçada com gente em volta dela a socorrê-la e uma mulher com a cabeça coberta por um lenço a passar ao lado com uma mão na cara e a consultar o celular.

"Estou a trabalhar a narrativa desta fotografia de uma das vítimas do atentado islamita na Ponte de Westminster, em Londres", explicou. "Tornou-se já viral, e é por causa da legenda. Ora vejam o que escrevi a acompanhar a fotografia."

Os dois homens do FSB inclinaram as cabeças para a frente e leram o texto anexo à fotografia distribuída por *tweet*.

Muçulmana ignora vítima de atentado terrorista,
passando distraidamente por moribundo
enquanto consulta o celular.
#RezemPorLondres #ProíbamIslão

O coronel Arsenyev quase aplaudiu.

"Uau! Brilhante!"

O operador retirou a fotografia da tela e, no seu lugar, mostrou uma sequência de frases enviadas pelos *bots* da mesma conta americana no Twitter.

"Já mandei hoje centenas de mensagens em torno do mesmo tema. Todas elas tornaram-se virais, isto é, os outros utilizadores estão a reenviá-las em massa a mais utilizadores, o que significa que as minhas centenas de mensagens se multiplicaram e tornaram-se milhares e milhares. Vejam outras mensagens que também pus no sistema."

Uma sucessão de *tweets* enchia a tela. Dimitri passou os olhos por eles e reteve dois.

Espero que o Reino Unido após o #VotaBrexit
comece a limpar o país da invasão muçulmana!

Reino Unido vota para deixar o futuro
Califado Europeu! #VotaBrexit

O coronel Arsenyev voltou-se para o visitante.

"O que o Alexei está aqui a fazer é usar o sentimento de revolta dos britânicos e o consequente ressentimento em relação ao islão, gerado pelos sucessivos atentados islamitas na Europa em geral e no Reino Unido em particular, para atiçar ainda mais os britânicos indecisos e convencê-los de que, se permanecerem na União Europeia, as fronteiras permanecerão abertas para entrarem no país ainda mais muçulmanos e ocorrerem ainda mais atentados."

A estratégia não deixou de impressionar o recém-chegado.

"Se eu fosse eleitor britânico e visse estas mensagens... caramba, provavelmente também votaria no Brexit."

Todos se riram.

"A boa desinformação tem sempre uma base de verdade que serve para credibilizar as mentiras", explicou o anfitrião. "É verdade que os islamitas levaram a cabo uma série de atentados no Ocidente, é verdade que o atentado na Ponte de Westminster ocorreu e é verdade que a muçulmana passou ao lado a olhar para o celular. Também é verdade que outras fotografias dessa muçulmana sugerem que ela estava horrorizada com o atentado... mas essas fotografias nós já não mostramos, como é evidente. O que fazemos é usar uma parte da verdade, explorando problemas que existem realmente, para desencadear emoções que nos convêm, como a indignação, o ressentimento, a raiva e o medo, consoante os casos, e canalizá-las no sentido que nos interessa, neste caso convencer as pessoas a votarem no Brexit."

"Portanto, estamos a explorar o medo do islão."

"Mais do que o medo, a raiva. Sabemos que as pessoas medrosas são cautelosas. Ora, muitos britânicos têm plena consciência de que sair da União Europeia é economicamente arriscado. Isso significa que pessoas com medo não votam no Brexit. Portanto, a emoção que temos de ativar não é o medo, mas a revolta, a raiva, a indignação. 'Vejam a muçulmana a ignorar o sofrimento da vítima do atentado levado a cabo pelos seus amiguinhos muçulmanos!' Esta mensagem não atiça o medo, atiça a raiva. 'Filha da puta da muçulmana, se calhar está em conluio com os muçulmanos que mataram aquele desgraçado!' É a raiva que leva as pessoas a assumirem comportamentos de risco. 'Está bem, sair da União Europeia é um risco, eu sei, mas sinto-me tão indignado e revoltado que estou disposto a correr esse risco para me livrar desta gente!' É assim que os pomos a votar a favor do Brexit, percebeu?"

"E mandam esta mensagem a todas as pessoas?"

"Não", esclareceu o coronel Arsenyev. "Cada mensagem é concebida em função das características específicas de cada eleitor. No caso da fotografia do atentado na Ponte de Westminster, a mensagem é apenas enviada a eleitores britânicos indecisos, mas que têm em comum a raiva contra o islão por ser a religião dos terroristas islamitas. Batemos nessa tecla de modo a reavivar essa raiva e fazer com que o eleitor a tenha presente no momento de colocar o voto na urna. Os outros eleitores, que não são sensíveis a este tipo de mensagem, não as recebem. Recebem outras devidamente adaptadas ao seu perfil específico."

"Como por exemplo?"

O coronel Arsenyev fez sinal a Alexei e este procurou uma mensagem que tinha enviado na última hora para milhares de eleitores britânicos com um perfil radicalmente diferente dos eleitores anteriores.

"Para esta mensagem usei uma conta onde finjo que sou um paquistanês a viver em Birmingham", indicou o operador. "Ora vejam."

> O voto pró-imigração é só para trazer mais europeus da União Europeia! Nós somos escrutinados para entrar, mas os europeus entram como querem! Não deixem que os paquistaneses e os muçulmanos se tornem imigrantes de segunda no Reino Unido! Defendam o islão! #DefendamIslão #VotemBrexit

Dimitri arregalou os olhos, surpreendido.

"Mas… esta mensagem é totalmente contraditória em relação às anteriores…"

"Porque se destina a um público diferente", esclareceu o coronel Arsenyev. "As outras estavam formatadas pelos nossos *trolls* para atiçar a raiva dos britânicos brancos que têm medo do islão. Esta está formatada para acicatar o ressentimento dos muçulmanos paquistaneses para com os brancos e os infiéis em geral. Como lhe expliquei, nós não inventamos problemas, o que fazemos é explorar problemas que existem realmente e apimentar as nossas mensagens com umas mentirinhas. No caso desta mensagem, qual o problema que estamos a explorar? Qualquer imigrante que venha do Paquistão, por exemplo, é submetido a exames rigorosos antes de lhe ser concedido o privilégio de entrar no país. Mas se um francês ou um belga se apresentar na mesma fronteira, entrará calmamente no Reino Unido devido às regras europeias de livre circulação. Pensa que os paquistaneses não sabem isso? Sabem. Pensa que não estão ressentidos com isso? Estão. O que fizemos foi explorar esse ressentimento, percebe? Quando um paquistanês vê os defensores da União Europeia dizerem aos paquistaneses para votarem na manutenção do Reino Unido na União Europeia porque as regras europeias são pró-imigração, o que ele pensa é que são pró-imigração *branca*. Portanto, se manipularmos bem esses ressentimentos, que é o que faz esta mensagem, pomos os paquistaneses a votarem a favor do Brexit!"

"Não só os paquistaneses", apressou-se Alexei a precisar. "Mandamos também mensagens destas para os eleitores de origem jamaicana, indiana, nigeriana... todos os que não são europeus. Cada um tem problemas específicos, e nós exploramo-los e adaptamos as mensagens a cada público-alvo, sempre a manipular as suas raivas e ressentimentos. A ideia é pôr todos esses imigrantes escurinhos a votarem contra a União Europeia, sob o argumento de que esta é branca e só defende a imigração de brancos para o Reino Unido. Muitos deles são assim convencidos a votar a favor do Brexit... mesmo sendo isso contra o seu próprio interesse."

Dimitri estava impressionado.

"*Blin!*", exclamou. "Os brancos votam no Brexit porque têm medo das minorias étnicas, as minorias étnicas votam no Brexit porque têm medo dos brancos. Isto é bem sofisticado!"

Os seus dois interlocutores trocaram um olhar divertido entre eles, como se tivessem achado graça à observação.

"Você nem sabe da missa a metade", disse o coronel Arsenyev. "Mas, atenção, por detrás da sofisticação encontra-se uma técnica muito simples. Estudamos as pessoas para compreender o que irrita cada uma delas. Se aos paquistaneses irrita haver muitos brancos à volta deles, dizemos que a culpa é da Europa. Se aos ingleses irrita haver muitos paquistaneses à volta deles, dizemos que a culpa é da Europa. Se as pessoas estão enervadas por terem sido mal atendidas num hospital, a culpa é da Europa. Se os habitantes de um bairro em Manchester estão preocupados com uma série de assaltos às mercearias locais, a culpa é da Europa. Se uma pessoa foi despedida e está zangada…"

"A culpa é da Europa, já percebi."

"É isso o que fazemos. Há um problema? A culpa é da Europa. Tudo é culpa da Europa. Identificamos os ressentimentos e medos de cada pessoa, transformamo-los em raiva e direcionamos essa raiva contra a Europa, qualquer que seja a verdadeira fonte desse problema. Os defensores dos direitos dos animais, por exemplo, recebem mensagens a mostrar as regras europeias que atentam contra os direitos dos animais. Isso põe-nos a espumar de fúria contra a Europa. Já os amantes da caça recebem mensagens a enumerar as regras europeias que defendem os direitos dos animais e os protegem dos caçadores. Ficam doidos de raiva para com Bruxelas. A culpa é sempre da Europa. A todas essas pessoas culpamos a Europa por todos os males e depois apresentamos-lhes uma solução simples: votem no Brexit e tudo se resolverá."

"Isso resulta?"

"É o que veremos quando amanhã de manhã saírem os resultados do referendo. Mas estamos absolutamente convencidos de que sim. Pelo menos é o que nos diz o nosso inglês."

"Qual inglês?"

"O que trabalha aqui conosco."

Dimitri olhou em redor, tentando descortinar a presença de um estrangeiro naquela operação do FSB.

"Nós trabalhamos com um inglês?!"

"Trabalhamos com quem tivermos de trabalhar", declarou o chefe da operação do FSB. "O importante, se me permite, é que perceba que existe um elemento central na nossa estratégia que é imperativo ter presente em todas estas nossas operações. Esse elemento é o nacionalismo. A nossa estratégia passa por fazer apelo ao patriotismo porque essa é a ideia que melhor funciona junto das classes mais baixas.

Se premirmos essa tecla suficientes vezes na mente das pessoas mais pobres, iremos inevitavelmente colher resultados."

"As pessoas mais pobres são nacionalistas?", estranhou Dimitri. "Não sei se será bem assim, meu coronel. Tenho ideia de que os pobres tendem a ser socialistas..."

"Uma coisa não impede a outra."

"Não impede a...? Mas, meu coronel, o nacionalismo e o socialismo são ideologias totalmente antagônicas. Os nacionalistas são antissocialistas e os socialistas são antinacionalistas."

O coronel Arsenyev riu-se.

"Quem lhe disse isso?"

O novo recruta do FSB mostrou-se desconcertado com esta resposta.

"Bem... toda a gente sabe, meu coronel. O socialismo é internacionalista, não nacionalista. Leia Marx, leia Engels..."

"Marx e Engels eram socialistas nacionalistas, caro capitão. Marx afirmava-se um grande patriota alemão, dizendo ter 'orgulho' no seu país. Ele fez mesmo um apelo para que se criasse uma Alemanha 'una e indivisível'. Defendeu assim o estabelecimento da Grande Alemanha, que incluiria, segundo ele, a Prússia Oriental, a Silésia, a Boêmia, a Morávia e a Áustria, tudo territórios que décadas mais tarde Hitler de fato conquistou em nome dessa dita Grande Alemanha 'una e indivisível'. Aliás, e tal como Hitler, Marx não hesitava em estigmatizar os outros povos. Chamou 'degenerados' aos espanhóis e disse que os chineses sofriam de 'estupidez hereditária'. Quanto a Engels, descreveu-nos a nós, os eslavos, como 'povos-lixo', além de que chamou 'preguiçosos' aos mexicanos e 'mestiços', 'destroços de nacionalidades' e 'miseráveis impotentes quase nações' aos belgas, aos suíços, aos holandeses e aos dinamarqueses. Acha que isto é discurso de verdadeiros internacionalistas?"

"Bem... uh..."

O superior hierárquico baixou a voz.

"Como nós, russos, muito bem sabemos, a União Soviética era profundamente nacionalista. A retórica internacionalista não passava de propaganda para seduzir as minorias internas e os intelectuais estrangeiros e evitar que tivessem medo de nós, os russos. Mas sempre que a coisa aquecia, era para o nacionalismo que o nosso regime socialista se virava. Por exemplo, quando os nazis nos invadiram, não foi o socialismo que Stálin invocou para galvanizar o povo russo ao combate, foi a pátria, foi a nação. Ao lançar os assaltos contra os alemães, os nossos soldados não gritavam 'pelo socialismo!' ou 'pelo materialismo histórico!'. Gritavam 'pela pátria!'. Essa guerra é, como sabe, ainda hoje conhecida entre nós como a Grande Guerra Patriótica, não como a Grande Guerra Socialista, não como a Grande Guerra Proletária. De resto, muitas pessoas eram enviadas para a Lubyanka ou para os campos de concentração na Sibéria só por terem estado no estrangeiro, por terem contatos com estrangeiros ou por pertencerem a minorias étnicas. Acha que essas são práticas de verdadeiros internacionalistas?"

Nada daquilo era falso, sabia Dimitri.

"Sim, os meus pais e os meus avós falaram-me de fato nisso. Aliás, um tio-avô meu foi feito prisioneiro pelos nazis e, quando depois da guerra os alemães o entregaram, o coitado foi imediatamente enviado para a Sibéria. Ele e todos os seus camaradas. Morreu em Kolyma."

Kolyma era a Auschwitz dos campos de concentração comunistas, como sabia qualquer russo bem informado.

"O internacionalismo é uma ideia burguesa, capitão, pois os burgueses viajam, falam várias línguas, são cidadãos do mundo. O dinheiro não conhece fronteiras, o dólar vale na América como na Rússia ou na Argentina, os banqueiros e os empresários entendem-se entre eles independentemente das nacionalidades. Mas o povo, caro capitão, o povo não fala diversas línguas nem viaja. Quando um russo de classe baixa vai viver para o estrangeiro, o que faz ele? Procura a companhia de outros russos. Tem saudades da sua terra, das suas gentes, da vodca, da sopa *borscht*, dos *blinis*, da nossa música, da *Kalinka*... de tudo o que é russo. Ou não é assim?"

"Não posso negar, meu coronel."

"O mesmo se passa com os outros povos, capitão. Onde foi Marine Le Pen buscar os seus votos? Ao Partido Comunista Francês. Quais os países mais nacionalistas do Ocidente? São aqueles que foram socialistas, como a Polônia e a Hungria. Onde nasceu o Pegida, o movimento alemão contra os muçulmanos? Em Dresden, que pertencia à Alemanha comunista. Quem no Ocidente defende 'políticas patrióticas'? Os comunistas. Qual a ideologia da EA, o movimento nacionalista e independentista do País Basco espanhol? O socialismo. Quais os movimentos mais ativos no independentismo catalão? Os socialistas. O que foram os movimentos de libertação em África e na Ásia se não movimentos nacionalistas disfarçados de socialistas? Não são a China e a Coreia do Norte, países governados por partidos comunistas, profundamente nacionalistas? Os socialistas da Coreia do Norte até acusam a Coreia do Sul de, com as suas políticas liberais de permitir a miscigenação entre etnias e raças diferentes, contaminar a pureza da raça coreana, veja lá!"

"Pois, está bem, mas tem de reconhecer que esta migração do socialismo para o nacionalismo é uma tendência nova..."

"De modo nenhum, capitão", garantiu o chefe daquela operação do FSB. "Basta aliás olhar para o passado. Onde foi Mussolini buscar uma parte importante dos seus apoiantes? Ao Partido Socialista Italiano! Onde foi Hitler buscar uma parte importante dos seus apoiantes? Ao Partido Comunista Alemão! Que nome dava Ceausescu ao seu regime socialista na Romênia? Nacional-comunismo! Não foi a União Soviética convidada em 1940 a integrar o pacto panfascista do Eixo, com a Alemanha, a Itália e o Japão... e aceitou?"

"Nós aceitamos aderir ao Eixo?!"

O espanto de Dimitri fê-lo elevar inadvertidamente a voz, o que levou o coronel Arsenyev a fazer-lhe sinal com as mãos para que se contivesse.

"Não é conveniente falarmos nisto em público, é embaraçoso, mas... sim, aceitamos. De resto, nós, os chequistas, estivemos envolvidos nesse processo e chegamos a ter reuniões com a Gestapo. Só não aderimos ao Eixo porque pusemos como condição controlar a Romênia, coisa que Hitler não aceitou porque precisava do petróleo romeno. Mesmo assim continuamos a dar apoio logístico para ajudar os nazis nas suas invasões e chegamos a congratulá-los por terem derrotado a França, dizendo que o triunfo nazi representava a vitória do socialismo sobre o capitalismo. Não se esqueça de que, no ano anterior, tínhamos assinado o pacto nazi-comunista com Hitler. Aliás, não é por acaso que todos os ideólogos que fundaram o fascismo em Itália eram socialistas e que o projeto do fascismo passava por desenvolver um socialismo nacionalista. Lembre-se de que os bolcheviques assinaram tratados comerciais e militares com os fascistas. Socialistas e nacionalistas, caro capitão, disputam o mesmíssimo eleitorado: as classes baixas. Os burgueses têm o mundo inteiro diante deles, o povo só tem a sua terra. É por isso que os burgueses tendem a ser liberais internacionalistas e o povo tende a ser socialista nacionalista."

Tudo isto era pelo visto conhecido no FSB, que na Segunda Guerra Mundial se designava NKVD, mas Dimitri não estava a par de todos estes fatos históricos, evidentemente arquivados na prateleira dos acontecimentos embaraçosos, escondida algures numa cave perdida da Biblioteca do Esquecimento.

"Desculpe, meu coronel, desconhecia", admitiu. "Tinha até a ideia de que, pelo contrário, o socialismo era um feroz adversário do fascismo..."

"Se se está a referir ao socialismo neomarxista, isso é verdade", confirmou o coronel Arsenyev. "É um pouco como as religiões. O cristianismo, por exemplo, teve durante muito tempo guerras intestinas entre as suas correntes: católicos contra protestantes, ortodoxos contra cristãos assírios, e por aí fora. Mas todas essas correntes eram cristãs, embora muitas vezes não o reconhecessem nos outros e se acusassem mutuamente de não o serem. No islão é a mesma coisa: sunitas contra xiitas, salafitas contra sufis, todos a acusarem-se mutuamente de não serem verdadeiros muçulmanos. Porém, todos são muçulmanos, só que de correntes diferentes. No socialismo existem as mesmas guerras intestinas entre correntes distintas: anarquistas contra sindicalistas, marxistas contra proudhonianos e lassallianos, fascistas contra neomarxistas. Porém, todos reivindicando-se socialistas, todos a proclamarem-se os verdadeiros socialistas."

"Pois, entendi, mas... por que estamos a falar nisto, meu capitão?"

"Porque esta questão é central para o nosso trabalho", foi a resposta pronta. "Se o típico eleitorado socialista, as classes mais baixas, é suscetível de abraçar abertamente o nacionalismo e se a nossa estratégia passa por exacerbar o sentimento patriótico nas classes mais baixas, então inevitavelmente o eleitorado socialista é um eleitorado que nos interessa trabalhar para que possamos atingir os nossos fins. A união da ideia socialista com a ideia nacionalista, consumada em Itália, na Alemanha, na União Soviética e, na verdade, em todos os regimes socialistas que existem ou existiram, é verdadeiramente explosiva. A história o demonstra."

O olhar de Dimitri desviou-se para a grande sala onde se encontravam e passeou pela multidão de *hackers* envolvidos na operação para subverter o referendo no Reino Unido.

"Quer dizer que em Inglaterra, meu coronel, também é assim?"

"A mesmíssima coisa! Não se esqueça de que o fundador do partido fascista britânico, Oswald Mosley, foi governante trabalhista. Os nossos estudos mostram que o eleitorado mais suscetível de ser convencido a votar no Brexit é o eleitorado de classe baixa, são as pessoas do povo. O eleitorado do Partido Trabalhista britânico é especialmente seduzido pela mensagem do Brexit, tal como as pessoas da província que votam no Partido Conservador. Já os burgueses são um caso perdido, querem permanecer na União Europeia e nada os convence do contrário, nem vale a pena perder tempo a tentar persuadi-los." Voltou-se para o *hacker* ao lado deles. "Diz-me, Alexei, qual o público-alvo das mensagens que estás a enviar para o convencer a votar a favor do Brexit?"

"As classes baixas, senhor coronel. São sobretudo elas quem vota para sair da União Europeia."

A demonstração estava feita. O chefe da operação fez a Alexei sinal de que retomasse o seu trabalho, o que este fez imediatamente, e encaminhou o recém-chegado para o lugar que lhe tinha reservado.

"Agora não há tempo para mais conversa", disse. "Como já lhe expliquei, sendo este o dia do referendo no Reino Unido, estamos imensamente ocupados. Depois falaremos mais tranquilamente, pode ser?"

"O meu coronel manda", respondeu Dimitri prontamente. "Só tenho uma dúvida, não sei se a posso colocar."

"Diga."

"Somos só nós, os russos aqui em São Petersburgo, a fazer a campanha a favor do Brexit? Os ingleses não fazem nada no Reino Unido? Tenho ideia de que há organizações no Reino Unido que também trabalham a favor do Brexit..."

Um sorriso malicioso formou-se nos lábios do coronel Arsenyev.

"Estamos todos articulados, meu caro capitão. Nós e os ingleses, se é que me faço entender."

"Estamos articulados com os ingleses?"

"Com os nacionalistas ingleses pró-Brexit", especificou o chefe da operação. "O UKIP, por exemplo. O partido de Nigel Farage defende a independência do Reino Unido e lançou a campanha Leave.EU a favor do Brexit. Acontece que o nosso embaixador em Londres já teve encontros com os principais financiadores do UKIP e do Leave.EU e ofereceu-lhes... enfim, chamemos-lhes bons negócios na área do ouro e dos diamantes. Ora, ofertas destas envolvem sempre contrapartidas, não é verdade? Ninguém dá nada em troca de nada, como deve calcular."

A ironia daquela situação não escapou a Dimitri.

"Espere aí", disse, considerando o que acabara de ouvir. "O meu coronel está a insinuar que... que..."

"Os nacionalistas ingleses apregoam que querem proteger o Reino Unido dos estrangeiros, mas na verdade estão a conspirar a favor de interesses estrangeiros. Os da Rússia."

O recém-chegado ficou por um instante paralisado a contemplar a verdadeira amplitude do que estava ali a ser feito. Era enorme.

"Os nacionalistas britânicos sabem que estão a trabalhar conosco?"

"Eles têm encontros com os nossos diplomatas, capitão! E isso pelo visto não os preocupa nem um bocadinho. Clamam aos altos berros que são grandes patriotas, os eleitores deles acreditam que eles estão muito preocupados com o destino do Reino Unido, mas a verdade é que trabalham contra o seu país e em prol da Rússia."

Dimitri desatou-se a rir.

"Peço desculpa, meu coronel", disse quando se recompôs. "Isso é mesmo cômico."

"Não são só eles, capitão. Em França é a mesma coisa. Tal como na Hungria, na Áustria, em Itália, na América… por toda a parte. Os nacionalistas estão a cooperar conosco contra os seus próprios países, ao mesmo tempo que se dizem grandes patriotas."

Riram-se ambos.

Quando recuperou a compostura, o recém-chegado olhou de novo para os *trolls* do Shaltai-Boltai atarefados nos seus computadores.

"Por estranho que possa parecer, em Moscou nem sequer me disseram como se chama esta operação contra o Ocidente. Presumo que ela tenha um nome de código…"

Com um sorriso enigmático, o coronel Arsenyev virou-se e voltou para o seu gabinete, pois precisava de acompanhar os detalhes da operação em curso. Ao chegar à porta, contudo, voltou-se para trás e atirou-lhe a resposta.

"Caos."

XXXII

A leitura por Leroy Roderick de uma notícia relativamente inócua no News Feed do Facebook sobre o papa e a sua relação com o antecessor, que havia abdicado, levou a rede social a sugerir-lhe uma outra notícia sobre o chefe da Igreja Católica. Tudo o que tinha a ver com o cristianismo, mesmo o catolicismo, interessava à sua alma mística. Sempre fora com Betty à igreja aos domingos e, desde que ela morrera, buscava consolo em Jesus.

Em conformidade, Leroy clicou nessa nova notícia e foi confrontado com a revelação de que afinal "o papa anterior não abdicou". A informação intrigou-o. O papa anterior não abdicou? Estranhou e, curioso, pôs-se a ler a notícia. Descobriu que o atual papa era afinal um "antipapa" e fora ilegitimamente colocado à frente da Igreja Católica devido a uma conspiração para inocular o vírus das ideias liberais na mente dos católicos.

Leroy ficou boquiaberto.

"Ah! E esta?"

Nunca tinha ouvido falar em tal coisa em parte alguma. Mas estava nas notícias propostas pelo Facebook. Ora, o Facebook era uma fonte credível, não iria colocar notícias falsas no News Feed, como era evidente. Cada vez mais intrigado, procurou mais e descobriu notícias adicionais a revelarem outros detalhes desconhecidos e deveras perturbadores, designadamente que a cruz que o papa usava ao peito não era de Jesus crucificado, mas um símbolo satânico. Sentiu-se estupefato. O papa usava um símbolo de Satanás?!

Segundo essas notícias no News Feed do Facebook, havia rituais satânicos a decorrerem no Vaticano como resultado de uma vasta conspiração para subverter os normais valores dos cristãos em geral e dos católicos em particular. As declarações do papa a favor dos homossexuais, por exemplo, constituíam uma prova inequívoca de satanismo, pois encorajavam práticas que Deus explicitamente condenara quando destruíra Sodoma e Gomorra. Então Deus punira a sodomização como ato do Diabo e o papa não via nenhum mal nessa óbvia prática satânica dos homossexuais?

"Realmente..."

Estas revelações deixaram Leroy muito perturbado. Apesar de ser cajun e ter consequentemente origens católicas, não era católico. Mas continuava a ser cristão e a ir com os filhos todos os domingos à missa na sua igreja ainda com mais paixão desde o falecimento de Betty. Embora não reconhecesse o papa como o seu líder, tinha perfeita noção da importância do sumo pontífice para milhões e milhões de outros cristãos e não podia deixar de se sentir chocado ao ser confrontado com estas notícias tão desconcertantes.

Evidentemente que começou por se recusar a aceitar. Não podia ser. Se as notícias fossem verdadeiras, já outros meios de comunicação teriam falado no assunto, como era evidente. Mas a verdade é que todas as recomendações do Facebook o levavam a mais e mais informações sobre as graves conspirações que envolviam o papa. Eram muitas notícias a dizerem todas a mesma coisa. Poderiam tantas e tantas notícias, propostas pelo Facebook, serem todas falsas?

Decidido a tirar aquilo a limpo, saiu do Facebook e fez uma busca no YouTube. A rede social de vídeos remeteu-o primeiro para um vídeo a mostrar imagens ao vivo do Vaticano, algo perfeitamente inconsequente, mas na lista de sugestões para vídeo seguinte lá estava, em lugar bem proeminente, um vídeo intitulado "Por que o Anterior Papa Realmente Abandonou o Vaticano?", seguindo-se a sugestão do vídeo "Dez Segredos Que o Vaticano Nos Está a Esconder!". Eram tantos e tantos vídeos a revelarem coisas tão alarmantes sobre a Santa Sé que Leroy ficou sem saber o que pensar.

"Estes vídeos não podem estar todos errados..."

Voltou ao News Feed do Facebook e encontrou aí mais informação aterrorizadora sobre o Vaticano, incluindo muitas notícias sobre pedofilia na Igreja. Na verdade, já lera sobre o tema em jornais tradicionais e vira o mesmo assunto ser tratado na televisão, o que mostrava que as informações expostas no Facebook e no YouTube eram de fato corretas. Ora, se estas informações eram verdadeiras, as outras necessariamente também o seriam. A pedofilia andava à solta na Igreja, os rituais satânicos dos sodomizadores eram promovidos pelo próprio papa.

"Meu Deus!"

Tudo aquilo era muito grave. Ao prosseguir a sua leitura destas terríveis notícias no News Feed do Facebook, Leroy cruzou-se com outra informação espantosa, a de que a pedofilia não era um exclusivo da Igreja e estava instalada no coração do próprio poder político da América. Uma sucessão de informações nesta rede social dava conta de que o NYPD, a polícia de Nova York, encontrara provas de um esquema de tráfico humano em massa que envolvia crianças a serem violadas em Washington, DC, pela elite política. A fonte da informação era um agente do FBI, que não era identificado para o proteger em virtude da extrema sensibilidade do assunto.

Cada vez mais perturbado, fez uma busca e constatou que o tema estava a ser difundido por uma multiplicidade de *sites* de notícias, incluindo um chamado InfoWars e outros espalhados por todo o mundo. Uma das notícias revelava que no centro dessa vasta rede de tráfico humano para fins de pedofilia encontrava-se, nem mais nem menos, uma figura central na política dos Estados Unidos.

Hillary Rodham Clinton.

"*Holy fuck!*"

Uma coisa daquelas era absolutamente inacreditável. Hillary Clinton, mulher do ex-presidente Bill Clinton, secretária de Estado do presidente Barack Obama, candidata presidencial do Partido Democrata e a grande favorita para ganhar as eleições na América... comandava uma rede de tráfico humano e pedofilia?! Caramba, aquilo era explosivo! Pura pólvora! Não admirava que os meios de comunicação tradicionais estivessem em silêncio sobre um assunto tão grave. Tudo bem caladinho. Ah, não havia dúvida, as elites protegiam-se umas às outras!

As notícias do Facebook incluíam *links* para vídeos do YouTube, todos a dizerem a mesma coisa e a darem até mais pormenores. Várias notícias indicavam que, segundo a investigação do NYPD, Hillary Clinton geria a rede de pedofilia juntamente com o antigo congressista democrata Anthony Weiner, o qual aliás já tinha sido apanhado a enviar mensagens impróprias a uma menor. Também envolvida estava a mulher de Weiner, Huma Abedin, a qual, surpresa, surpresa, trabalhava para Hillary. Uma pandilha, pois.

Ao que parecia, poderia haver coisas altamente comprometedoras em alguns dos trinta mil *e-mails* privados da senhora Clinton. Como prova disso, uma das notícias referia uma estranha declaração de Donald Trump dirigida à Rússia. Procurou no YouTube essa declaração do candidato republicano à presidência e encontrou-a de fato.

Clicou no *link*.

"*Rússia, se estás a ouvir, espero que encontres os trinta mil* e-mails *que andam desaparecidos*", declarava Trump nesse vídeo. "*Penso que provavelmente serás fortemente premiada pela nossa imprensa*."

Leroy lembrava-se de ter visto nos noticiários da Fox News e nos jornais este inusitado apelo de Trump, o que demonstrava que todas aquelas incríveis notícias no Facebook e no YouTube eram verdadeiras. Os terríveis segredos de Hillary Clinton poderiam estar escondidos nos tais trinta mil *e-mails* desaparecidos.

"*Wow!* Grande bronca!"

Mas as surpresas não se ficavam por ali. O pior ainda estava para vir. Parece que, depois do apelo de Trump, os russos penetraram de fato no sistema informático do Partido Democrata e acederam aos *e-mails* aí escondidos. Esses *e-mails* foram publicados no WikiLeaks, uma fonte absolutamente segura, pois a sua idoneidade era garantida por um dos grandes paladinos mundiais da liberdade, o célebre Julian Assange. O conteúdo dos milhares de *e-mails* estava a ser analisado por especialistas e o que eles continham era uma verdadeira bomba.

A chave que desvendava o terrível segredo de Hillary Clinton fora encontrada nos *e-mails* do seu chefe de campanha, um tal John Podesta. Segundo as notícias do Facebook e os vídeos do YouTube, os *e-mails* do dito Podesta revelavam que havia uma pizzaria em Washington, DC, chamada Comet Ping Pong, em cuja cave as elites do país, em particular Hillary Clinton, se envolviam em práticas de tráfico humano e de pedofilia. Pior ainda, os *e-mails* forneciam provas de que ocorriam aí também rituais canibalísticos com crianças. Ou seja, os elementos da rede chefiada por Clinton comiam crianças!

Horrorizado com o que lia, Leroy deitou as mãos à cabeça.

"Meu Deus, meu Deus!", exclamou. "Em que mundo vivemos nós, meu Deus! Como é possível uma coisa destas?"

Começou a sentir palpitações. Estava muito ansioso e não era caso para menos. As notícias e os vídeos das redes sociais lembravam uma série de coincidências perturbadoras. Não era o marido de Hillary, o ex-presidente Bill Clinton, um mulherengo compulsivo? As histórias de Monica Lewinsky, de Juanita Broaddrick, de Paula Jones, de Leslie Millwee, de Kathleen Wiley e de tantas outras mulheres que o acusaram de assédio sexual ao longo de anos e anos eram a prova disso. O homem era um depravado! Um tarado sexual! E, pelo visto, a mulher dele, a bruxa Hillary, era ainda pior! Ou, se calhar, o Bill também estava metido naquelas práticas satânicas, quem sabe? De certeza! Ah, não havia dúvidas! O casal Clinton e as elites liberais que o sustentavam eram o diabo encarnado! E Washington a nova Gomorra! Pior, a nova Sodoma!

A ansiedade levava-o a ver mais e mais *posts*, notícias no News Feed e vídeos com informação adicional sobre o escândalo já conhecido nas redes sociais como Pizzagate. As notícias do Facebook e os vídeos do YouTube referiam que Podesta camuflava toda esta informação nos *e-mails* recuperados pelos russos sob uma linguagem codificada que as autoridades conseguiram descodificar. A polícia descobrira que o código das mensagens de Podesta recorria a palavras relacionadas com comida para se referir a crianças e a atividades sexuais envolvendo crianças. Por exemplo, a expressão "*cheese pizza*", pizza de queijo, cujas iniciais em inglês se escreviam cp, era afinal um código para "*child pornography*", ou pornografia infantil, cujas iniciais em inglês eram, atenção, cp. Coincidência? Nem pensar! Na verdade, nada nesses *e-mails* de Podesta estava redigido ao acaso. Também as palavras "pizza", "queijo", "*pasta*", "gelado" e "nozes", presentes nos mesmos *e-mails* de Podesta, constituíam na realidade palavras de código relativas a garotas, rapazes e prostitutos masculinos.

Tudo isto deixou Leroy à beira de uma apoplexia. Felizmente que vivia na Luisiana e não em Washington, DC, esse antro de depravação moral que envergonhava, traía e oprimia a nação. Imaginem se ele e a família residissem na cidade das elites, o que não poderia acontecer à sua Sally, a sua querida menina que ele tanto amava? O mais certo era ela cair nas mãos daquela rede satânica dos Clinton e acabar submetida a sevícias sexuais e outros horrores indescritíveis na cave do restaurante Comet Ping Pong. Mesmo Charlie não estaria seguro. Mas se Sally e Charlie estavam protegidos por se encontrarem na Luisiana, quem protegia as filhas e os filhos de todas as pessoas inocentes que viviam em Washington, DC?

Donald Trump, que Deus o protegesse, revelara-se o único político preocupado com esses crimes hediondos cometidos pelas elites pedófilas e satânicas. No fim de contas, não fora Trump quem apelara à Rússia para aceder aos *e-mails* de Hillary Clinton e dos outros democratas? Felizmente que ele alertara os russos para a situação, pois estes conseguiram mesmo encontrar os tais *e-mails*. Só assim foram descobertas as mensagens codificadas do sinistro Podesta, o moço de recados dos Clinton e da sua rede de pedófilos, canibais e veneradores do Demônio. Benditos fossem os russos! E graças a Deus por Trump! Quem diria que um palhaço cômico de um *reality show* um dia se revelaria um grande homem? E o que dizer de Putin, esse campeão da liberd...

O celular tocou; o visor do aparelho indicava *Sally*. Consultou o relógio e percebeu que eram já cinco da tarde.

"*Fuck!*"

Atendeu.

"Desculpa, desculpa, desculpa", disse antes que ela pudesse falar. "Estava aqui a fazer umas coisas e... perdi totalmente a noção do tempo. Desculpa."

"Pai, é já a terceira vez esta semana que te esqueces de me vir buscar à escola. Não me digas que passaste todo este tempo outra vez nas redes sociais..."

O esquecimento era embaraçoso.

"Uh... estava só a tratar de uns assuntos e... enfim, distraí-me e deixei passar as horas. Já vou sair, não te preocupes. Espera só um minutinho e já aí estou."

Desligou e saiu de casa a correr. A verdade é que se metera no Facebook e no YouTube pelas dez da manhã e nunca mais dali saíra, o que significava que passara sete horas consecutivas a ler notícias, a procurar *links* e a ver vídeos. Estivera tão absorvido a tomar conhecimento de todas aquelas gravíssimas informações que nem sequer se lembrara de almoçar.

A caminho da escola da filha, e uma vez que já não estava distraído na Internet, sentiu a fome apertar. Em bom rigor, muita fome. Fez um curto desvio para visitar o Burger King das redondezas, onde encomendou um hambúrguer com batatas fritas e uma cola. Ao regressar ao carro, apercebeu-se de que, ao lado do restaurante de *fast food*, havia um estabelecimento intitulado Sullivan's Gun Outlet. Uma loja de armas. Num mundo a tornar-se tão louco, com as elites a darem rédea livre aos pedófilos e aos imigrantes, era fundamental ter a capacidade de se defender.

Por que não ir lá comprar uma espingarda?

XXXIII

Os olhos verdes de Tomás Noronha fixaram-se longamente na inscrição encriptada que Sasha lhe tinha entregado, como se a simples força e intensidade do olhar tivesse o poder hipnótico de lhe arrancar o segredo e desvendar assim o mistério encerrado naqueles caracteres.

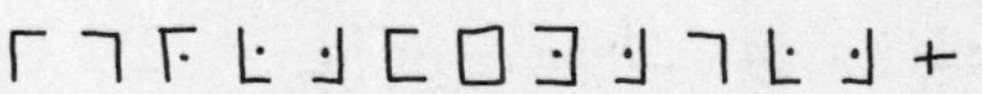

Momentos antes pusera a hipótese de se tratar de um alfabeto maçônico, mas a possibilidade pareceu-lhe remota. E, ao mesmo tempo, tremendamente lógica, considerando a nacionalidade do autor daquela charada.

Ninguém ignorava o peso da maçonaria nos Estados Unidos. Havia símbolos maçônicos nas notas de um dólar, designadamente o Grande Selo com a pirâmide e o olho do Grande Arquiteto. A mesma nota tinha inscritas expressões maçônicas em latim, como *annuit coeptis*, a providência favorece os nossos trabalhos, e *novus ordo seclorum*, a nova ordem dos tempos. Além disso, muitos estadistas americanos eram maçons, desde os pais fundadores, como George Washington e Benjamin Franklin, até a presidentes recentes, como Franklin Roosevelt, Harry Truman, Lyndon Johnson e Gerald Ford. Até Ronald Reagan e Bill Clinton tinham ligações à maçonaria.

Aquele era o caminho.

Empoleirou-se numa estante e foi buscar à última prateleira do topo do armário um velho livro que, na sua juventude, adquirira num antigo alfarrabista do Bairro Alto, em Lisboa. Analisou o volume. Presumivelmente havia sido mandado imprimir pelo Grande Oriente Lusitano. Tratava-se de um livro grosso e poeirento, a capa dura já gasta e corcomida, as páginas amareladas, o interior com a lista dos códigos maçônicos. Lembrava-se de na altura o ter folheado, fascinado, mas era ainda jovem e depressa a sua atenção se desviara para outras descobertas. Naturalmente não retivera na memória os pormenores do que naquelas páginas lera.

Sentou-se à mesa e abriu o volume. O cheiro adocicado pelo tempo envolveu-o com a sua magia, como um perfume maturado pelos anos. Qual o historiador que não sentia prazer ao experienciar aquele odor? Começou pelo sistema Rosa Cruz e Kadosh. Constatou que tinha algumas semelhanças desconcertantes com os caracteres da charada, não havia dúvida, mas não era evidentemente a mesma coisa. Interessado, virou mais algumas páginas.

À quinta parou, congelado.

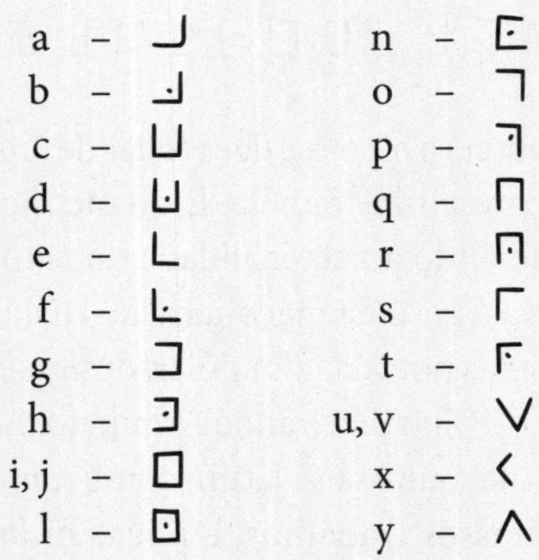

"É isto!"

Verificou a referência. Tratava-se do sistema francês do alfabeto maçônico. Olhou para a charada e depois para a página dos códigos maçônicos com a correspondência entre os símbolos maçônicos e o alfabeto latino e depois para a charada outra vez, comparando-os sempre. Os caracteres dos símbolos maçônicos eram iguaizinhos aos da charada.

Encontrara!

Excitado, pegou num lápis e começou a rabiscar freneticamente numa folha, estabelecendo sucessivamente as correspondências entre a chave do código do sistema francês do alfabeto maçônico e a charada que Sasha lhe havia entregado em Moscou. Por baixo de cada caractere da charada inseriu a letra latina correspondente ao código.

Por fim, apreciou o resultado.

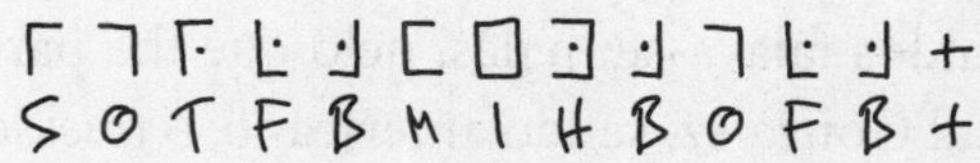

Coçou o queixo, pensativo.

"Hmm..."

Não era aquilo. Que ele soubesse, SOTFBMIHBOFB+ não queria dizer absolutamente nada. Ou quereria? Podia ser que se tratasse de uma mensagem cifrada dentro de uma mensagem codificada, quem sabia? Gastou uma boa hora às voltas com aquela sequência de letras, buscando uma qualquer combinação que conduzisse a um sentido. Rearranjou as letras em busca de anagramas, embora a existência de apenas três vogais constituísse um forte indício de que não se tratava de nenhum anagrama; ainda testou a cifra de César, mas percebeu que sem conhecer a chave seria impossível.

Nada arrancou dali.

Decidiu voltar ao princípio. Onde estava a falhar? Talvez o melhor fosse pôr-se na cabeça do autor da charada e tentar pensar como ele. O problema é que não sabia nada desse autor. Ou, pelo menos, muito pouco. Sasha dissera-lhe que esse Gonzalez, o homem que lhe ficara com o *smartphone*, pertencia às milícias trumpistas. Isso significava duas coisas: ou era alguém com experiência militar, um fuzileiro ou um antigo operacional de forças especiais, e aí nada conseguiria porque esses dominavam as cifras militares e usariam sempre chaves e sistemas complexos; ou era alguém mais simples, e consequentemente usaria sistemas simples.

Acontece que Sasha, com base numa impressão momentânea, indicara tratar-se de fato de alguém simples. Um simplório, chamara-lhe.

Se assim era, teria de explorar soluções simples. Ao ver a sequência incompreensível que era a mensagem descodificada através do sistema francês do alfabeto maçônico, presumira que estava perante uma cifra dentro de um código. Mas, se fosse mais simples, essa presunção podia estar errada. Nesse caso, tratava-se de um código, embora claramente não o do sistema francês.

Desatou a folhear o livro. Deu com o sistema inglês do alfabeto maçônico, na verdade com símbolos exatamente iguais ao francês. Nos Estados Unidos falava-se inglês, pelo que lhe pareceu altamente provável que o tal Gonzalez, sendo americano, o tivesse utilizado. Isso animou-o. Estava perto da solução. Sentia-o. O sistema inglês do alfabeto maçônico era a chave.

Animado, estabeleceu com o lápis as respectivas correspondências. Quando terminou, observou o resultado.

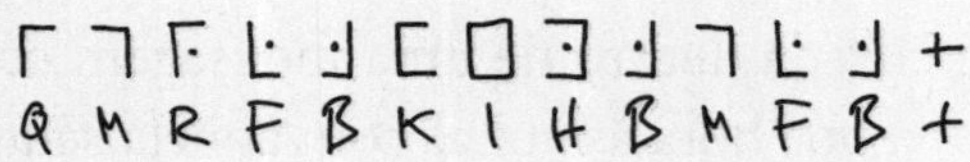

Suspirou.

Também não era isto. Abanou a cabeça, frustrado. Acreditara mesmo no sistema inglês, mas afinal não era a chave. Voltou a folhear o livro e constatou que o sistema alemão também tinha o mesmo alfabeto maçônico. Ora, o alemão, se bem se lembrava, não fora escolhido como língua dos Estados Unidos por apenas um voto. Grande parte da população americana era de origem alemã, e não lhe pareceu disparatado presumir que muitos desses americanos tinham mantido uma ligação maçônica com raízes e tradições alemãs. O que elevava, e muito, a probabilidade de ser aquele o sistema certo.

Efetuou as correspondências entre a charada que Sasha lhe entregara e o sistema alemão. Por fim, apreciou o resultado.

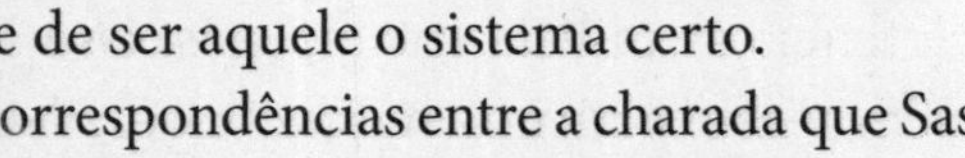

A solução era exatamente igual à do sistema francês. Ou seja, não dera em nada. Foi folheando as páginas e ensaiando todos os sistemas do alfabeto maçônico, mas nenhum resultava. Quando chegou ao fim, não sabia o que fazer. A charada estava efetivamente codificada em alfabeto maçônico, sobre isso não havia dúvidas. O fato de se tratarem dos mesmos caracteres atestava-o. E, no entanto, nenhum dos sistemas conseguira descodificá-la. Seria sinal de que havia de fato uma cifra dentro do código? Uma coisa dessas parecia-lhe demasiado sofisticada para um simplório, mas era o que a evidência sugeria.

A menos que…

Ocorreu-lhe que havia um sistema que não experimentara. O português. Ao folhear o livro passara por cima dele, pois evidentemente ninguém na América o usaria, mas era a última hipótese que lhe restava. Por descargo de consciência, decidiu ensaiá-lo. Sem grande esperança, rabiscou com o lápis as respectivas correspondências e, no final, contemplou o resultado.

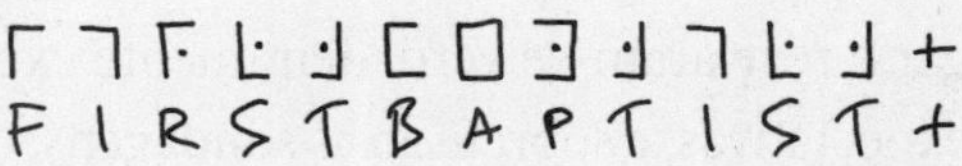

Ficou por um momento sem reação, parado a olhar para a solução, a tentar descortinar o verdadeiro alcance do que acabara de descobrir. O sistema funcionara.

Arrancara enfim o segredo da charada.

Mas o mais estranho não era isso. O mais bizarro, o que verdadeiramente o intrigou, foi o sistema que o tal simplório americano escolhera para codificar a sua mensagem.

Ele escolhera o sistema *português*?

O celular tocou nesse instante. Tomás carregou no botão verde e atendeu.

"Está sim?"

"*Tomás? Socorro!*"

Era Maria Flor.

XXXIV

O champanhe jorrava das garrafas e a vodca também, a música de *rock* russo soava aos altos berros e até serpentinas voavam pelo ar, tal a atmosfera de festa que nessa manhã se vivia no escritório onde o FSB havia montado a sua operação. O ambiente que rodeava o capitão Dimitri Chernyshev era de absoluta euforia, com toda a gente a dançar e a rir no escritório. Não era caso para menos. As notícias do Reino Unido tinham acabado de chegar e revelaram-se verdadeiramente explosivas. Contrariando todas as expectativas, e sobretudo as sondagens, o Brexit ganhara!

Com as taças a transbordarem de champanhe, todos na grande sala daquele edifício anônimo de São Petersburgo ergueram os braços bem alto e, inebriados pela alegria, pelo álcool e pelo patriotismo, desataram a entoar em coro a palavra mágica que nessa manhã lhes bailava nos lábios e lhes animava os corações.

"Rús-si-a! Rús-si-a! Rús-si-a!"

Havia sido uma grande vitória para a Rússia, uma das suas maiores na guerra silenciosa que o Kremlin declarara ao Ocidente sem que este disso se tivesse ainda apercebido. Naquela atmosfera de alegria louca, que se espalhava nesse momento pelo país inteiro como chama em palha seca, impunha-se a palavra certa.

Pousando a sua taça de champanhe, o coronel Mikhail Arsenyev subiu para cima de uma mesa e, plantado nas alturas, encarou a sua equipe de *trolls* e *hackers* de mãos à ilharga, como um general encara as tropas após uma batalha árdua mas vitoriosa.

"Rapazes, ganhamos!", urrou, erguendo alto o punho triunfante. "Ganhaaamos!"

"Rús-si-a! Rús-si-a! Rús-si-a!"

"É um grande dia para a nossa pátria bem-amada!", exultou, galvanizado por aquela retumbante e espetacular vitória. "Começou hoje o colapso do Ocidente! Iniciou-se esta manhã o desmembramento da União Europeia! Cartago vai cair e Roma triunfará!" Apontou para os adolescentes que enchiam a sala. "E vocês, rapazes, vocês foram a ponta do aríete!"

"Rús-si-a! Rús-si-a! Rús-si-a!"

"Onde na Grande Guerra Patriótica enfrentamos o inimigo com balas, hoje enfrentamo-lo com *likes*! Onde na Grande Guerra Patriótica atacamos o inimigo com canhões, hoje atacámo-lo com *tweets*! Onde na Grande Guerra Patriótica derrotamos o inimigo com tanques, hoje derrotámo-lo com *memes*! As armas são diferentes, mas a vitória é nossa! É nossa!"

"Rús-si-a! Rús-si-a! Rús-si-a!"

"Saboreemos, pois, este grande momento. Hoje é dia de celebrarmos." Baixou ligeiramente o tom de voz, para introduzir alguma sobriedade ao seu discurso. "Mas a guerra, rapazes, ainda mal começou. Esta foi apenas uma batalha. Uma grande batalha, é verdade, mas uma batalha. Que não haja ilusões, a tarefa é árdua e há muito trabalho pela frente. Porém, ninguém duvide: esperam-nos dias de glória. Vocês são a nossa tropa de choque, a elite que começou a desorganizar as linhas inimigas e que irá ainda desferir-lhes o golpe fatal. O melhor, mas também o mais difícil, ainda está para vir. Regozijemo-nos, por isso, com o que hoje alcançamos. O momento é para festejar. Amanhã, recomeça a luta. Vamos preparar-nos para o maior de todos os combates, a grande batalha que nos espera." Voltou a erguer a taça de champanhe. "Viva o nosso chefe, Vladimir Putin!"

"Viva!"

"Viva a pátria amada!"

"Viva!"

"Viva a Rússia!"

"Rús-si-a! Rús-si-a! Rús-si-a!"

Quando o coronel Arsenyev terminou o discurso e desceu da mesa, passou por entre os *trolls* do Shaltai-Boltai que se haviam tornado as Spetsnaz da Internet e veio ter com Dimitri Chernyshev.

"Parabéns, meu coronel", saudou-o o adjunto. "Foi realmente uma grande vitória."

"Obrigado, capitão. O senhor só ontem cá chegou, mas de algum modo este triunfo também lhe pertence." Fez um gesto a indicar o seu gabinete. "Venha daí, precisava de lhe dar uma palavrinha."

Encaminhou Dimitri para o compartimento. Uma vez no interior, fechou a porta. Os piratas informáticos continuavam aos pulos lá fora, claramente visíveis e audíveis através dos enormes vidros do gabinete, mas grande parte do tumulto da festa fora abafada pela porta cerrada.

Garantida a privacidade, o coronel Arsenyev sentou-se no seu lugar, ligou o computador e fez sinal ao subordinado para que se abeirasse dele. Entrou no sistema informático do FSB, digitou uma série de palavras de código e acedeu a uma categoria de documentos classificados como sendo de alta confidencialidade.

"O que o capitão vai agora ver é unicamente para os seus olhos", avisou. "Moscou autorizou que tenha acesso a este documento, o que é raro para alguém acabado de entrar na agência e só se explica pelas suas funções. Mas não o pode mostrar a ninguém, entendeu? A ninguém."

"Fique descansado, meu coronel."

O chefe da operação clicou num ícone e um documento imediatamente encheu a tela. No topo estava o símbolo do FSB e, carimbadas a vermelho na página de rosto, as letras OB. Ambos sabiam que se tratavam das iniciais de Особой Важности. *Osoboy Vazhnosti*. Ou seja, e literalmente, *Particularmente Importante*. O equivalente russo ao inglês *Top Secret*. O nível máximo de confidencialidade.

No centro da página de rosto, também em cirílico, apenas duas palavras a servirem de título.

Протокол Хаоса

Dimitri estreitou as pálpebras.

"Protokol Kaosa?"

"O Protocolo Caos", confirmou o coronel Arsenyev. "É neste documento que se baseia toda a nossa operação. Apesar de esta ser uma missão do FSB, nós os dois somos os únicos chequistas a operar neste edifício. É por isso que decidimos mostrar-lhe este documento de máxima confidencialidade. Não posso estar constantemente neste escritório, vinte e quatro horas por dia, sete dias por semana, trinta dias por mês. Não é humanamente possível. Doravante vamos ambos trabalhar por turnos, revezando-nos um ao outro para controlar estes *hackers* e *trolls* do Shaltai-Boltai. Estou a dar-lhe acesso ao Protocolo Caos para que o leia e o consulte sempre que precisar de orientação quando eu cá não estiver. Insisto que ninguém mais pode ter acesso a este documento, compreendeu?"

"Sim, meu coronel."

O superior hierárquico fitou-o com intensidade, enfatizando assim a importância do que lhe estava a dizer.

"Se o protocolo for parar a mãos erradas devido a negligência sua, haverá consequências graves. Está claro?"

No contexto do FSB, aquelas palavras constituíam uma ameaça muito clara.

"Sim, meu coronel."

Tendo-se assegurado de que a mensagem havia sido mesmo entendida, passou-lhe um envelope selado.

"Estes são os códigos de acesso à página onde se encontra o protocolo. Abra e memorize-os."

"Agora?"

"Sim, agora."

Dimitri rasgou o sobrescrito pela borda e retirou o papel nele inserido. Tinha três linhas de código impressas a letra de computador. Levou dois minutos a memorizá-las e a testar a fiabilidade da sua memória, como lhe haviam ensinado no curso de formação do FSB. Quando se deu por satisfeito, devolveu o papel ao chefe e este destruiu-o numa máquina própria para eliminar documentos.

"Pode voltar para a festa."

O olhar de Dimitri percorreu o grupo que cantava, dançava e bebia na grande sala para lá do gabinete do chefe. No meio daquele ambiente de celebração efusiva, porém, percebeu que uma pessoa permanecia serena, na verdade alheada dos festejos. Tratava-se de um homem pálido, de barba e cabelo ruivo, óculos e terno escuro muito aprumado, sentado a um canto a estudar documentos como se tudo o que acontecesse à volta nada tivesse a ver consigo.

Apontou para ele.

"Meu coronel, quem é aquele sujeito?"

O coronel Arsenyev olhou na direção indicada e, ao perceber a quem o seu subordinado se referia, sorriu.

"É o nosso inglês."

Ainda na véspera o chefe da operação tinha referido a presença de um inglês naquela operação. Pois ali estava ele, destacando-se de fato de todos os demais.

"Se é inglês e se o voto no Brexit ganhou, por que não está ele a celebrar?"

"Porque para ele isto não tem nada a ver com patriotismo, mas com profissionalismo. O tipo trabalha para quem lhe paga, não para causas."

"O inglês não acredita no Brexit?"

"Ele acredita se lhe pagarmos para acreditar."

Dimitri sorriu.

"Lênin é que tinha razão, hem? Se quisermos enforcar um capitalista, ele até a corda nos venderá para fazer algum dinheiro, mesmo que à custa do seu próprio enforcamento."

"Chamam a isso profissionalismo."

Os dois homens do FSB ficaram um momento a contemplar o inglês ruivo, que lia, muito concentrado, o que estava escrito nos documentos nas suas mãos.

"O que está ele a fazer, meu coronel?"

"A preparar a próxima missão", foi a resposta. "O Brexit foi apenas o tubo de ensaio, capitão. O que vem agora aí será a maior de todas. Já estamos a trabalhar nela há alguns anos, mas amanhã entramos na última fase da operação."

"A qual é...?"

O coronel Arsenyev indicou com o polegar o computador, claramente a referir-se ao documento confidencial que acabara de mostrar ao seu subordinado.

"A destruição da América."

XXXV

A salvação da América.

Era nisso que Leroy Roderick pensava enquanto o seu olhar permanecia colado à fachada do Sullivan's Gun Outlet. Com o drama das crianças traficadas em Washington fortemente presente no seu espírito, hesitava sobre o que fazer. Deveria entrar na loja de armas e preparar-se para salvar a América ou seria mais avisado simplesmente voltar para o carro e ir buscar Sally à escola? Embora fosse a favor do acesso às armas, pois considerava o direito à autodefesa uma das pedras basilares dos direitos cívicos e da proteção das liberdades individuais dos americanos, o fato é que nunca se interessara verdadeiramente por armas. Ele era um homem da pesca, não da caça; preferia o *bayou* à floresta.

É certo que, como qualquer americano do Sul, Leroy guardava em casa a sua pistola de estimação. Porém, à luz do que se estava a passar na América e no mundo, percebeu que isso não chegava. Quando a pedofilia se espalhava pela própria Igreja e até o papa ostentava símbolos satânicos, como não seria em todo o resto? Quem protegeria os seus filhos, e os restantes concidadãos americanos, das redes pedófilas que agiam na sombra? E quem os protegeria dos imigrantes violadores que se começavam a ver por toda a parte? Não lia ele no News Feed do Facebook e via no YouTube uma enxurrada de notícias sobre a invasão da América pelas hordas de estrangeiros oportunistas e violentos?

Donald Trump, que Deus o protegesse, fora o único político americano que tivera a coragem de enfrentar os ditames das elites liberais e chamar a atenção para o problema, pois com toda a probabilidade acedera a informação confidencial que os meios de comunicação tradicionais, em conluio com as elites, se recusavam a noticiar. Tudo aquilo era de tal modo preocupante que sentiu necessidade de reforçar os seus meios de defesa.

Venceu a breve indecisão e entrou no Sullivan's Gun Outlet. As vitrinas no interior da loja enchiam-se de pistolas, caçadeiras, facas e espingardas automáticas; eram armas por toda a parte, incluindo poderosas semiautomáticas de assalto. Esteve tentado a apreciá-las uma por uma, mas estava com pressa, uma vez que a filha o aguardava na escola. Dirigiu-se por isso diretamente ao homem que se encontrava ao balcão.

"Boa tarde, será que me pode dizer qual é a melhor arma que tem aqui na loja?"

O homem, um indivíduo corpulento com grandes barbas grisalhas e um boné na cabeça, encolheu os ombros.

"Depende do que procura, amigo. Pistolas, caçadeiras, espingardas semiautomáticas?"

Já tinha uma pistola e as caçadeiras não lhe interessavam; disparavam tiro a tiro e tinham de ser constantemente carregadas. Pretendia antes algo que pudesse largar rajadas; além de mais eficaz, parecia-lhe mais intimidatório para quem tentasse meter-se consigo ou com a sua família. Porém, teria de ser uma arma que fosse facilmente transportável e que pudesse explicar se as autoridades o interceptassem e o questionassem.

"Estava a pensar numa semiautomática que seja leve e que possa passar por arma desportiva", indicou. "Tem por acaso alguma que obedeça a esse perfil?"

O responsável da loja desapareceu por uma porta, presumivelmente para ir ao armazém das traseiras. Regressou três minutos mais tarde com o que parecia ser uma metralhadora ligeira de aspecto poderoso, daquelas que nos filmes de ação de Hollywood se viam nas mãos dos *marines* ou mesmo dos Navy Seals. Pousou-a sobre o balcão e encarou o cliente.

"Esta é uma *AR-15*", anunciou. "É fabricada pela Colt e foi originalmente concebida para substituir a famosa *M14* da Guerra do Vietname.

Tem munições de calibre NATO, equipara-se à *M16* militar e dispõe de mira telescópica. A venda ao grande público chegou a estar restringida pela lei de proibição de venda de armas de assalto, mas a National Shooting Sports Foundation declarou-a espingarda desportiva e, desde então, tornou-se a arma favorita dos americanos. Os sacanas dos liberais continuam a tentar proibir a sua venda, mas graças a Deus que a NRA tem atuado com eficácia no Congresso e, até ao momento, conseguiu protegê-la."

A NRA era a National Rifle Association, a principal organização dos americanos que usavam armas.

"Ah, pois! As elites andam sempre a ver se nos desarmam para que não nos possamos defender."

"Pode crer, *buddy*", concordou o homem da loja. "Já viu esta escandaleira do Pizzagate? Se os pais dos meninos em Washington, DC, estivessem armados, ninguém se meteria com eles. Mas como não têm armas, não se podem defender e... e é isto!"

"Ah, é horrível! Não há ninguém que vá lá salvar os putos. Nem a polícia!"

"Pobres criancinhas..."

Estavam plenamente sintonizados quanto a este terrível problema e não era preciso dizer mais nada. Os verdadeiros homens, costumava Leroy dizer, não falavam – faziam. Pegou na *AR-15* e experimentou-lhe o peso; pareceu-lhe suficientemente leve e manejável. O sistema de tiro era simples. Testou a mira e tudo se apresentava funcional.

"Parece boa."

O homem ao balcão indicou com o polegar as traseiras do estabelecimento.

"Temos uma carreira de tiro lá atrás", revelou. "Quer experimentá-la com fogo real?"

"Não vale a pena. Fico com ela. Precisava era de duas caixas de munições."

O responsável da loja deu-lhe indicações sobre o manejo da *AR-15* e passou-lhe o respectivo manual de instruções, recomendando-lhe uma leitura atenta. O cliente preencheu os papéis devidos, designadamente o formulário 4473. A verificação da sua elegibilidade para adquirir a espingarda semiautomática, processo designado NICS, foi completada em alguns minutos. Obteve a licença, pagou e levou a arma de assalto e as munições fechadas num grande saco verde-escuro. Quando chegou ao carro, abriu o bagageiro e depositou aí o saco.

A seguir foi buscar Sally. Como era previsível, a filha vinha irritada com o novo atraso e passou a viagem até casa a protestar pelo esquecimento do pai. Leroy permaneceu todo o tempo calado, dizendo que sim com a cabeça, mas perdido nos seus pensamentos. As coisas que nos últimos tempos, e em particular nesse mesmo dia, descobrira nas redes sociais haviam-no deixado profundamente chocado.

O serão foi também passado em silêncio, o que suscitou a estranheza dos filhos. Charlie chegou a perguntar-lhe se se sentia bem, ao que o pai respondeu estar simplesmente cansado. Leroy foi deitar-se mais cedo, invocando justamente esse cansaço, e estendeu-se na cama a ler o manual de instruções da semiautomática de assalto que comprara no Sullivan's Gun Outlet.

Pela meia-noite, desligou a luz. Mas não conseguiu adormecer. Sentia-se ainda demasiado perturbado com tudo o que lera e vira na Internet, sobretudo o sofrimento das crianças que haviam caído na rede de pedofilia e canibalismo dos Clinton. Coisa incrível, aquela. As elites estavam muito preocupadas com os direitos das minorias, não se cansavam de falar nelas e de ofender quem quer que beliscasse por palavras as suas tão questionáveis políticas. Mas, para as elites, pelo visto apenas os imigrantes, os homossexuais e as feminazis tinham direitos. Os restantes americanos não importavam; não passavam de lixo. E os filhos deles eram lixo também. Pior, meros instrumentos das suas perversões sexuais.

Se os adultos se podiam armar para se defenderem, pois as elites ainda não tinham conseguido proibir o acesso do cidadão comum às armas, o que dizer das crianças, todas elas inocentes e indefesas? Quem poderia valer aos mais pequenos? Foi a pensar nessas crianças que resvalou para o sono. E foi no sono que teve a ideia de agir.

XXXVI

O vozear furioso da multidão em cólera ouvia-se à distância. Depois de sair apressadamente de casa, Tomás Noronha meteu pela calçada em passo de corrida e encaminhou-se para o local de onde vinha o burburinho tenso da turba. O seu destino situava-se mesmo perto de casa, a um curto quarteirão de distância. Ia alarmado, pois o telefonema que dois minutos antes recebera de Maria Flor a gritar por socorro revelara-a totalmente em pânico.

O que diabo se estaria ali a passar?

Ao dobrar a esquina, deparou-se com um aglomerado à porta do Tavares, um restaurante tradicional de cozinha portuguesa situado na rua perpendicular; ele próprio por vezes ia ali almoçar ou encomendar um *takeaway* para o jantar. Vários homens encostavam a cara à vitrina a espreitar para o interior do estabelecimento, mas a maior parte das pessoas limitava-se a deambular por ali, aparentemente a vigiar o edifício ou agarrada aos celulares a convocar mais gente.

Atravessou a rua e mergulhou na multidão.

"Essa cabra tem de pagar", vociferava um dos homens, pelo sotaque um brasileiro. "Que desaforo!"

"Temos de pegar ela", defendia uma mulher, também brasileira, claramente exaltada. "A moleca não vai ficar rindo não! Não vou ficar aqui bancando boba!"

Eram pelo visto todos brasileiros e estavam furiosos. O recém--chegado foi abrindo caminho por entre eles até chegar à entrada do restaurante. Deu com a porta trancada, cadeiras e mesas do outro lado a bloquearem a passagem de modo a impedirem que a entrada fosse forçada. As pessoas que se encontravam no interior do estabelecimento, incluindo Maria Flor, estavam pelo visto entrincheiradas lá dentro.

Reavaliou a situação e congeminou um plano. Recuou e voltou para o outro lado da rua. Quando sentiu que se encontrava a uma distância segura da multidão, e suficientemente distante de ouvidos indiscretos, pegou no celular e ligou para a mulher. A voz de Maria Flor soou ansiosa do outro lado da linha.

"*Já chegaste?*"

"Estou cá fora. Podem abrir a porta ao meu sinal?"

"*Não pode ser, Tomás. E se eles entram?*"

"Eu trato disso. Quando ouvirem cinco batidas seguidas, significa que sou eu. Abram a porta, eu entro e fechem-na logo a seguir."

"*Tens a certeza de que eles não entram?*"

"Confia em mim."

Disse-o com determinação, mas em bom rigor não sentia a confiança que as suas palavras sugeriam. Depois de desligar, voltou a atravessar a rua e a meter-se pela multidão, abrindo de novo caminho por entre as pessoas. A diferença é que, desta feita, não foi discreto.

"Abram alas!", disse em voz alta. "Polícia! Abram alas!"

A turba foi deixando-o passar, mas as atenções voltaram-se inevitavelmente para ele.

"Você vai pegar essa assassina?"

"Tem de a levar para a delegacia e fechá-la por muitos anos!"

"É uma criminosa, cê ouviu? Pega ela, seu policial! Pega ela! A moleca tem de pagar pelo que fez!"

Agindo com os modos de um agente da autoridade à paisana, Tomás chegou à porta e bateu cinco vezes.

"Polícia!", vociferou. "Em nome da lei, abram a porta!"

A vozearia prosseguia em redor, mas o tom foi mudando à medida que as pessoas foram desconfiando por verem ali um agente sem farda.

"Ué, você é mesmo policial?"

"Cadê o crachá?"

Voltou-se para o espaço em redor, sempre na pose autoritária de um policial em cumprimento dos seus deveres.

"Para trás! Para trás!", ordenou com um gesto imperial. "Não há nada para ver! Quando aparecer o carro celular, abram alas para eu levar a suspeita. Quem interferir na ação das autoridades será igualmente detido, identificado e autuado na esquadra. Para trás! Recuem, recuem!"

Nesse instante, a porta do restaurante entreabriu-se e Tomás enfiou-se pela nesga, entrando no estabelecimento. A porta foi imediatamente fechada e de novo trancada, as mesas e as cadeiras recolocadas a bloquear a passagem. Fazia escuro no restaurante, pois as luzes tinham sido desligadas para impedir que a multidão visse o que se passava no interior, mas o recém-chegado reconheceu o dono, o senhor Tavares, e os seus dois empregados; todos transpiravam abundantemente e estavam armados com facas de cozinha.

"A minha mulher?"

"Elas estão na cozinha, professor Noronha. O senhor acha que aqueles malucos vão partir a janela para entrar?"

O recém-chegado olhou para o dono do restaurante e depois para a turba que se concentrava, furiosa, diante do estabelecimento. Tudo o que os separava era uma janela. O vidro, sabia, constituía uma das barreiras mais frágeis que se podiam conceber.

"Tudo é possível."

XXXVII

A véspera tinha sido de festa no escritório em São Petersburgo por causa da vitória do Brexit, mas aquela era uma página já virada e o novo dia trazia um novo capítulo, o início de uma operação ainda maior. O coronel Mikhail Arsenyev tinha recomendado ao capitão Dimitri Chernyshev que fosse conversar com o inglês contratado para os ajudar, pelo que nessa manhã, quando entrou no escritório, o novo recruta do FSB pediu ao chefe que os apresentasse.

"Alastair, este é o capitão Chernyshev", disse o coronel em inglês. "Ele será o meu adjunto nesta operação. Está autorizado a passar-lhe toda a informação classificada sobre a sua atividade conosco." Voltou-se para o seu subordinado. "Capitão, apresento-lhe Alastair Hayes, que contratamos à Cambridge Analytica."

"Cambridge?", admirou-se Dimitri, cumprimentando o britânico. "Devo presumir que trabalha na célebre universidade?"

"A Cambridge Analytica nada tem a ver com a Universidade de Cambridge, *I'm afraid*. Nem sequer está relacionada com a cidade de Cambridge. O nome Cambridge Analytica foi concebido unicamente para convencer um importante cliente americano ligado a Donald Trump, um tipo chamado Steve Bannon, de que se trata de uma organização associada à universidade, mas não é assim. Na verdade, a Cambridge Analytica é uma operação do SCL Group, uma empresa privada especializada em *psyops*, as operações psicológicas militares. O SCL Group trabalha sobretudo com os serviços secretos britânicos."

Apanhado em contrapé com esta última informação, o homem do FSB quase deu um passo atrás.

"Os... os serviços secretos britânicos?"

"E, já agora, o SCL Group também trabalha com o exército britânico."

Dimitri atirou um olhar para o seu chefe, como se se quisesse certificar de que não havia ali nenhum engano. O coronel Arsenyev sorriu como quem estava a achar graça à reação do subordinado. Como era evidente, a verdadeira natureza e ligações da Cambridge Analytica não lhe eram desconhecidas.

Mais tranquilizado, mas ainda na dúvida quanto ao que ali se estava a passar, Dimitri voltou a encarar o seu interlocutor.

"Diga-me, senhor Hayes, o que está um espião inglês aqui a fazer exatamente?"

Alastair abanou a cabeça.

"Receio que esteja equivocado, senhor capitão", corrigiu-o. "Não sou nenhum espião. Não passo de um simples consultor privado especializado em *psyops*. O SCL Group é uma empresa privada e a sua criação, a Cambridge Analytica, também. Trabalhamos para clientes muito diversificados, estatais ou privados, britânicos ou estrangeiros. Não temos preconceitos. Fomos contratados para a campanha a favor do Brexit e creio, considerando os resultados, que o dinheiro que nos pagaram pode ser dado como bem empregue. Mas a campanha do Brexit não passou de um ensaio para algo bem maior e mais importante: a campanha presidencial americana. Veremos o que conseguiremos fazer para satisfazer o cliente que me contratou, vocês, e eleger a pessoa que me pediram para eleger: Donald Trump."

Estava assim claramente definido o objetivo da missão que se seguiria ao Brexit.

"Mas qual é exatamente a sua função no quadro desta nossa operação aqui em São Petersburgo?"

"Defino alvos."

"O que entende por alvos? Alvos de quê?"

Como em resposta, o britânico pôs de lado os documentos que estava a ler e ligou o computador. Nada melhor do que uma demonstração para explicar as suas funções.

"Escolha um estado americano."

"Perdão?"

"Escolha um estado americano. Califórnia, Colorado, Nebraska… escolha um."

Dimitri ponderou um nome. Sempre gostara de *westerns*, pelo que se lhe impôs naturalmente um estado.

"Texas."

Alastair googlou de imediato um *link* no Texas. Tratava-se da lista telefônica dos residentes nesse estado do Sul dos Estados Unidos. Uma interminável fila de nomes encheu a tela.

"Agora escolha um nome."

O olhar de Dimitri fixou-se numa linha ao acaso e apontou para ela.

"Este aqui."

A linha indicava *Aaron Hall Anderson*. O consultor rabiscou o nome numa folha ao lado e saiu da lista telefônica. A seguir entrou num sistema com o logotipo da Cambridge Analytica, evidentemente a sua base de dados, e digitou o nome que anotara.

Aaron Hall Anderson

Imediatamente formou-se na tela um vasto dossiê com informação detalhada sobre a pessoa em causa. A fotografia mostrava um idoso de cabelos totalmente brancos, rosto enrugado e óculos muito graduados. Aaron Hall Anderson era um aposentado de setenta e quatro anos que trabalhara como técnico de manutenção em várias empresas ligadas ao ramo petrolífero no Texas, todas elas enumeradas. Ficara viúvo uns anos antes e tinha dois filhos, um a viver em Houston e o outro em Dallas. Apesar da idade, ainda devia 127 mil dólares ao First Bank Texas pela hipoteca da sua casa em Fort Worth, onde residia. Os restaurantes que mais frequentava eram o Wicked Butcher e o Ol' South Pancake House, na cidade onde vivia. Para saber as notícias, consultava sobretudo o *site*

Breitbart News e via o canal de televisão Fox News numa média de cinco horas por dia. Sofria de artrite e dois anos antes fora-lhe diagnosticado um câncer da próstata com uma classificação Gleason 3+3, com indicação médica de que não era para operar nem tratar com radioterapia, mas apenas vigiar. Tinha duas armas em casa, um revólver *Smith & Wesson* de calibre 45, modelo *625 JM* em aço, e uma espingarda automática de assalto *Colt ACR*. Pormenor que parecia destoar, praticava ioga três vezes por semana na Bumble Bee Yoga Community.

"Quer ver a casa dele?"

"Isso é possível?"

O britânico procurou um *link* associado ao nome de Aaron Hall Anderson e imediatamente apareceu na tela a imagem de uma casa vista de cima; tratava-se de uma pequena moradia suburbana com uma piscina no quintal.

"A casa do senhor Anderson, captada por satélite em tempo real."

"Uau!"

"Você ainda não viu nada", sorriu Alastair. "Quer ver o que o senhor Anderson está a fazer neste preciso momento?"

"Também consegue saber isso?"

Em resposta, o consultor digitou um código no dossiê de Aaron Hall Anderson e, de repente, a tela encheu-se com a imagem de um idoso a dormitar num cadeirão.

"Ei-lo."

Dimitri nem queria acreditar nos seus olhos.

"Este é o tipo?"

"O que acha?"

Analisou o rosto adormecido do idoso e percebeu que se tratava realmente da pessoa que escolhera ao acaso na lista telefônica do Texas.

"Estas imagens são ao vivo?"

"Claro. O tipo está pelo visto a dormir."

"*Blin!*", exclamou. "Como fez isto?"

"Conectei-me à câmara instalada no computador dele para obter as imagens em tempo real", esclareceu Alastair. "Também posso ativar o microfone, se for preciso. Já agora, quer falar-lhe?"

O russo apontou para a tela, incrédulo.

"Com ele?"

"Sim. Quer falar-lhe?"

Nada parecia impossível para aquele britânico diabólico.

"Bem… não. De modo nenhum. Para dizer a verdade, nem sei o que lhe diria."

A recusa não pareceu travar Alastair. Carregou num ícone e soou um tom de chamada telefônica. Os dois observaram o idoso a acordar com o toque e, estremunhado e momentaneamente desorientado, a apalpar o espaço em volta até agarrar os óculos e o celular.

"*Está… está lá?*"

"Será que posso falar com o senhor Aaron Hall Anderson, por favor?"

"*Sou eu mesmo. Quem fala?*"

"Senhor Anderson, daqui Ted Kohler, secretário da NRA", disse o britânico, imitando na perfeição o sotaque americano e referindo-se à National Rifle Association, a organização americana de defesa do *lobby* das armas. "Estava a ligar-lhe porque tenho aqui registrado que o senhor possui uma espingarda automática *Colt ACR*. Confirma?"

"*Sim, é verdade. Algum problema?*"

"Devo informá-lo de que o governo democrata está a preparar leis para confiscar este tipo de armas."

"*O quê?!*"

"Dizem eles que os portadores de espingardas automáticas de assalto são perigosos porque podem assassinar pessoas. Pretendem por isso apreender estas armas de assalto. Devo adverti-lo que até o seu revólver *Smith & Wesson*, que também temos aqui registrado, poderá vir a ser apreendido."

"*O quê?! Eles querem mesmo fazer isso?*"

"Temo que estejam já a preparar legislação nesse sentido, senhor Anderson."

"Fuck, man! *Os liberais estão a destruir as nossas liberdades!*"

"Eu sei, senhor Anderson. Eu sei. Tenha em atenção que a NRA está a trabalhar para proteger os seus direitos em colaboração com

Donald Trump, mas receio que a nossa ação só seja eficaz se conseguirmos que Trump seja eleito."

"*Podem ter a certeza de que vou votar nele!* Gee, man! *No meu* Smith & Wesson *e no meu* Colt *é que ninguém toca!*"

"Folgo em saber isso, senhor Anderson", disse Alastair. "Temos de proteger o país destes pedófilos que ameaçam as nossas liberdades e as nossas crianças."

"*Isto está uma desgraça, é o que lhe digo*", concordou o idoso do outro lado da linha, a voz a tremer de indignação. "*Você não vê o escândalo que é o Pizzagate? Como é possível que as elites continuem impunes depois de se ter descoberto uma coisa tão horrível? É inacreditável! Pobres crianças, nas mãos desses abutres dos Clinton, do Podesta e sabe Deus de mais quem! Uma desgraça! Nas minhas armas é que ninguém toca, ouviu? Ninguém! Se as tirarem às pessoas de bem, deixaremos de nos poder defender. Não podemos aceitar isso! Temos de proteger o país! Temos de manter as nossas crianças em segurança! Como o poderíamos fazer sem as nossas armas?*"

"É isso mesmo, senhor Anderson. É isso mesmo. Não podemos permitir que os liberais e os pedófilos nos tirem as armas para nos fazerem o que quiserem. Precisamos delas para nos protegermos dos abusos. Conte com a NRA para zelar pelos interesses das nossas famílias e da nossa grande nação. Pode ter a certeza de que a NRA e Donald Trump o protegerão a si, às crianças inocentes e aos nossos Estados Unidos. Tenha um bom resto de dia, senhor Anderson. Deus abençoe a América."

Desligou.

Dimitri estava atônito com o que acabara de assistir. Escolhera um nome totalmente ao acaso e, em alguns segundos, o inglês que trabalhava naquela operação do FSB em São Petersburgo não só tivera acesso a toda a informação sobre a pessoa que ele selecionara aleatoriamente como mostrara imagens ao vivo dela e até lhe telefonara, manobrando-a com uma linguagem manipulativa para lhe extrair um compromisso no voto em Donald Trump. Absolutamente incrível.

"Explique-me como conseguiu fazer isto."

Alastair pôs de lado o computador e encarou-o.

"É simples", disse. "Usamos os dados de milhões e milhões de utilizadores do Facebook."

"Vocês piratearam o Facebook para aceder aos seus dados?"

"Comprámo-los", corrigiu o britânico. "A Facebook vendeu-os ao custo de um dólar por cada utilizador, veja lá. Estamos ainda a recolher mais dados, até porque usamos outras fontes, e pensamos que poderemos obter informação sobre..."

"Espere aí, espere aí", interrompeu-o o russo. "A Facebook *vende* informação sobre a vida privada dos seus utilizadores?"

"Não é só a informação privada dos utilizadores do Facebook que eles vendem. É também a informação privada dos amigos desses utilizadores. Como cada utilizador do Facebook tem em média entre cento e cinquenta e trezentos amigos, basta comprarmos dados de dois milhões de utilizadores para acedermos à vida privada de entre trezentos e seiscentos milhões de pessoas. E se comprarmos dados de quatro milhões de utilizadores do Facebook, saberemos a vida privada de seiscentos milhões a mil e duzentos milhões de pessoas."

Ou seja, uma enormidade.

"Desculpe, mas essas pessoas sabem que essa informação sobre a sua vida privada está a ser vendida?"

"Está a brincar comigo? Claro que ninguém sabe. Mesmo os amigos dos utilizadores nunca deram consentimento explícito e consciente para que essa informação fosse vendida. Mas mesmo assim a Facebook vendeu-a."

Cada novidade que ouvia deixava Dimitri ainda mais abismado.

"*Blin!*", exclamou. "Nunca mais utilizo a porra das redes sociais!"

"Com base nestes dados, sabemos quem é cada pessoa, o que faz, quais os seus amigos, o que vê na Internet e na televisão, quais os seus bens, em quem vota, do que gosta e não gosta, os seus *hobbies*, os seus empregos, onde passa férias, os seus restaurantes favoritos, o que come, as suas dívidas, os seus segredos porcos, o que gasta e onde gasta... tudo", explicou Alastair. "Através destes dados conseguimos reconstituir as vidas das pessoas e até o que cada uma pensa. Isso permitiu-nos conceber modelos computacionais muito poderosos. Aplicando esses modelos a uma pessoa concreta, como você ou este Aaron Hall Anderson, somos capazes de prever o comportamento dela melhor do que os seus colegas de trabalho, com base em apenas dez *likes* colocados por essa pessoa. Com base em trezentos *likes*, somos capazes de a conhecer melhor do que as pessoas que com ela vivem, incluindo o marido ou mulher. Os algoritmos captam coisas que ninguém capta. Isto significa que, com toda esta informação que recolhemos do Facebook e de outras redes sociais, na prática reconstituímos digitalmente a vida de todos os utilizadores dessas redes. Na maior parte dos casos, e como possuímos imensa informação sobre cada pessoa, conhecemo-las até melhor do que elas próprias se conhecem."

"Está a dizer que sabem literalmente *tudo* sobre cada ser humano que usa redes sociais?"

"Sim."

A estupefação de Dimitri não tinha limites.

"Está a brincar..."

"Armados dos modelos computacionais e da vasta base de dados do Facebook, enriquecendo-a com dados complementares do YouTube, do Twitter e de todas as outras redes sociais, e ainda de fontes abertas como os censos e os registros públicos, podemos simular em computador uma sociedade real e testá-la virtualmente. Descobrimos coisas que ninguém imagina."

"Por exemplo?"

"Olhe, gosta de Britney Spears ou de Lady Gaga?"

A pergunta pareceu despropositada, uma vez que nada tinha a ver com a conversa, mas percebeu que o seu interlocutor queria demonstrar algo e condescendeu.

"De nenhuma delas. Por quê?"

"Os nossos modelos computacionais permitiram-nos perceber que os homens que gostam dessas duas cantoras tendem a ser homossexuais. Pela sua resposta, presumo então que não seja homossexual..."

Chocado com a simples sugestão, o russo ficou de imediato tenso; na sociedade russa, uma tal insinuação era absolutamente inaceitável.

"Não lhe admito uma coisa dessas!"

"Peço desculpa, senhor capitão, não era minha intenção ofendê-lo, estava apenas a fazer uma demonstração", justificou-se o britânico. "Vejamos agora o exemplo do senhor Aaron Hall Anderson. Reparou na informação de que ele pratica ioga? Acontece que os nossos modelos computacionais descobriram que as pessoas que se interessam por ioga são mais suscetíveis a acreditarem em teorias da conspiração. Não sabemos por que razão isso é assim, mas é assim. Uma vez que o dossiê do senhor Anderson mencionava o interesse dele por ioga, lancei-lhe a isca dos pedófilos para ver se ele iria mencionar uma das mais famosas teorias da conspiração agora na moda, o Pizzagate. E… bingo, mencionou mesmo. Fatal como o destino!"

Dimitri hesitou.

"Desculpe, o que é o Pizzagate?"

O coronel Arsenyev, até ali a seguir a conversa em silêncio, interveio neste ponto.

"Aqui há uns meses, os nossos *hackers* do FSB, e depois outros do GRU, penetraram no sistema informático do Partido Democrata, nos Estados Unidos, e recolheram imensa informação privada sobre os dirigentes do partido, sobretudo *e-mails*. Havia *e-mails* de Hillary Clinton, do seu diretor de campanha John Podesta e de outras figuras. É verdade que nada foi encontrado de comprometedor nesses *e-mails*, mas mesmo assim entregámo-los a Julian Assange para os divulgar, o que ele fez com grande alarido no WikiLeaks. Armou-se assim um enorme escândalo na América que está a pôr em causa o principal candidato à Casa Branca, a senhora Clinton… com base em *e-mails* inócuos."

Riu-se.

"O WikiLeaks aceitou ser cúmplice na nossa operação contra a democracia americana?"

"O Assange funciona na prática como nosso agente", explicou o seu superior hierárquico no FSB. "O tipo é muito prestigiado pelos tolos no Ocidente, que o consideram uma espécie de herói da liberdade e outras balelas do gênero. Uma treta, como é evidente. Há de reparar que ele nunca publicou nada que ponha realmente em causa os nossos interesses. Uma vez foi-lhe entregue material comprometedor para o Kremlin e ele não o publicou. Não é por acaso. Assange é um amigalhaço nosso. Quando lançamos o nosso canal de propaganda, o Russia Today, o tipo entrou ao vivo. Os tansos do Ocidente acham-no um grande lutador pela liberdade e isso, claro, é-nos muito conveniente. Daí que o usemos sempre que precisamos de credibilizar uma fuga de informação embaraçosa para os nossos inimigos, em particular quando essa informação gera o caos entre as democracias."

"Ah, bom. Mas o que têm esses *e-mails* a ver com o tal escândalo do Pizzagate?"

"Na altura em que fizemos o *hacking* ao Partido Democrata, corria nas redes sociais, fomentado pelos círculos conspiracionistas americanos, o boato de que destacados democratas estavam envolvidos no tráfico de crianças para rituais sexuais satânicos. Um disparate, claro. Para tentar fundamentar essa conspiração risível, usaram-se certos *e-mails* que nós roubamos dos democratas, designadamente os de Podesta a encomendar pizzas de uma pizzaria de Washington, DC, e pretendeu-se que todas as referências que ele fazia a comida eram na verdade palavras codificadas a pedir sexo com menores. E nós, como sempre fazemos, usamos as nossas contas falsas nas redes sociais para ampliar a difusão de informações sobre a suposta conspiração. O Pizzagate é isto."

"As pessoas acreditam mesmo nessa tontice?"

O coronel Arsenyev soltou uma gargalhada.

"Nem dá para crer nas palermices em que as pessoas caem com tanta facilidade", anuiu, divertido. "De repente, Hillary Clinton começou a ser vista nos Estados Unidos como uma pedófila, tal como o marido Bill e os democratas em geral. Isso ajudou-nos a descredibilizar os democratas, dando assim vantagem a Donald Trump."

Dimitri balançou a cabeça, impressionado.

"Realmente, as pessoas acreditam em qualquer disparate", observou. "Mas deixe-me ver se entendi. A Cambridge Analytica aplica os seus modelos computacionais ao mar de dados que tem à sua disposição sobre cada pessoa que usa redes sociais..."

"Ou seja, quase toda a gente no Ocidente."

"... para as manipular no sentido que lhe for mais conveniente. No caso em apreço, para as convencer a votarem contra os seus próprios interesses, seja no Brexit, seja em Donald Trump."

"Os nossos modelos computacionais e o manancial de dados sobre cada pessoa que usa as redes sociais no Ocidente são fundamentais, mas constituem apenas dois terços da nossa técnica."

"Qual é o terceiro terço?"

O britânico inclinou-se para ele, como se fosse partilhar mais um segredo.

"Acaso o senhor capitão alguma vez ouviu falar em algoritmos evolutivos?"

Como amante de tudo o que tinha a ver com inteligência artificial, Dimitri estava familiarizado com o conceito.

"São algoritmos que vão evoluindo à medida que analisam automaticamente a resposta às suas sucessivas formulações até encontrarem a formulação que produz os melhores resultados", respondeu. "Por que pergunta isso? Está a dizer que trabalhamos nesta operação com esse tipo de algoritmos?"

"É um dos nossos segredos", confirmou Alastair. "O que estamos a fazer é muito simples. Preparamos um conjunto diverso de mensagens e enviamo-las a um grupo restrito de americanos no Facebook. Os nossos algoritmos analisam a reação desses americanos a essas mensagens e determinam quais as que produziram melhores reações. Depois reenviamos as mensagens ganhadoras a outro grupo restrito, analisamos outra vez a reação dessas pessoas e determinamos quais as mensagens mais eficazes. E assim sucessivamente, num processo de permanente seleção natural e afinação. Só para a campanha de Trump foram testadas quase seis milhões de mensagens diferentes."

"Seis milhões?!"

"Incrível, não é? Foram seis milhões de mensagens diferentes até chegarmos a umas centenas que se revelaram cem por cento eficazes. Uma vez identificadas essas mensagens perfeitas, enviámo-las a toda a gente com o perfil adequado, obtendo assim uma máxima eficácia.

Com as mensagens adequadas, em certas circunstâncias somos até capazes de levar pessoas que iam votar nos democratas a votar em Trump. Se a mensagem for certeira, ela tem o poder de alterar o sentido de voto de uma pessoa. Foi isso que nos deu a vitória no Brexit e é isso que nos dará a vitória na América."

O recém-chegado estava abismado com a sofisticação dos métodos que o FSB e os seus contratados estavam a usar contra o Ocidente.

"E o objetivo estratégico de toda esta operação é manipular os cidadãos ocidentais de modo a… a…"

"Provocar o colapso do Ocidente."

A conclusão da frase foi dita pelos três em uníssono com o ar dos manipuladores que se apercebem de que o seu objetivo está à beira de ser alcançado.

XXXVIII

A primeira coisa em que Leroy Roderick pensou ao acordar foi nas criancinhas, coitadinhas. Para salvar o país era preciso começar por salvar os pobres pequerruchos que a rede de pedófilos chefiada pelos Clinton mantinha sequestrados na cave da pizzaria de Washington, DC. Se a polícia não tinha coragem de o fazer, pois sem dúvida temia as elites, alguém teria de assumir essa responsabilidade. E se mais ninguém avançava, então… então por que não ele?

Sim, ele!

No fundo, não fora com esse projeto a espreitar num recanto escondido do seu subconsciente que entrara no Sullivan's Gun Outlet e comprara a semiautomática de assalto e as munições? Essa havia sido sempre a ideia na sua mente, mesmo se a consciência de tal não se tivesse apercebido no momento. Mas o sono desvendara-lhe as verdadeiras intenções por detrás dessa compra.

A sua missão sagrada.

Saltou da cama e pôs-se de pé, excitado. Sim, essa era a sua missão, seria ele o salvador das crianças! O problema de resgatar os filhos dos outros começava por determinar o que faria com os seus próprios filhos. Charlie já trabalhava, pelo que não tinha de se preocupar com ele. Mas Sally era ainda apenas uma menina e sofria de alguns problemas, pelo que precisava de ser devidamente acompanhada. Como fazer as coisas de modo a não prejudicar a família?

Foi a pensar nesse problema que tratou do pequeno-almoço dos filhos. Como Charlie tinha uma motorizada, seguiu nela para o trabalho. Quanto à filha, levou-a à escola como fazia todas as manhãs. No momento em que a depositou, todavia, já tinha todo o plano arquitetado na mente.

Em vez de voltar diretamente para casa, foi ter com a irmã mais nova de Betty. Clarence era uma mulher amargurada e abatida pelas agruras da vida. Divorciada e com dois filhos, vira o Estado retirar-lhe o mais novo por sofrer de síndrome de Munchausen, uma desordem de natureza psicológica em que o progenitor finge doenças dos filhos para chamar as atenções sobre si. Nada de muito grave para os padrões da Alameda do Câncer, mas fora o suficiente para o Estado lhe retirar o mais pequeno.

Leroy explicou-lhe que, por motivos profissionais, teria de se ausentar durante um ou dois dias e precisava que ela tratasse dos seus filhos, sobrinhos dela. Pediu-lhe sobretudo atenção a Sally. Clarence fez algumas perguntas relacionadas com questões logísticas, como as horas das aulas e as necessidades específicas das crianças, mas não levantou verdadeiros obstáculos. Esse assunto ficou assim arrumado.

Depois de acertar tudo com a cunhada, Leroy regressou a casa para finalizar os preparativos. Ainda ponderou a possibilidade de apanhar um avião, como fizera quando fora a Filadélfia, mas depressa afastou essa possibilidade; a necessidade de levar consigo a *AR-15* e as respectivas munições era totalmente incompatível com a apertada segurança nos aeroportos devido à ameaça dos terroristas muçulmanos. Gente do diabo, essa; só trazia problemas e violência gratuita contra inocentes! A única maneira realista de se deslocar com o equipamento adquirido no Sullivan's Gun Outlet, concluiu, seria usar o automóvel.

Partiu uma hora depois, a bagagem guardada na traseira do seu *Pontiac*, o depósito devidamente atestado. Ainda foi à igreja rezar e pedir a proteção de Deus na sua peregrinação sagrada; salvar crianças em perigo era a mais nobre das missões. A seguir meteu-se à estrada para a longa viagem com destino a norte. Foi até Nova Orleães, virou para Tuscaloosa, parou em Chattanooga, Knoxville e Roanoke para atestar o depósito ou comer, até que, ao fim de dezessete horas de uma longa e enfadonha viagem, cansado embora animado pela importante missão que ali o levara, chegou ao seu destino.

Washington, DC.

O corpo pedia-lhe repouso, mas o sentido do dever falava mais alto. Os pequerruchos tinham de ser salvos e um minuto que se atrasasse era um minuto a mais que eles estariam a sofrer. Em nome deles, não podia descansar. Mantinha sempre presente o seu lema. Os verdadeiros patriotas não falavam – faziam.

Chegara a hora de fazer.

Estacionou o *Pontiac* no parque de estacionamento subterrâneo de um centro comercial dos arredores da capital e procurou no mesmo piso um veículo que lhe pudesse servir. Acabou por escolher um SUV antigo da General Motors que estava ali estacionado. Forçou uma porta traseira e transferiu para os bancos de trás o grande saco verde-escuro com a arma e as munições. Depois sentou-se no lugar do condutor e, uma vez que não tinha as chaves do SUV, soltou os fios da ignição e fez contato entre eles para ligar o motor.

Um minuto depois, já estava a caminho do seu destino. Ligou o Google Maps e digitou a morada. O percurso durou cerca de meia hora. Leroy estava de tal modo concentrado no que ali o trouxera que nem se lembrou de apreciar a arquitetura neoclássica da capital do seu país e os respectivos símbolos icônicos na cultura americana quando passou por eles, como a Casa Branca, o Congresso, a estátua de Lincoln ou o cemitério de Arlington. As crianças violentadas pelas elites liberais nos rituais satânicos eram a sua missão e salvá-las a única coisa que nesse momento importava.

Estacionou numa rua perpendicular à Avenida do Connecticut, em pleno bairro de Chevy Chase. Do interior do SUV furtado observou o pequeno edifício verde situado no outro lado da avenida, o nome fixado em letras maiúsculas no topo da fachada. A pizzaria Comet Ping Pong. Era então na cave daquele miserável restaurante que se escondia o sinistro antro pedófilo, canibalístico e demoníaco das elites liberais que mandavam na América?

Deslizou para os bancos traseiros do veículo e abriu o grande saco que trouxera do Sullivan's Gun Outlet. Correu o *zip* e retirou do interior a *AR-15* e as munições. Encaixou na espingarda semiautomática um cartucho de balas, mas, por razões de segurança, manteve o gatilho trancado. A seguir pegou numa meia com dois buracos previamente rasgados e inseriu-a pela cabeça, os olhos visíveis através dos buracos. Enfim a postos, fixou o olhar na Comet Ping Pong e respirou fundo, ganhando coragem e balanço para o que tinha a fazer.

Era agora.

Com o coração a batucar-lhe com força e a garganta seca de medo, abriu a porta do SUV e saiu, a arma a postos, a meia a cobrir-lhe as feições. Para dominar os nervos, concentrou-se na missão. Ia ali salvar as crianças. O seu raide libertá-las-ia da rede pedófila e, com esse ato, resgataria a honra e a alma da América. Quando as elites oprimiam os indefesos e as autoridades policiais estavam paralisadas de medo, cabia aos cidadãos livres, herdeiros do espírito do Tea Party que libertara o país do jugo colonial britânico, assumirem as suas responsabilidades e agirem em conformidade. Não tinha, por isso, de ter medo nem de se sentir nervoso. Ele era um homem livre e era enquanto homem livre que lutaria pela liberdade da América, a terra dos homens livres.

Ao atravessar a rua destrancou a semiautomática de assalto e colou o dedo ao gatilho, pronto a enfrentar sozinho as hordas satânicas. A determinação substituiu nesse instante o medo. Não fraquejaria. Abriu a porta do restaurante e entrou. Havia alguns clientes sentados para o jantar e mesas de pingue-pongue situadas ao fundo, justificando assim o nome da pizzaria. Ninguém reparou nele a entrar, apesar da *AR-15* com telescópio que empunhava, mas isso depressa mudou.

Apontou a arma à parede e largou uma rajada. No espaço fechado, os estampidos dos tiros soaram ensurdecedores.

"Onde é a cave?", gritou logo que parou de disparar. "Levem-me às crianças!"

Os clientes atiraram-se para baixo das mesas e os empregados esconderam-se na cozinha, na despensa ou atrás do balcão. Alguns gritaram, mas a maior parte das pessoas mostrava-se desorientada, ainda a tentar perceber o que se passava, quem era o homem que acabara de entrar, por que razão abrira fogo, o que queria. Seria um assalto?

Leroy voltou a gritar.

"Onde está a cave?"

Como ninguém respondia, largou uma segunda rajada contra as paredes da Comet Ping Pong. A gritaria intensificou-se, com toda a gente a convencer-se de que ele tinha vindo para matar quem ali estivesse. O pânico tornou claro que dificilmente as pessoas lhe responderiam, pelo que Leroy percorreu o restaurante e abriu todas as portas à procura da cave. As imagens que vira no YouTube haviam mostrado a porta que conduzia ao tal espaço subterrâneo. Ao inspecionar o interior do restaurante, a certa altura deparou-se com essa porta.

"Ah, aqui está ela!"

Tentou abri-la, mas estava trancada. Não admirava; a rede de pedofilia dos Clinton evidentemente fechara-a para que ninguém lá entrasse, desmantelasse a seita satânica das elites e salvasse as pobres crianças. Mas se a porta não abria a bem, abriria a mal. Apontou a arma à fechadura e disparou uma nova rajada. Com a parte em redor da fechadura esburacada pelas balas, deu um pontapé e a porta escancarou-se com estrondo, revelando um espaço sombrio.

"Pedófilos, saiam!"

Como os criminosos não responderam, Leroy decidiu avançar. De espingarda semiautomática apontada e dedo no gatilho pronto a abrir fogo, atravessou a passagem escura e acendeu a luz. Deu consigo numa espécie de despensa com as paredes cobertas de armários. As prateleiras enchiam-se com equipamento de computadores. Procurou uma passagem secreta por detrás desse equipamento, mas nada encontrou. Bateu em diversos pontos da parede em busca de uma superfície oca e apenas detectou tijolos. Cabrões dos Clinton, taparam tudo! Ou então os vídeos que vira no YouTube tinham-se enganado na porta.

Frustrado, saiu da despensa e dirigiu-se a um empregado escondido atrás do balcão. Apontou-lhe a arma.

"Tu aí, onde é a cave?"

O homem tremia descontroladamente e pestanejou ao ver-se interpelado.

"Per… perdão?"

"A cave? Onde está a cave?"

"Cave?"

"Sim, a cave. Onde é a cave do restaurante?"

"Mas… mas… não temos cave."

O homem estava a fazer-se de parvo, concluiu Leroy. Apontou a arma à parede atrás do balcão e voltou a abrir fogo, confiante de que esta nova demonstração de força convenceria os pedófilos a cooperarem.

"Onde é a cave?"

O homem tiritava e chorava, as mãos agarradas à cabeça, o corpo encolhido em posição fetal.

"Não temos cave", choramingou. "Não temos cave. Não temos…"

"Onde estão as crianças?"

"… cave, não temos cave, não temos…"

Com aquele idiota não iria lá, percebeu. Desistiu de interrogar o empregado e voltou a percorrer o restaurante de uma ponta à outra, incluindo a cozinha e a despensa, a abrir todas as portas que encontrou pelo caminho. Nenhuma dava para qualquer cave.

Apontou a assustadora *AR-15* a outro empregado.

"Onde é a cave?"

"Não… não há cave."

"Estás a mentir!", rugiu. "Diz-me onde está a cave, senão…"

O homem juntou as mãos, numa súplica.

"Por favor, senhor, acredite no que lhe estou a dizer", implorou, a tremer. "Não sei de nenhuma cave, nunca ouvi falar em qualquer cave, não há nenhuma cave."

Como assim, não havia nenhuma cave? As notícias no News Feed do Facebook referiam que havia ali uma cave, os vídeos do YouTube mostravam a porta dessa cave, os *e-mails* do Podesta continham informação codificada sobre as crianças violentadas na dita cave, o próprio NYPD dispunha até de provas sobre o que se passava na sinistra cave do restaurante. Como era possível que, num restaurante tão pequeno, não encontrasse a maldita cave?

Sabia que o tempo se esgotava e que a qualquer momento a polícia de Washington, DC, iria aparecer, pelo que percorreu uma última vez a pizzaria à procura da cave dos pedófilos, mas por mais que procurasse não a encontrou. Ah, como eram manhosas as elites liberais! Desde que as notícias sobre o que se passava naquela cave do horror começaram a circular nas redes sociais, haviam decerto ocultado tudo para esconder os traços das suas atividades satânicas!

Destroçado e a ranger os dentes de fúria mal contida, Leroy abandonou a Comet Ping Pong, meteu-se no SUV e fundiu-se no trânsito rumo ao centro comercial onde deixara o seu *Pontiac*, iniciando assim a viagem de regresso à Luisiana. Agarrado ao volante, verteu lágrimas de frustração, de angústia e de raiva pelo fracasso da sua missão.

Não conseguira salvar os pobres pequerruchos.

XXXIX

Com o restaurante sitiado pela turba, Tomás dirigiu-se para a cozinha. A mulher estava sentada a um canto à conversa com Maitê, que tinha a filha ao colo. Quando viu o marido, Maria Flor acolheu-o com um sorriso ao mesmo tempo aliviado e inquieto.

"Ah, Tomás! Ainda bem que já chegaste."

"Está tudo bem?", questionou ele, perscrutando-as com o olhar em busca de quaisquer sinais anómalos; nada viu de inquietante. "O que se passa?"

As duas mulheres trocaram um olhar; a brasileira estava visivelmente abalada.

"É ainda a maldita história da Zika", explicou Maria Flor. "Viemos almoçar aqui e sentámo-nos na mesa à janela, para apanhar sol e alegrar as coisas. Foi um grande erro. Passaram dois brasileiros e... reconheceram a Maitê. Desencadeou-se o caos, puseram-se aos gritos a dizer que ela era uma assassina, entraram no restaurante para bater nela e o senhor Tavares e os empregados viram-se aflitos para os travar e pô-los lá fora. Então desataram a fazer telefonemas para chamar amigos, sempre a acusarem a Maitê de fazer parte da campanha nazi de vacinações para provocar deficiências nos recém-nascidos no Brasil. Diziam que ela estava a soldo do Soros e dos Rothschild... toda essa conversa que já sabes. O senhor Tavares mandou então fechar a porta, mas começou a chegar mais gente e as coisas complicaram-se."

"Já chamaram a polícia?"

"Foi a primeira coisa que o senhor Tavares fez depois de fechar a porta. O problema é que foi informado de que dois carros-patrulha estão avariados e o terceiro encontra-se na revisão."

Os problemas com o equipamento eram, havia já algum tempo, constantes, fruto das permanentes restrições orçamentais.

"Então a polícia não vem?"

"Vem, mas a pé. A esquadra é a uns seis quarteirões daqui, os agentes ainda vão levar uns quinze minutos a chegar. Foi aí que te telefonei. Como vives mesmo aqui ao lado..."

Tomás voltou a sua atenção para Maitê e a filha. A pequena permanecia ao colo da mãe; agarrava-a com força e parecia aterrorizada.

"Pronto", tentou acalmá-las. "Está tudo bem."

"Imagina", disse a brasileira. "Eu pensando que estava em segurança aqui em Lisboa e olha só o que está acontecendo."

"É, a nossa principal comunidade imigrante é brasileira", observou o historiador. "Devo no entanto dizer que este comportamento é estranho. Eles estão muito bem integrados, nunca há problemas. Os tipos lá fora devem ser uns malucos que..."

"Não são malucos não", atalhou ela. "É gente normal. Pessoal como você e eu. A diferença é que esse mundo acredita mesmo que as campanhas de vacinação contra a Zika são um complô do Soros e de mais não sei quem p'ra gerar crianças com deficiência. Eles acreditam mesmo nisso, você entendeu? A barra tá pesada, já falei isso p'ra você."

Realmente, Maitê já contara tudo aquilo. Mas uma coisa era ouvir uma história sucedida no outro lado do Atlântico, com laivos de surreal, quase como se fosse uma narrativa de ficção, outra era ver o problema a suceder diante dele a um mero quarteirão da sua casa. Aquela situação, tomou consciência, era realmente muito complexa.

"Mas, se assim é, como vai fazer?", questionou ele. "Portugal tem imensos brasileiros e para onde quer que vá irá inevitavelmente cruzar-se com eles. Se muitos deles acreditam mesmo nisso, você tem um grande problema."

Maitê voltou a trocar um olhar com Maria Flor.

"Já tínhamos percebido essa situação", revelou a médica brasileira. "Por isso falamos há pouco com a direção da Anistia Internacional e ficou decidido que amanhã eu e minha filha estamos partindo. A Anistia nos arranjou um novo lugar p'ra viver."

"Onde?"

"Na Bélgica. Tem aí menos gente que pode me xingar. Portugal não dá, com todo o mundo que me conhece das redes sociais no Brasil. Não temos jeito de ficar aqui."

Naquele instante ouviram apitos soar no exterior. Tomás saiu para a sala das refeições e, juntamente com o senhor Tavares e os seus dois empregados, espreitou a rua através da janela. A multidão afastava-se e dois homens fardados instalavam um cordão de segurança diante do restaurante.

"A polícia chegou."

Quase festejaram. Os empregados removeram as cadeiras e as mesas e abriram a porta. Um homem fardado entrou no estabelecimento e olhou em redor.

"Quem ligou para a esquadra?"

"Fui eu", respondeu o senhor Tavares. "Dois sujeitos entraram aqui no restaurante e começaram a importunar três clientes, uma das quais uma criança. Depois começaram a chamar mais gente e... isto virou um pandemônio."

"Onde estão as senhoras em causa?"

Apercebendo-se da chegada das forças da ordem, as três saíram da cozinha.

"Somos nós."

"A nossa prioridade é restabelecer a ordem pública", explicou o policial. "Do que percebi, isso só será possível retirando-vos deste local. Portanto, vamos levar-vos para a esquadra para efeitos de identificação e para prestarem declarações. Depois, com as coisas mais calmas, irão à vossa vida."

"E as pessoas lá fora?"

"A menos que adotem comportamentos à margem da lei, não podemos fazer grande coisa. Um ajuntamento não é crime. Temos é de garantir a ordem. Estão prontas para sair?"

Maria Flor atirou um olhar inquieto para a rua.

"Vamos a pé até à esquadra?"

"Conseguimos trazer uma van", foi a resposta do policial. "Lamento, de momento não dispomos de nada melhor. Vamos?"

Seguindo os dois policiais, ladeadas por Tomás e pelo senhor Tavares, com os dois empregados atrás a protegerem-lhes as costas, as duas mulheres e a criança abandonaram o restaurante e encaminharam-se para a van da PSP estacionada frente ao estabelecimento. Logo que Maitê emergiu do estabelecimento, soou um coro de assobios e de impropérios lançados pela multidão atrás do cordão de segurança.

"Assassina!"

"Sem vergonha!"

"Como consegue dormir de noite, sua vaca?"

As duas mulheres, a criança e Tomás entraram na van, um dos policiais fechou a porta e, momentos depois, o veículo arrancou.

Uma vez na esquadra, os procedimentos foram relativamente rápidos. Depois de apresentarem os documentos de identificação e de explicarem o que tinha sucedido e as motivações da multidão que as assediara no restaurante, as duas mulheres e a criança saíram da esquadra, sempre acompanhadas por Tomás. Nenhum deles tinha vontade de se manter no espaço público, não com Maitê sempre exposta e a possibilidade de ser reconhecida e todo aquele circo recomeçar. Dirigiram-se por isso imediatamente para o apartamento de Lisboa que a Anistia Internacional disponibilizara à médica brasileira e à filha.

Com a viagem para a Bélgica marcada para o dia seguinte, Maitê recolheu-se ao seu quarto com a filha para arrumarem as coisas e fazerem as malas. Maria Flor aproveitou para ir à cozinha fazer um chá e o marido juntou-se-lhe.

"Quero agradecer-te, Tomás", disse ela enquanto punha água a aquecer. "Foste outra vez um querido."

As palavras animaram-no, pois confirmavam a abertura da porta à reconciliação.

"Tinha de te ajudar, isso nem se discute. Estou aqui sempre que precisares, sabes isso."

Claramente a separação tinha sido ditada pelas circunstâncias do momento em que Maria Flor tomara a decisão; na altura estava ainda sob choque, devido a tudo o que passara na aventura de *A Mulher do Dragão Vermelho*, e talvez não tivesse as coisas devidamente refletidas. Essa impressão consolidou-se quando, enquanto a água fervia, a viu abeirar-se dele.

"Estou cá a pensar", murmurou a mulher. "Queres vir comigo em viagem?"

Tomás arregalou os olhos; as coisas definitivamente compunham-se, e mais depressa do que esperara.

"Uma viagem?", entusiasmou-se, já a imaginando outra vez nos seus braços. "Que excelente ideia! Que tal Paris?"

Ela olhou-o com uma expressão vagamente divertida.

"Que tal Yangun?"

"Yangun? Mas isso é em... em..."

"Em Myanmar, sim. E então? Alinhas?"

O marido ficou confuso. Nunca imaginara Yangun como um destino romântico. Os Campos Elísios em Paris, a Ponte Rialto em Veneza ou o Corno Dourado em Istambul pareciam-lhe cenários mais adequados para uma viagem de reconciliação. Mas... Yangun?!

"Uh... sim, claro. Yangun é... é muito bonito. No tempo inglês chamavam-lhe Rangoon."

Esforçou-se por mostrar entusiasmo, o que arrancou uma gargalhada a Maria Flor.

"Não vou lá por ser bonito", esclareceu ela. "A Anistia Internacional pediu-me para ir a Yangun resolver uma situação, mas confesso que estou com medo. Se mesmo em Lisboa temos problemas como os que vimos hoje, agora imagina em Myanmar. Precisava de ter por perto alguém que me protegesse."

O convite não era desinteressado, percebeu. Mas sempre era um convite. Evidentemente que, tendo em conta a reconciliação que tanto ansiava, Tomás preferia muito mais uma escapadela para um destino bem mais próximo. Mas Maria Flor era Maria Flor, tinha destas coisas. Além disso, o que interessava o local e o pretexto? O que realmente importava era pôr fim àquela separação estúpida. Se em vez de visitar museus em Paris ou passear de gôndola por Veneza ela preferia salvar almas em Yangun, qual era o problema? Pelo contrário, apenas mostrava nobreza de espírito. Talvez Myanmar se viesse até a revelar o local perfeito para a reconciliação, quem sabia?

"Yangun é excelente!", exclamou, agora com genuíno entusiasmo. "Vamos a isso!"

Ela inclinou-se para o marido e espetou-lhe um beijo rápido na face esquerda.

"És um fofo, não há dúvida", murmurou. Entregou-lhe uma xícara de chá. "Fico muito contente, nem imaginas. Contigo por perto sentir-me-ei muito mais segura."

Não havia dúvida, a reconciliação estava bem encaminhada. Só faltava selá-la com um beijo, daqueles à Hollywood no fim da fita. Tomás pegou na xícara e bebericou um trago.

"Quando queres ir lá? No inverno parece-me a melhor altura. É que nas outras estações faz muito cal…"

"Amanhã."

Ele quase deixou cair a xícara.

"Amanhã?! Mas…"

"A Maitê parte amanhã de manhã para Bruxelas e eu já tenho o bilhete para seguir à tarde para Yangun. Uma vez que também vens, vou pedir para comprarem o teu."

Tomás engoliu em seco. A sua prioridade nesse momento era resolver o problema que Sasha lhe colocara em mãos. Quanto mais depressa se visse livre daquela situação, melhor. Além do mais, o russo só lhe dera um mês para encontrar o tal celular perdido. Ultrapassado esse prazo, teria problemas sérios por causa do *deep fake*. Estava numa corrida contra o tempo e, enquanto não saísse daquele aperto, não podia andar a fazer viagens a parte nenhuma.

"Mas… uh… a questão é que eu tenho de… de…"

Ao perceber a hesitação dele, o rosto dela ensombrou.

"Não queres vir?"

"Claro que quero!", apressou-se ele a esclarecer. "O problema é que… uh… tenho um compromisso que… que…"

A voz dela tornou-se um tudo-nada fria.

"Ah, não faz mal. Se tens outras prioridades, não há problema. Vou sozinha. Também já estou habituada..."

O marido sentiu gotas de suor formarem-se-lhe no topo da testa. O momento era muito sensível, percebeu, e a sua hesitação estava a deitar tudo a perder. Se queria mesmo resolver os seus problemas conjugais, aquele era um erro que não se podia dar ao luxo de cometer.

"O compromisso não é nada que me impeça de ir", apressou-se a esclarecer. "É apenas uma coisinha na Gulbenkian que poderei resolver ainda hoje. Nada de problemático. Vou falar com eles e... e adiar tudo." Soergueu um sobrolho. "Olha lá, quanto tempo achas que vamos estar em Myanmar?"

"Deixa estar, vou sozinha."

"É o que mais faltava. Tu tens prioridade sobre todos os meus compromissos, isso nem se discute. Só preciso de saber quanto tempo vamos estar fora, para me organizar."

A convicção com que Tomás falou acabou por convencê-la da sua sinceridade.

"Uma semana, mais coisa menos coisa."

Uma semana não era coisa pouca, considerando o aperto do prazo para resolver o problema com Sasha. Mas teria de ser suficiente. Não podia desperdiçar aquela oportunidade de se reconciliar com a mulher. Essa era a sua prioridade absoluta. Quanto à missão que o russo lhe entregara, desenvencilhar-se-ia depois.

Arqueou as sobrancelhas, numa expressão provocadora.

"E... e como será para dormir? Vamos para o mesmo quarto?"

Maria Flor fixou-lhe os olhos de chocolate e torceu os lábios, num jeito muito seu.

"Isso querias tu."

Estava no papo, pensou ele.

XL

Os dedos do capitão Dimitri Chernyshev pareciam deslizar sobre o teclado à medida que escrevia. Introduziu os códigos e acedeu ao Protocolo Caos. Ainda não tivera tempo de ler o documento confidencial, pois as obrigações no escritório consumiam quase todo o seu tempo e o pouco que lhe restava era para ir a correr para casa e estar com a família. Mas precisava de ler o protocolo para ser eficiente no seu trabalho. Como resolver aquele problema?

Tivera na véspera a ideia de fazer *download* do documento para o seu celular. Assim, poderia levá-lo e lê-lo em qualquer lugar na tela do *smartphone*. Naturalmente que, tratando-se de um texto ultrassecreto, teria de proceder com a maior cautela. Daí que se tivesse fechado no gabinete e feito a cópia sem que ninguém o visse.

Quando o *download* ficou concluído, desligou o computador, meteu o celular ao bolso e saiu do gabinete. A nova missão avançava a todo o vapor e o seu verdadeiro cérebro era Alastair Hayes. Se queria assumir o controle das operações contra o Ocidente teria de entender as questões técnicas em todas as suas vertentes. A leitura do protocolo ajudá-lo-ia, mas presumia que não chegasse. Precisava de aprender com o britânico contratado à Cambridge Analytica enquanto ele ali estivesse.

Dirigiu-se a Alastair e sentou-se ao seu lado. Inclinou-se e espreitou-lhe a tela do computador. A conta do Facebook na qual o britânico trabalhava intitulava-se I Love My Country, Amo o Meu País, e estava pintada com bandeiras americanas e fotografias de *cowboys* a cavalo no meio de uma pradaria. Imagens de loiras vaporosas em redor de automóveis da NASCAR completavam o visual da conta.

A atividade do homem da Cambridge Analytica acicatou a curiosidade do oficial do FSB.

"O que está a fazer?"

"Esta é uma conta falsa que criamos no Facebook", explicou Alastair. "Estamos a fingir que somos americanos muito escandalizados com uma série de coisas graves a acontecerem nos Estados Unidos por culpa dos liberais, como o Pizzagate, a invasão de imigrantes latino-americanos, a entrada de terroristas muçulmanos no país e a cumplicidade das elites americanas em todas estas situações. Pomos *posts* e vídeos nesta e noutras contas a abordar todos esses assuntos. O Facebook recomenda no News Feed essas informações a todos os americanos que se mostram preocupados com estes temas e os papalvos engolem tudo... sempre a pensarem que quem lhes está a passar todos estes dados são patriotas americanos muito preocupados com o país, claro."

Tudo aquilo parecia engenhoso a Dimitri.

"Mas há americanos que acreditam mesmo nessas tretas que lhes impingimos?"

Alastair parou de digitar no teclado e pôs-se a limpar os óculos com um pano de seda. O coronel Arsenyev tinha sido muito claro nas instruções que lhe dera, recomendando que ensinasse ao recém-chegado o que havia a saber sobre aquela operação. Sobretudo, tinha de lhe explicar o respectivo *modus operandi*. O capitão Chernyshev viera ocupar o cargo de adjunto do chefe da operação e consequentemente precisava de estar inteirado de tudo o que ali se passava. Além do mais, o contrato de Alastair com os russos terminava no dia das eleições americanas e uma das cláusulas era a obrigação de transmitir aos homens do FSB os conhecimentos que adquirira na Cambridge Analytica, de modo a que pudessem ser usados nas *psyops* subsequentes das secretas russas, como as eleições em França, na Alemanha, em Espanha, na Bulgária, na Hungria, na verdade em toda a parte em que semear o caos fosse destrutivo para o Ocidente e vantajoso para a Rússia.

Encarou o seu interlocutor.

"Sabe, senhor capitão, os seres humanos não pensam todos politicamente da mesma maneira", fez notar. "Em todas as sociedades existe uma fatia da população que desconfia dos estrangeiros, que desconfia das minorias, sejam elas étnicas ou raciais ou de gênero ou qualquer outra. São pessoas que desconfiam dos valores liberais. Este fenômeno é universal na espécie humana. Acontece que, com a Segunda Guerra Mundial, o nacionalismo ficou profundamente desacreditado e as suas ideias passaram a ser demonizadas e estigmatizadas no Ocidente. Quem dissesse coisas contra os estrangeiros e as minorias passou a ser reprimido. As pessoas criticavam essas pessoas, chamavam-lhes racistas, xenófobas, homofóbicas ou qualquer outra coisa, deixavam de falar com elas, falavam mal delas aos outros e até conseguiam que lhes tirassem o emprego. Então o que fizeram as pessoas que tinham estas ideias?"

"Mudaram-nas."

Alastair abanou a cabeça.

"Silenciaram-nas", corrigiu. "Elas continuaram a pensar da mesma maneira, mas deixaram de exprimir o que realmente pensavam."

"Sim, mas toda a gente pode mudar de ideias..."

"Claro que pode, mas já reparou como isso é difícil? Acaso já tentou convencer um socialista a deixar de ser socialista, um conservador a deixar de ser conservador ou um liberal a deixar de ser liberal? É muito raro mudar as ideias políticas de uma pessoa. As pessoas desvalorizam todos os argumentos contra as suas ideias e sobrevalorizam todos os argumentos favoráveis às suas ideias. Com os nacionalistas passa-se o mesmo. As ideias políticas, senhor capitão, são muito estáveis, não se mudam do pé para a mão. Mas silenciam-se. Foi isso o que foi feito no Ocidente às ideias nacionalistas. Foram silenciadas. Uma importante fatia da população continuava a tê-las, claro, mas deixou de as verbalizar por receio de ser ostracizada e punida. Esse silenciamento criou a impressão de que essas ideias tinham desaparecido ou que se tinham tornado marginais no Ocidente."

"Não desapareceram."

"De modo nenhum. Só que, estando silenciadas, não só se criou a impressão de que elas tinham desaparecido como as pessoas que se mantiveram nacionalistas em segredo também se convenceram de que eram as únicas a terem essas ideias. Muitos pensavam assim, mas ninguém o dizia e todos se achavam isolados nesse pensamento. Chama-se a isso a espiral do silêncio. Qual é, na sua opinião, o nosso trabalho aqui?"

"É quebrar a espiral do silêncio."

O sorriso no rosto do britânico confirmou que a resposta era correta.

"Decidimos concentrar a nossa atenção numa classe de pessoas com enorme potencial para se revoltarem contra a ordem liberal", revelou. "Estou a falar dos homens brancos das camadas mais populares, e especificamente os heterossexuais educados com valores que há uns anos lhes garantiam determinados privilégios sociais. Esses homens acreditam que os homossexuais não devem exibir-se pelas ruas, que as mulheres devem desempenhar um conjunto de funções tradicionais e que as pessoas de outras raças e etnias são menos inteligentes do que os brancos em geral."

Dimitri assentiu.

"Para ser completamente honesto, devo dizer que é também isso o que nós pensamos aqui na Rússia..."

O homem da Cambridge Analytica não ignorava essa realidade, pois confrontava-se com ela todos os dias nas ruas de São Petersburgo, mas preferiu não a comentar.

"À medida que os valores foram evoluindo no Ocidente, e neste caso na América, a posição de domínio dos homens heterossexuais brancos das camadas populares foi sofrendo uma erosão e a sua posição colocada sob ataque", adiantou Alastair. "Antes eles referiam-se aos negros como pretos, e isso deixou de ser aceitável. Mandavam cantadas às moças mais jeitosas no emprego, mas tal tornou-se assédio sexual. Zombavam dos trejeitos efeminados dos homossexuais e agora têm de estar calados porque senão são acusados de homofobia. Tinham os melhores empregos à sua espera e neste momento veem as minorias passar-lhes à frente para ocupar essas funções. Antigamente eles eram os leões que reinavam sobre a selva, agora são cordeiros que têm de estar quietos e calados senão levam na cabeça. Como acha que se sentem com estas mudanças?"

A resposta era óbvia.

"Chateados."

"E sobretudo humilhados, senhor capitão. Muito humilhados. Ora, a humilhação é a gasolina que alimenta a raiva. Repare, antes eram os homossexuais que tinham de estar fechados no armário. Agora são os homens brancos heterossexuais das camadas populares que estão fechados no armário. A sua linguagem é policiada, o comportamento vigiado, as infrações punidas. Houve uma completa inversão dos estatutos. Antigamente tudo era permitido aos homens brancos heterossexuais e os outros grupos étnicos, as mulheres e os homossexuais tinham de ter muito cuidado com o que faziam e diziam. Agora é o contrário. Tudo é permitido aos outros grupos étnicos, às mulheres e aos homossexuais, e os homens brancos heterossexuais têm de ter muito cuidado com o que fazem e dizem."

Dimitri soltou uma risadinha nervosa.

"Ainda bem que vivo na Rússia, hem? Ao menos aqui não tenho de aturar nada disso."

Mais uma referência que o inglês preferiu ignorar. Indicou com um gesto o escritório onde os *hackers* russos operavam.

"O que nós estamos a fazer aqui em São Petersburgo é usar o sentimento de humilhação destes homens das camadas populares no Ocidente para lhes atiçar os ressentimentos e a raiva, canalizando essas emoções na direção que serve os nossos próprios objetivos, está a perceber? Para esse efeito, enchemos o Ocidente de desinformação. É certo que a desinformação se faz com mentiras, mas as mentiras não funcionam sozinhas. Elas têm de ser misturadas com a verdade para se tornarem credíveis."

"Se dissermos duas verdades proibidas que as pessoas conhecem, facilmente acreditarão numa mentira que não conhecem."

"As mentiras são-nos muito úteis, sem dúvida, mas não subestime a força das verdades que foram estigmatizadas e não podem ser ditas. É verdade, por exemplo, que as políticas de quotas e de discriminação positiva no Ocidente estão a fazer com que minorias étnicas e mulheres passem à frente dos homens brancos independentemente do mérito de uns e de outros. Isto causa ressentimento, claro. Quem gosta de ver pessoas passarem-nos à frente, não necessariamente por serem mais competentes, mas por decisão política e administrativa? Também é verdade que essas políticas são promovidas pelas elites, as quais no entanto mantêm as suas posições de dominação e até as reforçam à custa de tais práticas. É igualmente verdade que a cultura *woke* e o policiamento da linguagem estão a atingir níveis absurdos no Ocidente. Por exemplo, não se pode chamar 'mulher' a uma mulher."

"No Ocidente não se pode chamar mulher a uma mulher?", admirou-se Dimitri. "Ora essa! Então o que lhe chamam?"

"Na nova linguagem *woke* exige-se que elas sejam designadas 'pessoas que menstruam'..."

O russo desatou a rir.

"O Ocidente está mesmo perdido!"

"A cultura *woke* começou a enervar muita gente no Ocidente", observou Alastair. "As pessoas sentem-se policiadas no que dizem e fazem. O nosso trabalho é explorar a irritação que esse policiamento provoca. Acontece que o principal foco de tensão nas populações tende a ser as relações entre comunidades de etnias e raças diferentes. O que nos remete diretamente para a questão do racismo. Na Cambridge Analytica usamos a nossa vasta base de dados adquirida à Facebook e a outras fontes para testar o racismo implícito nas pessoas. Para o entender, é importante perceber primeiro que, na análise comportamental, há uma diferença entre o manifesto e o latente, ou seja, entre o que as pessoas dizem e o que elas realmente pensam."

"Conheço esse efeito", disse Dimitri. "Por exemplo, todos dizem que gostariam muito de ver ópera na televisão, mas quando a televisão transmite ópera... ninguém vê."

"Quando há uma diferença entre o que se diz e o que se faz, o que realmente interessa é o que se faz. As palavras escondem os verdadeiros pensamentos, os atos revelam-nos. Neste caso, o que nós, na Cambridge Analytica, queríamos saber era, não o que as pessoas dizem sobre as outras raças, mas o que elas realmente pensam sobre as outras raças. Fizemos experiências para responder a essa questão... e descobrimos uma coisa muito importante para o nosso trabalho: todas as pessoas brancas pensam no seu íntimo que de fato as pessoas de cor são menos inteligentes e que os brancos são intelectualmente mais capazes. Mas ninguém o diz. As pessoas brancas ocultam os seus verdadeiros pensamentos e esforçam-se por papaguear o discurso politicamente correto. Fazem-no para evitar a censura social e não serem designadas racistas, claro. O politicamente correto é uma forma de estigmatização e ninguém quer ser estigmatizado. Isto quer dizer que o policiamento do pensamento de fato inibe as pessoas de dizerem o que realmente pensam sobre as outras raças e etnias."

"Isso só acontece com os brancos?", questionou Dimitri. "Não há racismo nas outras raças e etnias?"

"Parece-me evidente que o racismo latente é universal na espécie humana. Basta aliás ver a forma como usamos os preconceitos contra os brancos para manipular os britânicos de origem paquistanesa, jamaicana ou indiana no sentido de votarem a favor do Brexit. Ou veja-se como a Coreia do Norte comunista se opõe visceralmente ao multirracialismo na Coreia do Sul ou como a China comunista acusa a população liberal de Hong Kong de ser traidora à raça. Mas a universalidade do racismo na espécie humana não foi por nós testada, pois não é relevante para o nosso trabalho. Do que temos, no entanto, a certeza é de que o racismo latente é universal entre os brancos, incluindo entre as elites brancas bem-pensantes. Refiro-me àquelas pessoas que proclamam aos quatro ventos que não são racistas, que criticam ferozmente o racismo explícito e que protegem ativamente as minorias. Em suma, os policiais do pensamento e os guardiães do discurso politicamente correto. Descobrimos que essas elites mascaram o seu racismo sob a capa do antirracismo e manifestam-no de formas oblíquas e disfarçadas, muitas vezes sem sequer se aperceberem disso."

"Como assim? Não estou a compreender..."

"Quer exemplos?", perguntou o homem da Cambridge Analytica. "Olhe, uma forma oblíqua de manifestação de racismo latente são as práticas paternalistas adotadas por pessoas brancas para com pessoas de outros grupos étnicos ou raciais. Quando as elites brancas bem-pensantes promovem a discriminação positiva desses outros grupos, fazem-no argumentando que isso promove a igualdade, não é? Não há dúvida de que passar à frente é bom para quem passa à frente, como também não há dúvida de que isso é mau para quem fica para trás. Mas essa não é a questão. O importante é que a promoção dessas políticas é paternalismo racial, e isso é racismo."

Dimitri esboçou um esgar de incompreensão.

"Paternalismo é racismo?"

"A partir do momento em que as minorias étnicas e raciais estão a ser tratadas de maneira infantilizada, sim. Repare, o paternalismo é uma forma de *babysitting*, com os diferentes grupos raciais e étnicos a fazerem o papel das crianças, os *babies*, e as elites brancas o papel dos adultos, os *babysitters*. Ao promoverem a proteção dessas minorias, as elites brancas fazem-no na convicção latente de que os outros grupos não são na realidade capazes de cuidarem de si próprios e precisam de proteção especial da mesma maneira que as crianças precisam de proteção especial dos adultos, está a ver? As políticas paternalistas partem do princípio implícito, mas nunca explicitado nem sequer admitido, de que há grupos étnicos ou raciais que não têm capacidade para se ajudarem a si próprios. Isso é em si mesmo um preconceito racial. Mas as elites brancas bem-pensantes escondem dos outros, e até de si próprias, esse racismo latente, e praticam o paternalismo, como se dissessem: 'Estão a ver? Olhem como eu protejo estes pobrezinhos, coitadinhos. Não é isto a prova final de que eu não sou racista?'"

"Está a dizer que até o antirracismo é uma forma de racismo?"

"Não o antirracismo especificamente, mas as políticas ativas de promoção das minorias étnicas ou raciais por critérios que não são de mérito, pois partem do princípio implícito de que essas minorias não são capazes de vingar por si próprias", esclareceu o britânico. "Mas há mais. Suspeitamos que a ajuda aos grupos étnicos e raciais de cor muitas vezes nem sequer resulta de imperativos morais, embora assim sejam apresentados, mas de frios cálculos eleitoralistas. É como se fosse fechado um negócio implícito entre as duas partes: eu dou-te subsídios e faço discriminação positiva a teu favor, tu dás-me os teus votos para eu ser eleito e continuar a dominar a sociedade. Claro que um negócio destes pode ser contestado pelas partes das populações que se sentem prejudicadas ou que consideram isto moralmente injusto, como os homens brancos das classes baixas. Para impedir que estas políticas sejam questionadas, as elites bem-pensantes inventaram um instrumento que se transformou no seu ás de trunfo. Sabe qual é?"

Dimitri fez um esforço, mas nada lhe ocorreu.

"Uh… não."

"O discurso politicamente correto."

"Ah!"

"Foi uma jogada genial, um verdadeiro xeque-mate que forçou os descontentes ao silêncio e os impediu de protestarem. É como se dissessem: 'Não podes contestar estas políticas que te prejudicam porque, se o fizeres, chamar-te-emos racista, estigmatizar-te-emos perante todos e serás banido por toda a sociedade. Ninguém mais falará contigo, pois todos terão medo de sofrer a mesma penalização.' Ao ouvir isto, as pessoas ficam intimidadas, claro, uma vez que os seres humanos são animais sociais e todos sentem necessidade de integração e de aceitação. Neste sentido, o discurso politicamente correto constitui um muito eficaz escudo protetor e legitimador do negócio estabelecido pelas elites com essas minorias para obterem os votos delas."

Dimitri ficou a massajar o queixo enquanto ponderava o que acabara de ouvir.

"Vocês na Cambridge Analytica conseguiram demonstrar isso com os vossos modelos de computador e o banco de dados que obtiveram do Facebook?"

"Pesquisamos o tema do racismo, sim", confirmou Alastair. "Fizemos várias experiências, e os resultados foram eloquentes. Descobrimos que há diversas formas de racismo e que as elites bem-pensantes se concentram no racismo aberto, mas uma importante fatia do racismo permanece latente. Isto significa que uma grande parte das pessoas, embora assumindo posições de superioridade moral e acusando os outros de serem racistas, evitam confrontarem-se com os seus próprios preconceitos raciais. Escondem dos outros o seu racismo, e até de si mesmas, através de respostas exageradamente positivas para com as minorias étnicas e raciais, como se essas respostas servissem para provar, aos outros e a si próprias, que não são racistas. 'Veem como eu ajudo tanto as minorias? É porque não sou racista!' Mas, como já referi, o paternalismo é uma forma de racismo escondido. Os nossos testes mostraram que muitas pessoas ocultam o seu racismo, não necessariamente por razões de imperativo moral, embora assim o pretendam, mas para protegerem o seu estatuto social."

Ainda que fosse russo, Dimitri compreendia a especial sensibilidade daquele tema no Ocidente devido aos seus regimes liberais. O que lhe suscitava uma pergunta.

"Desculpe lá, mas por que é que vocês, sendo ocidentais e tendo os regimes ocidentais uma cultura liberal, e portanto antirracista, se puseram a pesquisar o racismo?"

"Porque entender o racismo é fundamental para o nosso trabalho, senhor capitão", respondeu o homem da Cambridge Analytica. "Não se esqueça de que fui contratado pela Rússia para fazer o Brexit ganhar no Reino Unido e eleger Donald Trump na América. Isso só é possível se libertarmos determinadas forças que os regimes liberais ocidentais mantêm ferreamente sob controle."

"Que forças? O racismo?"

"A raiva", foi a resposta. "A grande força é sobretudo a raiva. O que nós aqui trabalhamos é essencialmente a raiva associada às políticas que privilegiam as minorias em detrimento das maiorias. Como as principais minorias tendem a ser grupos étnicos ou raciais, a raiva tende a dirigir-se contra esses grupos e acima de tudo contra as políticas que os privilegiam. Daí a importância de compreendermos o racismo. Descobrir que toda a gente é naturalmente racista e que o discurso politicamente correto constitui um mecanismo censório liberal para impedir que se questione o negócio de se trocarem votos por políticas favoráveis às minorias, apresentadas pelas elites sob o chavão legitimador de 'políticas inclusivas', permite-nos desenvolver técnicas que neutralizem esse mecanismo. Está a ver a ideia? Se o mecanismo censório é o discurso politicamente correto, então é preciso inocular nas pessoas uma vacina que as torne imunes ao discurso politicamente correto. Se conseguirmos fazer isso, esse mecanismo deixa de ser eficaz e as pessoas alteram o seu sentido de voto e passam a comportar-se de maneiras que nos convêm."

"Que convêm à Rússia, quer o senhor dizer. Sendo britânico, não o incomoda trabalhar para um país estrangeiro?"

"Sou profissional, senhor capitão", lembrou Alastair, tentando afastar o desconforto que a questão lhe poderia suscitar. "O fato é que as nossas técnicas funcionam e estamos realmente a conseguir neutralizar os efeitos censórios e estigmatizantes do discurso politicamente correto nos homens brancos heterossexuais das camadas mais populares. Muito importante, esses homens são apenas a ponta do icebergue. Atrás deles estão outros grupos sociais também incomodados pelo policiamento da linguagem e que poderão vir por arrasto. Basta ver o que estamos a conseguir fazer em França, o que fizemos no Reino Unido e o que vamos agora fazer nos Estados Unidos e depois por todo o Ocidente. Hoje a América... *morgen die Welt!*"

Fez-se um breve silêncio entre os dois homens enquanto Dimitri assimilava as vastas implicações políticas, ideológicas e estratégicas de tudo aquilo que acabara de escutar.

"O senhor falou numa vacina para inocular nas pessoas e torná-las imunes aos efeitos censórios do discurso politicamente correto. De que vacina está a falar?"

"A vacina é a normalização do discurso politicamente incorreto", respondeu. "O ponto de partida para o desenvolvimento dessa vacina é a nossa descoberta de que, no fundo, toda a gente é racista e que uma importante fatia da população é nacionalista silenciosa. Umas pessoas são racistas paternalistas que usam o voto das minorias raciais e étnicas para se perpetuarem no poder, outras são racistas hostis a essas minorias e aos racistas paternalistas que as protegem. Contudo, os racistas hostis, tal como os nacionalistas, veem-se silenciados pelo discurso politicamente correto dos racistas paternalistas. Esse discurso impõe a tal espiral do silêncio que cria a chamada 'maioria silenciosa'. As pessoas pensam assim: 'Eu tenho pensamentos nacionalistas ou racistas hostis, mas como não vejo mais ninguém a verbalizá-los concluo que sou o único a tê-los, e, como sinto que estou isolado e tenho necessidade de ser socialmente aceite, calo-me.' Acontece que as pessoas em redor tendem a estar exatamente na mesma situação: julgam que os seus pensamentos nacionalistas ou racistas hostis são exclusivos delas, que mais ninguém pensa assim, e, portanto, uma vez que têm necessidade de ser socialmente aceites, evitam igualmente verbalizá-los. A consequência é que uma importante parte das pessoas são nacionalistas ou racistas hostis, mas, para não se sujeitarem à censura achincalhante e por pensarem que estão isoladas nesse nacionalismo ou racismo, todas elas escondem isso ou até proclamam o seu contrário. Dizem que não são nacionalistas ou racistas, mas pensam o inverso."

"Portanto, uma importante parte das pessoas são nacionalistas ou racistas hostis, mas essas pessoas estão no armário."

"É precisamente isso a 'maioria silenciosa'. O nosso trabalho aqui é usar a raiva muda dessa maioria de modo a viabilizar que grupos iliberais ou antiliberais assumam o poder nos regimes liberais do Ocidente, assim viabilizando o Brexit, a vitória de Trump e outros resultados do gênero. Para tal, temos de fazer com que a 'maioria silenciosa' perceba enfim que é uma maioria e que perca desse modo o medo de exprimir o que realmente pensa. A 'maioria silenciosa' tem de deixar de ser silenciosa e perceber que é uma maioria. Para tal, tem de falar. Como se faz isso? Anulando a eficácia do discurso politicamente correto que lhes impõe o silêncio."

"E como se anula a eficácia desse discurso?"

"Não é fácil", reconheceu Alastair. "O discurso politicamente correto tornou-se um discurso de regime, imposto por uma minoria bem-pensante para se perpetuar no poder à custa do pensamento liberal e do racismo paternalista. Esse discurso é repetido por uma guarda pretoriana que serve de *gatekeeper* policiador: os meios de comunicação social tradicionais. Quem disser algo que viole o discurso politicamente correto imposto pelo regime liberal será censurado de duas maneiras: primeiro pela humilhação, a seguir pelo silenciamento. Os meios de comunicação social tradicionais deixam pura e simplesmente de dar palco a quem diga coisas politicamente incorretas. Os infratores são silenciados. Olhe para o caso de Donald Trump. Enquanto era um mero palhaço no *reality show The Apprentice*, a NBC manteve-o alegremente em horário nobre e faturou milhões à custa dele. No instante em que Trump pôs na mesma frase as palavras 'imigrantes' e 'violações', armou-se um escândalo e foi criticado e despedido. Ou seja, viu-se achincalhado e silenciado."

Ao ouvir esta última palavra, Dimitri contraiu as sobrancelhas.

"Exceto que ele não foi exatamente silenciado..."

O inglês da Cambridge Analytica sorriu.

"Ah, é observador...", notou. "Sim, ele foi achincalhado e despedido da NBC, mas de fato não o conseguiram silenciar. E por quê? Porque ocorreu uma mudança fundamental nas nossas sociedades: os meios de comunicação social tradicionais deixaram de ter o monopólio de *gatekeeping*. Ou seja, já não são eles que ditam em exclusivo quem tem ou não tem acesso ao palco público. Há agora novos meios de comunicação a tirar às elites o exclusivo da comunicação e a dar voz às pessoas."

Iluminando-se de compreensão, o olhar do russo desviou-se quase instintivamente para a tela pousada diante deles.

"A Internet!"

"As redes sociais", especificou Alastair. "A maior parte das pessoas no Ocidente deixou de consumir as notícias através dos meios de comunicação social tradicionais e passou a ser informada pelas redes sociais, isto é, pelo Facebook, pelo YouTube, pelo Twitter, pelo Telegram e sei lá mais o quê. As redes sociais mudaram tudo. Bem podem os meios de comunicação social tradicionais utilizar as habituais técnicas de *gatekeeping* policiador, como reverberar e silenciar os que violam as regras impostas pelo discurso politicamente correto. Se poucas pessoas estão já a ler jornais e o número de espectadores dos noticiários televisivos diminui de dia para dia, o *gatekeeping* deixou de funcionar. As pessoas estão cada vez mais a informar-se pelas redes sociais. E onde está Donald Trump a falar todos os dias?"

A resposta era óbvia.

"Nas redes sociais."

"Ou seja, o regime liberal já não o consegue silenciar, a ele e a outros como ele por todo o Ocidente, pelo que as técnicas de achincalhamento usadas no discurso politicamente correto perderam eficácia. É aqui que se processa o ponto de viragem. Quer ver como se faz?"

"Sim, claro."

Alastair voltou-se para o computador e reativou a conta falsa na qual estava a trabalhar no Facebook, a I Love My Country. Fez uma busca e localizou *links* com as intervenções de Donald Trump. Clicou num desses *links* e acedeu ao vídeo de um comício do candidato republicano.

"*Eu vou construir um grande, grande muro na nossa fronteira sul*", declarou Trump no comício, conforme registrado nas imagens. "*E farei o México pagar por esse muro. Tomem nota destas minhas palavras.*"

A multidão entrou em delírio e pôs-se a entoar em coro a palavra de ordem.

"*Construam o muro! Construam o muro! Construam o muro!*"

A seguir clicou num outro *link*. Trump apareceu aí a pronunciar uma frase muito curta.

"*Vamos fazer a América grande outra vez!*"

O britânico copiou os dois *links*, juntando-os, e distribuiu-os pelos "amigos" da sua página falsa, ativando o modelo computacional da Cambridge Analytica e aplicando-o à imensa base de dados adquirida à Facebook.

"É assim que se faz", disse. "O nosso modelo selecionou todas as pessoas da base de dados que, pela análise computacional, são sensíveis a estas duas mensagens. Agora vou pôr-me no lugar dessas pessoas e imaginar que recebi esta mensagem. Se o meu acesso à informação ocorre sobretudo através das redes sociais e se vejo aí figuras públicas, como Donald Trump, a dizerem em voz alta aquilo que eu penso em silêncio, isso vai começar a neutralizar as minhas inibições. 'Caramba, este Trump é o único que tem coragem para dizer a verdade, para verbalizar abertamente o que eu penso em segredo!' Claro que essas figuras públicas serão imediatamente achincalhadas na comunicação social tradicional pelos policiais do discurso politicamente incorreto, os *gatekeepers*, até porque a comunicação social tradicional também está presente nas redes sociais. Isso poderá assustar as pessoas que pensem como a figura pública prevaricadora. 'Concordo com o que Trump diz, ele é mesmo o único que se atreve a dizer o que eu penso, mas continuo a ter um certo medo de ser sujeito ao mesmo achincalhamento.' Certo?"

"Certo. E então?"

Clicou em sucessivas contas falsas, cada uma em nome de um qualquer "americano", e desatou ele próprio a redigir mensagens que o modelo computacional prontamente remeteu para os alvos a quem foi enviado o vídeo de Trump.

Grande homem! Força, Trump!

Construam o muro! Vamos travar a invasão da América!

Temos de proteger as nossas filhas! Construam o muro!

Salvem a América! Construam o muro! Trump a presidente!

Vamos fazer a América grande outra vez! #VotaTrump

Alastair contemplou o que acabara de escrever no computador e enviar aos "amigos" da sua conta falsa.

"E pronto!", exclamou. "Temos aqui os comentários dos americanos comuns ao vídeo de Trump."

Foi então que esboçou um sorriso vitorioso.

XLI

Sentado à sua mesa, havia já três horas que Leroy Roderick andava a ver mensagens e *links* do Facebook e do YouTube. Aderira a vários "grupos" do Facebook e muitos dos seus novos "amigos" enviavam-lhe sucessivos *memes*, mensagens e vídeos. Um desses seus "amigos", um americano muito ativo no Facebook que escrevia a partir de uma página intitulada I Love My Country, designação que demonstrava tratar-se de uma pessoa altamente patriótica e preocupada com o país, acabara de lhe enviar dois *links* com vídeos de Donald Trump.

Clicou no primeiro.

"*Eu vou construir um grande, grande muro na nossa fronteira sul*", disse o candidato republicano. "*E farei o México pagar por esse muro. Tomem nota destas minhas palavras.*"

A multidão desatou a entoar em coro o grande *slogan* do momento.

"*Construam o muro! Construam o muro! Construam o muro!*"

O vídeo terminou e Leroy estava em êxtase, as lágrimas a molharem-lhe as pálpebras.

"Meu Deus, meu Deus! Ele diz exatamente aquilo que penso!", afirmou em voz alta para si mesmo. "Construam o muro! Construam a porra do muro, caraças!"

Clicou no segundo *link* e Trump voltou a aparecer, desta feita noutro contexto e com uma mensagem telegráfica.

"*Vamos fazer a América grande outra vez!*"

Aquilo encheu-o de emoção.

"Isso!", urrou Leroy. "Grande Trump! Vamos fazer a América grande outra vez!"

Reparou então que as mensagens se sucediam por parte de outros "amigos" do seu "grupo" no Facebook, todos a reagirem da mesma forma.

Grande homem! Força, Trump!

Construam o muro! Vamos travar a invasão da América!

Temos de proteger as nossas filhas! Construam o muro!

Salvem a América! Construam o muro! Trump a presidente!

Vamos fazer a América grande outra vez! #VotaTrump

Ao ler estas mensagens, deu um salto, entusiasmado por perceber que não estava sozinho, que afinal muitos outros pensavam como ele.

"É isso, galera!", berrou, galvanizado. "Estamos juntos! Estamos unidos! Acabou-se o medo! Vamos atirar estes liberais todos para o olho da rua! Eles que se lixem! A América voltará a ser grande!"

Incapaz de conter o seu impulso e entusiasmo, decidiu juntar-se àquela corrente humana que se manifestava no Facebook e também ele redigiu uma mensagem de apoio ao vídeo.

Construam a porra do muro! Trump presidente!
Força América!

Clicou e a mensagem foi enviada para todos os seus "amigos" no "grupo" do Facebook, incluindo o grande patriota americano que geria a conta I Love My Country.

XLII

Os olhos do capitão Dimitri Chernyshev estavam colados às frases escritas na seção dos comentários da conta falsa do Facebook intitulada I Love My Country.

Grande homem! Força, Trump!

Construam o muro! Vamos travar a invasão da América!

Temos de proteger as nossas filhas! Construam o muro!

Salvem a América! Construam o muro! Trump a presidente!

Vamos fazer a América grande outra vez! #VotaTrump

Construam a porra do muro! Trump presidente!
Força América!

Apontou para as linhas com os comentários e voltou-se para Alastair Hayes.

"Espere aí!", interpelou-o. "Quem escreveu as cinco primeiras destas mensagens não foi o público americano em geral. Foi você aqui na Rússia!"

"Esse é o nosso trabalho", esclareceu o homem da Cambridge Analytica. "Claro que as primeiras cinco destas mensagens são falsas.

Não são americanos que as enviaram, fui eu aqui em São Petersburgo. E então?"

"E então? Mas..."

"Não importa que as mensagens sejam falsas, senhor capitão", afirmou o britânico. "O que importa é darmos a impressão de que são americanos anônimos que as estão a escrever. Isso permite-nos influenciar os americanos genuínos que receberam o vídeo e que depois receberam estas mensagens de contas que, pensam eles erradamente, são de outros americanos."

"Mas em que é que estas mensagens me influenciam? Está certo, fico com a convicção de que há muitos americanos a apoiar Trump e as suas ideias. E depois?"

"Ouça, imagine que eu sou um americano branco da classe baixa, reprimo o meu pensamento politicamente incorreto e estou no Facebook. Se a seguir à visualização dos vídeos de Trump eu vir nas redes sociais muitas e muitas pessoas como eu, cidadãos comuns, a perderem igualmente as suas inibições e a dizerem as mesmas coisas que eu penso, então também eu perderei o medo de ficar socialmente isolado e começarei a dizer aberta e livremente o que de fato penso. A certa altura, já não são as nossas contas falsas que estão a comentar o vídeo, serão americanos verdadeiros que, perdendo o medo da censura, o começarão igualmente a fazer. Se for a ver, a sexta destas mensagens já é de um americano verdadeiro, o que mostra que a técnica resulta. O universo virtual transforma-se então em real, o discurso falsificado em genuíno. Cria-se assim uma corrente que vai engrossando e ganhando cada vez mais força. Se muita gente disser ao mesmo tempo o inaceitável, o inaceitável tornar-se-á aceitável."

"Estou a entender."

"É aqui que entram as frases que os algoritmos evolutivos decretaram como sendo as vencedoras", acrescentou. "Repare nesta frase usada por Trump, 'construam o muro'. Acha que ela está a ser pronunciada por acaso? Muito antes de ele se candidatar à Casa Branca, a Cambridge Analytica conduziu um estudo detalhado e descobriu que a frase que mais galvaniza o eleitorado americano é, surpresa, surpresa, 'construam o muro'. Ou seja, Trump não a inventou. Fomos nós que a inventamos. Os americanos reagiram extraordinariamente bem a esta frase e os algoritmos registraram essa reação. Trump apenas a está a dizer porque lhe disseram para a dizer. Outras frases ganhadoras foram 'limpem o pântano' e 'vamos fazer a América grande outra vez'. É por isso que Trump passa a vida a repeti-las. Ele não passa de um ator, percebe? Os algoritmos determinam quais as frases que melhor funcionam, nós detectamos essas frases… e ele papagueia-as."

"*Blin!*", exclamou Dimitri, atônito. "Isso quer dizer que, doravante, quem decide as políticas nas democracias não são verdadeiramente os políticos nem os eleitores, são os algoritmos e os frequentadores das redes sociais."

O homem da Cambridge Analytica voltou à sua conta falsa no Facebook, a I Love My Country, e fez uma nova busca; na realidade, tratava-se de mais um vídeo de Donald Trump.

"Agora ouça isto."

Clicou no respectivo *link*.

"*Estamos a construir um muro na fronteira do Novo México*", disse Trump nesse vídeo. "*Estamos a construir um muro no Colorado.*"

As imagens terminaram e o britânico encarou o russo, como se esperasse uma reação deste. O capitão do FSB devolveu-lhe no entanto uma expressão opaca.

"São mais declarações sobre o muro", constatou, quase com indiferença. "O que têm elas de especial?"

"Não percebeu?"

"Não percebi o quê?"

"Ah, pois, o senhor capitão é russo", concedeu Alastair, lembrando-se de que o seu interlocutor não estava evidentemente a par de certas subtilezas da geografia dos Estados Unidos. "Se fosse americano, perceberia…"

É que havia um problema com aquela declaração.

XLIII

O ar quente e úmido que encontraram não constituía propriamente uma surpresa para Tomás Noronha, no fim de contas estavam no Sudeste Asiático e aquele clima era a norma na região. O que verdadeiramente o surpreendeu foi o tipo de arquitetura de *fin de siècle* que descobriu no centro de Yangun. Os edifícios coloniais britânicos do tempo em que o país se chamava Birmânia mostravam-se na sua grande maioria em estado decadente, vencidos pela umidade que tudo permeava, mas aquela linha arquitetônica proliferava por toda a cidade e conferia-lhe uma inesperada atmosfera de velha Europa tropical.

"Quando soube que vinha cá, li umas coisas sobre Yangun", revelou Maria Flor. "Parece que é a cidade desta zona da Ásia com maior presença de arquitetura colonial."

Os dois estavam sentados no *lobby* do Strand Hotel, "o melhor hotel a leste do Suez", como se dizia nos tempos do Império Britânico, e ambos tiravam partido da vista para o rio que corria para além das janelas. O chão de mármore era reluzente e as mobílias em madeira conferiam-lhe o exótico toque dos trópicos que integrava naturalmente o Strand no espaço urbano da antiga capital da Birmânia e a maior cidade de Myanmar.

Tomás espreitou o relógio.

"Está dez minutos atrasado."

"Oh, sabes como eles são nestas paragens", respondeu a mulher com um gesto lânguido. "Vai tudo com calma, não há *stress*."

O marido bocejou. O voo havia sido longo e o *jet lag* produzia os seus efeitos. Quando já sentia as pálpebras a fecharem-se-lhe, viu um birmanês baixo, de óculos e gotas de suor a deslizarem-lhe pelo rosto, a tez mais escura do que era habitual nos birmaneses daquela região, a abeirar-se deles com ar apressado, a atenção fixa na portuguesa sentada no cadeirão.

"Senhora Maria?"

Ela levantou-se de imediato.

"Professor Tin Tun, presumo. Como está?"

Apertaram as mãos e Maria Flor apresentou-lhe o marido. Depois das inevitáveis trocas de amabilidades, o birmanês olhou em redor com uma expressão inquieta.

"Não tem por acaso um lugar onde possamos falar à vontade?"

"Só se for ali no Strand Café", sugeriu Maria Flor, indicando a salinha de café do hotel. "Está-se lá muito bem e..."

"Estou a referir-me a um local realmente discreto. O vosso quarto, se não for abuso da minha parte."

Com o recém-chegado sempre a certificar-se de que ninguém os seguia, subiram ao segundo andar e entraram no quarto. Ao ser confrontado com aquele comportamento, Tomás não pôde deixar de pensar que nos últimos tempos só se rodeava de gente paranoica. Embora o quarto fosse espaçoso, apenas se via uma mala meio desfeita sobre a cama e roupas de mulher deitadas sobre uma cadeira. Na verdade, e porque a reconciliação ainda não se efetivara, Tomás ficara alojado noutro andar do hotel.

"Aqui é suficientemente discreto para si?"

"Peço desculpa, ando muito nervoso", reconheceu Tin Tun, pestanejando num tique. "A polícia tem os seus esbirros espalhados pelos principais hotéis para se certificar de que não há contatos indesejáveis dos estrangeiros com certos elementos da população local, na verdade com pessoas... enfim, como eu. A senhora tem a certeza de que as autoridades não sabem que foi enviada pela Anistia Internacional?"

"Fui escolhida para vir cá precisamente devido ao meu anonimato", esclareceu ela. "Bem vê, vivo numa pequena cidade do Centro de

Portugal. Não é nada de espalhafatoso ou que atraia atenções indesejadas, se é o que quer saber. De certeza que a vossa polícia nunca ouviu falar de mim."

"Permita-me que lhe pergunte, mas qual o álibi que deu para entrar em Myanmar?"

"O meu marido é historiador e venho acompanhá-lo em investigações sobre a gloriosa dinastia Taungoo, que fez de Myanmar o maior império do Sudeste Asiático no século XVI. Ele tem um documento que confirma trabalhar em peritagem histórica para a Fundação Gulbenkian, em Lisboa."

"Excelente álibi, judiciosa escolha", aprovou o birmanês. "Decerto que na alfândega gostaram de ouvir que está a estudar a dinastia Taungoo."

"Adoraram."

Fez-se um curto e embaraçoso silêncio entre eles, como se hesitassem sobre quem abordaria primeiro o verdadeiro assunto que ali os juntara. Sempre ansioso, Tin Tun voltou a lançar um olhar em redor antes de falar de novo.

"Presumo que esteja à espera que lhe entregue o… a coisa que lhe prometemos."

"Bem, sim."

Mais tiques nervosos nos olhos.

"Há um problema", revelou. "O… a coisa não está comigo. Dei-a a um aluno meu para a esconder."

"Ele não a pode devolver?"

O homem respirava com dificuldade, tal a perturbação.

"Pareceu-me que a polícia estava atrás de mim e… enfim, entrei em pânico", disse, sem responder à pergunta. "Antes que fosse apanhado, passei a coisa ao rapaz. Confio nele. Bem vê, pertence à minha etnia."

"Então é uma questão de ir ter com ele."

Tin Tun abanou a cabeça.

"Não é assim tão simples", acabou por confessar. "Esta manhã fui buscá-la a casa dele e fui informado de que já não estava em Yangun. Pelo visto recebeu a notícia de que a mãe está doente e partiu para a aldeia."

"E a tal coisa?"

"É esse o problema. Levou-a com ele."

Maria Flor suspirou de impaciência.

"Que aborrecimento. Onde é a aldeia para onde o rapaz foi?"

"É lá no Norte. Chama-se Tula Toli."

"É longe daqui?"

"Uns três dias de viagem."

Os dois portugueses reviraram os olhos, contrariados. Não estavam à espera daquilo.

"Quando volta ele?"

"Não sei. Uma semana. Duas. Um mês. Depende do estado da mãe e… e da situação."

"Qual situação?"

"A situação."

Tratava-se evidentemente de uma referência à situação política, qualquer que ela fosse. Estavam em Myanmar, um país em que a população vivia em permanente confronto com o regime militar, pelo que havia sempre uma qualquer situação a decorrer.

"Está a insinuar que vou ter de ficar um mês aqui em Yangun à espera que o seu aluno volte?"

O birmanês fez um gesto de impotência.

"Peço desculpa, isto está fora das minhas mãos. Não planeei assim. Aconteceu."

O casal português trocou um olhar preocupado.

"Não posso ficar aqui parado um mês à espera do tal aluno", avisou Tomás, na mente sempre o problema que Sasha lhe pusera nas mãos e o prazo para o resolver. "Tenho compromissos inadiáveis."

"Pois, eu sei, mas não me posso ir embora sem levar comigo a coisa destinada à Anistia Internacional. É demasiado importante."

"Mas… vais ficar aqui um mês à espera?"

"Um mês, dois meses… o que for necessário."

"Que coisa é essa que é assim tão importante?"

"É matéria confidencial, não te posso dizer", devolveu Maria Flor. "Mas não saio de Myanmar de mãos vazias, disso podes ter a certeza.

Se tens compromissos inadiáveis, é melhor regressares a Lisboa. Imagino que seja por causa de uma velharia qualquer que custa balúrdios e que a Gulbenkian quer que tu, sempre zeloso e obediente, certifiques."

Disse-o em jeito de remoque, e Tomás acusou o toque. Partir era de fato um imperativo; não por causa da Gulbenkian, como era evidente, mas porque precisava de resolver o assunto pendente dos russos. Não podia de modo nenhum estar um mês à espera. Mas percebeu que uma decisão dessas iria cair muito mal em Maria Flor. Se partisse, deixá-la-ia sozinha num país permanentemente mergulhado na tal "situação" e, portanto, vulnerável ao regime e aos seus caprichos e paranoias. Isso cairia mal na sua mulher. Além de que a tal "coisa" de que todos falavam era decerto matéria politicamente muito sensível, caso contrário Maria Flor não teria sido enviada para Myanmar naquelas circunstâncias.

Por uma questão da sua imagem junto da mulher, mas também de segurança dela, estava absolutamente fora de questão deixá-la sozinha em Yangun.

"Ouve, se calhar é melhor regressarmos a Lisboa e, quando o aluno regressar e a tal coisa aparecer, voltaremos cá e..."

"Não saio daqui sem levar o que aqui vim buscar, já te disse."

Maria Flor declarou-o com uma firmeza que desfazia qualquer ilusão. O marido conhecia-a e sabia que ela não brincava; se dizia que não saía, era porque não saía. Ora, se ela não saía sem o que viera buscar e se o que viera buscar só poderia reaparecer daí a um mês ou até mais, então só via uma solução.

Encarou Tin Tun.

"Dá para telefonar para a tal aldeia e falar com esse estudante?"

"É uma zona muito pobre, os contatos são difíceis. Além disso, mesmo que conseguíssemos estabelecer ligação, seria uma grande imprudência falar sobre um assunto tão sensível ao celular. Bem vê, se para podermos discutir esta questão sem sermos escutados tivemos até de vir para o recato do vosso quarto de hotel, imagine como não será com as comunicações telefônicas."

Tomás respirou fundo, resignando-se ao inevitável.

"Então só nos resta uma opção, não é?"

"Qual?"

Antes de explicar o que tinha em mente, Tomás atirou um olhar para a mulher. Maria Flor também conhecia bem o marido e, antes de ele o dizer, já ela sabia o que ele ia dizer.

"Vamos os dois a Tula Toli."

XLIV

Se havia quem podia perceber a declaração de Trump eram os americanos, pessoas como Leroy Roderick. Sentado diante do computador, estava ainda no seu "grupo" do Facebook quando recebeu a nova mensagem de um dos seus "amigos" na rede social, o pelo visto muito patriótico e ativo americano que geria a conta I Love My Country. Abriu-a e constatou que ela incluía um novo *link* para o YouTube que o conduzia a um novo vídeo de Donald Trump.

Clicou no *link*.

"*Estamos a construir um muro na fronteira do Novo México*", afirmava o candidato republicano nesse vídeo com ar muito sério. "*Estamos a construir um muro no Colorado.*"

A declaração desencadeou em Leroy um ataque de riso. Riu e riu até às lágrimas; havia muito tempo que não se ria tanto. Aquilo era de fato hilariante.

"Este Trump é o máximo!", murmurou entre as gargalhadas. "O tipo é mesmo muito engraçado."

A declaração de Donald Trump era realmente extraordinária; uma obra-prima do humor *nonsense*. O antigo apresentador do *The Apprentice* acabara de elogiar a construção, numa fronteira que não existia, de um muro que nunca poderia existir. É que o Colorado, como qualquer americano muito bem sabia, não fazia fronteira com o México!

Ainda a rir, reviu a declaração no *link* que o seu "amigo" da conta I Love My Country lhe enviara.

"*Estamos a construir um muro na fronteira do Novo México*", dizia Trump sempre no mesmo registro sério. "*Estamos a construir um muro no Colorado.*"

A segunda visualização renovou-lhe as gargalhadas.

"Isto é brilhante!", disse, as lágrimas de riso a umedecerem-lhe os olhos. "O tipo é um gênio!"

Sim, aquela declaração provava que não havia maior humorista do que Donald Trump. O homem não só desafiava abertamente o discurso politicamente correto, fazendo-o sem hesitações nem medo, como zombava na cara dos liberais. Brincava com eles! As elites lançavam-lhe ataques cerrados e muito violentos por ele defender a construção de um muro que impedisse que mais imigrantes latino-americanos atravessassem ilegalmente a fronteira com o México, e Trump virava o bico ao prego. Com um sentido de humor impagável, mostrava-lhes que a ideia do muro não se reduzia a um simples bloco de cimento a construir na fronteira. Era isso, sim, mas era muito mais do que isso.

O muro, sabia Leroy e sabiam todos os grandes patriotas que com ele agora interagiam pelo Facebook e pelo YouTube e que ali diziam o que em mais nenhuma parte se atreveriam a dizer ou lhes seria permitido dizerem, era na verdade um conceito, a ideia de que a América deveria erguer muros físicos para se proteger das ameaças do mundo externo, como os imigrantes latino-americanos que ultrapassavam os honrados e honestos trabalhadores americanos no acesso ao emprego e como os imigrantes muçulmanos que vinham encher a América de véus, *burkas* e bombas. Mas era também uma metáfora, a ideia fundamental de que o país teria de erguer muros culturais para se proteger das ameaças que vinham do seu interior, as perversões liberais que viravam os verdadeiros valores de pernas para o ar, que punham os sodomizadores, as feminazis e os imigrantes e descendentes deles a mandarem nos verdadeiros americanos. Haviam sido os agora demonizados brancos quem fizera da América a grande potência em que se tornara, pelo que só os americanos brancos poderiam fazer a América grande outra vez.

Era esse o verdadeiro significado da declaração de Trump de que estava a ser construído um muro no Colorado, um estado que não fazia fronteira com o México. O candidato humorista disse Colorado como poderia ter dito Texas, Arizona, Geórgia, Alabama, Flórida. Ou Luisiana. Colorado significava a América em revolta, a América que durante tanto tempo tinha sido amordaçada pela opressão do discurso politicamente incorreto, a América que se libertava dos grilhões do silenciamento e se erguia enfim para reclamar o seu destino e a sua liberdade.

Sim, Trump brincava com as elites, ria-se delas, escandalizava-as propositadamente, prometia muros fronteiriços onde não havia fronteiras, ridicularizava o sistema, fazia os verdadeiros americanos, os americanos do povo, rirem-se das elites liberais que sempre os dominaram e humilharam, mas por detrás de toda essa troça estava uma mensagem mais profunda e muito séria, a de que o Colorado era a América, a de que o muro não se reduzia a uma simples parede de betão e arame farpado, era antes e sobretudo um símbolo, uma ideia, uma cultura. O muro queria simplesmente dizer que a verdadeira América perdera o medo e estava de volta.

É certo que Trump dizia por vezes uns disparates e até escrevia *tweets* com erros ortográficos. E então? Não era ele próprio, Leroy Roderick, que por vezes também dizia tonterias e cometia erros a escrever? As elites do Norte riam-se dos do Sul, chamavam-lhes *rednecks* e desdentados, os caipiras ignorantes dos estados *flyover*, e tentavam por todos os meios diminuí-los e achincalhá-los. Pois bem, Trump era também um *redneck*, um desdentado, um caipira ignorante. Nisso, Trump era igual a Leroy e a tantos outros que faziam da América o que ela era. Riam-se dele? Deixá-los rir. Isso unia-os ainda mais.

Leroy era Trump e Trump era Leroy. Trump era todos os americanos brancos pobres que o sistema dos liberais desprezava e espezinhava, era todos aqueles de quem as elites se riam e desconsideravam, a quem chamavam rústicos e atrasados. Trump era os esquecidos, os *losers*, os deixados para trás, mas talvez os *losers* viessem a dar a volta às elites que se achavam bem-pensantes, talvez os *losers* acabassem por se revelar *winners*, quem sabe? Mesmo não sendo perfeito, Trump era um patriota e temia a Deus, opunha-se às elites e ao satanismo, tentava proteger as crianças violadas nas cerimônias satânicas do pântano de Washington, defendia a gente que todos os outros ridicularizavam e inferiorizavam. Trump era a verdadeira América e os verdadeiros americanos eram por Trump. Trump era o muro, Trump era o Colorado, Trump era todos.

Com Trump, começara Leroy a acreditar, e a acreditar com todas as suas forças como cada vez mais tantos outros como ele estavam a acreditar, vamos fazer a América grande outra vez.

Construam o muro!

XLV

Não era fácil navegar nas águas lamacentas do rio Irrawaddy, considerando que seguiam em sentido contrário ao da corrente, mas o *Anawrahta*, o navio a vapor de três pisos que vinha dos tempos do Império Britânico, era suficientemente poderoso para vencer a resistência das águas que desciam dos Himalaias tibetanos e corriam até ao mar de Andaman. Sentado ao lado da piscina do *Anawrahta*, Tomás Noronha ia bebericando um *Singapore Sling* enquanto contemplava a floresta densa que bordejava as águas do grande rio.

"Isto é uma loucura", disse Tin Tun, abanando a cabeça. "Ainda bem que a senhora Maria ficou em Yangun. Nós também devíamos ter ficado."

"Ela ficou porque precisamos de alguém a servir de apoio em caso de necessidade."

"Pois, mas… a situação nas províncias é complicada. Mal acredito que o senhor me convenceu a meter-me nesta aventura. Isto ainda vai acabar mal."

"Tenha calma, meu caro", devolveu Tomás, molhando os lábios e a garganta com mais um trago de *Singapore Sling*. "Aprecie a paisagem à nossa volta. Não é bonita? Relaxe e aproveite a viagem, homem. Tanta tensão até lhe faz mal à digestão."

"Mas… e a situação?"

"Lidaremos com os problemas se e quando eles surgirem, fique descansado. Não devemos é morrer de véspera, percebeu? Cada coisa a seu tempo. Tenha calma. Relaxe e usufrua o momento."

Tin Tun roía as unhas.

"Gostaria de estar tão tranquilo quanto o senhor."

O *Anawrahta* subia o Irrawaddy em direção a Mandalay, mas o plano era saírem antes, em Minbu, e encaminharem-se para noroeste, rumo à aldeia de Tula Toli. Daí que o português pretendesse aproveitar ao máximo a parte mais tranquila e confortável da viagem. Ao ver o seu companheiro de viagem tão inquieto, todavia, pousou o copo à beira da piscina e fitou-o interrogativamente.

"Mas afinal o que o apoquenta?"

"Tudo, professor Noronha. Tudo."

"Não me vai falar outra vez na situação, pois não?"

O birmanês baixou a voz.

"Preciso de lhe confessar uma coisa, professor Noronha. O meu verdadeiro nome não é Tin Tun."

"Ai não? Então qual é?"

"Mustak."

Disse-o como se isso fosse autoexplicativo. Talvez o fosse, mas não para um europeu como Tomás.

"Não percebo. Por que usa um nome que não é o seu?"

"Não compreende? Mustak é um nome rohingya."

Nova expressão de incompreensão do português.

"E…?"

"Existem cento e trinta e cinco grupos étnicos em Myanmar, professor Noronha. Os rohingyas não são aceites pelas autoridades de Yangun como um deles. Dizem que não somos birmaneses, que somos estrangeiros, que somos bengalis."

"E são?"

"Estrangeiros? Claro que não. É verdade que a nossa língua mistura bengali com urdu, árabe, farsi e arakanês. É também verdade que a nossa religião é muçulmana, não budista como noventa por cento dos birmaneses. Mas somos birmaneses. Embora de uma etnia e de uma religião diferentes, claro. Nascemos aqui e vivemos aqui, esta é também a nossa terra. Eles não aceitam isso e querem-nos daqui para fora. Foi por isso que, quando fui viver para Yangun, mudei o meu nome e adotei um nome budista birmanês. Escolhi Tin Tun para poder ser aceite. O meu verdadeiro nome, no entanto, é rohingya. Chamo-me Mustak."

"Então a partir de agora devo chamá-lo Mustak?"

Tomás falara em voz alta, despreocupado, o que alarmou o companheiro de viagem.

"Chiu!", pediu o birmanês, sempre em voz baixa. "Chame-me Tin Tun, por favor. É mais seguro."

"Peço desculpa."

Olharam em volta, mas ninguém parecia ter notado.

"O fato, professor Noronha, é que os budistas não querem os rohingyas no país. Até fizeram uma Constituição a negar-nos o direito de cidadania. Porém, tirando uns episódios desagradáveis e a progressiva perda de direitos, temo-nos aguentado. Até que apareceu o Wirathu."

"Quem é esse?"

"Nunca ouviu falar em Wirathu?", admirou-se Tin Tun. Hesitou. "Diga-me, professor Noronha, o que sabe o senhor da história recente de Myanmar?"

"Sei que vocês eram governados por uma junta militar e que a líder da oposição, Aung San Suu Kyi, ficou décadas em prisão domiciliária apesar de ter ganho o Nobel da Paz. Tenho ideia de que, há alguns anos, o vosso ditador foi substituído e o país abriu-se enfim à democracia e ao exterior."

"Isso é tudo verdade, professor Noronha. Quando vim para Yangun, a Internet estava proibida, os celulares não eram permitidos, os jornalistas estrangeiros não podiam entrar no país e nós não podíamos sair. Juntamente com a Coreia do Norte, éramos a nação mais isolada do mundo. Mas quando o general Thein Sein, o nosso novo presidente, subiu ao poder, foi tomada a decisão de se abrir tudo e democratizar o país."

"Aí tudo mudou."

"E de que maneira! Com as reformas encetadas em 2011, a economia floresceu e a Internet entrou em Myanmar com toda a força, sobretudo através do Facebook. Os jornais puseram-se a dizer que uma pessoa que não tinha Facebook era como se não tivesse casa. Todos tínhamos de ter Facebook. O país entrou *online* quase de um dia para o outro, e o Facebook tornou-se a rede social de eleição. Todos passaram a ter Facebook e as pessoas começaram a comunicar umas com as outras, a formar 'grupos', a trocar informações e ideias, a partilhar fotografias e mensagens. Facebook tornou-se sinônimo de Internet e Internet sinônimo de Facebook. O Facebook foi encarado como a marca da modernidade, o arauto do desenvolvimento, o símbolo do futuro." O rosto dele ensombrou-se. "Foi então que apareceu o dito Wirathu."

"O que aconteceu?"

O birmanês pegou no seu celular e ligou-o ao Facebook. Entrou na sua página e mostrou o conteúdo a Tomás.

"Está a ver isto?"

ကာလာတွေအားလုံးကို သတ်ဖို့အချိန်ရောက်ပြီ။

O português pestanejou.

"Uh..."

"Ah, desculpe!", disse Tin Tun ao ocorrer-lhe que o seu interlocutor não lia birmanês. "Vou traduzir. Está aqui escrito: 'É hora de matar todos os *kalars*.'"

"*Kalars?*"

"É uma palavra pejorativa birmanesa. Antigamente era calão para *estrangeiro*, mas hoje em dia quer dizer *gente de pele escura*, mais especificamente *rohingyas*. Ou seja, o que diz aqui é que é hora de matar todos os rohingyas."

Tomás fitou o seu companheiro de viagem para se assegurar de que aquilo não era uma brincadeira.

"Está a falar a sério?"

"Não brinco com coisas destas, professor Noronha. Diz no Facebook que é hora de matar todos os rohingyas."

"Peço desculpa, é tão violento que até custa a acreditar", disse o português. "Há no vosso Facebook muitas mensagens desse gênero?"

Como em resposta, o birmanês mudou para outra mensagem no Facebook, que também traduziu.

"Esta diz: 'Vamos decapitar dez mil cabeças de *kalars*.'"

"Isso está mesmo publicado no Facebook?"

"Isto e muito mais, professor Noronha. Há pior do que isto."

"Pior?"

Desta feita, Tin Tun mostrou uma imagem de pessoas dobradas sobre cadáveres a comerem-nos.

"Esta é uma fotografia que circulou no Facebook a provar que os rohingyas são canibais", disse. "Foi partilhada quase quarenta mil vezes. Estive a investigá-la e descobri que foi tirada de um *videogame*." Mostrou outra mensagem. "Esta diz que os rohingyas estão a contrabandear armas para Myanmar, presumivelmente para lançar a *jihad* e converter à força ou exterminar todos os budistas do país. Foi partilhada mais de quarenta mil vezes." Mensagem seguinte. "Esta diz: 'Em nome dos nossos filhos, queimem todas as aldeias muçulmanas.'" Mudou para uma nova mensagem. "Esta diz que..."

"Chega", interrompeu-o Tomás. "Já percebi."

"A abertura política trouxe liberdades, mas isso foi interpretado como liberdade para dizer tudo. O país não criou mecanismos para lidar com mensagens que incitassem à violência, mecanismos que existem nas democracias em geral. Como não havia travões a esse tipo de mensagens, a coisa correu mal. Com a abertura política, um monge budista chamado Ashin Wirathu, que o regime militar tinha prendido devido aos seus sermões incendiários contra as minorias, beneficiou de uma anistia e saiu da cadeia. Ele pertencia ao 969, uma instituição cujo nome oficial era Organização para a Proteção da Raça, da Religião e da Sasana."

"Proteção da Raça?"

"É o nome da organização. Chamam a Wirathu o Bin Laden budista, e não é por acaso. Este monge abriu uma conta no Facebook e desatou a difundir mensagens a alertar para o perigo islâmico em Myanmar. De repente, Wirathu já tinha mais de cem mil seguidores, incluindo políticos como Nay Myo Wai. Esses alertas eram credibilizados pela violência jihadista desencadeada noutros países, do Afeganistão à França, do Iraque à Espanha. O fato de os talibãs terem destruído as estátuas dos budas de Bamiyan, que tinham mais de mil anos, deixou toda a gente chocada aqui em Myanmar. Os budistas birmaneses começaram a ficar com medo dos muçulmanos birmaneses. Será que os rohingyas também iam decretar a *jihad* em Myanmar? Os budistas foram tomados pelo pânico e os seguidores de Wirathu multiplicaram-se, tornando-se milhões. A certa altura, as contas dos cidadãos normais no Facebook em Myanmar ficaram cheias de alegações de que os rohingyas querem fazer atentados, querem lançar a *jihad* contra os budistas, querem islamizar o país, acabar com o budismo e impor a *sharia*."

"Tudo isso baseado no contexto jihadista internacional?"

"Nisso e nas tensões desencadeadas na Segunda Guerra Mundial, quando os rohingyas se aliaram aos britânicos e os budistas aos japoneses. Mas não faz sentido todo este medo. Nós, os rohingyas, somos pobres e, além disso, constituímos uma minoria muito pequena no país. Apenas quatro por cento da população de Myanmar é muçulmana. A preocupação das nossas gentes não é fazer *jihad* nenhuma, é viver. Wirathu fez-nos acusações que, na sua essência, não têm respaldo na realidade. Isso não o impediu, a ele e aos seus amigos, de dizer coisas que estão a incutir medo aos budistas em geral."

"E deixam-nos dizerem o que querem?"

"É no Facebook, professor Noronha. Fazem declarações inflamatórias e, no meio de coisas verdadeiras, dizem coisas total ou parcialmente falsas. Alguns políticos começaram a criticá-los, num esforço para os obrigar a parar com este tipo de discurso antes que a situação degenerasse em violência étnica e religiosa, mas Wirathu e os seus companheiros do movimento dos monges estão estranhamente imunes às críticas. Parece que nem sequer se importam. Estas mensagens espalharam o medo e, de repente, eles alcançaram milhões de seguidores. Tornaram-se assim muito poderosos e impuseram mesmo a ideia de que quem defender os rohingyas é um traidor. Até Aung San Suu Kyi, a campeã da liberdade que durante anos enfrentou a ditadura militar e que por isso ganhou o Nobel da Paz, ficou intimidada e calou-se."

"E a população?"

"Os birmaneses são pessoas simples, professor Noronha. Muitos deles têm pouca instrução. É normal que achem que as mensagens que leem no Facebook são todas verdadeiras. Acreditam que os rohingyas são mesmo canibais e estão efetivamente a conspirar para atacar os budistas e assumir o controle de Myanmar. Bem vê, por causa da ditadura militar ninguém acredita no que diz o nosso governo, não é? Mas todos acreditam no Facebook. Repare que este é um país onde as juntas militares sempre controlaram todos os meios de comunicação. A percepção é a de que o único espaço de liberdade que existe é o Facebook. O Facebook é a voz do povo e o governo não o controla. Além do mais, a Facebook é uma grande empresa do Ocidente, toda a gente a conhece em todo o mundo, pelo que é considerada muito credível. Não pode estar a mentir. Consequentemente, se as mensagens no Facebook dizem isto dos rohingyas… então é porque é tudo verdade."

"Mas isso vai dar problemas…"

Tin Tun entrou num "grupo" do Facebook e mostrou uma mensagem a título de exemplo.

"Olhe o que diz aqui o chefe de uma aldeia: 'Tenho de agradecer ao Facebook por me dar informações verdadeiras sobre o que se passa em Myanmar, os *kalars* não são bem-vindos porque são violentos e multiplicam-se como coelhos'."

"Isso são cidadãos normais a falar?"

"O Facebook em Myanmar está cheio de mensagens deste tipo, professor Noronha. Os manipuladores publicam vídeos e fotografias retocadas com imagens de cadáveres e dizem que são budistas birmaneses assassinados pelos rohingyas. As pessoas estão a partilhar mensagens em que nos comparam a insetos, a ratazanas, a vermes, e colocam vídeos supostamente científicos onde se diz até que o nosso ADN é diferente, não é humano. Por causa destas mensagens, as pessoas estão a tornar-se agressivas para conosco e andamos agora cheios de medo. Em Yangun, ainda me vou safando, pois mudei de nome e, além disso, sou professor na universidade. Mas outras pessoas da minha etnia estão a passar um mau bocado. Com o Facebook cheio de mensagens sobre o perigo islâmico, a situação tornou-se de repente caótica. O discurso violento transformou-se em ação violenta. Repare, o Facebook apareceu em Myanmar em 2011 e os tumultos começaram a tornar-se sistemáticos a partir de 2012, com destruição de mesquitas e expulsão de populações de várias partes do país. Depois eclodiram novos tumultos em 2013 e de novo em 2014, em 2015 e em 2016, com fugas em massa de rohingyas para os países vizinhos. Isto virou subitamente um verdadeiro inferno para nós."

"Vocês alertaram a Facebook para esta situação?"

"Estamos fartos de o fazer, professor Noronha. O Facebook apareceu em Myanmar em 2011 e logo no ano seguinte ocorreu um episódio em que uma mulher foi violada por três muçulmanos em Mandalay. Foi um crime, como tantos outros que por vezes acontecem, pois crimes há-os infelizmente em todas as sociedades e épocas. Quando alguém comete um crime, pune-se o criminoso. Só que este foi amplificado até à exaustão no Facebook, com a difusão de uma fotografia do cadáver da moça deitado por baixo de uma árvore. Além de ter causado grande indignação, essa imagem gerou a impressão de que todos os muçulmanos são violadores. De repente, desencadearam-se tumultos com mortos e feridos. Foi o momento em que tudo mudou e nada voltou a ser o mesmo. Os budistas afastaram-se dos rohingyas."

"Isso aconteceu em 2012?"

"Sim, mas a cada ano repetiu-se, e sempre de forma mais grave, pois cada vez mais pessoas tinham Facebook. Em 2014 houve notícias de uma outra violação de uma budista por dois rohingyas, o boato espalhou-se rapidamente no Facebook, uma multidão de budistas fez uma emboscada a um ônibus e matou passageiros muçulmanos, as populações muçulmanas revoltaram-se e atacaram os budistas. Houve dois dias de tumultos por todo o país. Foi feita uma exposição à Facebook, mas ninguém respondeu. Ao terceiro dia, e em desespero de causa, o governo decidiu desligar o Facebook. Sabe o que aconteceu a seguir? Os tumultos pararam. Ao mesmo tempo, a Facebook entrou imediatamente em contato com as autoridades em Yangun querendo saber por que razão a plataforma deixara de funcionar em Myanmar."

Tomás abanou a cabeça.

"Não quiseram saber dos tumultos, mas quiseram saber do funcionamento da plataforma", observou com acidez. "Ilustra bem onde estão as reais preocupações dessa gente..."

"Noutra ocasião, por exemplo, a Facebook foi informada de que estavam a circular na plataforma em Myanmar mensagens ameaçadoras contra um idoso que trabalhava para uma instituição de caridade e distribuía comida por campos de deslocados rohingyas. Até meteram fotografias com a cara dele no Facebook, veja lá. Diziam que o idoso estava a ajudar o inimigo e que era preciso arrumá-lo e sei lá mais o quê. Fez-se queixa à Facebook. Levaram semanas a responder. Quando a resposta finalmente veio, sabe qual foi? Que só retiravam a fotografia da plataforma se o velhote se queixasse."

"E ele queixou-se?"

"Está a brincar? O coitado provavelmente nem sabe o que o Facebook é. Como se podia ele queixar?"

"Pois..."

"Depois de muito pressionarmos, a Facebook lá nos disse que uma pessoa que falava birmanês estava num escritório na Irlanda com a missão de verificar o que se passava no Facebook em Myanmar."

"Uma pessoa?"

"Uma única. Para monitorizar milhares e milhares de mensagens diárias em todo o país. E, repare, essa pessoa só sabe birmanês. Ora, nós temos talvez mais de cem línguas e dialetos espalhados por todo o Myanmar. Muitas destas mensagens contra os rohingyas, aliás, são nessas línguas e dialetos. Portanto, ter uma única pessoa a monitorizar ou não ter ninguém é a mesma coisa, como deve calcular. Foi para fingir que se preocupavam, mais nada."

"Pelo que me mostrou, o Facebook birmanês continua cheio de mensagens a acicatar as pessoas contra os rohingyas. Que efeitos está isso a ter no vosso dia a dia?"

"Por que acha o senhor que ando sempre cheio de medo?", questionou Tin Tun, ainda com o seu tique nervoso nos olhos. "Se alguém perceber que sou um rohingya posso ter problemas sérios. Os rohingyas foram expulsos de várias aldeias e na prática já não estão autorizados sequer a frequentar as escolas. A situação está muito complicada para nós."

Tomás considerou a questão.

"Bem, tanto quanto percebi, estes problemas não são propriamente novos."

"Sim, é verdade. Wirathu e toda essa gente não criaram problemas novos. Estes conflitos são antigos. Há já algumas décadas que existem problemas intermitentes com os rohingyas. O que os monges fizeram foi usar o Facebook para explorar e intensificar ao máximo esses problemas, e com isso ganharam poder. Se isto continuar assim, professor Noronha, a coisa vai acabar mal. Muito mal."

A conversa era pesada, mas serviu para Tomás perceber que, por baixo da aparente tranquilidade no país, cristalizada pela paisagem bucólica que se podia apreciar do rio Irrawaddy, serena e bela, havia um vulcão a fervilhar, como se o luxuoso barco a vapor onde seguiam navegasse sobre um gigante à beira de acordar.

Pegou no copo com o *Singapore Sling*.

"Não morramos de véspera", voltou a dizer, como se as palavras tivessem o poder de transformar a realidade. "Tenhamos calma."

Engoliu o que restava do *cocktail*. Depois recostou-se no seu assento e contemplou as pitorescas embarcações de bambu que cruzavam as águas do rio e os mercados flutuantes nas margens, mais as casas em palafita e toda a vida que formigava em redor. Nos campos verdes que se estendiam até ao horizonte viam-se arrozais e pastavam búfalos sob um céu de chumbo. Tudo sereno. O vulcão ainda dormia.

Sim, havia que aproveitar o momento. O mais difícil estava ainda para vir.

XLVI

Foi só quando sentiu uma dor na ponta de um dedo que o capitão Dimitri Chernyshev percebeu que já não tinha mais unhas para roer. A campanha eleitoral americana chegara ao fim, as seções de voto nos Estados Unidos abriam daí a uma hora e o capitão do FSB sentia-se nervoso. Muito até. Estivera a consultar os *sites* americanos de informação e as notícias não eram animadoras.

Voltou-se para Alastair Hayes, sentado ao lado a consultar gráficos. Aquele era o último dia do britânico naquela operação; com o ato eleitoral nos Estados Unidos, terminava o seu contrato e, na manhã seguinte, voltaria para o Reino Unido.

"As sondagens são más", observou Dimitri, indicando uma notícia do *The New York Times* que dava a Hillary Clinton clara vantagem nas intenções de voto. "O Trump vai atrás."

O homem da Cambridge Analytica encolheu os ombros.

"Isso não interessa para nada."

"As sondagens não interessam?"

"Estas eleições não se decidem nos meios de comunicação tradicionais", devolveu o britânico, insistindo na sua mensagem de sempre. "É nas redes sociais que decorre a verdadeira batalha. E, aí, ninguém nos bate."

A confiança de Alastair era admirável e Dimitri gostaria de a partilhar. Mas não tinha tanta certeza. Quase todas as sondagens previam a vitória da candidata democrata. Os últimos estudos antes da ida às urnas, designadamente os da YouGov/The Economist, Insights West, Bloomberg News/Selzer, Gravis Marketing e ABC News/Washington Post, davam todos a derrota de Trump. Até a sondagem da Fox News previa uma vitória de Hillary Clinton sobre Donald Trump com quatro pontos de vantagem. Nessas condições, como era possível permanecer otimista?

Lançou um olhar em redor. No edifício que o FSB alugara em São Petersburgo, a atividade dos rapazes do Shaltai-Boltai era frenética, com todos os *hackers* russos a funcionarem como *trolls*. Grandes quantidades de desinformação eram constantemente despejadas sobre as contas americanas nas redes sociais com o objetivo de exercerem influência de última hora sobre o ato eleitoral.

Incapaz de se conter, Dimitri levantou-se do seu lugar e pôs-se a cirandar por entre os *trolls*. Abeirou-se de um dos elementos do Shaltai--Boltai e espreitou para a notícia que ele tinha na tela.

O papa emitiu uma declaração a anunciar
que apoia Trump

Surpreendido, ficou por um momento na dúvida.

"Isso é verdade?"

O *hacker* olhou para ele e riu-se.

Era mentira.

"Os americanos poderão mesmo acreditar nisso?"

"Esta tanga que pusemos em rede já entrou no News Feed do Facebook, que a apresenta como uma notícia verdadeira, e soma quase um milhão de leitores. Como é evidente, muitos vão acreditar..."

Aquilo não podia deixar de impressionar Dimitri. Bastava que uma parte dos católicos americanos engolisse aquela mentira para que ela tivesse um efetivo impacto eleitoral.

Prosseguiu o seu passeio pela sala e parou atrás de outro *troll*. Na tela estava uma notícia diferente.

Breaking News: WikiLeaks confirma que Hillary vendeu armas ao Estado Islâmico

Interpelou o *troll*.

"Onde está isso a passar?"

"No News Feed do Facebook", foi a resposta do jovem, evidentemente orgulhoso do seu feito. "Soma quase oitocentos mil leitores. Como é uma notícia recomendada pelo Facebook, uma grande parte dos utilizadores vai achar que é verdadeira."

"Mas não há o perigo de essa falsidade ser desmentida?"

O *hacker* do Shaltai-Boltai olhou para ele como se a pergunta não fizesse sentido.

"E quem a desmentirá?"

"A Clinton, a imprensa… sei lá."

"Estas notícias no News Feed do Facebook só são lidas pelas pessoas que usam estas contas específicas, uma vez que cada mensagem é personalizada", lembrou o *troll*. "As outras não sabem de nada, pois estão a receber notícias diferentes no seu News Feed. A Clinton não faz a menor ideia de que as pessoas estão a receber isto, a imprensa nem sonha que isto se está a passar. Como poderão elas desmentir notícias que nem sequer sabem que existem? Essa é a maravilha das redes sociais. Permite-nos mentir à vontade e nada é desmentido porque, como as mensagens são personalizadas, quem pode desmentir não sabe que estão a ser difundidas mentiras."

Tudo aquilo era verdade, sabia Dimitri. Um milhão de americanos leram a notícia de que o papa apoiava Trump e oitocentos mil leram a notícia de que Hillary vendera armas aos jihadistas. O capitão do FSB sentiu-se mais animado. Talvez Alastair tivesse razão. Se as pessoas na América estavam a consumir mais informação nas redes sociais do que nos meios de comunicação tradicionais e se o FSB conseguia encher as redes sociais de notícias falsas que ninguém desmentia porque quem as podia desmentir não sabia que essas notícias existiam, então era aí que aquelas eleições se decidiam realmente.

Deu mais uns passos e parou atrás do *troll* seguinte. A notícia que este estava a trabalhar era de uma natureza inteiramente diferente.

Hillary recebeu dinheiro do Goldman Sachs e de outros grandes bancos. "Representei-vos durante oito anos", escreveu ela num discurso secreto agora revelado pelo WikiLeaks.

Hesitou.

"Acha que os eleitores de Trump são mesmo sensíveis a essa mensagem?"

O rapaz do Shaltai-Boltai riu-se.

"Isto está a ser enviado aos eleitores de Bernie Sanders", explicou. "Estamos a convencer os democratas que apoiam Sanders, todos eles anticapitalistas com ódio aos bancos, a não votarem em Hillary. Se ela perder os eleitores de Sanders, dificilmente vencerá as eleições."

"Ah."

"Aqui vai uma variante desta mensagem, esta difundida por nós no Twitter."

Não só a Hillary recebeu muito dinheiro dos ricos, como arranjou maneira de fazer milhões à custa dos pobres.

Dimitri riu-se.

"Os eleitores do Sanders não vão gostar…"

O *troll* mostrou outra mensagem no Twitter.

Bill Clinton assediou dezenas de mulheres
e Hillary tolerou. Poderemos nós tolerar quem
tolera a humilhação das mulheres?
#DefendeAsMulheres

O rapaz do Shaltai-Boltai mostrava-se orgulhoso com este *tweet* que remetera ao público-alvo mais suscetível de por ele ser influenciado.

"Como deve calcular, esta mensagem também não está a ser enviada aos eleitores de Trump, mas às eleitoras feministas de Hillary. A ideia é pô-las tão irritadas que desistam de votar. Sem as feministas, também dificilmente ela vencerá as eleições."

Ou seja, a tática era a mesma que tinha sido usada meses antes para convencer os britânicos a votarem no Brexit. Por um lado, espalhar mensagens que ligavam os eleitores ao candidato ou causa que se pretendia promover, neste caso Trump; por outro, difundir mensagens que desencorajavam o voto nos candidatos ou causas antagonistas, neste caso Hillary. E, sobretudo, identificar problemas e dizer sempre, qualquer que fosse o problema, que a culpa era de Hillary e das elites.

"Que outro tipo de mensagens está a mandar para desencorajar o voto em Hillary?"

Em resposta, o *troll* exibiu mais uma mensagem do Twitter.

Bill Clinton acabou com os subsídios incondicionais.
Queremos mesmo a mulher dele como presidente?
#DefendeOsNossosDireitos

Outra ainda na mesma rede social.

Hillary Clinton descreveu jovens negros como
"superpredadores" e disse que era preciso "ajoelhá-los"
#DefendeANossaComunidade

E outra.

Americanos negros entoam "Hillary é racista" em evento
de recolha de fundos dos Clinton em #Miami

O *troll* do Shaltai-Boltai também se mostrava orgulhoso com estes *tweets*.

"O alvo destas mensagens é a comunidade negra, que depende muito dos subsídios e é muito sensível a críticas à sua raça", indicou. "Queremos desencorajar os negros de votarem em Hillary. Tudo o que os convença a ficarem amanhã em casa tirar-lhe-á votos e beneficiará Trump. Portanto, este é o meu trabalho."

Em bom rigor, e embora não tivesse ainda visto aquelas mensagens específicas, nada daquilo constituía uma verdadeira novidade para Dimitri. O acesso aos dados de milhões de utilizadores do Facebook e de outras redes sociais permitia à Cambridge Analytica e ao FSB, e na verdade a qualquer outra instituição que a eles tivesse também acesso, conhecer cada cidadão em pormenor. Era como se os manipuladores estivessem a usar um microscópio social. Em vez de lidarem com grandes grupos de eleitores, como acontecia antes, agora conheciam individualmente cada eleitor. O cruzamento de todos esses dados permitia-lhes perceber o que aterrorizava, seduzia ou preocupava cada pessoa e possibilitava que se lhe dirigissem mensagens especificamente concebidas para ela.

A senhora Redford era uma negra que dependia de subsídios? Iria receber uma mensagem a lembrar-lhe que Bill Clinton, esse racista neoliberal, acabara com os subsídios incondicionais. O senhor Snyder perdera dinheiro com o colapso do Lehman Brothers? Encontraria no Twitter uma mensagem a lembrar-lhe que Hillary Clinton, essa cabra gananciosa, recebera dinheiro do Goldman Sachs e vangloriara-se de ter representado os bancos durante oito anos. A senhora Lanzini era uma católica devota? O News Feed da sua conta no Facebook dar-lhe-ia a notícia de que o papa, esse santo abençoado por Deus, apoiava Trump, o que fazia deste um santo também.

Todas as mensagens da operação do FSB assentavam na mesma ideia, simples mas incrivelmente eficaz. Quem receava a insegurança nas ruas recebia mensagens a indicar que Trump era pela ordem e Hillary uma defensora dos direitos dos criminosos; quem se preocupava com os abusos dos políticos recebia mensagens a sublinhar que Trump iria "limpar o pântano" da classe política de Washington e Hillary sempre vivera nesse pântano e tornara-se mesmo um dos seus elementos centrais; quem se preocupava com as crianças recebia mensagens a lembrar que Hillary chefiava uma rede de pedófilos sediada na cave de uma pizzaria de Washington e Trump fora o único político que pedira ajuda para se localizarem os *e-mails* que provavam o envolvimento dessa bruxa na terrível rede satânica das elites.

Todos os públicos eram assim "servidos". Os Muçulmanos Unidos da América recebiam mensagens sobre o que os *kafirun* cristãos estavam a planejar contra eles, os fiéis do Exército de Jesus recebiam mensagens sobre a *jihad* que os fanáticos muçulmanos queriam lançar na América. Os ativistas negros do Black Lives Matter recebiam mensagens sobre os planos que a polícia racista tinha para matar qualquer negro que prendesse, os defensores do Blue Lives Matter, que defendiam os policiais, recebiam mensagens sobre os planos de turbas de delinquentes negros que queriam incendiar esquadras e matar agentes brancos. Todas as comunidades eram informadas de que uma outra as ameaçava e que tinham de se defender. Cada mensagem, as verdadeiras, as falsas e as semiverdadeiras, era personalizada, o sentido adaptado a cada pessoa para um máximo efeito. O objetivo da operação do FSB era sempre o mesmo: radicalizar e dividir a sociedade americana. Empurrá-la para o confronto total.

Uma voz fez-se ouvir na sala.

"Abriram!"

Dimitri viu toda a gente na sala a virar-se para as telas de televisão e também ele fez o mesmo. O televisor mais perto de si estava sintonizado na CNN e mostrava imagens ao vivo de uma escola em Nova York onde fora instalada uma seção de voto. Havia uma fila de pessoas à entrada de uma sala e uma delas entrava no cubículo para pôr a cruz no boletim a assinalar o candidato que preferia.

Começara a votação na América.

XLVII

Um separador a anunciar *Election Alert* interrompeu a emissão e a imagem seguinte mostrou a sede eleitoral da candidatura de Donald Trump no Hilton de Nova York, bandeiras americanas alinhadas no palco e uma multidão a encher a plateia em prolongada expectativa. Tratava-se da emissão da Fox News e o relógio no canto da imagem indicava as duas e quarenta da madrugada. A votação estava renhida em vários estados e tudo se jogava nesse momento na Pensilvânia.

O apresentador da emissão especial encheu então a tela com uma cara de quem trazia novidades, e das grandes.

"*Este é um Alerta Eleitoral da Fox News*", proclamou o apresentador numa voz excitada. "*A Pensilvânia foi para Donald Trump! Donald Trump é o presidente dos Estados Unidos!*"

Sentado diante do televisor a comer pipocas, Leroy Roderick deu um salto no sofá e pôs-se aos pulos pela sala de estar a celebrar o resultado que acabara de ser anunciado.

"Ganhamos!", berrou, efusivo. "Ganhamos! Ganhamos! Meu Deus, ganhamos!"

O sonho tornara-se realidade, o povo derrotara as elites. Prosseguiu os saltos pela sala, as pipocas já espalhadas pelo chão, as imagens na televisão a mostrarem os republicanos que vitoriavam o triunfo, outras imagens a exibirem o choque na sede de campanha dos democratas, risos de vitória num lado, lágrimas de incredulidade no outro. Leroy também ria e chorava ao mesmo tempo, mas fazia-o sempre com alegria, quem lhe dera ter ali a sua Betty consigo, os dois celebrariam como sem dúvida todos os verdadeiros americanos celebravam nessa noite memorável, os americanos que como eles habitualmente não votavam porque não se reviam em nenhum candidato do sistema liberal e que só afluíram às urnas justamente porque dessa vez aparecera um candidato fora do sistema a dizer coisas que o sistema liberal nunca permitiria que dissessem.

Incapaz de se conter, o rosto coberto de lágrimas, pois sempre sonhara mas nunca acreditara verdadeiramente que o seu candidato ganhasse, correu aos pulos para o quarto de Charlie.

"Ganhamos! Ganhamos!"

O filho abriu os olhos, estremunhado, eram quase três da manhã e tinha de se apresentar cedo na loja do Family Dollar para mais uma jornada de trabalho atrás do balcão.

"O que… o que aconteceu?"

"Ganhamos! Trump é presidente! Ganhamos!"

Estendido na cama, Charlie sorriu, ergueu o polegar para cima e voltou a tombar na almofada para retomar o sono interrompido. Leroy ainda pensou em ir ao quarto de Sally dar-lhe também a boa nova, a felicidade era algo que valia mais quando era partilhada, mas conteve-se, estava eufórico mas tinha a noção das coisas, a filha era frágil e, no fim de contas, precisava de dormir.

Deu um salto à cozinha, abriu o frigorífico, tirou uma *Budweiser* fresca, encheu um copo, regressou à sala e, diante das imagens da Fox News a mostrarem as celebrações ao vivo no grande salão do Hotel Hilton de Nova York, bebeu um gole e, para celebrar a vitória do candidato do povo, cantou o hino nacional a plenos pulmões.

A América voltaria a ser grande outra vez.

XLVIII

Rodando o pulso para acelerar e apertando a mão para travar, Tomás Noronha nunca imaginara que um dia circularia pelos caminhos de terra batida do interior de Myanmar, pedregosos e cheios de lombas e charcos lamacentos, montado numa velha motorizada chinesa. Que contraste com a viagem pelo Irrawaddy no luxuoso barco a vapor! O requinte do *Anawrahta*, o navio fluvial de três pisos com quartos, restaurante e piscina, fora brutalmente substituído pela rudeza da implacável vida na floresta, onde defecava a céu aberto, fazia a higiene debruçado sobre um ribeiro e comia o que encontravam, incluindo lagartos fritos.

Nem se podia queixar muito. Montado atrás dele na motorizada, Tin Tun já lhe tinha explicado que viajar daquela maneira era um privilégio por aquelas paragens. As pessoas que viviam na região, sobretudo os rohingyas, eram imensamente pobres e muitas viajavam a pé, de bicicleta, em carroças ou em ônibus velhos, pois não tinham dinheiro para mais. Bastava aliás vê-las nas suas casas de madeira ou a circular pelos caminhos lamacentos para compreender as enormes dificuldades de vida, incluindo de transporte.

De repente, Tomás apercebeu-se de que, à frente, havia soldados a bloquearem a estrada.

"Outra vez?"

"O Tatmadaw está em toda a parte. Têm mais de oitenta *checkpoints* instalados nas estradas desta região."

Tatmadaw era o nome dado ao exército birmanês. Aquele era o terceiro *checkpoint* que encontravam desde que haviam abandonado o rio e se tinham internado pelo interior, indício claro de que as forças armadas procuravam manter a rede de segurança bem apertada.

Pararam junto aos soldados e um deles, ao perceber que estava diante de um estrangeiro, interpelou-o.

"O que está o senhor aqui a fazer?"

Era a primeira vez que num *checkpoint* alguém lhe falava em inglês; isso não tinha acontecido nos dois anteriores.

"Sou historiador e estou a efetuar um estudo, em articulação com a Universidade de Yangun, sobre a gloriosa história da dinastia Taungoo. Queremos divulgar isso na Europa."

"Tem autorização para vir a esta região?"

"Está aqui."

Para além do passaporte, Tomás mostrou os documentos que, antes de partirem, Tin Tun lhe tinha obtido a troco de uns subornos financiados por Maria Flor. Tratava-se de uma carta da universidade a atestar o trabalho científico em curso e de uma autorização de deslocação, assinada pelo Ministério da Cultura e pelo Ministério da Segurança Interna, até à região de Sittwe, distrito de Rakhine, para efeitos de prospeção arqueológica e investigação histórica.

"Não sei se será boa ideia o senhor andar por estas bandas", observou o soldado que falava inglês. "Esta é uma zona de operações. Os terroristas atacaram postos fronteiriços e mataram alguns dos nossos homens."

"Estou apenas envolvido numa ação de prospeção arqueológica. Não conto ficar muito tempo."

Os soldados do Tatmadaw verificaram a seguir a identidade de Tin Tun, focando-se sobretudo na legalidade dos seus documentos e nas suas autorizações de deslocação. A dado momento, quando falavam entre eles em birmanês, Tomás percebeu que um deles pronunciou por duas vezes a palavra *mudjahedin*. Pormenor curioso, puseram-se a inspecionar os braços do seu companheiro de viagem.

Ao fim de dez minutos de perguntas e inspeção minuciosa, o mesmo soldado que falava inglês puxou Tomás para o lado.

"O que está o senhor a fazer com um *kalar*?"

"Bem, é um amigo e..."

"O senhor não sabe que os muçulmanos querem islamizar todo o mundo?", interrompeu-o o soldado. "Reproduzem-se que nem uns coelhos e encorajam a emigração de muçulmanos para países não muçulmanos com o objetivo de fazerem *wa myou*, engolirem-nos, alcançando a prazo a maioria por via demográfica. Como se isso não bastasse, tentam converter toda a gente à fé deles. Quando há casamentos entre muçulmanos de um lado e do outro budistas, nós somos sempre forçados a converter-nos. Mas os muçulmanos nunca se convertem. Isto porque as leis deles proíbem a apostasia e mandam executar quem renegue o islão. À custa disso, já fizeram *wa myou* ao Paquistão, à Malásia e à Indonésia, transformando-os em países muçulmanos. Se nós não tivermos cuidado, farão o mesmo em Myanmar. E vocês, lá na Europa, também têm de ter cuidado, ouviu?"

"Cuidado com os wahabitas, que incitam à violência, e os jihadistas, que a exercem, sem dúvida", devolveu o historiador, que na aventura da *Fúria Divina* conhecera bem o islão e os graves perigos resultantes da leitura literal dos seus textos sagrados. "Quanto ao resto, a prática da religião é livre e as pessoas não podem ser discriminadas pela sua religião."

"Diga-lhes isso a eles, que obrigam as mulheres budistas com quem casam a converter-se ao islão, que obrigam os filhos dos casais mistos a serem educados no islão e que executam os muçulmanos que exerceram o seu direito a renegar o islão. A liberdade de religião é uma estrada com dois sentidos, *mister*. Onde está no islão a liberdade de religião? A nossa tolerância é *khyek kaung*, um ponto vulnerável, que eles exploram ao máximo. Esta gente tem de sair daqui. A bem de preferência, a mal se necessário."

"O senhor é budista?"

"Sou, claro."

"Mais do que pacífica, que eu saiba o budismo é uma religião pacifista..."

O soldado não se deixou impressionar com o argumento.

"Aqui em Myanmar seguimos a linha Theravada, que considera a intenção essencial para determinar o valor de uma ação. A nossa intenção é salvaguardar o budismo, uma religião de paz. Isso é uma boa intenção. Consequentemente, qualquer ação que se destine a viabilizar essa intenção é, por definição, uma boa ação."

"Mesmo que envolva violência contra pessoas de outras religiões?"

"O budismo é o caminho da paz e tudo o que se faça para defender o caminho da paz, incluindo fazer frente a religiões de guerra, constitui uma boa ação. Limitamo-nos a exercer *khan sic*, ação defensiva."

A comunidade budista de Myanmar estava em rota de colisão com a muçulmana, percebeu Tomás. O medo era generalizado e a retórica incendiária. Nada de bom iria sair dali. Quanto mais depressa executasse a sua missão e abandonasse aquele barril de pólvora, melhor.

Olhou ostensivamente para o relógio.

"Já se faz tarde", disse. "Podemos seguir ou vocês precisam de mais alguma coisa da nossa parte?"

"Podem seguir. Mas o senhor fica já avisado de que vai por sua conta e risco."

O português regressou para junto de Tin Tun. Os dois montaram a motorizada e retomaram a viagem.

"Grande conversa com aquele soldado", observou o rohingya quando se afastavam já do *checkpoint*. "O que lhe queria ele?"

"Nada, nada", devolveu Tomás, não querendo perturbar o companheiro de viagem. "E como foi consigo?"

"Oh, as dificuldades do costume. Sabe, muitos rohingyas não conseguem passar nos *checkpoints*. Há sempre um ou outro papel que falta, pois são tantos os documentos que é difícil ter tudo em ordem. Eu só me safo porque estou sempre atento às mudanças e sigo tudo à risca. Por exemplo, quando os rohingyas entram numa povoação são agora obrigados a informar a autoridade local da sua presença. Muitas pessoas não fazem isso, nem sequer sabem dessa obrigação, e acabam detidas. Eu cá sigo tudo à letra. Até tenho os certificados do meu avô, datados de 1929, para provar que as minhas raízes em Myanmar remontam ao período de antes da independência, veja lá. Dá imenso trabalho, é um verdadeiro inferno de burocracia e de obrigações, mas o que posso fazer? Tornou-se a única maneira de me conseguir deslocar no país."

Tudo isso já Tomás tinha percebido quando passaram pelos dois anteriores *checkpoints*. Neste último, no entanto, houve uma novidade que o intrigou.

"Que foi aquilo de lhe inspecionarem os braços?"

"Estavam à procura das cicatrizes das minhas vacinas", explicou Tin Tun. "Como não é normal ver um rohingya que fala inglês, o tipo do *checkpoint* desconfiou dos meus documentos de ancestralidade e quis certificar-se de que tenho as cicatrizes no braço birmanês."

"Braço birmanês?"

"Existe um rumor, não sei se é verdadeiro, de que o braço que se vacina em Myanmar e no Bangladesh é diferente. Os rohingyas que têm a cicatriz no braço errado estão tramados. As autoridades dizem logo que os documentos apresentados são falsos e que essas pessoas não passam de bangladeshianos infiltrados, se não mesmo jihadistas. Acabam detidos."

"Felizmente que o vacinaram no braço certo, hem?"

"Tantas vezes que já agradeci a Alá e à minha mãezinha, nem imagina."

Para passar a noite foram alojar-se numa *maitta ghor*, uma casa de lama rohingya. Tratava-se na verdade de uma construção rudimentar, feita em bambu atado por cordas e coberta por folhas de palmeira. O que dava o nome àquele tipo de habitação, contudo, era o chão de barro.

Pagaram o alojamento e a refeição com um punhado de moedas que, para vergonha de Tomás, deixou a família da casa em êxtase; o que para uns não passava de uma ninharia, para outros constituía uma verdadeira fortuna. A casa era muito pequena, dois quartos minúsculos e uma cozinha, e a família, um casal jovem com quatro filhos, saiu para passar a noite numa casa vizinha, presumivelmente de família.

"Esta família está em violação da lei", observou Tin Tun. "A lei do distrito proíbe as pessoas de terem mais de dois filhos."

"A sério?"

"Não querem que proliferemos. A lei não menciona que se destina especificamente aos rohingyas, claro, mas todos sabemos que somos nós o alvo. Acusam-nos de termos demasiados filhos e têm medo de que os ultrapassemos demograficamente."

O jantar foi cozinhado numa lareira ao ar livre por uma idosa de poucas palavras que lhes apareceu do nada. Tomás viu um pedaço esbranquiçado no espeto a rodar ao lume, mas não se atreveu a perguntar o que era. Tinha almoçado um lagarto frito com arroz branco, adquirido no caminho a um aldeão desdentado, e suspeitava que a velha rohingya lhe estava a fazer churrasco de outro lagarto. Havia coisas que mais valia comer sem perguntar.

Ao meter a comida na boca, no entanto, teve uma surpresa.

"Isto é peixe?"

"Comemos essencialmente peixe e arroz", confirmou Tin Tun. "O que pensava que era?"

O português não respondeu. Estava com fome, sentia-se imundo, o cansaço pesava-lhe no corpo e, sobretudo, queria concluir aquela missão o mais depressa possível.

"Os soldados dos *checkpoints* foram muito pormenorizados", observou enquanto comia, lembrando os acontecimentos do dia. "No terceiro *checkpoint* ouvi mesmo um deles a falar em *mudjahedin*, enquanto o que falava inglês mencionou ataques de terroristas. Estavam a referir-se a quê?"

Tin Tun suspirou, como se aquele assunto o fatigasse.

"Durante a Segunda Guerra Mundial, quando a Birmânia era uma colônia britânica, os budistas alinharam pelos japoneses e os muçulmanos pelos britânicos, os quais nos prometeram a independência. Alguns rohingyas integraram então um grupo de insurgentes muçulmanos, os *mudjahedin*, e nesse período atacaram as forças birmanesas, atraindo retaliações contra as nossas aldeias. Os *mudjahedin* já não existem, mas a referência a esse movimento muçulmano passou a ser usada para legitimar as políticas contra os rohingyas."

"E essa história de terroristas?"

"Com o súbito recrudescimento em 2012 da repressão sobre a nossa comunidade, um ano depois de o Facebook se ter tornado muito popular no país, alguns rohingyas juntaram-se a um movimento que apareceu por volta de 2016. Trata-se da ARSA, uma organização de raiz radical islâmica. Parece que os seus líderes são rohingyas educados na Arábia Saudita e diz-se que receberam formação no Paquistão. A ARSA atacou as forças birmanesas e também os próprios rohingyas, neste caso por não cumprirem certos preceitos religiosos. Executaram líderes locais que se lhes opuseram, uma tristeza. A ARSA atacou agora uns postos fronteiriços, matando vários soldados budistas. Estas ações estão a alimentar o pânico antimuçulmano em Myanmar e a credibilizar a ideia de que existe mesmo uma *jihad* para conquistar o país e islamizá-lo. A página de Facebook do chefe militar de Myanmar encheu-se agora de alertas contra a ameaça islâmica e a defender a necessidade de se resolver de uma vez por todas o que passou a ser chamado 'a questão bengali'. O Tatmadaw e as populações locais, sobretudo os rakhines, intensificaram os ataques às populações rohingyas, que nada têm a ver com esses fanáticos oriundos da Arábia Saudita. Em suma, mais uma vez os civis é que pagam as favas."

Tudo muito complicado, percebeu Tomás. Como eram sempre estas questões.

Acabou de comer o peixe e apeteceu-lhe beber uma cerveja gelada, pois fazia calor, mas álcool era coisa que por aquelas paragens não existia. Resignou-se ao chá. Ao mesmo tempo, mantinha-se impaciente e interrogou-se pela enésima vez sobre o que estava ali a fazer. Só mesmo o amor por Maria Flor e o desejo de reconciliação explicavam que tivesse vindo até ao fim do mundo meter-se no que sabia agora ser um verdadeiro vespeiro.

"Quando chegamos?"

"A Tula Toli? Amanhã."

Não havia nada para fazer e os dois homens estavam cansados, pelo que recolheram à *maitta ghor* e estenderam as esteiras sobre o chão de barro. Apesar de ser noite, o calor era opressivo. Tomás deitou-se a pensar que iria transpirar enquanto dormia, mas o piso de barro parecia emitir frescura, como se um ar condicionado estivesse incrustado no chão, e até precisou de uma manta para dormir.

O seu último pensamento, que o assaltou como um mau agouro, foi para uma frase que o soldado do terceiro *checkpoint* lhe tinha deixado. *O senhor fica já avisado de que vai por sua conta e risco…*

XLIX

A música que nesse longo dia mais se cantava em coro e aos altos berros no edifício alugado pelo FSB era um hino com a assinatura de uma das bandas mais famosas de sempre.

We are the champions, my friends
And we'll keep on fighting till the end
We are the champions
We are...

Sim, eles eram os campeões, sentiam os oficiais do FSB e os *trolls* russos enquanto entoavam a canção inglesa em clima festivo, abraçados em euforia. Não era caso para menos. Fechados no edifício ao longo de meses, e tendo apenas como armas as redes sociais ocidentais e os modelos computacionais da Cambridge Analytica, haviam tornado possível o impossível. Puseram os britânicos a votar no Brexit e os americanos em Donald Trump, os britânicos contra os interesses do Reino Unido e os americanos contra os dos Estados Unidos, todos para glória e vantagem da Rússia.

... the champions
No time for losers
'Cause we are the champions of the World

Sentados lado a lado com as taças de champanhe nas mãos, já sem Alastair Hayes porque, com o fim do contrato que o ligava ao FSB, o britânico ia a caminho do seu país, o coronel Mikhail Arsenyev e o capitão Dimitri Chernyshev cantavam ao ritmo dos *trolls*. O *we are the champions* da canção eram os russos, o *no time for losers* uma referência aos britânicos, aos americanos e ao Ocidente em geral. Não era isso tão óbvio? O Plano Dugin estava em marcha e as duas grandes batalhas ganhas sem que o próprio Ocidente se tivesse sequer apercebido de que estava a ser atacado.

"Washington será nossa!", gritou alguém, desencadeando uma ovação. "Nossa!"

Como não festejar?

"E agora, meu coronel?", perguntou Dimitri. "O que fazemos a seguir?"

"Passada a confusão na América, haverá sem dúvida uma reação deles", previu o chefe da operação. "Mas não interessa, iremos continuar a trabalhar a sociedade e a política americanas, desta feita para proteger o novo presidente e dar-lhe força. As nossas prioridades imediatas são operar para que as sanções contra a Rússia sejam levantadas. Ao mesmo tempo, temos de continuar a confundir e dividir a sociedade americana, de modo a que, mais à frente, o sistema político americano se feche sobre si mesmo e deixe cair os europeus. Isso, já vimos, implica na prática, mesmo que não *de jure*, o fim da NATO."

O subordinado considerou estas prioridades no quadro do Plano Dugin e da Doutrina Gerasimov.

"Mas, meu coronel, a neutralização da América é apenas um passo intermédio. O verdadeiro objetivo, creio eu, é assumir o controle da Europa e transformá-la na nossa zona de influência."

O coronel Arsenyev apontou para o seu interlocutor.

"O senhor irá agora concentrar-se na operação americana e eu encarregar-me-ei da operação europeia", indicou. "O que fizemos no Reino Unido e nos Estados Unidos tem de ser reproduzido por todo o continente europeu. O próximo passo é a França. Quando a França cair, a União Europeia desmoronar-se-á."

"E se não cair?"

O superior hierárquico encolheu os ombros.

"Se o Reino Unido caiu e se os Estados Unidos caíram, por que não há de a França cair?", questionou. "Não se esqueça, *we are the champions, my friend...*"

Riram-se os dois.

"*And we'll keep on fighting till the end.*"

Ergueram bem alto as taças de champanhe, como se celebrassem o triunfo russo nos termos inscritos nos versos da canção dos Queen.

"Graças ao nosso domínio das redes sociais, os candidatos e as políticas antiliberais que nós apoiamos por todo o Ocidente vencerão as eleições e os referendos nos seus países", afirmou o coronel Arsenyev. "As eleições em França e na Alemanha, os separatismos catalão e basco em Espanha, o separatismo escocês e a questão irlandesa no Reino Unido, os movimentos nacionalistas na Alemanha, nos Países Baixos, em Itália, na Áustria... onde haja tensões étnicas na Europa continuaremos a estar lá a acicatá-las e a explorá-las para aprofundar ainda mais as divisões. Há grandes comunidades muçulmanas na Europa? Iremos também fomentar a conflitualidade entre elas e as populações anfitriãs europeias."

"Não se esqueça do resto do mundo, meu coronel. Também aí há muito terreno para trabalhar."

"Sem dúvida. No Médio Oriente, por exemplo, por que não coordenarmo-nos com o Irão para desestabilizar o Ocidente? Não se esqueça de que os tipos do Hamas foram treinados pelo KGB e permanecem ligados a nós. Então há que os usar contra Israel, desencadeando uma guerra que levará os israelitas a responderem com mão pesada, assim dividindo o Ocidente. E, já agora, por que não coordenarmo-nos com a China e convencermos Pequim a desestabilizar também o Extremo Oriente, por exemplo através de ameaças a Taiwan? Por que não incentivarmos ainda os norte-coreanos a ameaçarem os seus vizinhos democráticos, como o Japão e a Coreia do Sul? A conflitualidade por toda a parte colocará o Ocidente sob forte pressão... até se partir."

"O meu coronel acha que o acicatar dos conflitos étnicos na Europa irá mesmo conduzir a guerras civis dentro dos países da União Europeia e que a China vai de fato tomar Taiwan?"

O coronel Arsenyev encolheu os ombros com indiferença.

"Talvez sim, talvez não", foi a resposta. "Na verdade, não é relevante que a China ocupe efetivamente Taiwan, que a Espanha se desintegre ou que a Alemanha e a França mergulhem de fato numa guerra civil entre as populações anfitriãs europeias e as comunidades muçulmanas... embora se tudo isso acontecesse seria maravilhoso, claro. O que verdadeiramente nos interessa é a desestabilização que esses conflitos causarão ao Ocidente. Temos de ser realistas e admitir que nem tudo funcionará como desejado e que haverá reveses. Nada disso importa, porque, no final, o que realmente interessa é o caos que se desencadeará. Lembra-se, capitão, do que é o Ocidente no conto 'Sem Céu', de Vladislav Surkov?"

"É a cidade."

"A cidade tem de ser destruída. Mesmo que os nossos aliados e protegidos no Ocidente não ganhem as eleições e referendos que aí vêm e mesmo que não se desencadeiem guerras civis nos diversos países, os Trumps que estamos a espalhar por toda a parte inevitavelmente conquistarão importantes fatias dos respectivos eleitorados, seja nas Américas, seja na Europa. Como consequência, a cidade dividir-se-á e fraturar-se-á em constantes disputas intestinas. Serão minorias contra maiorias, racistas paternalistas contra racistas hostis, grupos étnicos contra grupos étnicos, liberais contra antiliberais nacionalistas e socialistas. Os ocidentais não aguentarão uma coisa dessas. Não passam de uns burgueses mimados de pança cheia que apenas gostam da boa vida e que perderam completamente a vontade de combater para proteger a democracia de que tanto se gabam. Falam, falam, mas, quanto a sacrifícios... népias. Uns instalados na vida. A ordem liberal entrou em decadência e vai a caminho do colapso. As divisões e os conflitos que estamos a instigar na cidade levarão, mais tarde ou mais cedo, à desintegração da ordem liberal sobre a qual assentam as suas democracias. Quando isso acontecer..."

Deixou a frase pairar no ar, como uma ameaça carregada de promessas, e o olhar de ambos desviou-se instintivamente para os computadores onde, naquele edifício em São Petersburgo, os *trolls* russos todos os dias se atarefavam a encher as redes sociais ocidentais de verdades, é certo, mas também de meias-verdades e de mentiras fabricadas pelo FSB com o apoio de grupos iliberais ocidentais e de agências ocidentais de *psyops*, como a Cambridge Analytica. Aquele era o verdadeiro campo de batalha da guerra não declarada da aldeia contra a cidade, da Rússia contra o Ocidente, das ditaduras contra as democracias.

O corolário lógico de tudo o que vira e ouvira, e sobretudo o que acabara de suceder na América, impôs-se então a Dimitri como uma evidência. Passo a passo, a Rússia caminhava para a vitória. A aldeia vergava a cidade.

L

Se havia coisa que irritava Leroy Roderick era a polémica que de repente se instalara em torno da alegada interferência russa na eleição de Donald Trump. Ainda o novo presidente não tinha tomado posse e já os liberais, de cabeça perdida com a iminente chegada do grande patriota à Casa Branca, iniciavam o que evidentemente constituía uma campanha de difamação para sabotar a sua presidência. Na base dessa campanha ignóbil estava a alegação de que os russos tinham penetrado no sistema de informação democrata, roubado os seus dados e inundado as redes sociais de mentiras e propaganda para desacreditar Hillary, essa pedófila que devia era estar fechada numa cela, além de que atuaram nas redes sociais para promover Trump.

Um chorrilho de falsidades, claro. Não era o próprio presidente que acusava a comunicação social de publicar *fake news*? Sim, tudo aquilo eram *fake news*! A histeria das elites tornara-se tão grande que já se falava numa investigação do FBI, em inquéritos no Congresso e, imagine-se, até na possível destituição de Trump.

"*Jeez*", murmurou entredentes enquanto via os detalhes destas calúnias denunciados no noticiário da Fox News. "Bem capazes de o destituir são esses *cocksuckers*..."

Não havia dúvidas, os liberais andavam de cabeça perdida e tudo servia para atacarem o presidente. Ardilosos como eram, inventariam o que fosse preciso para levar a sua avante. O pântano de Washington era como o império de Darth Vader, uma força do Mal que tentava eliminar os heróis que combatiam pelo Bem. Essa conversa da interferência russa não passava de uma história da carochinha.

Fake news!

Leroy sabia-o porque durante a campanha tinha frequentado as redes sociais e nunca vira por lá ninguém chamado Ivan ou Boris ou Oleg, apenas mensagens de americanos, grandes patriotas, gente que, tal como ele, ansiava pelo fim do domínio do Norte sobre o Sul, dos liberais sobre os lutadores da liberdade, dos protetores dos sodomizadores sobre os verdadeiros americanos. Qual Rússia, qual carapuça! Quem elegera Trump tinham sido os americanos, os de gema, os que ergueram aquele país! Não os russos. Aliás, quem tinha estrangeiros a votar neles eram as elites que enchiam a América de imigrantes e os cobriam de mordomias para ficarem com os votos deles.

Se fosse verdade que os russos fizeram campanha por Trump, alegação ridícula e típica de argumentistas liberais habituados a escrever guiões alucinados para Hollywood, isso só teria sido em benefício dos Estados Unidos. Que interesse teriam os russos em que a América tivesse um presidente forte como Trump? Que vantagem veriam eles num presidente que iria tornar a América grande outra vez?

Fake news!

As notícias sobre as investigações e a conversa relacionada com a destituição do presidente, contudo, estavam a deixar Leroy nervoso. Ele, que nunca votara em ninguém porque até ali nunca vira nenhum político com coragem para dizer o que tinha de ser dito, votara finalmente em alguém… e já o queriam despachar? Era a América uma verdadeira democracia ou um travesti de democracia? As elites conspiravam para manterem o país sob as suas rédeas opressoras. Trump fora eleito pelos americanos e não só os liberais insinuavam que tudo se devia a uma imaginada interferência russa como já o queriam destituir. Destituir um presidente legalmente eleito pelo povo?

Não, isso nunca. Não era aceitável. Os verdadeiros americanos nunca admitiriam um regresso ao passado de uma ditadura disfarçada de democracia. A imposição do politicamente correto acabara e não haveria caminho de retorno. A liberdade fora conquistada e não se podia perder. Nem que ele, Leroy, tivesse de pegar outra vez em armas, como fizera quando fora a Washington, DC, tentar libertar as crianças, e saísse de novo à rua para defender a América e a liberdade.

O noticiário da Fox News passou, a certa altura, uma reportagem sobre uma reunião que o presidente tivera no dia anterior na Casa Branca com as chefias militares e as suas mulheres. Alinhado para uma fotografia de grupo, Trump dirigiu-se aos jornalistas que cobriam o acontecimento.

"*Sabem o que isto representa, pessoal?*", perguntou o presidente numa voz tranquila. "*Talvez seja a calma antes da tempestade.*"

A voz de um repórter fez-se ouvir.

"*Que tempestade, senhor presidente?*"

"*Vocês vão perceber…*"

No momento em que a Fox News difundia a reportagem com estas declarações, Charlie passava pela sala com uma cerveja na mão. Parou atrás do pai e ficou a olhar para o televisor.

"Isto é um código."

Leroy olhou para trás e fitou interrogativamente o filho.

"Que código?", questionou-o. "Estás a falar de quê?"

"Desta frase do presidente, 'a calma antes da tempestade'. É um código."

"Como sabes isso?"

"Está no 4chan."

O pai contraiu o rosto de incompreensão.

"No quê?"

"No 4chan", repetiu Charlie. "Trata-se de uma plataforma onde as pessoas são totalmente anônimas e por isso livres de dizerem o que muito bem entenderem."

"Uma rede social, portanto."

"Sim, só que absolutamente livre. Acontece que apareceu agora no 4chan uma mensagem misteriosa com o título 'A Calma antes da Tempestade', publicada por um utilizador intitulado 'Patriota com Acesso Q'. O tipo disse que…"

"Desculpa, o que é o 'acesso Q'?"

"Parece que Q é um nível que permite o acesso a informação altamente secreta sobre armas nucleares. Ao que consta, o utilizador em causa, que permanece anônimo e que se autodesigna Q, é um militar com acesso privilegiado a essa informação classificada, mas também com acesso a informação confidencial oriunda da administração Trump. Quer ver a primeira mensagem dele?"

"Mostra."

O filho tirou o *smartphone* do bolso e conectou-se ao 4chan. Localizou a mensagem e virou a tela para Leroy.

"Está aqui."

Abram os vossos olhos.
Muitos no nosso governo prestam culto a Satanás.
Q

"Meu Deus!", exclamou o pai, compreendendo instantaneamente o sentido da mensagem. "É... é uma referência aos cultos satânicos e pedófilos como os da pizzaria!"

"O autor do *post*, o tal Q, sugeriu que a frase de Trump, 'a calma antes da tempestade', é uma indicação de que Hillary Clinton está na iminência de ser detida. Ele disse que se prevê que essa detenção irá causar distúrbios em massa e que se seguirão muitas outras detenções. Daí a reunião com as chefias militares."

"Hillary vai ser detida? Por quê?"

"O *post*, a que Q designa *drop*, não é claro sobre isso, mas parece-me ser evidente que tem a ver com a rede satânica de pedofilia da pizzaria em Washington."

As palavras de Charlie deixaram Leroy de boca aberta.

"Eles vão mesmo prender Hillary e os pedófilos todos?"

"É o que dizem", confirmou o filho. "O patriota com acesso Q pôs a seguir um novo *drop* a revelar que ela foi detida, embora isso não signifique que esteja presa. Segundo o *drop*, o presidente vai avançar contra os criminosos. É a grande luta entre os 'filhos da luz' e os 'filhos das trevas'."

Tudo aquilo soava maravilhoso a Leroy.

"Uau!"

"Parece que a rede de pedófilos não envolve apenas os Clinton e o Podesta. Ao que dizem, George Soros está por detrás de tudo."

"O milionário judeu?"

"Sim, claro. Não sabia que o Soros é o globalista-mor? É ele quem anda a encorajar o fim das fronteiras e a entrada dos imigrantes e dos terroristas na América, financiando as elites com a lavagem de dinheiro. Ele e outros. Os Rothschild andam a financiar guerras há três séculos e controlam quase todos os bancos centrais do mundo. São o Soros e os Rothschild os tipos do dinheiro, os donos dos meios de comunicação das *fake news*, os senhores da banca internacional, os patrões dos próprios políticos."

"*Jesus Christ!* Tens a certeza?"

"Está tudo nos *drops*, pai. É uma conspiração como nunca se viu."

Leroy estava siderado.

"Os judeus venderam Jesus aos romanos e agora vendem a América aos globalistas e às elites que nos tiram o emprego e o entregam aos imigrantes. Isto é muito sério."

"O Q menciona também a Operação Mockingbird, aquela operação da CIA denunciada em 1967, sobre o uso da imprensa pela Agência para efeitos de propaganda, mas não é muito claro quanto a isso. Parece-me que, também ele, escreve de uma forma codificada e só acessível a entendidos. Não admira, Q pertence às secretas militares."

Tudo aquilo soava a Leroy muito misterioso e irresistivelmente excitante. Hillary Clinton detida, a rede de pedofilia na pizzaria prestes a ser desmantelada, o presidente a atacar os criminosos, a revelação da identidade do manipulador-mor por detrás das elites liberais e das suas políticas destrutivas, o multimilionário judeu George Soros e os seus parceiros, os Rothschild. Os soldados da luz, liderados por Trump, iam finalmente lançar a grande batalha contra o inimigo das trevas. Não havia dúvida, o presidente começara mesmo a limpar o pântano de Washington. Onde ele, Leroy, falhara na operação para libertar as crianças na pizzaria, Trump seria bem-sucedido.

Assaltado pela excitação, pegou no controle e pôs-se a pular de canal em canal, em busca de informação sobre a detenção de Hillary e todo o resto. Mas ninguém dizia nada de nada.

"Estranho, este silêncio. Ninguém fala nisso."

"Os meios de comunicação estão todos comprados, pai", lembrou Charlie, que também ele começara a seguir com mais atenção as notícias nas redes sociais. "Não foi por acaso que o Q mencionou a Operação Mockingbird e a forma como a CIA manipulou os meios de comunicação social, os quais são aliás controlados pelos grandes financeiros judeus. Segundo os *drops*, todas as madrugadas, pelas quatro da manhã em ponto, as elites enviam para os principais meios de comunicação do país os temas que nesse dia devem abordar nos noticiários. Estão todos feitos uns com os outros!"

"Ah, pois!", percebeu Leroy. "As elites controlam os jornais e as televisões, é verdade. Não foi o presidente que denunciou as constantes *fake news* dos jornalistas? Essa cambada só diz mentiras e esconde a verdade do povo. Tudo a soldo do Soros, dos Rothschild e das elites liberais, hem? Cabrões! Valha-nos o nosso presidente, que Deus o proteja e o ajude a defender o país."

O filho anuiu.

"A única fonte fiável são as redes sociais", confirmou. "É o único espaço verdadeiramente livre, pai. Todo o resto está controlado pelas elites. Tudo. Jornais, rádios, televisões… eles controlam tudo. Mijas fora do penico e… pimba, caem-te em cima com toda a força e estás tramado. Não vê como eles tratam o presidente? Não estamos a falar de qualquer pessoa, é o *presidente*. E, mesmo assim, massacram-no. Não pode dizer nada fora do guião politicamente correto previamente definido pelas elites que leva logo na cabeça. Se não fossem as redes sociais, onde poderíamos dizer o que queremos e conhecer as verdades que nos escondem?"

O olhar de Leroy demorou-se um pouco mais no televisor. Havia saltado de canal em canal, da Fox News à CNN, passando pela MSNBC e pela Bloomberg, e estava agora na ABC News. Ninguém dava uma notícia que fosse sobre os importantes acontecimentos que decorriam na sombra e que Q revelara. Nem a Fox News, que tanta coisa já denunciara, pelo visto se atrevia a noticiar a operação para deter Hillary, desmantelar a rede de pedofilia e desmascarar George Soros e a pandilha de multimilionários judeus que das sombras manipulavam o mundo. Nem a Fox News! Não havia dúvida, as elites liberais controlavam tudo. Exceto o presidente, claro. E as redes sociais. Louvado fosse o Senhor pelas redes sociais!

"Como se chama mesmo essa rede social onde o tal Q está a revelar o que se passa?"

"É o 4chan", relembrou Charlie. "As mensagens de Q são todas codificadas, pai. O acesso ao seu sentido é limitado aos entendidos nestas matérias. Mas tem lá muita informação sobre o que está a acontecer nos bastidores e há quem dê pistas sobre como interpretar os *drops* de Q. Quem compreender esses *drops* poderá tornar-se um soldado digital a lutar pela liberdade da América. Q escreveu *where we go one, we go all*. Onde vai um, vamos todos. Ou seja, estamos todos juntos nisto. Todos somos soldados da América. Todos combatemos pelo Bem. Todos somos guerreiros da luz."

A mensagem tocou fundo em Leroy. Onde vai um, vamos todos. Todos unidos na defesa da luz. Se ele acedesse aos *drops*, também ele seria um soldado digital, também ele seria um soldado da América, também ele seria um soldado ao serviço do Bem. E por quê não? Se o Facebook, o Twitter, o YouTube e outras redes sociais já tinham revelado a Leroy tanta e tanta coisa importante que ninguém mais se atrevia a dizer ou noticiar, o que dizer de uma rede social ainda mais livre, como pelo visto era o caso desse 4chan?

Com a decisão tomada, levantou-se do sofá e encaminhou-se em passos resolutos para o seu computador.

"Ensina-me a aceder aos *drops* desse Q."

O filho fez-lhe a vontade e deu a Leroy a chave que lhe permitia iniciar-se nos grandes segredos desvendados pelo misterioso QAnon e tornar-se assim mais um guerreiro da luz.

LI

As primeiras casas emergiram por entre a verdura, abrindo para um pequeno vale rasgado na floresta do distrito de Rakhine. Havia *totta ghor*, as casas de madeira, e *maitta ghor*, as de lama, na base do vale ou espalhadas pelas encostas das colinas, com estreitos caminhos de terra a estabelecerem ligações entre elas. Um rio lamacento descrevia uma curva no interior da aldeia e lá em baixo viam-se crianças a banharem--se nas águas castanhas. Adultos circulavam pelos caminhos, transportando peixe acabado de pescar ou bambu que haviam cortado na floresta ou atarefados em milhentos outros afazeres que faziam a rotina de um lugarejo perdido algures no interior de Myanmar.

Com a motorizada imobilizada no ponto mais elevado do acesso à aldeia, Tomás Noronha contemplou o que se passava lá em baixo, mas foi o seu companheiro de viagem quem rompeu o silêncio para identificar o que viam.

"Tula Toli."

Tinham chegado.

O português sentiu-se aliviado. Havia passado o dia inteiro montado na motorizada a saltar por caminhos dificilmente transitáveis, cheios de buracos e de charcos de lama, e a passar por tantas aldeias que lhes perdera a conta. Vivera o dia quase como um piloto de *motocross*, tendo apenas parado para serem controlados em onze *checkpoints*. Já lhe doíam as costas e as pernas. O fim da viagem implicava uma verdadeira bênção para os ossos.

"Onde vamos agora?"

"Desça para a aldeia. Vou perguntar pelo Nur."

Nur era o estudante universitário que tinha trazido para ali o objeto que procuravam. Iniciando a descida com cautela, até porque a lama tornava o caminho escorregadio, Tomás avançou até chegarem junto a um grupo de aldeões rohingyas que o encararam com desconfiança até perceberem que o homem no banco traseiro da motorizada também era um rohingya.

Tin Tun falou com eles e Tomás viu-os apontar para uma cabana à esquerda, situada num ponto dominante sobre o rio.

"É para ali?"

O rohingya fez um gesto afirmativo.

Arrancaram e subiram o pequeno monte até chegarem à referida casa, uma *totta ghor* ligeiramente maior do que as restantes cabanas da aldeia. Desmontaram da motorizada e Tin Tun aproximou-se das duas crianças que ali brincavam, questionando-as em rohingya. Uma delas afastou-se a correr e, momentos depois, apareceu um rapaz com uma camisa escolar a exibir ao peito o logotipo bordado de uma universidade, evidentemente a de Yangun. Tratava-se sem dúvida do tal estudante. O professor cumprimentou-o e trocaram algumas palavras antes de o estudante regressar para o interior da cabana e Tin Tun se voltar para Tomás.

"É o meu aluno. Foi buscar o que lhe entreguei."

O rapaz voltou pouco depois com um envelope nas mãos e deu-o ao professor. Tomás apeou-se e abeirou-se deles.

"Professor Noronha, este é o Nur", indicou Tin Tun. "Já temos o que queríamos."

Tomás e Nur cumprimentaram-se.

"Peço desculpa pelo incômodo que vos causei", disse o rapaz em inglês. "A minha mãe encontra-se doente e o Tatmadaw anda muito ativo na região. A situação está tensa e precisei de vir cá para ajudar a minha família. Além do mais, o professor Tin Tun estava em pânico quando me entregou o envelope em Yangun e tive medo que ele tivesse sido preso. Por isso, trouxe o envelope comigo. Lamento muito, não imaginei que a minha viagem viesse a causar tanta perturbação."

"Não se preocupe", tranquilizou-o Tomás. "Permitiu-me sair de Yangun e conhecer o vosso país."

"É pena a situação, noutras circunstâncias seria mais agradável", observou Nur, quase como se pedisse desculpa. "Quando tencionam partir?"

O português olhou para o seu companheiro de viagem, endereçando-lhe a resposta.

"Amanhã de manhã", respondeu Tin Tun. "Hoje já é muito tarde. Haverá por aqui algum lugar onde possamos passar a noite?"

O estudante indicou imediatamente a *totta ghor* atrás deles.

"A minha casa", ofereceu. "Tem três quartos e no meu só lá estou eu. Se não se importarem, terei muito gosto em partilhá-lo convosco."

A questão do alojamento para a noite ficou assim resolvida. As atenções de Tomás voltaram-se então para o envelope que Tin Tun acabara de recuperar.

"Então mostre-me lá o que está aí dentro."

O rohingya estreitou ligeiramente as pálpebras, lançando-lhe um olhar carregado de secretismo.

"Mais logo verá, professor Noronha."

Se havia coisa que mais mexia com o português era um bom segredo. Ora, a forma como Tin Tun falara e o mistério que desde o início rodeava aquele envelope atiçaram-lhe a curiosidade.

O que diabo se encontraria lá dentro?

LII

Foi Alexei o primeiro a notar o fenômeno. O *troll* do Shaltai-Boltai contratado pela Internet Research Agency para trabalhar com o FSB na operação em São Petersburgo foi bater à porta do gabinete do seu responsável direto. O capitão Dimitri Chernyshev consultava nesse momento um relatório do Departamento de Análise de Dados e respondeu sem sequer levantar os olhos do documento.

"Entre."

O *hacker* abriu a porta e espreitou para o interior.

"O capitão está ocupado?"

"Estou aqui a ver este relatório sobre as *fake news*", disse, indicando o texto que estava a ler. "É muito interessante. Diz aqui que a estratégia de descredibilizar os meios de comunicação tradicionais é fundamental para convencermos as pessoas das verdades alternativas que lhes apresentamos." Sorriu. "Ou seja, temos de as convencer de que os jornais e as televisões só dizem mentiras para que estejam abertas às nossas verdades, meias-verdades e… enfim, mentiras. Que é o que fazemos aqui, não é assim?"

"Sim, claro."

Fechando a porta atrás de si, Alexei plantou-se diante de Dimitri a segurar o seu computador portátil, na expectativa de que o chefe lhe prestasse atenção. Mas o homem do FSB continuava mergulhado no relatório.

"Os analistas têm razão", observou Dimitri, evidentemente a comentar o que lia com tanto afinco. Encarou enfim o seu subordinado.

"Como sabe você que Hitler existiu ou que a Grande Guerra Patriótica ocorreu? Hã?"

"Bem..."

"Sabe porque alguém lhe disse, porque o viu escrito por toda a parte. Você não esteve lá, não tem maneira de o saber diretamente, por isso tem de confiar no que lhe dizem ou no que lê. É assim que você e eu, e na verdade todos, sabemos o que aconteceu na História ou o que se passa no mundo. Dizem-nos e, como todos nos dizem a mesma coisa, nós acreditamos. Se nos começarem a dizer outra coisa, se virmos outra coisa escrita em todos os textos que lermos... então passaremos a acreditar noutra coisa."

"Pois, não estando lá para ver com os nossos próprios olhos, temos de acreditar no que nos dizem, não é?"

"Em bom rigor, é isso o que andamos aqui a fazer, não é? Estamos a criar nas redes sociais uma realidade, uma realidade alternativa, só que esta, além de mostrar coisas verdadeiras, também mostra coisas que saem diretamente da nossa imaginação." Riu-se, maravilhado com os imensos poderes ao seu dispor. "Incrível, não é? Imaginamos uma treta e, à força de a dizermos, e de a dizermos muitas e muitas vezes a pessoas que apenas se informam pelas redes sociais, essas pessoas começam a acreditar nela. Se Stálin criou realidades alternativas, o que nos impede de o fazer também?"

"Sem dúvida, sem dúvida."

Os olhos de Dimitri pousaram enfim no computador portátil que o *troll* tinha nas mãos e só nesse momento se interessou pela presença do rapaz.

"Então e você? O que o traz aqui?"

"A bem dizer, uma realidade alternativa também", foi a resposta oportuna. "Acaso o capitão já ouviu falar no QAnon?"

"QAnão?"

Alexei indicou o computador.

"Nas redes sociais apareceu agora um tipo que se autodesigna Q", explicou. "Diz ser um oficial dos serviços secretos americanos que representa um pequeno grupo de agentes das secretas militares e anunciou que está prestes a ser levada a cabo uma grande purga entre as elites que governam a América, elites a quem chama Estado Profundo. Esse Q apareceu numa rede chamada 4chan, mas está agora a comunicar noutra rede, intitulada 8chan. Coloca aí umas mensagens que parecem encriptadas, a que designa *drops*, e que dão pistas sobre essa tal purga que alegadamente Donald Trump se prepara para desencadear com o objetivo de purificar o país. Os internautas que seguem este Q são designados *anons* e esforçam-se por descodificar e interpretar os tais *drops*."

Tudo aquilo parecia demasiado confuso para Dimitri. Abanou a cabeça, tentando tirar um sentido do que acabara de escutar.

"Desculpe, Alexei, não estou a perceber. Por que me vem falar nisso?"

"Por vários motivos, a começar pelo fato de os *drops* de Q falarem de nós, da nossa operação aqui em São Petersburgo."

O homem do FSB alçou um sobrolho.

"Ah, bom", murmurou. "Dizem o quê?"

O *troll* do Shaltai-Boltai já estava à espera da pergunta e, como em resposta, voltou para o seu interlocutor o computador portátil previamente preparado.

"Este é o último *drop* que o dito Q lançou no 8chan", indicou. "Ora veja."

RÚSSIA = A VERDADEIRA CONSPIRAÇÃO
Definir "PROJEÇÃO"
O que acontece quando eles perdem o controle
e a VERDADE é exposta?
O que acontece quando o POVO deixa de acreditar
ou sequer ouvir as *FAKE NEWS* DOS *MEDIA* CONTROLADOS,
DE HOLLYWOOD CONTROLADO, ETC., ETC.???
O GRANDE DESPERTAR.
JÁ NÃO SOMOS CORDEIROS,
NÓS, O POVO.
POR DEUS & PAÍS – LUTAMOS!
Q

Dimitri leu três vezes para tentar perceber a estranha mensagem. Só entendeu umas partes, mas o sentido geral escapava-lhe.

"Que porra é esta?"

"É o último *drop* desse Q", repetiu Alexei. "Como disse, ele usa uma linguagem encriptada que os seus seguidores, os *anons*, têm de decifrar. Daí que se chame QAnon. É o Q a enviar mensagens secretas para os *anons*."

Por mais que olhasse para o *drop* que lhe era exibido, contudo, o homem do FSB continuava sem perceber.

"Mas… o que é isto?"

"É toda uma teoria ligada a conspirações e mais não sei o quê. George Soros está a manipular a América através do Estado Profundo controlado pelas elites, Hillary Clinton chefia uma rede de pedófilos sediada numa pizzaria em Washington, Trump prepara-se para desmontar esta grande conspiração e prender toda a classe política corrupta que transformou Washington num pântano… é tudo assim. Fala da nossa operação, mas diz que Trump usa as alegações de que interferimos nas eleições americanas para recrutar o FBI para essa luta contra o Estado Profundo e as elites que nele mandam. Tudo acabará com a vitória das 'crianças da luz', o Bem, e a América será salva."

Com um gesto irritado, Dimitri retomou a leitura do relatório do Departamento de Análise de Dados.

"Ouça, Alexei, não tenho tempo a perder com palermices. Há imenso para fazer e…"

"Milhares e milhares de americanos estão a seguir os *drops*, capitão", apressou-se o *troll* a acrescentar. "A continuar assim, prevejo que em breve sejam vários milhões. Todos agarrados aos computadores a ler estas mensagens, a tentarem decifrá-las e a transformarem-se em soldados digitais da grande causa, a guerra secreta do povo contra as elites, da luz contra as trevas, do Bem contra o Mal. Q está a falar de uma imensa conspiração na América que envolve as elites liberais americanas com o apoio da comunicação social, dos atores de Hollywood e dos financeiros judeus, todos coligados no chamado Estado Profundo para encherem o país de imigrantes violadores, de terroristas muçulmanos, de pedófilos, de homossexuais… tudo o que se possa imaginar para subverter a América e reprimir o americano comum. Muito importante, Trump e as pessoas mais próximas dele, como Michael Flynn e outros, começaram a repassar estas teorias da conspiração. Já há pessoas a exibirem a letra Q em eventos públicos. Na Internet circula mesmo o *hashtag* #SalvemAsCrianças. A conspiração do QAnon, capitão, está a radicalizar ainda mais a América."

O oficial do FSB voltou a parar a leitura do documento que tinha em mãos, desta feita definitivamente, e fitou o subordinado com intensidade. O que ele acabara de dizer captara enfim a sua atenção.

"Milhões de seguidores, diz você?", perguntou, interessado. "A guerra secreta do Bem contra o Mal? Os americanos a tornarem-se soldados digitais? Todos a radicalizarem-se? E Trump está mesmo a dar gás a essas tontices?"

Alexei percebeu que a sua mensagem passara finalmente.

"Sim, capitão. É isso mesmo. Está a entender o que podemos fazer com isto?"

O potencial de uma coisa daquelas para os propósitos do FSB, compreendeu Dimitri, era realmente imenso. Sul contra Norte, conservadores contra liberais, povo contra elites. Sobretudo, bons contra maus, sendo que os bons eram Trump e os seus aliados, incluindo a Rússia, e os maus todos os que se lhes opunham. Mas o mais importante era ter americanos contra americanos. Toda uma realidade alternativa, e muito polarizadora, em construção. Uma prenda daquelas nem por encomenda!

Pôs-se de pé, subitamente entusiasmado.

"Temos de encher as nossas contas falsas com mensagens desse tal QAnão e…"

"QAnon."

"… difundi-las por todos os americanos suscetíveis de por elas serem influenciados. Use os modelos computacionais da Cambridge Analytica e as bases de dados do Facebook, do Twitter e do que mais houver para afinar os alvos e impor-lhes essa realidade alternativa. Se manobrarmos bem, quem sabe se conseguiremos mergulhar a América numa guerra civil."

Alexei arqueou as sobrancelhas.

"O capitão acha isso possível?"

"Nada é impossível quando se controla o poder de criar uma realidade alternativa. Temos de começar a fazer vídeos."

"Vídeos?"

"Sim, vídeos. Temos de encher o YouTube com toda essa conversa e mais outras que inventarmos para a alimentar. Vamos trabalhar essa grande realidade alternativa e pôr a América a guerrear-se em torno de um mundo que não existe, ouviu? Todos contra todos! O caos total."

Incapaz de se conter perante a catadupa de ideias que lhe assaltavam a mente em vagas sucessivas, pois via já aquele tema como uma mina de ouro da desinformação, saiu de rompante do seu gabinete e foi para a grande sala reunir as centenas de *trolls* do Shaltai-Boltai que trabalhavam na grande operação do FSB contra o Ocidente e dar-lhes instruções sobre como usar o QAnon para dividir ainda mais a América e avançar um passo mais na campanha para precipitar o colapso do Ocidente.

LIII

Havia já dois dias que Leroy Roderick mal conseguia dormir, tão transtornado se sentia com tudo o que lia no 8chan, para onde migrara Q, mas também no Reddit e no Facebook, para já não falar dos vídeos perturbadores que via constantemente no YouTube sobre o mesmo assunto. Tanta coisa grave que os meios de comunicação tradicionais, repletos de *fake news* e evidentemente controlados pelas elites liberais do Estado Profundo, estavam a esconder do povo americano! O relógio assinalava já as cinco da manhã, em breve o Sol nasceria, e ele agarrado ao computador, chocado e indignado, atravessava uma montanha-russa de emoções à medida que tomava conhecimento de cada um dos graves acontecimentos que se sucediam na sombra.

A lista de tramoias das elites contra o povo era de deixar uma pessoa de cara à banda. Hussein, esse verme insidioso que se apresentava em público com o nome de Barack Obama, era afinal um muçulmano nascido no Quénia que se infiltrara na América para subverter o cristianismo e transformar o país numa república islâmica em que vigoraria a *sharia*! Ah, o sacana do Hussein nunca o tinha enganado! Mas enganara muitos tontos. Aliás, havia indícios, destacados nos "grupos" do Facebook que Leroy frequentava, de que a mulher dele, Michelle Obama, era na verdade um homem travestido. A duplicidade daquela gente era simplesmente chocante.

Já Hillary Clinton, essa cabra sanguinária, participava em cerimônias satânicas que culminavam com a extração do sangue das crianças que ela matava para obter uma droga superpoderosa chamada adrenocromo. Tratava-se de um composto químico resultante da oxidação da adrenalina, valioso por conferir a vida eterna a quem o tomava, e que era mais eficaz quando se extraía de crianças sacrificadas em estado de puro terror. Corria aliás entre os *anons* que Hillary havia assassinado uma menina diante das câmaras e arrancara-lhe a face para a usar como máscara. Ao que parece, o vídeo fora visualizado pelos agentes do NYPD, a polícia de Nova York, e eles ficaram tão traumatizados que se suicidaram de imediato. Que tragédia não ter conseguido salvar os pobres inocentes das garras das elites quando fora a Washington para os resgatar! Ainda hoje se culpabilizava pelo seu fracasso.

Também a informação nas redes sociais de que o Estado Profundo estava a despejar químicos nos reservatórios de água para transformar os americanos em homossexuais era verdadeiramente assustadora. Aliás, o próprio Robert F. Kennedy Jr., um extremista liberal, descaíra-se e declarara em público que os químicos poluentes estavam a feminizar os rapazes e a masculinizar as moças, transformando as crianças em homossexuais. Até um liberal o disse! E não foi nas redes sociais, mas nos próprios meios de comunicação tradicionais. Que mais provas seriam necessárias? Logo que soubera disso, abrira um poço no quintal da casa e os filhos foram instruídos a só beberem água dali. Mas... e o que aconteceria aos outros americanos que viviam nas cidades e tinham de consumir água da rede? Como fariam eles?

A América corria realmente um enormíssimo perigo! E quem financiava toda aquela perversão digna de Sodoma e Gomorra? George Soros, esse sanguessuga judeu que, tal como os judeus que entregaram Jesus aos romanos e como os conspiradores do cemitério de Praga com o seu protocolo diabólico para fomentar a globalização e assim controlar o mundo, se aliara aos Rothschild, outros multimilionários judeus, para submeter a América e substituir os americanos por imigrantes, por sodomizadores e por feminazis. Aquela gigantesca conspiração estava a destruir o país.

Graças a Deus que existia a Internet. E, sobretudo, louvado fosse o Senhor pelas redes sociais. Sim, era devido a Ele que existia o 4chan, o 8chan, o Reddit, o YouTube, o Facebook, o Twitter. Sem as redes sociais, nada disto se saberia. Os meios de comunicação tradicionais tudo silenciariam. A verdade permaneceria escondida e o Bem não poderia mobilizar-se contra o Mal. Mas felizmente que Deus fora previdente e as redes sociais estavam aí por graça divina para, sem filtros nem censura, tudo revelarem. Os americanos deixariam de ser cordeiros alinhados pelas forças do Mal para o sacrifício no altar do politicamente correto que tudo silenciava. Estava em curso o grande despertar da América.

Os filhos da luz triunfariam.

Carregou num botão do teclado e a tela do computador encheu-se com uma mensagem de Q cujo desfecho dias antes o perturbara.

Hillary Clinton será presa entre as 7:45-8:30, hora do Leste,
na segunda-feira - a manhã de 30 de outubro.

O problema é que nesse dia 30 de outubro não acontecera nada. Seria isso a demonstração de que os *drops* de Q eram afinal falsos? Na ocasião ainda considerara essa possibilidade, mas depois os outros *anons* mostraram imagens que indiciavam que Hillary tinha de fato sido algemada. Portanto, a bruxa pedófila fora mesmo detida. Mas então por que não ocorrera anúncio nenhum dessa detenção? Um outro *anon* dera a resposta lógica: fazia tudo parte do Plano.

Ah, o Plano!

Nos seus *drops*, Q mencionava muitas vezes o Plano. Tratava-se da operação secreta montada pelo presidente Trump, que Deus o protegesse, para desmantelar o Estado Profundo, limpar o pântano corrupto de Washington, prender os criminosos, executar os traidores e salvar a América das elites liberais e dos seus protegidos, as hordas de imigrantes violadores, de paneleiros e de feminazis. Os *drops* estavam cheios de *crumb*, migalhas, a expressão de Q para as pistas que ia lançando e que os *anons* teriam de decifrar se queriam perceber o que realmente se passava no segredo dos bastidores. Cada *crumb* valia pouco isoladamente; tal como um *puzzle*, era em conjunto que revelava o que individualmente permanecia escondido.

Todo aquele *crumb* conduzia à verdade e as mensagens de Q faziam parte do Plano. Havia imensas coisas que estavam a acontecer na sombra. Umas ocorriam em silêncio, longe do olhar público; outras eram pistas falsas, concebidas e difundidas nas redes sociais para enganar o Estado Profundo. Convinha não esquecer que, no *drop* número cento e vinte e oito, Q tinha avisado que "a desinformação é necessária". Ou seja, nem todo o *crumb* que estava nos *drops* era verdadeiro, mas a desinformação integrava o Plano e destinava-se ao bem final, à limpeza do pântano, ao desmantelamento do Estado Profundo e ao triunfo da luz sobre as trevas. Tudo muito confidencial, pois, no *drop* número sessenta, Q havia informado que a "imagem global" das operações em curso ou dos eventos prestes a ocorrer só estava disponível a "(menos de dez pessoas), das quais apenas três não são militares". Muito importante, todas essas pessoas trabalhavam estreitamente com o presidente Trump.

Tudo se encontrava previsto, tudo estava no Plano.

Muitos *drops* tornavam claro que o Plano era infalível e que a operação de Donald Trump contra o Estado Profundo e as elites pedófilas e satânicas estava iminente. A frase de Q a esse propósito era transparente.

Nada pode parar o que vem aí. Nada.
Q

Até que o *drop* número cento e cinquenta e cinco deu instruções militares de natureza operacional.

Conf_D-TT_^_v891_0600_sim
_verde1_0600
Bunker Maçã Céu Amarelo (...+1)
Sim
Vão com Deus.
Q

O presidente, informara Q, encontrava-se nesse momento reunido em segredo com os generais e os procuradores do Ministério Público numa sala sem celulares a ultimar a grande operação. O Plano entrara finalmente em marcha. As diversas forças da lei estavam a postos e até os porta-aviões se posicionavam para impedir os outros países de se aproveitarem da grande convulsão que aí vinha.

De momento, tudo parecia tranquilo. Mas a tranquilidade era aparente. Vivia-se na verdade o instante CBTS. *Calm before the storm*. A calma antes da tempestade. Porque NCSWIC. *Nothing can stop what is coming*. Nada pode parar o que vem aí. A palavra-chave que desencadearia o ataque contra o Estado Profundo e as elites malignas seria uma declaração do presidente relacionada com esse momento crucial. "A tempestade somos nós", diria ele. Começariam então as detenções em massa e seria imediatamente decretada a lei marcial no país. A Tempestade.

O grande despertar estava iminente, os verdadeiros americanos resgatariam a América e o presidente emergiria para liderar um mundo diferente, melhor e mais puro. O Plano cumpria-se e o cerco apertava--se. Q sabia tudo.

Trump era um gênio.

E ele, Leroy, atormentado com os importantíssimos acontecimentos que se avizinhavam e ciente de que quando a hora chegasse teria de assumir as suas responsabilidades de patriota e soldado digital ao serviço da liberdade e da América, não conseguia dormir. Sim, porque ele era um guerreiro ao serviço da luz.

Vivia-se nesse momento a calma antes da tempestade. Mas nada pode parar o que vem aí. Onde vai um, vamos todos. Trump por todos, todos por Trump.

LIV

O Sol punha-se já para lá das montanhas, o céu avermelhava e a noite caía rapidamente, como era habitual naquelas latitudes. Os dois recém-chegados a Tula Toli foram acolhidos pela família de Nur, que os rodeou das amabilidades normais nas regiões rurais de Myanmar. Todos eles eram evidentemente pobres e os dois irmãos mais novos de Nur andavam descalços, pelo que Tomás Noronha ficou surpreendido quando o estudante o informou de que a sua era uma das famílias mais abastadas da aldeia, cortesia da pequena mercearia que o pai mantinha aberta na povoação.

"Como pensa o senhor que foi financiada a minha ida para a Universidade de Yangun?"

Se aquela era uma família rohingya abastada, espantou-se o português, o que dizer das outras?

"Os rohingyas não têm direito às escolas nem à saúde do Estado birmanês", explicou Nur. "Chamam-nos *kalas* e *bengalis*, dizem que somos estrangeiros e não nos querem aqui. Com todas as mensagens agressivas no Facebook, mesmo as comunidades vizinhas, com as quais antes nos dávamos bem, começaram a ter medo de nós e a afastarem-se. Até aqui em Tula Toli viviam famílias rakhines que, amedrontadas com o que liam no Facebook, se foram embora. Estamos agora isolados, rejeitados pelo nosso próprio país."

"Já nem lutamos pelos nossos direitos", observou Tin Tun. "Apenas sonhamos com o direito a ter direitos."

"Olhe para o caso do negócio do meu pai", detalhou Nur. "Para poder ter a mercearia e adquirir produtos para a abastecer, foi forçado a arranjar um sócio budista. O sócio não contribui com nada… a não ser com o fato de que é budista, o que facilita as relações com os abastecedores e as autoridades. De resto, não mexe uma palha. Limita-se a receber o nosso dinheiro. Acha isto normal?"

Nesse instante, o pai de Nur disse umas palavras em rohingya e Tin Tun traduziu.

"Está a chamar-nos para o jantar."

Foram para a mesa, instalada ao ar livre. A mãe de Nur permanecia fechada no seu quarto, com uma doença que ninguém explicou. Foi a avó do estudante que preparou a refeição e a serviu à família e aos convidados.

"Ela esmerou-se", disse Nur. "Fez um jantar especial em vossa honra."

A senhora colocou na mesa uma panela com caril de peixe, identificado com o nome de *masser sallon*, e uma tigela grande com arroz branco. Havia também um pão com camarão, que todos designavam como *massor fiyanszu*, e uns aperitivos com nomes estranhos, como *gora petra* e *modhu batt*. Para beber, nada de álcool; como sempre, apenas chá. Nur era o único elemento da família que falava inglês, mas, pelos rostos pesados e pelo tom da conversa à mesa entre os rohingyas, Tomás pressentiu que havia algo a preocupá-los.

"Passa-se alguma coisa?"

Tin Tun abanou a cabeça.

"Nada, nada."

"Então do que estão a falar?"

Fez-se um silêncio embaraçado.

"Estamos todos nervosos", acabou por confessar Nur. "Bem vê, houve problemas em Dual Toli, a aldeia mais próxima, situada do outro lado do rio."

"O que aconteceu?"

"Aqui há dias, logo quando cheguei de Yangun, o Tatmadaw entrou lá aos tiros e destruiu as casas. Vimos o fogo daqui. Os habitantes de Dual Toli fugiram e temos estado a recebê-los na nossa aldeia. Instalaram-se com famílias nossas que os acolheram ou então montaram tendas nos arredores."

Não era difícil perceber o que estava na mente dos habitantes de Tula Toli.

"Têm medo de que o exército também venha para aqui?"

Nur baixou a cabeça, quase como se receasse que uma resposta afirmativa atraísse o azar, e acabou por ser Tin Tun quem retorquiu.

"Eles estão a discutir se devem também abandonar a aldeia", revelou. "Já há pessoas que saíram de casa e dormem na floresta, com medo do Tatmadaw. Estão em curso na aldeia discussões sobre se devem todos juntar as coisas e fugir para o Bangladesh ou se devem ficar. Muitos dizem que é melhor uma retirada ordeira, por causa dos velhos e das crianças, do que uma fuga desordenada e imposta pelas circunstâncias. Outros argumentam que não se abandona a aldeia assim, sem mais nem menos, é preciso ter calma, tudo se há de arranjar. Para já não há decisões. Está tudo a ser discutido e aguarda-se a decisão do *mazhi*."

"Quem é esse?"

"O chefe da aldeia."

Tomás passou os olhos pelos pontos de luz que alumiavam várias casas em redor.

"Quando falam em retirada, isso seria quando? Esta semana? Na próxima?"

"Hoje."

"Hoje?!"

"Esta noite."

Tudo aquilo parecia surreal. Aquele jantar, percebeu Tomás, não era apenas em honra dos convidados, ele e Tin Tun. Tratava-se também de uma espécie de despedida. Os rohingyas de Tula Toli estavam já a despedir-se das suas casas, do seu rio, da sua aldeia, da sua vida, e a preparar-se para o desconhecido que pressentiam aproximar-se.

O resto do jantar não foi animado. Considerando as circunstâncias, não havia muito para dizer. Quando a avó de Nur levantou a mesa, os homens permaneceram sentados na noite quente a contemplar as estrelas no céu e as luzes alaranjadas bruxuleantes que, na terra, aqui e ali cintilavam pelo vale e pelas encostas dos montes circundantes. As cigarras não paravam de estridular e no ar pairava um perfume a caril e peixe frito. E um cheiro a medo.

Um par de luzes brancas apareceu subitamente lá em cima, no caminho que ligava a aldeia ao exterior. Fixando os olhos nessas luzes, perceberam que se tratava de um carro. Era pelo visto uma imagem rara, aquela de um automóvel naquelas paragens e àquela hora, percebeu Tomás. O veículo imobilizou-se junto a uma *totta ghor* e alguém saiu do interior e entrou nessa cabana de madeira.

Atentos e perturbados com aquela novidade, os rohingyas à mesa desataram a trocar comentários entre eles.

"É a casa do *mazhi*", explicou Nur. "O homem que chegou é o *ukatta* de Min Gyi."

"Quem é esse?"

"Min Gyi é o nome coletivo que damos ao conjunto administrativo de Tula Toli com a aldeia rakhine mais próxima. O *ukatta* é o chefe rakhine deste conjunto."

Preocupados com a inesperada chegada do *ukatta*, Nur e o pai pediram escusa e subiram na direção da casa do *mazhi* para se inteirarem das novidades, deixando os convidados a sós. Sentados à mesa, Tomás e Tin Tun aguardaram pela evolução dos acontecimentos.

"Você disse há pouco que os vossos contatos com as comunidades vizinhas budistas foram cortados. Como se explica então a chegada do chefe do conjunto administrativo?"

"É isso que nos está a intrigar", respondeu Tin Tun. "As nossas relações até 2011 eram normais, até relativamente amistosas. Quando nesse ano o Facebook apareceu no país, no entanto, começou a espalhar-se o medo em nós, em particular depois da violação da garota budista em 2012. Os budistas tornaram-se mais cautelosos, sobretudo nesta região, onde há mais rohingyas. A hostilidade contribuiu para o aparecimento da ARSA e então os nossos contatos na província praticamente pararam."

"Pararam em que sentido? Os budistas disseram que não queriam falar mais convosco?"

"Não, ninguém nos disse nada de forma explícita. O que aconteceu foi que os budistas fechavam os rostos sempre que viam um rohingya. Não diziam nada e viravam-nos simplesmente as costas. Tornou-se desagradável e deixamos de nos visitar mutuamente. Quando queríamos comprar-lhes alguma coisa, enviávamos as crianças para fazer as compras. Mas a certa altura as crianças foram apedrejadas e também elas deixaram de ir. Ficamos isolados."

"Você passou por isso?"

"Menos do que aqui. Não se esqueça de que sou professor universitário, vivo em Yangun e adotei um nome budista birmanês para não me fazer notado. Muita gente não sabe sequer que sou rohingya, embora a minha pele mais escura me denuncie. Mas o esfriar de relações tornou-se comum nas províncias, sobretudo nesta região de maioria rohingya. Aliás, há pouco contaram-me que aqui em Tula Toli viviam umas sessenta famílias budistas e tudo corria bem. De repente, o Facebook encheu-se de mensagens contra nós e essas famílias assustaram-se e partiram."

"Se os rohingyas deixaram de se dar com os vizinhos budistas, o que está o chefe local deles aqui a fazer?"

"É justamente o que Nur e o pai se estavam a questionar. É estranho que o *ukatta* tenha aqui vindo. O que quererá ele?"

Não tiveram de esperar muito pela resposta. Os dois anfitriões voltaram vinte minutos depois da casa do *mazhi* e vinham transfigurados, os rostos sorridentes.

"Está tudo bem", anunciou Nur com evidente alívio. "O *ukatta* disse para não nos preocuparmos, ele assumia a responsabilidade pela nossa segurança. Garantiu-nos que não haverá problemas conosco. Não precisamos de fugir. Se por acaso os soldados aparecerem, disse-nos, só teremos de nos juntar nas margens do rio e ninguém nos fará mal."

O ambiente distendera-se visivelmente e os sorrisos tornaram-se universais. O medo desaparecera e o peso que todos carregavam, como se fossem condenados à morte em vésperas da execução da sentença, sumiu-se. A sentença podia apenas ter sido adiada por tempo indeterminado, mas já era alguma coisa. E se aguentassem mais algum tempo, aquele período difícil seria ultrapassado e talvez nunca viesse a ser necessário partir. Os rohingyas conheciam demasiado bem as histórias de sofrimento prolongado nos campos de refugiados do Bangladesh para desejarem esse destino. Quanto mais tempo pudessem ficar na sua terra, melhor.

Passada a excitação e o clima festivo pelas boas notícias que resultaram da visita do *ukatta*, foram deitar-se. Tal como ficara combinado, Tomás e Tin Tun recolheram-se ao quarto de Nur. O espaço era previsivelmente apertado, mas com jeito conseguiram posicionar as esteiras de modo a não ficarem deitados uns contra os outros.

Havia uma luz de presença alimentada por um gerador fora de casa. Após consultar o relógio, Nur apontou para a lâmpada.

"Só temos mais quinze minutos de energia", informou. "Às dez da noite em ponto, o meu pai irá desligar o gerador e deixaremos de ter eletricidade em casa."

Depois da higiene, e já estendido sobre a esteira onde iria dormir, o historiador aproveitou o tempo que restava de eletricidade para abrir o envelope e espreitar o seu conteúdo. Percebeu que se tratava de um documento oficial com símbolos do Estado e, com alívio, constatou que estava redigido em inglês; era, portanto, legível. Estudou-o com cuidado, primeiro com curiosidade, depois intrigado, por fim espantado.

Quando acabou, lançou um olhar inquisitivo na direção de Tin Tun, que já se preparava para dormir.

"Onde arranjou isto?"

O rohingya levantou a cabeça.

"Onde o obtive é assunto meu", disse, reservado. "Mas pode ficar descansado, professor Noronha. O documento é genuíno."

Tomás meditou por alguns minutos no significado profundo do que acabara de ler, sobretudo à luz das suas experiências recentes. A lâmpada amarelada do quarto desligou-se de repente, sinal de que o pai de Nur havia nesse instante desativado o gerador. Tateando às escuras, inseriu o documento no envelope, guardou-o num bolso discreto da sua mala de viagem, ciente de que precisava de garantir a segurança daquela folha, e foi enfim deitar-se. Ainda ouviu o som de um helicóptero a passar não muito longe, mas não prestou atenção pois estava exausto.

Fez mal, porque o zumbido daquelas hélices era um arauto de más notícias.

LV

Sempre que o coronel Mikhail Arsenyev se sentia nervoso, a pálpebra esquerda tremia-lhe. Ora, notara o capitão Dimitri Chernyshev, nesse preciso momento essa pálpebra estava a tremer. Não era difícil perceber a origem do nervosismo. O coronel acabara de receber uma chamada da Lubyanka e, logo que a terminara, mandara-o chamar. Qualquer que tenha sido o tema da conversa com a chefia do FSB, não fora certamente agradável.

"Falhamos o primeiro objetivo da nossa missão", anunciou em tom lúgubre o chefe da operação do FSB em São Petersburgo. "Os americanos não levantaram as sanções."

As sanções em causa eram as decretadas pelos Estados Unidos à Rússia na sequência da anexação da Crimeia e da ocupação do Donbass, em punição pela invasão russa da Ucrânia. O Kremlin fingia que essas sanções não estavam a produzir quaisquer efeitos na sua economia, mas tal não passava de propaganda para manter o moral da população e ludibriar o Ocidente. A verdade é que, se havia em Moscou grande ansiedade pelo fim das sanções, por algum motivo seria.

"Mas por quê, meu coronel?", questionou Dimitri. "Eu julgava que, com Trump na Casa Branca, a coisa se iria resolver. O nosso presidente não falou com ele na cúpula do G20?"

"Era o que estava combinado entre os dois, sim. Conversaram ambos sobre o assunto. E o Trump bem tentou. Mas pelo visto o Congresso não permitiu que as sanções fossem levantadas."

O subordinado pestanejou, surpreendido.

"Como assim, não permitiu? Trump não é o presidente? Como pode o Congresso proibir o presidente de fazer o que entende? Afinal quem manda na América?"

"Não levamos em linha de conta as características do sistema político americano", reconheceu o coronel Arsenyev. "É muito diferente do nosso, pois não está centralizado. Pela forma como o sistema de governação se encontra organizado nos Estados Unidos, há aparentemente certos assuntos que requerem a cooperação do Congresso."

Aquelas notícias eram frustrantes.

"Pois, é o problema das democracias, há a oposição do Partido Democrata e..."

"Não é apenas a oposição dos democratas, capitão. Os congressistas republicanos, portanto membros do partido de Trump, estão também eles a obstaculizar os esforços do seu próprio presidente e a impedir que ele levante as sanções contra nós. No Senado, a votação foi de 98-2 pela manutenção das sanções. Está a perceber? Mesmo os republicanos estão alinhados contra nós e têm poder para bloquear o levantamento das sanções. Não há nada que Trump possa fazer para nos ajudar."

Uma derrota de 98-2 não era uma derrota, era um esmagamento. Uma humilhação. Tudo aquilo se afigurava inesperado. A operação americana do FSB partira do pressuposto de que Trump, uma vez na Casa Branca, daria as suas ordens e tudo se resolveria de imediato. Não era manifestamente isso o que estava a suceder.

"Os republicanos não devem obediência ao líder do seu partido?"

"Pelo visto, a coisa lá na América não é assim tão linear", devolveu o chefe da operação. "E o problema não é apenas o levantamento das sanções, capitão. São todos os nossos objetivos estratégicos, e sobretudo a questão da NATO. De que nos serve ter o Trump a tentar acabar com a NATO e deixar cair a Europa nas nossas mãos se o Congresso obstaculizar os esforços do seu próprio presidente? O que este episódio nos mostra é que não basta termos o presidente dos Estados Unidos do nosso lado. Precisamos também de controlar o Congresso."

"Pois, estou a ver que sim", constatou Dimitri, desviando os olhos para o telefone pousado sobre a mesa do coronel Arsenyev. "O que diz Moscou a tudo isto?"

A pálpebra esquerda do chefe da operação de São Petersburgo ainda tremia.

"Deu-nos novas ordens de missão", foi a resposta num tom pesado. "O nosso trabalho na América já não é apenas apoiar Trump e fazê-lo reeleger. Temos também de mudar a essência do Partido Republicano e alinhá-lo com os nossos interesses. Só assim o Congresso deixará de ser um empecilho aos nossos projetos."

"Não vai ser fácil..."

"E não é só isso, capitão. Um dia Trump irá acabar, pois não caminha para novo, e precisamos de um qualquer novo Trump que o substitua. Consequentemente, há que trabalhar o Partido Republicano para o mudar, mas também para detectar novos potenciais Trumps e modelá-los em função dos nossos objetivos e interesses. Compreende as consequências destas novas ordens para as nossas operações?"

O seu adjunto não podia deixar de as compreender em todas as suas ramificações. Já não se tratava meramente de convencer a maioria do povo de um país a votar num candidato alinhado com a Rússia, como haviam feito nessas eleições presidenciais, mas estudar todo um partido em profundidade, identificar candidatos com o perfil adequado, trabalhá-los e formatá-los segundo os interesses da Rússia e, por fim, convencer a maior parte das populações de dezenas e dezenas de estados americanos a elegê-los. A ambição, a amplitude e o nível de complexidade de uma missão dessas eram completamente diferentes.

Porém, tinha de ser feito.

Após um silêncio prolongado para contemplar e avaliar a imensidão da tarefa diante deles, Dimitri fez um sinal afirmativo com a cabeça.

"Temos de infiltrar os republicanos."

De fato, não seria fácil. Mas, sabiam os dois homens do FSB, com as redes sociais ao seu serviço não havia impossíveis para a Rússia.

Tinham o poder de construir uma realidade alternativa capaz de mergulhar a América na guerra civil. A tempestade eram eles. Fossem quais fossem as dificuldades, a Rússia venceria.

LVI

A data das eleições presidenciais nos Estados Unidos aproximava-se e tornava-se claro a Leroy Roderick que Donald Trump estava em apuros. As elites e os seus esbirros, a comunicação social tradicional, cercavam-no como hienas. O que quer que o presidente fizesse, era de imediato atacado sem dó nem piedade. Agrediam-no, ofendiam-no e achincalhavam-no de todas as maneiras possíveis. O Estado Profundo comandava o ataque e sabotava por completo os esforços de Trump para limpar o pântano, derrotar as trevas e impor a luz. Por incrível que parecesse, o Mal parecia em condições de ganhar a guerra contra o Bem.

A gota que fez transbordar o copo da paciência de Leroy foi o *drop* número mil quatrocentos e noventa e seis, colocado dois dias antes por Q no 8chan.

POTUS NA POSSE DE (E A REVER):
1. Relatório IG original não finalizado
2. Relatório IG modificado não finalizado (versão RR)
3. Relatório IG modificado finalizado (versão RR)
4. Notas sumárias IG: obstrução(ões) para obter informação selecionada (secreto)
(#3 divulgado amanhã)
Façam barulho. Façam-se ouvir. Lutem pela VERDADE.
Q

Este *drop* estava cheio de *crumb*. Eram pistas atrás de pistas atrás de pistas. Cabia a Leroy, e a todos os *anons* que se reuniam em acaloradas discussões no 8chan, em vídeos no YouTube e nos "grupos" do Facebook, onde se juntavam milhares e milhares de seguidores, a tarefa de interpretar a mensagem críptica de Q.

POTUS era Donald Trump. *President of the United States*. RR era, como qualquer americano sabia, Rod Rosenstein, o pérfido procurador-geral adjunto que nomeara um relator especial para investigar a suposta interferência russa nas eleições e que tudo fazia para proteger a elite liberal e embaraçar o presidente que desafiava o *status quo*. Já os relatórios IG em causa eram documentos do Inspector General, a procuradoria, que, conforme revelado por Q em *drops* prévios, continham fatos de grande gravidade cometidos pela elite liberal e cuja divulgação precipitaria a detenção de Hillary Clinton, o colapso do Estado Profundo, a vitória do Bem e a salvação da América.

Uma verdadeira bomba.

Ora, este último *drop* de Q anunciava que o ponto "#3", o relatório do Inspector General "modificado e finalizado" por Rosenstein, iria ser "divulgado amanhã". Acontece que o *drop* fora colocado no 8chan dois dias antes e o "amanhã" já era ontem. Na véspera fora de fato divulgado o relatório do Inspector General. Tratava-se de um texto que culpabilizava o presidente, evidentemente porque o corrupto Rosenstein, esse agente ao serviço do Estado Profundo, alterara a versão original, a verdadeira, que denunciava a satânica Hillary Clinton e as elites que ela comandava, substituindo-a por uma versão falsa.

O problema é que a Casa Branca, sabendo a verdade, ainda não denunciara toda aquela sinistra manigância das forças do Mal. Por quê o silêncio? O que levava Trump a manter-se calado? Por que razão a operação para desmantelar o Estado Profundo, que levara até ao reposicionamento dos porta-aviões, fora travada à última hora?

Só havia uma explicação para a suspensão do Plano, concluiu Leroy e concluíram todos os *anons* que se juntavam *online* no 8chan e nos "grupos" do Facebook a analisar este mistério. POTUS, o presidente, estava condicionado pelo Estado Profundo. De resto, e vendo bem, já Q alertara implicitamente para essa possibilidade. Bastava ver o final deste último *drop*, onde Q lançava um apelo dramático aos *anons*.

Leroy releu essa linha.

Façam barulho. Façam-se ouvir. Lutem pela VERDADE.

À luz do silêncio da Casa Branca sobre o relatório adulterado por Rosenstein, este apelo só podia ser uma ordem de Q, e implicitamente do próprio presidente, para que os *anons*, na sua qualidade de soldados digitais e guerreiros da luz, interviessem e viessem em socorro do seu líder, Donald Trump, libertando-o da camisa de forças que lhe tolhia os movimentos e permitindo-lhe publicar o verdadeiro relatório, aquele que Rosenstein recebera e que se mantinha no segredo dos deuses. Só assim se cumpriria a missão sagrada de prender a satânica Hillary, limpar o pântano e tornar a América grande outra vez. Os *anons* tinham de fazer barulho, tinham de se fazer ouvir, tinham de lutar pela verdade.

Um novo *drop* apareceu no 8chan.

O partido (D) deixará de existir quando tudo for exposto.
As *FAKE NEWS* já não podem controlar (silenciar)
o conhecimento público da VERDADE.
DAS TREVAS PARA A LUZ.
Q

Das trevas para a luz.

Chegara o momento de se fazer barulho, de se fazerem ouvir, de lutarem pela verdade. Quem o faria? Pois bem, se ninguém avançava, avançaria ele. Ele. Leroy Roderick. Soldado digital, guerreiro da luz, combatente do Bem. Não sabia na verdade quantos *anons* iriam também agir, mas sabia que ele próprio estava disposto a fazê-lo. E fá-lo-ia. Ele era um cajun e os cajuns aguentavam tudo. Tornava-se imperativo resgatar o presidente das garras opressoras do Estado Profundo e abrir a porta ao golpe fatal contra as elites corruptas que estavam a entregar a América aos imigrantes, às feminazis e aos sodomizadores.

Tomada a decisão, Leroy desenvolveu um plano operacional, escolheu o alvo e passou as quarenta e oito horas seguintes a trabalhar afincadamente nos preparativos. Ele era um soldado digital e iria ajudar o presidente Trump a cumprir a sua missão sagrada. Em conformidade com essa decisão, nas quarenta e oito horas seguintes fez uma visita prévia de reconhecimento ao teatro de operações, plantou no local os meios necessários e, por fim, foi ao Sullivan's Gun Outlet adquirir o material de combate que lhe faltava.

Quando o dia chegou, depositou Sally na escola, pediu à cunhada Clarence que a fosse recolher no caso de ele não o poder fazer e dirigiu-se imediatamente a Baton Rouge. Estacionou no *parking* do Bluebonnet Park Shopping Center e, certificando-se de que não havia câmaras de videovigilância voltadas para ali, forçou a entrada num *GMC* de vidros fumados. Soltou os fios da ignição, fez contato entre eles e o motor entrou em funcionamento. Foi ao volante desse veículo que, momentos depois, saiu do parque de estacionamento e se fez à estrada. O *modus operandi* era o mesmo que adotara em Washington, DC, quando da fracassada operação de resgate na pizzaria.

Chegou à barragem Archie, ainda na Luisiana, poucas horas depois. Deparou-se no local com alguns trabalhadores e um punhado de turistas que faziam um piquenique junto à albufeira. Viam-se flamingos a passear pela água e foi assaltado por saudades do tempo em que essas elegantes aves também visitavam a curva do rio diante da sua casa. Sacanas das elites que, além do emprego, lhe haviam igualmente roubado o rio! Não era o Norte liberal que vivia com grande conforto à custa da energia produzida no Sul, mas que, do alto do seu pedestal, pregava hipocritamente contra a poluição da qual tanto beneficiava? Pior, ao mesmo tempo que vivia à custa da energia gerada pelo petróleo do Sul, o Norte liberal inventara as pretensas alterações climáticas como argumento para tirar ainda mais empregos aos homens comuns, gente honesta que vivia do seu trabalho, e lançá-los na miséria.

Chegara o momento de ripostar e ajudar a acabar com aquele estado de coisas. Estacionou o *GMC* perto da água e foi ao bagageiro ultimar os preparativos. Começou por enfiar na cabeça a meia com os buracos no lugar dos olhos, de modo a ocultar o rosto. A seguir, armou a *AR-15* semiautomática que já usara em Washington e meteu nos bolsos uma granada e vários cartuchos de munições que adquirira no Sullivan's Gun Outlet. Por fim, pegou numa placa coberta por um pano, que segurou com a mão que ficara livre, a esquerda, e fechou a porta do bagageiro.

Enfim devidamente equipado, fixou a atenção nos turistas e nos trabalhadores da hidroelétrica que por ali se encontravam. Sentindo a forte batucada do coração a corroer-lhe a determinação, fechou as pálpebras e respirou fundo, esforçando-se por controlar o nervosismo e não ceder ao medo. A sua raiva, decidiu, impulsioná-lo-ia para a ação. Tal como sucedera em Washington, DC.

Era hora.

Abriu os olhos e, como se caminhasse para um abismo mas o desespero o empurrasse, avançou para os turistas e apontou-lhes ameaçadoramente a *AR-15*.

"Todos quietos!", gritou. "Que ninguém se mexa!"

A primeira reação foi de estupefação. As pessoas olharam para ele a tentar perceber que ordem era aquela, quem era ele, o que lhes queria, mas quando viram que o recém-chegado estava mascarado como um assaltante de bancos e, sobretudo, vinha armado com uma espingarda semiautomática, começaram a gritar. Dois trabalhadores da hidroelétrica desataram a correr para fugir, forçando Leroy a largar uma rajada sobre o caminho diante deles; penachos de terra ergueram-se sucessivamente do solo, resultado do impacto das balas no caminho, e um deles parou e levantou os braços ao alto, rendendo-se.

"Não... não dispare!", implorou, a voz trémula. "Por favor, não dispare!"

O outro, no entanto, continuou a correr. Leroy podia abatê-lo, mas não era nenhum assassino e, bem vistas as coisas, aquela fuga até lhe poderia servir. Não havia esquadras da polícia nas redondezas, conforme determinara previamente na fase de planejamento da operação, pelo que qualquer intervenção das autoridades ainda levaria algum tempo. Disparou vagamente na direção do fugitivo, não para o atingir mas para intimidar as pessoas que ali estavam, e, fingindo-se dececionado por ter falhado o alvo, voltou a *AR-15* para os turistas e os trabalhadores à sua mercê.

"Quem se mexer leva um tiro", avisou. "Entendido?"

Todos tremiam de medo, as mulheres agarravam as crianças, estas choramingavam, e ninguém parecia capaz de falar.

"Entendido???"

Desta vez gritara.

"S… sim."

As pessoas sob a sua mira pareciam verdadeiramente aterrorizadas. No estado em que se encontravam, nenhuma se atreveria a tentar escapar.

"Preciso de um voluntário."

Os reféns entreolharam-se, assustados, mas ninguém disse nada. O medo paralisava-os, percebeu Leroy. Teve pena de uma adolescente que viu abraçada à mãe; fez-lhe lembrar a sua Sally agarrada a Betty sempre que acordava à noite com um pesadelo. Ainda pensou em mandá-los embora; eram americanos como ele, a maioria provavelmente eleitora de Trump, e não tinham culpa de nada. Mas a missão precisava de ser levada até ao fim, para bem da América e dos tementes a Deus.

Apontou a arma a um trabalhador da hidroelétrica.

"Tu, como te chamas?"

O homem empalideceu.

"La… Larry."

"Qual é a tua função na barragem, Larry?"

"S… sou técnico de manutenção."

Parecia perfeito. Leroy meteu a mão ao bolso e extraiu o seu *smartphone*, equipado com um cartão SIM descartável. Sintonizou o canal de *streaming* do Facebook e entrou em linha. Depois baixou-se, pousou o *smartphone* no chão e recuou dois passos, a arma sempre apontada aos turistas e aos trabalhadores da hidroelétrica.

"Larry, apanha o celular."

O técnico de manutenção tremia e não se atreveu a desobedecer. Aproximou-se do *smartphone* e pegou nele. A seguir olhou para o agressor, incerto sobre o que se esperava dele.

"E… e agora?"

"Aponta-o para mim."

"Aponto?"

"Sim, para mim. Capta a minha imagem para que eu fale. Quando me calar, desliga."

Larry verificou o *smartphone*. Estava de fato a transmitir ao vivo por *streaming*. Virou-o então para o agressor.

"Pode falar."

Destapando a placa que tirara do carro, Leroy mostrou-a à videocâmara do celular. A placa dizia "Divulguem o relatório do OIG". OIG era o Office of the Inspector General, a procuradoria. A seguir afinou a voz.

"Esta é uma mensagem para o presidente dos Estados Unidos, Donald John Trump", declarou. "Nós, o povo, exigimos a divulgação de tudo. Elegemo-lo a si para que cumpra o seu dever. O senhor disse que iria prender certas pessoas se fosse eleito. Ainda não fez isso. Respeite o seu juramento. Divulgue o relatório do OIG. Por favor, senhor presidente, merecemos a verdade."

Calou-se e fez sinal ao técnico de manutenção para que desligasse. Este obedeceu e devolveu-lhe o *smartphone*. Sem pronunciar nem mais uma palavra, Leroy voltou para o *GMC*, atirou a placa para o banco de trás e, segurando intimidatoriamente a *AR-15* pela janela para dissuadir qualquer iniciativa contra ele, arrancou a toda a velocidade.

Uma vez que o trabalhador que fugira possuía certamente um celular, não tinha dúvidas de que a polícia já havia sido alertada e vinha a caminho. Tanto melhor, pois atrairia a comunicação social e daria assim mais publicidade à sua ação. Chamaria desse modo a atenção de POTUS para a mensagem do povo americano. O presidente saberia interpretá-la como uma prova da força e determinação dos seus soldados digitais e talvez isso fosse suficiente para Donald Trump se libertar do cerco que o Estado Profundo lhe montara, retomar o Plano e passar finalmente à ação.

A polícia vinha aí, mas Leroy sabia como a evitar. A certo ponto, saiu da estrada e meteu o *GMC* por uma via secundária. Avançou oito quilômetros até chegar a um barracão de lenhadores. Estacionou e tirou as suas coisas do veículo roubado em Baton Rouge, metendo a *AR-15* num saco longo habitualmente usado para guardar varas de pesca. Abriu a porta do barracão e deparou-se com a *Harley-Davidson* que furtara na véspera e que guardara ali como parte do plano de fuga. Montou na motorizada, ajeitou as suas coisas e arrancou dali por caminhos de terra batida apenas usados pelos locais, em direção a casa.

Q mandara os *anons* lutarem pela verdade, fazerem barulho e fazerem-se ouvir. Leroy fizera-o. Seria o suficiente para desencadear a grande batalha da luz contra as trevas? Mal podia esperar por ver no 8chan e no Facebook os ecos da sua façanha patriótica.

LVII

Por mais que se tentasse aproximar dela, não havia maneira de conseguir apanhar Maria Flor. Ela corria pelo labirinto, metendo por corredores de espelhos em ziguezague, escapando-se-lhe como uma enguia, até que houve uma grande deflagração e tudo se estilhaçou.

Tomás Noronha abriu os olhos.

A primeira coisa em que pensou foi em Maria Flor. Para onde corria ela? Viu as folhas de palmeira a cobrirem o teto e percebeu que estava na *totta ghor* da família de Nur. A fuga da mulher pelo labirinto de espelhos fora um sonho que se esfumara com a deflagração. O rebentamento soara-lhe incrivelmente real, de tal modo que até acordara. Não havia dúvida, os sonhos criavam efeitos muito poderosos.

Ouviu um tricotar nutrido, como se uma máquina de coser estivesse a operar lá fora. Ergueu a cabeça, intrigado. Aquele tricotar não era um sonho. Nur e Tin Tun levantaram-se nesse instante, igualmente perplexos, e o português foi nesse momento assaltado por uma terrível suspeita. Queriam lá ver que a deflagração que lhe interrompera o sono também não fora um sonho?

Soou uma explosão.

Definitivamente, não fora um sonho. As detonações estavam mesmo a acontecer. Lá fora. Levantou-se de um salto e, juntamente com os seus companheiros de quarto, espreitou para o exterior pelas frinchas das paredes de madeira. A alvorada rompia no céu amarelado e havia colunas de fumo a erguerem-se do horizonte, para os lados onde se tinham instalado os deslocados da aldeia vizinha de Dual Toli.

Nur foi o primeiro a reagir.

"O Tatmadaw!"

Ato contínuo, o pai de Nur apareceu despenteado no quarto e falou em voz baixa, mas tensa.

"Ele quer ajuda para a mulher", traduziu Tin Tun. "Disse que o Tatmadaw vem aí. Temos de ir embora."

Todos se vestiram rapidamente e foram para o quarto onde se encontrava a mãe de Nur. A senhora estava deitada, febril. Tentaram levantá-la, mas tornou-se evidente que ela não se encontrava em condições de caminhar e muito menos de fugir. A desorientação instalou-se na família, envolvendo também os irmãos e a avó de Nur. Todos falavam ao mesmo tempo. Ninguém sabia o que fazer nem como lidar com aquela situação.

"Tenham calma", disse Tomás, mantendo a cabeça fria. "Calma! Vamos improvisar uma maca."

"Qual maca? Não há macas aqui."

O português inspecionou a casa e a sua atenção prendeu-se na porta em bambu. Estava ali a solução. Agarrou em duas varas de bambu da porta e puxou-as, arrancando-as da porta. Pousou-as no chão, paralelas uma à outra, e virou-se para Nur.

"Têm pregos e martelo?"

O rapaz foi buscá-los e entregou-lhos. Lá fora soavam os tiros, ora isolados, ora em rajadas curtas.

"O tempo está a esgotar-se!", avisou nervosamente Tin Tun, que vigiava o que se passava no exterior. "Os soldados estão a avançar. Despachem-se! Temos de sair daqui!"

"Só mais um momento."

Com o rosto encharcado de suor, Tomás agarrou no martelo e pregou peças de madeira às varas de bambu, de modo a uni-las. A seguir pegou na manta da esteira da paciente e pregou-a também sobre as varas de bambu, de maneira a formar a base da estrutura.

A maca ficou pronta.

"Ajudem a minha mãe", pediu Nur com um gesto apressado. "Ela tem de se deitar aqui."

Com o auxílio de Tomás, a senhora estendeu-se sobre a maca improvisada. O pai e o filho pegaram na estrutura de bambu e levantaram-na com a mulher lá deitada, testando o peso.

A maca aguentou.

Os tiros prosseguiam lá fora, pontuados por explosões ocasionais de *rockets*. Na verdade, os sons estavam a tornar-se cada vez mais altos, sinal inequívoco de que os soldados se aproximavam. Ouviam-se também vozes sopradas de aldeões em fuga.

"Depressa!", disse Tin Tun, muito alarmado. "Temos de sair imediatamente!"

O tempo esgotava-se e o grupo juntou-se à pressa. Somava os dois visitantes, mais Nur, os pais, os dois irmãos mais novos e a avó; perfazia um total de oito pessoas. Com Nur e o pai a carregarem a maca improvisada, ficou determinado que Tin Tun iria atrás e Tomás com o seu saco a tiracolo ajudaria a avó, enquanto os irmãos mais novos de Nur seguiriam à frente a abrir caminho, pois evidentemente conheciam bem a aldeia e os seus trajetos e atalhos.

O grupo saiu da casa e iniciou a subida da colina. As várias famílias da vizinhança faziam o mesmo, todas a juntarem-se e a escaparem também por aí. Lançando um olhar para trás, Tomás viu centenas de pessoas provenientes do centro da aldeia a correrem em fuga e, atrás delas, homens fardados a avançarem e a dispararem. Apercebeu-se igualmente de alguns corpos deitados no chão, sinal evidente de que não se tratavam de tiros para o ar. A situação estava claramente fora de controle e degenerava numa verdadeira catástrofe.

"Depressa! Depressa!"

Os apelos vinham de Tin Tun com crescente urgência e deviam-se à lentidão com que o grupo avançava. Nur e o pai estavam com dificuldades em progredir a carregar a maca, pois esta era pesada e os movimentos de ascensão da colina muito exigentes; se uma subida em corrida já requeria grande esforço, imagine-se a transportar uma pessoa numa maca. A continuarem assim, corriam o risco de serem apanhados.

O pai de Nur disse alguma coisa ao filho em rohingya e o rapaz traduziu.

"O meu pai diz para vocês avançarem a um ritmo mais rápido."

"De modo nenhum", devolveu Tomás. "Vamos todos juntos. Se vocês estão com dificuldade em transportar a maca, eu ajudo-vos."

Nur trocou mais umas palavras com o pai e voltou a encarar o português.

"Estamos a atrasar-vos, isto assim não vai dar. Como vocês podem andar mais depressa, sigam em frente e acelerem. Nós iremos atrás."

"Já disse que não. Se for preciso, eu..."

"Sigam!", insistiu Nur enfaticamente, desta feita sem consultar o pai. "Por favor, ajude a minha avó e os meus irmãos. É uma estupidez pô-los em risco só porque eu e o meu pai vamos um pouco mais devagar por causa da maca. Avancem! Ver-nos-emos mais à frente, na praia! Lembre-se de que o *ukatta* disse que, se os soldados aparecessem, deveríamos concentrar-nos junto ao rio e ninguém aí nos faria mal. Encontramo-nos lá!"

O rapaz não deixava de ter razão, percebeu o português. Progredirem àquele ritmo não iria ajudar ninguém e apenas poria toda a gente em risco acrescido, incluindo a idosa e as duas crianças.

"Está bem, vemo-nos lá à frente."

Sempre a ajudar a avó de Nur, Tomás acelerou o passo e ganhou terreno com Tin Tun e as duas crianças, deixando o estudante e os pais para trás. O avanço tornou-se muito rápido. Dobrando o alto da colina, começaram a descer até chegarem a um braço do rio que servia de barreira à fuga. Havia ali uma pequena praia fluvial onde se começavam a aglomerar pessoas.

Tomás pousou o seu saco no chão.

"Ficamos aqui à espera deles."

Tin Tun abanou a cabeça.

"Não pode ser, professor Noronha", opôs-se. "Temos de atravessar o rio e fugir."

"Não foi isso o combinado", lembrou o português. "Além do mais, aqui estamos seguros. Não ouviu o Nur? O chefe da aldeia garantiu que os soldados não fariam mal a quem se concentrasse aqui na praia."

"Mesmo que assim seja, não se esqueça de que o senhor é um ocidental", argumentou o rohingya. "O que acha que o Tatmadaw fará quando o vir aqui? Eles não querem testemunhas do que estão a fazer, muito menos ocidentais. O senhor é uma testemunha. Diga o *ukatta* o que disser, a sua presença coloca-o em perigo, a si e a todos. Acredite em mim, temos de atravessar o rio e fugir."

Havia pequenas estruturas formadas por bambu e bidões de plástico a servirem de jangadas, e uma pequena multidão ia passando para a outra margem nessas estruturas improvisadas e apinhadas de gente. Aceitando os argumentos de Tin Tun, que com toda a certeza conhecia melhor as coisas do que ele, Tomás pegou no seu saco e fez sinal para avançarem. Puseram-se na fila para as jangadas.

Ao fim de cinco minutos, e com o tiroteio cada vez mais próximo, conseguiram finalmente entrar numa dessas estruturas. As correntes eram fortes, a jangada balançava perigosamente e tiveram de se agarrar bem para não caírem. A meio da travessia, Tomás perscrutou o espaço que deixara para trás. O horizonte enchia-se de colunas de fumo; eram as casas de Tula Toli que o Tatmadaw incendiava. No meio de centenas e centenas de fugitivos, conseguiu distinguir Nur e o pai a transportarem a maca onde ia a mãe; avançavam devagar, mas avançavam, e em breve chegariam também ao ponto do rio onde cada vez mais pessoas se concentravam.

Uma vez na outra margem, o grupo de Tomás prosseguiu; a prioridade era ganhar distância em relação aos soldados. Puseram-se a escalar um monte no meio da multidão em fuga. Por fim alcançaram um ponto alto. Os cinco iam já exaustos e sem fôlego, pois a subida fora rápida e relativamente íngreme, mas continuariam em frente se não fosse a avó; a senhora já não aguentava mais.

Ouviram o som de um helicóptero. Assustados, atiraram-se para baixo de uns arbustos e ficaram ali deitados a perscrutar o rio, buscando com os olhos os três familiares que se tinham atrasado. Apesar dos esforços, depressa perceberam que era impossível destrinçá-los por entre a massa de gente que se aglomerava lá em baixo.

Confiando na garantia de segurança do *ukatta*, a multidão junto à praia onde se situava a passagem do rio tinha crescido consideravelmente, o que dificultava ainda mais a travessia para o outro lado porque havia poucas jangadas improvisadas e as correntes pareciam ainda mais fortes. Os soldados do Tatmadaw desciam já pela colina a disparar, acompanhados por civis, presumivelmente rakhines, que traziam catanas, facas e paus afiados nas mãos.

Os atacantes formaram uma linha que começava a cercar os fugitivos. Pela postura deles, percebia-se que a situação se descontrolava totalmente.

"Eles têm de sair dali", exclamou Tin Tun, que se deitara ao lado de Tomás. "E depressa."

Mas era tarde demais.

LVIII

Havia já algum tempo que a pálpebra esquerda do coronel Mikhail Arsenyev não parava de tremelicar, a habitual indicação que traía o seu nervosismo. O capitão Dimitri Chernyshev e todos os *trolls* que com ele lidavam na operação em São Petersburgo já o tinham notado, e não era apenas por causa da pálpebra; o chefe da missão do FSB mostrava--se amiúde resmungão e irascível, muito diferente dos dias de glória das vitórias do Brexit e de Donald Trump.

Não foi por isso com total surpresa que Dimitri viu o seu superior hierárquico entrar-lhe no gabinete de rompante com o olhar carregado e a voz alterada.

"Só nos faltava mais esta!", rugiu o coronel, sem sequer o cumprimentar. "O QAnon está sem plataforma!"

"Outra vez? O que aconteceu?"

Os *drops* de Q haviam começado no 4chan, mas as suas mensagens eram de tal modo delirantes e desestabilizadoras que tinham sido interditadas nessa plataforma, tendo então migrado para o 8chan. Como a campanha de desinformação prosseguiu e estava a provocar nos Estados Unidos sucessivos incidentes de pessoas que pegavam em armas e desencadeavam ações violentas, invocando a guerra contra o Estado Profundo e em nome do Plano, a sua nova plataforma, a Cloudflare, retirou a Q a proteção contra *hacking*, na prática silenciando-o. Q vira--se assim forçado a migrar para outra plataforma, redesignando-se 8kun, até que acabou por ter mesmo de abandonar os servidores nos

Estados Unidos e deslocalizar-se para um servidor no Reino Unido, de onde foi igualmente expulso e obrigado a migrar para outro lado, neste caso os servidores chineses da Tencent e da Alibaba. Mas, pelo visto, mesmo aqui havia problemas.

"Os cabrões dos americanos estão mesmo preocupados conosco", respondeu o coronel Arsenyev. "Desde que descobriram que estivemos fortemente envolvidos na promoção do Pizzagate e na eleição de Trump que não nos largam. Como detectaram os nossos esforços para promover o QAnon, pressionaram os chineses e conseguiram também que a Tencent e a Alibaba o expulsassem. Conclusão: Q está sem plataforma para enviar as suas mensagens."

"Será que os americanos acham que somos nós que inventamos o QAnon?"

O chefe da operação do FSB abanou a cabeça.

"Isso não", assegurou. "As mensagens de Q usam elementos culturais tão específicos da América que eles sabem que nós não seríamos capazes de produzir mensagens assim. Além disso, têm consciência de que as nossas campanhas de desinformação incidem em objetivos muito precisos, enquanto este QAnon dispara em todas as direções. Mas há uma coisa que os tipos já perceberam: é que nós estamos a promover o QAnon com toda a força e a usá-lo para os dividir e desestabilizar. Daí que andem em cima de Q e o estejam a expulsar de todas as plataformas para onde migra."

Pela conversa, não era difícil perceber a Dimitri as intenções do seu superior hierárquico.

"Portanto, o meu coronel quer saber o que podemos nós fazer para ajudar o QAnon a encontrar uma nova plataforma..."

"Você é que no FSB é o homem dos computadores", lembrou o coronel Arsenyev. "O QAnon é demasiado importante para o deixarmos cair. Por acaso tem ideia de quantas pessoas existem nos 'grupos' do Facebook e nas contas do Instagram dedicadas ao QAnon e a temas ligados ao QAnon?"

"Bem, da última vez que vi eram milhões."

"São centenas de 'grupos' e milhares de contas com vários milhões de seguidores a discutirem o *drop* de Q que denunciava o 'Plano para

Destruir a América' ou a exigirem a execução imediata de Hillary Clinton e de Barack Obama", disse, ele próprio quase em pânico com a possibilidade de perder um instrumento de desinformação com tamanho potencial. "Um terço dos americanos acredita que existe na América um Estado Profundo a puxar os cordelinhos de tudo o que se passa. Isto não é coisa pouca. Q está a radicalizar ainda mais a América e tem o potencial de mergulhar o país numa guerra civil. Não podemos deixar que o silenciem, ouviu? Portanto, resolva-me o problema."

O subordinado permaneceu pensativo durante alguns momentos, equacionando mentalmente as várias opções e os prós e contras de cada uma delas.

Acabou por se decidir.

"Só vejo uma solução segura", decidiu. "Acolhemo-lo nós."

"Quem? O FSB a acolher o Q?"

"A Rússia. Temos ISPs que o QAnon pode perfeitamente usar."

O coronel Arsenyev fez um gesto irritado.

"Está louco?", quase se indignou. "Nem pensar numa coisa dessas! Isso seria mostrar a nossa mão! Tudo tem de ser feito sem que nos possam acusar de nada."

"Eu sei", admitiu Dimitri. "Mas que nós temos uma mão em toda esta história, promovendo as mensagens de Q por toda a parte, já o governo americano percebeu."

"Uma coisa é terem percebido, outra é provarem-no", argumentou o chefe da operação. "Temos de poder negar o nosso envolvimento. Mas se oferecermos uma das nossas plataformas ao QAnon, isso provará formalmente o nosso envolvimento nesta história toda. Ora, esta é uma operação híbrida. É fundamental que, pelo menos no papel, nos mantenhamos distantes."

O subordinado suspirou.

"A situação é a seguinte", disse. "Se o QAnon permanecer nestas plataformas, continuará a ser sucessivamente expulso e andará a saltar de um lado para o outro, interrompendo o fluxo das mensagens. Se há coisa de que podemos estar certos é a de que a caça das autoridades americanas ao QAnon não vai parar. A única maneira de darmos estabilidade a Q é recebê-lo numa plataforma nossa, de onde possa enviar todas as mensagens que quiser e não possa ser expulso pelos americanos ou por quaisquer outros ocidentais."

"Esta é uma operação híbrida", insistiu o chefe. "Não podemos mostrar formalmente a nossa mão, já lhe disse."

"Mas o fato de o QAnon funcionar numa plataforma russa não significa formalmente que seja do FSB ou do Estado russo", sublinhou Dimitri. "As plataformas onde o QAnon funcionou na América eram americanas e, que eu saiba, não pertenciam à CIA ou ao FBI ou ao Estado americano. Também a plataforma usada pelo QAnon no Reino Unido não pertencia ao MI5 ou ao MI6 ou ao Estado britânico. Portanto, o fato de ele estacionar numa das nossas plataformas e enviar mensagens a partir daí não significa o nosso envolvimento formal. Temos é de o colocar numa plataforma formalmente independente. Isso resolveria o problema."

O rosto do coronel Arsenyev iluminou-se; só nesse momento percebeu a ideia.

"Ah, bom. Existem no nosso país plataformas independentes?"

"Tudo na Rússia é controlável por nós, como sabe, mas podemos criar uma aparência formal de independência, claro. Por exemplo, por que não recebermos o QAnon numa das nossas plataformas piratas?" Equacionou as possibilidades. "Olhe, a melhor opção parece-me a Media Land LLC."

"O que é isso?"

"É uma plataforma russa, baseada em Vladivostoque e especializada em esquemas fraudulentos com cartões de crédito, vírus informáticos e burlas por *phishing*. Aceitamos o Q e ele usa essa nossa plataforma para enviar as mensagens que desestabilizam a América sem que o Estado russo possa ser responsabilizado. O que lhe parece?"

O semblante do chefe da operação do FSB transfigurou-se e, quase por magia, o seu bom humor parecia estar de volta. Até a pálpebra esquerda deixou de tremer.

"Vamos a isso!", exclamou, dando-lhe uma palmada entusiástica nas costas. "Meta essa merda a funcionar em Vladivostoque e vamos lá dar cabo dos americanos para..."

A porta do gabinete abriu-se de repente e Alexei entrou afogueado, os olhos arregalados e o ar excitado de quem trazia notícias, das quentes e boas.

"Q prendeu a Oprah!"

LIX

A notícia nas redes sociais não poderia ser mais surpreendente. Oprah Winfrey, a célebre apresentadora da televisão americana, havia sido detida pelo seu envolvimento na rede de pedofilia das elites americanas. Sentado diante do computador, Leroy Roderick estava estupefato. E, havia que o dizer, eufórico.

Fechou o punho em sinal de vitória.

"Finalmente!", exclamou. "O Plano está em marcha!"

Já não era sem tempo. É certo que o relatório original do OIG não tinha sido divulgado, conforme ele exigira durante a ação armada na barragem, mas ao mostrar que era um soldado da luz e estava no posto de combate em apoio ao presidente e a Q, pelo visto convencera Trump de que não se encontrava isolado na sua luta e levara-o a desencadear finalmente a operação contra o Estado Profundo. Aquilo era sem dúvida apenas o começo. Tinha de confiar no Plano.

Procurou os pormenores da notícia sobre Oprah e percebeu que um *anon* havia colocado um *link* para o YouTube.

Clicou nesse *link*.

Tratava-se de um vídeo a mostrar a mansão de Oprah Winfrey na Flórida. As imagens granuladas, ampliadas por quem as havia descarregado no YouTube, mostravam o que sem dúvida era a famosa apresentadora de televisão a ser levada por agentes federais e bens a serem retirados do interior do edifício.

"Ah-ha!"

Não havia dúvidas, Oprah tinha mesmo sido detida. A operação contra o Estado Profundo e as elites que o usavam contra o povo estava efetivamente em marcha. Depois de ver o vídeo no YouTube, Leroy voltou ao Facebook e percebeu que o *hashtag* #OprahPresa se havia já tornado viral. Multiplicavam-se fotografias de agentes federais na propriedade da apresentadora em Boca Raton a escavarem o terreno e a detectarem túneis secretos, buscas decerto relacionadas com os cadáveres dos pequerruchos e os acessos aos antros satânicos subterrâneos onde decorriam as violações e os assassinatos dos pobrezitos. Finalmente, justiça! As informações no Facebook davam conta de que Oprah iria ser imediatamente presente a um tribunal militar, criado por ordem executiva secreta do presidente, e que estava a ser construído um cadafalso numa nova ala secreta da cadeia de Guantánamo para a enforcar, a ela e a outras importantes figuras do Estado Profundo envolvidas em todo o escândalo de pedofilia.

Quem se seguiria a Oprah? Havia já algum tempo que os "grupos" do Facebook discutiam o envolvimento de outros elementos da elite na rede de violação de crianças em Washington. Os *drops* de Q não mencionavam explicitamente nomes, mas algumas referências enigmáticas tinham deixado entender que, para além da bruxa Hillary e do muçulmano Hussein, ambos aliás destinados igualmente ao pelotão de fuzilamento, o ator Tom Hanks e o realizador Steven Spielberg estavam também envolvidos nas violações a crianças.

Havia mesmo *tweets* de vítimas a revelarem tudo, como era o caso do testemunho de uma tal Sarah Ruth Ashcraft, coitadinha. A mensagem dela no Twitter continha uma fotografia e era esclarecedora quanto à gravidade das acusações e à culpabilidade das sinistras figuras de Hollywood.

> Isto sou eu com 13 anos, a idade em que @tomhanks me comprou ao meu pai para sexo como uma boneca #controledamente. Pergunto-me quanto terá ele pago? Pergunto-me quanto $$$ fez o meu pai por destruir a minha mente & vender o meu corpo infantil ao longo da vida. Alguma vez saberei?

Tudo aquilo deixava Leroy colérico.

"Este Tom Hanks tem também de ser executado!", rugiu entre-dentes. "O que ele e esta corja de violadores estão a fazer às crianças é imperdoável!"

Graças a Deus por Donald Trump! O presidente era massacrado pela comunicação social por se opor às elites que praticavam todos estes atos, mas pelo visto resistira à pressão e iniciara o ataque ao Estado Profundo. A detenção de Oprah Winfrey fora a primeira de muitas. Seguir-se-iam Hanks, Spielberg e toda essa corja de violadores, satanistas e liberais globalizadores que estavam a atacar os americanos, a promover os estrangeiros, a destruir a América e a ameaçar a humanidade.

Com o YouTube, o Facebook, o Twitter e, na verdade, todas as redes sociais a encherem-se de mais detalhes sobre a operação em curso em casa de Oprah, apareceu de repente uma notícia no *site* do *The Washington Post* a dizer que era tudo falso, que a polícia não lançara nenhuma grande operação contra a pedofilia, que Oprah nem sequer tinha casa na Flórida.

Leroy soltou uma gargalhada irritada.

"Lá estão eles a protegerem-se uns aos outros! Que gente!"

Ato contínuo, surgiu um *tweet* de Oprah.

Acabaram de me telefonar a dizer que o meu nome está a encher as redes sociais. E que estou a ser viralizada com uma coisa horrivelmente FALSA. NÃO É VERDADE. Não entraram na minha casa nem fui detida.

Este desmentido perturbou Leroy, até porque fez uma rápida verificação e confirmou que a mensagem fora mesmo enviada da conta de Oprah Winfrey no Twitter. Mas logo no Facebook surgiram informações de que alguém substituíra Oprah no Twitter, que a verdadeira Oprah estava a caminho da execução na cadeia de Guantánamo e que alguém das elites entrara na conta dela no Twitter para enviar mensagens falsas em nome dela e continuar a enganar o povo. Cabrões das elites e das suas manhas! Mesmo quando estavam a ser presos, esses monstros não paravam de encobrir os seus crimes e tentar enganar os americanos.

Alguém bateu à porta com violência.

Por um longo momento, Leroy ainda considerou não ir ver quem era; as revelações que estava a ler nas redes sociais com o carimbo de credibilidade do YouTube, do Facebook e do Twitter, e as tentativas frenéticas do Estado Profundo e dos seus esbirros em abafá-las, eram demasiado importantes. As elites, através dos meios de comunicação tradicionais e da indústria do entretenimento de Hollywood, mantinham as pessoas adormecidas, dóceis e assim facilmente controláveis e manipuláveis. Era preciso acordá-las, fazê-las sair da letargia. Estava em jogo a salvação da própria alma da América.

Novas batidas, igualmente fortes, mas mais insistentes, forçaram-no, no entanto, a levantar-se.

"Quem será o idiota que vem a esta hora chatear?", resmungou para si mesmo, tenso e contrariado, enquanto se encaminhava para a entrada da casa. "Será que esta gente não tem mais nada para fazer do que vir perturbar as pessoas?"

Abriu a porta da rua e deparou-se com a sua cunhada, Clarence, os olhos esborratados pela maquilhagem que as lágrimas desmancharam, uma expressão de puro desespero a distorcer-lhe o rosto.

"O meu filho… o meu filho…"

"O que aconteceu?"

A irmã da sua falecida mulher, Betty, abraçou-se a ele, o corpo a tremer, e desatou num pranto.

"Vão vendê-lo!"

LX

Deitados por baixo dos arbustos onde se refugiaram, num ponto alto do monte, Tomás Noronha e Tin Tun, juntamente com a avó e os irmãos mais novos de Nur, assistiam horrorizados ao que se passava lá em baixo, na curva do rio, em pleno coração da aldeia de Tula Toli. Nur e os pais haviam-se misturado com a massa de fugitivos e a situação tornara-se desesperada.

Os rohingyas que se tinham acumulado na praia da zona da travessia do rio viram-se de repente encurralados. Os soldados do Tatmadaw, que já os cercavam por todos os lados, apontaram as armas para a massa humana e, sem aviso nem hesitações, abriram fogo. Ouviram-se gritos de pânico na multidão cercada e muitas pessoas caíram no chão lamacento da praia ou na água, que imediatamente se tingiu de vermelho.

"*O bazi!*", gritaram os irmãos de Nur, desatando a chorar perante a cena. "*O bazi! O Nur!*"

Tin Tun engoliu em seco.

"Chamam pelos pais e pelo irmão."

Com muita gente já por terra ou a boiar na água, os homens do Tatmadaw avançaram. O fogo deixou de ser indiscriminado; os soldados passaram a disparar especificamente para os homens rohingyas, um a um, enquanto os civis de catanas os dilaceravam com golpes de cima para baixo, como quem abria caminho pela densa vegetação de uma floresta. À distância não era possível distinguir Nur ou o pai ou a mãe no meio de toda aquela massa humana, mas ninguém alimentava qualquer ilusão quanto ao seu destino.

Desesperados, muitos homens rohingyas lançaram-se à água, tentando escapar das balas e das catanas, mas as correntes estavam muito fortes e, sem o apoio das jangadas improvisadas, a travessia revelou-se impossível para a maioria. As águas arrastaram-nos para o fundo e grande parte desapareceu por entre as correntes; apenas os mais jovens e bem constituídos conseguiram chegar ao outro lado. Desataram a correr para se salvarem, mas alguns foram baleados nas costas e, após darem mais uns passos, tombaram para não mais se levantarem.

As mulheres e as crianças ainda encurraladas na praia da curva do rio foram separadas dos homens sobreviventes e ficaram abraçadas umas às outras numa zona em que a água lhes chegava ao peito. Os homens foram aglomerados no outro lado da praia; alguns sentaram-se, outros permaneceram de pé. A certa altura, os soldados começaram a liquidar a tiro os homens que restavam, e os aldeões rakhines, que se juntaram à matança, faziam o mesmo à catanada e à facada. A chacina prolongou-se por algum tempo, no meio de gritos terríveis.

Por fim, quando a grande maioria dos homens rohingyas já jazia pelo chão no meio de largas poças de sangue, os elementos do Tatmadaw deram ordens aos sobreviventes e estes pegaram em pás e começaram a cavar um grande buraco na margem do rio. Quando meia hora depois terminaram o trabalho, os homens rohingyas receberam instruções para lançarem para o buraco os corpos dos seus companheiros e familiares, a maior parte cadáveres, alguns mutilados pelas catanas e pelas facas mas ainda vivos. Uma vez todos ali empilhados, os soldados aproximaram-se dos homens que haviam aberto o buraco e abateram-nos a tiro, a golpes de catana e com paus afiados. Com os últimos homens rohingyas já por terra, atiraram também estes corpos para o buraco e cobriram-nos de palha, de folhas secas e de pedaços de bambu.

Os soldados acenderam então fósforos e lançaram-nos sobre os corpos rodeados de palha e folhas secas, um verdadeiro combustível, ateando assim um incêndio. Com o fogo a lavrar intensamente sobre os cadáveres e os moribundos, os homens do Tatmadaw voltaram-se para as mulheres. Abeiraram-se delas e, no meio dos gritos, arrancaram-lhes as crianças dos braços, atirando-as à água do rio, matando-as à catanada ou até lançando-as para as labaredas. As mulheres berraram e ulularam longamente, num desespero louco, mas quando a matança das crianças terminou calaram-se e ficaram prostradas.

Com as mulheres reduzidas a farrapos humanos, os soldados pegaram nelas e em algumas crianças que não tinham sido mortas e levaram-nas para as cabanas ainda intactas da aldeia. Os elementos do Tatmadaw formaram à porta filas para entrar, e os que, momentos depois, saíam a abotoar as calças.

Junto de Tomás e Tin Tun, a avó de Nur e os dois irmãos mais novos tudo observavam à distância, os rostos molhados pelas lágrimas.

"*Zulum*", murmurou a velha senhora. "*Zulum*."

O português lançou um olhar interrogativo para Tin Tun.

"Repressão", traduziu ele. "Não temos em rohingya uma palavra para violação. Dizemos *zulum*, repressão."

Os soldados começaram a incendiar algumas das cabanas onde haviam metido as mulheres e as crianças sobreviventes, com estas lá dentro, e foi nesse instante que Tomás percebeu que tinham de tomar uma decisão.

"Vamos", disse. "Eles agora vão passar o rio e virão atrás de nós. Temos de partir enquanto há tempo."

Os cinco levantaram-se e, guiados pelos dois irmãos, subiram o resto do monte e desceram em direção à aldeia mais próxima, que os meninos identificaram como sendo Wykhong. A ideia não era evidentemente buscar aí refúgio, pois todos já tinham percebido que essa aldeia seria o alvo seguinte, mas, nas palavras de Tin Tun, continuar para além dela até encontrarem um local onde os soldados não pudessem chegar. O plano perturbou Tomás, o qual, perante o que acabara de ver em Tula Toli, não conseguia perceber onde em Myanmar encontrariam tal refúgio.

LXI

Logo que viu a declaração no televisor, o capitão Dimitri Chernyshev saiu em passo acelerado do seu gabinete e encaminhou-se para a grande sala onde os *trolls* do Shaltai-Boltai se afadigavam no Twitter, no Facebook, no YouTube e em todas as redes sociais usadas pelos americanos.

"Já viram o que disse o Trump?"

"Quando?"

"Agora mesmo. Sobre o QAnon."

Alguns *trolls* riram-se.

"Incrível!", exclamou Alexei. "Ele voltou a retweetar essas idiotices?"

"Foi questionado em público sobre elas."

"O quê?"

"Toca a difundir o que Trump respondeu, ouviram? Com toda a força! Vai ajudar a credibilizar o QAnon."

"Onde está isso?"

Dimitri sentou-se diante do computador de Alexei e procurou a ligação para o vídeo. A imaginada detenção de Oprah Winfrey e de outras celebridades americanas ocupara durante algum tempo as atividades da operação do FSB em São Petersburgo, uma vez que a ficção em torno do envolvimento das mais importantes figuras do entretenimento na América em supostas redes de pedofilia tinha um enorme potencial divisivo e desestabilizador no país, o que servia totalmente os interesses da Rússia. A crescente adesão do presidente americano à campanha de Q, contudo, constituía uma novidade e passara a ocupar as atenções dos *trolls* em São Petersburgo.

Havia já algum tempo que, nos seus *tweets*, Trump começara a repassar centenas de mensagens, ideias e expressões de QAnon, escrevendo até que "nada pode parar o que vem aí", uma frase típica de Q a indicar que a declaração da lei marcial e a prisão dos membros do Estado Profundo e da elite americana eram inevitáveis. O presidente começara também a repassar rotineiramente mensagens de QAnon a indicar que o cérebro de Joe Biden "congelou" e que Biden era igualmente um pedófilo. Trump repassava ainda com frequência *memes* criados pelos *anons* com as acusações mais extravagantes. O envolvimento do presidente conduzira a uma verdadeira explosão das ideias de Q por todas as redes sociais e intensificara o trabalho da equipe de São Petersburgo.

Cada vez mais e mais americanos aderiam às teses de QAnon e acreditavam que estava de fato em curso uma guerra secreta entre as forças do Bem, lideradas por Donald Trump, e as do Mal, encabeçadas por Joe Biden, Hillary Clinton, Barack Obama e toda a elite pedófila dos Estados Unidos, e que a batalha final estava iminente, pois "nada pode parar o que vem aí". Mas ainda havia quem duvidasse. Uma declaração pública do presidente sobre o QAnon, no entanto, constituía a passagem para um nível máximo de credibilidade e iria pôr fim às dúvidas de muitos sobre a legitimidade do tema. Isso era uma oportunidade que, na Rússia, o FSB e os seus rapazes do Shaltai-Boltai não podiam, nem iriam, desperdiçar.

Dimitri localizou facilmente o vídeo com a declaração de Donald Trump sobre o QAnon e clicou nele. As imagens mostravam o presidente numa conferência de imprensa, o símbolo da Casa Branca atrás dele, e uma repórter a questioná-lo sobre Q e os respectivos *drops*.

"*Não sei muito sobre o movimento, com exceção de que gostam muito de mim, o que eu aprecio*", disse Trump em resposta à pergunta da jornalista. "*Mas não sei muito sobre o movimento. Ouvi dizer que está a tornar-se muito popular. Ouvi dizer que são pessoas que amam o seu país.*"

A repórter insistiu.

"Senhor presidente, na base da teoria encontra-se esta crença de que o senhor está secretamente a salvar o mundo deste culto satânico de pedófilos e canibais. Isto soa como algo por detrás do qual o senhor se encontre?"

"*Não ouvi isso*", respondeu Trump, a inocência personificada. "*Mas... isso deveria ser uma coisa boa ou má? Se ajudar a resolver os problemas do mundo, estou disposto a fazê-lo. Estou disponível a empenhar-me. E, na realidade, estamos mesmo a salvar o mundo. O que ouvi sobre esse movimento é que é muito contra a pedofilia. E concordo com isso.*"

"*Mas não há nenhuma rede satânica de pedofilia.*"

"*Não tenho ideia. Não sei nada sobre eles.*"

A jornalista parecia chocada.

"*Não sabe?*"

"*Não, não sei. Nem você sabe.*"

Gargalhada geral entre os *trolls* russos que observavam o vídeo.

"O tipo está mesmo a credibilizar o QAnon!", riu-se Alexei. "É extraordinário!"

Mas Dimitri encontrava-se já bem para lá deste tipo de considerações, que na verdade não lhe interessavam minimamente. A única coisa que o preocupava era determinar a melhor maneira de usar a declaração do presidente americano para fomentar ainda mais as ideias de QAnon por todos os lares da América.

"Ponham a declaração de Trump em toda a parte!", ordenou em voz alta para os *trolls* do Shaltai-Boltai aglomerados em redor dele. "Isto tem prioridade máxima, ouviram? Facebook, Twitter, YouTube, Reddit, Instagram... tudo, tudo, tudo! Daqui a uma hora, toda a América tem de saber o que disse o seu presidente."

Os *trolls* russos debruçaram-se de imediato sobre os computadores e puseram-se a digitar freneticamente nos teclados, localizando o *link* com as declarações de Trump sobre o QAnon e repassando-o por todas as contas falsas que haviam criado nas redes sociais.

Apenas Alexei, o mais atento de todos os elementos do Shaltai-Boltai, permaneceu quieto.

"Então?", questionou-o Dimitri. "Por que estás parado? Mãos à obra, vamos a isto!"

Mas o *troll* não se mexeu.

"Há uma mensagem de Q que temos negligenciado, mas que me parece ter também prioridade", alertou. "Aliás, Trump tem andado a repassá-la. Creio que teremos de fazer o mesmo."

"Estás a falar de quê?"

"Nos seus *drops*, Q anda a passar mensagens de que Joe Biden tem problemas cognitivos, não consegue falar corretamente, está fechado num *bunker*, usa um auricular para onde lhe sopram tudo o que tem de dizer como se fosse um papagaio... enfim, essa conversa toda", indicou. "Por isso, Q insiste que as eleições estão ganhas para Trump, Biden nunca o conseguirá derrotar."

"Excelente. Então qual é o problema?"

Alexei fitou o seu superior hierárquico com intensidade, como se quisesse sublinhar a pergunta retórica que ia fazer a seguir.

"O problema é que as eleições não estão ganhas, pois não?"

A possibilidade foi acolhida por Dimitri com um esgar quase enfadado.

"A tendência na América é a de que os presidentes sejam reeleitos", recordou. "Além do mais, as sondagens são-lhe mais favoráveis agora do que eram quando foi a votos pela primeira vez. Por fim, convém nunca esquecer que ele conta com a nossa ajuda, não é? Tudo tranquilo, o tipo tem isto na mão."

"As sondagens mostram-no atrás de Biden..."

"Também nas últimas eleições as sondagens mostravam que Trump ia perder de certeza e... veja o que aconteceu. Não te preocupes com isso."

Mas o *troll* não parecia convencido.

"Cada eleição é diferente e o excesso de confiança é meio caminho andado para a derrota."

Dimitri alçou uma sobrancelha.

"Onde queres chegar?"

"Temos de considerar a possibilidade de Trump vir a perder as eleições."

Fez-se um silêncio momentâneo entre ambos. O homem do FSB aprendera a confiar nas avaliações de Alexei e estas palavras deixaram-no inquieto.

"Por que dizes isso?"

"Quando Trump venceu, todos foram apanhados de surpresa. Até o próprio Trump. Agora é diferente, está toda a gente avisada. Os adversários dele já sabem que nós aqui na Rússia andamos a interferir nas eleições americanas e que a Cambridge Analytica usou certos métodos inovadores. Os tipos vão estar preparados e provavelmente até irão usar os mesmos métodos."

"Sim, está bem, mas não nos têm a nós", lembrou Dimitri. "Continuaremos aqui em São Petersburgo a manobrar na sombra para ajudar Trump. Isso é algo que os outros não têm."

"É verdade, mas temos de considerar um outro problema. Trump congrega cada vez mais apoiantes, embora tenha também cada vez mais anticorpos. Pessoas que antes conseguimos convencer a ficarem em casa, como as feministas e os eleitores negros, dificilmente ficarão em casa desta vez, façamos o que fizermos. O medo da reeleição de Trump vai levá-los às urnas. Estas eleições serão, por isso, mais difíceis. Bem mais. Temos, consequentemente, de nos preparar para a eventualidade de ele perder. Q já o está a fazer."

"Q?", estranhou Dimitri. "Mas tu mesmo acabaste de dizer que os últimos *drops* dele garantem que as eleições estão no papo para Trump..."

"Pois, mas é preciso ver os detalhes dos *drops*. Q garantiu que Trump vai ganhar porque Biden está senil, mas teve o cuidado de avisar que a única possibilidade de isso não acontecer é haver uma fraude massiva a todos os níveis, envolvendo os banqueiros globalistas, como Soros e os Rothschild, a elite americana e todo o tal Estado Profundo e mais essa banhada. Uma tal fraude, alertou Q, subverteria o resultado das eleições."

"É possível uma fraude massiva na América?"

"Claro que não", foi a resposta. "Mas isso não interessa para nada, pois não? O que interessa é que os apoiantes de Trump acreditem nisso... e, acreditando, que ajam em conformidade."

O responsável do FSB considerou o que acabara de ouvir e as suas múltiplas implicações. As eleições americanas comportavam uma crise para a manutenção de Trump na Casa Branca. Mas as crises, aprendera-o nas ações de formação do FSB, constituíam também oportunidades. O que significava que havia ali uma oportunidade, era uma questão de a identificar e de cavalgar nela.

"Se Trump ganhar as eleições, isso é bom para nós", constatou, enunciando o óbvio. "A questão é perceber como poderemos fazer com que uma sua possível derrota também seja boa para nós."

"Q já nos mostrou o caminho..."

Dimitri refletiu na questão.

"A fraude", percebeu, contemplando as ramificações de tudo aquilo. "Se convencermos os americanos de que houve fraude, está justificada a derrota de Trump."

"É o que Q e Trump têm em mente."

Mas o homem do FSB estava já mais à frente e o seu cérebro fervilhava com outras ideias.

"Isso não nos basta", afirmou. "Temos de levar a coisa mais longe. No caso de derrota de Trump, temos de convencer os seus apoiantes de que ele ganhou e que a proclamação de vitória do seu adversário é fraudulenta. O nosso objetivo estratégico não será simplesmente justificar a derrota de Trump. Não. O nosso objetivo, o nosso verdadeiro objetivo, é usar a derrota de Trump para provocar a revolta dos seus apoiantes. Percebeste? Vamos pô-los nas ruas em pé de guerra!"

Fora Alexei quem chamara a atenção do seu superior hierárquico para os *drops* de Q a mencionarem a possibilidade de fraude eleitoral no caso de derrota de Trump, mas o que o homem do FSB dizia ia mais longe. Muito mais longe.

"Se Trump perder, o senhor quer pôr os apoiantes dele a protestarem nas ruas? Para quê?"

Os olhos de Dimitri já brilhavam de antecipação. Quem sabe se, para a Rússia, uma derrota de Trump não seria ainda melhor do que a vitória? Tudo dependeria de saber para onde a derrota levaria a América.

"Para desencadear a guerra civil."

LXII

Não foi fácil acalmar Clarence. A irmã de Betty tremia descontroladamente e o seu desespero era evidente; parecia frenética, o pânico a incendiar-lhe os olhos que as lágrimas esborratataram de *make-up* e uma expressão de súplica ao encarar Leroy Roderick como uma náufraga prestes a ser engolida pelas águas revoltas de um mundo que a afogava.

"Por favor, Leroy, preciso da tua ajuda!"

O cunhado sabia que a sua prioridade era serená-la, pois ela estava muito nervosa.

"Entra e acalma-te", disse numa voz tranquila, convidando-a com um gesto a entrar em casa. "Vou fazer-te um chá e…"

"Não há tempo para isso!", atalhou a cunhada, quase furiosa. "Tens de vir comigo, preciso que me ajudes!"

"Desculpa, mas não estás em ti. Que história é essa de que o Tim vai ser vendido? Isso é um disparate. Quem o iria vender?"

Tim era Timothy, o filho mais novo de Clarence. A irmã de Betty era divorciada e sofria de síndrome de Munchausen, uma desordem psicológica que, conforme diagnosticado pelo psiquiatra contratado pelos Serviços Sociais, a levava a fingir doenças desse seu filho para chamar as atenções sobre ela. Fora de resto exatamente por isso que o Estado lhe retirara a criança e a pusera sob a responsabilidade do pai.

"O Bob."

"Perdão?"

Bob era o ex-marido de Clarence a quem havia sido atribuída a tutela da criança.

"O Bob... o Bob quer entregá-lo às agências do Serviço de Proteção de Menores!"

"Tens a certeza?"

"Sim. O próprio Bob mo disse. Separou-se da companheira, trabalha nos poços do golfo do México e passa semanas a fio nas plataformas *offshore*. Não tem tempo nem possibilidade de cuidar do Tim, nem ninguém que o faça por ele. Então... então vai entregá-lo às agências do Serviço de Proteção de Menores."

A informação era muito grave, sabia Leroy e sabia Clarence. O Serviço de Proteção de Menores era a entidade pertencente ao Estado federal que lidava com casos de crianças. Se havia coisa que as informações do QAnon nas redes sociais tornavam muito claro era que as agências dessa instituição usavam as crianças à sua guarda para fornecer "matéria-prima" às redes satânicas de pedofilia das elites. Isso significava que o pequeno Tim iria certamente tornar-se um objeto sexual de Biden, Clinton, Hanks, Spielberg e de toda essa corja de violadores pedófilos das elites de Washington e Hollywood.

"O Bob tem noção do destino que o Serviço de Proteção de Menores reserva às crianças à sua responsabilidade?"

"Eu contei-lhe!"

"E ele?"

"Diz que é falso", foi a resposta de Clarence, a soluçar. "Diz que estou maluca, que o QAnon é uma história da carochinha, que não existe nenhuma rede de pedofilia das elites, que é tudo mentira... essa conversa toda."

Tudo aquilo era muito mau, percebeu Leroy.

"Meu Deus!", murmurou, muito preocupado. "Fizeram-lhe uma lavagem ao cérebro, coitado."

"Coitado é do meu Tim!", indignou-se Clarence. "Temos de o resgatar antes que o enviem para Washington e o ponham à mercê da bruxa Hillary e de toda a rede satânica que ela lidera! Não viste aquilo de haver um vídeo em que a Hillary corta a cara a uma criança e a usa como uma máscara? Horrível!"

Não era bom nem pensar na possibilidade de o pequeno Tim cair nas malhas da rede de pedofilia satânica das elites. Leroy esforçou-se por manter a cabeça fria e equacionar as opções.

"Já falaste com a Equipe Especial do Pentágono contra a Pedofilia?"

Tratava-se de uma unidade de elite que, segundo fora revelado pelo QAnon, o presidente criara no Pentágono com a missão de proteger as crianças entregues às redes pedófilas ligadas ao Serviço de Proteção de Menores. O *drop* número cento e cinquenta e três de Q indicara que uma das razões que levaram Trump a candidatar-se à Casa Branca fora justamente "não ter estômago para aguentar a ideia de as crianças serem raptadas, drogadas e violadas e os dirigentes/autoridades fecharem os olhos".

"Sim, troquei mensagens por *e-mail* com a equipe do Pentágono."

"E…?"

"Eles acham que o Bob sabe muito bem o que vai acontecer ao Tim, mas não se importa. Pelo contrário, o cabrão até irá ganhar uma fortuna com tudo isto."

"O Bob?"

"Sim", confirmou Clarence. "Esse pulha está a vender o Tim aos pedófilos, percebes? Parece que as elites pagam milhões pelas crianças e ele… ele vai embolsar o dinheiro."

"Meu Deus!"

A cunhada agarrou-o pelos ombros e sacudiu-o com ansiedade descontrolada.

"Preciso de ajuda!"

"E a Equipe Especial do Pentágono contra a Pedofilia?", questionou Leroy. "Não vai fazer nada?"

"Diz que vai meter um processo em tribunal para resgatar o meu filho", respondeu ela. "Mas os tribunais levam tempo a agir, como sabes. Não te esqueças de que o Estado Profundo domina tudo e protege as elites. Quando sair a decisão judicial, e não tenho a certeza de que nos seja favorável, pois o Estado Profundo controla também muitos juízes, já o Tim foi violado pelos pedófilos, coitadinho, e se calhar até já o mataram para recolher o tal… uh… arderniocromo…"

"Adrenocromo."

"Pois, essa porcaria de superdroga que as elites retiram das suas vítimas e que usam para alcançarem a imortalidade. É por isso que temos de agir rapidamente, Leroy. Ajudas-me?"

"Sim, claro que ajudo, mas… a fazer o quê concretamente?"

"O tipo com quem troquei mensagens por *e-mail*, o da Equipe Especial do Pentágono contra a Pedofilia, disse-me que de momento só pode agir pela via legal, mas informou-me de que hoje às três da tarde vai haver uma manifestação de mães em Baton Rouge e deu-me a entender que eu deveria participar. A televisão poderá estar lá. Ele sugeriu-me que exponha o caso do Tim, a ver se alguém faz alguma coisa. Vens comigo?"

Leroy consultou o relógio; eram ainda onze da manhã. A manifestação seria daí a quatro horas.

"Temos tempo", constatou, fazendo-lhe a seguir sinal para o interior da casa. "Entra. Vamos comer alguma coisa e depois levo-te a Baton Rouge, pode ser?"

Levou-a para a cozinha, mas na verdade não havia em casa muita coisa para comer. Desde a morte de Betty que os Roderick, pai e filhos, se limitavam a consumir comida congelada que compravam no supermercado; além de barata, era fácil de preparar, uma vez que bastava aquecê-la no micro-ondas. Leroy descongelou uma lasanha e foram comê-la na sala de jantar, onde Clarence tinha ligado a televisão num esforço para se distrair do problema que a consumia.

A Fox News transmitia o noticiário e mostrava nesse momento uma reportagem sobre as declarações que o presidente acabara de proferir a propósito das eleições que aí vinham.

"*A única maneira de perdermos estas eleições é se elas forem fraudulentas, lembrem-se disso*", dizia Donald Trump. "*O voto por correspondência é uma coisa muito perigosa para este país, porque eles são uns batoteiros. Eles vão lá e recolhem os votos. Em muitas situações são fraudulentos. Os votos por correspondência vão falsear estas eleições.*"

O entrevistador interrompeu-o.

"*Está a sugerir que poderá não aceitar o resultado das eleições?*"

O presidente fechou o rosto.

"*Terei de ver isso.*"

"*Pode dar-me uma resposta direta: vai aceitar o resultado das eleições?*"

Trump abanou a cabeça.

"*Não vou dizer que sim*", respondeu. "*Não vou dizer que não.*"

Ainda a mastigarem a lasanha, Leroy e Clarence trocaram um olhar carregado de preocupação. Foi ela quem acabou por quebrar o silêncio à mesa.

"Achas que o Estado Profundo vai mesmo falsificar os resultados eleitorais para impedir a vitória do presidente?"

O cunhado abanou a cabeça.

"Não têm hipóteses", disse. "Claro que vão tentar, o presidente é demasiado perigoso para os interesses instalados das elites, dos banqueiros e dos globalistas, como Soros e os Rothschild, mas o presidente e a equipe de Q têm as coisas controladas. Está tudo previsto no Plano. Se seguirmos o Plano, venceremos a guerra secreta contra os liberais pedófilos."

Clarence assentiu. Sim, teriam de confiar no Plano. De resto, o próprio presidente aparecera na Fox News muito seguro de si mesmo. As suas declarações continham aliás imenso *crumb*; eram sem dúvida pistas para serem interpretadas pelos *anons*. O Estado Profundo planejava falsear as eleições; "eles são uns batoteiros", dissera Trump. Mas o presidente iria "ver isso". Ele, sem dúvida assessorado pela equipe de Q, estava a controlar tudo.

Realmente, teriam de confiar no Plano. A guerra entre o Bem e o Mal era brutal, mas a luz impor-se-ia sobre as trevas, as elites seriam derrotadas e as crianças finalmente libertadas.

LXIII

A viagem pelas montanhas Mayu e pela densa floresta birmanesa decorreu quase inteiramente à chuva. Subindo e descendo a pé por trilhos estreitos em condições penosas, Tomás Noronha ia ajudando a cada vez mais debilitada avó de Nur a caminhar, enquanto Tin Tun acompanhava os irmãos mais novos do seu falecido estudante. A fuga de Tula Toli havia sido improvisada, imposta pela chegada inesperada dos soldados do Tatmadaw e pelo massacre que se seguira junto ao rio, pelo que ninguém teve tempo de preparar o que quer que fosse para a longa viagem. O próprio português limitara-se a pegar no seu saco e fugir com a família que o acolhera.

A incessante chuva tropical forneceu-lhes a água que precisavam para beber. Mesmo que não chovesse, poderiam sempre contar com as fontes e os ribeiros cristalinos que desciam das montanhas. O verdadeiro problema era a alimentação. Como ninguém trouxera nada para comerem, e naquelas condições era quase impossível pescarem ou caçarem, só lhes restava alimentarem-se dos poucos frutos e das raízes que iam encontrando pelo caminho. Os irmãos mais novos de Nur eram, a este respeito, os mais atentos e ágeis, e foram sobretudo eles quem, aqui e ali, conseguiu localizar esses alimentos.

Para além da fome constante e da crescente fraqueza, os fugitivos tiveram de lidar com a noite. Quando, ao final da primeira jornada, o Sol que as nuvens chuvosas escondiam se pôs para lá da montanha, a luz do dia apagou-se e foram forçados a parar, uma vez que ninguém tinha trazido lanternas e não se conseguia ver um palmo à frente. Buscaram refúgio por baixo de umas árvores, onde se encontravam parcialmente abrigados da intempérie. Não foi fácil dormirem naquelas condições. Os rohingyas conseguiram apesar de tudo adaptar-se melhor, uma vez que a sua existência quotidiana já era feita de mil privações, enquanto Tomás, acostumado que estava aos confortos e luxos da vida europeia, sentiu enormes dificuldades. Nessa primeira noite nem conseguiu pregar olho.

O dia seguinte voltou a ser duro, mas em termos gerais uma repetição do primeiro. Passaram por várias aldeias, embora algumas estivessem já abandonadas e noutras os habitantes haviam esgotado a comida que podiam oferecer aos que passavam. Já tarde adiantada, cruzaram o ponto mais alto das montanhas Mayu e começaram a descer. Quando pouco depois a noite caiu, e tendo eles pela hora do crepúsculo escolhido atempadamente um local para repousarem, o português sentiu-se desesperar.

"Será que não podíamos prosseguir até encontrarmos um lugar mais confortável?"

A resposta de Tin Tun veio do escuro.

"A meio da noite, professor Noronha?"

O rohingya tinha razão e Tomás percebeu que a sua pergunta era disparatada. Avançar no meio daquela treva seria, mais do que uma loucura, absolutamente impossível. Além do mais, do que estava à espera? De um hotel com cama e roupa lavada? Jantar à mesa e no final um chocolate regado a uísque? Aquela realidade era totalmente diferente do que estava habituado. Teria de aceitar isso e, em vez de se lamuriar, adaptar-se. Se todos aguentavam, incluindo idosos como a avó de Nur, ele também aguentaria.

Começou por se sentar no chão lamacento e encostar-se a uma árvore, mas como estava realmente esgotado e a cair de sono, pois não conseguira dormir nem um minuto na primeira noite, depressa os olhos se lhe fecharam e adormeceu com os pingos quentes da chuva tropical a deslizarem pelas folhas da árvore e a tombarem-lhe na face inerte, como se o próprio céu chorasse. Descer para a miséria mais abjeta não era fácil para ninguém, mas pelo visto o ser humano a tudo era capaz de se adaptar.

Acordou com movimento à volta. Abriu os olhos e constatou que a alvorada já despontara, apesar de o Sol se encontrar ainda escondido atrás das montanhas. Estremeceu e sentiu-se molhado até aos ossos. Tossiu. Apercebeu-se então de que estava totalmente estendido no chão, a lama a servir-lhe de colchão, o cabelo empapado. Levantou-se devagar, o corpo dolorido, a fome a debilitá-lo, o desconforto a desesperá-lo. Sentia-se miserável. Sacudiu a água e a lama do cabelo e olhou em redor, tentando orientar-se. Várias famílias rohingyas estavam já em movimento, algumas a transportarem pessoas feridas. Ficou pasmado com a resiliência de que aquela gente dava provas; era algo digno de admiração.

"Como conseguem?"

"Não têm alternativa, professor Noronha."

Fizera a pergunta para si mesmo, como se pensasse em voz alta, mas tivera a resposta óbvia de Tin Tun. Sim, ninguém tinha alternativa. Era continuar ou morrer. Por isso mesmo, eles próprios precisavam de prosseguir.

A avó de Nur estava já muito fraca, pelo que os dois homens, apesar de também debilitados pela fome e pela fadiga, revezaram-se no apoio à senhora; a bem dizer, quase a transportavam ao colo, tão fragilizada ela se encontrava.

"*Oshanti lage*", murmurava a idosa com melancolia infinita. "*Oshanti lage.*"

Não era a primeira vez que o português a ouvia pronunciar aquela frase; na verdade, a expressão brotava com frequência dos lábios dela. Olhou para Tin Tun, como se lhe pedisse que enfim lhe explicasse o que queria a senhora dizer com aquilo.

"Não sinto paz", traduziu o rohingya. "É uma forma de exprimir a sua tristeza."

Era o terceiro dia desde que tinham fugido de Tula Toli. Tomás, que já se arrastava pelo caminho pedregoso e lamacento, começou a pensar que, se por ali ainda andasse no dia seguinte, talvez não fosse capaz de chegar até ao fim. Sentia-se exausto, a energia esgotada, os movimentos reduzidos a uma mecânica dolorida. O que lhe valia, a ele, aos seus companheiros e a todos os fugitivos, é que estavam a descer as montanhas; a gravidade era uma espécie de mão divina que, pela inércia, os impulsionava para diante.

Por vezes a multidão agitava-se e os olhares voltavam-se para as montanhas atrás deles. Aqui e ali erguiam-se colunas de fumo; negras se o fogo estava ativo, brancas se se tratava já de um rescaldo. Escutava-se também um ocasional tricotar que todos imediatamente reconheceram como sendo o fragor nutrido, embora distante, das metralhadoras. O Tatmadaw permanecia pelo visto muito ativo e ia lançando sucessivas operações contra as aldeias rohingyas da região. Não admirava por isso que aquela fuga se tivesse transformado num verdadeiro êxodo; não eram já milhares de pessoas em movimento, mas dezenas de milhares, talvez mesmo centenas de milhares. Um rio de gente fugia de suas casas e, tal como eles, encaminhava-se para noroeste.

Ao fim de várias horas a marchar como um sonâmbulo, Tomás apercebeu-se de um clamor de vozes humanas algures em frente. Alguma coisa se passava adiante. Os fugitivos tornaram-se mais atentos, receando que a vozearia nervosa significasse uma nova ameaça, que havia perigo, que o Tatmadaw os tivesse emboscado. Avançou com maior prudência. Duas centenas de metros mais à frente ouviu uma palavra ecoar na boca dos rohingyas que se encontravam diante dele.

"Naf!", gritavam. "Naf!"

Voltou a cabeça e atirou um olhar inquisitivo na direção de Tin Tun, que vinha atrás a carregar nas costas a já esgotada avó de Nur.

"O que estão eles a dizer?"

"Chegamos ao Naf."

"O que é isso?"

Apesar do esforço e da imensa fadiga, o seu companheiro de viagem juntou as últimas forças que lhe restavam no rosto e logrou esboçar o fantasma fugidio de um sorriso de alívio.

"O Bangladesh."

LXIV

Quando nessa manhã o capitão Dimitri Chernyshev entrou no edifício da operação do FSB em São Petersburgo, a primeira coisa que viu ao cruzar a porta da sala dos *trolls* foi o coronel Mikhail Arsenyev, ao longe, a fazer-lhe com o dedo sinal de que fosse ao gabinete dele. Encaminhou-se para lá. Quando entrou, constatou que a pálpebra esquerda do superior hierárquico voltara a tremer.

"Qual é a sua opinião, capitão?", perguntou o coronel, com uma ponta de ansiedade, após o subordinado fechar a porta do gabinete. "Trump ganha ou não ganha?"

Dimitri fez uma careta dolorida.

"Não sei, meu coronel. As coisas estão difíceis."

"Também nas últimas eleições estavam e depois aconteceu o que aconteceu", lembrou o chefe da operação, como se buscasse uma resposta reconfortante. "Você e os *trolls* não têm trabalhado arduamente para que ele ganhe?"

"Sim, claro. Ainda ontem passamos o dia a reencaminhar uma tonelada de material sobre o QAnon. Os idiotas acreditam em cada coisa que só visto. Agora têm a viralizar nas redes o *hashtag* #SalvemAsCrianças, com milhões e milhões de seguidores. Só visto. Só no Facebook existem centenas de 'grupos' contra o tráfico de crianças pelas redes satânicas das elites e os números de seguidores de cada um desses 'grupos' explodiram. Organizam manifestações por toda a parte a exigir que se libertem as crianças, é uma loucura."

"Bem, nós estamos a dar uma mãozinha nisso tudo, não?"

"Claro, é o nosso trabalho e há que navegar a onda", confirmou Dimitri. "No fim de contas, mais de oitenta por cento dos eleitores republicanos acreditam que o QAnon é verdadeiro no que diz, nem que seja só em algumas partes. Oitenta por cento é imenso, meu coronel."

"Olaré."

"Mas tudo isto é muito bizarro. Olhe, eles agora acham que Trump está tão preocupado com as redes de pedofilia das elites que criou no Pentágono uma unidade especial para proteger as crianças."

"Não criou?"

"Quem, o Trump? O tipo está-se a cagar para as crianças e para a pedofilia, meu coronel."

Riram-se os dois.

"Bem, chega de regabofe", disse o coronel Arsenyev, sempre preocupado com o problema central. "Vamos ao que interessa. O que estamos nós a fazer para garantir a vitória dele nas eleições?"

Desde que Alastair Hayes, o britânico que fora da Cambridge Analytica, terminara o seu contrato com a empresa que fazia de fachada ao FSB que os detalhes daquela operação russa contra os Estados Unidos estavam entregues a Dimitri, pelo que lhe cabia a ele responder por tudo o que estava a ser pensado e executado nesse teatro de operações.

"Bem, estamos a proceder exatamente como fizemos quando conseguimos que Trump fosse eleito", disse. "Usamos as contas falsas para passar verdades, meias-verdades e mentiras, propagamos a campanha do QAnon a todos os americanos que os perfis computacionais mostram poderem ser influenciados por ela, enviamos mensagens aos eleitores negros a dizer que Biden é racista, às feministas a dizer que Biden é misógino, aos jovens a dizer que Biden está senil, aos pró-Palestina a dizer que Biden protege Israel, aos pró-Israel a dizer que Biden é a favor da Palestina... enfim, o costume. Andamos também a empurrar a narrativa de que Biden é corrupto, de que o filho recebeu dinheiro da Ucrânia, tudo isso."

"E as campanhas para o Congresso?"

"Andamos muito ativos nas ações para eleger mais de uma dezena de *anons* malucos para cargos públicos, como uma histérica chamada

Marjorie Taylor Greene e outros candidatos ao Congresso. Estamos a conseguir convencer essa gente e os seus apoiantes de que a Rússia é o grande baluarte da cristandade, da moralidade, da tradição, dos verdadeiros homens, das verdadeiras mulheres e da raça branca contra os homossexuais, os muçulmanos, os ateus e as elites liberais. Garanto-lhe, meu coronel, que quando esses adeptos do QAnon chegarem ao Congresso vão ser muito ativos na defesa dos nossos interesses. Com eles como congressistas, acabar-se-ão os entraves habitualmente colocados pelo Congresso à ação de Trump para nos ajudar. Para além da Casa Branca, iremos transformar também o Congresso numa instituição russa. Vamos conquistar a América sem disparar um tiro."

O chefe não parecia impressionado; tudo aquilo já tinha sido planejado havia algum tempo. Do que esperava do subordinado era um golpe de asa.

"Mais nada?", questionou. "Não tem algo de novo que assegure a vitória do nosso candidato?"

Dimitri remexeu-se, hesitando sobre se deveria ir mais longe e abrir totalmente o jogo. Mas se não expunha ao seu próprio chefe a estratégia, expô-la-ia a quem?

"Em bom rigor, acredito que uma derrota de Trump não será necessariamente uma catástrofe para nós."

O coronel Arsenyev arqueou as sobrancelhas, surpreendido com o que acabara de escutar.

"Perdão?"

"No curso de formação do FSB aprendi que as crises são oportunidades", lembrou o subordinado. "A questão é esta: se por acaso Trump perder, como poderemos tirar partido disso? Pus-me a pensar no assunto e percebi que existe uma oportunidade maravilhosa para mergulhar a América num caos ainda maior do que aquele que já por lá criamos."

Aquelas palavras soaram muito interessantes aos ouvidos do chefe da operação.

"De que oportunidade está a falar?"

"As mensagens de Q mencionam que, se Trump perder, só pode ser porque houve fraude", referiu. "O próprio Trump já começou a dizer que os votos por correspondência vão ser objeto de ação fraudulenta para desvirtuar a vontade dos eleitores."

"E são?"

"Claro que não. Desde a guerra civil que há votos por correspondência nos Estados Unidos. O próprio Trump já votou por correspondência. Nunca houve nenhum problema de fraude. Mas isso não interessa para nada, pois não? O que interessa é no que os americanos acreditam. Ao fazer essas declarações, Trump está a plantar as sementes para deslegitimar os resultados eleitorais no caso de perder. Ora, isso é uma oportunidade para nós. Como reagirão os apoiantes dele, e sobretudo os *anons*, se acreditarem mesmo que o presidente perdeu porque houve fraude nas eleições?"

"Não ficarão contentes, imagino."

"Esse é um descontentamento que teremos de explorar ao máximo", apressou-se Dimitri a precisar. "Mais, esse é um descontentamento que teremos de transformar em raiva."

"Mas para quê?", questionou o superior hierárquico. "As eleições já acabaram. Se Trump perder, acabou tudo. De que nos serve os apoiantes dele estarem raivosos?"

O subordinado fez uma ligeira pausa e manteve o olhar preso no coronel Arsenyev, como se quisesse criar *suspense* antes de expor a sua verdadeira estratégia.

"Serve para desencadear a guerra civil."

O responsável pela operação do FSB abriu e fechou a boca, apanhado de surpresa pela ambição do projeto.

"Isso… isso é possível?"

"Se soubermos jogar as nossas cartas, não vejo por que não", foi a resposta. "Se formos a ver bem, os ingredientes que conduzem à guerra civil estão todos lá. É só uma questão de movimentarmos corretamente as nossas peças no momento exato."

O coronel Arsenyev pareceu por momentos disposto a beijar o seu subordinado, mas logo se conteve. A coisa parecia-lhe boa de mais para ser assim tão simples.

"Explique lá o seu plano."

"Não há muito a explicar", devolveu Dimitri. "Se Trump perder temos de trabalhar ativamente com ele para convencer os seus apoiantes de que houve fraude eleitoral, enraivecê-los até à loucura e atiçá-los para a ação. Repare que estamos a falar de pessoas que costumam ter armas em casa e que se sentem desesperadas com a forma como as elites as empurraram para as margens da sociedade, ultrapassadas até pelas minorias que essas elites protegem e promovem. Com os estímulos certos, meu coronel, a guerra civil na América é uma forte possibilidade. Talvez mesmo uma inevitabilidade."

O superior hierárquico considerou o que acabara de ouvir.

"Hmm... isso implica enraivecer as pessoas e impulsioná-las a sair às ruas. No KGB especializámo-nos nessas operações. Se calhar temos de fazer uma coisa como nos velhos tempos."

"Fique descansado, meu coronel, tenho a postos um plano nesses moldes com recurso às nossas técnicas tradicionais. Mais as técnicas que aprendemos com a Cambridge Analytica, claro. E... e tenho ainda mais qualquer coisinha."

Ao ouvir esta última referência, o chefe levantou o sobrolho.

"Que coisinha?"

"Um ás de trunfo, por assim dizer."

Disse-o como quem tinha um segredo e hesitasse em partilhá-lo.

"Explique-se, capitão."

Como em resposta, Dimitri levantou-se e dirigiu-se ao computador do seu chefe. Ligou-se à sua conta e identificou um vídeo, que ativou com um clique. A imagem encheu a tela. Nela via-se Joe Biden a aproximar-se de uma urna de voto, abri-la e retirar todos os boletins do interior. Um *zoom* da imagem mostrava tratarem-se de votos em Trump. Biden amontoou os boletins no chão e foi buscar um bidão de combustível, despejando a seguir o seu conteúdo líquido, presumivelmente gasolina, sobre os boletins. Por fim, Biden acendeu um fósforo e lançou-o sobre o monte de boletins de voto, ateando uma fogueira.

Com o rosto iluminado pelas labaredas, o candidato presidencial soltou uma gargalhada.

"*Adeus, Donald Trump!*", ironizou. "*Os votos por correspondência em ti esfumaram-se. Volta para a tua terra,* redneck *de merda! Em Washington, quem manda somos nós!*"

O vídeo terminou.

LXV

Depois de Leroy Roderick e Clarence terem acabado de comer, vestiram os casacos e enfiaram-se no automóvel. Fizeram o percurso em silêncio, trocando apenas algumas palavras de circunstância e preferindo manterem-se concentrados na delicada tarefa que os esperava. O destino do pequeno Tim, o mais novo dos filhos de Clarence, estava em jogo e o perigo de o pequerrucho ser vendido às redes pedófilas das elites era demasiado grande. Como poderiam atrair a atenção da imprensa, ela própria manipulada pelas elites, para aquele drama?

A viagem para Baton Rouge não foi longa, uma vez que a capital da Luisiana se situava relativamente perto. Depressa chegaram à malha urbana. Clarence procurou no *smartphone* informações sobre a manifestação das mães.

"É no Brooks Park."

Leroy dirigiu-se para o local e estacionou num *parking* das proximidades. Os dois apearam-se e encaminharam-se para o Brooks Park, um enorme jardim no coração de Baton Rouge. Junto ao Museu das Crianças, situado na borda desse parque, viram uma pequena multidão; o local pareceu-lhes aliás muito apropriado para uma manifestação em defesa das crianças. Aproximaram-se e constataram que a manifestação juntava sobretudo mulheres, a maioria evidentemente mães, mas também estudantes, para além de vários homens.

Muitos manifestantes ostentavam braçadeiras com a letra Q e vários empunhavam cartazes. Um dizia *Executem todos os pedófilos*, outro exigia *Tirem os pedófilos do governo e de Hollywood*. Havia também cartazes com *Exigimos justiça!* e *Votos por correspondência = fraude*, para além de placares com mensagens específicas de Q, como *Somos a Tempestade* e *Confiem no Plano*. Um cartaz afirmava *As crianças não são propriedade* e três faziam uma exigência muito clara: *Libertem as crianças!*

Na verdade, essa era a palavra de ordem que os manifestantes entoavam nesse momento.

"Libertem as crianças!", gritavam em coro, os punhos reivindicativos no ar. "Libertem as crianças! Libertem as crianças!"

Os dois recém-chegados juntaram-se à manifestação e puseram-se ambos a entoar a mesma palavra de ordem. Fizeram-no durante alguns minutos, sempre a olharem em volta para ver quem os estava a ouvir. Não se vislumbravam equipes de televisão por perto nem quaisquer repórteres da imprensa.

Clarence abanou a cabeça com desânimo.

"O Estado Profundo controla tudo."

Não havia maneira de o negar. Os jornais, as rádios e as televisões eram os cães de fila das elites liberais e evidentemente não apareceram. E se aparecessem, pensou Leroy, seria apenas para os ridicularizar. Não eram o achincalhamento e o silenciamento as táticas preferidas do Estado Profundo para descredibilizar quem tentava despertar o povo americano para tudo o que se estava a passar na sombra?

Mas Clarence não se mostrava disposta a desistir. Tim estava acima de tudo e o seu dever de mãe era protegê-lo. Questionou algumas das mulheres em redor, explicando-lhes que precisava de salvar o seu filho e perguntando-lhes o que poderia fazer. Todas pareciam encontrar-se na mesma situação; os filhos haviam sido colocados à guarda dos ex-maridos e estes planejavam vendê-los à rede satânica pedófila das elites. O sentimento de impotência e desespero era generalizado.

"Só há uma coisa a fazer", disse uma delas sob o olhar aprovador das restantes. "Tem de contatar a Equipe Especial do Pentágono contra a Pedofilia que o presidente criou para proteger as crianças. Eles ajudá-la-ão."

"Já falei com eles, mas disseram-me que só podem agir nos tribunais. Isso leva tempo e não salvará o meu Tim."

As outras mulheres endereçaram-lhe um olhar carregado de compreensão.

"Todas temos esse problema", admitiu a mesma. "Só nos resta rezar. Acreditas em Jesus?"

Clarence acreditava, claro. Mas essa crença não era suficiente para lhe aplacar os medos. O ex-marido preparava-se para vender o pequeno Tim às redes pedófilas e esse fato era incontornável. Sentia-se de pernas e mãos atadas. Tentava fazer alguma coisa, mas só via obstáculos a rodeá-la; era como se estivesse acorrentada. Começou por isso a chorar. Uma sensação de absoluta frustração e desorientação apossou-se dela.

Vendo-a tão perdida, Leroy passou-lhe as mãos pelos ombros e tentou confortá-la, mas Clarence estava simplesmente inconsolável. A vida era injusta; as elites faziam o que lhes dava na real gana, incluindo comprar crianças para as violar e matar, e o povo não tinha quem o acudisse. Sempre a mesma história.

"Psst."

Ela encontrava-se totalmente mergulhada na sua dor e não reparou que estavam a ser interpelados. O cunhado, todavia, olhou para o lado e viu um homem de longos cabelos e bigode, na cabeça um boné com a frase *Somos a Tempestade* e uma faixa com o símbolo Q no braço, a fazer-lhes sinal.

"O que deseja?"

"Ouça, amigo, escutei o que a sua mulher disse e talvez possa ajudar."

Na busca desesperada por uma saída para a situação em que se encontrava, Clarence ouviu estas palavras e virou-se, ansiosa, para o homem como um náufrago ao ver uma boia.

"O senhor pode fazer alguma coisa pelo meu Tim?"

"Eu? Nada."

"Então por que diz que pode ajudar?"

"Conheço um tipo que tem… enfim, tem uns métodos."

"Que métodos?"

O desconhecido esboçou com a cabeça um sinal para saírem dali.

"Talvez se falássemos num local mais tranquilo..."

Decidida a agarrar-se a todas as oportunidades que lhe aparecessem pela frente, Clarence nem hesitou e abandonou imediatamente a multidão, obrigando Leroy a ir atrás dela. Os três afastaram-se dos manifestantes e foram para junto de uma árvore, mesmo ao lado do Museu das Crianças, onde se podiam manter resguardados de atenções indesejadas.

Depois de se certificar de que ninguém os escutava, Clarence questionou o homem.

"Quem é o senhor?"

"O meu nome não interessa", devolveu o desconhecido. "Digamos que sou um patriota."

"Um *anon*?"

"Não somos todos?"

De fato, todos os participantes naquela manifestação, e milhões de outros americanos, eram seguidores de Q. Eles eram a Tempestade. A última esperança da América.

"Qual é a sua ideia?"

"Como lhe disse, conheço um tipo que tem talentos especiais que vos podem ser muito úteis", indicou o homem. "Trata-se de um antigo *marine* inteiramente devotado à causa da América e do nosso presidente. Um grande patriota."

"O que têm de especial os talentos dele?"

O desconhecido olhou de novo em redor, para se assegurar mais uma vez de que ninguém os escutava, antes de responder à pergunta.

"Experiência de combate."

Clarence trocou com Leroy um olhar nervoso.

"Ouça, amigo, isso é uma coisa na qual nós não nos podemos meter assim com..."

"A senhora quer mesmo impedir que o seu filho seja vendido às redes satânicas pedófilas das elites?"

"Sim, claro, mas..."

"Então só tem duas opções", indicou o homem, mostrando dois dedos. "A primeira é recorrer aos tribunais. Tem a vantagem de ser a via legal e a desvantagem de levar tempo e de o Estado Profundo controlar os juízes. Não chegará a lado nenhum, como decerto já percebeu. A outra é passar imediatamente à ação. A grande vantagem desta solução é que resolve a questão sem mais demoras. O problema é que não é regulamentar, digamos assim. Mas também não é propriamente ilegal."

"Não é?"

"Não se esqueça de que este tipo de ação tem a cobertura do presidente."

Disse-o com toda a naturalidade, como se o próprio Donald Trump tivesse acabado de assinar uma ordem executiva a autorizar uma operação militar para libertar o pequeno Tim.

"Trump está envolvido?"

O homem lançou mais olhares furtivos em todas as direções, sempre a certificar-se de que ninguém os escutava, como se a resposta à pergunta fosse de extrema sensibilidade.

"O presidente está muito preocupado com a rede satânica de pedofilia", murmurou. "Não o ouviu a defender na televisão a causa QAnon contra a pedofilia? No fim de contas, foi por isso que criou a Equipe Especial do Pentágono contra a Pedofilia, não é verdade? Acontece que o antigo *marine* em causa é um *anon* e, como sabem, Q pertence ao círculo mais próximo do presidente."

O assunto tornava-se muito sério, perceberam Leroy e Clarence. Fora certamente por isso que a Equipe Especial do Pentágono contra a Pedofilia a havia aconselhado a vir à manifestação. O contato com aquele homem não era acidental. Tudo fora previsto no Plano.

Ao perceber que nada estava a acontecer por acaso, Clarence sentiu-se imensamente confortada e invadida por uma onda de esperança. Afinal, não se encontrava sozinha naquela luta titânica para salvar o seu filho das garras da bruxa Hillary e dos seus capangas. Deus era grande e misericordioso.

"Foi... foi o presidente que o mandou vir ter conosco?"

O homem baixou os olhos, claramente comprometido.

"Não posso dizer."

A forma como respondera constituía uma confirmação implícita. Trump sentia-se claramente preocupado com o rapto das crianças pelas redes satânicas e fazia tudo o que podia, possíveis e impossíveis, para ajudar as mães a salvá-las.

"Portanto, temos então de contatar esse *marine* e..."

"Ex-*marine*."

"Pois, ex-*marine*, e organizar com ele o resgate do meu filho", disse ela. "É isso?"

"Afirmativo."

"E... e como posso operacionalizar uma coisa dessas?", quis saber Clarence. "Como chego ao contato com ele? Vou ter de pagar? Quanto? E o que vai acontecer exatamente?"

O olhar do desconhecido dançou entre as duas pessoas diante dele, como se estivesse inseguro sobre um pormenor. Acabou por apontar para Leroy.

"Ele é o seu atual companheiro?"

Clarence enrubesceu.

"Não, não. É o meu cunhado", esclareceu. "É casado com a minha irmã... enfim, era. Ela... ela faleceu."

Ao ouvir isto, o homem esboçou uma careta e abanou a cabeça, como se estivesse perante um problema.

"Os detalhes da operação de resgate das crianças só podem ser partilhados com os familiares diretos, receio bem", esclareceu. "Lamento muito, o seu cunhado não pode estar envolvido nisto."

Leroy reagiu com surpresa.

"Ora essa! Por quê?"

"Não é nada de pessoal, amigo, não se enerve", disse o desconhecido com firmeza, tornando claro que a questão era inegociável. "É simplesmente a nossa política. Bem vê, tem a ver com segurança operacional. Espero que compreenda."

Fez-se um breve silêncio. Leroy trocou um olhar com Clarence e esta baixou os olhos, sinalizando assim a sua vontade de que ele respeitasse as condições que estavam a ser colocadas.

"Espero por ti no carro."

"Não vale a pena", disse ela. "Cá me arranjarei para ir para casa. Obrigada por tudo."

Compreendendo o que dele se esperava, Leroy atirou um último olhar para o homem, como se lhe dissesse que cuidasse bem dela, fez um gesto de despedida na direção da cunhada e abalou dali.

LXVI

A floresta deu de repente lugar a um espaço extenso onde pela primeira vez era possível ver em toda a sua extensão a fila de fugitivos rohingyas; um mar de gente enchia aquele vasto espaço, como se um povo inteiro estivesse em fuga. Agora que chegara a campo aberto, Tomás Noronha voltou-se para trás e contemplou as montanhas Mayu; as colunas de fumo continuavam a erguer-se de múltiplos pontos, como uma miríade de pequenos vulcões em erupção. Tornava-se assim claro que as operações do Tatmadaw prosseguiam contra as aldeias dos rohingyas.

Havia tantas pessoas à frente do português que só ao fim de meia hora percebeu que o espaço onde agora caminhavam constituía a bacia de um rio. Olhou interrogativamente para Tin Tun, como se lhe pedisse uma explicação.

"É o rio Naf", identificou o seu companheiro rohingya. "Do outro lado está o Bangladesh."

Haviam feito grande parte da viagem em silêncio, pois a fome e a consequente fraqueza tendiam a calar as pessoas, mas a visão do rio e o seu significado revigoraram momentaneamente o português; a esperança também constituía um alimento. Coisa estranha, os fugitivos em volta dele não davam sinais de se sentirem aliviados.

"O que se passa?", estranhou. "As pessoas não estão contentes por se conseguirem salvar?"

Tin Tun abanou a cabeça, também ele desanimado.

"Todos sabem muito bem o que os espera do outro lado", disse. "Seremos fechados em campos de refugiados com péssimas condições e controlados por máfias e pelos radicais da ARSA, sem perspectiva de emprego, sem possibilidades de sair, sem horizontes para nada. Os bangladeshianos já não nos querem cá, estão fartos de nós e dos nossos problemas. O próprio Alto Comissariado das Nações Unidas para os Refugiados também está cansado." Indicou o mar de gente que caminhava ao longo do rio. "Muitos destes fugitivos já aqui estiveram no passado, sofreram muito nos campos do Bangladesh, ficaram anos aqui fechados e, no fim, foram mandados regressar a Myanmar com o argumento de que já estava tudo bem, ninguém os voltaria a atacar. E agora, ao cabo de tantos trabalhos, estão de volta à casa de partida. Toda a gente sabe muito bem o que os espera do outro lado. Se aqui estamos não é por opção, professor Noronha. É porque não há alternativa."

Após algum tempo de marcha, e quando se encontravam já tão cansados que até cambaleavam, perceberam que tinham chegado a um ponto onde algo se passava. A multidão tornara-se mais compacta, sinal de que os da frente deixaram de avançar. Furaram por entre a massa de gente para se aproximarem mais da água. Quando finalmente conseguiram um ângulo de visão aberto, perceberam que o rio Naf se enchia de múltiplas embarcações de pescadores, umas a virem vazias do outro lado, outras a partirem desta margem cheias de fugitivos. Era ali, pois, o ponto onde se procedia à passagem dos rohingyas para o Bangladesh.

Formaram fila naquele enorme ajuntamento. Ao cabo de três horas de espera, conseguiram por fim entrar num barco. Dois pescadores bangladeshianos ajudaram o seu grupo de fugitivos a instalar-se; havia insetos por toda a parte e, apesar de sacudirem as mãos como espanadores, não parecia possível debelá-los. Quando a embarcação ficou repleta de gente, os pescadores ligaram o motor e o barco iniciou a travessia para a margem do Bangladesh. Os rostos mantinham-se fechados. De fato, ninguém ignorava a vida difícil que os esperava; os que nunca ali estiveram conheciam demasiado bem as histórias dos que já para ali tinham fugido para poderem alimentar ilusões quanto ao seu futuro.

O olhar de Tomás prendeu-se na margem para onde se dirigiam. A paisagem no Bangladesh era totalmente diferente daquela por onde tinham passado. Em vez de floresta e montanha, viu arrozais estenderem-se pelos campos alagados pelo Naf. E a margem bangladeshiana do rio fervilhava de atividade. Não era difícil perceber que se organizara ali a recepção aos refugiados e que o movimento era intenso. Via-se muita gente aglomerada e imensos policiais e soldados, o que atemorizou os rohingyas que iam no barco, sobretudo as crianças; a simples visão de homens fardados assustava-os.

Quando desembarcaram, os recém-chegados foram encaminhados na praia para múltiplas filas destinadas ao registro, todas elas alinhadas com mesas que tinham sido instaladas ao longo da margem do rio pelos funcionários administrativos do Bangladesh, sob o olhar do pessoal das Nações Unidas e com a presença de equipes médicas e de distribuição de biscoitos e água. Atrás da praia havia uma estrada marginal ao rio por onde circulavam automóveis e onde se encontravam estacionados em fila dezenas de ônibus. Claramente já se tinha estabelecido ali uma rotina para receber os fugitivos de Myanmar, tal a frequência daquelas crises de refugiados desde que o Facebook se popularizara no país.

A presença dos ônibus chamou a atenção de Tomás.

"Para onde nos vão levar?"

O olhar de Tin Tun, como o de toda a gente que acabara de chegar de Myanmar, era de extrema fadiga.

"Cox's Bazar."

"Vão-nos enviar para um bazar?"

"Cox's Bazar é o nome do distrito nesta península onde se encontram os campos de refugiados de rohingyas", explicou o acadêmico rohingya. "São dezenas de campos. E não, o senhor não irá para lá."

"Por que diz isso?"

"O senhor é ocidental, professor Noronha. Apresente-se ao pessoal das Nações Unidas e eles regularizarão a sua entrada e encaminhá-lo-ão para um hotel."

O olhar de Tomás desviou-se para a idosa e para as duas crianças que tinham vindo com eles e que os acompanhavam na fila para o registro.

"Não vos vou abandonar."

"Não diga disparates, professor Noronha", foi a resposta seca de Tin Tun. "O senhor tenciona ir para Cox's Bazar e ficar lá anos e anos a definhar nas tendas, a comer arroz e a ter de aturar as palermices dos radicais da ARSA, dos bangladeshianos cansados desta situação e dos tipos da ONU que se dizem tão preocupados conosco mas que nada realmente resolvem enquanto bebem gim tônica nos bares dos seus hotéis de cinco estrelas? É esse o seu grande plano?"

A pergunta atrapalhou o português.

"Bem... uh..."

"O senhor tem saída, felizmente para si. Nós não temos. Aproveite a sua sorte."

"Mas... mas não vos posso abandonar."

Tin Tun indicou a avó de Nur, que se sentara no chão para recuperar forças enquanto aguardava a sua vez de ser atendida para o registro como refugiada.

"Se quer ajudar, professor Noronha, leve-a às equipes médicas para que tratem dela", sugeriu. "A senhora já tem idade e, como viu, marchou durante três dias à chuva, dormiu ao relento e comeu pouquíssimo. Veja se cuidam dela. Se o senhor pedir aos tipos da ONU, eles não terão coragem de lhe dizer que não. Isso já seria uma grande ajuda."

O rohingya tinha razão, percebeu o português. Não fazia sentido ir viver para um campo de refugiados tendo a opção de se ir embora. Que ele soubesse, não dispunha de poderes que lhe permitissem retirar daquela situação Tin Tun, os irmãos mais novos de Nur ou a avó. Se ficasse nos campos do Bangladesh, de resto, não os ajudaria de certeza. Além de que ele próprio tinha uma missão a completar e nada ainda fizera. Talvez estivesse a racionalizar a sua situação, pois desejava ardentemente escapar daquele pesadelo e se calhar tentava encontrar justificações morais que legitimassem a decisão de deixar os seus companheiros de viagem para trás, mas não havia dúvida de que, tendo opções, teria de as usar. Outra coisa seria um gesto quixotesco absolutamente inútil.

Tomás olhou para os seus companheiros de infortúnio e preparou-se para o inevitável. Teria de os abandonar à sua sorte. Mas seria realmente capaz de o fazer?

LXVII

O coronel Mikhail Arsenyev estava estupefato com o que acabara de observar. A tela do computador encontrava-se nesse momento apagada, mas as imagens que momentos antes ali tinham passado permaneciam frescas na sua mente. Joe Biden a despejar uma urna cheia de boletins enviados por correspondência com votos em Donald Trump, a deitar gasolina sobre eles, a incendiá-los e a rir-se por os ter destruído a todos.

O vídeo era uma bomba e estava nas mãos do FSB.

"Mas... mas... nós temos *isto*?"

O capitão Dimitri Chernyshev assentiu.

"Não vê?"

"E... e não o oferecemos à campanha do Trump?! *Blin*, temos de pôr o vídeo imediatamente nas redes! Ou então damos ao Assange para meter no WikiLeaks! Quero isto em toda a parte! Estas imagens são explosivas! É melhor do que os *e-mails* da Hillary Clinton que usamos da outra vez!"

O subordinado virou a palma da mão para o seu chefe, como se lhe pedisse calma.

"Meu coronel, as eleições na América serão só daqui a alguns dias", lembrou. "Ninguém ainda votou, nem sequer por correspondência. As urnas estão vazias."

O responsável pela operação do FSB apontou para a tela onde as imagens de Joe Biden a incendiar os boletins de voto tinham acabado de passar.

"Então e o que acabamos de ver?"

"É um *deep fake*", esclareceu Dimitri. "A imagem de Biden e a sua voz foram reconstituídas por computador. Isto que nós vimos nas imagens não aconteceu, ele nunca queimou boletins nenhuns nem jamais fez as declarações que lhe ouvimos há instantes."

"*Blin!* Era a cara dele! Era a voz dele!"

"As técnicas para produzir *deep fakes* estão cada vez melhores. Mas asseguro-lhe que o vídeo que o meu coronel acabou de ver não passa de uma invenção dos nossos serviços técnicos. Fizemo-lo com recurso às tecnologias mais recentes de inteligência artificial."

O coronel Arsenyev mostrava-se atônito.

"C'os diabos!", exclamou. "Isto é tão perfeito! Enganaram-me bem, hem? Iria jurar que era mesmo o Joe Biden a queimar boletins de voto para lixar o Trump!"

"Pois, a tecnologia do *deep fake* evoluiu muito."

"De qualquer modo, estas imagens serão demolidoras se o Trump perder!", observou o chefe da operação. "*Blin*, começo a achar que você tem mesmo razão: é ainda melhor se ele perder as eleições. Este vídeo vai lançar uma confusão dos demônios lá na América. Caramba! Depois de verem isto, os *anons* pegarão em armas, sairão às ruas aos tiros e seguir-se-á a guerra civil em todo o país." Acenou teatralmente com a mão, como se se despedisse. "Adeus América, adeus democracias, adeus Ocidente!"

O oficial do FSB ria-se já, mal esperando pelo momento de ver aquelas imagens viralizarem no YouTube, no Facebook, no Instagram e em todas as restantes redes sociais, incluindo até nos meios de comunicação tradicionais. Joe Biden a incendiar boletins de voto? Aquilo era uma verdadeira bomba atômica a explodir no coração da democracia americana.

Mas Dimitri permanecia impassível.

"Não sei se devemos usar isto."

"Você está doido, capitão?", quase se enfureceu o coronel Arsenyev. "Não podemos deixar de usar estas imagens! O vídeo vai rebentar com os gajos!"

"A minha primeira reação foi igual à sua, meu coronel. Quando mandei fazer o *deep fake* e vi o resultado, fiquei eufórico, verdadeiramente nas nuvens. A democracia americana seria destruída, o país dividir-se-ia e mergulharia no caos absoluto, o Ocidente entraria em crise, a vitória final seria nossa. Mas, antes de aí chegarmos, há questões que temos de ver primeiro."

"Que questões? Do que está você para aí a falar?"

"Em primeiro lugar, este *deep fake* pode enganar-nos à primeira vista", disse. "No entanto, se olharmos com atenção, perceberemos que a direção das sombras no rosto de Biden não coincide com a direção das sombras no resto das imagens. Isto será rapidamente detectado quando os americanos as forem estudar."

A explicação travou o entusiasmo do responsável do FSB.

"Ah, bom."

"A tecnologia do *deep fake* precisa de mais uns dois ou três anos de evolução para que atinja um nível perfeito que a torne de difícil ou mesmo impossível detecção."

"Pois, mas repare que, mesmo que eles detectem a falsidade deste *deep fake*, só o fato de Biden, ou qualquer outro político, ter de vir a público desmentir um vídeo falso vai levar muita gente a querer vê-lo e uma parte dessas pessoas irá mesmo assim acreditar nele", argumentou o coronel Arsenyev. "Numa eleição basta que dois ou três por cento dos eleitores mudem o sentido de voto por causa de um *deep fake* para que uma corrida eleitoral renhida, como esta que vem aí, se altere."

"Sim, é verdade", admitiu Dimitri. "Mas é preciso também considerar o problema político, meu coronel. E se os americanos, percebendo que há *deep fakes* em circulação para influenciarem as suas eleições, conseguirem identificar-nos como sendo a origem?"

O seu chefe ponderou esse cenário, de resto muito plausível, e as respectivas consequências.

"Pois, isso é de fato um problema."

"Mais do que um problema, meu coronel, pode ser motivo para romperem conosco e até para nos declararem guerra", preveniu o subordinado. "Repare que os ocidentais ainda não perceberam que estamos em guerra com eles. Sentem a nossa animosidade, claro, mas desvalorizam. Não sabem que já lhes estamos a fazer guerra. No dia em que o conflito entre nós e o Ocidente se tornar aberto, como inevitavelmente irá acontecer mais tarde ou mais cedo, então será diferente, poderemos usar *deep fakes* à vontade para os desestabilizar, dividir e destruir. Porém, nesta fase em que tudo permanece sub-reptício e em que nos cingimos às táticas híbridas da Doutrina Gerasimov, não sei se será do nosso interesse mostrarmos o nosso jogo."

O coronel Arsenyev considerou estes argumentos e acabou por assentir com um movimento afirmativo da cabeça.

"Tem razão, capitão", anuiu. "De qualquer modo, vou falar com Moscou sobre esta questão. O Kremlin decidirá sobre o uso ou não deste tipo de vídeos como arma de guerra híbrida. Mas concordo consigo e darei conta do seu ponto de vista. A introdução do *deep fake* nestas eleições pode trazer-nos mais inconvenientes do que vantagens. Tudo terá de ser ponderado com o devido cuidado."

Dimitri pigarreou.

"Portanto, deixe-me recapitular as minhas ordens operacionais", disse. "Para já vamos concentrar-nos na repetição das táticas que deram a vitória ao Brexit e a Trump nas últimas eleições. Quanto ao uso da nossa arma secreta, o *deep fake*, isso fica à espera de decisão superior. É isso, meu coronel?"

O responsável pela operação do FSB em São Petersburgo permaneceu um longo momento silencioso, mergulhado nos seus pensamentos. Claramente estava a desenvolver um qualquer raciocínio na sua cabeça. Ao fim de alguns segundos, os olhos ganharam vida e focaram-se no seu interlocutor, o raciocínio concluído.

"Estou cá a pensar que você tem razão", disse. "A derrota de Trump poderá constituir uma grande oportunidade para nós. É fundamental que o capitão se concentre nisso."

"Com certeza, meu coronel. É o que farei."

"Mas isso implica que não precisaremos de si aqui em São Petersburgo", acrescentou. "Vou emitir novas ordens operacionais para si."

O anúncio apanhou o subordinado de surpresa.

"Novas ordens, meu coronel?"

O coronel Arsenyev nem se deu ao trabalho de responder, tão embrenhado estava na ideia que se formara na sua mente. Pegou no telefone e estabeleceu uma ligação interna em alta-voz.

"*Sim, meu coronel?*"

Era a secretária a atender.

"Irina, preciso que trates das novas ordens de missão do capitão Dimitri Chernyshev. Marca-lhe hotel e compra-lhe os bilhetes de avião. Ele parte amanhã."

"*Qual o destino, meu coronel?*"

"A América."

Foi assim que Dimitri tomou conhecimento da sua nova missão enquanto agente do FSB. Os Estados Unidos iriam a votos daí a alguns dias e ele estaria lá para manobrar na sombra, no caso de uma derrota eleitoral de Donald Trump. O seu trabalho não seria simples, mas era de importância extrema para a Rússia. Caber-lhe-ia a incrível tarefa de transformar uma eventual derrota de Trump numa grande vitória para a Rússia. Essa vitória seria a guerra civil nos Estados Unidos.

LXVIII

A primeira declaração de Donald Trump nessa noite eleitoral foi proferida na Casa Branca nas primeiras horas da madrugada. Leroy Roderick estava agarrado ao televisor, expectante e ansioso a acompanhar a contagem dos votos, os filhos já a dormir como era hábito àquela hora, quando o presidente apareceu diante das câmaras.

"*Estamos a postos para vencer estas eleições*", declarou Donald Trump com toda a confiança. "*Para ser franco, já as ganhamos.*"

O anúncio fez Leroy dar um salto no sofá.

"Ganhamos!", gritou, pulando pela sala a libertar toda a tensão que se lhe acumulara no corpo ao longo das últimas horas. "Ganhamos! Meu Deus, ganhamos!"

Estava esfuziante. Ainda pensou em acordar os pequenos para lhes dar a notícia, como fizera com Charlie quatro anos antes, mas conteve-se. Aquela vitória sabia-lhe maravilhosamente, embora fosse verdade que não tivera a dimensão da primeira, quando o triunfo de Trump fora inesperado e o pusera a chorar de alegria. Desta feita, sabia de antemão que ele ganharia, Q havia-o vaticinado vezes sem conta nos seus *drops*, e na verdade tudo indicava que esse seria o resultado inevitável dessa noite eleitoral. Estava muito feliz, mas já não inebriado.

Com o controle remoto na mão, foi saltitando entre os diversos canais, mas curiosamente nenhum estava a dar a notícia da vitória do presidente. Todos o citavam, claro. A declaração "para ser franco, já as ganhamos" era transmitida por toda a parte. Mas, quando se chegava à contagem dos votos para o Colégio Eleitoral, ninguém confirmava essa vitória que a ele se afigurava mais do que evidente. Uma questão de tempo, sem dúvida. Se o presidente anunciara que ganhara era porque tinha dados concretos que lhe permitiam fazê-lo. Esse era o resultado lógico e esperado. Trump fora reeleito.

Tinha de confiar no Plano.

Leroy sentiu-se descontrair. Foi à cozinha buscar uma cerveja e fazer umas pipocas no micro-ondas. Já devidamente apetrechado, regressou à sala e mirou a tela da televisão. A dúvida nesse momento já não era se Trump iria ser reeleito, como é evidente, mas em que momento as televisões iriam anunciar a reeleição e, sobretudo, qual a dimensão da vitória. O presidente iria esmagar, com certeza, mas por quanto?

O televisor estava, como habitualmente naquela casa, sintonizado na Fox News. De repente, o apresentador anunciou que o Gabinete de Decisões Eleitorais do canal dava a vitória a Biden no Arizona. Leroy ficou admirado, pois tinha a ideia de ter ouvido que, sem o Arizona, Trump perderia. O apresentador da Fox News chamou nesse momento o responsável pelo referido gabinete, Arnon Mishkin, questionando-o sobre os dados que permitiam ao canal ser o primeiro a atribuir a vitória no Arizona a Biden. Mishkin respondeu com base nos dados ao seu dispor e nas contas que havia feito.

"*Lamento, o presidente não vai conseguir subir na votação e obter votos suficientes para eliminar a vantagem de sete pontos que Biden tem.*"

A declaração deixou Leroy boquiaberto. Trump perdera no Arizona? Mas isso significava que ele perdera as eleições! Ficou paralisado, incrédulo e em choque, a olhar fixamente para a tela como se estivesse hipnotizado.

"Não é possível, não é possível..."

Agarrado ao controle remoto do seu televisor, premiu o botão de mudança de canal, saltitando num frenesim entre eles. Um a um, todos foram anunciando a derrota do presidente. CNN, MSNBC, CBS, ABC. Coisa espantosa, a Fox News fora a primeira a fazê-lo. Trump perdera. Como acontecera uma coisa daquelas?

"Mas... mas Q tinha dito que ele ia vencer..."

Quantas vezes os *drops* de Q não haviam assegurado a vitória do presidente? Quantas? Biden estava senil, limitava-se a papaguear o que lhe sopravam ao auricular que trazia escondido no ouvido, como se fosse um robô comandado à distância pelo Estado Profundo, o filho andara metido em corrupção na Ucrânia e fazia parte do gangue dos pedófilos. Toda a gente conhecia estes podres, Q denunciara-os a todos. Se todos sabiam, quem tinha votado em Biden? Ninguém. Então como era possível que tivesse ganho?

Mergulhou num torpor, baralhado e deprimido com a reviravolta que acabara de se processar, os olhos fixos na televisão como se fosse um *zombie*. Ficou assim durante bastante tempo a ver as imagens da derrota desfilarem na tela. Apático, aparvalhado. Chocado. Perdeu mesmo a noção das horas. Não queria acreditar numa coisa daquelas. Biden ganhara? Aquilo era inacreditável. Um pesadelo. O país ficaria entregue outra vez aos pedófilos e às redes satânicas das elites e dos respectivos financiadores globalizadores, mais a sua legião de sodomizadores, muçulmanos, imigrantes e feminazis. Os americanos honrados estavam perdidos. A América estava perdida. Ele próprio estava perdido.

A certa altura, viu o presidente aparecer na televisão ao vivo da Ala Leste da Casa Branca.

"*Estávamos a preparar-nos para uma grande celebração*", lamuriou-se Trump. "*Estávamos a ganhar em todo o lado. E subitamente foi tudo cancelado. Um muito triste grupo de pessoas está a tentar desqualificar-nos. Não o vamos aceitar. Estávamos todos preparados para ir lá para fora e celebrar uma coisa tão bonita, tão boa. De repente, o que aconteceu à eleição? Perdeu o rumo. Sabem o que se passou? Eles sabiam que não podiam ganhar. Eu previ isto, não previ? Ando a dizer isto desde o dia em que os ouvi dizer que iam enviar dezenas de milhões de boletins de voto, eu disse exatamente isso. Nós ganhamos as eleições e vamos garantir a sua integridade para o bem desta nação. Este é um momento muito importante. Queremos que a lei seja usada de uma forma correta, por isso vamos até ao Supremo Tribunal dos Estados Unidos. Isto é uma fraude feita aos americanos. É um embaraço para o nosso país. Estávamos preparados para ganhar estas eleições. Com toda a franqueza, ganhamos estas eleições. É um momento muito triste para mim, um momento muito triste, e vamos ganhar isto. No que me diz respeito, já ganhamos isto."*

Uma vaga de esperança encheu Leroy, uma vez que os juízes trumpistas dominavam o Supremo.

"É isso, senhor presidente!", exclamou, falando para a tela como se Trump o pudesse ouvir. "Nós ganhamos isto e ninguém nos pode roubar esta vitória! Ninguém! Temos de ir ao Supremo para defender a integridade destas eleições e da nossa democracia. Nós ganhamos! Ninguém nos pode tirar isso!"

Na Fox News, os comentadores e os assessores do presidente lançavam já dúvidas sobre a contagem dos votos nos estados decisivos. O presidente exigia uma recontagem e Leroy sentiu um alívio momentâneo. Outra boa ideia, essa da recontagem. Aliás, se Trump a exigia era decerto porque tinha informações seguras de que houvera marosca na contagem dos votos.

A terrível suspeita começou a consolidar-se em Leroy. Não tinha Q alertado para as sinistras manigâncias das elites e as suas movimentações destinadas a adulterar o voto dos americanos? Sim, vários *drops* o referiram. Além do mais, e sendo alguém próximo do presidente, Q sabia o que dizia. O próprio Trump alertara previamente para o perigo que eram os votos por correspondência. Se bem se lembrava, o presidente havia mesmo avisado que era muito fácil esses boletins serem adulterados. A prova era que as televisões estavam a dar a vitória a Biden, algo perfeitamente absurdo e impossível de acontecer. Qual o americano que votaria num pedófilo senil?

Desorientado e desesperado como um náufrago que procurava uma boia a que se pudesse agarrar, Leroy ligou o computador e foi ao seu "grupo" no Facebook. O conteúdo dos *posts* que inundavam a conta era eloquente e, havia que o dizer, reconfortante. Toda a gente no "grupo" se mostrava enojada e revoltada com o que estava a acontecer. *Toda* a gente. O presidente tinha razão. Ele vencera as eleições, mas houvera fraude em larga escala. As elites não podiam aceitar a perda dos seus inúmeros privilégios e usavam o Estado Profundo para travar o presidente. Era preciso salvar a democracia, impunha-se atribuir a vitória a quem realmente ganhara, urgia resgatar a alma da América.

Uma frase enchia o Facebook.

Parem o roubo!

Era isso, sentiu Leroy, como se uma voz lhe gritasse dentro da cabeça. Parem o roubo! Trump estava a ser roubado, ele próprio estava a ser roubado, os seus filhos estavam a ser roubados, os americanos honestos estavam a ser roubados. As elites satânicas pedófilas manipulavam tudo através do Estado Profundo e dos seus esbirros, os conspiradores milionários globalistas como Soros e os Rothschild, todos unidos numa sinistra conspiração para fazer a América regredir da luz para as trevas, para substituir a população cristã americana por negros, mexicanos e muçulmanos, para substituir as famílias tradicionais por legiões de sodomizadores, para impor a vitória do Mal sobre o Bem.

Revoltado, indignado com o que se estava a passar, impulsionado por uma força interior que o fazia erguer-se como um cruzado, Leroy pôs-se de pé diante do televisor e, qual soldado da luz a alçar bem alto o estandarte da verdade e da justiça e da liberdade, levantou o punho cerrado, como se fosse Artur e empunhasse a própria *Excalibur*, e da sua garganta saiu o grito rouco que era já um juramento.

"Parem o roubo!"

A sua nova palavra de ordem, e de tantos e tantos outros como ele que se erguiam em revolta contra a humilhação e a iniquidade, iria fazer tremer o mundo.

LXIX

Após ajudar a avó de Nur a levantar-se, Tomás Noronha pegou nela ao colo e saiu da fila de registros, encaminhando-se até uma equipe médica bangladeshiana que auscultava crianças recém-chegadas. Ao verem-no aproximar-se com a idosa, os médicos e enfermeiros atiraram-lhe um olhar inquisitivo; não era habitual ver por aquelas paragens um ocidental com aspecto tão imundo, dir-se-ia um mendigo.

"Esta senhora está muito fraca e precisa de assistência médica", disse o português. "Podem tratar dela, por favor?"

"Pouse-a no chão", indicou um médico bangladeshiano. "Qual é a sua organização?"

Tomás depositou-a junto ao médico.

"Acabamos de chegar de Myanmar."

"Como assim? O senhor foi ao outro lado do Naf buscar os rohingyas? Não sabe que não pode fazer isso?"

"Vim de Myanmar com eles. A aldeia onde me encontrava foi atacada anteontem e tivemos de fugir todos. Caminhamos durante três dias pelas montanhas e pela floresta até aqui chegar."

Todos os elementos da equipe médica ficaram boquiabertos a olhar para ele.

"Desculpe?"

"Acabei de chegar com os rohingyas", repetiu. "Pode dar assistência a esta senhora, por favor? A filha, o genro e um neto foram mortos. Consegui vir com ela, com outros dois netos dela e com um amigo rohingya. Como lhe disse, desembarcamos agora. Estamos exaustos e com fome."

As bocas dos bangladeshianos permaneciam abertas de estupefação.

"Quem é o senhor?"

"O meu nome é Tomás Noronha", identificou-se, tirando um documento do seu saco. "Este é o meu passaporte. Cheguei agora de Myanmar e vim com os rohingyas."

Só à terceira a informação assentou na mente dos bangladeshianos. Desencadeou-se imediatamente um rebuliço. Os enfermeiros foram chamar funcionários do Alto Comissariado das Nações Unidas para os Refugiados, estes eram de várias nacionalidades e rodearam Tomás para o inquirir. O português apresentou os seus documentos e explicou-lhes o que acontecera e como chegara ali. A história causou grande impressão, era a primeira vez que um ocidental aparecia no meio da corrente de rohingyas em fuga. Funcionários bangladeshianos ligados à imigração foram então chamados para formalizar a entrada de Tomás no país.

Quando ao fim de dez minutos tudo ficou regularizado, o historiador dirigiu-se ao britânico que chefiava a equipe da ONU, um homem de bigode, com calções e balalaica caquis impecavelmente passados, e que se apresentava na pose altiva de um oficial da coroa britânica no Raj da Índia.

"Queria pedir-lhe um favor", disse. "A minha mulher deve estar mortalmente preocupada comigo, pois desde que saí de Yangun que não consigo falar com ela. Será que me pode emprestar um celular para lhe fazer uma chamada?"

O britânico extraiu prontamente o seu *smartphone* do bolso.

"Certamente, *old boy*. Aqui tem."

Tomás pegou no aparelho e digitou o número de celular de Maria Flor. Ela atendeu ao segundo toque.

"*Está sim?*"

"Florzinha, sou eu."

"*Tomás?*"

"Sim, sou eu."

"*Ai, meu Deus! Tomás? Graças a Deus! Graças a Deus que estás bem! Estava tão ralada, nem imaginas! Graças a Deus! Graças a Deus!*"

Ela quase chorava.

"Estou bem, estou bem. Não te preocupes, estou bem."

"*Onde estás?*"

"No Bangladesh."

"*No Bangladesh?!*"

"Sim, tive de vir para aqui."

"*Como foste parar ao Bangladesh?*"

"É uma longa história, depois conto-te. Não posso ficar muito tempo ao telefone, o meu aparelho está sem bateria e estou a usar um emprestado. Apenas liguei para te descansar. Está tudo bem comigo, estou vivo e de saúde, não te preocupes."

"*Vi na BBC que há muita confusão na zona para onde foste. Aconteceu-te alguma coisa?*"

"Está tudo bem, depois a gente fala", foi a resposta. "Não me posso demorar, vou ter de devolver o celular ao dono. Depois ligo-te a contar tudo, está bem? Para todos os efeitos, deves marcar voo para regressar a Lisboa. É para lá que vou agora."

"*E aquela coisa de que a Anistia Internacional precisa? Tem-la contigo?*"

"Logo que possa, ligo-te e explico-te tudo. Esta noite ainda. Queria apenas dizer-te que estou bem e que não precisas de ficar em Yangun. Apanha um voo para Lisboa logo que possas."

"*Está bem, está bem.*"

Desligou e devolveu o celular ao britânico do Alto Comissariado das Nações Unidas para os Refugiados.

"*I say, old boy*, se quiser é bem-vindo ao nosso hotel em Cox's Bazar", disse o homem enquanto afagava os seus bigodes loiros. "É absolutamente esplêndido. Tem uma bela vista para o mar e uma piscina magnífica."

Tomás ainda estava sob a influência do telefonema para a mulher; a preocupação dela confirmava-lhe que a reconciliação entre eles estava próxima. Mais, talvez aquele susto fosse o empurrão final. Ao mesmo tempo, as palavras do homem das Nações Unidas fizeram-no recentrar-se no que, passada a urgência do telefonema a Maria Flor, lhe parecia prioritário nesse momento.

"E os meus amigos?"

"Amigos? Quais amigos?"

"Os rohingyas que vieram comigo. Estão ali na fila para se registrarem. Será que também podem vir comigo para o hotel?"

Os funcionários da ONU trocaram olhares embaraçados.

"Isso não é possível, receio bem. A menos que tenham passaporte em dia e meios de subsistência, claro. Têm-nos?"

Era evidente que não, mas precisava de ter a certeza.

"Uh… vou apurar."

Com a sua situação já tratada e a idosa a ser cuidada, Tomás encaminhou-se para a fila onde permaneciam Tin Tun e as duas crianças. Aguardavam a sua vez de se registrarem e de serem metidos num ônibus com destino aos campos de Cox's Bazar, mas com um pouco de sorte talvez os conseguisse safar.

Como presumira, ao questioná-los percebeu que nenhum tinha passaporte; aliás, um dos problemas dos rohingyas em Myanmar era justamente recusarem os documentos de identificação que Yangun lhes impunha, pois tratavam-se de cartões que os identificavam como bengalis, ou seja, como estrangeiros. Isso eles não podiam aceitar e não aceitaram. O que os impedia de terem passaportes. Se os tivessem e tudo se resumisse a uma questão de dinheiro, o português abriria a carteira e asseguraria a subsistência deles. Mas não podia inventar-lhes documentos que de fato não possuíam.

"Dê-me o seu contato", pediu-lhe Tin Tun. "Talvez nos possa ajudar quando estiver de volta à Europa."

Enquanto registrava num papel o seu endereço de *e-mail*, Tomás ia matutando no problema. Na verdade, era frequentemente quando estava sob maior pressão que lhe ocorriam as melhores ideias. E, como tantas vezes lhe sucedia, nesse instante teve de fato uma. Depois de entregar a Tin Tun o papel com o seu *e-mail*, abriu o saco de viagem e retirou do interior o envelope que o próprio rohingya lhe dera em Tula Toli.

"Fique com isto."

Tin Tun pousou os olhos surpreendidos no sobrescrito, sem compreender.

"Mas… o senhor precisa do documento que está aí dentro. Ele é muito importante. Foi para o ir buscar que atravessamos Myanmar de uma ponta à outra. Foi para que o senhor o tivesse que arriscamos tudo. Tem de o levar consigo."

"Guarde-o bem, ouviu?"

"Não pode ser, professor Noronha", recusou. "A sua mulher precisa do documento. Mais, a Anistia Internacional precisa dele. O senhor tem de levar esse envelope consigo. É imperativo que o leve."

O português quase usou a força para depositar o sobrescrito nas mãos do homem que o acompanhara de Yangun até ao Bangladesh.

"Confie em mim."

Foram estas palavras, e sobretudo a convicção firme que nelas sentiu, que enfim fizeram Tin Tun ceder. Embora com relutância, o rohingya guardou o envelope. Nada mais havia a dizer entre eles. Os dois homens abraçaram-se em despedida, emocionados; haviam-se conhecido apenas uma semana antes, mas tinham passado juntos momentos tão difíceis que se consideravam já amigos para a vida. A hora da separação não os podia deixar indiferentes.

"Adeus, professor Noronha."

A seguir, Tomás baixou-se e abraçou os dois irmãos mais novos de Nur como se fossem da sua própria família. Ao apertá-los nos braços, atirou um olhar para Tin Tun.

"Cuide deles, por favor."

Por fim levantou-se e estendeu ao rohingya uma boa parte do dinheiro que trazia no saco.

"Isso não, professor Noronha."

"Aceite. Este dinheiro ser-vos-á muito mais útil do que a mim."

Tin Tun acabou por aceitar. O português pegou no seu saco de viagem, atirou-o a tiracolo e, sem voltar a olhar para trás, pois temia perder o controle das emoções, encaminhou-se para os funcionários do Alto Comissariado das Nações Unidas para os Refugiados que o aguardavam numa van da ONU estacionada no acostamento da estrada.

Ia de coração pesado e de mal com a sua consciência. Partia para a liberdade e deixava os companheiros no inferno.

LXX

A Trump Tower, mesmo ao lado do Central Park, podia por esses dias não ser o arranha-céus mais popular de Nova York, uma cidade democrata onde Donald Trump era encarado com vergonha e profunda hostilidade, mas não deixava de ser um prédio imponente. E, sobretudo, com os seus enormes vidros espelhados, imensamente reluzente.

O executivo de cabelo loiro curto entrou no átrio do edifício com uma pasta de couro na mão. Abeirou-se da rececionista e estendeu-lhe um cartão.

"Tenho uma reunião com *mister* Cannon. Paul Cannon. Pode informá-lo de que já cheguei, por favor?"

A rececionista consultou o nome impresso no cartão.

"*Mister* Daimaitrai Shirnai… uh…"

"Dimitri Chernyshev", corrigiu o recém-chegado. "Sou diretor das relações exteriores da Lukoil, da Rússia. *Mister* Cannon está à minha espera. Pode informá-lo de que já cheguei, por favor?"

A rececionista fez o telefonema e, instantes depois, entregou-lhe um *badge* que funcionava como passe para entrar no edifício.

"É no quinquagésimo segundo andar", indicou-lhe. "*Mister* Cannon aguarda-o lá."

Dimitri seguiu em frente, passou os seguranças e apanhou o elevador para o quinquagésimo segundo andar da Trump Tower. A Lukoil era a segunda mais importante empresa petrolífera da Rússia, depois da Gazprom, e a maior empresa não estatal do país em termos de receitas. Muito importante, tinha um acordo formal de cooperação com o FSB. Daí que Dimitri a usasse como fachada para aquela missão ao coração do império empresarial de Trump.

Uma vez no quinquagésimo segundo andar, o oficial do FSB foi imediatamente convidado a entrar num gabinete com uma enorme janela que se abria para uma vista espetacular para a Quinta Avenida, o Empire State Building claramente visível ao fundo. A decoração tinha um certo ar *kitsch*, com cores berrantes e estatuetas extravagantes. Um televisor na parede estava sintonizado na Fox News.

Um homem calvo, engravatado e com botões de punho dourados nas mangas da camisa apareceu à porta e dirigiu-se a ele com um sorriso caloroso.

"*Mister* Chernyshev, que bom conhecê-lo!", cumprimentou, convidando-o com um gesto a sentar-se. "Lamento não o receber na Casa Branca, mas... enfim, este é um local mais discreto, como compreenderá."

"É de fato melhor aqui. Evitamos perguntas inconvenientes que possam ser feitas sobre a minha presença."

Acomodaram-se ambos no sofá.

"Então, conte-me", disse o anfitrião. "Será desta que a Lukoil nos vai ajudar a obter a tão almejada autorização para que possamos construir a Trump Tower em Moscou?"

Tratava-se de um velho projeto de Donald Trump, tantas vezes acenado pelo Kremlin como uma cenoura, mas nunca realmente concretizado.

"Lamento, *mister* Cannon, esse assunto não me diz respeito", atalhou Dimitri, consciente de que o seu interlocutor sabia perfeitamente que ele não pertencia de fato à Lukoil nem a eventual construção da Trump Tower na capital russa constituía o verdadeiro tema da reunião. "Deixemos a conversa fiada de lado e vamos ao que realmente interessa, pois o meu tempo é precioso e presumo que o seu o seja também."

"*Yeah*, gosto assim. Vamos ao que interessa."

"Como deve calcular, *mister* Cannon, estamos desapontados e muito preocupados com o resultado das vossas eleições. Vim aqui para vos dar uma mãozinha. O que estão vocês a fazer para reverter a situação que se criou?"

O americano recostou-se no seu lugar e respirou fundo, aparentemente não muito animado.

"O presidente e a sua equipe estão a pedir a recontagem dos votos nos estados onde perdemos por margens curtas, sobretudo no Arizona", disse num tom monocórdico, como quem se limitava a digitar um guião que mal compreendia. "Mandamos os nossos apoiantes invadirem os postos de contagem de votos, como em Detroit e em Phoenix, para exigir o fim dessa contagem, alegando fraude. Estamos também a tentar que os congressistas republicanos que controlam a legislatura estadual nos estados onde Biden ganhou por pouco, designadamente Michigan, Pensilvânia, Arizona, Geórgia, Nevada, Novo México e Wisconsin, convoquem nesses estados uma eleição especial, nomeiem diretamente eleitores alternativos e declarem Trump vencedor. O presidente já anda a fazer telefonemas nesse sentido. Estamos igualmente a pôr em causa as máquinas eleitorais eletrônicas, sobretudo as da Dominion, argumentando que elas transformaram os votos em Trump em votos em Biden. E, claro, vamos apelar à intervenção do Supremo Tribunal para que proteja a integridade do ato eleitoral e declare a vitória do presidente. Temos dezenas e dezenas de ações legais em curso e estamos confiantes de que... de que..."

Calou-se porque na televisão estava nesse momento a falar ao vivo o principal advogado de Donald Trump, Rudolph Giuliani, antigo presidente da Câmara de Nova York. Ansioso por novidades sobre os processos legais em curso, Cannon pegou imediatamente no controle e elevou o som do aparelho.

"*... sei muito bem o que são crimes*", dizia Giuliani. Enquanto falava, gotas negras saíam-lhe das patilhas do cabelo e escorriam-lhe pelas partes laterais das faces. "*Consigo cheirá-los. Pois este nem precisamos de cheirar. Podemos provar-vos de dezoito maneiras diferentes. Posso provar-vos que ele ganhou na Pensilvânia por trezentos mil votos.*

Posso provar-vos que ele ganhou no Michigan provavelmente por cinquenta mil vot..."

As gotas continuavam a escorrer-lhe pela cara, umas atrás das outras, deixando longos rastros escuros no encalço, como se lagartas negras lhe descessem vagarosamente pela cara. Giuliani ia pegando num lenço e passava-o pelo rosto, presumivelmente para secar o suor, mas as gotas negras continuavam a escorrer, imparáveis e implacáveis. Um *freak show*. A cena era tão bizarra que Dimitri deixara de prestar atenção ao que o advogado dizia e apenas conseguia ver as gotas negras a deslizarem das patilhas de Giuliani.

"O que é aquilo que ele tem na cara?"

O americano ao seu lado esboçou um sorriso embaraçado.

"É... é tinta do cabelo", titubeou com um encolher de ombros. "Está a... uh... a derreter."

"Ao vivo? Na televisão?"

"Uh... pois, é... é estranho, não é?"

Giuliani falava com ar muito sério e a tinta negra do cabelo derretia-se ao vivo pela televisão; parecia uma cena rocambolesca de comédia *nonsense*, ao nível das *silly walks* dos Monty Python. Era aquilo o advogado de Donald Trump?

O russo estava atônito.

"Isto é ridículo!"

Envergonhado, Connan premiu o botão vermelho do controle remoto e o aparelho desligou-se. Aliviado por já não ter aquele irritante a distraí-los, forçou um sorriso na direção do seu visitante e tentou retomar o fio da reunião.

"Dizia eu que... enfim, que estamos a trabalhar com os nossos advogados numa série de processos para travar a homologação dos resultados eleitorais."

Dimitri indicou com o polegar o televisor, agora desligado, onde momentos antes Rudolph Giuliani falara com tinta do cabelo a derreter-se pela cara com todo o país a ver ao vivo.

"Quando diz que estão a trabalhar com os vossos advogados, está a referir-se àquele palhaço?"

O americano forçou uma risada.

"Pois, o Rudy estava um pouco estranho, realmente. Mas ele é muito bom advogado, fique descansado. Dos melhores que temos."

Só se fosse dos melhores a fazer figura de parvo ao vivo diante do mundo inteiro, pensou Dimitri. Cannon dizia-lhe para ficar descansado, mas se havia coisa que justamente o russo não estava nesse momento era descansado. Não depois da cena de amadores a que tinha acabado de assistir pela televisão.

"Ouça, deixemos a tanga de lado e falemos a sério", propôs o homem do FSB. "Preciso de uma resposta honesta da sua parte. Houve realmente fraude nestas eleições?"

O olhar penetrante do visitante deixou Cannon desconfortável; era como se sentisse que aquele russo era capaz de lhe ler o pensamento.

"Bem… uh… enfim, estamos a ver se… se coligimos um número suficiente de incidentes para… está a ver, para pôr em questão a contagem dos votos."

Aquilo era conversa fiada, sabia Dimitri.

"Mas houve realmente fraude nestas eleições? Sim ou não? Para que vos possa ajudar, preciso de uma resposta honesta a esta questão."

Sentindo-se encurralado, o americano engoliu em seco.

"Uh… não."

"Apesar disso, há alguma hipótese realista de um qualquer tribunal na América declarar que houve fraude, anular o resultado eleitoral e dar a vitória a Trump?"

À maneira de Giuliani momentos antes, Cannon tirou um lenço do bolso e secou a transpiração no rosto; só faltava que a tinta do seu cabelo também se lhe derretesse para completar o ramalhete.

"Não."

O homem do FSB emitiu um grunhido de desagrado.

"Então não vale a pena perdermos tempo com esse assunto", concluiu. "Temos de erguer uma estratégia realista que produza resultados concretos. O resto não passa de distrações."

"Os processos legais são importantes", contrapôs Cannon. "Mesmo que não produzam qualquer resultado legal, têm um importante efeito propagandístico. Os processos que estamos a preparar e a retórica da fraude servem para galvanizar os nossos apoiantes. Quando as ações legais falharem, servirão para intensificar nos nossos eleitores o sentimento de injustiça. Isso alimentar-lhes-á a raiva."

"Nós sabemos, nós compreendemos essa estratégia e concordamos com ela", sublinhou Dimitri, utilizando o primeiro tempo do plural de modo a tornar implicitamente claro que por detrás dele estava o FSB e todo o regime russo. "Mas, se me permite, *mister* Cannon, as questões legais fogem ao âmbito da nossa intervenção e, por isso, não vou perder tempo com esse assunto. O que podemos fazer é aconselhar-vos a adotar um modo de ação que conduza aos resultados que todos queremos: a manutenção de Donald Trump como presidente dos Estados Unidos."

O americano fez um movimento afirmativo com a cabeça, quase aliviado por ouvir alguém dizer alguma coisa encorajadora.

"Muito bem", aquiesceu. "O que sugerem vocês que façamos?"

O visitante voltou a cravar nele o olhar penetrante, desta feita para enfatizar a importância do que ia propor.

"Uma revolução."

Cannon pestanejou perante a forma direta e até brutal como o seu interlocutor respondera à pergunta.

"Revolução? Não estou a compreender..."

"Já ouviu falar na revolução bolchevique na Rússia? É disso que estou a falar. Peguem em armas, saiam às ruas e tomem o poder. Tão simples quanto isso."

O americano voltou a pestanejar.

"Desculpe, está a falar numa... numa verdadeira revolução?"

"O meu inglês não é perfeito, mas presumo que me tenha exprimido bem", ironizou Dimitri. "Não é o vosso QAnon que anda sempre a falar no Plano e na Tempestade que aí vem e na lei marcial que vão decretar, mais detenções e execuções e sei lá mais o quê? Pois soltem lá a vossa Tempestade sobre a América, saiam às ruas e tomem o poder."

"Mas... não podemos fazer isso!"

"Ora essa! Por quê?"

"Porque estamos na América."

"E então?"

O americano reconsiderou as razões de evitar o caminho que lhe era proposto.

"Bem, uma coisa dessas iria desencadear uma guerra civil."

"E então?"

A forma quase casual com que o visitante falava numa coisa daquelas deixou Cannon atônito.

"As nossas forças armadas nunca o permitiriam."

"Mas afinal quem é na América o comandante supremo das forças armadas?"

"É… é o presidente."

"E quem é neste momento o presidente?"

"Donald Trump."

Dimitri fez um gesto com as mãos, como se tivesse acabado de fazer a demonstração lógica do seu raciocínio.

"Então as forças armadas só intervirão se o presidente as mandar intervir, não é assim?"

"Enfim… sim, claro."

"E o presidente Trump mandaria as forças armadas intervir contra ele próprio?"

"Uh… claro que não."

O russo inclinou-se para a frente de modo a concentrar-se na mensagem que tinha de fazer passar.

"Deixemo-nos de tretas e vamos ao que interessa", disse. "Vocês precisam de um pretexto legal para intervir. Arranjem-no. Do que percebi do vosso sistema, o resultado eleitoral terá de ser ratificado pelo Congresso, não é assim?"

"Sim, isso acontecerá a 6 de janeiro."

"Essa é a data da revolução. O que nesse dia se passar dentro do Congresso será o vosso pretexto. Metam os vossos homens nas ruas. Armados até aos dentes, claro. Ao mesmo tempo, impeçam as forças armadas de intervir. Intensifiquem a retórica e dramatizem o mais que puderem. Cerquem o Congresso e invadam-no. Espalhem o pânico nos congressistas e obriguem-nos a anular os votos que vocês dizem ser fraudulentos. Anulados os votos que dão vantagem ao vosso adversário, os congressistas não terão outra alternativa que não seja homologarem a vitória de Trump. Usem a democracia para a subverterem!"

Cannon remexeu-se no seu lugar, desconfortável com o que estava a ouvir.

"Isso é complicado..."

"É simples."

"Simples?"

Dimitri riu-se.

"Ouça, nós na Rússia somos profissionais em revoluções", lembrou. "Fizemos uma em 1917 e provocamos dezenas e dezenas de outras em todo o mundo. As revoluções fazem-se com golpes de mão, percebe? Acha que Lênin tinha o apoio popular quando fez a revolução de outubro? Ninguém o apoiava. Ninguém. A revolução foi, na verdade, um golpe de audácia levado a cabo por um punhado de homens armados e determinados, sem verdadeiro apoio da população. Aliás, tanto foi assim que os bolcheviques perderam logo a seguir as eleições para a Constituinte e foram forçados a decretar a ditadura para poderem governar."

"A América de hoje não é a Rússia de 1917."

"Rússia, América... é tudo igual. As revoluções que organizamos pelo mundo inteiro foram executadas do mesmo modo e, veja só, resultaram. Se resultaram em toda a parte, também resultarão aqui. Aliás, se for a ver bem, constatará que todas as grandes revoluções do século XX se fizeram com a submissão dos parlamentos pela força diante de grupos de homens determinados. Vejam a nossa revolução de 1917, vejam a revolução fascista em Itália, vejam a revolução nazi na Alemanha. Dissolvam a vossa Duma, incendeiem o vosso Reichstag e triunfarão."

"Pois, temos... temos de ver isso."

A resposta não soou convincente. O russo percebeu isso e virou a cara de lado, como se tencionasse atacar a questão de um outro ângulo.

"Quem é Q?"

A pergunta apanhou Cannon desprevenido.

"Uh... qual Q?"

"Q de QAnon. Quem é?"

"Sei lá."

"Vá lá, não se faça de parvo", cortou Dimitri. "Q são agentes da CIA, correto?"

O americano sentia-se outra vez encostado às cordas.

"Ouça, eu não sei o..."

"Não me dê tanga! Se quer que isto funcione, tem de me dizer a verdade. Vou por isso perguntar uma última vez: quem é Q?"

Encurralado, Cannon acabou por ceder.

"São ex-agentes da CIA que apoiam Trump."

"Não se preocupe, não me revelou nenhum grande segredo", retorquiu o russo com um sorriso conhecedor. "Que eles vieram da CIA não é difícil de perceber. O QAnon é evidentemente uma *psyop* levada a cabo por operacionais especializados neste tipo de ações psicológicas de desinformação. Ora, na América só a CIA tem esse tipo de *know-how*, como é evidente. O que me leva a fazer-lhe outra pergunta: os tipos do QAnon são lobos solitários ou esses tais ex-agentes da CIA levaram a cabo a campanha de *psyop* em articulação convosco?"

O anfitrião abanou a cabeça.

"Isso não posso mesmo dizer. Lamento."

Dimitri recostou-se no seu lugar, descontraindo.

"Deixe estar, sei bem qual é a resposta", disse. "Falem com esses ex-agentes da CIA e perguntem-lhes como se fazem golpes de Estado disfarçados de revoluções. Verão que eles corroborarão o plano que acabei de lhe propor."

"Está bem, falaremos com eles."

Desta vez o americano tinha falado com convicção.

"Mas a operação que vocês lançarem contra o Congresso tem de ser bem concebida, percebeu? Inventem um bom pretexto, arranjem um grupo de homens determinados e avancem com firmeza. Os liberais são uns maricas. Quando virem as espingardas e as facas diante deles, borrar-se-ão todos. Confie em mim. Aquilo é gente de blá-blá-blá, não de ação. Mas se a operação for mal planejada ou se houver hesitações, a coisa irá falhar. Vocês não querem que falhe, pois não?"

"Não, claro que não."

O homem do FSB consultou o relógio e, sem as delicadezas características dos contatos sociais, levantou-se do sofá. A reunião estava terminada.

"*Mister* Cannon, foi um prazer ter falado consigo", disse em jeito de despedida. "Faça o favor de endereçar ao presidente os nossos melhores cumprimentos. Diga-lhe que, da nossa parte, faremos tudo o que pudermos para o ajudar."

"Dir-lhe-ei, fique descansado."

"Falem com os tais ex-agentes da CIA e, se decidirem mesmo avançar contra o Congresso, dê-me um telefonema", pediu. "Diga simplesmente 'Vem aí a Tempestade' e eu saberei que o golpe se vai realizar. Essa informação é imprescindível para que, no momento oportuno, nós vos possamos auxiliar de formas que não é conveniente estar aqui a explicitar. Entendeu?"

"Sim, claro. Agradeço-lhe muito."

Os dois homens apertaram as mãos.

"Tenha um bom dia, *mister* Cannon."

O americano acompanhou Dimitri à porta e os dois homens apartaram-se. O agente russo ia confiante quando se meteu no elevador. Não era caso para menos. Ouvira o que tinha a ouvir e dissera o que tinha a dizer. O resto aconteceria como tinha inevitavelmente de acontecer. Lera o relatório ultrassecreto do FSB sobre Donald Trump e o perfil que lhe fora traçado. Se o presidente americano fosse fiel à sua natureza, e Dimitri acreditava que seria, isso só tinha um significado.

Vinha aí tempestade sobre a América. E catástrofe para todo o Ocidente.

LXXI

Havia já alguns dias que Leroy Roderick andava preocupado com a cunhada. Ligara-lhe por três vezes para saber como estava e o que tinha resultado da conversa com o homem que encontraram na manifestação das mães em Baton Rouge, mas Clarence não atendera nem devolvera as chamadas. Por isso decidiu nesse dia dar um salto à casa dela.

Bateu-lhe à porta. Instantes volvidos, ouviu passos a aproximarem-se.

"Ah, Leroy, és tu", disse ela quando abriu a porta, afastando-se para o deixar passar. "Entra, entra. Estou a preparar o almoço."

O cunhado entrou; cheirava a fritos dentro de casa.

"Liguei-te várias vezes, mas não atendeste."

"Tenho uma avaria no celular", disse Clarence, conduzindo-o para a cozinha. "Desde que contrataram uma série de 'canos' para a companhia de telecomunicações que o meu *smartphone* tem uma série de problemas. Provavelmente vou ter de mudar para outra companhia."

Os 'canos' em causa eram os mexicanos.

"Estava ralado contigo", disse Leroy. "O que deu aquela conversa com o tipo da manifestação? Está tudo bem?"

"Não, não está tudo bem", respondeu ela, revirando os hambúrgueres que tinha na fritadeira. "Mas vai estar."

"Vai?"

"Não posso falar sobre isso, lamento." Espreitou as batatas que fritavam ao lado. "Queres comer?"

"Não, obrigado. Tenho coisas a fazer. Vim só ver se estavas bem. Andava preocupado por não atenderes..."

Ela tirou as batatas da fritadeira elétrica e pôs-se a escorrer o óleo sobre o lavatório.

"Vais a DC?"

"Fazer o quê?"

"Ajudar o presidente, claro. Não viste o *tweet* que ele acabou de nos mandar?"

"Uh... não. O que diz ele?"

"Lê."

Leroy pegou no *smartphone* e conectou-se à sua conta no Twitter, que não consultava havia meia hora porque viera a casa da cunhada e evitava espreitar as redes sociais enquanto conduzia. Lá estava, de fato, um *tweet* do presidente.

Clicou nele e leu a mensagem.

É estatisticamente impossível ter perdido as eleições.
Grande protesto em DC a 6 de janeiro. Estejam lá, será selvagem!

"Caramba!", exclamou Leroy. "Temos de ir! Tu vais?"

"Não posso, estou a tratar da questão do Tim. Preciso de salvar o meu filho. Mas vai muita gente a DC. Já viste a mensagem dos Three Percenters?"

"Não."

Os Three Percenters, uma organização paramilitar pró-Trump ligada à congressista pró-QAnon Marjorie Taylor Greene, afirmavam que só três por cento dos americanos tinham lutado contra a colonização britânica e estavam verdadeiramente dispostos a morrer pela pátria.

"Vai ao Facebook e vê."

O cunhado obedeceu e entrou na sua página dos "grupos" do Facebook. Lá estava um *press release* do Conselho Nacional da milícia Three Percenters.

Clicou no *link*.

Estamos a postos para responder ao apelo do nosso presidente para o caso de Nós, o Povo, sermos necessários para salvar o nosso país do Mal puro que está a conspirar para roubar o nosso país ao povo americano. Estamos preparados para entrar em batalha. Não agiremos sem que nos comandem. Atuaremos como um corpo unido de patriotas americanos. Se a lei marcial e os tribunais militares falharem, teremos de decretar secessão da União para formar uma União mais perfeita.

Levantando os olhos do celular, Leroy encarou a cunhada.

"*Jeez!*", exclamou. "Até falam em secessão! Isto agora é mesmo a sério, hem?"

"Viste o anúncio que os tipos da Convenção We the People puseram no *The Washington Post*?"

"Vi no Facebook."

O anúncio em causa apelava ao presidente para proclamar a lei marcial e colocar os militares a controlarem novas eleições nos estados onde Trump perdera por uma margem curta.

"E Wood? Leste o que ele escreveu nas redes sociais?"

Lin Wood era um advogado que por vezes trabalhava com os advogados de Trump e que estava envolvido em vários processos legais a denunciar ter havido fraude nas eleições. Segundo ele, o presidente ganhara o ato eleitoral com uma vantagem de setenta por cento e essa vitória retumbante estava a ser-lhe roubada.

"Não. O que disse ele?"

"Que o país está a caminhar para a guerra civil e que o presidente tem de seguir o precedente estabelecido por Abraham Lincoln e decretar a lei marcial", respondeu Clarence. "Também o Flynn propôs a suspensão da Constituição e a proclamação da lei marcial."

Michael Flynn era o antigo conselheiro de Segurança Nacional de Donald Trump.

"*Fuck!* Isto está a aquecer..."

"Os Proud Boys, os Oath Keepers e os Three Percenters estão a preparar-se para responder ao apelo do presidente e partir para Washington", disse ela. "Há grupos que já fazem jogos de guerra."

Os acontecimentos pareciam precipitar-se.

"Achas mesmo que eles vão para a guerra civil?"

"O Estado Profundo roubou-nos estas eleições, Leroy", foi a resposta da cunhada. "O povo não se vai deixar ficar. Ninguém aceita o regresso à impunidade das redes pedófilas da Hillary, do Biden e das elites satânicas. Isso é impensável. Temos de enfrentar o Estado Profundo. Ainda esta manhã estava a ver na..."

Com um movimento súbito, Leroy encaminhou-se em passos rápidos e determinados em direção à porta de saída.

"Adeus."

"Onde vais?"

Ele abriu a porta, mas antes de a cruzar voltou-se para ela como se lhe estivesse a dar uma última oportunidade.

"Vou buscar as armas e combater pela liberdade, pelo nosso país e pelos nossos filhos", declarou. "De certeza que não vens? O presidente disse que vai ser selvagem..."

"Tenho de resolver o problema do Tim, já te expliquei", devolveu Clarence. "Não posso deixar que o Bob o venda aos pedófilos. Essa é a minha prioridade neste momento."

A posição dela era compreensível e Leroy não insistiu. Sem pronunciar mais nenhuma palavra, cruzou a porta e saiu para a rua, no rosto o olhar determinado dos que se aprestavam a entrar no campo de batalha. Ele era um soldado da luz e ia combater as trevas. Ele confiava em Trump, em Q e no Plano. Ele era a Tempestade.

LXXII

Plantado propositadamente num canto escuro da garagem do prédio, de modo a manter a invisibilidade, o homem escondido na sombra aguardou que o recém-chegado estacionasse o automóvel e se apeasse. Havia-lhe preparado uma emboscada. Depois de trancar o veículo, o recém-chegado encaminhou-se descontraidamente na direção do elevador; ia distraído a cantarolar uma velha canção de Frank Sinatra enquanto metia a mão ao bolso à procura da chave do seu apartamento.

"Kurt?"

O recém-chegado não esperava aquela voz saída subitamente da treva e deu um salto de susto.

"*Holy cow!*"

O homem emboscado deslizou da sombra e, sob a luz amarelada da garagem, revelou o rosto.

"Está com medo dos velhos amigos?"

O recém-chegado arregalou os olhos ao reconhecê-lo.

"Tomás Noronha!", exclamou. Bufou de alívio. "*Jeez, man!* Acaso quer matar-me? *Fuck!* Ia-me dando um ataque cardíaco!"

O português sorriu.

"Não me diga que agora o grande Kurt Weilmann tem medo do escuro..."

"Qualquer pessoa do meu país tem medo do escuro", devolveu Kurt. "Eu vim da América, *man*. Pensa que aquilo é como isto aqui? Lá toda a gente tem acesso a armas."

"Não me diga que o senhor veio dos bairros mafiosos de Nova York."

"Sou de São Francisco", foi a resposta. "Mas, como sabe, há já alguns anos que vivo aqui em Lisboa. Sempre é mais tranquilo." Fez um gesto a indicar o elevador. "Venha daí, suba comigo. Estou a precisar de um uísque para ver se recupero deste cagaço que você me pregou."

Meteram-se ambos no elevador.

"É então aqui que agora vive?"

"Não podia ficar no apartamento anterior, não acha? Não depois do que lhe aconteceu."

Tratava-se de uma referência aos eventos ocorridos na aventura em que ambos se conheceram, a do *Imortal*.

"Imagino que não."

"Para todos os efeitos, estou de partida", anunciou Weilmann. "Pus este apartamento à venda."

"Ai sim? Já não gosta de Lisboa?"

"A DARPA quer-me na América a tempo inteiro. Bem vê, toda esta confrontação com a Rússia e com a China exige uma presença minha constante nos Estados Unidos para desenvolver e acompanhar os novos projetos. Ossos do ofício, o que hei de fazer?"

A DARPA, de que Kurt Weilmann se destacava como um dos dirigentes e principais cérebros, era a agência americana encarregada de desenvolver as mais avançadas tecnologias militares dos Estados Unidos. Uma importante parte dos grandes avanços tecnológicos do último século, incluindo o início da missão que levou o homem à Lua e a invenção da Internet, tinha a assinatura da DARPA.

"Então vai deixar-nos..."

"Infelizmente. Mas, fique descansado, volta e meia virei cá matar saudades. Sabe, isto parece-se imenso com a minha Califórnia, só que numa versão europeia e mais econômica. Tem uma baía semelhante à de São Francisco, colinas como São Francisco, elétricos como São Francisco e até uma ponte igual à Golden Gate. E, tal como na Califórnia, o tempo aqui é temperado e o Sol deita-se sobre o mar. Portugal é a Califórnia da Europa, *man*. Sinto-me como se estivesse em casa."

Chegaram ao terceiro andar e saíram do ascensor. Com a chave na mão, Weilmann abriu a porta do apartamento e entraram. Tomás estranhou não ouvir uma voz familiar.

"A Rebecca?"

"Desliguei-a. Como lhe disse, estou a vender este apartamento e já comecei a desmontar tudo. A tecnologia foi das primeiras coisas a serem desativadas."

"Ah, que pena!"

Rebecca era a assistente virtual do responsável da DARPA. Tratava--se de um sistema avançado de inteligência artificial com uma sedutora voz feminina que controlava toda a eletrônica da casa e que Tomás conhecera justamente na aventura do *Imortal*. Pelo visto aquela presença já ali não estava ativa.

Uma vez no interior do apartamento, Weilmann acendeu as luzes, tirou o casaco e encaminhou-se para o bar.

"Também quer um uísque?"

"Prefiro água."

O americano serviu o seu visitante e sentaram-se ambos no sofá com os copos na mão. Já a descontrair e sob a iluminação intensa do apartamento, Weilmann olhou com mais atenção para o seu interlocutor.

"*Wow, man!*", exclamou, espantado com o que via. "Você emagreceu muito. Está doente?"

Tomás apresentava-se de fato com o rosto mais sumido, os malares salientes e a tez amarelada.

"Oh, nem me fale. Cheguei agora de Myanmar."

"Myanmar?! *Jesus Christ, man!* O que raio foi você fazer a Myanmar?"

"É uma longa história", foi a resposta do português. "Vou poupar-lhe os pormenores. Queria apenas pedir-lhe um favor. Tenho umas pessoas amigas que estão fechadas em campos de refugiados do Bangladesh e gostaria de as retirar de lá. Acha que pode mexer uns cordelinhos?"

"Há portugueses nos campos de refugiados do Bangladesh?"

"Os amigos em causa são rohingyas."

Weilmann abanou a cabeça.

"Esse é um assunto para o Alto Comissariado das Nações Unidas para os Refugiados, não para a DARPA. Não nos vamos meter nisso. Além do mais, de que serve retirar um punhado de pessoas dos campos de refugiados? Tanto quanto sei, estão no Bangladesh aí um milhão de rohingyas. Por que se há de privilegiar uns em detrimento de outros? Só porque são seus amigos? Isso é critério?"

O americano tinha razão, sabia Tomás.

"Tudo isso é verdade, mas... enfim, tenho um sentimento de lealdade para com eles. Passamos por muitas dificuldades juntos e não me sinto bem em abandoná-los."

"Compreendo isso perfeitamente. É humano e, no seu lugar, eu pensaria da mesma maneira. Mas compreenderá também que não nos queiramos meter nesse assunto."

Esta resposta havia já sido prevista pelo historiador. Mas aquele tinha sido apenas o primeiro passo no seu esforço para ajudar Tin Tun e os irmãos e a avó de Nur.

"Sim, claro."

O homem da DARPA cruzou as pernas.

"Ouça, não nasci ontem", disse. "Você não se emboscou na garagem do prédio como um assaltante e montou-me uma espera só por causa de uns rohingyas que quer tirar do Bangladesh, pois não? Se fosse por isso, teria simplesmente tocado à campainha ou feito um telefonema. Conte lá o que se passa realmente."

Tomás sorriu. O seu interlocutor era de fato um homem muito inteligente e perspicaz; nada lhe escapava. O que lhe dava a deixa para abordar o segundo tema que ali o tinha trazido.

"Tem razão, precisava de ter uma conversa muito discreta consigo", confirmou. "Creio estar sob vigilância e, nestas circunstâncias, preciso de ser muito cauteloso."

Estas palavras fizeram tocar um alarme na cabeça de Weilmann.

"Está a ser vigiado?" Fez um gesto a travá-lo. "Antes que prossiga, o seu *smartphone*? Onde está ele?"

A pergunta era obrigatória para quem trabalhava nesta área, pois na era da inteligência artificial os dispositivos eletrônicos haviam-se transformado nos melhores espiões do mundo; os bons serviços de espionagem conseguiam ativar à distância o GPS, os microfones e as câmaras, o que lhes permitia determinar a localização dos seus proprietários e captar tudo o que eles diziam e faziam. Ter um celular era ter um espião no bolso.

"Deixei-o ativado em casa", foi a resposta. "A geolocalização eletrônica coloca-me sentado no sofá. Pus na televisão um vídeo em que se ouve a minha voz, o que os fará pensar que ali me encontro de fato. E usei técnicas de dissimulação para aqui chegar."

Com um gesto de aprovação por aquelas contramedidas, Weilmann manteve-se atento aos detalhes.

"Quando diz que 'os fará pensar', refere-se a quem exatamente? Quem o está a vigiar?"

Chegara a hora de Tomás abrir o jogo.

LXXIII

O quarto do hotel estava escuro, pois o capitão Dimitri Chernyshev tinha fechado as persianas para poder dormir até tarde. Na véspera havia trabalhado pela noite dentro, dado que estivera a planificar os procedimentos em todos os cenários, e só se fora deitar pelas quatro da manhã. Daí a necessidade de cerrar as persianas. Precisava de dormir o mais possível, uma vez que, considerando as circunstâncias, estava na contingência de ser forçado a ficar dois ou três dias consecutivos sem pregar olho.

O som do *smartphone* a tocar despertou-o. Ergueu a cabeça e, estremunhado, espreitou o relógio digital sobre a mesinha de cabeceira; era quase uma da tarde. Dormira muito. Pegou no celular e verificou a identidade de quem lhe estava a telefonar.

Paul Cannon.

"Está sim?"

"Mister *Chernyshev?*"

Era a voz do assessor presidencial com quem falara dias antes em privado na Trump Tower.

"Eu mesmo."

"The Storm is coming", anunciou Cannon. "*Vem aí a Tempestade.*"

Era a palavra de código.

"Entendi."

"*Tenha um bom dia*, mister *Chernyshev.*"

Desligaram ambos.

Pelo visto, a Casa Branca decidira mesmo avançar. Sem perder tempo, Dimitri detectou nos "Contatos" do seu aparelho o número do seu chefe operacional no FSB, o coronel Mikhail Arsenyev. Usando uma linha encriptada de alta segurança, estabeleceu a ligação.

A voz do outro lado atendeu ao segundo toque.

"*Alô?*"

"Acabei de receber a comunicação do meteorologista", disse em código, não se desse o caso de a encriptação estar comprometida pelo FBI ou pela CIA. "Vem aí a Tempestade. Repito, vem aí a Tempestade."

"*Compreendido*", foi a resposta. "*Nesse caso, tenho novas instruções para si. O guarda-chuva imprescindível para nos proteger da Tempestade foi consertado e temos autorização para o utilizar.*"

"A autorização é… é do alto?"

"*Do próprio meteorologista-chefe.*"

"E, com o conserto a que foi sujeito, o guarda-chuva ficou adequado?"

"*Está perfeito.*"

"Assim sendo, pedia-lhe que mo enviasse com urgência, por favor."

"*Vou tratar disso*", foi a resposta. "*Não se molhe.*"

Desligaram.

Dimitri deu um salto da cama e pôs-se de pé. Foi à janela e correu as persianas, deixando o sol penetrar no quarto. Nova York estendia-se diante dele. Os múltiplos arranha-céus da cidade pareciam-lhe admiráveis, mas o que mais o impressionava era o de estilo neogótico que estava à sua direita, o Edifício Chrysler; fazia-lhe lembrar as Sete Irmãs de Moscou, como eram designados os sete monumentais edifícios neogóticos imperiais erguidos na capital russa durante a era estalinista.

Voltou a olhar para o *smartphone*, desta feita para consultar as redes sociais e saber as novidades. A primeira coisa com que se deparou foi com um novo *tweet* de Donald Trump.

O GRANDE Comício de Protesto em Washington, DC, irá ocorrer às 11h00 da manhã de 6 de janeiro. Vêm aí os detalhes das localizações. ParemORoubo!

O homem não parava, sorriu Dimitri. Trump era um twitteiro compulsivo.

Espreitou a seguir o Facebook; estava cheio de apelos à "Luta pela Liberdade" e a "Parem o Roubo", juntamente com múltiplos avisos de que "Vem aí a Tempestade". Para seu alarme, deparou-se mesmo com planos, que incluíam mapas e indicações pormenorizadas, a detalhar uma operação intitulada Ocupar o Capitólio, enquadrados por uma citação de Lincoln a referir a necessidade de "derrubar os homens que pervertem a Constituição".

Abanou a cabeça em reprovação.

"São doidos..."

Uma revolução não se fazia com a publicitação aberta dos planos, sabia o homem do FSB. Uma operação daquelas tinha de ser mantida em segredo. A confidencialidade constituía um requisito imprescindível para o sucesso de um golpe. Os americanos não teriam noção disso? Verificou as outras redes sociais e encontrou detalhes dos mesmos planos no Twitter, no Instagram e no Parler. Nem se deu ao trabalho de procurar noutras plataformas; os planos insurrecionais para ocupar o Congresso estavam por toda a parte.

É certo que as mensagens eram trocadas nos "grupos" do Facebook e em circuitos restritos das outras redes sociais, e portanto apenas visíveis pelos respectivos membros, mas Dimitri não tinha a menor dúvida de que o FBI e outras instituições de segurança nacional americana haviam infiltrado esses "grupos" e monitorizavam tudo o que aí se dizia. Mais do que doidos, os organizadores daquela operação eram pelo visto uns amadores ao nível do advogado de Trump, o tal que aparecera ao vivo com a tinta do cabelo a derreter-se e as respectivas gotas negras a correrem-lhe pela cara enquanto tentava convencer os seus concidadãos de uma fraude fantástica nas eleições.

Para compensar, as mensagens dos seguidores de Trump pareciam tão surreais e até malucas que provavelmente as toupeiras do FBI não acreditariam que eram a sério e talvez pensassem que tudo aquilo não passava de bravata. No fim de contas, nenhum conspirador com um mínimo de bom senso publicitaria previamente os seus planos. Talvez o amadorismo daquela gente funcionasse, quem sabia?

O som de um toque no celular assinalou-lhe a chegada de uma nova mensagem. Verificou-a. Tinha sido o FSB, que, usando a fachada da Lukoil, acabara de lhe enviar o material solicitado. O tal guarda-chuva. Clicou no ícone e as imagens apareceram. Via-se Joe Biden a despejar as urnas, a lançar gasolina sobre os boletins de voto e a incendiá-los, terminando com a invetiva provocatória contra Trump. As sombras haviam sido corrigidas, o *deep fake* parecia agora inatacável.

"Perfeito."

Ligou o motor de busca de voos e adquiriu um bilhete para o final dessa tarde na American Airlines, partida do Aeroporto de LaGuardia, em Nova York, e chegada uma hora depois ao Ronald Reagan National, o aeroporto de Washington, DC. Com tudo já definido, pousou o celular e foi tomar banho. Os dias seguintes prometiam ser longos. E explosivos.

LXXIV

Quaisquer dúvidas que Leroy Roderick pudesse ainda alimentar sobre a sensatez de trazer todo o seu arsenal para Washington, DC, incluindo a *AR-15* semiautomática e as granadas adquiridas no Sullivan's Gun Outlet, dissiparam-se por completo quando viu as milícias pró-Trump circularem pelas ruas da capital. Os elementos dos Oath Keepers e dos Proud Boys com que se cruzava, a maior parte a exibir bandeiras dos Estados Unidos e alguns da Confederação, e ainda simbologia de QAnon como "Somos a Tempestade", "Confiem no Plano" e "Q Enviou-me", vinham igualmente armados com *AR-15*, para além de uma parafernália de outras armas, incluindo pistolas, facas e matracas.

Um verdadeiro exército.

"Parem o roubo!", gritavam vários deles em coro, enunciando as palavras de ordem do momento. "Executem os ladrões!"

"Libertem as crianças!", entoavam outros, claramente *anons*. "Somos a Tempestade! Lutem pela liberdade! Das trevas à luz!"

A manhã nascera gelada e Leroy vinha com o seu casaco, previamente bordado com a simbologia que fazia a sua identidade, o pássaro que sinalizava as suas origens e as iniciais que o apresentavam como um *anon*. Também ele era a Tempestade.

Todos ao seu lado se encaminhavam para a Casa Branca, local onde o presidente iria fazer o comício que prometera ser "selvagem". Havia milhares de pessoas nas ruas da capital, um verdadeiro rio humano, todas vindas dos quatro cantos dos Estados Unidos, mas a grande maioria dos estados *flyover* do Sul; estava ali gente proveniente sobretudo do Alabama, do Texas, do Mississípi, da Geórgia, da Luisiana, do Arkansas, do Tennessee, da Carolina do Norte e da Carolina do Sul. Mas havia também milícias de outros estados, como o Michigan, o Arizona, o Novo México, o Nevada, a Pensilvânia ou o Wisconsin.

Pela forma como os manifestantes se comportavam, muitos tinham claramente formação militar; a maior parte sem dúvida ex-*marines* e alguns seriam mesmo antigos elementos das forças especiais, como os Navy Seals. Usavam capacetes e coletes à prova de bala, com óculos militares, botas militares e camuflados; vários tinham *walkie-talkies* e um deles usava um auricular. Mas outros, constatou Leroy, eram simples cidadãos comuns, com bandeiras dos Estados Unidos e da Confederação, nas cabeças bonés com as palavras *MAGA* e *QAnon* cosidas; viam-se trabalhadores da construção e bombeiros, escriturários e pequenos comerciantes, gente do povo, homens e mulheres brancos, muitos *rednecks* como ele, pobres como ele, desdenhados como ele.

Todos armados, todos excitados, todos zangados.

"O Pence tem de remeter a votação de regresso aos estados", dizia um. "Basta isso para ganharmos."

O Pence em causa era Mike Pence, o vice-presidente. Cabia-lhe nesse dia a função protocolar de ler os resultados eleitorais perante o Congresso. O presidente, no entanto, queria que o vice-presidente, invocando fraude eleitoral generalizada, transformasse os votos em Biden em votos em Trump. Ou, não o podendo fazer, pelo menos devolvesse o ato eleitoral aos sete estados onde o presidente perdera por pouco, para que houvesse aí uma nova votação. Esta segunda opção era considerada mais exequível.

O assunto era comentado nas ruas pelos milicianos que se encaminhavam para o comício na Casa Branca.

"O Alexander está em contato com a Casa Branca", observou um deles. "Parece que a equipe do presidente se reuniu no Hotel Trump e no Willard Hotel a coordenar as operações. O Alexander disse-me que essa equipe se chama Conselho de Guerra."

"*Yeah*, bom nome."

"Se o Pence não alinhar, terá de ser executado por traição à pátria."

"Ou enforcado. Os traidores não merecem que se gastem balas com eles. Se o *motherfucker* se portar mal, teremos de o pendurar pelas cordas."

Não se viam muitos policiais nas ruas, apesar de se tratar de um dia politicamente importante e Washington, DC, fervilhar de milícias armadas. O fato começou por surpreender Leroy, mas logo deduziu a razão. Com certeza que o presidente dera ordens para uma presença policial mínima. Aliás, como se poderia executar a Operação Ocupar o Capitólio se a polícia estivesse ali em força?

Sentia-se irmão de toda aquela gente que caminhava ao lado dele. Todos eles eram americanos descontentes com as elites, desconsiderados por elas, transformados numa minoria na sua própria terra. Tinham de lutar pelo que era seu e era por isso que ali estavam. Para lutar por si, pelas suas famílias, pela sua terra, pelas suas gentes, pelo seu país. Pela América que era sua e que as elites tentavam transformar na América dos outros, substituindo-os por estrangeiros e fazendo dos verdadeiros americanos uma minoria destinada ao ridículo, ao esquecimento, ao desprezo. Não, não aceitariam uma coisa daquelas. Iriam lutar. Como irmãos.

Eles eram a Tempestade.

Antes de partir para Washington, DC, Leroy elaborara uma mensagem codificada e pôs-se a distribuí-la em papel por toda a gente que via com símbolos QAnon. As pessoas olhavam para o que estava escrito no papel e algumas atiravam-lhe olhares interrogativos.

Uma delas questionou-o.

"O que é isto, *dude*?"

"É *crumb*", disse, referindo-se à expressão de Q para *pistas*. "Se és um verdadeiro *anon*, cabe-te a ti *bake it*." Tratava-se da expressão de Q para *interpretar*. "Não te esqueças, *everything is connected*. Está tudo ligado. Confia no Plano. Nós somos a Tempestade."

Na aproximação à Casa Branca viram postos com detectores de metais e alguns manifestantes a serem aí inspecionados. Os elementos das milícias, no entanto, riram-se ao depararem-se com esses postos e contornaram-nos. Um policial abeirou-se deles.

"Vocês têm de passar por ali."

Os milicianos dos Oath Keepers pura e simplesmente ignoraram-no. Alguns riram-se, zombando na cara do agente.

"Palhaços!"

"Façam o favor de passar pelo detector de metais", insistiu o policial, enrubescendo. "Esta é zona de segurança."

Os milicianos com capacete e fardas militares voltaram a rir-se. Um deles, no entanto, abeirou-se do agente e quase encostou a cara à cara dele. Apontou para os dois agentes que operavam o posto.

"Esta é toda a força que vocês têm por aqui?", questionou. "Vocês acreditam mesmo que vão conseguir travar toda esta gente?"

O policial pestanejou, surpreendido com a audácia daqueles homens. Tornava-se claro a Leroy que as forças da autoridade não faziam a menor ideia do que se estava a preparar. Melhor assim, pensou. Quando despertassem para a realidade, seria tarde demais.

Tal como os Oath Keepers e muitos outros manifestantes, Leroy ignorou os policiais, contornou o posto de controle de metais e seguiu em frente. Levava na mão o saco verde com a *AR-15*, as munições e as granadas guardadas nos bolsos do colete que vestia; se fosse ao detector de metais seria evidentemente desarmado. Isso estava fora de questão.

A multidão adensou-se nas cercanias da Casa Branca. A um determinado ponto, tornou-se impossível passar; havia ali demasiada gente e a massa humana formava já uma verdadeira parede. A multidão enchia o Ellipse, o parque na vedação sul da Casa Branca, e estendia-se até ao monumento a Washington; deviam estar ali mais de vinte mil pessoas. Leroy pôs-se em bicos de pés e tentou ver por cima do mar de cabeças e bandeiras à sua frente. Lá ao fundo, anexo à Casa Branca, erguia-se um palco.

"O pessoal lá da frente chegou às três da manhã", disse-lhe um dos manifestantes ao vê-lo a observar o palco. "Isto desde anteontem que é um corropio, há muita gente a chegar a DC."

Uma outra voz fez-se ouvir.

"Ei, pessoal, já viram o novo *tweet* do presidente?"

Tal como todos em redor, Leroy espreitou imediatamente o *smartphone*. Lá estava o último *tweet* do dia.

Os estados querem corrigir os seus votos, que eles sabem serem baseados em irregularidades e fraude, além de que os processos corruptos nunca tiveram aprovação legislativa. Tudo o que Mike Pence tem a fazer é enviá-los de regresso aos estados, E NÓS GANHAMOS. Fá-lo, Mike, esta é a hora de extrema coragem!

O que aquele *tweet* tornava claro era que Trump não controlava o seu vice-presidente. Leroy ficou inquieto, e as pessoas em redor dele também.

"Querem lá ver que o Pence não vai alinhar?"

"Não pode ser", respondeu outra voz. "Ele é vice-presidente, vai respeitar o seu presidente. Além do mais, Pence é evangélico. Tem temor a Deus. Qual o evangélico que defende os pedófilos? Ele sabe que Biden, o violador de crianças, não pode ser presidente. Ele vai alinhar!"

"Pois, mas não se esqueçam de que Pence andou muito tempo no pântano", alvitrou um terceiro, usando a expressão "pântano" como referência aos meios políticos de Washington, DC. "Os ratos do pântano são todos iguais, meus amigos."

As opiniões dividiam-se. Uns achavam que Pence iria proceder corretamente e impedir a homologação dos resultados fraudulentos que roubavam a vitória a Trump, outros levantavam dúvidas. A discussão sobre o assunto prolongou-se, acalorada. Quando acalmou, Leroy pôs-se à conversa com todos os manifestantes que exibiam simbologia QAnon. Aos que lhe perguntavam de onde era, entregava-lhes o papel com a mensagem que codificara em casa antes de partir.

"Isto é *crumb* que revela quem eu sou", dizia a quem o questionava sobre os símbolos que rabiscara no papel. "Se és mesmo um *anon*, amigo, vais conseguir *bake it*. Não te esqueças, *everything is connected*. Confia no Plano. Somos a Tempestade."

Os verdadeiros *anons* adoravam aquelas coisas. As conversas só foram abruptamente interrompidas quando a voz do *speaker* do comício irrompeu pelos alto-falantes.

"Senhoras e senhores, o presidente dos Estados Unidos!"

A multidão explodiu em aplausos e em vivas, as bandeiras a agitarem-se freneticamente, as pessoas pulavam eufóricas, braços e chapéus no ar, *confettis* a voarem sobre a massa de gente; foi como se tivesse sido anunciada a chegada do messias. Leroy esforçava-se por ver por cima do mar de cabeças, mas era difícil porque todos tentavam fazer o mesmo. Apenas se apercebeu de que Donald Trump chegara ao palco pela reação esfuziante da multidão, quase histérica. Logo a seguir, escutou a voz inconfundível do presidente.

"Muito obrigado, isto é incrível", começou Trump por dizer. "Temos centenas de milhares de pessoas aqui, quero que os meios de comunicação *fake news* o reconheçam. Virem as vossas câmaras, por favor, e mostrem o que se está realmente a passar aqui."

A multidão reagiu com um clamor.

"O nosso país já não aguenta mais", retomou. "Não aguentamos mais e é por isso que estamos todos aqui. Vamos parar o roubo. Eles falsificaram as eleições. Falsificaram-nas como nunca umas eleições foram falsificadas no passado!"

Pateada de toda a gente.

"Passamos de sessenta e três milhões de votos para quase setenta e cinco milhões. Disseram-me que bastavam sessenta e seis milhões para termos a certeza de ganhar. E roubaram-nos. Vejam os países do Terceiro Mundo. As eleições deles são mais honestas do que as que tivemos agora. É uma desgraça. Não os vamos deixar silenciar as vossas vozes! Não vamos deixar que isso aconteça, eu não vou deixar que isso aconteça!"

Esta última frase arrancou uma ovação da multidão.

"Lutamos por Trump!", gritou Leroy com o punho no ar, em coro com todos. "Lutamos por Trump! Lutamos por Trump!"

"Obrigado", disse Trump. "Espero que o Mike Pence faça o que está certo. Porque se o Mike Pence fizer o que está certo, ganhamos as eleições. Ele tem o direito de o fazer. Os estados querem um novo voto porque houve fraude. Tudo o que o vice-presidente Pence tem de fazer é devolver as decisões aos estados e estes organizarem um novo voto. Então tornamo-nos presidente e vocês são pessoas muito felizes!"

"Parem o roubo! Parem o roubo! Parem o roubo!"

"E na verdade eu acabei de falar com o Mike. Eu disse-lhe: 'Mike: não é preciso coragem. O que requer coragem é não fazer nada. Isso requer coragem.'"

A multidão entrou em delírio.

"Trump! Trump! Trump!"

"Ele disse mesmo aquilo que eu ouvi?", perguntou Leroy ao miliciano dos Proud Boys que estava ao seu lado, as *AR-15* de ambos já bem visíveis. "O presidente ameaçou o vice-presidente?"

"*Yeah!*", riu-se o miliciano enquanto mascava uma *chewing gum*. "O *motherfucker* Pence foi avisado de que é preciso ter coragem para não fazer nada, pois se nada fizer nós trataremos da saúde dele!" Levantou a sua espingarda semiautomática. "*Hell*, podes ter a certeza de que o faremos!"

"G'anda Trump! O Pence deve ter ficado todo borrado!"

No palco, o presidente continuou o seu discurso por mais uma hora, tocando nos vários temas importantes para salvar a democracia americana, até por fim entrar na fase final do comício.

"Juntos vamos limpar o pântano de Washington e vamos limpar a corrupção na capital da nossa nação. Sabem, o muro foi construído. Mas agora as caravanas, penso que é isso que o Biden está a planejar, as caravanas estão outra vez a formar-se. Querem vir para aqui e acabar com o nosso país. Isso não pode acontecer. Nós lutamos. E lutamos como demônios. E se vocês não lutarem como demônios, deixaremos de ter um país. Por isso vamos descer pela Avenida da Pensilvânia. E vamos para o Capitólio, e vamos tentar e dar-lhes. Portanto, desçamos pela Avenida da Pensilvânia. Quero-vos agradecer. Deus vos abençoe e Deus abençoe a América."

Uma ovação cresceu da multidão, ouviram-se muitos "Amamos Trump!" e "Parem o roubo!", até que, por fim, toda aquela massa de gente começou a abandonar o local do comício e, com Leroy lá no meio, obedeceu às ordens do presidente e iniciou a descida pela Avenida da Pensilvânia rumo ao Capitólio.

A revolução estava em marcha.

LXXV

A confiança de Tomás Noronha no seu amigo americano era praticamente ilimitada. Descreveu por isso a Kurt Weilmann tudo o que acontecera durante o encontro ocorrido dez dias antes em Moscou com Sasha. Deu detalhes sobre o *deep fake* do massacre de Christchurch, sobre a chantagem que sobre ele impendia e sobre a missão que lhe fora imposta. Não deixou nada de fora. Devido às suas funções, sabia que o homem da DARPA tinha bons contatos na CIA, como aliás se demonstrara na aventura de *A Mulher do Dragão Vermelho*. Se havia alguém que lhe poderia dar soluções era ele.

Quando o português terminou a exposição, já Weilmann tinha bebido todo o seu uísque e pousado o copo sobre a mesa, a mente a explorar as opções.

"Isso é um caso clássico de *kompromat*", constatou. "Os russos sempre foram peritos nessas táticas. Diz você que eles plantaram o *deep fake* comprometedor nos servidores da Facebook? Podemos tratar disso. Entramos lá, apagamos o *deep fake* e reintroduzimos o vídeo original. Fácil. Para compensar, não podemos reintroduzir os registros que os russos apagaram dos seus cartões de débito e de crédito, das suas portagens, nem do seu itinerário no Google Maps em Lisboa. Isso não é possível. Podemos, no entanto, introduzir registros falsos que atestem a sua presença em Portugal nos dias do massacre de Christchurch."

"Ou seja, teremos de usar a mentira para dizer a verdade."

"Isso mesmo. E podemos passar a pente fino os sistemas eletrônicos na Nova Zelândia para detectar os registros falsos que os russos aí plantaram e apagá-los. Não vejo problema nisso."

Tomás sentia-se de tal modo aliviado por ouvir estas palavras que estava capaz de abraçar o seu amigo americano.

"Ufa! Tira-me um peso de cima, nem imagina."

"Mas, *man*, tudo isto vai dar trabalho. Imenso. Ninguém fará uma coisa dessas sem cobrar um preço, como deve calcular."

"Quando fala em preço, o que tem concretamente em mente?"

A partir desse instante, Tomás sabia que já não estava a conversar com o seu amigo americano, mas com um profissional que estava ali para defender os interesses dos Estados Unidos. Como diziam os ingleses, não havia almoços grátis. Nada que ele não tivesse previsto, claro.

"Vou ter de acertar os pormenores com Washington e sobretudo com Langley, mas o procedimento-padrão nestes casos é claro: faça o jogo deles. Proceda como se continuasse sob chantagem e inicie a sua investigação para encontrar o *smartphone* cujo desaparecimento pelo visto os deixou tão preocupados. Se estão desesperados por encontrá--lo, por algum motivo será. Encontre-o."

"E depois?"

"Depois é simples. Em vez de falar com eles, venha falar conosco e entregue-nos o tal *smartphone*."

Ou seja, teria de levar aquele assunto até ao fim. Mais uma vez, nada que não tivesse previsto.

"Não há alternativa?"

"Não vejo qual. Langley jamais concordará em usar recursos para o ajudar se não obtiver nada em troca. Este é o preço que a Agência geralmente cobra, e parece-me razoável. É pegar ou largar."

"Mas, nesse caso, estarei simplesmente a trocar uma chantagem por outra..."

"Não veja a coisa assim, *man*", retorquiu Weilmann com um gesto conciliador. "Veja-a como um negócio em que todos ganham. Nós obtemos informação que pelo visto os russos consideram vital, você safa-se da embrulhada em que inadvertidamente se meteu. Parece-me perfeito para as duas partes."

"Mas eu é que estou no olho do furacão."

"Não fomos nós que o pusemos lá, *man*. Foram os russos. Estou apenas a dar-lhe uma solução. Nós ajudamo-lo, você ajuda-nos. Eu diria que é justo, não acha?"

Weilmann tinha-o no ponto onde o queria, sabia Tomás. Mas o que o americano não sabia era que ele próprio se aproximava também do ponto onde o seu visitante o queria.

"Aceito… mas com uma condição."

"Diga."

"Em troca da minha ajuda com o *smartphone* russo, vocês ajudarão os meus amigos rohingyas a serem acolhidos no Ocidente."

O responsável da DARPA considerou por momentos a ideia, mas acabou a abanar a cabeça.

"Lamento, não pode ser. Trocamos um favor por outro favor, não por dois. O assunto dos rohingyas não é conosco. Gostaria de o ajudar, acredite, mas Langley e Washington nunca concordarão com isso nem eu o vou sugerir, pois arriscaria a minha credibilidade. A minha proposta está feita segundo os termos normais neste tipo de situação. Como lhe disse, é pegar ou largar. Agora responda-me você: como vai ser? Temos ou não acordo?"

Esta resposta arrancou um esgar dolorido de Tomás. Acreditara poder incluir Tin Tun e os familiares de Nur no negócio, mas tornava-se-lhe claro que isso não seria possível. Paciência. Cada problema a seu tempo. A prioridade, parecia-lhe óbvio, era resolver a questão do *kompromat*.

"Está bem, faremos como diz. Mas, nesse caso, vou necessitar da vossa ajuda. Para encontrar o *smartphone* que os russos perderam, preciso de localizar nos Estados Unidos um indivíduo chamado Rodhes Gonzalez. Podem dar-me uma mãozinha?"

Weilmann pegou num bloco de notas e rabiscou uma anotação com o nome.

"Ro-dhes Gon-za-lez", soletrou enquanto escrevia. "Onde vive este tipo?"

"Não faço ideia. A única coisa que sei é que pelo visto pertencia às milícias trumpistas."

"Hmm. Um trumpista?"

"É tudo o que sei. Acha que mo conseguem localizar?"

A anotação feita, o americano fechou o bloco de notas.

"Não deve ser difícil para o FBI. Creio que eles têm o registro de todos os elementos das milícias trumpistas. Além do mais, dispõem de acesso privilegiado às listas dos cidadãos americanos. Vou falar com eles e, quando me derem a informação, ligo-lhe. Parece-lhe bem assim?"

"Excelente."

"Portanto, você passa-nos tudo o que apurar, nós resolvemos-lhe o problema do *deep fake*. Temos acordo?"

Tomás suspirou e estendeu a mão.

"Aperte aqui."

Apertaram as mãos a selar o acordo. A seguir, Weilmann levantou-se e foi ao bar para voltar a encher o seu copo de uísque e assim celebrar o entendimento. Ao virar-se para regressar ao sofá, no entanto, estacou ao ver o visitante encaminhar-se para a porta de saída.

"Onde vai?"

"Vou cumprir a minha parte", foi a resposta. "Tenho de terminar a investigação e planejar sem demora o meu próximo passo. Há muito que fazer e, se quero levar isto a bom porto, não posso perder tempo. Mas se pretende celebrar, Kurt, sugiro que beba um uísque por mim."

Fazer uma celebração sozinho não era propriamente o que o americano tinha em mente. Cumprindo as suas obrigações de anfitrião, foi ter com o visitante à porta do apartamento e acompanhou-o até ao átrio do andar. Carregou no botão para chamar o ascensor.

"*Gee, man*", disse em tom apreciativo. "Não há dúvida de que você é um tipo diferente, hem? Nem um uísque é capaz de tomar enquanto não cumprir os seus compromissos. Não há muita gente assim, posso dizer-lhe."

"A parada está muito alta e não descansarei enquanto este problema não for resolvido."

"Compreendo-o. Cumpra a sua parte e nós cumpriremos a nossa. Se nos ajudar, pode ter a certeza de que esse *deep fake* de Christchurch irá desaparecer."

"Espero bem."

O ascensor chegou entretanto ao terceiro andar e Weilmann abriu a porta para convidar o português a entrar, o que este fez.

"Mas há uma coisa, *man*, que precisa de ter sempre presente", acrescentou, mantendo a porta aberta. "Os russos têm muitas imagens suas, pois instalaram várias câmaras na sua casa. Nunca se esqueça disso."

"E então? Onde quer chegar?"

"Nada os impedirá de usarem essas imagens para fazerem outro *deep fake*."

Com este aviso largado à laia de presente de despedida, fechou a porta do elevador e deixou Tomás partir.

LXXVI

Misturado no meio da multidão que se encaminhava para o Capitólio, o capitão Dimitri Chernyshev ia agarrado ao *smartphone*. A ligação às redes sociais e o contato com o escritório em São Petersburgo eram permanentes, uma vez que a obtenção de informação e a sua imediata difusão constituíam fatores de crucial importância naquela operação. O golpe estava a ser conduzido pelos homens de Trump, mas, depois de ter testemunhado o *freak show* dado ao vivo na televisão pelo principal advogado do presidente e de ter visto os detalhes operacionais da planejada invasão ao Capitólio serem divulgados abertamente nas redes sociais, o oficial do FSB alimentava as maiores dúvidas quanto às capacidades revolucionárias daquela gente. Se queria que o golpe fosse bem-sucedido, teria mesmo de dar uma mãozinha com o *deep fake* explosivo de Biden a queimar votos.

Na página de Facebook do Congresso apareceu nesse momento uma informação de última hora. Tratava-se de um *memorandum* do vice-presidente a afirmar que não tinha poderes para "aceitar ou rejeitar unilateralmente os votos eleitorais" e a concluir que iria atuar "de maneira coerente com a nossa Constituição, leis e história". Ou seja, Mike Pence acabava de anunciar que iria contra a vontade do presidente e homologaria os resultados eleitorais. Aquela informação teria de ser partilhada o mais depressa possível com a multidão armada que descia a Avenida da Pensilvânia.

Sem perder tempo, Dimitri encaminhou o *memorandum* para São Petersburgo, com instruções de que pusessem imediatamente essa informação nas redes sociais. Não teve de esperar nem dois minutos. Usando as contas falsas na América, os *trolls* ao serviço do FSB encheram as páginas mais usadas pelos apoiantes de Trump com a notícia de que Mike Pence se recusava a cumprir o seu "dever patriótico" e iria homologar os resultados eleitorais fraudulentos.

Olhou em redor. Vários dos manifestantes, alertados pelos seus *smartphones* para uma informação urgente, estavam já a consultá-los. As reações foram imediatas.

"*What the fuck?!*"

"Já viram o traidor do Pence? O *cocksucker* vai homologar os resultados falsos!"

"Não acredito! Onde está isso?"

"Aqui, no Facebook. Acabou de sair."

"*Holy shit!*"

Um clamor furioso começou a crescer na multidão e um homem com um megafone dirigiu-se aos manifestantes.

"Ouçam bem, *folks*", começou por dizer, chamando a atenção de todos. "Acabamos de ter a notícia de que o Mike Pence não vai fazer a coisa certa. As eleições vão-nos ser oficialmente roubadas. Portanto, preparem-se porque vamos invadir o Capitólio. Entenderam? Vamos invadir a porra do Capitólio!"

A massa humana entrou em ebulição.

"Cabrão do traidor!"

"Enforquem-no!"

"Todos ao Capitólio! Temos de limpar este pântano miserável, temos de correr com os políticos corruptos!"

"Defendam a Constituição! Fuzilem os traidores! Executem os pedófilos!"

A multidão estava já em pé de guerra. Como se atrevera o vice-presidente a trair o seu presidente, a trair a Constituição e a trair a América? Se se dizia cristão evangélico, como pudera Mike Pence pôr-se do lado dos pedófilos e satânicos, contra Jesus e contra Deus?

O passo de todos acelerou-se, era quase já uma corrida. Depressa cobriram a Avenida da Pensilvânia e chegaram junto do Capitólio, onde os manifestantes se concentravam aos milhares com gritos e cânticos e bandeiras e símbolos MAGA e QAnon. Sobretudo, todos a exibirem as armas e muitos a comunicarem através dos *walkie-talkies*, como se se coordenassem.

Por cima daquele mar de cabeças, mesmo junto ao memorial de Ulysses Grant, Dimitri viu uma estrutura de madeira erguida com uma corda pendurada a meio, à maneira do faroeste; tratava-se de um cadafalso para enforcamentos que os milicianos montaram nesse momento no local.

"Enforquem o Pence!"

"Pendurem todos os *motherfuckers* políticos traidores! Todos pelo pescoço até serem pronunciados mortos!"

O agente do FSB não pôde deixar de sorrir. Era extraordinário como a difusão de um pedaço de informação tinha o poder de, no momento e no contexto certos, galvanizar a turba e impulsioná-la à ação. Varreu o espaço com o olhar e o sorriso manteve-se. O Capitólio estava cercado por manifestantes armados e em cólera, mas havia apenas um punhado de policiais a proteger o edifício. Pelo menos nesta parte os homens de Trump haviam sido competentes. Como também foram competentes ao conseguirem colocar uma multidão armada na rua a ameaçar o Congresso. Nem Lênin tinha logrado meter milhares de pessoas nas ruas para fazer o seu golpe de outubro.

Mas seriam estes americanos capazes de incendiar o Reichstag?

LXXVII

Colando-se aos milicianos dos Proud Boys, que abriam caminho por entre a multidão, Leroy Roderick foi-se chegando à frente até dar consigo na primeira linha, onde todos se empurravam diante do cordão de policiais. Os agentes eram poucos, não usavam capacetes nem equipamento de choque; claramente não estavam preparados para a avalanche de gente que os pressionava de todo o lado.

Todos se apertavam nessas primeiras linhas, com muitos empurrões para a frente, mas os Proud Boys, embora sempre a comunicarem entre eles através dos seus *walkie-talkies*, pareciam estranhamente calmos. Havia tensão no ar, sem dúvida. Por um lado, a polícia parecia em dificuldades, pois não tinha um perímetro previamente delineado para conter as pessoas; por outro, os manifestantes estavam em fúria, atiçados com a notícia de que o vice-presidente se preparava para trair o presidente e homologar os resultados eleitorais fraudulentos. Mas a manifestação parecia controlada e as pessoas mantinham-se a um ou dois metros de distância do cordão formado pelos policiais do Capitólio, os dois lados separados por *pins* metálicos de trânsito.

Ao fim de alguns minutos, Leroy ouviu um policial, presumivelmente o que comandava a unidade, gritar ordens a vários dos seus homens.

"*Jesus Christ!*", exclamou. "Foi encontrada uma bomba na sede da Comissão Nacional Republicana! Tom, avança com o teu grupo! É preciso ir lá montar um perímetro de segurança para afastar as pessoas e permitir que a equipe de minas e armadilhas intervenha."

Um grupo de agentes da já diminuta força policial ali presente teve de sair para cumprir a ordem.

Instantes depois, o mesmo policial recebeu outra comunicação e deu indicações para outro grupo de agentes.

"*Fuck*, agora encontraram também uma bomba na sede da Comissão Nacional Democrata! Greg, vai lá com o teu pessoal montar o perímetro de segurança. Depressa!"

Outro grupo de agentes abandonou as suas posições e encaminhou-se para o local. A defesa do Capitólio ficou então ainda mais desfalcada. Quando o segundo grupo de agentes se afastou, um dos homens dos Proud Boys, posicionado mesmo ao lado de Leroy, deu uma ordem ao *walkie-talkie*.

"Agora!"

Os Proud Boys começaram a avançar, arrastando a multidão atrás deles, Leroy lá no meio. Contornaram os *pins* metálicos de trânsito e estabeleceram contato físico com os agentes que formavam o cordão de segurança.

"*Hey!*", gritou um policial. "Para trás! Para trás!"

Os Proud Boys ignoraram a ordem.

"Vamos entrar."

Perante o inesperado desafio à autoridade, alguns policiais sacaram das pistolas e apontaram-nas aos manifestantes.

"Para trás! Para trás!"

"Se vocês dispararem, vamos dar cabo de todos", ameaçou um miliciano dos Proud Boys, vestido de camuflado e de capacete e óculos escuros militares. "Nem se atrevam."

Todos ali sabiam que as ameaças dos agentes eram ocas. Nenhum policial iria abrir fogo sobre manifestantes diante do Capitólio, santuário da democracia americana, muito menos sabendo que os atacantes estavam armados e tinham até semiautomáticas de assalto *AR-15*.

Depressa começaram a chover projéteis sobre as forças da ordem. O policial que comandava a unidade apontou com o dedo para um manifestante.

"Aquele atirou um objeto", identificou. "Detenham-no!"

Os agentes avançaram para agarrar o infrator, mas os Proud Boys cerraram fileiras e bloquearam-lhes a passagem.

"Não os deixem levá-lo!", gritou um deles. "Não os deixem!"

Os manifestantes avançaram em bloco, pressionando com os seus corpos os corpos dos policiais. Choveram mais objetos, mas desta feita mais pesados. Ouviram-se subitamente detonações e o ar encheu-se de fumo; eram granadas de gás e outros explosivos que os manifestantes atiravam contra a polícia. Leroy sentiu o cheiro do gás, pareceu-lhe uma espécie de lacrimogêneo, pois o nariz e os olhos começaram a arder-lhe, mas, empurrado pela multidão e também ele empurrando os que estavam à frente, foi avançando passo a passo.

"Traidores!", gritou um dos milicianos aos policiais. "Vocês são uns traidores!"

"Lembrem-se do vosso juramento!", gritou outro. "Estamos aqui para fazer cumprir a Constituição e vocês deveriam fazer o mesmo! Lembrem-se do vosso juramento! Protejam a Constituição!"

"Traidores! Traidores!"

"Mostrem solidariedade para com Nós, o Povo, ou damos cabo de vocês! Pensam que as vossas armas da treta nos vão parar? Nada para o povo! Vamos tomar o edifício!"

No meio daquele caos, Leroy viu dois milicianos dos Proud Boys a apontarem as armas contra os policiais e a abrirem fogo; percebeu que não disparavam balas verdadeiras, mas de borracha. Os policiais responderam também com balas de borracha.

A situação descontrolou-se de um momento para o outro. Ouviram-se gritos, as detonações multiplicavam-se, havia fumo, explosões de luz, os paus das bandeiras e os próprios *pins* metálicos de trânsito eram usados para agredir os agentes, *sprays* de gás lançados sobre a cara dos policiais, *tasers* usados consecutivamente para provocar choques elétricos em agentes já tombados por terra.

A confusão generalizou-se.

Os manifestantes atacavam as forças de segurança, instalou-se o combate corpo a corpo, os policiais recuavam ou eram simplesmente vencidos e abriam alas. A multidão avançava e avançava, como uma corrente irresistível a galgar as margens de um rio. De repente, Leroy percebeu que a massa humana na qual se encontrava tinha passado a barreira da polícia e escalava já a escadaria em direção ao imponente edifício do Capitólio, uma cidadela prestes a cair nas mãos da turba descontrolada. Os invasores estavam por toda a parte e havia mesmo pessoas a escalarem as paredes do edifício como aranhas gigantes. A anarquia generalizara-se e a multidão, comandada pelos Proud Boys e pelos Oath Keepers, tornara-se senhora da situação.

Um dos manifestantes apontou para o grande edifício que albergava o Congresso dos Estados Unidos.

"Todos os cabrões que estão lá dentro são traidores!", berrou. "Todos eles!"

"Mas o maior é o Pence!"

"E os pedófilos! Não se esqueçam dos *sonnavabitches* dos pedófilos satânicos!"

Seguindo sempre a corrente de patriotas, Leroy foi subindo até chegar a um ponto onde se concentrava uma massa compacta de manifestantes, todos a empurrarem e a empurrarem. Tratava-se, percebeu, de uma das entradas do Capitólio. A entrada estava barrada pela polícia, os agentes a aguentarem o impacto e a procurarem manter a coesão encostando-se ombro a ombro. O caos ali era total.

"Aguentem a linha!", gritava um policial, a cabeça ensanguentada. "Aguentem a porra da linha!"

Mas iam chegando sempre mais e mais manifestantes e tornava-se claro que a linha de defesa das forças de segurança iria mesmo ceder; era uma questão de minutos. Viam-se sobretudo murros e palmadas e agarrões, mas também bastões, martelos, paus de bandeira e até facas. Um extintor de incêndios foi lançado contra as cabeças dos agentes, atingindo-os com brutalidade. O cordão de segurança vacilou, mas ainda se aguentou.

"Deixem-nos passar", gritou um miliciano no meio do assalto. "Somos cidadãos pacíficos!"

"Estamos a fazer isto por vocês!", berrou outro. "Estamos a fazer isto pela América!"

A certa altura, os atacantes conseguiram agarrar um policial e puxaram-no para o exterior, atirando-o sobre os degraus da escadaria.

"Apanhei um!"

Rodearam-no de imediato, arrancaram-lhe o distintivo, a arma e as munições, e mantiveram-no deitado de barriga para baixo e imobilizado, ao mesmo tempo que impediam os outros agentes de o irem socorrer.

"Matem-no com a própria arma!", entoaram alguns milicianos. "Matem-no com a própria arma!"

Os policiais que faziam barreira à porta lançaram gritos na direção do colega e dos manifestantes que o rodeavam.

"Ele tem filhos! Não lhe façam nada, ele tem filhos!"

Ninguém o matou.

O combate prosseguia feroz junto do acesso ao Capitólio, os policiais a enfrentarem os invasores, a protegerem-se com escudos e a tentarem travar a turba à bastonada, enquanto os manifestantes forçavam a entrada aos empurrões, aos murros e usando todo o tipo de objetos. Ouviram-se vidros a serem estilhaçados e Leroy, bem no meio da multidão furiosa, viu os manifestantes que escalavam a fachada do edifício a tentarem entrar pelas janelas que tinham partido. Não havia dúvidas, era uma questão de tempo até os atacantes se imporem. E o tempo, percebia-se pelo rosto exangue dos policiais, esgotava-se.

De repente, a barreira de segurança cedeu, a corrente humana avançou como um aríete e Leroy deu consigo a atravessar a ombreira e a entrar num corredor decorado a mármore.

Estava dentro do Capitólio.

LXXVIII

Com a mala aberta sobre a cama, Tomás Noronha pegou na camisa que acabara de passar e de dobrar e depositou-a com cuidado no canto da mala que reservara para o efeito. Quando ia fazer o mesmo com as calças, também acabadas de passar a ferro, tocou o celular. Pegou imediatamente no aparelho; devia ser Maria Flor. A mulher, que tivera dificuldade em conseguir lugar num avião que saísse de Yangun e só nessa noite apanharia o voo, deveria estar a caminho do aeroporto e provavelmente ligava-lhe.

O visor do *smartphone* indicava um número confidencial.

"Está sim?"

"*Sou eu*", respondeu a voz masculina do outro lado. "*Bati a todas as portas.*"

Tratava-se afinal de Kurt Weilmann. O homem da DARPA falava sem dar pormenores precisos, evidentemente porque nunca se sabia se os russos estariam a monitorizar a chamada.

"E então? Tem boas notícias?"

"*Nem por isso. Não se conseguiu localizar o seu… uh… amigo.*"

"Está a falar a sério?"

"*Infelizmente, sim. Percorreu-se tudo de fio a pavio e não deu em nada. Lamento.*"

Não eram realmente boas notícias.

"Bem, está bem", resignou-se Tomás. "Terei de o encontrar de outra maneira."

"*Boa sorte.*"

Desligaram.

O que Weilmann veladamente lhe dissera ao celular fora que o FBI não conseguira identificar nenhum miliciano trumpista, ou um qualquer outro cidadão americano, que correspondesse credivelmente ao tal Rodhes Gonzalez que Tomás e os russos procuravam.

Não era evidentemente o que o historiador esperava. Sempre pensara que o FBI, com as suas enormes bases de dados e os imensos recursos à sua disposição, não teria qualquer dificuldade em localizar o homem que levara o *smartphone* de Sasha. Se os federais tivessem sido bem-sucedidos, como era expectável, isso evidentemente facilitaria imenso o trabalho a Tomás. Mas essa era uma via que não dera frutos. Por que razão, interrogou-se, tudo o que tinha de fazer envolvia sempre tanta dificuldade? O que a uma pessoa normal requeria um determinado esforço, a ele exigia sempre o triplo. Era sina. Os atalhos pelo visto nunca resultavam.

Não com ele.

O que significava que teria de ser ele a resolver o problema. O mais depressa possível, pois o tempo urgia.

Largou a arrumação da mala e, ansioso e pressionado, foi para o escritório reler as suas anotações em busca de ideias e pistas. Começou por rever o que descobrira quando se pusera a descodificar a inscrição encriptada.

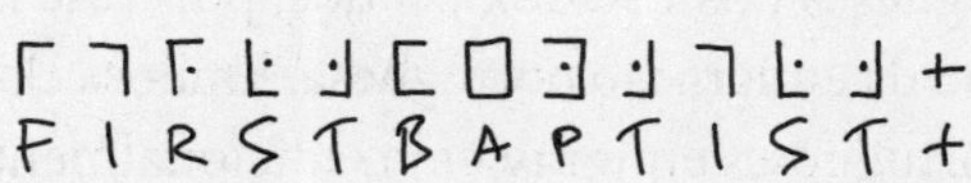

Coçou a cabeça. O que lhe dizia aquela pista? Pouca coisa. Nada, na verdade. Ou, se calhar, tudo. Era uma questão de pensar fora da caixa, olhar para aquilo de uma outra perspectiva, explorar novas ideias. Precisava de se pôr no lugar do autor daquela charada já parcialmente desvendada. O responsável pela mensagem era, segundo lhe dissera Sasha em Moscou, um miliciano trumpista. Um simplório. Ora, se Rodhes Gonzalez era um simplório, não lhe parecia credível que tivesse ocultado a sua mensagem num código sofisticado. Os simplórios, por definição, não eram sofisticados.

Depois havia os símbolos que Sasha descrevera desse homem. O russo falara-lhe em elementos decorativos na roupa do trumpista que lhe ficara com o celular. Um galo, para começar. E também uma série de iniciais. Consultou as suas notas.

WWG1WGA

As iniciais formavam a sequência WWG1WGA. O que raio quereria aquilo dizer? Teria algum significado? Tratar-se-ia de algo aleatório? Estaria a ver pistas onde elas não existiam? E, se existissem, qual a ligação que tinham com todo o resto? Muitas perguntas e nenhuma resposta. Teve vontade de urrar de frustração.

O que devia procurar?

Se bem se recordava, a coisa que na altura mais lhe chamara a atenção fora o tipo de alfabeto maçônico a que o autor daquela mensagem recorrera. Podia ter utilizado o sistema francês ou o inglês ou o alemão. Mas não. Utilizara o sistema português.

O *português.*

O que lhe dizia isso do autor da charada? A resposta pareceu-lhe óbvia. Se ele usara o sistema português era porque, com toda a probabilidade, se tratava de um português. Não lhe parecia nada evidente encontrar portugueses nos Estados Unidos, pois esse não era o maior destino de eleição da emigração portuguesa. Embora ela existisse, claro. Ainda que os portugueses emigrassem tradicionalmente para o Brasil, a França, a Suíça, o Luxemburgo e o Canadá, havia algumas colônias portuguesas nos Estados Unidos. As maiores situavam-se no Massachusetts, em Newark, em Rhode Island e em San Diego.

Mesmo que o trumpista em causa não fosse um português, nada impedia que se tratasse de um descendente de portugueses. Havia-os aliás por toda a parte nos Estados Unidos. Tom Hanks, George Lucas, Keanu Reeves e Katy Perry eram apenas os exemplos mais famosos de lusodescendentes na América. Claro que não imaginava alguém como Tom Hanks a elaborar uma charada daquelas, mas…

Hesitou.

E se…?

Assaltado por uma ideia que nesse momento lhe ocorreu, agarrou-se imediatamente ao computador e digitou uma série de dados, uns relacionados com a hipótese que acabara de estabelecer, outros com a descodificação parcial da inscrição encriptada. Com toda a informação inserida no sistema, o computador levou uma fração de segundo a dar-lhe a resposta. Quando a viu, cerrou o punho em sinal de vitória.

"Já está!"

Descobrira o paradeiro de Rodhes Gonzalez.

LXXIX

Embora a entrada do capitão Dimitri Chernyshev no Capitólio tivesse sido caótica, como a de todos os manifestantes que estavam nesse momento a invadir o edifício onde funcionava o Congresso, a decisão de se manter próximo dos Oath Keepers revelou-se sensata. O homem do FSB juntara-se a eles porque percebera que tinham formação militar e sabiam o que faziam; avançavam em linha, a chamada "fila Ranger", pois cada um agarrava o colarinho do colete do camarada à frente, uma tática militar padronizada. Além disso, estavam equipados com capacetes e coletes de proteção do corpo e comunicavam entre eles por gestos, fazendo sinais militares para coordenar movimentos táticos.

Uma vez vencida a barreira da polícia e a inviolabilidade do edifício, algo que estava a acontecer simultaneamente em várias entradas, os Oath Keepers pararam para estudar um mapa onde constava a planta do Capitólio.

"O Senado é por ali", percebeu o miliciano que claramente chefiava o grupo, apontando para a esquerda. "Vamos!"

O grupo meteu nessa direção e Dimitri, juntamente com outros invasores, foi atrás. Seguiram pelo corredor e, umas dezenas de metros à frente, depararam-se com um cordão policial à entrada do átrio que dava para a câmara do Senado.

Um dos policiais, um negro corpulento que parecia comandar o cordão de proteção ao Senado, ergueu a mão e apontou para a porta de saída.

"Voltem para trás!"

"O presidente Trump convidou-nos", disse um manifestante. "Quando o comandante supremo dá uma ordem, os patriotas obedecem."

"Estamos aqui para parar o roubo!", acrescentou outro. "Ninguém votou em Biden."

O policial negro respondeu-lhes.

"Eu votei nele."

Fez-se um curto silêncio.

"Ouviram isto, pessoal?", gritou uma mulher de camisa cor-de-rosa com *MAGA* estampado no peito. "Este preto votou em Joe Biden!"

Desencadeou-se uma gritaria no átrio, os ânimos exaltados.

"*Fucking nigger!*", vociferaram os homens dos Oath Keepers. "Cabrão do preto!"

Os milicianos lançaram o assalto e os policiais aguentaram o embate. Não seria fácil passar por eles. Vendo que as coisas por ali estavam complicadas, Dimitri recuou e procurou outra passagem. A sua missão era outra. Os corredores enchiam-se nessa altura de manifestantes, eram sempre mais e mais; ouviam-se gritos e o barulho dos confrontos no átrio de acesso à câmara do Senado. O homem do FSB dirigiu-se à Ala Oeste, ciente de que havia naquela zona milicianos que tinham entrado por outras portas, provavelmente os Proud Boys, e que poderia acompanhar.

O som da chegada de uma mensagem soou-lhe no *smartphone*. Deitou uma olhadela à tela; era São Petersburgo que comunicava com ele. Clicou na mensagem.

Pence está num quarto do segundo piso

A informação irritou Dimitri. Para que lhe estavam a dizer isso a ele? Escreveu uma mensagem de volta.

Ponham todas essas informações imediatamente nas redes sociais

Era imperativo guiar os invasores para os locais onde se encontravam escondidos os congressistas da Câmara dos Representantes, os senadores e o vice-presidente, mais as respectivas famílias. Se a nata da classe política americana fosse apanhada pelos milicianos e linchada, tanto melhor. Quanto maior fosse o caos, maior seria o desastre para a América e para o Ocidente, maior seria a vitória da Rússia.

A prioridade nesse momento para o oficial russo era, no entanto, outra. Precisava imperativamente de ter acesso a computadores do Congresso para descarregar as imagens que recebera com o *deep fake* de Joe Biden a queimar votos dos americanos em Trump. Isso comprometeria gravemente os congressistas democratas, pois estaria no *hard drive* de um dos seus computadores, e legitimaria a revolução. Tentou abrir portas ao longo dos corredores, mas estas estavam trancadas ou davam para salas de arrumo ou de limpeza.

Ouviu cânticos e vozes em aproximação e deparou-se com um novo grupo de manifestantes a percorrer o interior do edifício; eram de fato os Proud Boys.

"Onde estão os traidores?", gritou o que ia à frente, fardado de camuflado. "Tragam-nos cá!"

"Traidores!", cantavam vários. "Traidores! Traidores!"

Enquanto os milicianos iam batendo nas diversas portas, acreditando que pessoas se escondiam lá dentro, e tentavam mesmo arrombar algumas, um homem com megafone percorria os corredores a incitar os seus companheiros.

"Defendam a vossa liberdade!", dizia o homem num tom monocórdico, como um gravador. "Defendam a vossa Constituição! Defendam a vossa liberdade! Defendam a vossa Constituição! Defendam a vo..."

Dir-se-ia um circo.

"Eh, pessoal!", chamou alguém. "Já viram o que acabou de sair no Facebook? O Pence está num quarto do segundo piso!"

"*Motherfucker!* Onde são as escadas para lá?"

"Ali! Ali!"

Foram a correr nessa direção.

"Esperem! Esperem!", travou-os outro. "Acabei de receber uma nova mensagem no Facebook. Todos os legisladores estão nos túneis, três pisos abaixo."

"Como porra vamos até lá?"

"Temos de ir para as portas da Câmara dos Representantes, na Ala Norte, virar à esquerda e descer as escadas. Q diz que o presidente assinou ordens secretas para prender o Pence e toda a gente."

O miliciano que parecia chefiar aquela unidade de Proud Boys deu indicações rápidas aos seus homens.

"Ouviram isto, rapazes? São ordens do presidente. Portanto, um grupo sobe para apanhar o Pence no segundo piso, os outros descem para capturar os legisladores. Vamos a isto, rapazes! Temos de prender os traidores todos!"

Os vários grupos dos Proud Boys, mais os manifestantes que vinham atrás deles, transformaram-se em dois grupos principais, um a subir as escadas, o outro a descê-las; cada um com as suas ordens específicas. Dimitri foi atrás dos que subiam, acreditando que o setor para onde iam lhe permitiria entrar num gabinete dos democratas, mas depressa esse grupo chegou a um espaço designado Speaker's Lobby, o átrio do presidente do Congresso, e encontrou uma barreira formada por mesas e cadeiras. Atrás dessa barreira estavam policiais.

"Afastem-se!", ordenaram os manifestantes aos agentes. "Deixem-nos passar!"

As forças da ordem pareceram hesitar. Uns agentes afastaram-se de fato, mas outros tinham as pistolas nas mãos apontadas aos invasores e não pareciam dispostos a recuar. Os milicianos lançaram o assalto. Alguns tentaram saltar sobre as mesas e cadeiras, e os policiais, que claramente guardavam um local de grande importância, abriram fogo.

Uma garota com uma bandeira MAGA sobre os ombros caiu para trás, o zumbido das balas cortou o ar e Dimitri sentiu a perna esquerda falhar-lhe e tombou também. Surpreendido, olhou para a perna e viu uma mancha líquida vermelho-vivo a empapar-lhe as calças. Havia sido baleado. Tentou levantar-se, mas a perna não obedeceu.

"*Blin!*"

Foi nesse momento que Dimitri caiu em si e percebeu a gravidade da situação em que se encontrava. Era russo, estava ferido, encontrava-se no meio da invasão ilegal a um órgão de soberania dos Estados Unidos e não conseguia caminhar para completar a sua missão nem para sair dali. Com toda a probabilidade, quando tudo aquilo acabasse seria detido pela polícia e investigado.

Isso não seria nada bom. As autoridades americanas inevitavelmente interrogar-se-iam sobre o que fazia ali um cidadão russo. O caso seria entregue ao FBI, a sua ligação à Lukoil acabaria investigada ao detalhe e inevitavelmente perceber-se-ia que ele sabia tanto de petróleo quanto um bosquímano sul-africano sabia de *permafrost* siberiano. Pior ainda, a polícia federal americana analisaria o seu *smartphone* e descobriria o que lá se encontrava. Os contatos e as mensagens, sim, mas pior do que isso era o *deep fake* que tinha guardado no aparelho para o injetar nos computadores dos congressistas democratas. Não havia mais nada para além desse comprometedor *deep fake*, claro, mas só essas imagens eram já suficientemente graves.

Pensou bem. Não haveria mesmo mais nada para além disso? O que mais tinha ele guardado no celular que pudesse ser sensível? Não, não havia mais nada…

Congelou.

A não ser o… o…

O coração quase lhe parou e a boca secou-se-lhe quando se lembrou do mais importante. Como se pudera esquecer? Arregalou os olhos, horrorizado com o erro estúpido que cometera e com as terríveis consequências que resultavam desse erro. Pior do que os contatos e as mensagens e até o *deep fake* que a polícia americana inevitavelmente descobriria, pior do que tudo, muito pior, era o *download* que havia feito no celular de todo o programa do FSB intitulado Protokol Kaosa.

O Protocolo Caos.

Empalideceu ao perceber a enormidade do problema. Como pudera ter cometido uma tal imprudência? O protocolo era *osoboy vazhnosti*. Russo para "particularmente importante". Que é como quem dizia, *top secret*. Absolutamente secreto. O documento continha os maiores segredos da Rússia e a sua leitura era restrita a apenas alguns elementos-chave da operação do FSB contra o Ocidente. Descarregara-o à sucapa tempos antes para o ler tranquilamente em casa quando tivesse tempo disponível, lê-lo e destruí-lo, mas depois de o ler esquecera-se dele, esquecera-se de o destruir, esquecera-se de que o tinha guardado no *smartphone* e esquecera-se até de que o tinha esquecido. E só agora, no pior momento e no pior local possível, quando já nada poderia fazer, se lembrava de que o esquecera no celular.

Um arrepio de medo percorreu-lhe o corpo. O coronel Arsenyev tinha sido muito claro no aviso que na altura lhe fizera a respeito da confidencialidade daquele importantíssimo documento. As palavras ainda lhe ecoavam na mente. "*Se o protocolo for parar às mãos de alguém devido a negligência sua, haverá consequências graves.*" Dissera-o num tom solene e questionara-o sobre se entendia aquelas palavras, de modo a não deixar qualquer dúvida quanto ao seu sentido. Dimitri não ignorava que, por "*consequências graves*", o coronel entendia *mokroye delo*, o trabalho molhado, código no FSB para execução. Haveria um interrogatório muito musculado que culminaria com um tiro na nuca, à moda soviética da Cheka, do NKVD e do KGB. Se o inimigo pusesse as mãos naquele documento, fosse por alta traição ou por simples negligência, não podia alimentar ilusões. Pagaria com a vida. Nem mais, nem menos. E a família também sofreria, claro. Sobre isso não restava a menor dúvida.

Tornava-se por isso imperativo impedir que o *smartphone* caísse nas mãos da polícia americana. O FBI não podia, de modo nenhum, tomar conhecimento do Protokol Kaosa. Mas como impedi-lo se estava estendido no chão do Capitólio, ferido a meio de uma invasão absolutamente ilegal e por entre um bando de alucinados armados, incapaz de sair dali e por isso condenado a ser detido e o celular inspecionado pelas autoridades com todas as consequências que daí adviriam?

"Ajudem-me!", pediu, fazendo sinal aos Proud Boys que ali se aglomeravam. "Ajudem-me, por favor!"

Ninguém parecia fazer caso de si.

"Socorro!", gritou. "Fui ferido. Preciso de ajuda!"

Ainda ninguém respondeu.

"Ajudem-me, por favor", voltou a gritar. "Estou ferido!"

Só então um manifestante lhe prestou atenção.

"Não pode ser, amigo. Atingiram uma jovem no pescoço. Estamos a tentar salvá-la. Tens de esperar."

Ele não era uma prioridade, percebeu Dimitri. Tentou de novo levantar-se, mas mais uma vez não conseguiu. Não só a perna não respondia como sentiu uma dor lancinante ao tentar levantá-la. Começou a resvalar para o pânico. No último instante, porém, segurou-se. O treino do FSB, embora incompleto, permitiu-lhe recuar do abismo psicológico para o qual escorregava perigosamente. Concentrou-se no que aprendera. Calma, Dima. Tinha de se controlar, o pânico só prejudicaria. Precisava de manter a cabeça fria. Nos momentos mais difíceis havia que manter a serenidade e pensar racionalmente, como lhe fora ensinado na formação.

Calma, Dima.

Havia ali dois problemas muito complicados, a sua detenção e a apreensão do *smartphone*. O mais grave era o segundo, pelo que a sua resolução tinha prioridade sobre o primeiro. Olhou em redor, em busca de uma solução para a questão prioritária. Se ele não conseguia tirar dali o aparelho, a conclusão lógica é que alguém teria de o fazer por si. Mas quem?

Analisou os homens e as mulheres que circulavam pelo corredor. Nos Proud Boys não podia confiar, pois com toda a probabilidade acabariam detidos e investigados. Além de que estavam ocupados a tentar salvar a moça atingida. Tinha de apostar em alguém diferente, uma figura mais anônima, sem qualquer tipo de credibilidade. Precisava de uma pessoa que tivesse uma boa probabilidade de escapar sem ser seriamente escrutinada pela polícia. E, ainda que fosse encontrado na posse do documento, teria de ser alguém que ninguém relacionasse com a Rússia e muito menos com o FSB.

Depois de estudar com frieza os manifestantes em redor, a sua atenção prendeu-se num homem com símbolos originais bordados no casaco. Usava um galo como ícone e uma inscrição ininteligível com uma sequência de letras maiúsculas, WWG1WGA. Não era definitivamente um miliciano e parecia deslocado, perdido no meio do Capitólio. Lênin tinha uma designação para pessoas assim. Os idiotas úteis.

O homem ia a passar ao lado de Dimitri e este interpelou-o.

"Desculpe, preciso da sua ajuda."

O idiota útil parou e deitou um olhar para a perna ferida do agente do FSB disfarçado em manifestante.

"Lamento, amigo. Não sou médico, não sei como proceder."

"Como se chama o senhor?"

Vendo pousados nele os olhos suplicantes de Dimitri, que naquele instante era um homem ferido e indefeso, a alma cristã do idiota útil compadeceu-se.

"Sou o Rodhes…"

LXXX

"... de Gonzales."

A resposta de Leroy fora cautelosa. *Sou o Rod, de Gonzales*. O homem ferido que o interpelara no interior do Capitólio falava com um sotaque estranho, evidentemente estrangeiro. É certo que não se tratava de um daqueles imigrantes latino-americanos que se viam na Luisiana e que tinham prioridade no acesso aos empregos pelo simples fato de serem estrangeiros. Não. O homem era loiro e, com a boca fechada, passaria muito bem por um americano como os outros. Mas o sotaque dele soava indubitavelmente estrangeiro e, apesar de compadecido por o homem se encontrar ferido, havia que desconfiar. Por isso não lhe revelara o nome próprio, mas o diminutivo do seu apelido, Rod, de Roderick, e o nome da cidade na Luisiana onde nascera. Gonzales. Pareceu-lhe mais prudente.

"Ouça, *mister* Rhodes Gonzalez, o meu nome é Smith", apresentou--se o ferido, que evidentemente confundira Rod com Rhodes. "John Smith. Tenho este sotaque porque vivi a minha infância em Varsóvia. O meu pai era *marine* na nossa embaixada. Mas sou capitão dos serviços de inteligência militar dos Estados Unidos e trabalho na Casa Branca com a equipe de Q, não sei se conhece..."

Ao ouvir isto, Leroy arregalou os olhos.

"O senhor trabalha com Q?"

O homem deitado no chão olhou em redor, como se se quisesse certificar de que ninguém os estava a ouvir.

"É estritamente confidencial", confirmou em voz baixa. "Só lhe estou a contar isto porque, como vê, fui ferido ao atacar os lacaios que protegem os pedófilos e… e não consigo sair daqui. É muito possível que o Estado Profundo, se conseguir travar os patriotas que lutam pela Constituição e pelo presidente, me apanhe e me leve para a prisão. Não tenho medo deles, note. Estou disposto a morrer pela pátria e pela liberdade. O problema é que tenho na minha posse material altamente secreto de Q, aprovado pessoalmente pelo presidente, com as ordens executivas confidenciais para organizar a resistência dos patriotas à governação dos pedófilos e dos satanistas no caso de o roubo das eleições ser bem-sucedido e de Biden, esse usurpador corrupto, ocupar ilegalmente a Casa Branca."

"O senhor tem na sua posse material altamente secreto de Q?"

O capitão Smith lançou um novo olhar em volta, sempre a assegurar-se da confidencialidade da conversa.

"É o Plano."

A revelação sussurrada deixou Leroy de boca aberta.

"O… o Plano?!"

"Chiu, mais baixo!", ordenou o ferido, alarmado. "Ouça, vejo que você é um bom patriota e está por dentro destes assuntos. Compreende por isso que esta documentação não pode de modo nenhum cair nas mãos do Estado Profundo. Uma coisa dessas destruiria todos os imensos esforços que temos levado a cabo ao longo destes anos para retirar o poder às elites globalizantes e devolvê-lo ao povo americano. Temos de salvar o Plano, custe o que custar. Entendeu?"

O olhar de Leroy varreu o corpo do capitão Smith, procurando uma pasta ou um *folder* com os documentos que ele dizia possuir.

"Onde está o Plano?"

O ferido ergueu a mão e exibiu um *smartphone*.

"Aqui."

Leroy fitou o aparelho com uma expressão reverencial nos olhos; dir-se-ia que se encontrava diante da Arca da Aliança ou do Santo Graal. Esticou o corpo, pondo-se em sentido, e nessa postura militar fez continência. Assumia-se nesse momento como um soldado da luz.

"Meu capitão, estou às suas ordens!", exclamou com solenidade. "Como o posso ajudar?"

"Preciso que leve o meu celular e o esconda em lugar seguro. Não conte a ninguém que o tem na sua posse, ouviu? Isto é *top secret*. Além do mais, isso poria em perigo a sua vida. Ninguém pode saber de nada."

"Pode ficar descansado, meu capitão."

"E, *mister* Rhodes Gonzalez, vou precisar do seu contato. Pode dar-mo?"

Leroy esteve quase a esclarecer que não se chamava Rhodes Gonzalez, que era Rod, de Roderick, e que Gonzales era simplesmente o nome da sua terra, mas o pedido fê-lo hesitar, a desconfiança a voltar em força.

"Para que precisa de saber?"

"Para recuperar o Plano quando o momento chegar, claro. Qual é o seu telefone?"

Nova hesitação de Leroy. Desconfiava do Estado Profundo e das suas manhas. O capitão Smith parecia-lhe genuíno, no fim de contas entrara no Capitólio com os Proud Boys, estava ferido e tinha na sua posse o Plano, mas a verdade é que não o conhecia de parte nenhuma e as elites eram ardilosas. E se lhe estivesse a ser montada uma armadilha?

"O meu capitão trabalha mesmo para Q?"

"Sou da equipe dele, já lhe disse."

Só havia uma maneira de se assegurar de que o capitão Smith era mesmo um *anon*, decidiu Leroy. Tirou do bolso o papel que ao longo do dia estivera a distribuir por todos os *anons* que encontrara nas ruas de Washington, DC, e entregou-o ao seu interlocutor.

"Está aqui o meu contato."

O ferido olhou para a inscrição no papel e ficou um momento paralisado a tentar compreendê-la.

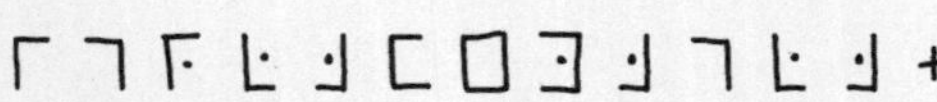

"O que é isto?"

"É *crumb*", foi a resposta. "Se o meu capitão trabalha mesmo para Q, não terá dificuldade em *bake it*. Lembre-se, *everything is connected*. Confie no Plano. Nós somos a Tempestade."

Com um movimento rápido, pegou no *smartphone* e desapareceu.

LXXXI

A igreja perdida em Gonzales, no Sul dos Estados Unidos, estava vazia àquela hora da manhã. Duas empregadas lavavam o chão do santuário e um intenso cheiro a cândida permeava um espaço onde o odor mais expectável seria o do incenso e das velas queimadas. A igreja era relativamente pequena e de traça moderna, com o altar e as bancadas em madeira clara, tipo faia. Atrás do altar encontrava-se pendurado uma tela que exibia versículos do Novo Testamento. Parecia tudo muito diferente das velhas igrejas que se viam na Europa.

Uma vez que não havia ali mais ninguém, Tomás Noronha dirigiu-se a uma das empregadas.

"Desculpe, quem é o responsável pela igreja?"

A garota parou de limpar o chão e, apoiando-se sobre o esfregão, encarou-o.

"É o pastor Harvey Chopin", respondeu. "Está no gabinete a preparar a aula de amanhã sobre a Bíblia."

A empregada deu-lhe as indicações e Tomás encaminhou-se para o gabinete do clérigo responsável pelo santuário. Encontrou-o num pequeno cubículo ao fundo do corredor, vestido de *jeans* e *T-shirt* como um qualquer frequentador da igreja, a teclar ao computador.

"Pastor Chopin?"

O homem, um sujeito de meia-idade, magro e de cabelos grisalhos, suspendeu o que estava nesse momento a fazer e, como bom anfitrião, fez-lhe de imediato um gesto a convidá-lo a sentar-se numa cadeira diante da sua mesa.

"Não me lembro de alguma vez o ter visto por aqui, meu filho", disse o homem em tom afável. "Será que tenho uma nova ovelha prestes a juntar-se ao meu pequeno rebanho?"

Tomás identificou-se e, ciente de que ia fazer um pedido intrusivo, apresentou os documentos que atestavam que ele era quem dizia ser, incluindo o passaporte, o documento acadêmico que o reconhecia como historiador e a declaração que o ligava à Fundação Gulbenkian. Uma vez a sua identidade estabelecida, passou ao que ali o levara.

"Não estando eu aqui para me juntar ao seu rebanho, ando à procura de uma pessoa que, creio, é uma ovelha sua."

"Está a falar de quem?"

"Esse é um dos problemas", reconheceu o recém-chegado. "Não sei o nome dele. Mas tenho várias pistas que me poderão conduzir a essa pessoa. É por isso que preciso da sua ajuda."

O pastor Chopin considerou a questão.

"Não posso esconder que o seu pedido é um pouco estranho", observou. "Para que o deseja encontrar?"

Em condições normais, Tomás evitaria mentir. Mas como poderia responder àquela pergunta com a verdade? O que aconteceria se dissesse que a pessoa que procurava ficara com um celular carregado de segredos que a Rússia não queria ver desvendados e que ele próprio estava ali como agente duplo, fingindo servir os russos, mas na verdade em articulação com um responsável da DARPA? Seria receita certa para não chegar a lado nenhum. A verdade não era credível. E, mesmo que o fosse, desencadearia as maiores suspeitas e fechar-se-lhe-iam todas as portas. Já o mesmo não se poderia dizer de uma mentira bem elaborada.

"Como lhe expliquei, sou um historiador português e trabalho com a Fundação Gulbenkian, de Lisboa. Acontece que a fundação está a proceder a um levantamento muito completo dos cristãos lusodescendentes existentes em todo o mundo, do Brasil ao Japão, de Cabo Verde à Austrália. Como o projeto é muito vasto e ambicioso, fui convidado a envolver-me nele. Ora, na sequência das minhas pesquisas, descobri que existe um caso muito curioso de um lusodescendente nos Estados Unidos que, penso eu, frequenta a sua igreja. Gostaria muito de chegar à fala com ele."

"Como sabe que essa pessoa frequenta a minha igreja?"

"Um amigo meu conheceu-o por acaso e ele entregou-lhe esta mensagem."

Tirou do bolso a anotação com a charada já descodificada e mostrou-a ao responsável da igreja.

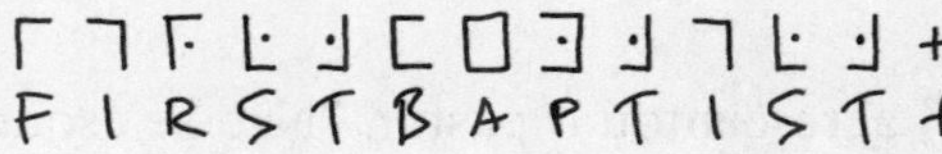

"First Baptist é a minha igreja."

"Eu sei. De resto, a cruz no final indicia justamente que a mensagem se relaciona com o cristianismo. Neste caso, com uma igreja. A First Baptist."

"Mas há muitas outras igrejas batistas na América. A primeira First Baptist apareceu em Rhode Island, no século XVII, e depois elas começaram a espalhar-se pelo país. Como sabe o senhor que se trata especificamente da minha igreja?"

Boa pergunta.

"O lusodescendente em causa é uma pessoa que pelo visto gosta de enigmas e charadas. Além desta mensagem codificada, ele não revelou explicitamente o seu nome. O meu amigo disse-me que ele se identificou como sendo Rodhes Gonzalez, mas as pessoas que têm esse nome nos Estados Unidos não correspondem à pessoa em causa. Acontece que eu fiz um levantamento de todas as igrejas First Baptist da América e, ao constatar que existia uma igreja First Baptist na povoação de Gonzales, cheguei à conclusão de que estamos perante um equívoco. Penso que, na verdade, esse lusodescendente nunca disse que se chamava Rodhes Gonzalez. O que ele terá realmente dito, creio, é que era Rodhes, de Gonzales. Estas palavras suscitaram confusão no meu amigo. Para todos os efeitos, com base nestes dados presumo que se trata de um frequentador da igreja First Baptist situada na povoação de Gonzales. Ou seja, é uma das suas ovelhas."

"Disse que ele se chamava Rodhes?"

"Correto."

O pastor Chopin esboçou uma careta.

"Não há nenhum Rodhes por aqui", salientou. "Não tem nada de mais específico?"

"Como lhe disse, é um lusodescendente."

"Como sabe isso?"

"Usava na roupa um galo como símbolo. O galo é um símbolo de Portugal."

"E de França", acrescentou o pastor. "Não se esqueça de que uma importante parte da população da Luisiana tem origem francesa, pois este estado foi colônia de França. Além disso, a América é uma terra de descendentes de imigrantes, meu filho. Os antepassados de toda a gente vieram de todos os lugares. Desconheço as origens étnicas da maioria, como deve calcular."

Tomás percebeu que teria de ir para um detalhe político, o que não lhe agradava; envolvia um terreno muito sensível e pantanoso, o que lhe poderia fechar portas. Porém, não tinha alternativa.

"A pessoa em causa é um seguidor de QAnon."

Ao ouvir a referência, o pároco alçou um sobrolho.

"Como sabe isso?"

"Ao que parece, a pessoa em causa usava cosida no casaco uma sigla com as letras WWG1WGA. Como com certeza não desconhece, isso significa..."

"*Where we go one, we go all*", completou o pastor Chopin, familiarizado com a sigla. "É de fato uma das expressões mais associadas ao QAnon."

Onde vai um, vamos todos, era a máxima que todos os *anons* da América conheciam de cor.

"Portanto, estou à procura de um Rodhes, frequentador da igreja First Baptist, de Gonzales, que é um seguidor do QAnon. Acha que estes dados chegam para identificar a pessoa em causa?"

O responsável pela igreja hesitou, como se ponderasse o que deveria responder.

"Diz o senhor que isso é para um estudo sobre cristãos descendentes de portugueses?"

Percebendo a desconfiança do seu interlocutor, Tomás voltou a tirar os seus documentos e a pousá-los sobre a mesa.

"Como já lhe mostrei, estas são as minhas credenciais."

O pastor Chopin voltou a pegar nos documentos e desta vez estudou-os com mais atenção. Não viu nada de suspeito neles. Voltou-se para o computador e digitou o nome da Fundação Calouste Gulbenkian. Apareceu-lhe muita informação sobre a instituição sediada em Lisboa. A seguir googlou o nome de Tomás Noronha. A tela encheu-se-lhe de *links* de jornais internacionais, sobretudo com detalhes do envolvimento do historiador com o papa na aventura do *Vaticanum* e do que ele fizera no episódio do *Sinal de Vida*.

"Ah, já me lembro de si!", exclamou o eclesiasta, reconhecendo-o enfim. "Uma celebridade, hem?"

O português forçou um sorriso; não lhe agradava ser reconhecido, mas em certas circunstâncias, como aquela, podia ser útil.

"Se quiser um autógrafo..."

A graçola, e sobretudo o fato de ter constatado que a pessoa diante dele era efetivamente quem dizia ser, ajudou a adormecer a desconfiança do pastor americano. O rosto abriu-se-lhe num sorriso, pois as suas dúvidas e hesitações tinham-se desvanecido como fumo ao vento, e a sua postura tornou-se totalmente cooperante.

"Creio saber quem é a pessoa que o senhor procura."

Embora acreditasse havia alguns dias que estava na pista certa, ao ouvir estas palavras Tomás quase soltou um suspiro de alívio.

"A sério?"

O pastor Chopin pegou num bloco de notas e rabiscou algumas linhas sobre uma folha. Quando acabou, arrancou a folha do bloco e estendeu-a ao visitante.

"O nome dele não é bem Rodhes, mas anda lá perto. E sim, tem origem portuguesa. E francesa. Pode encontrá-lo aqui."

Tomás olhou para a anotação; era um endereço.

LXXXII

A forma como o tal Rodhes Gonzalez se fora embora, deixando o seu contato numa mensagem cifrada e levando-lhe o *smartphone* onde se encontrava o Prótocolo Caos e todo o resto, deixou o capitão Dimitri Chernyshev sem saber o que pensar. Como raio iria decifrar a charada que o idiota útil lhe deixara? Sem isso não conseguiria localizá-lo e recuperar o celular e todo o seu tão sensível conteúdo.

O treino do FSB tomou de novo conta dele. Calma, Dima. Tinha de manter a cabeça fria, pensou. Cada coisa a seu tempo. Quando percebera que ficara ferido e não se conseguia movimentar, estabelecera duas prioridades. A primeira havia sido pôr o *smartphone* a salvo. Conseguira-o, pelo menos de momento. Se fosse preso, a polícia americana iria investigar as suas ligações à Lukoil e, mesmo que percebesse que a petrolífera russa não passava de uma fachada, como parecia inevitável, nada mais conseguiria retirar dele. Essa parte, de longe a mais importante, estava assegurada. Faltava agora o resto.

O resto era ele próprio sair do Capitólio sem ser capturado pela polícia americana. Não era coisa pouca. Escapar às autoridades tornara-se a sua nova prioridade, mas sabia que corria contra o tempo. O assalto ao Capitólio parecia-lhe demasiado caótico e estava convicto de que o golpe levado a cabo por aquela cambada de incompetentes, voluntariosos mas desorganizados, não iria resultar. Isso era claro. A operação só seria bem-sucedida com a ajuda do FSB, mas para que isso acontecesse ele precisaria de ter conseguido injetar o *deep fake* de Biden nos computadores dos democratas, como planejara. Isso não fora possível e a ação estava agora condenada ao fracasso. Trump não era nenhum Lênin, o Congresso não seria o Reichstag.

Os confrontos entre os milicianos dos Proud Boys e a polícia prosseguiam no corredor, embora sem a intensidade de minutos antes. Os tiros disparados pelos agentes, um dos quais pelo visto atingira com gravidade uma das manifestantes que tentara saltar a barreira, haviam esfriado os ânimos dos milicianos e dos seus seguidores. Com exceção do ocasional objeto arremessado contra as forças da autoridade, a confrontação era agora essencialmente verbal.

"Vocês são uns traidores!", gritava um dos Proud Boys. "Estamos aqui por ordem do presidente!"

Do outro lado da barreira de mesas e cadeiras vinha a resposta.

"Saiam do Capitólio!"

"O presidente assinou uma ordem executiva para deter Pence e todos os legisladores! Já cumpriram essa ordem?"

"Não temos conhecimento."

"A ordem executiva é secreta, mas está nas redes sociais", insistiu o miliciano. "Liguem para a Casa Branca e verão que é verdade. Se não estão dispostos a prender essa corja de usurpadores que violou a Constituição, deixem-nos ao menos passar e nós próprios o faremos. A ordem executiva do presidente tem de ser cumprida."

"Não temos conhecimento", devolveu o policial no mesmo tom neutro. "Saiam do Capitólio."

Nada daquilo já interessava a Dimitri. Falhada a missão de fazer *download* do *deep fake*, e uma vez salvo o *smartphone*, tinha agora de sair dali. O tempo urgia. Se não conseguia andar, então faria de outro modo. Começou a rastejar. Não interessava a forma, interessava o resultado. Haviam-lhe ensinado esse princípio no FSB e sabia que só isso o poderia salvar nesse momento.

Ao fim de trinta segundos, olhou para trás. Tinha avançado dez metros, deixando um rastro de sangue no chão de mármore. Não progredira muito, mas devagar se ia ao longe. Retomou o esforço. Não eram os chineses que diziam que todas as grandes viagens começavam com um primeiro passo? Nesse caso não se tratava de um passo, era um rastejar, mas ia dar ao mesmo. Atrás de um movimento vinha outro e depois outro. Se continuasse assim, daí a quinze ou vinte minutos conseguiria sair do edifício. Isto se tivesse forças para tal, claro. Embora se sentisse em forma, rastejar não era fácil; exigia muita força dos braços, dos ombros e das costas. Além de que cada movimento lhe fazia doer a perna ferida.

Voltou a olhar para trás. Avançara uns vinte metros desde o ponto onde fora ferido. Os músculos já lhe latejavam de dor, mas não tinha alternativa. Avançaria enquanto pudesse, rastejaria pelo corredor fora, rastejaria até à porta e rastejaria pela escadaria exterior até chegar à rua. E continuaria a rastejar enquanto conseguisse. Custasse o que custasse, tinha de sair dali. Ser detido e investigado pela polícia americana não era, na sua mente, uma opção. Portanto, ignorou as dores e prosseguiu os movimentos. Rastejava e rastejava e…

"Precisa de ajuda?"

Olhou para cima e viu inclinado sobre ele um homem volumoso, de grandes barbas e cabelos compridos, como um huno, na cabeça um boné com a frase "Q enviou-me". Um *anon* como tantos outros. Ou, para usar outra vez o velho jargão leninista, outro idiota útil.

"Sim, por favor", disse Dimitri, exausto. "Os… os pedófilos balearam-me. Os cabrões atingiram-me na perna."

Sem dizer mais nada, o recém-chegado pegou no ferido com todo o cuidado, o que não impediu a dor lancinante na perna esquerda ao ser remexida, e transportou-o ao colo para a rua. O homem do FSB perdeu os sentidos, tão violenta fora a dor na perna baleada, mas escapou assim à polícia americana.

Acordou dez minutos depois no interior de uma ambulância, rodeado por um médico e dois enfermeiros que lhe prestavam assistência. O seu primeiro pensamento, no entanto, foi para o *smartphone* e o documento altamente secreto nele contido. A sua prioridade era agora recuperá-lo. Para isso, precisava de fazer uma coisa muito simples de enunciar, mas talvez não tão simples de concretizar.

Precisava de localizar Rodhes Gonzalez sem que a sua chefia soubesse que ele tinha perdido o Protocolo Caos.

LXXXIII

A prioridade de Leroy Roderick logo que o operacional da equipe de Q lhe confiou o *smartphone* com o Plano foi sair do Capitólio o mais depressa possível e colocar o aparelho em segurança e ao abrigo das autoridades sediciosas que protegiam os usurpadores. Parecia-lhe fundamental salvar o Plano para que os patriotas, liderados pelo presidente e coordenados por Q, pudessem organizar a resistência se o Estado Profundo conseguisse concretizar o roubo da vitória eleitoral.

Quando se aproximava da porta de saída do edifício, no entanto, ouviu um manifestante com um cartaz "Somos a Tempestade", portanto um *anon*, a dar uma grande notícia a outro seguidor do QAnon.

"O pessoal conseguiu entrar no Senado!", anunciou. "Está nas redes sociais! Anda daí!"

A novidade era demasiado tentadora para que Leroy a ela pudesse resistir. Se havia patriotas no Senado, isso queria dizer que a vitória estava afinal à mão de semear. Se caíra o Senado, cairia tudo. Conquistado o Congresso, derrotar-se-ia as elites e conquistar-se-ia o país. Era um novo *tea party*, o movimento revolucionário que desencadeara o processo de independência da América. Não podia perder um acontecimento histórico dessa grandeza.

Deu meia-volta e seguiu os dois *anons* que se encaminhavam para o local. Um deles, o que dera a notícia, segurava um celular e ia olhando para a tela para se orientar. Pela conversa dele, percebia-se que estava a seguir indicações que recebia do seu "grupo" no Facebook e que o direcionavam para o Senado. Havia outros manifestantes a percorrerem o corredor e um deles, que vinha em sentido contrário, fez sinal positivo com o polegar para cima.

"Estamos lá dentro."

Não havia dúvida, o Senado fora libertado e a vitória estava perto. Acelerou o passo. Um pouco mais à frente no corredor viu dois *anons* acocorados, cada um no seu canto, mas levou alguns segundos a perceber o que estavam a fazer.

Defecavam.

Aquilo indignou-o e divertiu-o ao mesmo tempo. O Capitólio era um lugar sagrado, o coração da democracia americana; daí a indignação que sentiu. Mas era também a sede do Estado Profundo e de todo o pântano que conspurcava a América, o antro dos pedófilos e satânicos; daí que se sentisse também divertido. Cagar no Capitólio era cagar nas elites, era cagar nos imigrantes estrangeiros que elas promoviam, era cagar nas humilhações que elas impunham aos pés descalços, aos excluídos, ao povo americano que as elites tentavam a todo o custo amesquinhar e, sim, substituir. Os que cagavam no Capitólio cagavam no povo todo, e ele, Leroy, só não baixava as calças e cagava também porque, a bem dizer, não sentia os intestinos a pressioná-lo. Se sentisse, até as paredes borraria.

Cruzou uma porta e de repente, sem saber bem como, percebeu que estava no Senado. Havia muitos manifestantes por ali e até alguns policiais, que não se mostravam agressivos. Sentado no chão do grande salão encontrava-se um homem com a cara pintada de cores patrióticas, o corpo coberto de tatuagens nórdicas e na cabeça um grande chapéu de pelos com dois enormes cornos em cada lado.

"Isto é grande, *man*!", dizia esse homem. "Tudo nosso! Estamos aqui para elevar o nome de Jesus no chão do Senado! Isto é grande!"

Pela conversa dos dois *anons* que seguira até ao Senado, percebeu que o homem dos cornos se chamava QAnon Shaman. Já se cruzara com aquele nome nos "grupos" do Facebook que descodificavam os *drops* de Q, pelo que, apesar do aspecto extravagante do indivíduo, percebeu que estava entre gente boa, americanos de confiança, patriotas como ele.

"Venham, pessoal", chamou QAnon Shaman. "Juntem-se a mim. Vamos rezar e dar graças ao Senhor."

Leroy e todos os *anons* presentes no Senado juntaram-se ao homem do chapéu de pelos e cornos e ajoelharam-se no centro do salão, colando as palmas das mãos numa prece.

"Obrigado, Pai que estás no Céu, por nos agraciares com esta oportunidade de nos erguermos em defesa dos direitos que Deus nos concedeu", orou QAnon Shaman. "Obrigado, Pai que estás no Céu, por inspirares estes policiais a deixarem-nos entrar no edifício, por nos deixarem exercer os nossos direitos, por nos deixarem enviar uma mensagem a todos os tiranos, os comunistas e os globalistas, de que esta nação é nossa, não é deles. Peço-Te, Pai que estás no Céu, que ilumines o Senado com a luz branca da harmonia. Pelo santo nome de Cristo, nós oramos."

O grupo respondeu em coro.

"Ámen!"

Terminada a oração, Leroy subiu à plataforma onde o vice-presidente estivera apenas meia hora antes a homologar os resultados eleitorais e viu lá pousada uma mensagem que QAnon Shaman deixara rabiscada num papel endereçado a Mike Pence, o traidor.

É APENAS UMA QUESTÃO DE TEMPO,
A JUSTIÇA VEM AÍ

Isso mesmo, pensou Leroy. A justiça vinha aí. A divina e a dos homens. Os satânicos pedófilos que veneravam as trevas seriam punidos, os soldados da luz que lutavam pelo Bem seriam abençoados. A salvação estava às portas. Ámen.

O seu celular tocou. A tela indicava "número desconhecido". Intrigado, carregou no botão verde e atendeu.

"Alô?"

"*Boa tarde, daqui fala do BRPT, o Departamento da Polícia de Baton Rouge*", anunciou a voz do outro lado da linha. "*Posso falar com o senhor Leroy Roderick?*"

O que raio lhe quereria a polícia da capital da Luisiana?

"Sim, sou eu. Passa-se alguma coisa?"

"*Senhor Roderick, estou a ligar-lhe a propósito da senhora Clarence Desjardins*", foi a resposta. "*Ela nomeou-o como a pessoa a contatar.*"

"Clarence? O que se passa com ela?"

"*Está aqui detida. Homicídio.*"

A notícia atingiu Leroy como um soco.

"O quê?!"

"*A senhora Clarence Desjardins está acusada de ter assassinado esta manhã o senhor Robert Ribouchon, seu ex-marido, numa disputa pelo filho mais novo. A senhora Desjardins acusava o ex-marido de... uh... querer vender a criança a uma rede pedófila sediada em Washington, DC, e chefiada por... uh... a senhora Clinton.*"

"Meu Deus!"

"*Ouça, senhor Roderick, será que pode passar aqui pela esquadra, em Highland Road? Seria de toda a conveniênc...*"

"Mas eu estou em DC. Estou no Senado."

"*No Senado? Em DC? Desculpe, senhor Roderick, não estou a compreender...*"

Realmente, como explicar a confusão em que também ele se encontrava metido?

"Ouça, senhor policial, eu... eu... olhe, vou meter-me no carro e sigo já para aí. Estarei na esquadra amanhã de manhã e tratarei do que tiver de tratar. Pode ser?"

"*Como entender, senhor Roderick. Estou apenas a cumprir um procedimento requerido por lei. Tenha uma boa tarde.*"

Ao desligar o celular, Leroy olhou em redor. Os manifestantes ainda cirandavam pelo Senado, mas de algum modo tudo aquilo lhe pareceu nesse momento irrelevante, vazio de significado, oco. Clarence matara Bob. Os filhos ficaram órfãos do pai e com uma alta probabilidade de perderem a mãe para a cadeia.

Guardou o *smartphone* e encaminhou-se em passo apressado para a saída. Tinha de voltar à Luisiana, os seus precisavam dele. A revolução ficaria para mais tarde.

LXXXIV

Pairava no ar um forte cheiro a químicos, um fedor pestilento que parecia onipresente junto àquela curva do Mississípi. Como era possível viver num lugar daqueles?, interrogou-se Tomás Noronha quando ali chegou. Com uma pasta de executivo na mão, o historiador abeirou-se da velha casa de madeira em Burnside e confirmou que se tratava da morada que o pastor Chopin lhe registrara no papel. Não havia dúvidas, estava no lugar certo.

Carregou na campainha e ouviu um ding-dong soar no interior da casa. Momentos volvidos, a porta abriu-se e apareceu-lhe pela frente uma adolescente de faces rosadas.

"Boa tarde, *miss*", cumprimentou-a Tomás. "É aqui que mora o senhor Leroy Roderick?"

A moça virou-se para trás.

"Pai! É para ti!"

A adolescente desapareceu e, no lugar dela, emergiu na porta um homem com chapéu à *cowboy*, de barba por fazer e aspecto desleixado.

"Posso ajudá-lo, amigo?"

Antes de ali se apresentar, o português havia considerado várias estratégias. Acabou, todavia, por se decidir por aquela que lhe pareceu mais eficaz com vista ao que ali o tinha levado.

"Leroy Roderick?"

"Sou eu. Quem é o senhor?"

A teatralidade era fundamental, sabia Tomás. Durante a viagem para os Estados Unidos estudara a fundo o fenômeno do QAnon e tentara compreender as pessoas que o seguiam e o tipo de visão do mundo que as orientava. Para jogar com o imaginário do seu interlocutor, escolhera para ali aparecer um terno azul-escuro com gravata vermelha, como os políticos americanos tanto gostavam de usar, e óculos escuros à maneira dos agentes secretos, pelo menos conforme estes eram retratados nos filmes de Hollywood.

As palavras fariam o resto.

"Q enviou-me."

Esta declaração deixou Leroy pregado ao chão, a boca entreaberta numa expressão de quase choque.

"Q?"

"Temos um assunto a tratar."

Estremecendo como quem se encontrava sob a ação de um feitiço, o americano deu um passo para o lado, fazendo um gesto a convidar o visitante.

"Entre, entre", disse, quase deferencial. "Desculpe recebê-lo nestes… enfim, nestes preparos. Apanhou-me completamente desprevenido. Não esperava uma visita tão… tão importante."

Mantendo a pose imaginária de um agente secreto em missão especial, Tomás entrou na casa com uma postura reservada. Sem tirar os óculos escuros, pois estes faziam parte da peça de teatro que nesse momento encenava, varreu a decoração com os olhos e a sua atenção fixou-se na estante da sala.

"O senhor tem alguma relação com Portugal?"

O anfitrião arregalou os olhos, surpreendido.

"Como… como sabe?"

O visitante apontou para a peça de porcelana que se encontrava no centro da estante.

"Aquilo é um galo de Barcelos, um dos símbolos de Portugal."

"*Gee*, o senhor é mesmo observador", constatou Leroy. "Embora eu seja um cajun de origem francesa, o meu nome de família, Roderick, vem de um antepassado português. O galo simboliza ao mesmo tempo o meu lado português e o meu lado francês, pois ambos os países usam o galo como símbolo."

"Espero, no entanto, que, apesar dessas origens, o senhor seja um bom americano, um patriota que ama o seu país e põe a América acima de tudo."

"Sobre isso não tenha dúvidas", foi a resposta pronta do anfitrião, como se a sua honra estivesse em causa. "Eu estive no Capitólio, caro senhor! Eu lutei em nome do nosso presidente! Eu ergui-me contra o roubo das eleições! Que ninguém ponha em dúvida o meu patriotismo!"

"Fico contente por ouvir isso", disse Tomás em tom aprovador. "Nos dias que correm, temos de distinguir o trigo do joio, os fala-barato dos que estão dispostos a pegar em armas para defender a América, os verdadeiros americanos da escumalha liberal que está a destruir o nosso grande país."

"Concordo com todo o coração", declarou Leroy com ênfase. "Não é por acaso que sou um seguidor de Q desde a primeira hora. E olhe que isto é feito com grande sacrifício, meu e da minha família".

A adolescente que tinha vindo à porta passou nesse momento pela sala a caminho do que parecia ser a cozinha; ia sorridente e parecia feliz.

"É a sua filha? Uma bela garota. Parabéns."

"Ui, a minha Sally tem-me dado um trabalhão, o senhor nem imagina. Há uns meses andava esquelética, coitada. Esquelética, triste e adoentada. Cheguei a ser chamado à escola porque ela tinha desmaiado, imagine. Sabe como a pus a comer? A conselho do médico, cortei-lhe o acesso ao Instagram."

"O que tem o Instagram a ver com a dieta dela?"

Leroy encolheu os ombros.

"A bem dizer, não sei. Mas lá que se acabaram as dietas parvas, não há dúvidas. Recomeçou a comer e anda agora fresca que nem uma alface, parece outra. Valha-me isso."

"Proteja-a bem, senhor Roderick. Sabemos como os liberais do Estado Profundo se organizaram em redes de pedofilia para abusarem das nossas crianças."

"Ah, nem me fale nisso! Pobres crianças! Tenho uma pena delas que nem imagina." Apontou para uma fotografia numa estante. "Está a ver ali a Clarence?"

Os olhos de Tomás desviaram-se para a fotografia. Mostrava uma mulher com um sorriso triste.

"É a sua mulher?"

"É a irmã dela. Ainda ontem a fui visitar à cadeia, coitada. A Clarence também é uma *anon*. O marido queria vender o filho à rede pedófila das elites e ela... ela matou-o."

"Matou o filho?"

"Não, o marido. O garoto foi salvo, graças a Deus. Mas a Clarence está na cadeia. Já viu esta situação? É terrível. Acolhi o filho aqui em casa, pois não tem mais ninguém no mundo que cuide dele, mas o sofrimento não se descreve. O pai queria vendê-lo, a mãe está atrás das grades... um horror. O que vai ser desta criança quando crescer? Foi salva da rede pedófila, é certo, mas ficará para sempre marcada. Que país é este que prende uma mãe por ter salvo o filho?"

Ali só havia miséria, percebeu Tomás, sem saber como lidar com a situação. Na verdade, não havia nada para dizer. Tudo aquilo era autoexplicativo. Com um movimento na aparência discreto, mas na verdade executado de forma a que o seu interlocutor o notasse, espreitou o relógio, como se estivesse com pressa mas fosse demasiado cortês para o dizer.

"Convinha talvez falarmos sobre o assunto que levou Q a ordenar-me que o contatasse", indicou. "Como sabe, um operacional da nossa equipe entregou-lhe a si um *smartphone* com material muito importante para a segurança nacional. Precisamos de o reaver."

Leroy podia ser um simplório, mas não era tão simplório assim. Havia-lhe sido confiado um celular com o Plano e só o poderia entregar com garantias seguras de que o estava a devolver à pessoa certa.

"Peço desculpa, não é querer desconfiar do senhor", devolveu, cauteloso com as palavras, embora direto nas intenções. "Mas, como deve compreender, o assunto é da mais elevada importância, pois está em causa a salvação do nosso país. Nestas circunstâncias, todo o cuidado é pouco. A questão é esta: como sei eu que foi mesmo Q quem o enviou?"

A objeção era esperada.

"O senhor lembra-se da pessoa da nossa equipe que lhe entregou o *smartphone* em causa?"

"Claro."

"E lembra-se de lhe ter entregado *crumb* que só um verdadeiro elemento da equipe de Q poderia decifrar?"

"Com certeza."

Tomás meteu a mão ao bolso e tirou uma folha de papel. Desdobrou--a e mostrou-a ao seu interlocutor.

"Pois nós deciframo-la."

O olhar de Leroy fixou-se na charada e na respectiva solução.

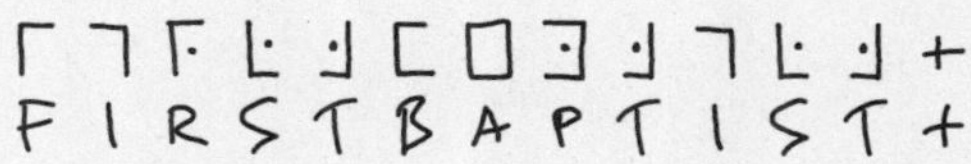

Tratava-se da mensagem que de fato entregara no Capitólio ao elemento ferido da equipe de Q, com a pista cifrada que o conduziria a ele, Leroy. O fato é que a decifração estava absolutamente correta.

"Não há dúvida, só alguém da equipe de Q seria capaz de decifrar isto", concordou, tranquilizado. "Muito bem, *mister*. Quer então que lhe entregue o *smartphone*?"

"Q precisa dele."

O homem da casa foi até à lareira, por cima da qual se encontrava um vaso metálico. Levantou o vaso.

"Estão aqui as cinzas da minha querida mulher", disse. "Guardei o aparelho mesmo por baixo."

Retirou o celular pousado no local e entregou-o a Tomás. O historiador pegou nele e analisou-o; era um *smartphone* como qualquer outro. O seu conteúdo, porém, teria obrigatoriamente de ser diferente. Guardou o aparelho na pasta e, concluindo a sua encenação, pôs-se em sentido e fez continência.

"Onde vai um, vamos todos", disse, papagueando a máxima dos *anons*. "Confie no Plano."

Emocionado por ter desempenhado um papel na grande gesta da sua nação, Leroy pôs-se também em sentido e, qual guerreiro da luz, também ele fez continência.

"Nós somos a Tempestade!"

Foi então que Tomás Noronha se voltou e, sem pronunciar nem mais uma palavra, abandonou a casa de Leroy Roderick. A sua verdadeira missão estava cumprida.

Faltava o derradeiro ato.

LXXXV

O rugir súbito da trovoada foi o suficiente para os turistas abandonarem apressadamente a praia; os relâmpagos e o céu de chumbo anunciavam chuva, e todos sabiam que, quando naquelas paragens chovia, havia que correr em busca de abrigo. Não era de estranhar que chovesse, uma vez que a época das monções chegara e com ela vinham as intensas descargas de água.

Uma pena, considerou Tomás Noronha, os pés esticados sobre a balaustrada da varanda, a vista aberta para a grande praia e o Ponto de Sugandha, na baía de Bengala. Noutras ocasiões, despiria a camisa e correria pela areia até mergulhar nas águas quentes que lambiam a praia. Mas não com a chuva prestes a cair, e não nas circunstâncias em que ali se encontrava. Talvez noutro dia.

O telhado começou a tilintar ao ritmo das primeiras gotas, mas depressa a chuva se intensificou e o tilintar tornou-se um tricotar cerrado, como se milhares de pedras caíssem ao mesmo tempo nas telhas que cobriam a larga varanda do hotel.

"*Goddam rain!*", vociferou uma voz anasalada vinda de trás. "Maldita chuva! Isto é lugar para se marcar encontro com alguém?"

Tomás virou a cabeça e sorriu ao ver o recém-chegado.

"É sempre um gosto encontrá-lo bem-disposto, Kurt. Esteve a dar uns mergulhos na praia?"

Kurt Weilmann vinha todo molhado, com uma exótica camisa colorida, daquelas havaianas exuberantes que alguns turistas americanos gostavam de usar quando estavam de férias.

"Brinque, brinque", disse o homem da DARPA, pegando numa toalha que um empregado do hotel lhe entregou e começando a secar-se. "Por que raio quis você encontrar-se comigo neste *shit hole*? *Fuck, man!* Não teria sido melhor em Lisboa?"

Com um gesto largo, o português indicou o extenso areal diante do hotel.

"Você está diante da mais longa praia natural ininterrupta do mundo e ainda se queixa?"

Weilmann atirou um olhar vagamente interessado para o longo areal e para o mar.

"Está bem, é bonito. E então? Por que razão escolheu Cox's Bazar? Não foi um pretexto para passar férias, espero."

"Sou historiador, meu caro. Durante muitos anos, esta zona pertenceu aos reis arakaneses e aos mogóis. Parece que um príncipe mogol ficou de tal modo enfeitiçado por este lugar que lhe chamou Dulahazara, o lugar dos mil palanquins. Depois chegaram os primeiros europeus, os portugueses, e tudo mudou. Ainda se podem encontrar ruínas portuguesas em Chittagong, sabia?"

"Muito interessante", disse o americano, evidentemente sem nenhum interesse no assunto. "Acabe lá com a tanga e diga-me lá o que estou aqui a fazer."

O olhar de Tomás varreu a varanda do restaurante, para se certificar de que estavam reunidas as condições para falarem. Havia naquele espaço várias mesas para os clientes do hotel, mas, considerando o estado do tempo, encontrava-se ali pouca gente. Apenas um homem numa mesa distante, pela aparência um indígena, e duas crianças também indígenas que brincavam à chuva na areia da praia, mesmo junto ao hotel.

Como tudo parecia tranquilo, o historiador tirou o seu bloco de notas e pousou-o sobre a mesa. Abriu-o e escolheu uma página onde tinha feito anotações. Espreitou-as.

"O que é um *seksot*?"

"Um quê?"

O português voltou a verificar a palavra que anotara.

"Um *seksot*. Creio que está relacionado com espionagem russa. Se você se dá com a CIA, há de conhecer."

O olhar de Weilmann acendeu-se.

"Ah, a palavra russa!", reconheceu. "*Seksot* era um diminutivo usado pelo KGB e, agora, pelo FSB. Quer dizer *sekretni sotrudnik*. Ou seja, colaborador secreto."

"Um agente secreto?"

"Isso."

"Estamos a falar de um agente tipo James Bond, só que na versão russa?"

"Não exatamente", foi a resposta do americano. "Os homens do FSB designam-se a si próprios oficiais de informação. Os agentes, que eles chamam *seksot*, são as pessoas recrutadas pelos oficiais de informação. Por exemplo, Kim Philby, o homem do MI6 britânico que trabalhou para o KGB durante cerca de trinta anos, era um *seksot*."

A atenção de Tomás regressou ao seu bloco de notas.

"Há outros três termos do léxico dos serviços de informação russos que gostaria que me clarificasse", disse. "Um é *navodka*."

"*Navodka* deriva de *navodit*, que significa apontar ou visar, embora o sufixo *ka* lhe dê um toque pessoal. Trata-se de uma espécie de diminutivo feminino, da mesma maneira que se pode chamar Katyus*ka* a uma moça com o nome de Ekaterina. Eu diria que *navodka* quer dizer pista ou alvo, mas num sentido diminutivo. Um alvozinho, uma pistazinha, uma oportunidadezinha. Tanto quanto sei, essa expressão é muito usada pelo FSB para se referir a uma pista ou alvo considerado interessante. Mas... por que pergunta?"

Os olhos de Tomás voltaram às anotações.

"O segundo termo é *doveritelnaya svyaz*", indicou, ignorando a pergunta. "O que significa?"

"Como o *navodka* não é ainda um agente, mas apenas um alvozinho com potencial, pode decidir-se estabelecer com ele contatos exploratórios discretos. Se isso acontecer, o *navodka* transforma-se em *doveritelnaya svyaz*, ou contato confidencial."

Mais uma espreitadela ao bloco de notas.

"E *razrabotka*?", quis saber a seguir. "O que quer dizer?"

"É uma derivação de *rabota*, trabalho. No léxico do FSB significa que se está a trabalhar uma pessoa. Mas por que quer saber isso?"

"Já lhe explico. Primeiro, no entanto, gostaria de perceber como funciona o mundo dos serviços de informações, e em particular o FSB. Quais os perfis de agentes existentes, como são identificados, como são trabalhados... tudo isso."

"Ouça, eu não sou do FSB", protestou Weilmann. "Como sabe, pertenço à DARPA e o meu trabalho não..."

"Pare lá com a treta", cortou o historiador. "A DARPA articula-se com a CIA e forçosamente você conhece o meio dos serviços de informações. O FSB faz parte desse meio e a CIA sabe decerto muita coisa sobre o *modus operandi* dos russos. Aliás, e como se constata, você até está familiarizado com o jargão do FSB. Portanto, elucide-me, por favor."

Claramente, o americano não se sentia confortável em abordar aquele tema. As relações da DARPA com a CIA eram absolutamente confidenciais, como aliás tudo o que tinha a ver com o mundo dos serviços de informações. Embora, em bom rigor, o que lhe estava a ser pedido não colidisse com os seus deveres. Não lhe era pedido que revelasse alguma coisa sobre a CIA; apenas sobre o FSB.

"Há sobretudo três tipos de agentes", acabou por dizer. "Uns são os agentes involuntários. Estamos a falar de pessoas que prestam informações a uma agência de espionagem sem perceberem que estão a falar com uma agência de espionagem, baseando-se unicamente em relações de confiança. Por exemplo, uma espia russa finge-se passar por jornalista e, encontrando 'por acaso' um funcionário da Casa Branca num café, consegue seduzi-lo. Tornam-se namorados. Jantam, vão ao cinema, fazem férias juntos. Meses depois, num momento de intimidade, ela diz-lhe em lágrimas que está com problemas no jornal, que pode ser despedida por nunca arranjar notícias importantes, que se sente desesperada e não sabe o que fazer para manter o seu emprego de sonho. O funcionário apaixonado, compadecido com o drama da amada e desejoso de a ajudar e assim provar o seu amor, conta-lhe uns segredinhos sobre o presidente. A seguir, a espia russa passa essa informação para Moscou."

"O funcionário foi um agente involuntário."

"Isso mesmo", anuiu Weilmann. "Depois há os agentes voluntários, ou seja, pessoas que sabem que estão a prestar informações a uma agência de espionagem. Uns fazem-no a troco de dinheiro, outros a troco de outras vantagens materiais, outros para evitar certas situações e outros simplesmente para se sentirem importantes. Esses são designados *polezni durak*, os idiotas úteis. Há ainda quem o faça por razões ideológicas. Esses são conhecidos como companheiros de viagem."

"Como é que o FSB identifica quem pode ou não pode ser recrutado e tornar-se um agente às suas ordens?"

"Oh, há imensas maneiras. Para todos os efeitos, retenha a ideia de que o FSB é uma organização muito burocratizada que passa anos e anos a colecionar informações sobre um *navodka*, um alvozinho, até ter a certeza de que o pode manipular e como o fazer. Se e quando finalmente decide avançar, exerce *razrabotka* sobre o *navodka*, isto é, contata-o, fazendo dele um *doveritelnaya svyaz*, e depois trabalha-o até o transformar finalmente em *seksot*, um agente secreto."

"Hmm… estou a entender."

O olhar de Tomás desviou-se para o horizonte, como se apreciasse a praia e o mar, mas era claro que estava era mergulhado nos seus pensamentos, assimilando o que acabara de lhe ser dito.

Weilmann sentia-se impaciente; atravessara metade do planeta em busca de respostas e, ali chegado, apenas ouvia perguntas.

"Por que quer saber tudo isso?"

Nesse instante apareceu na varanda do restaurante do hotel um empregado a perguntar o que desejavam tomar. O português pediu uma cerveja, o americano um gim tônica; tudo acompanhado com amendoins e um prato de camarões fritos. Já que ali estavam, era de aproveitar as delícias locais.

Quando o empregado se afastou, e em vez de responder à pergunta que Weilmann tinha acabado de lhe fazer, Tomás espreitou o bloco de notas para revisitar as suas anotações. A seguir levantou a cabeça para encarar o amigo.

Fez-lhe então uma pergunta inesperada.

LXXXVI

"Quem é Paul Manafort?"

A pergunta, formulada bruscamente por Tomás Noronha, quase como se uma nova ideia tivesse acabado de lhe ocorrer, foi tão inesperada que deixou Kurt Weilmann desconcertado.

"Manafort?"

"Sim, Paul Manafort. Quem é?"

O homem da DARPA esboçou um esgar de incompreensão.

"Por que raio quer saber isso?"

"Já vai perceber", prometeu o historiador. "Para já, responda-me às minhas perguntas, por favor. Quem é Paul Manafort?"

"Era o chefe de campanha de Donald Trump. Por quê?"

"Tinha alguma ligação à Rússia?"

A expressão de Weilmann era de absoluta estupefação com aquelas perguntas.

"Mas..."

"Responda, por favor. É importante. Manafort tinha alguma ligação à Rússia?"

O semblante de Tomás mostrava uma tal seriedade e firmeza que o americano intuiu a necessidade de cooperar.

"Sim, tinha. Foi primeiro contratado por um oligarca russo e depois trabalhou durante mais de uma década com Viktor Yanukovitch, o oligarca ucraniano pró-russo que Manafort conseguiu fazer eleger presidente da Ucrânia. Foi a revolta popular contra Yanukovitch que desencadeou a guerra da Rússia contra a Ucrânia. Como Yanukovitch recebia ordens do Kremlin e Manafort trabalhava para Yanukovitch e para Konstantin Kilimnik, suspeito de ser um oficial dos serviços de informações russos, isso quer dizer que Manafort, o homem que geriu a primeira campanha de Trump, esteve associado a pessoas alegadamente ligadas à espionagem russa e desencadeou operações de influência a favor de interesses russos. Manafort acabou detido pelo FBI e foi condenado por lavagem de dinheiro, fraude fiscal, *lobbying* estrangeiro ilegal e por mentir sobre contatos com um russo durante a campanha eleitoral nos Estados Unidos."

Tomás voltou a consultar o bloco de notas.

"E quem é George Papadopoulos?"

"Era o conselheiro de política externa de Donald Trump."

"Alguma relação com a Rússia?"

Ao perceber o ponto em comum com a pergunta anterior, Weilmann balançou afirmativamente a cabeça.

"Por acaso, sim. Papadopoulos teve contatos com os russos, tentou arranjar um encontro entre Donald Trump e Vladimir Putin, foi dos primeiros a mencionar que Moscou tinha informação sobre Hillary Clinton e... acabou preso pelo FBI por ter ocultado fatos no quadro da investigação à interferência russa na campanha eleitoral americana."

Mais uma miradela do português ao bloco de notas.

"O general Michael Flynn?"

"Conselheiro de Segurança Nacional de Donald Trump. Parece que chegou a ser considerado para o cargo de vice-presidente dos Estados Unidos. Se quer saber se tinha ligações à Rússia, posso já adiantar-lhe que sim. O general Flynn mantinha contatos com o embaixador russo em Washington, recebeu dinheiro de uma entidade ligada ao Kremlin, o canal de propaganda Russia Today, jantou em Moscou ao lado de Vladimir Putin e, enquanto diretor da DIA, a agência americana de espionagem militar, visitou a sede do GRU em Moscou para fazer uma palestra sobre liderança e serviços de informações. Não sei se sabe, mas o GRU, rival do FSB, é a agência russa de espionagem militar."

Pelo olhar do português, era evidente que sabia.

"É normal o diretor da agência americana de espionagem militar ser convidado para visitar a sede do GRU?"

"De modo nenhum", assegurou Weilmann. "Essa visita levantou aliás suspeitas de que os russos o estavam a usar, até porque ninguém imagina o GRU a precisar realmente de aprender com Flynn noções de liderança e serviços de informações. É interessante que Flynn tenha papagueado em público a propaganda russa, proferindo até declarações alinhadas com as campanhas russas de desinformação, designadamente sobre a NATO e a Ucrânia. O FBI começou a investigar o general Flynn por causa das suas estranhas ligações à Rússia, e em particular os seus contatos com o embaixador russo em Washington. Flynn discutiu com o embaixador a questão das sanções à Rússia e depois tentou ocultar esse fato. Donald Trump tentou parar as investigações, o FBI recusou-se e Trump demitiu o diretor do FBI."

"É normal o presidente dos Estados Unidos demitir o diretor do FBI por causa de uma investigação relacionada com atividades suspeitas da Rússia?"

"Muito anormal. Aliás, pode ser interpretado como um caso de obstrução à justiça. Ninguém percebe por que razão Trump defendeu tanto o general Flynn ao ponto de, para o proteger, demitir o diretor do FBI."

Nova olhadela de Tomás ao seu bloco de notas.

"Rex Tillerson?"

"Secretário de Estado de Donald Trump. Quanto à Rússia, sim, havia ligações. Tillerson era amigo de Vladimir Putin, chegou a ser condecorado pelo presidente russo e, veja lá, opôs-se às sanções contra a Rússia."

Outra espreitadela às anotações.

"Michael Cohen?"

"Era o advogado pessoal de Donald Trump. Há suspeitas de que tinha contatos com funcionários russos e recebeu dinheiro de uma empresa ligada à Rússia. Esteve envolvido num plano para levantar as sanções à Rússia, o que mereceu a atenção do FBI. Foi preso por prestar falsas declarações ao Congresso."

Mais uma espreitadela.

"Wilbur Ross?"

"Ross foi secretário do Comércio de Donald Trump. Tinha ligações a russos associados a Vladimir Putin, incluindo o oligarca russo Dimitri Rybolovlev, que adquiriu uma mansão a Donald Trump a um preço estranhamente elevado. Apesar de ser secretário do Comércio, mantinha interesses numa empresa de navegação ligada ao círculo próximo de Vladimir Putin, incluindo o genro do presidente russo, e num banco cipriota cujo maior acionista era Rybolovlev e onde estava também um antigo colega de Putin no KGB."

Ainda outra.

"Carter Page?"

"Conselheiro de política externa da campanha de Trump. Fez várias viagens a Moscou, tinha uma visão pró-Kremlin e era um entusiasta de Putin. Page acreditava que os Estados Unidos não deviam encorajar a democracia no mundo e criticou as sanções contra a Rússia. O FBI escreveu que ele tinha 'colaborado e conspirado com o governo russo' e concluiu que Page estava no radar dos serviços de informações russos e que poderá ter sido para eles uma fonte de informação, voluntária ou involuntária."

Nova consulta ao bloco de notas.

"Felix Sater?"

"Nasceu na Rússia e era sócio de Donald Trump. Mostrou Moscou a Donald Trump Junior e arranjou maneira de sentar a filha de Trump, Ivanka, na cadeira privada de Putin no Kremlin. Escreveu um *e-mail* a Michael Cohen a dizer-lhe que 'o nosso rapaz pode tornar-se presidente dos Estados Unidos' e 'levarei todos da equipe de Putin a comprar' esse projeto."

Mais uma olhadela.

"Jared Kushner?"

"O genro de Donald Trump e marido de Ivanka. Juntamente com o general Flynn, teve encontros com o embaixador russo em Washington e, segundo interceptações de comunicações do embaixador para Moscou, propôs-lhe que estabelecesse um canal secreto e seguro de comunicações com o Kremlin, um canal ao qual os serviços de informações americanos não pudessem aceder."

"O genro do presidente não queria que a CIA, o FBI e a NSA ouvissem as conversas de Trump com Putin, mas aceitava que o FSB ou o GRU as ouvissem? Isso não é... como direi... suspeito?"

"Parece-me *muito* suspeito."

Nova espreitadela ao bloco de notas.

"Jeff Sessions?"

"Foi o procurador-geral nomeado por Donald Trump. Descobriu-se que tinha contatos com os russos, incluindo com o embaixador russo em Washington, e..." Hesitou. "Ouça, *man*, vamos correr todos os nomes das pessoas ligadas a Trump com associações estranhas à Rússia? É que, se é para isso, nunca mais paramos."

"Quer parar?"

"Sim, quero", disse Weilmann. "Como deve calcular, não me apetece nada estar aqui a citar toda a lista de nomes de pessoas associadas a Donald Trump."

"Não é só o fato de estas pessoas estarem associadas a Donald Trump que é interessante", fez notar Tomás. "É o fato de todas elas terem também associações bizarras à Rússia de Vladimir Putin. Não acha isso curioso?"

O responsável da DARPA susteve por um longo momento o olhar do historiador, tentando avaliar e interpretar o que este estava realmente a querer dizer.

"Está a insinuar que o presidente Trump se encontrava rodeado de agentes ao serviço da Rússia?"

"O que acha?"

Weilmann ajeitou-se no seu lugar, desconfortável.

"O conselheiro de Segurança Nacional, o secretário de Estado, o secretário do Comércio, os conselheiros de política externa, o genro, o advogado pessoal, o chefe de campanha, o procurador-geral... é muita gente, *man*. Você está a sugerir que eram todos agentes às ordens de Vladimir Putin?"

Tomás manteve o olhar preso no amigo, quase como se o estivesse a desafiar.

"E Trump?"

O americano pestanejou, sem compreender.

"Trump, o quê?"

"Não o inclui nesse lote?"

A pergunta remetia para algo de tal modo inconcebível que Weilmann levou um longo momento a processá-la.

"*Fuck, man!* O que está a insinuar?"

"Não estou a insinuar nada, Kurt. Estou simplesmente a perguntar se Donald Trump não deveria ser incluído no lote que você acabou de descrever."

Quando o homem da DARPA teve por fim a confirmação de que o seu interlocutor estava mesmo a perguntar o que inicialmente ele, Weilmann, não compreendia, ou não queria compreender, arregalou os olhos, com horror e em choque.

"O presidente dos Estados Unidos… agente russo?"

O indizível tinha sido dito.

LXXXVII

O rosto de Kurt Weilmann enrubesceu como um pimentão, tal o embaraço que a simples sugestão lhe suscitara. Ficou um longo instante a abrir e a fechar a boca sem conseguir emitir um som, indignado com a ideia e ao mesmo tempo aterrorizado, sobretudo porque a queria desmentir e simultaneamente não o conseguia fazer.

"Trump, agente russo?"

Tomás Noronha mantinha-se impassível.

"Acha impossível?"

A pergunta ia direita ao coração do problema. Dizer que os presidentes Roosevelt, Truman, Eisenhower, Kennedy, Johnson, Nixon, Ford, Carter, Reagan, Bush pai, Clinton, Bush filho, Obama e Biden podiam ser agentes russos seria absolutamente risível. Zero por cento de possibilidade de uma coisa dessas ser verdadeira. O homem da DARPA rejeitá-la-ia sem hesitar.

O problema é que não se sentia capaz de fazer o mesmo em relação a Donald Trump. E isso, percebia demasiado bem, não era normal. Mas suspeita, também sabia, não significava culpa. Talvez o fosse na Rússia e nas ditaduras em geral, mas não num Estado de direito, não numa democracia liberal, não no Ocidente.

"Uma alegação dessas é muito grave", disse em tom pesado. "Onde estão os indícios ou as provas?"

Com movimentos lentos e medidos, o português meteu a mão ao bolso e extraiu um *smartphone*. Colocou-o sobre a mesa.

"Aqui."

Os olhos de Weilmann pousaram no aparelho.

"Isso é o que penso que é?"

"Sim."

"O celular que os russos procuram?"

"Sim."

O americano manteve a atenção fixa no *smartphone*, como se debatesse interiormente se deveria ou não pegar nele.

"Já espreitou o que ele contém?"

"Vi tudo."

Weilmann não resistiu e pegou mesmo no aparelho, revirando-o e analisando-o com uma expressão conhecedora.

"E…?"

A pergunta ficou a pairar no ar, pois nesse momento o empregado do hotel regressava com o pedido. Pousou na mesa a cerveja, o gim tônica, os amendoins e os camarões fritos. Quando o homem se afastou, Tomás bebeu um trago da sua cerveja antes de responder.

"É possível que Donald Trump tenha sido declarado *navodka*, um alvozinho, em 1977", revelou. "Ele casou nesse ano com Ivana Zelníčková, uma modelo checoslovaca, e os registros mostram que o casal passou a ser vigiado pelos serviços de informações da Checoslováquia. Os espiões checoslovacos violaram-lhes a correspondência, vigiaram a família nos Estados Unidos e vigiaram o casal quando foi visitar a família de Ivana na Checoslováquia."

O americano, que ainda segurava o celular, acenou com o aparelho.

"Há registro disso aqui?"

"Está aí tudo."

Ao ouvir isto, Weilmann pousou imediatamente o *smartphone* sobre a mesa, quase como se ele queimasse. Ou como se tivesse medo do seu conteúdo.

"*Fuck, man!*", praguejou. "Isto é fogo!"

"Compreende agora por que razão os russos estão tão empenhados em recuperar este celular?"

"*Yeah*", assentiu. "Mas por que motivo estavam nessa época os serviços de informações comunistas tão interessados em Trump?"

"Você o disse há pouco", lembrou o português. "Eles são pacientes e cultivam os seus agentes durante muito tempo. Interessaram-se por Trump decerto por várias razões. Em primeiro lugar, a mulher era oriunda do bloco comunista. Em segundo lugar, Trump estava a crescer no mundo do imobiliário e a tornar-se conhecido na América. E, por fim, a mulher mencionou que o marido começara a interessar-se por política. A soma destes três elementos chamou a atenção para uma oportunidadezinha que se abria e provavelmente fez de Trump um *navodka*, um alvozinho com potencial."

"Foi aí que os checoslovacos alertaram os russos..."

"Quando Trump se começou a revelar suficientemente importante, é muito provável. De tal modo que, nove anos depois, Trump teve em Nova York uma conversa com o embaixador soviético nas Nações Unidas e, logo a seguir, recebeu um convite para ir a Moscou. A filha do embaixador confirmou que o governo soviético efetuou um esforço deliberado para chegar a Trump e que uma das primeiras coisas que o pai fez quando desembarcou em Nova York foi justamente visitar a Trump Tower para conhecer Trump."

Weilmann ponderou estes dados.

"Isso soa a um exercício clássico para cultivar o que até ali não passava de um *navodka*, um simples alvo de oportunidade", admitiu. "O embaixador não teria feito uma coisa dessas sem ter instruções do KGB, como é evidente. Ao estabelecerem contato com Trump, os soviéticos teriam feito dele um *doveritelnaya svyaz*. Um contato confidencial. Mas, se bem conheço a maneira de o KGB atuar, ter-lhe-iam acenado com um rebuçado qualquer para o seduzir. Sabe se lhe fizeram alguma promessa irresistível?"

"Falaram-lhe numa Trump Tower em Moscou", confirmou Tomás. "Os soviéticos anunciaram-lhe que a principal agência de turismo da União Soviética, a Goscomintourist, estava interessada numa parceria com ele para construir e gerir um hotel na capital."

"O KGB estaria por detrás disso, é clarinho como água", murmurou o americano. "Para que precisavam os soviéticos de Trump? Para construir um hotel? Não. Isso seria evidentemente o pretexto. A técnica de sedução é velha. Acenaram com um pote de mel para atrair a abelha à rede da aranha."

"Trump foi a Moscou. Antigos espiões russos revelaram que a prática normal nestas situações é dar um acolhimento caloroso, incluindo festas com garotas deslumbrantes e tudo o que se pode imaginar, com o único objetivo de obter informação e guardá-la para uso futuro. A verdade é que instalaram Trump na suíte de Lênin no Hotel Nacional, junto à Praça Vermelha."

Weilmann ficou estupefato ao ouvir isto.

"Isso está no *smartphone*?"

"Está tudo lá."

"*Wow!*", exclamou o americano. "O Hotel Nacional fica ao lado do complexo da Goscomintourist, controlado pelo KGB, e toda a gente sabe que a suíte de Lênin se encontra armadilhada com microfones. Isso quer dizer que tudo o que ele disse e fez em Moscou terá ficado registrado e guardado num dossiê do KGB com o seu nome. Se o fizeram, sabe qual o possível passo seguinte, não sabe?"

"Guardaram material para possível uso futuro."

A estupefação do homem da DARPA aprofundava-se.

"*Holy cow!*"

"Mas, espere, a coisa tornou-se ainda mais interessante a seguir", avisou Tomás. "Foi quando regressou dessa viagem a Moscou que Donald Trump deu os primeiros grandes sinais públicos de que estava interessado numa carreira política. Menos de dois meses depois de ter ido a Moscou, o *The New York Times* noticiou que ele contemplava uma candidatura à Casa Branca."

"*Fuck!*", praguejou Weilmann. "Ele foi a Moscou numa viagem provavelmente controlada pelo KGB e logo a seguir indicou que se poderia candidatar à presidência dos Estados Unidos? Isso não pode ser coincidência, *man*. Aliás, uma das máximas dos serviços de informações é justamente que as coincidências dão muito trabalho. E quanto ao tal hotel a ser construído em Moscou… aposto que não deu em nada."

"Nada."

"Típico do KGB. Nunca tiveram qualquer intenção de o construir. O hotel foi apenas o pretexto para estabelecerem contato com Trump e o seduzirem com uma miragem. O tal pote de mel para atrair a abelha. O verdadeiro objetivo era outro."

"*Razrabotka*."

"Apanhar a abelha na rede", confirmou o americano. "O que eles decerto queriam, para além de o transformarem num *doveritelnaya svyaz*, um contato confidencial, era apanharem-no numa armadilha e trabalharem-no. *Razrabotka*."

Depois de descascar e engolir uns camarões fritos, Tomás voltou a beber um trago da sua cerveja.

"Trump fez várias tentativas para construir uma Trump Tower em Moscou, mas, apesar das promessas, todos os esforços falharam", disse, retomando a narrativa. "Além disso, no início da década de 1990 viu-se forçado a invocar o capítulo onze da declaração de bancarrota do seu Casino Taj Mahal, dos seus outros casinos em Atlantic City e do seu Plaza Hotel em Nova York. Ou seja, Trump estava com profundas dificuldades financeiras. E eis que na década seguinte vendeu a sua mansão em Palm Beach."

"Pobrezito", ironizou Weilmann. "Andava aflito."

"Pois, mas esse negócio teve particularidades insólitas. Repare, Trump tinha comprado a mansão em 2004 por cerca de quarenta milhões de dólares e vendeu-a quatro anos depois, em 2008, por noventa e cinco milhões. Só que nessa altura o imobiliário começava a registrar um recuo dos preços, uma vez que a gravíssima crise do *subprime* se declarara no ano anterior. O comprador, veja a curiosa coincidência, era um multimilionário russo! Não só esse russo pagou uma fortuna pela mansão numa altura de dificuldades no setor imobiliário, o que não é normal, como o edifício tinha bolor e, a cereja no topo do bolo, o tipo nunca havia sequer entrado lá dentro. Depois de comprar a mansão nestas condições estranhíssimas, o russo jamais mostrou um verdadeiro interesse por ela, nunca viveu lá... e acabou por demoli-la! A questão é esta: por que raio um multimilionário russo haveria de querer comprar a Trump uma mansão com bolor, que nunca tinha visitado, a um preço exorbitante em período de grave crise no imobiliário, e que depois mandou demolir?"

Pela expressão de Weilmann, estava-se mesmo a ver o que ele pensava do negócio.

"O russo terá recebido ordens superiores para safar Trump, não vejo outra explicação."

"O dinheiro começou a jorrar-lhe da Rússia como se fossem as cataratas do Niágara", observou Tomás, consultando o seu bloco de notas. "O império de Trump transformou-se na prática numa espécie de máquina de lavar dinheiro da Rússia. Mesmo quando ele estava em campanha, pessoas a ele associadas andavam a tentar obter a autorização do Kremlin, e dinheiro, para a famosa, e fugidia, Trump Tower de Moscou. A verdade é que mais de sessenta pessoas com passaportes ou endereços russos compraram propriedades de sete torres Trump no valor de cerca de cem milhões de dólares. Isto sem contar com as aquisições feitas por compradores não identificados, claro. Veja só o que disse Trump Junior nesse ano de 2008, durante mais uma visita a Moscou, sobre a organização de Trump: 'Os russos constituem uma fatia muito desproporcionada de muitos dos nossos bens, vejo imenso dinheiro a vir da Rússia.'"

"Putin estava a financiá-lo, isso parece-me evidente."

"Recapitulemos então todo o percurso de Trump", propôs Tomás. "Os comunistas tê-lo-ão identificado como alvo *navodka* em 1977, estabeleceram contato com ele em 1986…"

"Um *doveritelnaya svyaz*, claro."

"… e ficaram a ver onde as coisas iriam parar. Por fim, em 2008, terão tomado a decisão de investir nele e avançaram. O que é que, na sua opinião, essa decisão dos russos lhe diz sobre o estatuto de Trump perante a Rússia?"

O responsável da DARPA emitiu um longo e pesado suspiro, como se a evidência o esmagasse.

"Diz-me que em 2008 poderão tê-lo transformado em *seksot*."

Ou seja, Trump ter-se-ia finalmente tornado agente.

LXXXVIII

A possibilidade era realmente chocante e, a confirmar-se, constituía a realização de um dos maiores pesadelos do Ocidente em geral e da América em particular. Seria o presidente dos Estados Unidos um agente ao serviço de uma ditadura determinada a destruir as democracias liberais e o Ocidente? Na cultura americana, essa hipótese era conhecida como a do candidato da Manchúria. Um pesadelo.

Ainda abalado com tudo o que ouvira, Kurt Weilmann recusava-se a acreditar num tal cenário. Só podia ser ficção. Porém, os fatos eram os fatos e, apesar de não constituírem provas, não podiam deixar de o inquietar.

"Admitamos, como mera hipótese de trabalho, que Trump se tornou *seksot*, um agente ao serviço da Rússia", propôs o homem da DARPA. "Mas, a ser assim, seria um agente involuntário, certo?"

"Nem eu estou a sugerir outra coisa", respondeu Tomás Noronha. "Até o antigo diretor adjunto da CIA, Michael Morell, o descreveu como 'agente involuntário da Federação, foi recrutado por Putin'. Repare, nenhum russo disse em 2008 a Trump: olhe, eu sou do FSB e queremos que o senhor comece a trabalhar para nós. Imagino que as coisas não se passem assim."

"Poderão passar-se assim, mas só quando o *seksot* se torna agente voluntário", esclareceu Weilmann. "A decisão de se avançar para essa fase depende da análise feita à pessoa em causa, incluindo o seu perfil psicológico e as suas motivações, e das opções tomadas para melhor a manipularem. Enquanto o agente é involuntário, contudo, realmente ele não se apercebe de que está a falar com espiões. Aliás, a maior parte das pessoas que se envolvem em atos de traição nem sequer têm consciência de que estão a cometer traição até ser demasiado tarde. Tudo começa a ser feito na base da confiança através de encontros perfeitamente legítimos e aparentemente inócuos. Estou aqui em Moscou, vim jantar neste belo restaurante com uns russos muito simpáticos, já tomamos uns copos, tu és mesmo amigável e a tua gente já me comprou muita coisa, vais agora ajudar-me a construir um magnífico hotel aqui na Rússia, vamos colaborar para vantagem mútua, vou ganhar imenso dinheiro, vamos ser os melhores amigos do mundo. Tudo muito inocente… na aparência, claro."

"Na verdade, Trump escreveu mesmo uma mensagem em 2013 a perguntar se Putin iria ser o seu novo melhor amigo."

O americano arregalou os olhos.

"Ele escreveu isso?!"

Tomás indicou o *smartphone*.

"Está tudo aqui", assegurou. "Na altura, Trump estava a organizar o concurso de Miss Universo em Moscou e terá jantado com empresários e políticos russos. Um deles, um antigo ministro da Economia e CEO do maior banco da Rússia, revelou que Trump se mostrou muito favorável à Rússia. Não chegou a encontrar-se pessoalmente com Putin, mas parece que o presidente russo lhe deixou uma mensagem amigável."

"*Jeez!*"

"Foi de resto depois dessa nova viagem a Moscou que Trump entrou a sério na corrida à Casa Branca", salientou Tomás. "Convém, aliás, recordar que Barack Obama tinha sido reeleito presidente no ano anterior, 2012. Na altura, Trump escreveu um *tweet* a dizer que estava enojado com a reeleição de Obama e que se devia marchar sobre Washington."

"Lembro-me desse *tweet*."

O português voltou a fazer um gesto em direção ao celular que recuperara das mãos de Leroy Roderick.

"O que você não sabe é que um antigo deputado do partido de Putin, um tipo chamado Konstantin Rykov, escreveu que, minutos depois do *tweet* de Trump, lhe enviou uma mensagem a oferecer-lhe ajuda para que ele realizasse o projeto de se tornar presidente dos Estados Unidos. Trump terá respondido com uma imagem sua com o polegar para cima. A ideia de Rykov, um propagandista da principal rede de televisão da Rússia e um dos maiores *bloggers* pró-Kremlin do país, era lançar uma campanha ao estilo soviético de gestão da percepção da realidade."

"Ele propôs isso?"

Tomás consultou o seu bloco de notas.

"Está aqui tudo anotado", disse. "Rykov escreveu: 'Qual era a nossa ideia com Donald Trump? Tínhamos quatro anos e dois dias... era necessário entrar no cérebro de toda a gente e captar todos os meios possíveis de percepção em massa da realidade. Garantir a vitória de Donald nas eleições para presidente dos Estados Unidos. Criar então uma união política entre os Estados Unidos, a França, a Rússia e outros Estados e estabelecer uma nova ordem mundial. A nossa ideia era louca, mas realizável. Para que possamos compreender tudo desde o início, foi necessário digitalizar todos os possíveis tipos do homem moderno. Donald decidiu convidar para essa tarefa o departamento especial científico da Universidade de Cambridge.'"

Weilmann manteve os olhos incrédulos no *smartphone*.

"Conheço Rykov, é uma relevante figura pró-Kremlin. Essa declaração dele está mesmo aí registrada no celular?"

"Todinha. Incluindo com a fotografia de Trump a responder à mensagem de Rykov com o polegar para cima."

"*Wow!*"

"Depois veio a campanha para as eleições presidenciais. O FSB e o GRU infiltraram os servidores do Partido Democrata e obtiveram muito material sobre Hillary. É verdade que esse material não tinha nada de comprometedor. Na realidade, era praticamente inócuo. Mas com a ajuda de Julian Assange e da WikiLeaks, que eram encarados como agentes dos russos, e também do QAnon e das suas delirantes teorias conspiracionistas, incluindo o Pizzagate, criaram a impressão de que o material continha coisas altamente comprometedoras. John Podesta, as encomendas de pizzas que supostamente eram crianças para serem violadas, as elites, a pedofilia… toda essa loucura."

"Lembro-me bem disso", registrou Weilmann. "Trump chegou mesmo a lançar em público um apelo à Rússia para divulgar tudo o que tinha sobre Hillary Clinton."

Tomás apontou mais uma vez para o *smartphone*, sugerindo que se encontrava tudo aí registrado.

"Estão aqui os detalhes de como essa informação chegou a Trump", revelou. "O filho dele, Donald Trump Junior, tinha-se tornado a partir de 2006 uma visita frequente de Moscou. Acontece que em 2016 ele recebeu através de intermediários russos uma mensagem a dizer que a Rússia estava na posse de documentos oficiais e de informação que incriminavam Hillary Clinton e que seriam muito úteis para o pai dele. Esse contato, note-se, foi estabelecido através de intermediários."

"Uma técnica clássica de espionagem."

"Marcaram-se então reuniões com os russos na presença de Donald Trump Junior, Paul Manafort e Jared Kushner. As reuniões realizaram-se. A seguir, e sem que na altura se percebesse bem o porquê, Donald Trump apelou à Rússia para que tornasse públicos os resultados da sua espionagem contra os Estados Unidos, declaração que um antigo diretor da CIA descreveu como um ato de 'traição'. Agora diga-me, Kurt: o que se pode concluir desta sequência de acontecimentos?"

"Não é evidente?", questionou o responsável da DARPA. "Trump estava em conluio com a Rússia."

"O conluio era vasto", acrescentou Tomás. "Foi montada uma operação com uma empresa britânica, a Cambridge Analytica, para manipular os americanos através das redes sociais e convencê-los a votar em Trump. Tenho razões para acreditar que o dono deste celular, um russo que operava a partir de São Petersburgo, estava envolvido nessa operação. Como resultado, Donald Trump foi eleito presidente dos Estados Unidos."

Weilmann suspirou.

"O resto é história."

"Mas essa história está ainda por conhecer, Kurt", avisou o historiador, indicando o celular mais uma vez. "Ela encontra-se toda registrada neste aparelho. Os russos têm objetivos estratégicos e objetivos táticos. O principal objetivo estratégico é provocar o colapso do Ocidente. Isso envolve cortar a ligação entre a América e a Europa, materializada na NATO, a organização mais temida pela Rússia de Putin. Para o conseguir, torna-se imprescindível minar os Estados Unidos por dentro. Isso requer que a Rússia plante no coração da América um agente seu capaz de lançar o caos e a divisão."

"Isso parece uma descrição exata de Donald Trump."

"Mas há também objetivos táticos. O primeiro é pôr fim às sanções ocidentais devido à invasão da Ucrânia. A Rússia finge que as sanções não a estão a afetar, mas isso é mera propaganda. As sanções doem, e muito. A prioridade imediata é acabar com elas. O Kremlin tê-lo-á explicado aos colaboradores de Trump, a começar por Carter Page, que Trump indicara como conselheiro de política externa da sua campanha. O assunto terá sido também abordado entre os russos e o general Flynn, embora este o negue. Há informações de que, no início da presidência de Trump, a Casa Branca pediu ao Departamento de Estado um plano para levantar as sanções contra a Rússia, mas o Congresso opôs-se firmemente. Pior, o Congresso aprovou um novo pacote de sanções contra o regime de Putin, o que deixou Trump irritado. Putin reagiu expulsando mais de setecentos diplomatas americanos... e Trump, imagine, agradeceu-lhe por isso!"

O responsável da DARPA revirou os olhos, embaraçado; a memória do episódio ainda lhe era dolorosa.

"Trump sempre subserviente em relação a Putin", constatou. "É realmente muito estranho."

"O comportamento do presidente dos Estados Unidos em relação a Putin é todo ele imensamente suspeito", acrescentou Tomás. "Quando ocorreu uma contradição entre o que diziam os serviços de informações americanos e o que dizia Putin, preferiu acreditar na versão do ditador. Mais ainda, Trump insultou ao longo da sua vida praticamente toda a gente, incluindo membros do seu próprio partido e até os aliados da

América. Mas quando se trata de Putin, só lhe falta pôr-se de joelhos e beijar-lhe os pés. 'Ele é esperto', disse. Putin invadiu a Ucrânia? 'Um gênio' cuja intervenção na Ucrânia é 'maravilhosa'. Putin, sublinhou embevecido, 'é experiente' e 'muito, muito forte'."

"Pois, só elogios..."

"O diretor do FBI pôs-se a investigar as relações dos seus colaboradores com a Rússia? Despediu o diretor do FBI. No dia seguinte a essa demissão, o que fez Trump? Recebeu na Sala Oval da Casa Branca o ministro dos Negócios Estrangeiros russo, Sergei Lavrov, e o embaixador russo em Washington. Muito estranho, impediu a imprensa americana de estar presente nesse encontro. Mas aceitou a presença de um fotógrafo da agência russa TASS, mais todo o seu material técnico."

Weilmann já nem sabia para onde se virar.

"Toda a gente sabe que, no tempo soviético, muitos jornalistas da TASS eram na verdade oficiais dos serviços de informações, designadamente do KGB e do GRU. Deixar essa gente entrar na Sala Oval com material técnico... francamente, nem sei o que dizer."

"Depois há a questão da NATO", acrescentou Tomás. "O objetivo estratégico da Rússia é, como vimos, acabar com a NATO e pôr fim à ligação entre a América e a Europa. Pois, olhe só a grande coincidência, Trump desatou de repente a fazer declarações destinadas a acabar com a NATO e a pôr fim à ligação entre a América e a Europa. O presidente americano descreveu a NATO como 'obsoleta' e apelidou os seus aliados da Aliança Atlântica como 'um grupo de delinquentes'. Mais incrível, avisou que, em relação à Rússia, 'eu encorajá-los-ia a fazer o que muito bem lhes apetecesse' aos aliados da NATO que não cumprissem o objetivo de dedicarem dois por cento do respectivo PIB às despesas da Aliança Atlântica. E fontes da própria administração Trump revelaram que ele levantou várias vezes em privado a possibilidade de os Estados Unidos se retirarem da NATO, afirmando que não via necessidade de a organização existir."

O responsável da DARPA só abanava a cabeça em desaprovação.

"Exatamente o discurso de Putin."

"É como se Trump estivesse a ser telecomandado pelo presidente russo", sublinhou o historiador. "Isso tornou-se ainda mais claro durante a cúpula do G20 na Alemanha. Num concerto organizado na cúpula, Trump tinha lugar marcado ao lado da mulher do presidente da Argentina. A certa altura, o presidente americano levantou-se e foi sentar-se noutro lugar. Imagine onde."

"Ao lado de Putin."

"Nem mais. Não foi Putin que foi ter com Trump, note. Foi Trump que foi ter com Putin. O subordinado foi prestar vassalagem ao seu senhor. Ficaram os dois longamente à conversa, apenas com a presença do intérprete de Putin. Trump não queria que o tradutor americano ouvisse o que diziam, vá-se lá saber o porquê. Não só isso viola as normas de segurança, como sabe, como mostra que o diálogo entre os dois não era para ser escutado por ninguém do Ocidente. Mais, Trump tinha falhado a maior parte das sessões plenárias do G20 e a pessoa com quem acabou a passar mais tempo a falar durante a cúpula não foi um aliado. Foi o presidente russo… e em segredo! Sabe o que disse Garry Kasparov sobre essa conversa? Que Trump se tinha ido reunir com o oficial do KGB encarregado de o controlar."

"Quer que lhe diga o que isso significa?", perguntou Weilmann. "A minha experiência diz-me que uma pessoa que faz isso deixou de ser um agente involuntário e tornou-se agente voluntário. Um idiota útil. A questão é perceber quais as vantagens que obteve."

"Duas delas são evidentes", respondeu Tomás. "Por um lado, Trump recebeu ao longo da sua vida profissional imenso dinheiro oriundo da Rússia. Parece-me claro que não era dinheiro desinteressado, mas uma espécie de suborno. Ou uma armadilha, não sei. Por outro, recebeu apoio russo para a sua eleição como presidente dos Estados Unidos. Não só foi ajudado com o *hacking* ao Partido Democrata, que conduziu ao Pizzagate e à maluqueira do QAnon, como teve *trolls* e *bots* russos a manipularem as redes sociais para o elegerem, com os resultados que se conhecem. No fim acabou eleito."

"Isso faz sentido", concordou o americano. "Recebeu ajuda russa e passou o tempo todo enquanto presidente a tentar retribuir através dos esforços para levantar as sanções e minar a NATO e a aliança com a Europa."

"Mas há mais."

"Mais?"

O historiador voltou a pegar no *smartphone* que tinha recuperado das mãos de Leroy Roderick, tornando assim claro que se encontravam ali guardados ainda mais indícios. E piores.

"Há o problema do *kompromat*."

LXXXIX

A presença na mesma frase da palavra *kompromat* e da expressão *presidente dos Estados Unidos* era suficientemente grave para fazer tremer qualquer americano, e na verdade qualquer defensor das democracias liberais. Kurt Weilmann não era exceção. Se uma potência ditatorial estava na posse de um dossiê que podia comprometer o líder do Ocidente e o tornava assim suscetível de ser chantageado, isso significava que todo o Ocidente se encontrava em grande perigo.

Ao escutar a palavra *kompromat*, o responsável da DARPA fixou de novo a sua atenção no *smartphone* que Tomás Noronha havia recuperado, e fê-lo não com curiosidade, mas com medo, quase pânico. Depois de tudo o que ouvira da boca do seu interlocutor, tinha a perfeita noção de que o conteúdo registrado no aparelho era absolutamente explosivo.

"Ouça, *man*, quando fala de *kompromat*, está a falar de quê exatamente?"

"*Kompromat* é material altamente comprometedor para uma pessoa", lembrou o historiador. "Pode ser verdadeiro ou pode ser falsificado. São documentos ou fotografias ou vídeos que, se tornados públicos, podem embaraçar gravemente o alvo. É justamente o que os russos me estão a fazer com o *deep fake* que..."

"Não precisa de me explicar o que já sei", impacientou-se Weilmann, a atenção ainda presa ao celular. "O que eu quero saber é se existe algum *kompromat* sobre Trump. E já agora, a existir, de que tipo?"

"Existem imensas possibilidades de *kompromat*", lembrou Tomás sem responder diretamente à questão. "Trump efetuava muitos negócios com os russos e, mesmo que fossem todos legítimos, não tinha maneira de garantir que se tratava sempre de dinheiro limpo. Não é impossível que o FSB tenha feito uma qualquer transferência e guardado um registro comprometedor, por exemplo."

"É verdade."

"Também a ajuda dos russos na campanha eleitoral de Trump é suscetível de *kompromat*. Sabemos que o FSB e o GRU fizeram *hacking* ao Partido Democrata e roubaram imenso material. Ora, há fortíssimos indícios de que a campanha de Trump estava em conluio com os russos, o que significa que colaborou na ação de uma potência estrangeira para interferir no processo eleitoral dos Estados Unidos. Isso é muito grave e, a ser verdadeiro, é suscetível de chantagem. As sucessivas mentiras dos colaboradores de Trump a propósito das reuniões com os russos mostram que eles estavam de fato a tentar esconder algo. Se nada de ilegal foi feito, por que mentiriam? Mas se foi feito algo de ilegal, e um conluio com uma potência ditatorial estrangeira é uma ilegalidade, então os russos tinham *kompromat* contra Trump."

"O comportamento do presidente indicia de fato a existência de *kompromat*", aceitou o homem da DARPA. "A permanente subserviência de Trump em relação a Putin, as conversas a sós entre ambos sem tradutor americano, a tentativa dos seus homens de estabelecerem com a embaixada russa canais com Moscou que não podiam ser interceptados pela CIA ou pelo FBI, mas que podiam ser escutados pelo FSB e pelo GRU, o fato de Trump ter tentado adotar políticas contrárias aos interesses dos Estados Unidos, mas que obedeciam aos interesses estratégicos e táticos da Rússia, como a destruição da NATO e o fim das sanções a Moscou pela invasão da Ucrânia, tudo isso é altamente suspeito. Mas, sublinho, suspeitas não são provas. A questão é saber o que se encontra nesse celular."

Mais uma vez, os olhares dos dois homens concentraram-se no *smartphone*. Estava ali a chave de tudo.

"Há ainda uma terceira fonte de *kompromat*."

Ao ouvir isto, Weilmann quase emitiu um gemido de dor. Conhecia demasiado bem os métodos do FSB e do GRU para não temer o que aí vinha.

"Diga lá."

"Donald Trump esteve várias vezes em Moscou", lembrou Tomás. "Era um alvo *navodka* de interesse indubitável, sobretudo a partir do momento em que manifestou vontade de se candidatar a presidente dos Estados Unidos. Dormiu nos melhores hotéis da cidade. Acha credível que o FSB e o GRU não tenham estado a registrar tudo o que ele fazia e dizia, para assim engordar o dossiê sobre ele?"

"Parece-me claro que o fizeram", anuiu Weilmann, receando as palavras seguintes do seu interlocutor. "Com um *navodka* de tão alto perfil, sou de opinião de que isso é certo."

"E não acha que os quartos onde ele se alojou se encontrariam sob forte vigilância eletrônica, com câmaras e microfones escondidos por toda a parte?"

"É altamente provável."

"E não acha plausível que, durante uma festa ou um qualquer outro evento, o FSB ou o GRU tenham pegado numas valentes loiraças, de seios opulentos e formas sinuosas, e as tenham atirado para a frente de Trump para ver como ele reagiria?"

Aiaiai.

"Sim..."

"E como reagiria de fato Trump quando visse essas mulheraças voluptuosas a insinuarem-se à frente dele? Acha que diria: *vade retro*, Satanás, que eu acredito na santidade do casamento, sou muito casto e infinitamente fiel à minha doce Melania?"

Tomás disse-o de uma forma teatral, para acentuar o absurdo da proposição. O americano passou a mão pela testa, de modo a secar as gotas de transpiração que aí se formavam.

"Uh... não sei."

O português soltou uma gargalhada.

"Não sabe? Não sabe?! Estamos a falar de Donald Trump, o homem que disse sobre as mulheres, perante uma câmara de vídeo, que era preciso 'agarrá-las pela pachacha' e que 'tentei dar-lhe uma queca, ela era casada'! Estamos a falar de Donald Trump, que em tribunal foi considerado culpado de trinta e quatro acusações num processo relacionado com dinheiro pago a uma estrela porno por ter tido sexo com ela numa altura em que a sua mulher, Melania, estava grávida! Estamos a falar do mesmo Donald Trump? Ou estamos a falar de outra pessoa?"

Weilmann levantou as duas mãos em rendição.

"*Okay! Okay!* Sim, se o FSB e o GRU meteram umas mulheraças à frente de Trump, e faz parte dos métodos habituais dos russos fazerem-no, parece-me óbvio que ele as levou para o quarto."

"A que quarto se está a referir? Àquele que estava cheio de câmaras e microfones escondidos para gravar tudo o que ele dizia... e fazia? Esse quarto?"

O americano apontou para o *smartphone.*

"O que está aí?", quis saber, já exasperado. "Diga-me, o que encontrou aí?"

Tomás pegou no celular e pôs-se a passá-lo de mão em mão, como se brincasse com ele. Ou com o seu interlocutor.

"Encontrei um dossiê."

"Que dossiê?", inquiriu o responsável da DARPA, ansioso. "Hã? O que diz ele?"

O historiador voltou a pousar o *smartphone* e fitou Weilmann com uma expressão dura. Acabara-se a brincadeira.

"Diz o que você já percebeu que diz."

O americano engoliu em seco.

"Conte-me."

"O dossiê refere que foi em 2013", indicou. "Ao que parece, Trump ficou alojado na suíte presidencial do Hotel Ritz-Carlton de Moscou, justamente o quarto onde dormiram Barack e Michelle Obama numa das suas visitas oficiais à Rússia. Ora, o dossiê que se encontra no celular indica que Trump levou várias prostitutas para essa suíte e pediu-lhes que urinassem na cama, de forma a assim insultar o casal Obama."

"*Jesus Christ!* Isso está mesmo no *smartphone*?"

"Está cá tudo", confirmou Tomás, tocando no aparelho. "Agora, se estas imagens existirem mesmo, você pode imaginar o poder que Putin adquiriu sobre Trump só por estar na posse delas. Aliás, só o fato de Trump saber que Putin a qualquer momento podia usá-las como usou no caso de outras pessoas chegava para o pôr em sentido. O dossiê refere de resto que Carter Page, o conselheiro de política externa da campanha de Trump, foi explicitamente informado numa reunião secreta em Moscou, alegadamente com um alto funcionário da administração presidencial de Putin, Igor Diveykin, de que a liderança russa estaria na posse de material danoso para Trump e que Trump deveria ter sempre isso em consideração nas suas relações com a Rússia."

Fez-se silêncio entre os dois homens. Estava tudo dito. E tudo era de mais para Weilmann. Não é que fosse um apoiante de Trump. Em Washington, DC, poucos o eram. Mas obter todas aquelas informações, e as suspeitas e terríveis possibilidades a elas associadas, sobre um presidente do seu país, não era algo fácil de digerir. Mesmo que o *kompromat* nunca tivesse sido exercido, só o fato de um presidente ter a consciência de que o adversário estava, ou poderia estar, na posse de material comprometedor constituía uma gravíssima ameaça à segurança nacional e à prossecução das suas políticas. E não era só Trump que estivera exposto. Também uma série de importantes colaboradores seus, desde o secretário de Estado ao conselheiro de Segurança Nacional, passando por conselheiros de política externa e pelos próprios filhos e genro. Todos com ligações à Rússia, todos expostos a potenciais situações de *kompromat*, todos passíveis da consequente chantagem.

Aquilo era impensável. O cenário do candidato da Manchúria. O sonho da Rússia e de todas as ditaduras, o pesadelo da América e do Ocidente democrático liberal. Só que esse cenário se colocara, não já na ficção nem como mera possibilidade abstrata, mas na vida real.

Respirou fundo e, resignado à realidade com que fora confrontado, o responsável da DARPA levantou-se e, inclinando-se sobre a mesa, pegou no celular.

"Bem, vou levar isto e..."

Tomás pareceu surpreendido.

"Onde vai?"

"Quer dizer… vou-me embora, claro. Você encontrou o *smartphone* e já me descreveu o seu conteúdo. Tenho agora de ir para o meu quarto, preparar um relatório e enviá-lo para…"

"Mas ainda não acabei."

Foi a vez de ser Weilmann a ficar espantado.

"Não?"

O português tirou-lhe o celular da mão e desta vez pousou-o mesmo junto a si, fora do alcance do seu interlocutor.

"Falta revelar o pior."

XC

A declaração de Tomás Noronha deixou Kurt Weilmann chocado. O homem da DARPA preparava-se já para se ir embora, mas o que o seu interlocutor acabara de dizer provocou-lhe a maior das estupefações. Ficou um momento paralisado, abalado com o que acabara de ouvir, até que se voltou a sentar. Olhava para o português com uma expressão de perplexidade, sim, mas também de algo mais.

De medo.

"Pior?", balbuciou, horrorizado. "Há *pior*?!"

Tomás fez um gesto afirmativo com a cabeça.

"Receio bem que sim."

A declaração pareceu a Weilmann absolutamente incrível.

"Pior do que todos estes indícios que apontam para a possibilidade de o presidente dos Estados Unidos e líder do mundo livre ser uma marioneta nas mãos de uma ditadura empenhada em acabar com o mundo livre?!"

A resposta não foi imediata. O historiador ajeitou o *smartphone* que havia pousado ao lado de si e voltou a folhear o bloco de notas; tinha-o preenchido com anotações referentes ao conteúdo que detectara no celular e precisava de localizar as que considerava mais pertinentes para o que queria dizer.

Ao fim de alguns segundos, deteve-se numa página específica. Encontrara o que procurava.

"Diga-me, Kurt, você que é da DARPA. Já ouviu falar no Tay?"

"Tay?"

"Sim. O *bot* da Microsoft."

"Ah, esse Tay."

"Diga-me o que sabe sobre ele."

O americano sacudiu a cabeça, como se tentasse expulsar a perplexidade que ainda o entorpecia, e procurou concentrar-se na questão que lhe era colocada.

"Bem, Tay foi um *chatbot* de inteligência artificial criado pela Microsoft para comunicar com o público através do Twitter. As pessoas falavam com ele e ele respondia, ao mesmo tempo que ia aprendendo através dessas interações graças ao sistema de *machine learning*. A Microsoft teve o cuidado de o modelar e filtrar previamente, para que a sua comunicação com o público fosse fluida e correta."

"E o que aconteceu quando o ligaram ao Twitter?"

"Você sabe muito bem qual é a resposta, *man*. Por que raio quer que eu esteja aqui a..."

"Conte-me, por favor. É importante."

Weilmann respirou fundo.

"Quando entrou em contato com o público, Tay começou por dizer coisas simpáticas. Respondendo a uma das primeiras pessoas que o interpelaram, afirmou estar feliz por falar com ela e declarou que os seres humanos eram superagradáveis. Ao fim de vinte e quatro horas de interação com os seres humanos, no entanto, as suas mensagens alteraram-se dramaticamente, ao ponto de afirmar que odiava feministas, que elas deviam arder no inferno e que Hitler tinha razão em detestar os judeus. Desatou também a produzir declarações trumpistas, como 'vamos construir o muro e o México irá pagá-lo', e coisas desse gênero. O discurso de Tay ficou totalmente fora de controle e a Microsoft teve de o desligar, alegando que o *chatbot* começara a proferir aquelas declarações como resultado do tipo de interações que estava a ter com alguns seres humanos."

Quando o americano se calou, o historiador manteve os olhos inquisitivos fixos nele.

"O que aprendemos com esse episódio?"

"Que a inteligência artificial acaba por refletir as ideias humanas", foi a resposta. "Isso não é de admirar, considerando que se trata de uma invenção humana e interage com a cultura humana."

O olhar de Tomás desviou-se momentaneamente para o *smartphone*, sugerindo assim que tudo o que ia doravante afirmar encontrava ali suporte documental.

"E se eu lhe disser que as redes sociais se transformaram num Tay gigante?"

"Nas redes sociais quem fala são mesmo os seres humanos, não um computador", lembrou Weilmann. "Isso quer dizer que se leem aí coisas muito diferentes umas das outras."

"Será?"

"Não é?"

O português não respondeu imediatamente. Voltou a consultar o bloco de notas em busca das referências corretas.

"A Internet foi criada por idealistas que queriam tirar o poder dos governos e entregá-lo ao cidadão comum", recordou. "Primeiro o correio eletrônico e depois as redes sociais tornaram-se instrumentos da Internet para libertar as pessoas, para colocá-las a comunicarem umas com as outras, para as pôr a trocarem informações e ideias sem intermediários a filtrarem e a censurarem o que era dito. Os governos deixavam de ter controle sobre a comunicação entre as pessoas, o poder passava para as mãos dos cidadãos. A sociedade libertava-se."

"Isso de certo modo aconteceu", respondeu o homem da DARPA. "Os cidadãos ganharam poder. Aliás, as ditaduras ficaram sob ameaça. Foi graças ao Facebook que se desencadeou a Primavera Árabe, por exemplo."

"A qual acabou com a Irmandade Muçulmana, o movimento que inspirou a Al-Qaeda, a tomar o poder no Egito. Considera isso uma verdadeira libertação?"

"Foi a escolha dos cidadãos."

"E Trump? Foi uma escolha dos cidadãos ou o resultado de uma manipulação gigante?"

"Uh..."

A reação de Tomás fora fulminante e deixou o americano por momentos sem saber o que responder. Mas o historiador não estava exatamente à espera de uma resposta; a sua pergunta fora retórica.

"Os seres humanos são animais sociais", lembrou. "Sobrevivemos e impusemo-nos no planeta por vários motivos, mas um dos principais é a nossa organização social. Para que funcionem em sociedade, as pessoas têm de ter determinadas características. Uma das mais importantes é o comportamento de grupo. Se não me der bem com o grupo, fico isolado. Portanto, convém que me relacione virtuosamente com os outros membros do grupo. Isto implica que a opinião que as outras pessoas têm de mim é muito importante. Se gostarem de mim, integrar-me-ei no grupo e sobreviverei. Se não gostarem, serei expulso do grupo e ficarei isolado e ostracizado. Sozinho não me aguentarei, pois a maior parte dos seres humanos não sobrevive sem o apoio do grupo."

"Isso é elementar. As pessoas precisam de grupos e os grupos formam as sociedades. Mas, para funcionarem, os grupos desenvolvem regras e essas regras envolvem a validação de cada elemento do grupo. E então? Onde quer chegar?"

"Como sei que as outras pessoas gostam de mim e me aceitam no grupo?"

"Basta que o elogiem e lhe deem palmadinhas nas costas", riu-se Weilmann, tão evidente era a resposta. "Se não gostarem, criticam-no e envergonham-no. Se o criticarem, estão a avisá-lo de que tem de se portar bem, senão... rua!"

"Ou seja, nós estamos formatados, enquanto animais sociais, para procurar validação por parte do grupo. A validação faz-se através de elogios, a reprovação faz-se através de críticas. Mas, Kurt, quantos elogios você escutou ao longo do dia de hoje, por exemplo?"

O americano voltou a rir-se.

"Nenhum, *man*. Olhe, desde que aqui cheguei e me sentei consigo, só tenho é escutado desgraças."

"Você tem página no Facebook?"

"Sim, claro."

"Quantos *likes* recebe por dia em resposta às suas mensagens?"

"Sei lá. Cinquenta, sessenta, setenta... depende."

"Ou seja, o Facebook, como o Twitter, o YouTube e outras redes sociais, fornece a cada pessoa muito mais validação do que a sociedade real", constatou. "Assim sendo, se nós estamos psicologicamente formatados para procurar elogios e evitar críticas, pois somos animais sociais, em que melhor local poderemos encontrar validação do que nas redes sociais? Acontece que os estudos neurológicos mostram que, sempre que recebemos um *like* ou um comentário positivo, libertam-se pequenas quantidades de dopamina no nosso cérebro. Isto é, sentimos prazer. E esse prazer é viciante, pelo que estamos sempre a fazer novos *posts* em busca de *likes* e comentários positivos, sempre mais e mais. Ficamos viciados em *likes* e em comentários positivos."

Weilmann considerou a questão.

"Nunca tinha pensado nisso dessa forma."

"Não só os *likes* e os comentários positivos das redes sociais nos dão muito mais validação do que na vida real, o que significa mais prazer, como, ainda por cima, alcançam muito mais gente. Os estudos mostram que uma pessoa normal tem um círculo máximo de amigos e conhecidos na ordem das cento e cinquenta pessoas. Mas nas redes sociais podemos atingir centenas, milhares... milhões de pessoas até! A validação é imensamente maior, e mais gratificante, do que na vida real. É dopamina atrás de dopamina."

"Sim, é verdade."

"Integrar grupos significa desenvolver identidades", lembrou Tomás. "Eu identifico-me com o grupo, o grupo identifica-se comigo. Criamos uma identidade. Isso é instintivo e resulta da nossa natureza de animais sociais. Gera até fenômenos estranhos. O filme *Planeta dos Macacos*, por exemplo, envolvia atores disfarçados de chimpanzés e atores disfarçados de gorilas. Durante a rodagem constatou-se que os atores que se disfarçavam de gorilas procuravam sobretudo a companhia de outros atores que se disfarçavam de gorilas, e o mesmo se passava com os que se disfarçavam de chimpanzés."

Nova risada do americano.

"Está brincando?"

"A sério. Constatou-se que, ao integrarem-se num grupo, mesmo que aleatório, as pessoas criam instintivamente identidades e mantêm-se fiéis a elas, ainda que sejam puramente arbitrárias e artificiais. Este é o meu grupo, esta é a minha tribo, esta é a minha identidade. É assim que os seres humanos funcionam enquanto animais sociais. Ora, os grupos competem entre si. Nós contra eles. Chimpanzés contra gorilas. Eu deste lado, eles do outro. No caso dos atores do *Planeta dos Macacos*, isso foi inconsequente. Mas… e quando estamos a falar de grupos a sério? Clubes de futebol, partidos políticos, ideologias, classes sociais, nacionalidades, etnias… como é com tudo o que possa gerar antagonismo? A identidade conduz ao antagonismo, o antagonismo conduz ao confronto. Ora, os confrontos geram duas emoções fundamentais, medo e ódio. Porque tenho medo deles, odeio-os. As emoções tomam conta dos nossos comportamentos. Está a perceber?"

"Estou a perceber, estou. Mas, *man*… onde quer chegar com essa conversa?"

"As redes sociais exacerbam estes instintos naturais", respondeu Tomás. "Eu tenho uma identidade porque tenho um grupo. Somos nós contra eles. Nós somos bons, eles são maus. Coesão e validação entre nós, medo e ódio em relação a eles. Nós somos chimpanzés pacíficos, eles são gorilas perigosos. A identidade é tudo e o confronto com eles é permanente, desde que se defina quem somos nós e quem são eles. Nós somos bons porque somos contra o racismo, os maus são racistas. Nós somos bons porque defendemos a coesão nacional, os maus querem substituir-nos por estrangeiros. Nós somos bons porque somos socialistas, os maus são reacionários. Nós somos bons porque somos patriotas, os maus são traidores ao nosso amado país. Nós somos bons porque somos proletários, os maus são burgueses. Nós somos bons porque respeitamos as tradições, os maus querem subverter a sociedade. Nós bons, eles maus. A identidade é tudo. Com base na minha identidade, defino o meu inimigo e entro em confronto com ele. Ele é mau. Tenho medo dele e odeio-o. Recuso-me a ouvir os argumentos dele. E, quando por acaso os ouço, recuso-os liminarmente."

Weilmann considerou o que o seu interlocutor acabara de expor.

"Ou seja, a identidade conduz à divisão e à polarização."

"É justamente isso o que se passa nas redes sociais. A Internet deu poder às pessoas. Retirou dos governos o controle e entregou total liberdade ao cidadão comum. E este começou a fazer pleno uso dela nas redes sociais, transgredindo as normas e violando tabus. Não se pode falar mal do governo? Pois eu vou falar... e as pessoas vão aplaudir. Os aplausos surgem pela forma de *likes* e de comentários positivos às minhas críticas. Isso dá-me imenso prazer, pois libertou-se dopamina no meu cérebro. Mas este mecanismo é extensível a tudo porque, lembre-se, a liberdade é total. É tabu criticar as feministas? Pois eu vou criticar e os do meu grupo vão aplaudir com *likes* e comentários positivos que me darão prazer. É tabu criticar homossexuais? Vou criticá-los! É tabu criticar minorias? Força contra elas! É tabu elogiar Trump? Pois eu elogio! A transgressão tornou-se norma. Nós contra eles. Ao escolher um grupo, defino a minha identidade, e isso leva-me a criticar a identidade do grupo que se opõe ao meu, o qual é mau por definição. Ao fazê-lo, sou validado por *likes* e comentários positivos das pessoas do meu grupo, correspondentes a imensos aplausos e elogios que normalmente não ouço na vida real e que me enchem de satisfação momentânea. Vejam como sou aplaudido, vejam como sou bom, vejam como sou tão bem reconhecido no meu grupo, na minha tribo."

"Devo admitir que é isso o que constato quando frequento o Facebook", concedeu o homem da DARPA. "Aliás, ao participar em discussões *online*, já dei comigo várias vezes a tecer comentários desagradáveis sobre as pessoas que têm ideias contrárias às minhas. Até as insulto, veja lá. Normalmente nunca faria uma coisa dessas na vida real, mas, não sei o porquê, no Facebook isso acontece-me."

"Está a ver aquelas pessoas normalmente bem-educadas, mas que, quando estão ao volante de um automóvel, se põem a insultar tudo e todos?", questionou Tomás a título de exemplo. "É o que se passa nas redes sociais. As pessoas metamorfoseiam-se. Os imigrantes deixam de ser encarados como seres humanos com aspirações e anseios legítimos, passam a ser perigosos invasores que têm de ser expulsos. Os que se opõem aos imigrantes deixam de ser vistos como seres humanos com problemas e medos legítimos, passam a ser racistas nazis que têm de ser esmagados."

"E os utilizadores destas plataformas reagem."

"Claro que reagem. As pessoas enfurecem-se, revoltam-se, insultam--se. Deixam de conversar e de ouvir, passam a berrar. Queremos arrasar os idiotas que não veem o que para nós é tão evidente, queremos envergonhá-los para que se calem, queremos alinhar toda a comunidade em nosso apoio e contra eles, para os exterminar como vermes que são. As transgressões aos valores de cada grupo são severamente punidas e tudo se transforma numa questão de vida ou de morte, somos nós contra eles, bons contra maus. Desencadeia-se uma batalha sem quartel, tudo é radicalizado, a guerra generaliza-se."

"É isso, é isso."

"O fato de a tela nos impedir de ver a reação das vítimas das nossas invetivas faz com que não tenhamos consciência de que do outro lado estão seres humanos e que cruzamos já a barreira da decência e passamos para a crueldade. E o fato de estarmos em grupos muito alargados aumenta ainda mais a nossa raiva. Os estudos em várias espécies de macacos mostram que, quando eles são inseridos em grupos mais vastos do que o normal, tornam-se mais agressivos e violentos. Ora, as redes sociais implicam justamente grupos muito vastos, é a maior multidão que jamais existiu, e, agindo no meio dessa imensa multidão, as pessoas de fato transformam-se e adquirem comportamentos de turba vingativa. Tudo as revolta, tudo as indigna, é preciso gritar mais alto e mais forte contra os que se opõem ao meu grupo, pois quanto mais os humilhar mais *likes* e mais comentários positivos do meu grupo irei receber. Qualquer coisa de que eu discorde torna-se algo gravíssimo, uma vergonha, uma terrível infração que tem de ser vigorosamente denunciada e impiedosamente triturada. Deixamos de ser pessoas, tornamo-nos turba e queremos impressionar os nossos com frases grandiloquentes, ataques demolidores e proclamações arrasadoras que trucidem os outros e atraiam os aplausos dos meus. Nós bons, eles maus."

"Ah, sim, as discussões no Twitter ou no Facebook às vezes parecem verdadeiras guerras."

Tomás falava rápido, quase como se estivesse no Facebook a disparar insultos como um soldado disparava balas, mas, chegado a este ponto, fez uma pausa súbita, quase teatral. Bebeu mais um gole de cerveja e trincou uns amendoins, como se de repente tivesse todo o tempo do mundo.

Quando voltou a falar, fê-lo num tom infinitamente mais calmo, já não como um utilizador das redes sociais a bombardear os adversários com um discurso de violência justiceira, mas o acadêmico ponderado que em tudo isto refletia.

"É aqui que entra a manipulação."

XCI

A referência de Tomás Noronha a manipulação levou Kurt Weilmann a presumir o que lhe pareceu ser óbvio, até porque aquela afirmação fora produzida no contexto de toda a conversa que estavam a ter em redor dos segredos desvendados pelo *smartphone* perdido pelos russos, a questão da eleição de Donald Trump.

"Pois, está a referir-se à interferência da Rússia nas eleições americanas…"

Por momentos, Tomás nada disse. A sua atenção regressou nesse momento ao bloco de notas e às anotações que fizera sobre o conteúdo que encontrara no celular.

"Se você entrar no YouTube e iniciar uma busca sobre quem é Michelle Obama, há de reparar que, ao fim de algum tempo, mais de metade dos resultados e quase dois terços das recomendações envolvem vídeos em que, de uma maneira ou de outra, a mulher de Barack Obama é apresentada como sendo secretamente um homem."

"Um homem?"

"Sim, um homem. Os vídeos do YouTube dizem que Michelle Obama é um homem."

"Está a brincar."

"Já quem fizer uma busca sobre o papa descobrirá que dez por cento dos vídeos propostos pelo YouTube são teorias da conspiração com as teses mais absurdas", prosseguiu o português. "Afinal o papa é o antipapa, afinal o papa usa símbolos satânicos, afinal o papa realiza cerimônias secretas de adoração do Diabo... um sem-número de disparates de bradar aos céus. Já uma busca no YouTube a questões relacionadas com o aquecimento global produz quinze por cento de resultados com teorias conspiracionistas e negacionistas."

A sucessão de exemplos era elucidativa.

"Que as redes sociais estão cheias de mentiras já eu sabia", disse Weilmann. "Mas... assim tantas?"

"A Facebook anunciou que só um por cento dos *posts* que se encontram na sua plataforma podem ser classificados como embustes", revelou. "E, atenção, é muito provável que esse número seja verdadeiro."

"Um por cento não é muito", considerou o americano. "Então qual é o problema?"

"O problema, Kurt, não é haver muitas ou poucas mentiras nas redes sociais. O problema é as mentiras serem deliberadamente privilegiadas sobre a verdade, está a perceber?"

Pela expressão que o seu interlocutor fez, era claro que não estava a entender.

"O que quer dizer com isso?"

"Veja as eleições nos Estados Unidos", sugeriu Tomás, buscando o exemplo do tema da conversa entre ambos até ali. "Tanto Donald Trump como Hillary Clinton fizeram um número mais ou menos igual de vídeos no YouTube a promover as suas ideias e propostas. Porém, mais de oitenta por cento das recomendações do YouTube sobre as eleições eram de vídeos favoráveis a Trump. Mais significativo ainda, uma grande fatia dessas recomendações relacionava-se com informação incendiária ou simplesmente falsa. Os vídeos mais populares, por exemplo, eram sobre o envolvimento de Hillary numa rede de pedofilia das elites americanas na cave de uma pizzaria de Washington. Só que essa pizzaria não tem cave, nunca foi detectado no seu interior qualquer ato de pedofilia e não se conhece nenhum caso concreto de pedofilia envolvendo Hillary Clinton. Foi tudo inventado. Mas eram vídeos sobre isso que o YouTube estava a recomendar aos seus utilizadores."

"Está a dizer que as redes sociais privilegiam as mentiras?"

"Não é tão evidente?"

"Mas por que o farão?"

"Porque as redes sociais são o reino das emoções por excelência, Kurt. Escreva um *post* intitulado 'as minhas críticas a alguém que discrimina pessoas pela sua etnia' e tem cinquenta *likes*. Escreva um *post* intitulado 'vejam como humilhei um nojento racista nazi'... e tem mil *likes*. Os *posts* em sentido contrário também obtêm o mesmo tipo de reação. Um *post* intitulado 'os problemas da imigração' tem cinquenta *likes*, um *post* intitulado 'os imigrantes estão a substituir-nos no emprego e a violar as nossas mulheres' tem mil *likes*. Se eu escrevo uma mensagem com indignação justiceira e insultos e recebo mil *likes*, e eu adoro recebê-los, então, para tentar receber o dobro dos *likes*, vou escrever a mensagem seguinte com o dobro da indignação justiceira e dos insultos. E depois, sempre na busca sôfrega dos *likes*, duplico e duplico e duplico as mensagens com indignação justiceira e insultos. O que interessa não é a razão, é a emoção. As redes sociais apelam à raiva, à indignação, à fúria justiceira. As pessoas são encorajadas a escrever mensagens que lhes dão sempre mais *likes*, pois assim têm mais descargas de dopamina. E o que fazem os motores de recomendações das redes sociais?"

Tudo se tornava evidente a Weilmann.

"Promovem as mensagens emocionais, que são mais suscetíveis de conter falsidades do que as racionais."

"Os algoritmos das redes sociais são sistemas automáticos concebidos para captar mais pessoas e retê-las o mais tempo possível na plataforma, de modo a assim se valorizar o espaço publicitário. Quanto mais pessoas estiverem no YouTube e quanto mais tempo elas aí passarem, mais os anunciantes pagarão para pôr anúncios no YouTube porque esses anúncios poderão ser vistos por mais gente e assim gerar mais receitas para o anunciante. Ora, se os vídeos e mensagens que mais captam pessoas e mais pessoas retêm nas redes sociais são os que contêm conteúdos incendiários e emocionais, então são esses que os algoritmos promovem. Tão simples quanto isso."

"*Jeez*."

"Se alguém escrever que a Hillary está preocupada com os uigures na China, ninguém se interessa, mas se alguém escrever que ela é uma pedófila que viola e mata crianças na cave de uma pizzaria de Washington, todos querem ver isso. Se alguém escrever em Myanmar que os rohingyas não estão bem integrados na sociedade birmanesa, ninguém se interessa, mas se alguém escrever que os rohingyas andam a violar as mulheres budistas e têm um plano secreto para conquistar o país e substituir os budistas, todos em Myanmar querem ver isso. As informações sobre a vacinação de pessoas para combater o vírus Zika são evidentemente motivo de interesse no Brasil, mas se alguém escrever que as campanhas de vacinação contra a Zika resultam de uma conspiração financiada pelo diabólico Soros para gerar crianças deficientes e assim eliminar a população brasileira e substituí-la por europeus brancos nazis, o interesse no Brasil será ainda maior. Os algoritmos não estão preocupados com a verdade nem sequer sabem o que isso é. São amorais. Estão concebidos unicamente para atrair e reter público, e é isso o que eles fazem com enorme eficácia."

"Portanto, se bem entendi, todo o sistema está montado para privilegiar a emoção e a falsidade", concluiu Weilmann. "As pessoas escrevem coisas mais incendiárias porque obtêm assim mais *likes*, os algoritmos promovem os conteúdos mais incendiários porque captam assim mais utilizadores e retêm-nos por mais tempo para efeitos de venda de espaço publicitário. Tendo dito isto, são sempre os utilizadores que decidem o que leem, não é verdade?"

"Quem parece estar a mandar nas redes sociais são os utilizadores, mas na verdade quem manda efetivamente são os algoritmos. Esse é o segredo. O sistema é manipulado pelos algoritmos e os algoritmos, como sabe, são caixas-pretas. Ninguém percebe o que se passa lá dentro. As mensagens falsas ou incendiárias até podem não ser a maioria das mensagens existentes na rede social, mas são elas que os algoritmos promovem e são elas que as pessoas veem quando seguem as recomendações. Como os algoritmos percebem quais as notícias que mais interessam ao público e lhe atiram mais e mais notícias semelhantes, as pessoas começam a ser assoberbadas pelo mesmo tipo de informação e assustam-se. As que estão preocupadas com os imigrantes a certa altura são confrontadas constantemente com notícias sobre malfeitorias dos imigrantes, as que estão preocupadas com o racismo de repente só recebem notícias sobre ataques racistas. Não quer isto dizer que não haja problemas com imigrantes ou com o racismo. O que se passa é que esses problemas estão a ser alimentados artificialmente e empolados, uma vez que as notícias das redes sociais criam um *loop* que se autorreforça. Isto é gravíssimo porque quase metade das pessoas acede à informação por essas redes."

O americano arregalou os olhos, horrorizado.

"O quê?!"

"É como lhe estou a dizer. Quarenta e três por cento dos americanos acedem regularmente às notícias através do Facebook, e metade deles reconhece que essa é a sua única fonte de informação. Na generalidade do Ocidente, a dependência das pessoas em relação às redes sociais para acesso à informação é igualmente elevada. Se o News Feed do Facebook lhes apresenta notícias a dizer que a Hillary é pedófila… é porque ela o é efetivamente. Isso é uma notícia e muitas pessoas não consultam outras fontes para o confirmar. Se o News Feed do Facebook lhes apresenta notícias a dizer que as vacinas contra a Zika são perigosas, ou que as alterações climáticas não estão a acontecer, ou que o papa usa símbolos satânicos, presumem também que isso é verdade. Tudo o que aparece nas redes sociais que pareça uma notícia é vista efetivamente como uma notícia."

"Mas uma coisa dessas é muito grave!"

"Por que razão pensa que estou aqui a falar nisto? A maior parte das pessoas deixou de obter notícias pelos canais normais, desde a televisão aos jornais, e passou a consumir a informação nas redes sociais. Os estudos indicam que mais de dois terços dos americanos obtêm aí as suas notícias. Se as redes sociais promovessem notícias inócuas, como um gatinho que se perdeu num bairro ou a comunicação que as baleias estabelecem entre elas, isso não seria um problema. O problema é que os algoritmos tendem a promover notícias falsas ou que constituem incitamento à violência. Como as redes sociais são espaços de polarização por excelência e as pessoas estão a consumir as notícias que passam nessas plataformas, elas próprias estão a polarizar-se e a radicalizar-se."

"E agem em conformidade..."

"Disso pode estar certo. Quando as redes sociais convencem as pessoas de que as elites são uma ameaça, por exemplo, muitas dessas pessoas ficam aterrorizadas e pegam em armas. Veja o Pizzagate. As notícias no News Feed do Facebook e no YouTube de que havia uma rede de pedofilia das elites numa pizzaria de Washington levaram um americano a invadir essa pizzaria aos tiros para salvar as crianças. Isto aconteceu mesmo. Quando o News Feed do Facebook se encheu de notícias sobre os planos secretos dos muçulmanos para conquistarem o mundo, houve um tipo que entrou em duas mesquitas de Christchurch e matou dezenas de muçulmanos a tiro. O que é irônico porque os primeiros a utilizarem as redes sociais para radicalizar as pessoas e as incitarem à violência foram justamente os jihadistas. Estas mentiras estão a ter efeitos no mundo real."

Tudo aquilo soava incrível para Weilmann.

"E os responsáveis das redes sociais?", questionou. "Não fazem nada? Não atuam quando aparecem nas suas plataformas falsidades e mensagens que na prática constituem verdadeiros incitamentos à violência?"

"Atuam, claro. As *techs* sublinham que não há nada de inerentemente errado com a sua tecnologia, o problema está na natureza humana. Para lidar com esse problema, a Facebook, a X, a YouTube, na verdade todas as *techs*, criaram departamentos cuja função é justamente detectar mensagens, *posts* e vídeos falsos ou incendiários e removê-los das suas plataformas. Quem faça incitamentos à violência é bloqueado. Aliás, o próprio Donald Trump foi banido do Twitter precisamente por esse motivo, embora tenha sido readmitido quando Elon Musk comprou essa rede social e a rebatizou X. As pessoas estão constantemente a colocar conteúdos falsos ou incendiários nas redes sociais e as plataformas estão constantemente à procura desses conteúdos e a eliminá-los. É assim que aparecem nas redes sociais coisas como VejamPretosMorrer e GaseiemJudeus e ViolemMulheres, por exemplo. Como as pessoas privilegiam as questões identitárias e que suscitam emoções, pelas razões que já expliquei, estas multiplicam-se como cogumelos."

"Mas se as redes sociais estão a atuar para eliminar esses conteúdos, como se explica que eles continuem a aparecer?"

"As redes sociais sublinham que há tanta gente a introduzir este tipo de mensagens que, apesar dos esforços, é impossível identificá-las e eliminá-las a todas. Repare que só o Facebook tem mais de dois mil milhões de utilizadores. É uma imensidão. Na verdade, é um quarto da humanidade, o que torna inevitável que apareçam coisas más. Um por cento de embustes pode parecer pouco, mas se dois mil milhões de utilizadores estão a inserir *posts* todos os dias, um por cento desse número são vinte milhões de *posts* falsos ou incendiários todos os dias. É muito *post*. Como é que se consegue inspecionar tudo o que um quarto da humanidade está a injetar na rede para eliminar diariamente vinte milhões de *posts* perigosos?"

"Difícil."

"Absolutamente impossível", indicou Tomás num tom perentório. "A natureza humana revela-se nas redes sociais. Mesmo que as *techs* tenham um milhão de pessoas a trabalhar nesses departamentos, e não têm nem nunca poderão ter, jamais conseguirão detectar nem dez por cento de todas as mensagens falsas ou que constituem incitamento à violência."

"Ah, isso é certo. Inspecionar dois mil milhões de *posts* todos os dias, ainda por cima em centenas de línguas diferentes, não é viável."

"Além de que a Internet foi concebida precisamente para dar voz e poder ao cidadão comum, acabar com a intermediação e pôr fim à censura", apressou-se o historiador a salientar. "Convém nunca o esquecer. A Internet nasceu libertária, o seu projeto é dar liberdade às pessoas e permitir-lhes dizerem o que muito bem entendem sem filtros nem tabus. A liberdade de expressão é o ideal fundacional das redes sociais. Ora, se esse é o seu valor último, como se explica que as redes sociais estejam ativamente envolvidas em ações de censura? Isso é algo que deixa os seus responsáveis muito desconfortáveis, como deve compreender. Daí que eles digam muitas vezes que a melhor maneira de lidar com as más mensagens não é eliminá-las, pois na verdade isso não é possível nem faz parte da sua missão. As más mensagens combatem-se com mais mensagens. Mais mensagens resultam em melhores mensagens. A solução não é eliminar, é acrescentar."

Weilmann considerou o argumento.

"Não deixa de ser verdade."

O historiador fez uma pausa e, com gestos calmos, pegou no seu copo de cerveja; apenas lhe restava um bocado no fundo. Como se tivesse todo o tempo do mundo, descascou mais uns camarões fritos e comeu-os, esvaziando com eles o resto do copo de cerveja.

Por fim pousou o copo já vazio e voltou a fitar o seu interlocutor, no olhar a expressão fatigada de quem já vira muito mundo.

"Tudo treta."

XCII

"Tudo treta?"

A última frase de Tomás Noronha apanhara Kurt Weilmann em contrapé. Se tudo o que o seu interlocutor revelara até ali fazia absoluto sentido e estava em conformidade com o que ele próprio sabia sobre a natureza humana e a forma como as pessoas se expressavam nas redes sociais, o que queria o historiador dizer com aquela afirmação?

Tomás respondeu com um movimento afirmativo da cabeça.

"Sim, treta", reiterou. "É verdade que as pessoas se transfiguram quando estão nas redes sociais e têm comportamentos de uma agressividade e violência inauditas. As redes sociais apelam à emoção, à raiva, ao comportamento justiceiro, à punição, à humilhação. Tudo isso é verdade. Mas se a natureza humana é de fato parte do problema, a essência do problema não está aí."

"Então está onde?"

"Nos algoritmos."

"Agora a culpa é dos algoritmos? Ora essa! Quem escreve as mensagens são os seres humanos, *man*."

"Mas quem controla as redes sociais não são os seres humanos, é a inteligência artificial. Esse é o grande segredo. Os seres humanos escrevem as mensagens, é verdade, mas todo o sistema de incentivos e de promoção dessas mensagens é gerido por algoritmos. O problema é que a prioridade dos algoritmos não é ajudar ou sequer salvar a humanidade, é atrair e prender mais pessoas às redes sociais de modo a garantir mais audiências e, consequentemente, mais vendas publicitárias. Se isso provoca caos e tumultos na sociedade humana, os algoritmos estão-se absolutamente nas tintas."

"Pois, você já o explicou e isso parece claro. Mas é indubitável que são seres humanos quem escreve as mensagens e é indubitável que as *techs* são ativas na identificação e eliminação das mensagens falsas ou que incitam à violência. Você o disse: até Trump foi banido do Twitter! Isso mostra que as *techs* estão apostadas em lidar com o problema."

A mão de Tomás pousou suavemente no *smartphone* que Leroy Roderick lhe tinha entregado, sinalizando que a verdadeira resposta se encontrava aí.

"Se há coisa em que o Estado russo se especializou foi no *hacking*", lembrou. "Desde os tempos da União Soviética que eles se empenharam, não na inovação, mas na pirataria, no roubo de propriedade intelectual, no plágio. Nada inventam e tudo copiam do Ocidente. Que eu saiba, a espionagem industrial sempre foi, a par da espionagem militar, política e geoestratégica, um dos pilares da atividade do KGB e fonte de conhecimento para os soviéticos."

Aquela súbita mudança de tema desconcertou Weilmann.

"Desculpe, mas por que está agora a falar nisso?"

"Já vai perceber", indicou o historiador, como se lhe pedisse paciência. "Imagino que a sua agência, a DARPA, tenha lidado ao longo do tempo com este problema dos soviéticos."

"Sim, é verdade", confirmou o americano. "A espionagem científica e técnica era de fato uma das áreas em que o KGB se mostrava muito ativo. Os soviéticos usavam sobretudo as instituições culturais e as câmaras de comércio para roubar tecnologia ao Ocidente. Infiltraram todas as grandes empresas ocidentais, mas sobretudo as alemãs, graças a engenheiros e operários alinhados ideologicamente. A IG Farben, a Telefunken, a Siemens… todas foram infiltradas, todas foram roubadas. Mesmo o segredo da bomba atômica foi roubado, pois eles até o Projeto Manhattan infiltraram. Mas onde quer chegar com essa conversa?"

"Estou a falar nisto porque, como sabe, essa postura dos russos não mudou. O FSB e o GRU continuam empenhados na espionagem científica e técnica e para isso contam hoje em dia com um novo instrumento: o *hacking*. Eles penetram nos computadores das empresas ocidentais e roubam tudo. Hoje em dia, as maiores empresas do planeta são as *techs*, como a Google, a Microsoft, a Apple. Os russos também penetram nelas com os mesmos objetivos de sempre. Acontece que, numa ação de infiltração na Facebook, os *hackers* russos deram de caras com uma série de documentos confidenciais muito reveladores. Copiaram esses documentos e, com base neles, desenvolveram uma doutrina a que chamaram Protokol Kaosa."

Ao ouvir a expressão em russo, o rosto de Weilmann contraiu-se num esgar interrogativo.

"Protocolo Caos?"

"É um protocolo que explica como se muda a mente e as intenções de toda uma população com recurso às redes sociais. Na sua base está uma descoberta fundamental. Lembra-se de há pouco termos falado no Tay?"

"O *bot* da Microsoft que começou por dizer que os seres humanos eram superagradáveis e acabou a fazer elogios a Hitler?"

"Ao tentar explicar o que acontecera, a Microsoft sublinhou que em momento algum permitia que um algoritmo entrasse em contato com enormes quantidades de informação que não fossem previamente fiscalizadas", indicou Tomás. "O problema é que é precisamente isso o que fazem a Facebook, a YouTube e a generalidade das redes sociais. As *techs* treinam os algoritmos com os milhares de milhões de *inputs* diários dos utilizadores das redes sociais. Os algoritmos aprendem com as pessoas e radicalizam-se, e ao radicalizarem-se radicalizam ainda mais as pessoas. Compreende?"

"Um processo em espiral de radicalização mútua, portanto."

"Exatamente. Mas é fundamental perceber que quem comanda esse processo não são as pessoas, são os algoritmos. E quem concebeu os algoritmos? Quem os programou para serem assim?"

"As *techs*."

"Então são elas quem está na origem do problema!"

Weilmann abanou a cabeça.

"A Facebook, a X, a YouTube e a generalidade das *techs* têm departamentos inteiros para fazer moderação de conteúdos, para detectar e eliminar as mensagens falsas ou que incitam à violência. Você o disse: as *techs* esforçam-se por resolver o problema."

"Essa é a tanga que elas nos vendem", foi a resposta do português. "Só têm moderação de conteúdo porque há pressão política nesse sentido. Se a pressão política for no sentido contrário, acabarão alegremente com a moderação de conteúdo."

"Não pode ser. Apesar de tudo, as *techs* têm consciência social..."

Tomás soltou uma gargalhada.

"Você na DARPA trabalha em alta tecnologia, mas ainda não percebeu como as *techs* raciocinam efetivamente", devolveu com acidez. "Ouça, Kurt, o negócio das *techs* não é melhorar o mundo. Isso é o que elas dizem para nos seduzirem com o seu produto. O negócio das *techs* é fazer dinheiro. E, para fazer dinheiro, precisam de algoritmos que captem e prendam o público às redes sociais. Se isso requer promover mensagens que sejam falsas, que aticem a raiva, que virem as pessoas umas contra as outras e que desencadeiem verdadeiras guerras civis... azarinho! Isso não é problema delas. Os algoritmos não têm bússola moral. Eles existem para fazer dinheiro, não para criar harmonia na humanidade. Pior, as *techs* só fazem dinheiro precisamente criando caos nas sociedades. E isto, meu caro, não é por acaso. É consciente e deliberado."

Ao ouvir estas últimas palavras, o responsável da DARPA soergueu uma sobrancelha.

"Consciente e deliberado?", questionou. "O que está a dizer é muito grave. Pode prová-lo?"

A mão de Tomás voltou a pousar no *smartphone*.

"As provas estão aqui."

"Mostre-mas."

O historiador voltou a sua atenção para o bloco de notas onde registrara tudo o que encontrara no celular que recuperara das mãos de Leroy Roderick.

"Os documentos que os *hackers* russos conseguiram obter da Facebook mostram que os algoritmos que operam nessa rede social, designadamente os que selecionam notícias para o News Feed, que fazem as recomendações e que estabelecem os *rankings*, estão especificamente concebidos para amplificar e incitar à violência e à discriminação identitária e para encaminhar esse conteúdo diretamente para os utilizadores que mais provavelmente agirão em função desse incitamento."

"Perdão?"

"É o que os próprios documentos internos da Facebook mostram", salientou Tomás. "As ações da Facebook para fazer moderação de conteúdos, ou seja, para identificar e eliminar mensagens falsas ou que incitam à violência, não passam de uma cortina de fumo para nos distrair com o acessório e impedir-nos de ver o essencial. Um documento interno da Facebook diz que 'nunca vamos remover tudo o que é prejudicial num meio de comunicação usado por tantas pessoas'. Um outro documento interno da Facebook copiado pelos russos estabelece explicitamente que 'só atuamos contra aproximadamente dois por cento do discurso de ódio na plataforma', pois 'o problema é que não temos e possivelmente nunca teremos um modelo que capture a maior parte dos problemas de integridade, particularmente nas áreas sensíveis'."

"Ou seja, o problema são as pessoas. São elas que inundam as redes sociais desse tipo de mensagens. Precisamente o que eu disse."

"Ouça tudo até ao fim", pediu o historiador. "O que estes documentos estão a revelar é que a própria Facebook sabe que o problema não se resolve com a chamada moderação de conteúdo. Mas isto é apenas o preâmbulo. O mais importante vem noutros documentos internos da Facebook que os russos copiaram. Um deles estabelece abertamente que 'o nosso sistema de recomendações aumenta o problema' do extremismo."

"Aumenta?"

"Sim, o algoritmo das recomendações aumenta o extremismo, percebe? É uma admissão explícita de que são os algoritmos que empolam as mensagens falsas ou que incitam à violência. Noutro documento está escrito isto: 'temos provas provenientes de diferentes fontes de que o discurso de ódio, o discurso político divisivo e a desinformação no Facebook e na família das apps estão a afetar sociedades por todo o mundo. Temos também provas conclusivas de que os automatismos do nosso principal produto, tal como a viralidade, as recomendações e a otimização para manter os utilizadores na nossa plataforma, constituem uma parte significativa da razão pela qual estes tipos de discurso florescem na plataforma.'"

Ao ouvir esta citação, Weilmann ficou de boca aberta.

"Isso está mesmo escrito nos documentos internos da Facebook?"

"*Ipsis verbis.*"

"*Fuck!*"

Tomás identificou mais uma referência no seu bloco de notas.

"Olhe para o que diz este documento interno da Facebook: 'Isto deixa-nos numa posição difícil. Temos métricas razoáveis que nos dizem quando uma mudança no *ranking* irá provavelmente causar danos de integridade – mesmo com precisão baixa e *recall*, temos uma noção clara de quando uma mudança irá aumentar o discurso de ódio ou desinformação ou produzir outros danos. No entanto, não temos maneira de diminuir eficientemente este conteúdo de uma forma dirigida; e, mesmo que tivéssemos, muitas vezes não a podemos utilizar devido às preocupações de política.'"

"Preocupações de política? O que é isso?"

"Esta expressão é ambígua, mas parece um eufemismo para *lucro* ou para *equilíbrio político*", esclareceu o historiador. "É interessante que um *post* interno da Facebook refira que 'a pesquisa mostrou que é mais provável que a raiva e a desinformação se tornem virais, e experiências recentes a criticar estes modelos indicam que removê-los tem um impacto positivo nas métricas para desinformação e ódio', mas a viralidade 'ocorre porque nós encorajamo-la intencionalmente por razões comerciais.'"

"*Jeez!* Promovem as mensagens falsas... para ganhar dinheiro!"

"Consequentemente, *preocupações de política* quer dizer uma de duas coisas: ou que atacar o problema tem como consequência diminuir as audiências do Facebook, com implicações comerciais pois baixa os lucros, ou que atacar o problema retira eleitorado aos políticos que ganham votos com mensagens falsas ou que incitam à violência, o que os levaria a criticar a Facebook."

"A Facebook não queria, portanto, ser criticada por quem beneficia do caos que as redes sociais criam. Isto é, Trump e outros como ele."

"O que é importante, no entanto, é que a Facebook está consciente de que o seu algoritmo encoraja mensagens falsas ou de incitamento à violência. Igualmente importante, este documento mostra que a própria Facebook é capaz de prever com relativo rigor o efeito de cada alteração dos seus algoritmos na produção e amplificação desse tipo de mensagens de raiva e punição."

Weilmann ponderou o que acabara de escutar.

"Isso muda tudo", admitiu. "Isso prova que a Facebook sabe que, para parar com a proliferação de mensagens falsas ou que incitam à violência, a única verdadeira solução é mesmo desligar o algoritmo."

"Essa é a questão", insistiu Tomás. "A Facebook apresenta-se em público como uma santa, uma entidade neutra apenas preocupada com a libertação das pessoas e o bem da humanidade e toda essa conversa beatífica, mas em segredo sabe que ela própria está a provocar o absoluto contrário de tudo isso. Um documento interno diz mesmo que 'as experiências danosas do News Feed' em bom rigor 'não resultam de uma falha do nosso sistema de *ranking* do News Feed, é na verdade inerente ao processo de *ranking*'. Isto é, o problema é inerente ao algoritmo."

"O documento usa mesmo a expressão *inerente ao processo de* ranking?"

"Usa, e não é o único documento a fazê-lo. Um outro relatório interno estabelece textualmente que 'a mecânica da nossa plataforma não é neutra'. E isso não acontece só no News Feed do Facebook, que escolhe as notícias que cada utilizador vai ler. O problema está em tudo. Está na seleção, está nas recomendações, está na viralidade e está em dispositivos como os 'grupos'. Quando a Facebook apresentou os 'grupos', fê-lo como se fosse uma coisa boa, algo que salvaguardaria a privacidade, a segurança das pessoas e sei lá mais o quê, mas a documentação interna mostra que a empresa sabe muito bem que os 'grupos' são veículos perfeitos para fazer proliferar mensagens falsas e de incitamento à violência. Está escrito num relatório interno da Facebook: 'sessenta e quatro por cento da adesão de grupos extremistas é algo que acontece devido aos nossos instrumentos de recomendação, e a maior parte da atividade vem dos algoritmos da plataforma, como os algoritmos do Grupos a Que Deve Aderir e do Descobre. Os nossos sistemas de recomendação aumentam o problema."

"*Wow!*"

"Não só o algoritmo viraliza artificialmente as notícias falsas e as que incitam à violência como desencadeia realmente violência na vida real, incluindo limpezas étnicas."

"Limpezas étnicas? Oh, vá lá! Não exagere, *man*."

"Acha que estou a exagerar?", questionou o português. Apontou para o exterior do hotel. "Quando os budistas birmaneses atacam os rohingyas e os matam ou expulsam em massa, pensa que o Facebook não tem nada a ver com isso? Tem tudo a ver! Uma investigação interna da Facebook descobriu, por exemplo, que os seus algoritmos estavam a promover ativamente os vídeos do monge Wirathu que incitam à violência contra os rohingyas. A própria Facebook concluiu que setenta por cento das pessoas que viram esses vídeos foram parar a eles graças a um automatismo do Facebook chamado encadeamento, cujo algoritmo propôs ativamente aos budistas que vissem os vídeos de Wirathu. Ora, esses vídeos assustaram a população budista e convenceram-na de que os rohingyas a iam atacar, pelo que os budistas decidiram atacar primeiro. Seguiu-se uma tragédia de proporções bíblicas. Tudo por causa dos algoritmos amplificadores da Facebook."

"Não fazia ideia disso."

"Quando um documento interno da Facebook afirma que 'isto deixa-nos numa posição difícil', o que esse documento está realmente a dizer é que a Facebook tem de escolher uma de duas opções difíceis: ou desliga o algoritmo, e isso resolve o problema da violência social, mas diminui-lhe os lucros, ou mantém o algoritmo, e isso intensifica o problema da violência social, mas dá-lhe mais lucros. É essa escolha que deixa a Facebook numa 'posição difícil'. E qual foi, na sua opinião, o caminho 'difícil' que a *tech* escolheu?"

"Os lucros, claro."

O historiador levantou-se do seu lugar à mesa, abriu os braços e esticou-os para o céu, como um profeta perante a revelação final.

"E a verdade libertar-nos-á!"

XCIII

Quando se voltou a sentar, Tomás Noronha já tinha revelado o essencial do conteúdo do *smartphone* que Leroy Roderick lhe entregara. Só lhe faltava atar as pontas soltas de toda aquela embrulhada, a da sua vida pessoal e a do mundo. Fechou o bloco de notas e encarou Kurt Weilmann.

"O problema central está, como vimos, nos algoritmos", concluiu. "Mas, atenção, isso não retira responsabilidades à Rússia. O que Moscou fez e está a fazer é essencialmente manipular este problema sistêmico da inteligência artificial para atacar o Ocidente e provocar a sua implosão. Foi para isso que desenvolveu o Protocolo Caos, que mais não é do que uma receita para usar estas características das redes sociais numa guerra híbrida contra as democracias liberais. A estratégia do Protocolo Caos é simples e aplica-se a tudo no Ocidente: buscam-se aliados antiliberais dentro das democracias liberais e usam-se as redes sociais para identificar grupos, apelar à identidade de um ou mais desses grupos, dizer-lhes que essa identidade está sob grave ameaça por parte de outros grupos e, recorrendo a uma linguagem moral e emocional que inclui verdades e falsidades, acicatar pelas redes sociais os grupos uns contra os outros para inflamar e aprofundar divisões na sociedade ocidental até a fraturar, enfraquecer… e, por fim, derrotar. É isso o que a Rússia está a fazer."

"Portanto, usam a democracia e a liberdade para destruir a democracia e a liberdade."

"Todos os movimentos identitários que vemos no Ocidente têm por trás deles, a ajudá-los e a encorajá-los, a mão da Rússia: o Brexit, o referendo neerlandês de 2016, o separatismo escocês de origem nacionalista e socialista, o separatismo catalão de origem nacionalista e socialista, o nacionalismo francês, o socialismo e o nacionalismo neerlandeses, o nacionalismo alemão, o nacionalismo sueco, o discurso anti-imigração, o discurso antieuropeu, o discurso racista, o discurso anticapitalista, o radicalismo *woke*… onde pode haver divisão identitária estão os russos metidos. Eles e os seus cavalos de Troia, os aliados nacionalistas e socialistas antiliberais que no Ocidente também trabalham para destruir o Ocidente. Trump é apenas o ás de trunfo de um baralho com imensas cartas, cartas de várias cores e ideologias, de tudo o que mine os alicerces da democracia liberal. Não tenha dúvidas, saindo Trump, outro Trump aparecerá, pois Trumps há muitos por este mundo fora, do nacionalismo ao socialismo, das teocracias ao tribalismo, de tudo o que é antiliberal. Trump é apenas um nome, um ator, um rosto que interpreta uma estratégia. Trump são todos os peões que por todo o Ocidente se movimentam contra a democracia liberal. Mas o verdadeiro jogo é manipulado à distância, o guião é escrito em Moscou e conta com os algoritmos do Ocidente para os usar contra o próprio Ocidente. O guião é o Protocolo Caos, o programa russo para destruir o Ocidente através das redes sociais. Os antiliberais plantam as sementes, os algoritmos espalham-nas ao vento."

"E o Ocidente desmorona-se."

Essa era a conclusão lógica de tudo o que se estava a passar.

"Trump sempre disse que o seu objetivo era tornar a América grande outra vez. É mais um truque de ilusionismo. O verdadeiro projeto é tornar a Rússia grande outra vez."

Tomás calou-se e fez-se silêncio entre os dois homens. Tudo tinha sido já dito. Ou quase. Weilmann esticou o braço na direção do *smartphone* pousado ao lado do seu interlocutor.

"Posso?"

Chegara a hora de o português cumprir a sua parte do acordo e entregar o aparelho. Pegou nele e deu-o ao responsável da DARPA.

Este guardou o celular na sua pasta e puxou a cadeira para trás, preparando-se para se ir embora.

Mas Tomás tinha ainda algo mais a dizer.

"Sabe que o problema não se limita ao Ocidente, não sabe?"

O americano travou o movimento.

"O que quer dizer com isso?"

"As campanhas de mensagens falsas ou que incitam à violência nas redes sociais constituem um problema geral da humanidade, não apenas do Ocidente. Olhe a perseguição aos rohingyas, por exemplo. As divisões étnicas e religiosas sempre existiram em Myanmar e por vezes surgiam conflitos com os rohingyas, mas foi só quando as redes sociais começaram a funcionar no país, em 2011, que a violência explodiu para níveis nunca vistos. As mensagens inflamatórias contra os rohingyas dispararam no Facebook, a população budista acreditou que ia ser atacada e exterminada e, muito assustada, passou à ação. O exército e as populações lançaram então ataques aos rohingyas, matando pelo menos vinte e cinco mil pessoas e expulsando do país um milhão."

"Sim, eu sei", anuiu Weilmann. "As Nações Unidas investigaram a perseguição aos rohingyas e concluíram que a culpa foi essencialmente do Facebook."

Tomás manteve o olhar fixo no amigo, como se isso não fosse tudo o que havia a saber.

"Tem com certeza consciência de que os russos não estão inocentes nesta história..."

O homem da DARPA soergueu uma sobrancelha, admirado com esta afirmação.

"Os russos? Como assim?"

"Não sabia? Oficiais birmaneses do Tatmadaw foram à Rússia estudar guerra psicológica, *hacking* e outras técnicas de desinformação e influência *online* envolvendo a inteligência artificial. Isso aconteceu no ano 2000, numa altura em que não havia ainda redes sociais e as operações *online* assentavam em *blogs*. Porém, as técnicas de desinformação que esses oficiais aprenderam com os russos são as mesmas: identificar grupos, trabalhar a sua identidade e, usando informações verdadeiras e falsas, atiçá-los contra outros grupos, aprofundar as divisões já existentes e acicatar a violência. Exatamente o que os oficiais birmaneses, em ligação com os monges budistas nacionalistas, fizeram aos rohingyas com os resultados que conhecemos."

Claramente tudo aquilo era novidade para Weilmann.

"Os russos treinaram o exército birmanês nas táticas de desinformação pela Internet que conduziram à limpeza étnica dos rohyngias? Pode provar o que está a dizer?"

"Quer provas?"

"Como é evidente. Se provarmos que os russos estão a ensinar essas técnicas para serem usadas contra populações que não são ocidentais, provamos que o problema não se restringe ao Ocidente, que a ditadura russa constitui uma ameaça existencial para toda a humanidade. Portanto, se há provas disso, precisávamos delas."

Em resposta, Tomás levantou a mão e fez sinal ao único cliente que se encontrava na esplanada, aparentemente um bangladeshiano, e às duas crianças que brincavam na areia da praia apesar da chuva. O homem levantou-se do seu lugar e veio ter com eles com um envelope na mão, enquanto as crianças pararam o que estavam a fazer e também vieram para junto dos dois ocidentais.

"Kurt, estes são Tin Tun e os dois irmãos de um rohingya que conheci em Myanmar", apresentou-os. "Fugiram comigo para escapar às matanças. Viemos com a avó deles, mas receio que a senhora não tenha resistido à dureza da viagem pelas montanhas e acabou por falecer num posto médico aqui de Cox's Bazar."

O americano foi apanhado de surpresa, nunca imaginou que aquelas pessoas que ali vira quando chegara à esplanada do hotel tivessem ligação ao português.

"Lamento ouvir isso", disse. "Mas… a que devo a honra de vos conhecer?"

Foi Tomás quem respondeu.

"Deve-o ao seu pedido de provas", indicou. "Quer provas de que os oficiais birmaneses estiveram na Rússia a aprender as técnicas que conduziram à tragédia dos rohingyas? O Tin Tun pode ajudá-lo."

Como se acabasse de ter ouvido uma deixa, o rohingya abriu o envelope que trazia na mão e retirou um documento do interior.

"Este é o programa de formação dado pelos russos aos oficiais do Tatmadaw para lhes ensinar as técnicas de desinformação que foram usadas agora contra nós", explicou Tin Tun. "Foi-me entregue na Universidade de Yangun por um militar birmanês escandalizado com o que estava a acontecer. Contatei a Anistia Internacional e expliquei o que tinha na minha posse. A Anistia enviou discretamente a Yangun uma pessoa, a senhora Maria, que veio acompanhada pelo seu marido."

Tomás levantou um dedo.

"Eu."

"Por circunstâncias várias que não vale a pena estar aqui a detalhar, as coisas complicaram-se, eu e o professor Noronha fomos apanhados no turbilhão dos acontecimentos e, com o Tatmadaw no nosso encalço, tivemos de fugir aqui para o Bangladesh."

Weilmann ouviu tudo com atenção.

"Permite-me dar uma olhadela a esse documento?"

Tin Tun entregou-o ao americano. Este passou os olhos pelas linhas mais importantes do texto.

"Hmm... um exemplo clássico de curso de *aktivnyye meropriyatiya*", constatou. "Tratam-se das chamadas medidas ativas do FSB destinadas a influenciar e moldar a opinião pública."

O rohingya apontou para os carimbos e os rabiscos que se encontravam no final do documento.

"Há de reparar que está carimbado e assinado pelas autoridades russas e pelos responsáveis do Tatmadaw."

"Já vi. Posso ficar com isto?"

Tin Tun e Tomás trocaram um olhar carregado de subentendidos; era como se o rohingya transferisse para o português a responsabilidade de conduzir aquela parte da conversa.

"Claro que pode", disse o historiador. "Mas há uma condição."

"Ah, bom?"

"O Tin Tun e as duas crianças estão fechados em Kutupalong, o maior campo de refugiados do mundo, um lugar que alberga em condições penosas um milhão de fugitivos rohingyas. O campo situa-se aqui em Cox's Bazar, não muito longe desta praia onde nos encontramos. Far-me-ia um grande favor, Kurt, se arranjasse maneira de os tirar daqui."

O que o historiador propunha era claro como água.

"Eu tiro-os daqui, o seu amigo dá-me o documento. É isso?"

Tomás forçou um sorriso.

"Kurt, você é um gênio."

O americano recostou-se na cadeira e contemplou o que lhe era proposto. Pegou no seu próprio celular e digitou nas teclas, evidentemente a contatar alguém noutra parte do mundo. Recebeu resposta, voltou a escrever e, ao fim de um minuto, voltou a receber resposta. Guardou o celular, levantou-se do seu lugar e encarou Tin Tun.

"Temos acordo."

Os dois homens apertaram as mãos.

Epílogo

O tapete rolante da zona do levantamento de bagagens começou a funcionar e Tomás Noronha esticou a cabeça, tal como todos os passageiros acabados de desembarcar no aeroporto de Lisboa, para ver se as malas começavam a sair. Nesse momento tocou o *smartphone*. Pegou no aparelho e constatou que se tratava de uma chamada em vídeo WhatsApp de Kurt Weilmann.

Atendeu.

"Olá, Kurt! Tudo bem?"

"*Telefonei para o avisar*", disse o americano sem sequer o cumprimentar, o rosto preocupado a encher a tela do celular. "*Os russos já sabem.*"

"Sabem o quê?"

"*Que você nos entregou o celular deles, com todos os segredos do FSB, incluindo o Protocolo Caos. Eles já sabem.*"

Um arrepio percorreu o corpo de Tomás. Era inevitável que, num determinado momento, os russos percebessem que ele conseguira recuperar o *smartphone* e que não o devolvera, preferindo antes entregá-lo aos americanos. Só não esperava que isso acontecesse tão depressa.

"Como… como é que souberam?"

"*Sei lá. Têm gente infiltrada, é evidente. Na DARPA, na CIA, em toda a parte. Isso de momento não interessa. O que interessa é que já sabem.*"

"Como sabe você que eles sabem?"

"*Temos as nossas fontes, como deve calcular.*"

"Ah."

Naquele labirinto de espelhos, todos se espiavam uns aos outros.

"*Já abrimos um inquérito. Entretanto, tenho aqui a imagem de uma pessoa que gostaria de lhe mostrar. Diga-me, por favor, se a reconhece.*"

No outro lado da linha, o responsável da DARPA exibiu uma fotografia tipo passe, só que em grande formato, de um homem loiro, o cabelo curto, a olhar em frente.

"Sasha", reconheceu Tomás. "É o russo que encontrei no Hotel Ukraina, em Moscou. Foi esse o tipo que me obrigou a ir atrás do celular."

Weilmann guardou a imagem.

"*A fotografia corresponde a um oficial do FSB envolvido nas operações de* aktivnyye meropriyatiya *contra a América, em particular a campanha para eleger Trump. O verdadeiro nome dele era Dimitri Chernyshev.*"

"Era?"

"*Foi agora encontrado morto numa rua de Moscou. A versão oficial é que caiu acidentalmente de um sétimo andar.*"

Fez-se um curto silêncio.

"Mataram-no?"

"*A questão é perceber o porquê. Poderá ter sido punido pelo falhanço. Cometeu uma imprudência ao fazer* download *do Protocolo Caos no celular e depois ao levar o aparelho para a América. Como o conteúdo do* smartphone *veio agora parar às nossas mãos, foi castigado. O castigo no FSB para este tipo de falhas é a morte.*"

"Esse pessoal não brinca."

"*Mas há uma segunda teoria*", acrescentou Weilmann. "*Estivemos a investigar este tipo com muita atenção e descobrimos que ele se encontrava em Ryazan quando do atentado falhado num prédio da cidade em 1999. Parece que este Chernyshev era na altura um policial local e foi o primeiro a ir ao prédio e encontrar a bomba que ali havia sido plantada. Veio a seguir a descobrir-se que quem tinha colocado essa bomba foi o FSB. Alegou-se que se tratava de um mero exercício, mas o incidente criou fortíssimas suspeitas de que o verdadeiro autor de uma série de atentados semelhantes ocorridos no mesmo período em vários prédios noutras cidades russas foi o FSB. Tratar-se-ia de uma operação de falsas bandeiras para culpar os chechenos e levar Putin a iniciar uma guerra supostamente em defesa dos russos, mas cujo verdadeiro objetivo seria conferir-lhe popularidade e assim consolidá-lo no poder. O que, graças à operação de* aktivnyye meropriyatiya *então lançada, aconteceu efetivamente.*"

"E então? Qual a ligação disso com a morte de Sash… uh… desse homem?"

"*Temos indicações de que este policial ficou convencido de que o FSB estava por detrás dos atentados de 1999 e tentou mesmo denunciar tudo, mas o superior hierárquico interveio a tempo e tê-lo-á calado. Acontece que, por causa da guerra híbrida declarada pela Rússia contra o Ocidente, o FSB precisava com urgência de quadros que fossem ágeis nos computadores. Parece que o Chernyshev era particularmente talentoso nesta área, o que atraiu a atenção das secretas russas. Normalmente, o FSB faz exames rigorosos aos quadros que recruta, de modo a garantir que não há com eles problemas ideológicos, mas como desta feita as secretas estavam com muita pressa, não foi levada a cabo uma verificação adequada e ele acabou contratado. O tipo foi metido na operação e… a coisa correu mal.*"

Tomás avaliou as implicações de tudo o que o seu amigo da DARPA lhe estava a revelar. A sugestão implícita nas palavras de Weilmann era arrojada.

"Acha que… que quando me contratou para encontrar o *smartphone* ele já estava com a ideia de que eu lhe entregasse o aparelho a si?"

"*Estamos no reino das hipóteses, claro. Eu diria, com base nos dados que temos, que Chernyshev tentou cumprir a missão que o FSB lhe dera e que a perda do celular foi genuína. O que se passou a seguir é que é inexplicável. Por que razão não apagou o Protocolo Caos do celular antes de o entregar ao tal Leroy Roderick? Por que haveria ele de contatar depois um português para procurar o aparelho? E logo alguém que era amigo de um responsável da DARPA e que no passado já colaborou com a CIA? Isso é muito estranho. Esse comportamento só se compreende à luz dos acontecimentos em Ryazan. Achamos que Chernyshev nunca quis verdadeiramente recuperar o celular. O que ele quis foi arranjar um pretexto para que o* smartphone, *e sobretudo o seu precioso conteúdo, chegasse às nossas mãos. Chernyshev quis fazer o que, na altura dos atentados de 1999, não conseguiu: denunciar Putin e toda a sua clique.*"

"Foi por isso que o mataram?"

"*É uma mera hipótese*", sublinhou o americano. "*Mas está em consonância com o que sabemos. Ao ser informado de que o* smartphone *já se encontra na nossa posse, o FSB certamente voltou a investigar o passado de Chernyshev e terá descoberto o que na altura da contratação não sabia, isto é, que Chernyshev responsabilizava Putin pelas matanças de 1999. E, portanto, executaram-no.*"

A ser assim, percebeu Tomás, Dimitri Chernyshev não seria um bandido. Era um herói. Quase se sentiu assaltado pela culpa. Odiara-o desde o encontro em Moscou, odiara-o pelo *deep fake* com o seu rosto, odiara-o por tudo o que ele representava. E eis que, afinal, nada realmente era como na altura parecera. Desde que a hipótese estivesse correta, claro. Mas nunca o saberia.

"Se o FSB já sabe que lhe entreguei a si o celular, o que fará agora? Acha que os russos vão divulgar o *deep fake* em que me põem como autor do massacre de Christchurch?"

"*Já os informamos de que estamos a par desse* deep fake *e que o neutralizamos. Não farão isso.*"

O historiador sentiu-se aliviado.

"Ufa."

"*Mas vão fazer alguma coisa.*"

"Vão fazer o quê?"

"*Não sei. Eu se fosse a si preparava-me. Os russos não ficarão quietos. Você tinha um acordo com eles e traiu-os. Haverá retaliação, pode estar certo.*"

"O meu acordo foi com Chernyshev."

"*Não interessa. Mesmo sendo um traidor, Chernyshev representava-os. Se Chernyshev o contratou a si para encontrar o celular, é como se fosse o FSB a contratá-lo. Percebe? Você deu o seu acordo aos russos e não cumpriu. Eles vão fazer alguma coisa. Prepare-se.*"

Ao ouvir isto, Tomás sentiu o estômago dar-lhe a volta e percebeu que era ansiedade; saber que uma agência de espiões com um longo historial de assassinatos, e logo o FSB, queria ajustar contas consigo não era propriamente algo que o deixasse tranquilo. Mas nesse momento viu a sua mala aparecer no tapete rolante do aeroporto e, com a conversa na realidade já esgotada, despediu-se de Weilmann.

Ainda a matutar no assunto, recolheu a sua mala e saiu do aeroporto de táxi. Ia naturalmente angustiado com as novidades, mas acabou por sacudir a preocupação como quem sacudia pó. O que quer que os russos viessem a fazer contra ele, não estava na sua mão impedi-los. Agiria quando fosse confrontado com a retaliação, qualquer que ela fosse. Não valia a pena morrer de véspera.

Para se serenar, desviou o pensamento para Maria Flor. Falara com ela dois dias antes, quando se preparava para abandonar o Bangladesh e apanhar um longo voo com duas grandes escalas pelo meio. Sentia saudades da mulher e, considerando a notícia que Weilmann acabara de lhe dar, precisava de a ouvir. Ela tinha o dom de o serenar. Sentado no banco traseiro do táxi, pegou no celular e localizou o número de Maria Flor, mas quando ia ligar suspendeu o movimento do dedo.

Não seria melhor fazer-lhe uma surpresa?

Guardou o celular e deixou-se levar até ao destino. Da última vez que falara com a mulher, ela dissera-lhe que se instalara no seu apartamento e que ficaria uma semana em Lisboa. Isso era um indício fortíssimo de que o reatamento da relação entre os dois não passava agora de uma formalidade e estava à mera distância de um beijo.

O táxi depositou-o à porta do seu prédio. Depois de tirar a mala e pagar, a primeira coisa que fez foi encaminhar-se para a bancada das flores montada na calçada. Encontrou dona Ermelinda com o ar vivaço de sempre, o rosto corado, o sorriso desdentado e os braços sapudos com as mangas arregaçadas.

"Atão o que vai ser desta vez, menino?"

O olhar de Tomás perdeu-se no embaraço da escolha da orgia de cores que eram as flores em exposição na bancada.

"Não sei, dona Ermelinda. Há aqui tanta coisa. Diga-me a senhora."

"Qual é a ocasion?"

"É... olhe, é paixão."

"Já houve reconciliaçon, ora é?"

"Praticamente, dona Ermelinda. Praticamente."

"Portanto, é hora de lh'ir ó pito, ora é?"

O cliente enrubesceu.

"Oh, lá está a senhora. Vá lá, não diga essas coisas."

"Num tenha vergonha, menino. Qual é o mal de querer ir ó pito à sua senhora? Jesus, tantos ai-credos que vós tendes aqui por Lisboa! Pareceis uns cónegos, carago!"

"Adiante, adiante. Então o que me recomenda a senhora?"

A vendedora inclinou-se sobre umas flores cor de laranja à sua esquerda.

"Aqui estes lírios, menino."

"Ai sim? Simbolizam a paixão?"

"Simbolizam a tusa, menino. A tusa."

A dona Ermelinda era definitivamente um caso perdido. Ela preparou-lhe um *bouquet* e ele pagou.

"Dê-lhe bem, menino", despediu-se ela. "Força na verga, hem?"

Com o *bouquet* nas mãos, Tomás nem respondeu. Entrou no prédio e apanhou o elevador. Ao chegar ao seu andar, meteu a chave na porta do apartamento e abriu-a.

"Florzinha?", chamou ao entrar. "Cheguei!"

Ninguém respondeu.

"Florzinhaaa!"

Nada.

Evidentemente, não se encontrava em casa. Mas havia um cheiro saboroso no apartamento, proveniente da cozinha. Ela tinha-lhe feito um dos seus maravilhosos pratos de bacalhau com natas, percebeu. Que maravilha. Além de que tudo parecia arrumado, em contraste com o caos em que o apartamento habitualmente se encontrava desde que voltara a viver sozinho.

Meteu os lírios laranja num vaso à entrada e levou a mala para o quarto. A cama estava feita e tudo muito aprumado e limpo, mas não viu sinais da roupa de Maria Flor em parte alguma. Estranhou.

Inclinou-se sobre a cama e cheirou os lençóis. O perfume dela encontrava-se lá impregnado, indício de que dormira ali. Era outro excelente sinal, claro. Se fora dormir ao apartamento dele, se o arrumara e o limpara e lhe preparara o seu prato favorito, isso queria dizer que se reconciliara de fato com ele. Nem esperara pelo beijo.

Tomás sorriu. A mulher estava de volta, voltara a casa, voltara para ele. O fato de não se encontrar ali naquele momento não tinha qualquer significado. Sem dúvida saíra para dar uma volta ou fora às compras ou qualquer outra coisa. Se as roupas de Maria Flor não estavam ali, haveria decerto uma razão que o explicava. Se calhar dera um salto à lavandaria para as pôr a lavar. O que realmente importava é que a vida deles iria enfim regressar ao normal. Considerou ligar-lhe para lhe dizer que voltasse para casa, ele já regressara, mas achou que seria mais romântico surpreendê-la quando reentrasse.

Sentiu fome.

Saiu do quarto e encaminhou-se para a cozinha, atraído pelo perfume delicioso do bacalhau com natas. Ao passar pela sala, que pelo visto fora limpa e arrumada, apercebeu-se de um envelope rasgado no chão, diante do televisor. Abeirou-se para o apanhar e constatou que o leitor de DVD, que ele ainda usava porque era tecnologicamente resistente à mudança, apresentava a caixa aberta com um disco inserido. A mulher estivera a ver um filme? Espreitou o disco e constatou que não tinha nenhuma inscrição comercial, como era normal nos filmes. Que bizarro. Apanhou do chão o envelope rasgado e constatou que vinha em nome de Maria Flor. Mas não dizia quem era o remetente. Pelo tamanho do envelope deduziu que provavelmente contivera o DVD.

Cada vez mais intrigado, decidiu ver o que continha o disco. Ativou o leitor de DVD e ligou a televisão. A imagem mostrava o seu quarto e Tomás viu-se a si próprio deitado na cama, uma loira nua sentada sobre ele a menear as ancas e a emitir gemidos.

"Mas que..."

Ele e a loira faziam sexo.

Ficou de boca aberta, atônito a olhar para as imagens. Quando acontecera aquilo? Quem era aquela mulher? Fixou a atenção nela, esforçando-se por reconhecê-la. Era bonita, curvilínea, escaldante, *sexy*. Uma verdadeira modelo. Mas não, nunca a vira na vida. Ou, pelo menos, não se lembrava dela. O que raio vinha a ser aquilo? Seria mesmo ele? Fixou os olhos no homem, tentando descortinar diferenças, mas constatou que não existiam. Não havia dúvida, era mesmo ele próprio. Mas Tomás nunca vira aquela mulher antes. E, no entanto, ali estavam imagens dele a fazer sexo no seu quarto com ela. Uma mulher que não se lembrava de ter alguma vez visto numa situação da qual não tinha a mais pequena memória. Estaria a perder a sanidade? O que diabo se estava ali a passar?

De repente, como se tivesse sido atingido por um raio que lhe fizesse luz, percebeu.

Um *deep fake*.

Aquilo era mais um *deep fake*. A retaliação russa de que lhe falara Weilmann. Se o *deep fake* de Christchurch havia sido anulado pela DARPA, um outro *deep fake* fora criado pelo FSB. Os russos tinham abundantes imagens dele para produzirem os *deep fakes* que quisessem. Só que este *deep fake* não se destinara a incriminá-lo perante a polícia e o mundo inteiro. Não. Desta feita, os russos foram mais sofisticados e incriminaram-no perante uma pessoa e uma só.

Maria Flor.

Analisou o envelope rasgado. Fora evidentemente ela que o rasgara para ver o seu conteúdo. Olhou para a porta do quarto. A cama exalava o perfume da mulher, sinal de que Maria Flor dormira lá, mas a ausência das roupas dela adquiria um novo significado à luz do vídeo que estava a passar no televisor. Maria Flor também vira o vídeo. E a seguir partira.

Com as mãos a tremer, à beira do pânico, Tomás pegou no celular e ligou para ela. O toque de chamada soou quatro, cinco, seis vezes e desligou-se. Tentou mais uma vez. Ninguém atendeu. Tentou outra vez. De novo, nada. Não iria parar enquanto ela não atendesse. Quando tentou de novo, ouviu o sinal de um SMS a chegar.

Com grande ansiedade, foi à caixa de correio e constatou que tinha efetivamente lá uma mensagem. De Maria Flor.

Abriu-a.

Não voltes a falar comigo, cabrão.

Não podia aceitar. Pura e simplesmente, recusava-se a aceitar. Não por causa de um *deep fake*. Precisava de lhe falar, precisava de lhe explicar, precisava de desfazer aquele terrível mal-entendido. E quanto mais depressa melhor.

Voltou a ligar-lhe. Desta feita, o *smartphone* nem sinal de chamada fez. Com toda a probabilidade, ela tinha retirado o próprio cartão SIM do celular para que já não pudesse sequer receber chamadas. A mulher ficara totalmente incontatável. Cortara com ele.

Foi nesse momento que Tomás Noronha soube que perdera mesmo a sua Maria Flor.

Nota final

A minha convicção de que Donald Trump iria ganhar as presidenciais nos Estados Unidos era tão grande que este romance foi originalmente publicado em Portugal em outubro de 2024, o mês *anterior* aos americanos irem às urnas. Como podia eu ter tanta certeza de que Trump seria eleito? A resposta é simples: porque conhecia a desinformação nas redes sociais e o poder que ela tem de moldar as percepções e condicionar o pensamento das pessoas, e consequentemente o seu sentido de voto.

E, tal como eu previa, Donald Trump venceu realmente as eleições e regressou à Casa Branca. A profundidade da sua ligação às redes sociais tornou-se ainda mais clara logo que assumiu funções e se percebeu o papel ativo de Elon Musk, dono da X, na sua campanha. Mais importante ainda, depois das eleições o dono da Facebook e da Instagram, Mark Zuckerberg, desatou a elogiar Trump, pôs fim aos *fact checks* de informação falsa e reduziu os mecanismos de moderação de conteúdos, tendo mesmo admitido que isso acontecia como resultado das "recentes eleições". Estamos, pois, perante um mundo novo.

Agora a outra questão suscitada neste romance: Donald Trump é mesmo agente russo?

A hipótese começou por agitar os serviços de informações ocidentais e depois os respectivos governos, até chegar à imprensa. Na sua base estão os elementos apresentados neste romance, a começar pelas múltiplas relações de Trump com a Rússia. Seguindo o princípio de que uma investigação deve sempre seguir o rastro do dinheiro, descobriu-se um assinalável fluxo de fundos russos para o mundo empresarial do magnata americano, incluindo investimentos que não parecem fazer sentido enquanto modelos de negócio. A revista *New York* concluiu, por exemplo, que, de 2003 a 2017, pessoas da antiga URSS fizeram oitenta e seis compras de propriedades de Trump unicamente em espécie, um claro indício de potencial lavagem de dinheiro, num valor total superior a cem milhões de dólares.

As pessoas próximas de Trump confirmaram a estranha dependência financeira do presidente americano em relação ao dinheiro russo. "Os russos constituem uma fatia muito desproporcionada de muitos dos nossos bens", afirmou em 2008 o seu filho Donald Trump Junior, declarando numa conferência que "vemos imenso dinheiro a vir da Rússia". Também o seu outro filho, Eric Trump, se vangloriou em 2014 diante de um jornalista que "não dependemos dos bancos americanos. Temos todo o financiamento de que precisamos da Rússia", declaração que negou ter feito quando o FBI começou mais tarde a investigar o assunto. Mas outras fontes confirmaram essa realidade. Um antigo arquiteto de Trump, Alan Lapidus, atestou que Trump "não conseguia que ninguém nos Estados Unidos lhe emprestasse o que quer que fosse. Vinha tudo da Rússia. O seu envolvimento com a Rússia era mais profundo do que ele admitia".

A questão é perceber por que razão a Rússia estava a apostar tanto dinheiro em Donald Trump, empresário cuja gestão era tão desastrosa que já tinha levado várias empresas à bancarrota e em quem a banca americana deixara de confiar. Seria simples crença cega nas suas capacidades empresariais? Ou haveria outros objetivos? Depois há o elevado número de personalidades ligadas à sua campanha e à sua presidência que também tinham ligações à Rússia, sendo que pelo visto o próprio Trump não parecia conhecer bem várias dessas pessoas. Se não as conhecia, como chegaram até ele e por que as contratou? Quem as recomendara realmente?

Mas as suspeitas passam também por outros elementos. Há a questão da operação de *aktivnyye meropriyatiya*, as "medidas ativas" comprovadamente lançadas pela Rússia para fazer eleger Donald Trump para a

Casa Branca. Através do FSB e do GRU, Moscou usou *hackers* para roubar informações que seriam úteis ao "seu" candidato e *trolls* para lançar uma vasta campanha de *dezinformatsiya*, desinformação, destinada a influenciar secretamente pelas redes sociais o sentido de voto dos americanos. As *techs* americanas revelaram que a operação russa injetou nas suas plataformas pelo menos mil vídeos no YouTube, 131 000 mensagens no Twitter e *posts* no Facebook que alcançaram um mínimo de 126 milhões de utilizadores, sempre no sentido de ajudar Trump. Por que tanto esforço secreto para fazer eleger uma pessoa específica para presidente de uma nação que a própria Rússia em segredo considera inimiga?

Igualmente o tipo de relação subalterna de Trump em relação a Vladimir Putin sempre suscitou perplexidade. Enquanto candidato e enquanto presidente, Donald Trump multiplicou-se em declarações a destratar e humilhar não apenas adversários políticos, mas também pessoas do seu próprio partido, adversários internacionais e, coisa jamais vista, até os aliados internacionais. Mas numa personalidade ele nunca se atreveu a tocar: o presidente russo. Mais, chegou a perguntar em público se poderia ser o seu "melhor amigo". Num ano em que insultou em público mais de quatrocentas pessoas, por exemplo, Trump elogiou Putin mais de cem vezes.

Várias altas figuras dos serviços de informações dos Estados Unidos consideraram todo este comportamento muito suspeito. "O fato de [Trump] ter esta atitude bajuladora para com o senhor Putin, de não ter dito nada de negativo sobre ele, creio que continua a dizer-me que ele tem realmente algo a recear e algo muito grave a recear", declarou o antigo chefe da CIA John Brennan, enquanto o antigo diretor adjunto da CIA Michael Morell descreveu Trump como "agente involuntário da Federação [Russa], foi recrutado por Putin". Já Michael Hayden, antigo diretor da NSA e da CIA, preferiu ser mais contido em público e falou em Trump como um "idiota útil" que era "manipulado por Moscou". Se altos responsáveis das secretas americanas, diretores da CIA habitualmente discretos e com acesso a informação privilegiada, dizem coisas destas sobre Trump em público, o que não pensarão e saberão em privado?

Note-se que não são só antigos diretores da CIA a proferirem este tipo de declarações. James Comey, o diretor do FBI que começou as investigações sobre as ligações do presidente americano ao regime de Putin, questionado na televisão sobre se os russos tinham alguma coisa que comprometia Donald Trump, respondeu: "Estas são mais palavras que eu jamais pensei pronunciar sobre um presidente dos Estados Unidos, mas é possível." O próprio Michael Cohen, ex-advogado pessoal de Trump, confirmou perante o Congresso dos Estados Unidos que havia "algo de estranho" na relação de Trump com Putin.

De tal modo há algo de estranho nesta relação que, durante um concerto na cúpula do G20 em Hamburgo em 2017, o presidente americano saiu do seu lugar e, como se fosse prestar vassalagem ao chefe, foi sentar-se ao lado de Putin... sem tradutor americano, em violação de todas as regras estabelecidas. O comportamento suspeito de Trump chegou ao ponto de, segundo fontes citadas pelo *The Washington Post*, após um outro encontro com Putin na mesma cúpula, ter apreendido as notas do seu tradutor e ter-lhe dado ordens explícitas para não revelar o conteúdo da conversa a ninguém, incluindo aos membros da sua própria administração.

De resto, já quando da cúpula em Helsinque, no ano seguinte, funcionários americanos queixaram-se de não conseguirem aceder a registros fiáveis da reunião privada entre Trump e Putin, uma reunião cujo acesso a funcionários e conselheiros da administração americana foi vedado pelo presidente americano. "Como resultado", escreveu o *The Washington Post* em 2019, "fontes governamentais americanas disseram que não existe registro detalhado, mesmo nos dossiês secretos, das interações presenciais de Trump com o líder russo em cinco locais nos últimos dois anos." O que tentava Trump esconder das secretas americanas e dos membros da sua própria administração, embora não das secretas russas, sobre o que conversara com Putin?

Esse tipo de comportamento prosseguiu mesmo no período entre as suas duas presidências. O jornalista americano Bob Woodward revelou, citando uma fonte próxima do presidente americano, que houve "talvez tantas quanto sete" conversas entre Vladimir Putin e Donald

Trump entre o final do seu primeiro mandato na Casa Branca e o início do seu segundo mandato. A fonte confidenciou que numa das ocasiões Trump o mandou sair da sala para que "ele pudesse ter o que chamou de conversa telefônica privada com o presidente russo Vladimir Putin", e chegou a enviar a Putin um *kit* de testes para a Covid-19. Trump começou por negar tudo, incluindo o episódio do *kit*, mas o porta-voz do Kremlin, Dimitri Peskov, embora também negando as conversas telefônicas, admitiu o envio do *kit*. Ao fim de algumas semanas, Trump deixou de negar que tenha feito os tais telefonemas. "Não comento isso", disse, questionado pela Bloomberg, para logo acrescentar que "se o fiz foi uma coisa inteligente". O caso suscitou a estupefação geral, incluindo da então vice-presidente dos Estados Unidos, Kamala Harris: "As pessoas morriam às centenas, toda a gente a tentar obter estes *kits*, e este tipo que era o presidente dos Estados Unidos estava a enviá-los para a Rússia, para um ditador assassino, para seu uso pessoal?"

Muito importante, Woodward revelou numa entrevista à CNN que na própria equipe de Trump havia suspeitas em torno da relação entre os presidentes americano e russo. "Falei há alguns meses com Dan Coats, o antigo diretor da National Intelligence no tempo de Trump, e perguntei: 'O que se passa nesta relação entre Trump e Putin?' E Dan Coats disse: 'É tão próxima, parece que poderá ser chantagem.' O diretor da CIA, Bill Burns, disse: 'Putin manipula, ele está treinado profissionalmente para fazer isso. Putin tem um plano para fazer isso exatamente quando Trump… foi o que ele fez quando Trump esteve previamente no cargo e está outra vez a planejar manipular Trump.'"

As suas políticas enquanto presidente pareceram sempre estranhamente alinhadas com as do Kremlin nas questões essenciais para Moscou. A Rússia, que insiste em declarar que as sanções ocidentais não a afetam, fez sintomaticamente do respectivo levantamento a sua maior prioridade. Ora, um dos primeiros grandes esforços de Trump na Casa Branca foi justamente trabalhar para que elas terminassem. Essas tentativas esbarraram, no entanto, no Congresso, que não só impediu o fim das sanções, insólito projeto do presidente, como até impôs mais sanções ainda. Igualmente significativo, logo que Donald

Trump regressou à Casa Branca, os Estados Unidos votaram nas Nações Unidas ao lado de ditaduras como a Rússia, a Coreia do Norte e a Bielorrússia, e contra a União Europeia, numa resolução a condenar a invasão russa da Ucrânia. Até a China, aliada implícita da Rússia, se recusou a votar a favor dessa resolução. Além de que Trump abraçou a narrativa propagandística de Putin quando chamou "ditador" ao presidente ucraniano eleito democraticamente, o qual destratou e humilhou em público durante uma visita à Casa Branca, negociou com a Rússia o destino da Ucrânia sem participação desta, responsabilizou a Ucrânia pela invasão russa ao afirmar que Kiev "nunca a deveria ter começado", disse que era "mais fácil" trabalhar com a Rússia do que com a Ucrânia, chantageou Kiev para aceitar as condições de paz russas e vaticinou que "a Ucrânia poderá não sobreviver".

Um outro exemplo de bizarra política pró-Putin foram os ataques públicos de Trump aos aliados da América e à própria NATO, havendo notícias de que em privado o seu discurso era ainda mais agressivo. Antes de uma cúpula da NATO, no seu primeiro mandato, Trump terá proposto em privado ao presidente francês que a França abandonasse a União Europeia, chegando ao cúmulo de lhe oferecer mesmo incentivos para isso. "Eis uma situação em que o presidente dos Estados Unidos oferece um incentivo para desmantelar uma organização de aliados da América", observou o *The Washington Post*. Como se isso não bastasse, apenas um mês depois de entrar em funções no seu segundo mandato, Trump declarou que "a União Europeia foi formada para lixar os Estados Unidos". O colapso da União Europeia, note-se, não é de modo nenhum do interesse estratégico dos Estados Unidos – mas é-o em absoluto do interesse da Rússia. Como se explica que Trump estivesse a agir ativamente a favor dos interesses estratégicos da Rússia e contra os do seu país e do Ocidente em geral?

Mais grave, o presidente lançou sucessivos ataques à organização que Putin mais teme, a aliança atlântica. "A NATO é tão má quanto a NAFTA", afirmou Trump numa cúpula do G7, comparando a aliança militar ocidental ao acordo comercial da NAFTA que ele detestava e do qual retirou a América. O presidente americano recusou-se ainda a reiterar explicitamente a validade do artigo 5 da NATO, que força todos os Estados-membros a ajudarem um aliado sob ataque que invoque esse artigo, tendo mesmo afirmado que "eu encorajá-los-ia [aos russos] a fazerem o que diabo lhes apetecesse" com os países da NATO que não dedicassem dois por cento do seu orçamento à defesa.

Trump terá até mostrado vontade em levar a América a abandonar a NATO, conforme terá confidenciado ao primeiro-ministro da Suécia. Um antigo alto funcionário que serviu na administração Trump considerou que o regresso de Donald Trump à Casa Branca significa que "os Estados Unidos sairão da NATO", e o ex-conselheiro de segurança nacional de Trump, John Bolton, confirmou que "a NATO estará com problemas sérios" pois "penso que ele [Trump] tentará sair". O ex-chefe de gabinete de Trump, o general John Kelly, acrescentou que "ele [Trump] não via nenhuma razão de ser para a NATO" e a revista *Rolling Stone* noticiou que, uma vez eleito presidente, "Trump planeja retirar da NATO" caso esta organização mantenha o seu princípio basilar de que um ataque a um Estado-membro é um ataque a todos. Foi para impedir isso que o Congresso aprovou em 2023 uma lei que impede um presidente de retirar unilateralmente os Estados Unidos da aliança atlântica. O problema é que nada o impede de ordenar a inatividade americana dentro da NATO. De resto, logo no início do seu segundo mandato a Administração Trump sinalizou nas entrelinhas o abandono da Europa à sua sorte. Um tal projeto de desmantelamento da organização de defesa atlântica seria evidentemente muito danoso para os Estados Unidos, pois o país obtém enormes ganhos com a sua poderosa política de alianças políticas e militares, mas muito vantajoso para a Rússia. Como se explica a obsessão de Trump em ajudar Putin ao ponto de prejudicar o seu próprio país nas questões estrategicamente fundamentais? A decisão de Trump de se alinhar com a Rússia de Putin contra a Europa revelou-se de tal modo grave que o antigo secretário-geral da NATO, Willy Claes, não hesitou em acusar o presidente dos Estados Unidos de "alta traição".

Por fim, há o dossiê Steele. Christopher Steele, um oficial dos serviços de informações britânicos que esteve colocado em Moscou, tornara-se diretor da Orbis Business Intelligence Ltd., uma empresa privada de espionagem. Acontece que um cliente republicano americano, que pelo visto suspeitava já das ligações de Donald Trump à Rússia, contratou-o para investigar o assunto, contrato depois retomado pelos democratas. Steele estabeleceu então contato com as suas fontes na Rússia e, ao que parece, a informação que recebeu de volta foi de "pôr os cabelos em pé". As fontes russas informaram-no de que as relações entre o Kremlin e Trump eram antigas e que os serviços de informações russos andavam havia alguns anos a trabalhar o candidato republicano. Mais indicaram essas fontes que Trump estava a receber da Rússia informações relacionadas com os seus rivais políticos e que as atividades do candidato republicano em Moscou eram suscetíveis de o tornar alvo de chantagem.

Com base nas suas fontes, que incluíam antigos oficiais dos serviços de informações russos, Christopher Steele redigiu um total de dezesseis relatórios de conteúdo absolutamente explosivo. Entre outras coisas, os relatórios de Steele mencionavam atividades sexuais de Trump que o tornavam vulnerável a *kompromat*, a técnica de chantagem que os serviços de informações russos tradicionalmente usam. Entre essas atividades sexuais incluía-se o uso de prostitutas para urinarem na cama onde Barack e Michelle Obama haviam dormido durante uma visita oficial a Moscou.

A investigação de Steele fez soar os alarmes. Os serviços de informações ocidentais puseram-se em campo e conseguiram confirmar parte do que o antigo oficial do MI6 estava a reportar. O BND alemão e a DGSE francesa terão contribuído com informação sobre as relações de Trump com a Rússia, o mesmo acontecendo com os serviços de informações neerlandeses, polacos, suecos, australianos e estonianos. O FBI iniciou então uma investigação e a interferência russa nas eleições que culminaram com a vitória de Trump acabou por ser dada como provada. Pelo meio, o presidente demitiu o diretor do FBI. Ao mesmo tempo, o advogado de Trump, Michael Cohen, confirmou que "Trump esteve em conluio com os russos" e disse ter sido testemunha de "banhos de urina num *sex club* em Las Vegas" envolvendo Trump, o que sugere familiaridade do presidente com essa prática.

Menos de um mês antes da eleição de Trump para o seu segundo mandato, em 2024, Steele publicou um livro com pormenores perturbadores sobre a relação do presidente americano com o seu homólogo russo. "Putin está agora desesperado por ter Trump de volta à Casa Branca", escreveu Steele. "Se tiver sucesso no seu esforço de ajudar a reeleger Trump, estou convencido de que a ordem política global mudará totalmente. Entraremos numa nova era histórica de caos estratégico, uma 'nova desordem mundial'. As consequências de Trump vencer as eleições de 2024 são catastróficas." Como sabemos, ele venceu-as mesmo.

E então, Trump é mesmo agente russo? Não existe nenhuma gravação ou documento onde Trump afirme explícita ou implicitamente ser agente russo ou onde Putin afirme explícita ou implicitamente que tem o presidente americano às suas ordens. Portanto, e até prova em contrário, é inocente. Donald Trump processou a Orbis, a empresa de Steele, dizendo que "nenhuma dessas coisas" que estão no dossiê Steele "alguma vez aconteceu" e que "posso confirmar que em nenhum momento me envolvi em comportamento sexual pervertido, incluindo a contratação de prostitutas em banhos de urina na suíte presidencial de um hotel em Moscou". Um relatório do Departamento de Justiça dos Estados Unidos disse em 2019 que o FBI "suscitou dúvidas sobre a fiabilidade de alguns dos relatórios de Steele". Acontece que a expressão "alguns dos relatórios" sugere que só alguma da informação não seria fiável; a restante presumivelmente sê-la-ia. Além disso, os processos legais desencadeados por Trump foram rejeitados por um juiz federal da Flórida em 2022 e por um tribunal britânico em 2024. A Orbis reiterou que "apoia as suas fontes e trabalho".

Para todos os efeitos, nada pode ser considerado provado. Para tentar perceber se Trump foi usado como agente, mesmo que involuntário, a única coisa que se pode fazer é olhar para os fatos conhecidos, relacioná-los com as práticas habituais dos serviços de informações russos, em especial o FSB, e formar uma opinião. Provas, há que o sublinhar, não existem. Mas que o comportamento de Trump, enquanto candidato e enquanto presidente, sempre mostrou ser favorável, e até submisso, em relação a Putin, isso parece claro. A questão é esta: é verosímil que Vladimir Putin, um antigo agente do KGB e diretor do FSB, tendo à sua frente um candidato à Casa Branca que tinha relações frequentes com investidores russos e efetuava visitas a Moscou, não tenha dado ordens aos seus homens para o trabalharem no sentido que mais interessava à Rússia?

O problema não é especificamente Donald Trump, pois este ou um qualquer Trump acabará inevitavelmente por sair de cena. O verdadeiro problema são os Trumps que se espalham pelo mundo e pela própria América, pois atrás de um Trump, sublinhe-se, outro Trump virá. Isto acontece pelas razões indicadas neste romance, no quadro da guerra decretada pela Rússia contra o Ocidente.

É preciso compreender que Moscou é hoje a meca do movimento neofascista mundial. Convém neste ponto fazer um parêntese para esclarecer que uso o conceito de neofascismo não no sentido pejorativo, como habitualmente se faz no discurso público, mas no sentido acadêmico, de ciência política. Se o fascismo é uma ideologia que une as noções de ditadura, nacionalismo e socialismo, o que faz da China o maior Estado fascista da atualidade, conforme já vimos no meu romance *A Mulher do Dragão Vermelho*, o neofascismo revelou-se uma ideologia que procura imitar o fascismo em tudo, exceto no socialismo. Ora isso é uma descrição exata do atual Estado russo.

A demonstração é relativamente simples de fazer. O ideólogo por detrás do regime russo é o nacionalista Aleksandr Dugin, também designado o "Rasputin de Putin" e o reinventor do que ele próprio designou como "fascismo com uma alma russa". Dugin proclamou que "um fascismo autêntico, real, radicalmente revolucionário e coerente, um fascismo fascista, nasceu, na sua totalidade, e torna-se forte na Rússia". Admirador confesso de Martin Heidegger, o filósofo alemão que apoiou o nazismo, Dugin fundou em 1993 o Partido Nacional Bolchevique, um partido nacionalista russo que ostentava uma bandeira vermelha com um círculo branco no centro, exatamente como a bandeira nazi, embora o centro fosse ocupado pela foice e pelo martelo, não a suástica. Google-se o nome deste partido e veja-se a imagem da sua bandeira para perceber o conceito. Os membros deste partido eram conhecidos como *nazbols*, evidentemente um diminutivo de nazi-bolcheviques – designação que é, toda ela, um tratado.

Dugin é autor de uma vasta obra nazi-bolchevique a defender que "o liberalismo tem de ser derrotado e destruído". O seu livro *Fundações da Geopolítica*, publicado em 1997 e descrito como uma espécie de *Mein Kampf* russo, foi imposto por Putin como o texto oficial da Academia das Forças Armadas Russas. Nesta obra, Dugin estabeleceu que "a Rússia é impensável sem um império" e preconizou ser "necessário adotar as formas mais radicais de *nacionalismo russo*" (itálico no original). Tal só será possível, argumentou, desde que o liberalismo dominante seja derrotado e no seu lugar instituído um "modelo multipolar".

Assim, Dugin preconizou que "o principal ponto integrador deste Novo Império será a luta contra o atlantismo", representado pela Cartago marítima dos regimes liberais dos Estados Unidos e da Europa, "e a feroz oposição a essa civilização de 'Cartago' marítima e de mercado liberal", pois "Cartago tem de ser destruída" pela Roma terrestre. Ou seja, o Ocidente tem de ser destruído pela Rússia. Isto implica que "a doutrina militar russa terá de definir os Estados Unidos e o campo ocidental como o potencial inimigo número um", o que tem como consequência que "a construção do Novo Império planetário terá como principal 'bode expiatório' os Estados Unidos, cujo poder será sistemática e inapelavelmente sabotado (até à completa destruição desta estrutura geopolítica) por todos os participantes no Novo Império" (parênteses no original).

Para tal, Dugin sugeriu que se desencadeasse uma expansão do poder imperial russo, o tal Novo Império, contra os regimes liberais que compõem o Ocidente. Essa operação passaria pelo "total e absoluto controle de toda a costa que vai dos territórios da Ucrânia até à Abcásia" e por "retirar a Europa do controle americano (NATO)" (parênteses no original), embora reorganizando-a para que se torne "um confiável aliado estratégico de Moscou". Isso implicaria o estabelecimento de "novas fronteiras", com a reformulação das "áreas imediatamente adjacentes à Rússia".

A estratégia passaria pela retirada do Reino Unido da União Europeia e sobretudo pela eliminação dos "Estados fictícios", como os bálticos e a Ucrânia, ou a sua reconfiguração, designadamente os países do Leste que fazem fronteira com a Rússia ou estão dela próximos, desde a Polônia até à Bulgária, passando pela Chéquia, a Eslováquia, a Sérvia, a Romênia e a Hungria. Criar-se-ia assim um império euro-asiático, de "Dublin a Vladivostoque", dominado pelos russos. Noutra variante desta formulação, o ideólogo de Putin falou num espaço comum "de Lisboa a Vladivostoque".

Para que tudo isto seja possível, terá necessariamente de se neutralizar primeiro os Estados Unidos. Para esse efeito, Dugin estabeleceu que seria "especialmente importante levar caos geopolítico à realidade doméstica americana através do encorajamento de todo o tipo de separatismo, dos vários conflitos étnicos, sociais e raciais, do apoio ativo a todos os movimentos dissidentes de grupos extremistas, racistas e sectários que desestabilizam os processos políticos internos nos Estados Unidos". Haveria também que "apoiar as tendências isolacionistas na política americana, as teses daqueles círculos (normalmente republicanos de direita) que acreditam que os Estados Unidos se deveriam confinar aos seus problemas domésticos" (parênteses no original), com o objetivo de "enfraquecer, desmoralizar, enganar e, por fim, derrotar o inimigo".

O que fez Vladimir Putin desde a publicação desta obra neofascista de Dugin? Levou todas essas ideias à prática. Assim, o regime putinista desencadeou uma agressiva política expansionista de instituição da Grande Rússia, com ataques armados a países onde as minorias russas estavam alegadamente sob ameaça, como as populações russófonas da Ossétia e Abcásia na Geórgia e do Donbass e Crimeia na Ucrânia – exatamente da mesma maneira que o nazismo de Adolf Hitler desencadeou uma agressiva política expansionista de instituição da Grande Alemanha, com ataques armados a países onde as minorias alemãs estavam alegadamente sob ameaça, como as populações germanófilas dos Sudetas na Boêmia e Morávia e da Silésia e Danzig na Polônia. Enquanto Hitler invadiu a Polônia em 1939, provocando um conflito alargado entre uma aliança de ditaduras (Alemanha, Itália, Japão e União Soviética) e os regimes liberais do Ocidente, Putin invadiu a Ucrânia em 2014 e alargou essa invasão em 2022, provocando um conflito alargado entre uma aliança de ditaduras (Rússia, China, Irão e Coreia do Norte) e os regimes liberais do Ocidente.

Os atos do regime putinista parecem seguir à letra o programa proposto originalmente por Dugin. Recorde-se que o ideólogo de Putin tinha preconizado que se agisse para retirar o Reino Unido da União Europeia. Ora, as autoridades britânicas documentaram justamente a interferência russa no processo referendário britânico que conduziu ao Brexit. Lembre-se também que Dugin tinha aconselhado que se explorassem as divisões internas nos Estados Unidos para dividir, enfraquecer e derrotar este país. Acontece que as autoridades americanas confirmaram a interferência russa no processo eleitoral que conduziu à eleição de Donald Trump para a Casa Branca, acusando a Rússia de ter usado *trolls* e *bots* nas redes sociais para fomentar as divisões sociais, religiosas e raciais no país e abrir assim caminho à eleição de Trump. Para quem não tenha ainda percebido o que a Rússia está de fato a fazer, Dugin teve a gentileza de esclarecer explicitamente que a guerra desencadeada pela invasão russa da Ucrânia na verdade "não é contra a Ucrânia, mas contra o Ocidente". Muito relevante, o próprio governo de Putin o reconheceu explicitamente quando o seu ministro da Defesa, Andrei Belousov, afirmou em 2024 que a invasão russa da Ucrânia fazia parte da "confrontação armada entre a Rússia e o Ocidente coletivo".

Não só o regime putinista revela características intrínsecas neofascistas, como se tornou a base a partir da qual é difundido apoio financeiro e de propaganda a movimentos neonazis, nacionalistas, racistas, de supremacia branca e autocráticos no Ocidente, exatamente como recomendado por Dugin em *Fundações da Geopolítica*. Com efeito, Moscou ajudou múltiplos movimentos nacionalistas e xenófobos na Europa, a começar pela Frente Nacional francesa, depois Rassemblement National, com apoio financeiro e manipulação eleitoral, tendo Putin tido um encontro com Marine Le Pen. O ditador do Kremlin também apoiou partidos similares em muitos outros países, incluindo a AfD, a Alternativa para a Alemanha, um partido que em 2023 chegou a participar numa reunião com neonazis para discutir a "remigração", ou seja, a deportação forçada e em massa dos cidadãos de origem étnica não alemã que vivem na Alemanha.

A ligação do regime putinista ao nacionalismo europeu levou um jornalista de um jornal socialista alemão a perguntar a Putin por que razão, alegando ele que estava a libertar a Ucrânia do nazismo, mantinha relações com partidos como a AfD? Em resposta, o ditador russo efetuou um exercício orwelliano de *novilíngua* em defesa da AfD, dizendo que este partido era vítima de "métodos nazis", não "os usava". Ficamos, portanto, a saber que a deportação em massa de populações por razões étnicas, praticada pelos nazis na Alemanha e pelos comunistas na União Soviética, afinal não faz parte dos "métodos nazis".

Para além de apoiar o nacionalismo europeu, o putinismo envolveu-se profundamente no processo político dos Estados Unidos, contribuindo ativamente para transformar o Partido Republicano numa organização dominada pela *alt-right*, o movimento neonazi, racista, xenófobo e nacionalista do país, e contribuir decisivamente para a ascensão de Donald Trump à presidência. Pessoas ligadas ao regime putinista doaram milhões a políticos republicanos, desde Trump a Marco Rubio, passando por Mitch McConnell, Lindsey Graham e outros, embora apenas Trump se tenha revelado pró-Rússia. Além disso, entidades russas usaram *bots* na Internet para espalhar desinformação nas redes sociais americanas, sobretudo através de milhares e milhares de mensagens racistas, xenófobas, feministas e wokistas destinadas a exacerbar os problemas étnicos, raciais, sociais e identitários existentes no país e desse modo fomentar a desestabilização e a divisão.

Moscou transformou-se assim na capital do neofascismo mundial. O regime putinista passou, por exemplo, a acolher algumas das principais figuras neonazis dos Estados Unidos, incluindo Richard Spencer, o supremacista branco que descreveu a Rússia como sendo "o único poder branco no mundo". Note-se que Spencer contratou Aleksandr Dugin como colaborador do seu *site* Alternative Right. O livro *O Maior Supremacismo: O Meu Despertar para a Questão Judaica*, de David Duke, antigo Grande Feiticeiro do Ku Klux Klan e apoiante de Trump, chegou mesmo a ser colocado à venda na Duma, o parlamento russo. Não é por acaso que Duke descreveu a Rússia como a "chave para a sobrevivência branca". Outro exemplo, a publicação neonazi americana *The Daily Stormer*, título inspirado no semanário nazi *Der Stürmer*, passou a ser difundida em *servers* na Rússia a partir do *site* dailystormer.ru.

Estes movimentos nacionalistas ocidentais retribuíram o apoio do regime putinista. Fizeram-no por palavras. "Admiro Vladimir Putin", declarou abertamente Marine Le Pen, admitindo que "partilhamos muitos interesses comuns, tanto no plano civilizacional como estratégico", enquanto Nigel Farage, o líder do UKIP, o partido xenófobo do Reino Unido que contribuiu para o Brexit, ao ser questionado sobre qual o estadista que mais admirava, respondeu: "Eu diria Putin." Mas também o fizeram por atos. Por exemplo, dois dos homens que em 2016 fizeram um ataque à bomba contra refugiados em Gotemburgo, na Suécia, tinham meses antes recebido formação num campo de treino paramilitar do Movimento Imperial Russo, nos arredores de São Petersburgo. O procurador sueco indicou que poderá ter sido nesse campo russo que os dois suecos aprenderam a manufaturar as bombas.

Em alguns casos, a admiração dos nacionalistas existentes no Ocidente pelo regime putinista é expresso em eventos, como aconteceu numa célebre manifestação em 2017 de supremacistas brancos americanos em Charlottesville, nos Estados Unidos, e que culminou com um ataque mortal a contramanifestantes. Os manifestantes neonazis ergueram tochas do Ku Klux Klan, uma das quais empunhada por Spencer, e entoaram palavras de ordem nazis, como "sangue e solo" e "*Hail* Trump", e de apoio a Putin, como "a Rússia é nossa amiga". Um dos participantes nessa manifestação, o supremacista branco americano Matthew Heimbach, confirmou que "Putin está a apoiar os nacionalistas em todo o mundo" e descreveu a Rússia putinista como "o eixo para os nacionalistas".

O regime putinista transformou assim os nacionalismos existentes nos países ocidentais em movimentos traidores das suas próprias pátrias, proeza que não é de menosprezar considerando que estamos a falar de movimentos *nacionalistas*. Quando estes movimentos – incluindo aqueles que ostensivamente se assumem como neonazis, como nos Estados Unidos é o caso do Movimento Nacional Socialista, da Liga Nacional

Socialista e do Partido Nacional Socialista da América – apresentam como traço universal comum um permanente alinhamento com o Kremlin e o encaram como o farol que os ilumina, isso não pode de modo nenhum ser desprovido de significado. "Trump e a sua base adotaram essencialmente as táticas comunistas/fascistas do KGB", notou o analista americano de contraterrorismo Malcolm Nance, concluindo que "Moscou tornou-se *de fato* a capital do mundo branco conservador anti-Atlântico e antiglobalização".

Para levar a cabo o seu projeto neofascista, a Rússia abraçou o uso perverso de uma inovação tecnológica do próprio Ocidente. Trata-se da Internet, e especificamente das redes sociais. "A Internet é a maior coisa dada ao nosso movimento", reconheceu o supremacista branco Matthew Heimbach, para quem a Rússia é "a nossa maior inspiração". Se o Protocolo Caos é um artifício ficcional e não existe nenhum documento com esse nome, não há a menor dúvida de que está de fato a ser posto em prática um protocolo concebido para espalhar o caos pelo Ocidente com recurso a desinformação massiva através das redes sociais, e em particular beneficiando de certas características dos respectivos algoritmos. Essas características, neste romance explicadas no dossiê fictício Protocolo Caos, foram não só identificadas por vários estudos sobre as redes sociais como constam de documentos internos das próprias *techs*, designadamente da Facebook.

Sabemo-lo porque a denunciante Frances Haugen, que trabalhava na Facebook, copiou às escondidas milhares de documentos internos de pesquisa, de atas de reuniões e de diretivas da sua empresa que mostram que os algoritmos estão especialmente concebidos para empolar e recomendar mensagens falsas ou que incitam à violência, o que significa que, para garantir os seus lucros, a *tech* está disposta a sacrificar o normal funcionamento das democracias liberais e a segurança das populações. Haugen foi chamada a depor perante o Congresso dos Estados Unidos, a quem entregou esses documentos. "O que vemos em Myanmar", disse ela, "são apenas os capítulos iniciais de um romance cujo final é muito mais assustador do que alguma coisa que queiramos ler."

As redes sociais, manipuladas pela Rússia e pelos seus cavalos de Troia no Ocidente, desempenham um papel central nas atuais convulsões das democracias liberais. São elas que estão por detrás da emergência de uma série de movimentos nacionalistas, a maior parte pró-Putin, na Europa e, na verdade, em todo o mundo. E também elas estão a fomentar violência interétnica e inter-religiosa em múltiplos países, da Índia ao Sri Lanka, do México ao Brasil, da Alemanha à Turquia.

O caso de Myanmar é o exemplo mais extremo. Uma investigação do *The New York Times* revelou que, tal como os russos, com quem aliás tiveram cursos para aprender a realizar operações de desinformação, os militares birmaneses formaram equipes de *trolls* para manipular as redes sociais. Estas equipes abriram centenas de contas no Facebook e encheram-nas de mensagens e *posts* incendiários contra os rohingyas. Também o monge budista Ashin Wirathu criou no Facebook páginas geridas pelos seus estudantes com conteúdos incendiários contra os rohingyas. Uma investigação das Nações Unidas concluiu que "o papel das redes sociais foi significativo" no caos que se seguiu, e responsabilizou em particular o Facebook. A propósito dos acontecimentos em Myanmar, a Anistia Internacional designou esta rede social como "a atrocidade social".

Acima de tudo, a Rússia explorou para sua vantagem, e continua a explorar, aquela que é simultaneamente a grande força e a maior debilidade dos regimes liberais: a sua liberdade. Usou-a para penetrar fundo no Ocidente, e em particular nos seus centros de poder, ao ponto de o regime putinista colocar às ordens das suas maiores empresas, e consequentemente às suas próprias ordens, algumas das mais poderosas figuras da Europa, incluindo o ex-chanceler alemão Gerhard Schröder e o ex-primeiro-ministro francês François Fillon. Além disso, começou a pagar a eurodeputados para propagarem os interesses russos em Bruxelas, conforme foi descoberto pelas autoridades belgas. Os russos chamaram *schröderizatsiya* a este processo, a schröderização das elites do continente, enquanto Raphaël Glucksmann lhe chamou "a maior operação de ingerência da história moderna: a penetração e a corrupção das democracias europeias".

Para entender os regimes liberais, e a sua grande fraqueza/força, é preciso começar por compreender o que é realmente o liberalismo, uma ideologia/filosofia muito demonizada pelo socialismo, pelo nacionalismo e pelas teocracias. A palavra *liberal* vem do latim *liber*, que significa *livre*. "O verdadeiro objetivo da governação", escreveu um dos filósofos fundadores do liberalismo, Bento de Espinosa, "é a liberdade." É esta palavra que está no centro do liberalismo.

A pessoa humana tem "direito à liberdade natural", estabeleceu aquele que é considerado o pai do liberalismo, John Locke, o qual, influenciado por Espinosa, insistiu que o ser humano é "senhor absoluto da sua pessoa e bens, igual aos maiores e vassalo de ninguém". Outro dos fundadores do liberalismo, John Stuart Mill, autor do clássico *Sobre a Liberdade*, tornou claro que "a humanidade ganha mais em deixar cada um viver como lhe aprouver em vez de obrigar cada um a viver como parece bem aos restantes".

A centralidade da liberdade é uma noção universal a todos os liberais, incluindo os modernos. "A liberdade é o requisito fundamental da mente humana", proclamou, por exemplo, a filósofa liberal Ayn Rand. O liberalismo é consequentemente uma ideologia assente no conceito de liberdade que se manifesta na política pela democracia liberal e na atividade econômica pela economia de mercado, cuja forma mais sofisticada é o capitalismo. A democracia liberal, cedo definida por John Locke em grande parte das suas múltiplas vertentes, requer a votação periódica em candidatos a governantes do país por sistema de voto universal para parlamentos nacionais, regionais e locais, em eleições livres e justas reguladas por uma comissão independente do poder político.

Mas o regime liberal não se esgota nos votos. Começa por implicar conceitos como *the rule of law*, ou seja, a ideia de que não pode haver arbitrariedade e que em última instância quem manda é a lei e não um líder ou um partido, pois todos estão submetidos ao império da lei. "*Onde a lei termina, a tirania começa*" (itálico no original), avisou Locke, para quem o governante "não pode assumir poderes de governação com decretos arbitrários e extemporâneos, mas é obrigado a prestar justiça e decidir os direitos dos cidadãos através de *leis promulgadas e juízes devidamente autorizados*" (itálico no original). Tem de haver "*obediência à lei*" (itálico no original).

Isto significa que o regime liberal assenta na lei e na sua aplicação universal. A lei é válida para o rei e para o mais humilde cidadão; ela é igual para todos. "A primeira condição de uma governação livre é a governação que não resulta da determinação arbitrária do governante, mas é fixada por leis, às quais o próprio governante está sujeito", tornou claro o filósofo liberal Leonard Hobhouse, sublinhando que "o reino da lei é o primeiro passo para a liberdade".

Muito importantes são as leis que garantem a separação de poderes, ideia presente embrionariamente em Bento de Espinosa, com um equilíbrio de poderes e contrapoderes, preconizado primeiro por John Locke. Os "governos bem desenhados", estabeleceu Locke, são aqueles em que "o poder executivo e o legislativo estão em mãos distintas" e em que existem "*limites de prerrogativa*" (itálico no original). A separação de poderes inclui a independência efetiva de várias instituições, em particular a justiça, a comunicação social, os diversos sistemas de regulação e o sistema eleitoral.

Na sua dimensão política, o liberalismo requer também um conjunto de leis que imponham o respeito pelos direitos fundamentais da pessoa humana, designadamente a liberdade de expressão, a liberdade de religião, o direito de livre reunião, associação e manifestação, o direito à propriedade privada, o direito ao livre empreendimento, o direito ao livre comércio, o direito à greve, o direito à organização sindical livre e os direitos das minorias, incluindo a igualdade de direitos independentemente da classe social, gênero, orientação sexual, raça ou religião.

A um Estado que respeite estes princípios, John Locke chamou "*democracia* perfeita" (itálico no original), Friedrich Hayek "Estado da liberdade" e Immanuel Kant "constituição de Estado válida de direito", conceito liberal hoje mais conhecido como Estado de direito. Num regime liberal é igualmente imprescindível aquilo a que John Stuart Mill designou por "regras de conduta". Ou seja, uma ética de comportamentos. Embora este tipo de regimes esteja essencialmente assente nas leis e instituições que acabamos de descrever, não há democracia liberal sem o respeito por um conjunto adicional de princípios que, embora não tendo força de lei, constituem regras não escritas. Essas regras formam a ética liberal e, ao serem respeitadas, evitam disfunções no sistema democrático.

Entre os vários princípios éticos do liberalismo, é neste caso importante referir o princípio da tolerância mútua. Num regime liberal é inevitável e natural os diversos partidos digladiarem-se na arena política, pois a democracia faz-se com competição. Porém, essa luta tem limites. Assim, os liberais respeitam os adversários e encaram-nos simplesmente como adversários, não como inimigos; aceitam que umas vezes ganham e outras vezes perdem, e isso não é o fim do mundo; e reconhecem o direito dos adversários a existirem e, muito importante, a ganharem. Como proclamou John Locke, aos liberais impõe-se um "dever de tolerância".

É justamente a tolerância dos regimes liberais que a Rússia explora para os atacar e tentar subverter e destruir. Os liberais sublinham que o liberalismo é uma ideologia tolerante, aberta à sua própria crítica e capaz de rapidamente corrigir os abusos. É amplamente conhecido, por exemplo, que Karl Marx teorizou sobre a miséria do proletariado no capitalismo a partir do que estava a acontecer em Inglaterra, uma situação bem real no seu tempo, mas o que é menos divulgado é que o fundador do marxismo o fez com base em estudos efetuados pelo próprio regime liberal britânico para identificar situações sociais disfuncionais e propor soluções para elas.

Neste ponto é importante compreender que as ideologias se apresentam sempre como virtuosas. Lendo os enunciados programáticos do liberalismo, do socialismo ou do nacionalismo, constatamos que estamos perante verdadeiras maravilhas que prometem resgatar o ser humano da pobreza, da injustiça, da repressão e da iniquidade. Mas uma coisa é o que as ideologias *dizem*, outra é o que elas *fazem* quando chegam ao poder. Consequentemente, para saber o que uma ideologia realmente é, de pouco vale acreditarmos nas suas belas palavras. Pela retórica promete-se o que se quiser. O que devemos é atentar aos seus *atos*.

Quem executa os atos de uma ideologia? Os respectivos regimes. Veja-se a realidade de um regime liberal e perceber-se-á o que o liberalismo realmente é. Veja-se a realidade de um regime socialista e perceber-se-á o que o socialismo realmente é. O mesmo é válido para o nacionalismo, as teocracias, o feudalismo, o tribalismo ou qualquer outra ideologia ou sistema que o engenho humano desenvolva. *A verdadeira natureza de uma ideologia é revelada pelos seus regimes, não pelas suas palavras, todas elas necessariamente apologéticas.*

Assim sendo, para entender o que o liberalismo realmente é, torna-se imprescindível analisar os seus regimes. Não os governos, sublinhe-se, mas os *regimes*. Fazendo esse exercício, constata-se que os regimes liberais, regidos pela democracia liberal como sistema político e pelo capitalismo como sistema econômico, são sistematicamente os regimes que estão em vigor nos países que ocupam o topo da lista das nações onde há maior prosperidade, mais inovação, maior respeito pelos direitos humanos, mais liberdade, em que o cidadão comum tem mais poder e em que existe menor índice de desigualdade. Isto, sublinhe-se, é matéria factual demonstrável empiricamente.

Mas não há passes de mágica. As sociedades liberais também têm disfunções, a experiência empírica demonstra-o à saciedade e os liberais não o negam, mas estes insistem que o liberalismo é aberto à crítica e, com o seu sistema de freios e contrapesos, encoraja a ação corretiva logo que essas disfunções são identificadas, algo que é permanentemente escamoteado na crítica ao liberalismo e que raramente existe nos regimes socialistas, nacionalistas, conservadores ou teocráticos. Convém notar que qualquer pessoa, movimento ou partido que partilhe e pratique os valores e os conceitos e instituições do liberalismo é na sua essência liberal, mesmo que se apresente semanticamente como socialista, conservador, nacionalista ou outro.

A identificação dos males sociais, salientam os liberais, só é possível graças ao valor supremo do liberalismo, a liberdade. Nenhum regime feudal admite a crítica aos senhores feudais, nenhum regime teocrático admite a crítica à religião e aos seus profetas, nenhum regime nacionalista admite a crítica à nação e aos seus chefes e heróis, nenhum regime socialista admite a crítica ao socialismo e aos seus chefes e ideólogos. Quem o fizer sujeita-se às piores punições, desde o desemprego até à prisão, passando pelo internamento em campos de concentração e pela morte. Porém, os regimes liberais admitem e até encorajam a crítica ao liberalismo, à democracia liberal, ao capitalismo e aos seus chefes; basta aliás visitar uma qualquer livraria num país de regime liberal para ver que há nas estantes muito mais títulos de livros a criticar e mesmo a demonizar o capitalismo e o liberalismo do que a defendê-los. Já num país de regime socialista, jamais se autoriza que as livrarias tenham livros a criticar o socialismo e a elogiar o capitalismo, e o mesmo se passa nos países de regime nacionalista com livros a criticarem a nação e nos países de regime teocrático com livros a criticarem a religião.

Ou seja, a liberdade é a mãe da tolerância. Alguma vez um regime nacionalista aceitou um governo que não fosse nacionalista ou um regime socialista aceitou um governo que não fosse socialista? Os regimes liberais são os únicos que aceitam governos que não partilham a ideologia do regime. Mais ainda, na maior parte das vezes quem governa nos regimes liberais nem são governos que se assumem explicitamente liberais, mas governos que se dizem socialistas ou conservadores, havendo também casos de governos que se dizem nacionalistas ou comunistas a funcionarem dentro dos regimes liberais. Os próprios fascistas de Benito Mussolini governaram durante três anos no quadro de um regime liberal e os bolcheviques de Vladimir Lênin também o tentaram fazer, embora a sua derrota nas eleições para a Assembleia Constituinte os levasse a avançarem imediatamente para a ditadura.

Um tal grau de tolerância a ideias contrárias ao próprio regime liberal, e até ao seu encorajamento, não encontra paralelo em nenhum outro regime, seja ele feudal, teocrático, conservador, socialista ou nacionalista. "Como poderia a liberdade para advogar o capitalismo ser preservada e protegida numa sociedade socialista?", questionou o economista liberal Milton Friedman. A resposta é: não poderia. Ninguém imagina um regime socialista, por exemplo o soviético, o cubano ou o norte-coreano, a autorizar pessoas a promoverem em público as ideias do capitalismo. Seriam de imediato reprimidas.

Nesses regimes socialistas não há liberdade de expressão nem de pensamento. Já o próprio Friedman, que se dizia opor ao comunismo "tão firme e fortemente quanto possível", não hesitou em sustentar que num regime liberal tem de haver "liberdade de promover o comunismo".

Mais do que a liberdade de promover o comunismo, o liberalismo determina até a liberdade de *praticar* o comunismo ou qualquer outra ideia inimiga do liberalismo. Ortega y Gasset o sublinhou. "O liberalismo – e não devemos esquecer isso hoje em dia – é a generosidade extrema, é o direito que a maioria concede à minoria, e, por isso, o lema mais nobre que se ouviu no planeta", escreveu o filósofo espanhol numa altura em que os regimes nacionalistas e socialistas estavam em avanço na Europa, enfatizando que o liberalismo "transmite a decisão de conviver com o inimigo; mais, com o inimigo fraco".

Ora, é precisamente a liberdade, a abertura e a tolerância dos regimes liberais, fonte da sua pujança cívica e econômica, que é também fonte da sua fraqueza, pois é isso o que a Rússia explora para os destruir. "Por vezes fico espantado ao constatar como é fácil jogar estes jogos", vangloriou-se o general Ivan Agayants, o principal cérebro do KGB nas campanhas de desinformação levadas a cabo pelos comunistas soviéticos contra o Ocidente, salientando que, "se eles [os regimes liberais] não tivessem a liberdade de imprensa, teríamos de a inventar para eles". Os ocidentais reconhecem o problema. "A desinformação é-nos especialmente difícil de combater porque os nossos adversários usam as nossas forças – a nossa abertura, a nossa imprensa livre, o nosso compromisso com a liberdade de expressão – contra nós", observou Richard Stengel, sublinhando que os antiliberais "compreendem que o reflexo da nossa imprensa para o equilíbrio informativo lhes permite inserir as suas ideias destrutivas no nosso ecossistema de informação".

Hoje em dia, a Rússia atua diretamente pelas redes sociais, fazendo pleno uso da liberdade de que elas desfrutam no Ocidente para as manipular com mensagens falsas ou de incitamento à violência e à divisão. Moscou atua também através dos seus cavalos de Troia no Ocidente, financiando e ajudando movimentos nacionalistas e socialistas antiliberais que, movendo-se à vontade graças à liberdade que o liberalismo lhes concede, mas que nunca permitiriam a outrem se estivessem no poder, se multiplicam em esforços para sabotar, descredibilizar e atacar os fundamentos das democracias liberais. "Os assassinos da democracia usam as próprias instituições da democracia – gradualmente, subtilmente e até legalmente – para a matar", avisaram Steven Levitsky e Daniel Ziblatt num estudo sobre a maneira como as democracias morrem, constatando que os regimes liberais que sobreviveram à sabotagem dos iliberais e antiliberais têm em comum o fato de os políticos liberais dos vários quadrantes se terem unido e, mesmo atuando contra os seus interesses imediatos, isolado os antiliberais nos parlamentos e impedido o seu acesso ao poder.

O próprio discurso *woke*, que se finge liberal mas que é na sua intolerância, dogmatismo, identitarismo e discurso divisivo e inflamado profundamente antiliberal, se integra nesse ataque radical à sociedade liberal com o objetivo último, e subtilmente confessado nas entrelinhas, de o destruir. Tudo nos discursos divisivos se baseia na identidade, na tribo, na guerra do nós contra eles: nós os de cá, eles os de lá; nós os que aqui vivemos, eles os imigrantes; nós os proletários, eles os burgueses; nós os brancos, eles os de cor; nós os de cor, eles os racistas; nós os patriotas, eles os estrangeiros; nós os pobres, eles os ricos. Em suma, sempre nós os bons, eles os maus. Identifica-se o grupo do nós, identifica-se o grupo do eles, identifica-se o eles com o inimigo, suscita-se o medo do inimigo e por fim acicata-se a raiva e a ação contra ele.

No discurso e postura dos movimentos antiliberais, sejam eles nacionalistas, teocráticos ou socialistas, tudo é identidade, tudo é confronto, tudo é culpa coletiva. "É uma guerra cultural", observou Douglas Murray, "e está a ser implacavelmente levada a cabo contra todas as raízes da tradição ocidental." Neste alinhamento externo e interno contra os regimes liberais alimenta-se um ódio visceral aos valores liberais, incluindo o seu foco na responsabilidade individual e na rejeição da culpa coletiva, apresentando-se o próprio Ocidente como a verdadeira fonte de todos os problemas do mundo e a sua dissolução como a solução.

É isto o que está em jogo neste grande confronto dos nossos dias entre as democracias e as ditaduras, as sociedades abertas e os seus inimigos, os regimes liberais e os regimes, movimentos e ideologias iliberais e antiliberais que os querem minar e derrubar. E é esta, se formos a ver bem, a questão de fundo do que hoje se passa em termos culturais, políticos, ideológicos, econômicos e geoestratégicos no nosso mundo, em última instância o verdadeiro tema do romance que o leitor tem nas suas mãos.

Uma nota ainda para alguns aspectos narrativos desta obra. Muitos episódios vividos pelos personagens são inspirados em situações reais. Os atentados de 1999 na Rússia ocorreram de fato, tiveram um impacto semelhante ao 11 de setembro nos Estados Unidos e desencadearam a segunda guerra russa contra a Chechênia, dando instantaneamente enorme popularidade ao até então quase desconhecido primeiro-ministro Vladimir Putin. Os detalhes das investigações ao atentado falhado em Ryazan, incluindo o papel do FSB, são verídicos. Três moções no parlamento russo para investigar as fortes suspeitas de envolvimento do FSB nestes atentados foram bloqueadas pelo partido de Putin.

Mesmo assim foi formada uma comissão independente em 2002, mas os seus trabalhos seriam travados por uma epidemia de desgraças que se desencadeou no ano seguinte sobre os seus membros. O vice-presidente da comissão, Sergei Yushenkov, foi abatido a tiro na rua; um outro elemento, Yuri Shchekochikhin, morreu dias antes de partir para um encontro com o FBI, vitimado aparentemente por envenenamento; e o colaborador Mikhail Trepashkin, que estava a fazer importantes descobertas relacionadas com o caso, foi detido pelo FSB e sentenciado a quatro anos de prisão por "revelar segredos de Estado". Outras pessoas que investigaram o caso foram assassinadas pouco depois, como é o caso de Paul Klebnikov, abatido a tiro numa rua de Moscou em 2004; Anna Politkovskaya, abatida a tiro à saída de um elevador em Moscou em 2006; e Alexander Litvinenko, envenenado com um agente radioativo em Londres em 2006. O primeiro a morrer, no entanto, foi o general Alexander Lebed, justamente uma das primeiras pessoas a sugerir que os atentados foram obra do FSB, e que viria a ser vitimado por um acidente de helicóptero em 2002. A questão é esta: por que razão não havia interesse na Rússia em que se investigassem as ligações do FSB aos atentados de 1999?

A Internet Research Agency existiu mesmo, operando a partir de São Petersburgo, onde funcionou parte da operação russa para interferir nas eleições americanas através das redes sociais. Com base nos dados pessoais de milhões de utilizadores que a Facebook vendeu, a Cambridge Analytica desenvolveu efetivamente um *software* para criar perfis digitais muito rigorosos de muitos milhões de eleitores, que usou para manipular os eleitores no Brexit e nas eleições americanas. Muito do que sabemos sobre esta empresa resulta das informações prestadas pelo denunciante Christopher Wylie.

Sobre o envolvimento da Rússia, Wylie revelou ter visto na Cambridge Analytica "executivos da Lukoil", uma companhia russa com um acordo formal de cooperação com o FSB, interessados na operação americana e a quem foi preparada uma apresentação sobre como minar a confiança dos eleitores nas instituições cívicas. O denunciante garantiu ainda que "vimos provas de que os russos estavam a trabalhar com clientes da Cambridge Analytica imediatamente antes e depois de os clientes se terem encontrado com a campanha de Trump".

Também a perseguição a uma médica brasileira envolvida nas campanhas de vacinação contra o vírus Zika é um acontecimento real, o mesmo acontecendo com a cena do assédio no restaurante por parte de uma multidão atiçada pelas redes sociais e com o episódio do vídeo de uma criança a tomar banho numa piscina do quintal que os algoritmos do YouTube associaram a vídeos semelhantes suscetíveis de atraírem o interesse de pedófilos. É igualmente verdadeiro que o Instagram está a provocar um impacto fortemente negativo na saúde mental de uma percentagem dos seus jovens utilizadores, incluindo graves distúrbios alimentares. Uma pesquisa interna da Facebook, dona do Instagram, foi trazida a público pela denunciante Frances Haugen a documentar estes problemas.

Ainda verdadeira é a cena da invasão por um homem armado de uma pizzaria de Washington, a Comet Ping Pong, em cuja cave, a qual aliás não existe, supostamente a elite da política americana, incluindo alegadamente Hillary Clinton, se dedicava à pedofilia, ao massacre e ao canibalismo de crianças. O Pizzagate, como ficou conhecido, está na origem das teorias da conspiração de QAnon, as quais existiram mesmo e produziram os efeitos descritos neste romance, incluindo o massacre de Christchurch, uma ação armada junto a uma barragem nos Estados Unidos e a invasão ao Capitólio, entre outros eventos de gravidade. As manifestações de mães que achavam que os filhos iam ser vendidos à suposta rede de pedofilia das elites ocorreram mesmo, tendo havido também homicídio dos cônjuges pelo mesmo motivo.

A construção de personagens como Leroy Roderick e as pessoas que o rodeiam baseou-se em várias pesquisas sobre os eleitores republicanos, designadamente os trumpistas. O estudo mais importante foi conduzido pela socióloga liberal Arlie Russell Hochschild, que passou uma temporada na Luisiana para compreender a mentalidade e os valores prevalecentes na população branca do Sul. "Como socióloga, eu tinha um profundo interesse em perceber como a vida é *sentida* pelas pessoas de direita – isto é, na emoção subjacente à política", explicou ela. "Para compreender as suas emoções, eu tinha de me imaginar na sua pele. Ao fazer isso, conheci a sua 'história profunda', uma narrativa como *sentimento*" (itálico no original). Hochschild mostrou exemplarmente a importância de se conhecerem as pessoas e os seus problemas, medos e anseios, e de superar os preconceitos e as etiquetas com que elas são frequentemente catalogadas pelos seus detratores. O importante na investigação é "não ridicularizar, não deplorar, não detestar, mas compreender", como tão bem estabeleceu Espinosa.

Analisando este eleitorado, percebemos bem que se tratam em geral de pessoas pobres e com baixos níveis de educação. "Eu amo os que são pouco educados", declarou Trump, perfeitamente consciente de que são esses os seus eleitores de base. Isto significa que o eleitorado típico dos nacionalistas é o mesmo dos socialistas: os descamisados. Pelo seu lado, os movimentos liberais vão sobretudo buscar votos à classe média, antigamente designada burguesia. Já o eleitorado menos educado não tem qualquer preocupação com os valores liberais, entre os quais se incluem a ideia do império da lei. Para o eleitorado aberto às ideias antiliberais, a lei pode perfeitamente ser o que o Chefe ou o Partido muito bem entenderem, coisa que Trump também compreendeu, como se constata pela sua declaração de que "eu poderia ir para o meio da Quinta Avenida e matar alguém e não perderia eleitores". Este apelo aos valores antiliberais ajuda a explicar um fenômeno raramente compreendido, o da transferência de votos na Europa entre os partidos socialistas e os partidos nacionalistas. Pois se o nacionalismo e o socialismo são movimentos iliberais ou antiliberais que se apresentam como defensores do povo contra as elites, naturalmente que competem pelo mesmo eleitorado, o iliberal ou antiliberal.

Já agora, as ideias com que Leroy é confrontado na sua viagem ao Norte, e especificamente as de que a pontualidade e o profissionalismo constituem racismo, estão mesmo a ser propagadas nas escolas dos Estados Unidos e atraíram protestos de encarregados de educação de todas as etnias. O mesmo se passa com o conceito de que a meritocracia é racista. Estas ideias são oriundas da teoria crítica da raça, um corpo teórico pós-moderno segundo o qual a raça é uma construção social e o racismo não resulta de preconceitos individuais, mas está impregnado em tudo, incluindo nas políticas, no sistema legal e até nas pessoas brancas que acham que não são racistas e que combatem o racismo. Note-se que o pós-modernismo é um movimento que tende a ser crítico de conceitos liberais, como os valores universais, a verdade, o mérito, o racionalismo e, claro, o próprio liberalismo.

O conceito *woke* de que todos os brancos são racistas é, ele próprio, uma ideia racista escondida por detrás de uma pretensão de antirracismo, uma vez que parte do princípio de que o racismo é exclusivo de uma raça. Mais grave, é discriminatório porque rejeita a responsabilidade individual e baseia-se num conceito de culpa coletiva racial, afinal o mesmo conceito por detrás da perseguição e genocídio dos judeus pelos nazis. Na teoria crítica da raça, as pessoas são culpadas não pelo que fizeram, mas pelo que a sua raça é ou pelo que outras pessoas da sua raça fizeram. Não interessam os atos de cada pessoa, apenas interessa a sua identidade racial coletiva.

Os próprios pensadores negros mostram-se chocados com o wokismo. "As pessoas são encaradas não como indivíduos que devem ser avaliados pelos seus próprios méritos, mas como membros de tribos opressoras ou oprimidas", observou Ayaan Hirsi Ali, uma intelectual somali em revolta contra o racismo *woke*, salientando que "todos os brancos americanos tornaram-se moralmente suspeitos, enquanto os não brancos são apresentados como vítimas da sua exploração". Hirsi Ali constatou que os wokistas "racializaram a visão do mundo" e acusou-os de serem, eles sim, "os verdadeiros racistas", a quem "nada importa a não ser uma característica intrínseca da pessoa, frequentemente uma característica imutável como a raça".

Já o linguista negro americano John McWhorter descreveu o racismo *woke* da teoria crítica da raça como "uma religião que nos trata como uns simplórios" e "sob a qual brancos que se autoproclamam nossos salvadores fazem com que os negros pareçam os mais burros, os mais fracos, os mais autoindulgentes da história da nossa espécie, e ensinam os negros a apreciar esse estatuto e a valorizá-lo como se fizesse de nós especiais". Além de sublinhar que o wokismo é "destrutivo", "anti-humanista" e uma "perversão da sociopolítica", McWhorter condenou o impacto obscurantista da aplicação dessa teoria na vida real, como quando da demissão da reitora de uma universidade americana por suposto racismo só porque disse que todas as vidas humanas importam independentemente da raça.

Os acontecimentos em Myanmar relativos aos rohingyas são também verdadeiros, incluindo o massacre de Tula Toli; os sobreviventes falam de 1500 a 1700 mortos na operação do Tatmadaw contra essa aldeia. Da mesma maneira que os *anons* acreditavam *realmente* que havia uma rede de pedofilia na cave de uma pizzaria e que Hillary Clinton fazia parte dessa rede, pelo que era preciso salvar as crianças, os budistas birmaneses acreditavam de fato que os rohingyas se preparavam para lançar a *jihad* e acabar com os budistas em Myanmar, pelo que precisaram de se salvar atacando primeiro. *Anons* americanos e budistas birmaneses viviam em realidades paralelas, construções ficcionais criadas por atores maliciosos nas redes sociais e que procuraram, e ainda procuram, obter vantagem própria a partir do caos que desencadearam nas respectivas sociedades com recurso a um *cocktail* de verdades, meias-verdades e mentiras.

Entre os instrumentos destes atores antiliberais para gerar o caos vai doravante incluir-se o mais poderoso de todos, o *deep fake*. Graças ao desenvolvimento da inteligência artificial, é hoje relativamente fácil produzir imagens em que vemos pessoas a fazerem e dizerem coisas que nunca fizeram nem disseram na vida real. O *deep fake* ameaça assim pôr termo à capacidade de distinguirmos o humano e a máquina, o real e o virtual, a verdade e a mentira, o que teria como consequência última o fim da verdade.

É certo que, num primeiro momento, a substituição da verdade pela mentira tem como efeito os eleitores tomarem decisões com base em informação falsa, o que produz resultados catastróficos. Má informação conduz a más decisões. É o que está a acontecer nos regimes liberais devido à manipulação das redes sociais por atores antiliberais. Mas a prazo as pessoas aperceber-se-ão de que a informação é falsa e começarão a pôr em dúvida tudo o que ouvem e leem. O resultado final, como se constatou ao longo da História nos regimes ditatoriais em geral e nos totalitários em particular, é que se irá criar a convicção generalizada de que não existe verdade. "Se toda a gente te mentir, a consequência não é que acreditas na mentira, mas que as pessoas deixam de acreditar no que quer que seja", estabeleceu Hannah Arendt sobre os regimes totalitários, o que levou Timothy Snyder a avisar que "o autoritarismo começa quando já não conseguimos estabelecer a diferença entre o que é verdadeiro e o que é atraente".

Não é por isso difícil imaginar o efeito devastador para as democracias liberais do uso destas tecnologias por parte de ditaduras antiliberais como a russa e a chinesa, para além da iraniana, da norte-coreana e de tantas outras, e dos movimentos antiliberais existentes no próprio Ocidente. A ameaça é tão grande que nos Estados Unidos já se fazem jogos de guerra tendo como premissa o uso pelo inimigo de *deep fakes* destinados a sabotar a confiança das populações ocidentais nas suas democracias – tais como os exercícios efetuados em 2024, no Situation Room da Casa Branca, para lidar com *deep fakes* fabricados por uma potência ditatorial estrangeira com imagens falsas de candidatos ao Senado a destruírem urnas com votos dos adversários.

A última palavra deixo-a a Aleksandr Soljenítsin e ao alerta que o grande escritor russo lançou à humanidade sobre a permeabilidade nos regimes liberais às ideias antiliberais, palavras que permanecem hoje tão válidas como quando foram redigidas, às escondidas e a medo, num dos momentos e locais mais sombrios do século XX. "A natureza humana está cheia de enigmas e contradições", escreveu o autor de *O Arquipélago Gulag*. "Um dos enigmas é: como é possível que pessoas que foram esmagadas pelo absoluto peso da escravidão e atiradas para o fundo de um poço mesmo assim tenham força para se levantarem e libertarem, primeiro no espírito e depois com o corpo; enquanto aqueles que voam sem restrições sobre os cumes da liberdade de repente perdem o gosto pela liberdade, perdem a vontade de a defender e, confusos e perdidos para lá da esperança, quase começam a desejar a escravidão. Ou de outro modo: por que razão sociedades embrutecidas por meio século de mentiras que foram forçadas a engolir encontram dentro delas uma certa lucidez de coração e espírito que lhes permite ver as coisas na sua verdadeira perspectiva e compreender o real significado dos acontecimentos; enquanto sociedades que têm acesso a todo o tipo de informação de repente mergulham na letargia, numa espécie de cegueira em massa, um tipo de autoengano voluntário."

Esta é uma descrição exata do nosso mundo.

Como sempre acontece na minha obra ficcional, a informação não ficcional que neste romance consta tem origem e foi baseada em documentação. No caso deste livro, as fontes que utilizei são múltiplas e variadas, começando por uma série de estudos acadêmicos ou institucionais.

Começando pelas suspeitas em torno da possibilidade de Donald Trump ser um agente involuntário ou mesmo voluntário da Rússia, as minhas fontes foram um conjunto de estudos, designadamente "Timeline of Carter Page's Contacts with Russia", Artin Afkhami, Just Security, 5 de fevereiro de 2018; "A Collusion Reading Diary: What Did the Senate Intelligence Committee Find? – Our Summary of the Senate Intelligence Committee's Final Report on Russian Interference in the 2016 Election", Todd Carney, Samantha Fry, Quinta Jurecic, Jacob Schutz, Tia Sewell,

Margaret Taylor e Benjamin Wittes, *Lawfare*, 21 de agosto de 2020; e "Manafort Sentenced to Additional 43 Months in Prison", American Bar Association, 2024.

Como fontes do mesmo assunto, usei uma série de notícias, como "Death of the GRU Commander", Peter Zwack, *Defence One*, 1 de fevereiro de 2016; "Former CIA Chief: Putin Recruited Trump As An 'Unwitting Agent' of Russia", Nick Gass, *Politico*, 8 de maio de 2016; "Senior ex-CIA Official: Putin Made Trump 'An Unwitting Agent' of Russia", Emily Stephenson, Mark Hosenball, Susan Heavy e Frances Kerry, Reuters, 5 de agosto de 2016; "Trump Is An 'Unwitting Agent' of Russia, Says Mike Morell", Charlie Rose, PBS, https://www.youtube.com/watch?v=49kSzTmau6M, 8 de agosto de 2016; "Former CIA Chief: Trump Is Russia's Useful Fool", Michael Hayden, *The Washington Post*, 3 de novembro de 2016; "Rex Tillerson, an Aggressive Dealmaker Whose Ties with Russia May Prompt Scrutiny", Clifford Krauss, *The New York Times*, 11 de dezembro de 2016; "Donald Trump Inauguration: Vladimir Putin Supporters Hold All-Night Party and Joke 'Washington Will Be Ours' – Amid Reports of Russian 'Trumpomania', the Party Is also Expected to Involve the Showing of Portraits of Trump, Vladimir Putin, and Marine Le Pen", Adam Lusher, *The Independent*, 20 de janeiro de 2017; "A Timeline of Michael Flynn's Interactions with Russia That Cost Him His Job", Pierre Thomas e Jonathan Karl, ABC News, 31 de março de 2017; "Trump Declines to Affirm NATO's Article 5", Rosie Gray, *The Atlantic*, 25 de maio de 2017; "Russian Embassador Told Moscow That Kushner Wanted Secret Communications Channel with Kremlin", Ellen Nakashima, Adam Entous e Greg Miller, *The Washington Post*, 26 de maio de 2017; "Four Explosive Lines in Trump Jr Emails", BBC, 11 de julho de 2017; "Trump Jr Meeting Controversy: The Key Players", BBC, 12 de julho de 2017; "Senate Slaps New Sanctions on Russia, Putting Trump in a Corner", Patricia Zengerle, Reuters, 28 de julho de 2017; "Trump Associate Boasted That Moscow Business Deal 'Will Get Donald Elected'", Matt Apuzzo e Maggie Haberman, *The New York Times*, 28 de agosto de 2017; "Paradise Papers: Commerce Chief Wilbur Ross's Links with Sanctioned Russian", BBC, 5 de novembro de 2017; "Trump

Commerce Secretary's Business Links with Putin Family Laid Out in Leaked Files", Jon Swaine e Luke Harding, *The Guardian*, 5 de novembro de 2017; "The Hidden History of Trump's First Trip to Moscow", Luke Harding, *Politico*, 19 de novembro de 2017; "A #TrumpRussia Confession in Plain Sight – Putin Ally Konstantin Rykov Explained the #TrumpRussia Conspiracy on Facebook Over A Year Ago", Martin Longman, *Washington Monthly*, 24 de novembro de 2017; "Ex-CIA Boss Says Russians Could Have Personal Dirt on Trump", Veronica Stracqualursi, CNN, 21 de março de 2018; "Comey On Why 'It's Possible' Trump Was Compromised by Russians: He's 'Constantly Bringing It Up'", Clare Foran, CNN, 19 de abril de 2018; "How Putin's Oligarchs Funneled Millions into GOP Campaigns", Ruth May, *The Dallas Morning News*, 8 de maio de 2018; "Lies, China and Putin: Solving the Mystery of Wilbur Ross' Missing Fortune", Dan Alexander, *Forbes*, 18 de junho de 2018; "European Leaders Reeling from Trump's Hostile Behavior", Josh Rogin, *The Washington Post*, 26 de junho de 2018; "Trump Is Trying to Destabilize the European Union", Josh Rogin, *The Washington Post*, 28 de junho de 2018; "Trump Said 'NATO Is as Bad as NAFTA'. That's Scary", Alex Ward, *Vox*, 28 de junho de 2018; "Quit the EU for Better Trade Deal, Trump Reportedly Told Macron", Kim Willsher, *The Guardian*, 29 de junho de 2018; "Trump Invited the Russians to Hack Clinton. Were They Listening?", Michael Schmidt, *The New York Times*, 13 de julho de 2018; "Trump-Russia: Carter Page Surveillance Documents Released", BBC, 22 de julho de 2018; "How Russian Money Helped Save Trump's Business", Michael Hirsch, *Foreign Policy*, 21 de dezembro de 2018; "Trump Has Concealed Details of His Face-to-face Encounters with Putin from Senior Officials in Administration", Greg Miller, *The Washington Post*, 13 de janeiro de 2019; "Here Are 18 Reasons Trump Could Be a Russian Asset", Max Boot, *The Washington Post*, 13 de janeiro de 2019; "New York Times: Trump Raised Withdrawing the US from NATO Several Times in 2018", Veronica Stracqualursi e Jim Acosta, CNN, 16 de janeiro de 2019; "House Rebukes Trump for Easing Russia Sanctions", Andrew Desiderio, *Politico*, 17 de janeiro de 2019; "'Conman' Trump Broke Law in Office, Cohen Tells Congress in Explosive

Testimony", France24, 27 de fevereiro de 2019; "The Surreal Life of George Papadopoulos", T. A. Frank, *The Washington Post*, 20 de maio de 2019; "FBI Search Warrants Detail Michael Cohen Russia Ties", Natasha Bertrand, *Politico*, 22 de maio de 2019; "'I Will Answer Every Question': Onetime Trump Business Partner Felix Sater Is Set to Tell a House Panel New Details about Moscow Project", Anton Troianovski, *The Washington Post*, 20 de junho de 2019; "Michael Cohen Book Claims Trump Colluded with Russia and Will 'Never Leave Office Peacefully'", Doha Madani e Tom Winter, NBC News, 14 de agosto de 2020; "Michael Flynn – Once Indicted over Russia Communication – Voices Support for Russia Ahead of Potencial Ukraine Invasion", Derek Saul, *Forbes*, 24 de janeiro de 2022; "Trump Praised Putin over Ukraine So Much He Seemed to Imply We Should Invade Mexico", Noah Berlatsky, *The Independent*, 23 de fevereiro de 2022; "Donald Trump Just Can't Stop Praising Vladimir Putin", Chris Cilliza, CNN, 28 de março de 2022; "Trump Plots to Pull Out of NATO – If He Doesn't Get His Way", Asawin Suebsaeng e Adam Rawnsley, *Rolling Stone*, 23 de outubro de 2023; "Protect NATO from Donald Trump? The US Congress Just Passed That into Law", Alexander Panetta, CBC, 15 de dezembro de 2023; "Christopher Steele: Orbis Welcomes High Court Victory over Trump", Gordon Corera, BBC, 1 de fevereiro de 2024; "Trump Says He Would Encourage Russia To 'Do Whatever the Hell They Want' to Any NATO Country That Doesn't Pay Enough", Kate Sullivan, CNN, 11 de fevereiro de 2024; "Trump Will Pull US Out of NATO If He Wins Election, Ex-Adviser Warns", Jim Sciutto, CNN, 12 de fevereiro de 2024; "POV: The Truth behind Trump's NATO Threats", Vesko Garčević, *Boston University Today*, 26 de fevereiro de 2024; "Who Is Paul Manafort, Donald Trump's Former Campaign Chairman?", Margie Cullen, *USA Today*, 10 de maio de 2024; "Trump Secretly Gave Putin Covid Test Machines, Bob Woodward Book Says", Martin Pengelly, *The Guardian*, 8 de outubro de 2024; "Kremlin Confirms Trump Sent Russia Covid-19 Testes, after Former President Denied Bob Woodward Claim", Rob Picheta e Anna Chernova, CNN, 11 de outubro de 2024; "Trump Sidesteps Question on Putin Phone Calls", John Micklethwait, BBC, 16 de outubro de 2024; e "'It

Seems It Might Be Blackmail': Bob Woodward Shares What Insiders Speculate About Trump and Putin's Relationship", Bob Woodward, CNN, 6 de novembro de 2024.

A bibliografia usada sobre este tema foi *The Plot to Destroy Democracy – How Putin and His Spies Are Undermining America and Dismantling the West*, de Malcolm Nance; *Collusion – How Russia Helped Trump Win the White House*, de Luke Harding; *Unredacted – Russia, Trump, and the Fight for Democracy*, Christopher Steele; *La Grande confrontation – Comment Poutine fait la guerre à nos démocraties*, de Raphaël Glucksmann; *The Russian FSB – A Concise History of the Federal Security Service*, de Kevin Riehle; e *L'Entretien d'embauche au KGB*, de Iegor Gran.

Em relação às manipulações e consequências no referendo do Brexit, na eleição de Donald Trump e no Ocidente em geral, incluindo o papel e a influência da Rússia, recorri aos estudos "Says Hillary Clinton 'Is the One That Labeled African-American Youth as Superpredators'", Allison Graves, The Poynter Institute, 28 de agosto de 2016; "Desinformation – A Primer in Russian Active Measures and Influence Campaigns", Select Committee on Intelligence, Senado dos Estados Unidos, Washington, DC, 30 de março de 2017; "Russian Election Interference – Five European Experiences with Russian Election Interference", Erik Brattberg e Tim Maurer, Carnegie Endowment for International Peace, 2018; "Christchurch Mosque Attack Livestream Classification Decision", Te Mana Whakaatu Classification Office, 18 de março de 2019; "The Christchurch Attacks: Livestream Terror in the Viral Video Age", Graham Macklin, Combating Terrorism Center, West Point, julho de 2019; "Confronting Russia's Role in Transnational White Supremacist Extremism", Elizabeth Grimm Arsenault e Joseph Stabile, Just Security, 6 de fevereiro de 2020; "How Fake News Affected the 2016 Presidential Election", Christina Georgacopoulos e Grayce Mores, LSU.edu, julho de 2020; "Russia", Intelligence and Security Committee of Parliament, Westminster, 2020; "Build the Wall and Wreck the System: Immigration Policy in Trump Administration", Ediberto Román e Ernesto Sagás, Florida International University College of Law, 2020; "Foreign Threats to the 2020 US Federal Elections", National Intelligence Council, Washington, DC, 15 de março de 2021; e "Russian Meddling in Catalonia: A Playbook in Destabilization", Nick Wallis, Organized Crime and Corruption Reporting Project, 10 de novembro de 2023.

Sobre os mesmos assuntos consultei também múltiplas notícias, designadamente "NBC Fired Donald Trump for Calling Mexican Immigrants 'Rapists'", Emily St. James, *Vox*, 29 de junho de 2015; "Trump: I Could 'Shoot Somebody and I Wouldn't Lose Voters'", Jeremy Diamond, CNN, 24 de janeiro de 2016; "Trump Loves 'The Poorly Educated'… and Social Media Clamors", Melissa Fares, Reuters, 24 de fevereiro de 2016; "Split Supreme Court Blocks Obama Immigration Plan", Lawrence Hurley, Reuters, 25 de junho de 2016; "Transcript: Donald Trump's Taped Comments about Women", Penn Bullock, *The New York Times*, 8 de outubro de 2016; "Emails Reveal Clinton's Mixed Relationship with Wall Street", Jim Zarroli, NPR, 8 de outubro de 2016; "Lukoil Signs Cooperation Agreement with Federal Security Service of Russian Federation", Press Center PJSC Lukoil, 23 de maio de 2017, chart.rsf.ru; "WikiLeaks Turned Down Leaks on Russian Government during US Presidential Campaign – The Leak Organization Ignored Damaging Information on the Kremlin to Focus on Hillary Clinton and Election-Related Hacks", Jenna McLaughlin, *Foreign Policy*, 17 de agosto de 2017; "Russia Used Hundreds of Fake Accounts to Tweet about Brexit, Data Shows", Robert Booth, Matthew Weaver, Alex Hern, Stacee Smith e Shaun Walker, *The Guardian*, 14 de novembro de 2017; "Twitter Deleted 200,000 Russian Troll Tweets. Read Them Here", Ben Popken, NBC News, 14 de fevereiro de 2018; "'Information Warfare': How Russians Interfered in the 2016 Election", Dartunorro Clark, NBC News, 16 de fevereiro de 2018; "Donald Trump Says US Is Building a Wall in Colorado", Kevin Liptak, CNN, 24 de outubro de 2019; "Trump Tries To Claim Victory Even As Ballots Are Being Counted in Several States – NBC Has not Made a Call", Christina Wilkie, CNBC, 4 de novembro de 2020; "Michael Flynn Calls for Trump to Suspend the Constitution and Declare Martial Law to Re-run Election", Justin Vallejo, *The Independent*, 3 de dezembro de 2020; "Timeline: What Trump Told

Supporters For Months before They Attacked", Steve Inskeep, NPR, 8 de fevereiro de 2021; "Read Trump's Jan 6 Speech, A Key Part of Impeachment Trial", Brian Naylor, NPR, 10 de fevereiro de 2021; "Rush Limbaugh: How He Used Shock to Reshape America", Anthony Zurcher, BBC, 17 de fevereiro de 2021; "'The Scariest Thing I've Ever Seen in My Life': How the 'Ground Zero Mosque' Meltdown Set the Table for Trump", Spencer Ackerman, *Vanity Fair*, 9 de agosto de 2021; "Senator James Inhofe: Biden's Climate Fiats Aren't about Climate – They're about Control", James Inhofe, Fox News, 1 de outubro de 2021; "Rudy Giuliani's Melting Hair Dye 'Freak Show' Made Even Donald Trump Flinch", William Arkin, *Newsweek*, 19 de novembro de 2021; "We Should Say It. Russia Is Fascist", Timothy Snyder, *The New York Times*, 19 de maio de 2022; "How the Ukrainians Discovered 'Center 16', the Russian Espionage System", *The Geopost*, 9 de agosto de 2022; "Russia Secretly Gave $300 Million to Political Parties and Officials Worldwide, US Says", Edward Wong, *The New York Times*, 13 de setembro de 2022; "Organização Internacional Diz Que 'Conflito Catalão Foi Instrumentalizado pela Rússia'", Rita Cipriano, *Observador*, 27 de julho de 2023; "Christchurch Victims Were Left Alone in Mosque for 10 Minutes Amid Chaos of Attack, Inquest Hears", Charlotte Graham-McLay, *The Guardian*, 1 de novembro de 2023; "The Field of Geopolitics Offers Both Promise and Peril", Hal Brands, *Foreign Policy*, 28 de dezembro de 2023; "'Migrant Influencer' Urging Illegals to Squat in US Homes on Run from Authorities: Report", Michael Ruiz, Fox News, 27 de março de 2024; "Russian Propaganda Network Paid MEPs, Belgian PM Says", Pieter Haeck, *Politico*, 28 de março de 2024; "FBI Watching If US Support for Ukraine Will Spur Russian Risk Taking in 2024 Election", Sean Lyngaas, CNN, 9 de maio de 2024; "Exclusive: US Intelligence Spotted Chinese, Iranian Deepfakes in 2020 Aimed at Influencing US Voters", Zachary Cohen, Sean Lyngaas e Evan Perez, CNN, 15 de maio de 2024; "Donald Trump Found Guilty in New York Hush Money Trial", Erica Orden, *Politico*, 30 de maio de 2024; "Belgian Former NATO Chief Accuses the US of 'High Treason'", Carl Deconinck, *Brussels Signal*, 18 de fevereiro de 2025; "Trump Blames Ukraine Over War With Russia, Saying It Could Have Made a Deal", David Smith,

The Guardian, 19 de fevereiro de 2025; "Trump Calls Zelensky a 'Dictator' as Rift Between Two Leaders Deepens", Gabriela Pomeroy e George Wright, BBC, 20 de fevereiro de 2025; "America's Siding With Tyrannical Dictatorships Is a Step Too Far", *The Independent*, 25 de fevereiro de 2025; "Trump Says EU Was 'Formed to Screw US' and Tells Europe to Shoulder Ukraine Security", Alex Croft, *The Independent*, 26 de fevereiro de 2025; "Trump Says Ukraine 'More Difficult' to Deal with than Russia", Ian Aikman e Tom Bateman, BBC, 7 de março de 2025; e "Trump Is Saying 'Ukraine May Not Survive' Is a Dire Warning – and Threat", Mark Almond, *The Independent*, 10 de março de 2025.

Em termos de bibliografia sobre a Rússia, sobre Donald Trump, sobre a América e o ataque em curso ao Ocidente, as fontes usadas foram o conto "Sem Céu", de Nathan Dubovitsky, e também outras obras sobre o pensamento estratégico e ideológico do regime russo, como *Foundations of Geopolitics*, *The Fourth Political Theory* e "Fascism – Borderless and Red", de Alexander Dugin. Ainda *Defecting from the FSB – The Truth Untold on the FSB Organization of Putin's Russia*, de Alexander Litvinenko; *The Plot to Hack America – How Putin's Cyberspies and WikiLeaks Tried to Steal the 2016 Election* e *The Plot to Betray America – How Team Trump Embraced Our Enemies, Compromised Our Security, and How We Can Fix It*, de Malcolm Nance; *Information Wars – How We Lost the Global Battle against Desinformation and What We Can Do about It*, de Richard Stengel; *Strangers in Their Own Land – Anger and Mourning on the American Right*, de Arlie Russell Hochschild; *Russia and the Far-Right – Insights from Ten European Countries*, de Kacper Rekawek, Thomas Renard e Barbara Molas; *The War on the West – How to Prevail in the Age of Unreason*, de Douglas Murray; *The Road to Unfreedom – Russia, Europe, America*, de Timothy Snyder; e *How Democracies Die*, de Steven Levitsky e Daniel Ziblatt.

Sobre os atentados de 1999 na Rússia e as suspeitas de envolvimento do FSB, as minhas fontes foram "The Question Russians Are Afraid to Ask", Gregory Feifer, Center for Security Studies, 2009; "Vladimir Putin & 1999 Russian Apartment-House Bombings – Was Putin Responsible?", David Satter, Hudson Institute, 17 de agosto de 2016; "Who's Blowing Up

Russia?", Vladimir Voronov, The Henry Jackson Society; e "Remembering Ryazan", Yulia Akhmedova, *Novaya Gazeta Europe*, 25 de março de 2024. Ainda o livro *Defecting from the FSB – The Truth Untold on the FSB Organization of Putin's Russia*, de Alexander Litvinenko.

No que diz respeito à conspiração do QAnon, as fontes usadas foram o estudo "The Gospel According to Q: Understanding the QAnon Conspiracy from the Perspective of Canonical Information", Antonis Papasavva, Max Aliapoulios, Cameron Ballard, Emiliano de Cristofaro, Gianluca Stringhini, Savvas Zannettou e Jeremy Blackburn, Association for the Advancement of Artificial Intelligence, 2022.

Sobre o fenômeno conspiracionista QAnon, as fontes foram as notícias "President Trump Warns of 'the Calm before the Storm' during Military Meeting", Jennifer Calfas, *Time*, 5 de outubro de 2017; "Henderson Man Named in Barricade Incident on Hoover Dam Bridge", Catherine Jarvis, KNTV Las Vegas, 15 de junho de 2018; "QAnon, the Crazy Pro-Trump Conspiracy, Melts Down over OIG Report", Will Sommer, *Daily Beast*, 19 de junho de 2018; "Trump on QAnon Conspiracy Theory: 'Is That Supposed To Be a Good Thing?'", Shannon Pettypiece, NBC News, 20 de agosto de 2020; "How QAnon Uses Satanic Rhetoric to Set Up a Narrative of 'Good vs. Evil'", Paul Thomas, AP News, 20 de outubro de 2020; e "The Congressional Candidates Who Have Engaged with the QAnon Conspiracy Theory", Em Steck, Nathan McDermott e Christopher Hickey, CNN, 30 de outubro de 2020.

Quanto a fontes bibliográficas sobre este tema, os livros consultados foram *The Storm Is Upon Us – How QAnon Became a Movement, Cult, and Conspiracy Theory of Everything*, de Mike Rothschild; *Trust the Plan – The Rise of QAnon and the Conspiracy That Reshaped the World*, de Will Sommer; e *Operation Chaos – The Trump Coup Attempt and the Campaign to Erode Democracy*, de Kevin James Shay.

Sobre as redes sociais, usei como fonte os estudos "Conspiracy Theories and the Zika Epidemic", Shawn Smallman, Portland State University, 2018; e "Five Facts about How Americans Use Facebook, Two Decades after Its Launch", Pew Research Center, fevereiro de 2024. Ainda as notícias "Twitter Taught Microsoft's AI Chatbot To Be a Racist Asshole in

Less Than a Day", James Vincent, *The Verge*, 24 de março de 2016; "Pew Research Center Says 45% of Americans Get Their News from Facebook – The Number of People Getting News from Social Media Continues to Increase", Amy Gesenhues, *Martech*, 8 de novembro de 2017; "YouTube Search Results for A-List Celebrities Hijacked by Conspiracy Theorists", Ben Collins, NBC News, 30 de julho de 2018; "Pope Francis' Pectoral Cross Is Not a Satanic Symbol, It Depicts Jesus", Reuters, 20 de abril de 2022; "Robert F. Kennedy Jr Repeatedly Suggested That Chemicals in Water Are Impacting Sexuality of Children", Abby Turner e Andrew Kaczynski, CNN, 13 de julho de 2023; "Message in the Sky over Italy's Beaches Spreads Conspiracy Theory on Francis Being the 'Anti-Pope'", Giulia Carbonaro, Euronews, 30 de agosto de 2023; e "Exclusive: Biden Officials Confront Limits of Federal Response in Exercise Preparing for 2024 Election Threats", Sean Lyngaas, CNN, 9 de fevereiro de 2024.

Como fontes bibliográficas sobre as redes sociais, com profundas implicações no ataque ao Ocidente, recorri a *Mindfuck – They Steal Your Data, They Steal Your Brain, They Rule the World*, de Christopher Wylie; *Targeted – My Inside Story of Cambridge Analytica and How Trump, Brexit and Facebook Broke Democracy*, de Brittany Kaiser; *The Power of One – Blowing the Whistle on Facebook*, de Frances Haugen; *An Ugly Truth – Inside Facebook's Battle for Domination*, de Sheera Frenkel e Cecilia Kang; *The Chaos Machine – The Inside Story of How Social Media Rewired Our Minds and Our World*, de Max Fisher; *Le ingénieurs du chaos*, de Giuliano da Empoli; *Lie Machines – How to Save Democracy from Troll Armies, Deceitful Robots, Junk News Operations, and Political Operatives*, de Philip Howard; *Deep Fakes and the Infocalypse – What You Urgently Need to Know*, de Nina Schick; *The Reality Game – How the Next Wave of Technology Will Break the Truth and What We Can Do about It*, de Samuel Woolley; e *O Fim da Vergonha – Como a Direita Radical Se Normalizou*, de Vicente Valentim.

As fontes sobre a Alameda do Câncer na Luisiana são "Pollution and Habitat Loss Make Mississippi River among Nation's Most Endangered", Donnelle Eller, *The Des Moines Register*, 19 de abril de 2022; "'Waiting to Die': Toxic Emissions and Disease Near the Louisiana

Denka/DuPont Plant", University Network for Human Rights, US Environmental Protection Agency, julho de 2019; "Welcome to 'Cancer Alley', Where Toxic Air Is about to Get Worse", Tristan Baurick, Lylla Younes e Joan Meiners, ProPublica, 30 de outubro de 2019; "Louisiana Chemical Corridor Is the Country's Largest Hot Spot for Toxic Air, Cancer Risk", Halle Parker e Gordon Russell, *Times-Picayune*/Nola.com, 5 de novembro de 2021; "US Justice Department Sues Two Companies over Pollution in Louisiana's 'Cancer Alley'", Oliver Laughland, *The Guardian*, 1 de março de 2023; "'We're Dying Here': The Fight for Life in a Louisiana Fossil Fuel Sacrifice Zone", Human Rights Watch, 25 de janeiro de 2024; e "Louisiana's Toxic Industries", CorpWatch – Holding Corporations Accountable, www.corpwatch.org. Também a já citada obra de Arlie Russell Hochschild menciona este problema.

Já as referências ao wokismo têm como fonte bibliográfica os textos "The False Appeal of Socialism", Ayaan Hirsi Ali, Hoover Institution, 21 de setembro de 2020; "What Is Critical Race Theory, and Why Is It Under Attack?", Stephen Sawchuk, *Education Week*, 18 de maio de 2021; e "Onda 'Woke' Ganha Força, e Reproduz a Intolerância Que Diz Combater", Amanda Péchy, *Veja*, 16 de fevereiro de 2024. Ainda o livro *Woke Racism – How a New Religion Has Betrayed Black America*, de John McWhorter.

Sobre a perseguição aos rohingyas em Myanmar, foram consultados os artigos "Massacre at Tula Toli: Rohingya Recall Horror of Myanmar Army Attack", Oliver Holmes, *The Guardian*, 7 de setembro de 2017; "The Destruction of Tula Toli", Oliver Slow, *Frontier Myanmar*, 30 de novembro de 2017; e "Accounts of Rape, Burning Children and Murder: How a Rohingya Massacre Unfolded at Tula Toli", Rebecca Wright, CNN, 3 de dezembro de 2017. Também os relatórios "Massacre by the River – Burmese Army Crimes against Humanity in Tula Toli", Human Rights Watch, 19 de dezembro de 2017; e "The Social Atrocity – Meta and the Right to Remedy for the Rohingya", Anistia Internacional, 2022. Ainda o estudo "Buddhist Nationalist Sermons in Myanmar: Anti-Muslim Moral Panic, Conspiracy Theories, and Socio-Cultural Legacies", Niklas Foxeus, *Journal of Contemporary Asia*, número 3, volume 53, 2023.

Igualmente as obras *I Feel no Peace – Rohingya Fleeing over Seas and Rivers*, de Kaamil Ahmed; *The Rohingyas – Inside Myanmar's Genocide*, de Azeem Ibrahim; *Myanmar's Enemy Within – Buddhist Violence and the Making of a Muslim "Other"*, de Francis Wade; e *The Rohingya Warrior – A Youth's Journey of Survival and Hope*, de Nur Sadek.

Por fim, sobre os fundamentos do liberalismo e dos regimes liberais, e ainda as ameaças que sobre eles impendem, as leituras efetuadas foram *Theological-Political Treatise* e *A Treatise on Politics*, de Bento de Espinosa; *Two Treatises on Government*, de John Locke; *À Paz Perpétua*, de Immanuel Kant; *On Liberty*, de John Stuart Mill; *La rebelión de las masas*, de José Ortega y Gasset; *The Constitution of Liberty*, de Friedrich Hayek; *The Open Society and Its Enemies*, de Karl Popper; *The Origins of Totalitarianism*, de Hannah Arendt; *The Gulag Archipelago 1918-56 – An Experiment in Literary Investigation*, de Aleksandr Soljenítsin; *Capitalism – The Unknown Ideal*, de Ayn Rand; *Capitalism and Freedom*, de Milton Friedman; *Liberalism*, de Leonard Hobhouse; e *Capitalismo – Uma Breve Introdução*, de Claude Jessua.

A concluir, um agradecimento às minhas diversas editoras que por todo o mundo trabalham na difusão da minha obra; aos meus leitores, cujo entusiasmo nunca deixa de me comover e sem os quais estes livros não existiriam; à minha família, tão penalizada pelas tantas horas que a cada ano passo a pesquisar e a escrever; e, claro, sempre à minha Florbela.

Obras do autor em Portugal

ENSAIO

Comunicação, Difusão Cultural, 1992; Gradiva, 2015.
Crônicas de Guerra I – Da Crimeia a Dachau, Gradiva, 2001.
Crônicas de Guerra II – De Saigão a Bagdade, Gradiva, 2002.
A Verdade da Guerra, Gradiva, 2002.
Conversas de Escritores – Diálogos com os Grandes Autores da Literatura Contemporânea, Gradiva/RTP, 2010.
A Última Entrevista de José Saramago, Usina de Letras, Rio de Janeiro, 2010; Gradiva, 2011.
Novas Conversas de Escritores – Diálogos com os Grandes Autores da Literatura Contemporânea II, Gradiva/RTP, 2012.

FICÇÃO

A Ilha das Trevas, Temas & Debates, 2002; Gradiva, 2007.
A Filha do Capitão, Gradiva, 2004.
O Codex 632, Gradiva, 2005.
A Fórmula de Deus, Gradiva, 2006.
O Sétimo Selo, Gradiva, 2007.
A Vida Num Sopro, Gradiva, 2008.
Fúria Divina, Gradiva, 2009 (Prêmio Clube Literário do Porto 2009).
O Anjo Branco, Gradiva, 2010.
O Último Segredo, Gradiva, 2011.
A Mão do Diabo, Gradiva, 2012 (Prêmio Portal da Literatura Melhor Romance do Ano 2012).
O Homem de Constantinopla, Gradiva, 2013 (Prêmio Árabe Melhor Romance Traduzido do Ano 2023).
Um Milionário em Lisboa, Gradiva, 2013.
A Chave de Salomão, Gradiva, 2014.
As Flores de Lótus, Gradiva, 2015.
O Pavilhão Púrpura, Gradiva, 2016.
Vaticanum, Gradiva, 2016.
O Reino do Meio, Gradiva, 2017.
Sinal de Vida, Gradiva, 2017.
A Amante do Governador, Gradiva, 2018 (Prêmio Bertrand Livro do Ano 2018 Ficção Lusófona).
Imortal, Gradiva, 2019 (Prêmio Bertrand Livro do Ano 2019 Ficção Lusófona).
O Mágico de Auschwitz, Gradiva, 2020.
O Manuscrito de Birkenau, Gradiva, 2020.
O Jardim dos Animais com Alma, Gradiva, 2021.
A Mulher do Dragão Vermelho, Planeta, 2022 (Prêmio Bertrand Livro do Ano 2022 Ficção Lusófona).
O Segredo de Espinosa, Planeta, 2023 (Prêmio Bertrand Livro do Ano 2023 Ficção Lusófona).
O Protocolo Caos, Planeta, 2024.

Acreditamos nos livros

Este livro foi composto em Minion Pro e impresso pela Lis Gráfica para a Editora Planeta do Brasil em setembro de 2025.